中国楚辞学

第十四辑

（2007 年浙江杭州屈原及楚辞学国际学术研讨会论文集）

中国屈原学会　编

北京哲学社会科学首都国际文化传播基地
江苏南通大学楚辞研究中心
主办

學苑出版社

图书在版编目（CIP）数据

中国楚辞学．第14辑/中国屈原学会编．—北京：学苑出版社，2010.12

ISBN 978-7-5077-3696-0

Ⅰ.①中… Ⅱ.①中… Ⅲ.①楚辞-文学研究-中国-丛刊 Ⅳ.①I207.223-55

中国版本图书馆CIP数据核字（2010）第233657号

责任编辑：战葆红

出版发行：学苑出版社

社　　址：北京市丰台区南方庄2号院1号楼　100079

网　　址：www.book001.com

电子信箱：xueyuan@public.bta.net.cn

销售电话：010-67675512、67678944、67601101（邮购）

印 刷 厂：北京欣睿虹彩印刷有限公司

开本尺寸：787×1092　1/16

印　　张：24

字　　数：430千字

版　　次：2011年1月北京第1版

印　　次：2011年1月北京第1次印刷

定　　价：70.00元

目　录

屈原创作研究

楚辞文化研究

《离骚》研究

《九歌》研究

二十世纪楚辞学史研究

《楚辞书录解题》后记

浙江大学古籍研究所　崔富章

1964年2月,春节刚过,我起程赴泰安,参加研究生入学考试。考场设在农学院,就在泰山脚下。三天考六门,我在每一本试卷封面"导师姓名"栏目里恭恭敬敬地写上:姜亮夫先生。这年8月20日,我只身南下,来杭州大学报到。第一次拜谒先生,是在一个炎热的下午。师母领我走进他的卧室兼工作室,从桌子到椅子到地板都叠放着书。先生戴深度近视眼镜,坐床沿上,缓缓地述说专业要求,并询及我的体魄、性情、爱好、学业,大致围绕语言和历史两个方面。"我看了你写的论文,你是个爱读书的人。新生中你年龄最小,身体最好,要好好用功啊!"听着这饱含期待的话语,望着他一脸的和蔼可亲,我的紧张拘束消失了。说着,他从枕边拿起两张大卡片(足有三十二开大小),"你回去以后,把今天谈话的要点写在上面,交给我。"走在回宿舍的路上,我暗自庆幸,亏得没走神,否则,我这个及门弟子的第一张考卷就不及格! 9月初,先生授《声韵训诂章句大义》,指导读《说文》、《尔雅》、《广韵》诸书。他还特地托人从旧书店买来商务版的《战国策补注》,命我一段段剪开,依年代先后重新排序,粘贴在鲜黄的毛边纸上,装订成册。础基兄见状,欣然提笔题签"编年战国策"。11月底,文科师生奉命下乡参加"四清"运动,中断学业达八个月之久。先生不无忧虑,在校务会上力争:让学生带书下去,每天能有两小时读书。在"突出政治"日趋虚妄、"阶级斗争"草木皆兵的岁月,先生的言论主张,当然是不合时宜,甚至有当权者目之为"资产阶级专家与党争夺青年"! 真当是无中生有,现代版的"莫须有"!

1965年9月,姜先生讲授《楚辞》。每周二、五上午八时,我抵达杭大新村11幢2号先生寓所,拉开方桌,摆好椅子,面对面坐下,先生便开讲。先《离骚》,后《天问》,逐句讲解,完全口语,形象生动,妙语如珠,跟《屈原赋校注》的风格简直判若两人。我听得入迷,一时忘了笔记,"富章啊,记下来呀!"他一面提醒着,不停地往下讲,"彼尧舜之耿介兮,既遵道而得路。何桀纣之猖披兮,夫唯捷径以窘步!"他大声地诵读着,动情地讲解着,犹如演说于大庭广众之中。其时坐在他身边的,只有我和础基兄、昆武妹三个人,面对现身眼前的"三闾大夫",我忙着记言,础基兄凝神冥会,昆武则望着老夫子,微微地笑。1966年春天,已经是山雨欲来风满楼的气氛,先生泰然处之,照讲《天问》,演绎那一幕又一幕的上古兴亡史。我按约定,每天晚饭过后给先生读报,一般是当日的《参考消息》。先生平躺着(患胆痛,医嘱餐后平卧半小时,其病自愈),静静地听。大约一刻钟之后,我们师徒二人开始聊天,话题极宽泛。交谈最多的还是古典文献、传统文化、道德礼仪,这些几乎被当时的宣传工具批得“体无完肤”。我显得焦灼。先生则平静,不以时髦怪论为意,举太炎先生关于“历史和语言乃民族之大本大根”的论断来开导我。他说,一个民族,不要传统文化是不行的,“毛公也是懂得中国文化的人呀!”

1966年夏天,风云突变,官方喉舌《人民日报》竟在光天化日之下发社论号召“横扫牛鬼蛇神”,掀起“横扫”人类文明成果的滔天浊浪。抄家、烧书、毁人、毁校、毁历史,甚至打家劫舍,霸道横行。“秦火隋禁明清狱,难比举国毁书日!”这就是所谓“十年浩劫”的乱世。姜先生自然是首当其冲,一开始就陷入无际的劫难之中。我的父亲,不堪凌辱,申诉无门,含恨离世。我则下乡接受“再教育”。1970年秋天,我离开杭州,随安君调至余杭、桐乡、德清三县交界的博陆——大运河畔的水乡古镇。安君在镇小执教有九名学生的初中班,俗称“小学戴帽子”。我们报告公社批准,创办中学。学校设在镇西慧日寺。僧众早已星散,我和安君栖居的小屋,应该就是先前的僧舍了。慧日寺始建于隋开皇十一年(公元591年),精通字学的高僧智骞(一作智骞,一作道骞),晚年在这里职司唱道(或称道述),宣扬佛法,造《众经音》及《苍雅》、《字苑》、《尔雅音决》、《急就章音义》等多种著作。他的《楚辞音义》(《隋书·经籍志》著录作《楚辞音》),精写本入藏敦煌石室,散出之后,其残卷入藏巴黎国民图书馆写本部。20世纪30年代,姜先生游学欧洲时,曾目睹此卷,“书法整秀,为当时善本,稍习敦煌卷子者,类能知之。不避隋唐讳,望而知为唐以前写本。”四十年之后,学生如我者竟得以置身慧日寺中,骞上人晚年栖息之地,每当夜深人静,万籁俱寂,神接千载之上,这是一种怎样的“缘”呢?

1971年初冬,一个周日的下午,安君自杭州归来,一进门就急着告诉我,她见着姜先生了,“蛮蛮和善的!”说着又从包里掏出一本精装的《楚辞书目五种》,交到我手里,“姜先生特地找出来给你的,要你有空常翻翻,不要荒废了专业!”1973年2月,我奉调浙江图书馆古籍部,日与线装书为伍,渐渐弄通了版本目录之学。1977年春夏间,国家文物局决定编纂《中国善本书目》,江、浙、沪三地先行。我参加浙江省的善本普查、制卡、统编,前后三年,凡经眼的楚辞类图书,皆作笔记。1980年6月,我奉命赴京参加《中国古籍善本书目》的总编,寓虎坊桥香厂路六号国务院信访局招待所。顾廷龙主编指示我参加集部编辑组,崔建英组长分配我担任“楚辞类”和“汉魏六朝别集”两个类目。先是汇总、排比全国各藏书单位报送的卡片,有疑点则致函藏家,征调书影;接下来便是购买公交月票,早出晚归,奔走于北京图书馆(文津街和柏林寺两处)、北大、清华、北师大、中国科学院图书馆、故宫博物院图书馆、中国历史博物馆、北京市文物局、琉璃厂中国书店等藏书单位,核对原书、鉴别版本、务求真实。这期间目睹楚辞类善本至多,自然是情有独钟,详作书录,写满厚厚的两本簿子。照乾嘉学派的习惯称名,这应该叫做“善本经眼录”,或者“千百年眼”什么的,在上海古籍出版社印行的《楚辞书目五种续编》中,统统公世了。

1987年4月,姜先生为《续编》作序说:“现在,上海古籍出版社决定将《楚辞书目五种》重印,富章的《续编》亦同时排印。这样,我们奉献给读者诸君的则是一部比较完备的工具书了。自然,学无止境,楚辞学有着长长的未来,这书也需要继续得到补充和修订。”1992年至2000年的八年间,我主持国家社科规划“九五”重点项目《楚辞学研究丛书》,邀请中国屈原学会的八位教授,合作撰集《楚辞集校集释》、《楚辞论评集览》、《楚辞著作提要》、《楚辞学通典》四部著作。2002年10月,由湖北教育出版社全部出版,计八百余万言,总题《楚辞学文库》。在完成这一大型课题的过程中,我接触楚辞学文献的广度和深度,都有大幅度的拓展。这使我意识到,修订《楚辞书目五种续编》之外,还应该再作《三编》。

海峡两岸的学者,共同造就了20世纪中国楚辞学的辉煌。共同的研究对象,共通的治学传统,两岸的楚辞研究呈现着共性,所谓殊途而同归,百虑而一致,此乃天籁所成,无须觏缕。只是由于政治的阻隔,在将近半个世纪里,学界交流稀少,两岸的楚辞研究又呈现出多样性,形成特色,争奇斗妍,足以为学术园地添彩。据周建忠教授赠我的《二十世纪楚辞著作目录》,20世纪后半叶,台湾出版的楚辞类著作达百种以上,这是了不起的成绩,毕竟台湾的面积仅是浙江省的三分之一,人口还不到浙江省的一半呀!2002年3月26日,安君陪同我赴台访书。在两个多月的充足时间里,我得以采集、阅读、著录楚辞类图书60余种,合以往日所得,可说基本完备。淡江大学为我们提供了极理想的生活工作条件,张纮炬校长亲自接见,高柏园教授、周彦文教授、吴哲夫教授、傅锡壬教授,台湾大学周至文教授,台湾师范大学蔡宗阳院长、高秋凤教授,中央研究院文哲研究所林庆彰所长,铭传大学应用中国文学系陈仕华教授,蔡琳堂博士、吴丽雯博士,都给我们以热情、持久的关照和帮助。离台前夕,安君突发急病送医手术,高柏园主任、周彦文教授、吴哲夫教授及夫人朱正琴老师,亲临慰问,排忧解难。淡江大学的十余位同学,在周湘华主任助理组织下,轮班陪护,个个温婉细腻,关爱病人,具体入微,安君为之动容。我至今心存感激!

《楚辞》全本,至迟在公元730年已经传入日本,这在奈良时代正仓院文书《写书杂用帐》中有确切之记载。到9世纪末,藤原佐世奉诏编撰《日本国见在书目》,著录有“楚辞家卅二卷”,计6种,其中《楚辞集音》一种注明“新撰”,可见至迟到平安朝,日本学者在接受、传播楚辞文本的同时,已经开始作基础性的研究工作了。此后的千余年间,楚辞传遍欧美及东亚各国,楚辞学发展为世界性的学问。在国外出版的楚辞类文献总量中,日本占到6成以上,是名副其实的海外楚辞研究重镇。感谢秋田大学石川三佐男教授邀请合作研究,我于2002年12月赴日本访书。在石川先生收藏的数十种楚辞类图书文献中,我早知其名而未曾谋面的有十余种,石川先生慨然相赠。更大的收获是在大阪大学图书馆贵重资料书库(怀德堂文库),那里典藏着“今天仍占有最高地位”的日本楚辞学家西村时彦(1865—1924)全部著作的稿本,以及他一生致力收集的百种楚辞类图书,有善本数十种。感谢大阪大学图书馆馆长先生,感谢汤浅邦弘教授,由于他们的特别关照使我免了“立雪”之苦,径自“入室”探宝,遍观群书,目不暇接,那是我度过的快乐时光!

为尽可能保存文献原貌,本书用繁体字排版。极其繁重的校订工作,是贾海生博士后主持完成的。博士弟子贾全明、李洪良、郭丽、过文英、尹海江、柯亚莉等皆参与校勘。2006年9月,贾海生教授应邀赴韩国合作研究之后,过文英博士接任总理,井然有序地继续推进。忆及十几年前,《续编》出版的时候,周明初、江林昌、王宏理、陈晓等同学担当校勘,如今他们已经是教授、博导、校长了,在我的脑海中,他们还是较真劲十足的大男孩。7年前,当《楚辞集校集释》辑录出版的时候,博士生单承彬、王德华、叶志衡、张传峰、蔡锦芳、周苇风、岳书法,博士后贾海生、张侃同志,先后参加资料辑录、文稿打印、校勘订补,工作极其出色。从1986年10月我自浙江图书馆副馆长任内,应姜先生之命,奉调杭州大学古籍研究所以来,20余年间,有这么多青年朋友与我为伍,这是我的造化,我的福分。我感谢他们,愿他们都有美好的未来!

本书杀青之际,我特别怀念安君。相识相知形影相随,我们携手走过41年的风雨人生。这部书的字里行间,凝聚着她的心血,她的精神。她却离我而去,一年两个月了。那天下午六时,在吴山之阳,杭州第四医院小病房,相濡以沫的夫妻伴侣,竟在瞬间虚化,我感到极端的无能,无助,呼天抢地,不可接受!1944年1月13日(农历羊年十二月十八日)安君出生于缙云壶镇,当天有一名日本军人闯入,环顾退出,旋即返回,放下两罐乳品,无语离去。抗战胜利后,安君随外公外婆生活于淳安。1952年返回杭州,1968年毕业于杭州大学中文系,终生从事教育事业,先后执教于博陆中学、瓶窑中学、三墩中学、浙江艺术学校及杭州大学国际文化学部留学生班,授课引人入胜,人气极高。她心爱学生,乐善好施,晚年接受洗礼,是虔诚的基督信徒。天堂里的安君,也许能看得见本书成功推出的吧?

姜亮夫先生与楚语研究

漳州师范学院中文系　汤漳平

姜亮夫先生是我十分尊崇的老一辈学者。21 年前,我到富阳参加楚辞学术研讨会,当时有一个很大的愿望,就是希望能于会上直接聆听到先生的教诲,可惜姜老当时因病住院,未得如愿,成为永久的遗憾。

然而,在我从事楚辞研究中,姜老却和陈子展先生、汤炳正先生一样,是指导我进行这一领域研究工作的最亲近的老师之一。自我于 20 世纪 70 年代末开始楚辞研究以来,姜老的《屈原赋校注》、《楚辞书目五种》、《楚辞今绎讲录》,与其后出版的《楚辞学论文集》、《楚辞通故》等一直是我置之案头反复阅读的书籍。在我主编《中州学刊》期间,姜老曾赐文以支持。我至今还珍藏着江林昌博士送给我的他和姜老的合影以及他写的一封信,信中谈及姜老对我的勉励与鞭策。

值此姜老逝世十周年之际,我想结合编写《楚辞学通典》中的《楚语》部分情况,谈谈姜老对楚语研究之卓著贡献。

一

2004 年底我在四川成都召开的屈学会上提交了一篇论文《〈楚辞〉中之楚语研究述略》,文中认为:

> "楚语,是楚辞文学作品最重要的特征之一,它和楚声、楚地、楚物共同形成了'楚辞属楚'这一鲜明的地方特色,因而研究楚辞中的楚语,是楚辞研究中的十分重要的课题。但楚辞中的楚语研究是四者中最薄弱的环节。东汉王逸及宋代洪兴祖为后代的楚语研究奠定了基础。此后,楚语研究长期停滞不前,直到 20 世纪初才出现了第一部研究《楚辞》中之楚语的专著。"

姜书阁先生在《先秦辞赋原论·屈赋楚语义疏·序说》也是这样认为的,他说:

> "自来研究《楚辞》的学者,致力于《楚辞》音、《楚辞》草木名物、《楚辞》山川

地理者皆有其人,虽迄今仍议论纷纭,纠结难明,而问题所在,则基本是清楚的,惟于楚语,则罕作专题探讨者。”①

他的这个说法是符合实际的。《楚辞》音韵的研究,从汉代开始便受到关注,汉宣帝时期的九江被公因为能用楚声诵读《楚辞》而受到宣帝的召幸。自晋代徐邈作《楚辞音》后,历代学者后继者代不乏人,留下数十部专著。据姜老的《楚辞书目五种》所列,明以后研究楚辞音韵的专著便有20余部之多。

研究楚辞中之“楚物”的著作,也数量众多。早在梁朝时便有刘杳的《楚辞草木疏》出现,宋以后数量更多,仅宋即有吴仁杰的《离骚草木疏》、林至的《楚辞草木疏》、谢翱的《楚辞芳草谱》等。

研究“楚地”的专著虽不及上述两类多,但清初蒋骥已在《山带阁注楚辞》的卷首专列《考正地图》五幅,对楚辞作品中涉及的相关地理问题作了研究。到20世纪30年代,就楚辞地理问题曾在楚辞学界引起较大的争论,成为当时楚辞学研究的热点之一,由此而产生了众多论文及饶宗颐先生的《楚辞地理考》。

可知,上述三方面之研究,在两千多年的楚辞学研究中,均取得骄人的成果。

二

相形之下,楚语研究进展缓慢。

从王逸作《楚辞章句》始,楚语已受到关注。作为楚地楚人的王逸在作注时,已举出楚辞中的21则楚语语汇。至洪兴祖作《补注》,增补的“楚语”语汇20则。

1915年,首部楚语研究专著《屈宋方言考》问世,作者为浙江人李翘。李氏在是书的《序》中,对两千余年的楚语研究情况作了简略的回顾。文中说:

“屈宋文辞,非唯惊采绝豔,为词赋之宗已也。览其辨物敷词,多属楚语。淮南作传,后世不传。王叔师生于炎汉,又为楚人,所释楚人之语,凡二十一则。予尝缮兜巾　旧籍,益以佐证,依类区分,得六十八字。它若逸说之纰缪舛违,均为订正,研核推寻,古谊益明。宋代注家,如洪氏兴祖《补注》,潜心究索,亦颇足观。清儒明于通假,诸家劄记,时或兼采。至于《朱子集注》,以其撰集斯篇,意非笺释故训,简略疏漏,故少所酌取。近世学士,研读楚骚,时有宏著。余心浅昧,披文求义,掏墟图固,良以惭慨,匡失纠谬,有俟于君子。”

① 姜书阁:《先秦辞赋原论·屈赋楚语义疏·序说》,齐鲁书社,1983年9月,第60页。

《屈宋方言考》中共列《楚语》68 则,李氏将其分为名物 34 则,形容字 12 则,动作字 15 则,状况字 5 则,语词 2 则。书后附《楚故记》,列采菱、扬荷、郑舞、劳商、石林、鬼 5 则;《楚方志》列龙门、修门、两东门、空桑 5 则。这样全书总释"楚语"字词 78 则。

由于《屈宋方言考》流传不广,许多研究者未能见到。因此姜书阁先生在 1983 年出版的《先秦辞赋原论 · 屈赋楚语义疏》中也没有提到这部书,而列出 64 条他认为属"楚语"的词条。笔者曾将两书作过一番比较,发现两者之间相同的词条 41 个,这相同的部分,大都是王逸《楚辞章句》与洪兴祖《楚辞补注》中已指出过的部分。其余各有 20 余则"楚语"词条,是两位研究者分别寻找出来并加以讨论的,从而都对楚辞中之楚语研究作出了自己的贡献。

三

我在一篇文章中谈到,在 20 世纪的楚辞楚语研究中,姜亮夫先生于"楚语"研究贡献最大,超过了以往的众多研究者。这是我们在编撰《楚辞学通典》中的"楚语"部分时从比较中得出的结论。

姜老是国内知名的语言学家,早年在清华大学研究院曾从王国维、梁启超学习语言文字学,后又从学章太炎,打下了语言文字学的深厚根基,此后在大半个世纪的学术生涯中,姜老于语言学中之音韵、词语、语法、文字、方言等方面均有深入的研究并取得丰硕的成果。姜老治学严谨,反对浮华的学风,他曾说治学"若徒衣披华采,而运不中程,则于学术为伪妄,为不忠实,以媚世冒不诚之罪辜"。而他对自己治学的总结是:"以语言及历史为中心,此余数十年根株所在。"①

方言研究一直是姜老关注的领域。早在 20 纪 20 - 30 年代,他即写有《昭通方言考》,而在楚辞方面,他"写成了楚辞释例、楚辞韵例、楚语言与歌诗、楚方言考等文",这些成果,都被他"综合应用"到了《屈原赋校注》中去。② 如在释"离骚"一词,书中释曰:

"《史记 · 屈原传》:'离骚者,离忧也。'王逸《章句》:'离骚者,离,别也;骚,愁也。'历世释者,皆略同于此义。惟项安世家说与王应麟《困学纪闻》佥云:'伍举所谓德义不行,则迩者骚离。与屈子之离骚,皆楚语也。'云云,于义为得。然究不能详明其旨。按《天问》:'启代益作后,卒然离蠥!'王注:'离,遭也;蠥,忧也。'则离骚与离蠥同。释文蠥音鱼列反,在牙音,然蠥从辥声,亦得读为齿,是

① 姜亮夫:《楚辞学论文集 · 楚辞通故撰写经过及其得失》,上海古籍出版社,1984 年 12 月,第 455 - 456 页。

② 姜亮夫:《屈原赋校注 · 序言》,人民文学出版社,1957 年 6 月,第 9 页。

声与骚亦双声也。汉以后则曰牢愁,《汉书·扬雄传》:'乃作书往往摭离骚之文而反之,自岷山投诸江,以吊屈原,名曰反离骚。又旁离骚作重一篇,名曰广骚。又旁惜诵以下至怀沙一卷,名曰畔牢愁。'曰反,曰广,曰畔,皆就骚而广之反之畔之,则上言离骚,下言牢愁,一词之声变也。韦昭以浶骚释牢愁,浶骚亦即离骚声转,今常语也,谓心中不平之意。声转为落索。《颜氏家训·治家篇》:'落索阿姑餐。'林逋《雪赋》:'清夹晓林初落索,冷和春雨转飘萧'是也。由此音衍,则蕴结不舒曰辽巢,淮南子'譬若周云之茏苁辽巢彭濞而为雨也',茏苁亦一声之转矣。局缩曰窭数,释名窭数犹局缩,皆小意也。因而芝菌之形蹙缩脔卷,故亦名窭薮,今云南昭通方言谓人烦琐不清,亦曰窭薮,或曰落索,皆古语之存者。引而言之,则步屧不平曰踉蹡、踉跄。古复辅音之字,后世或有遗夺,故叠韵之变则为绎骚,《诗》'匪绍匪游,徐方绎骚'。《毛传》以为绎陈骚动……绎骚声变为郁陶,骚陶同浊声之叠韵也,《五子之歌》'郁陶乎予心',伪《孔传》'言哀思也'。萧豪与尤幽相邻,故声转为忧愁,为懊丧,皆今常语,而以训诂字书之者也。倒言之则曰骚离,楚语伍举曰:'德义不行,则迩者骚离,远者距违。'伍举亦楚人,则离骚、骚离皆楚之方言矣。"

由于"离骚"释义向来众说纷纭,故姜老用了较大的篇幅,从字义、语词、音韵、训诂众多方面来加以阐释,尤其引用了昭通方言,以南人的音来作为旁证,从中可以见出姜老如何运用他所说的以语言学方面的众多研究成果来"综合运用"于楚辞研究之中,其启迪后人之功,自不待言。

又如其注"何桀纣之猖披兮"中的"猖披"一词曰:

"猖披,王注衣不带之貌。按六臣注刘良曰:'昌披,谓乱也。'钱杲离骚传:'猖披,行不正貌。'于义为近。昌披盖古涟语,今云南昭通方言谓人之狂乱无处不到曰'茶(上声)遍',即猖披一声之转也。朱骏声以为实'伥跛'二字,盖以训诂字书之也。《说文》:'伥,狂也。''跛,行不正也。'与狂乱意近,言行之不正曰倡俳,亦同族语矣。"

关注语言的研究,姜老是一以贯之的。1979年,姜老接受教育部的委托,培训全国重点大学讲师以上的楚辞进修生,在其后出版的《楚辞今绎讲录》这本讲稿中,在第一讲《怎样研究楚辞》的第一条意见,便又提出了这个问题。他说:

"一是要综合研究楚辞。综合研究这路子是不错的,而根本问题仍在于语言与历史两事。过去搞楚辞的人，对语言不够重视，尤其是音韵学，没有真正掌握语音规律。有些人的研究成果，尽管有许多可取之处，但如果用音韵学来衡量，有些地方就会闹笑话。在古汉语方面，当今的研究多未跳出马建忠语法方面的范围和高本汉语音语汇方面的范围。不过高本汉的研究是有其特点的，在文字方面，则成就较少，我们得追索到甲骨金文，才能穷源。”

姜老还在是书的多处提到应当关注楚语的研究，如在第三讲《楚辞的源流、系统》中，他就谈到自己“从楚辞作品本身找出证据来证(内证)楚语的问题”，并说他已写成七八万字的《楚辞楚语考》，可惜的是，这部著作一直未见出版。

四

在接受《楚辞学文库》的编写工作之后，关于楚语研究方面我们拟尽可能将已有的楚语研究成果收集整理起来，提供给研究者一个比较全面的认识。虽然姜老的《楚辞楚语考》尚未出版，但我们还是从他的《楚辞通故》中找到了数量众多的解释楚语的词条，几乎超过了历代学者研究成果之总和，深为感奋。楚辞研究已历二千余年，其中之楚语研究，虽显薄弱，而历代研究者也莫不时加关注，然著力之勤，姜老为甚。我们曾著力翻检众多学者之作，于煌煌巨著中，能对楚语有新发明者虽时或有之，而新发现的成果，却百不一二。我们认为，姜老对于“楚语”的解说和认定，其成果确非常人可及，这是姜老采用科学的研究方法，与他深厚的学术根基两方面相结合，因而能够得出前人未曾得出的结论。

姜老在“楚语”方面的研究方法，他在《楚辞通故》的《自序》中，谈到自己所提出的“以语言及历史为中心”时，有这样一段解释：

“所谓以语言、历史为根株者，自语言言有二义：(一)谓解释文词以驰骛语言学规律，务使形、声、义三者无缺误。(二)谓凡历史事象所借以表达之语言，必使与史实之发展相腼调，不可有差失矛盾。以历史言之，则历史发展与语言规律之出入，繁变纷绕，往往与语言之变，有如亲之与子。”

此外，姜老还提到：“然欲证史、语两者之关涉，自本体本质，有不能说明，于是必借助于其他科学，乃能透达者，故往往一词一义之标举推阐，大体综合各社会诸科，乃觉昭晰。”不仅如此，那些自然科学知识，也“咸在征采之列”。

作为研究的方法，姜老列举了五条，虽然是就《楚辞通故》中的所有词条而言，当然也同样适用于他对相关楚语词条的训释。如：

(一)穷源尽委,以明其所以然之故。

我们在本文前面曾列举姜老对于"离骚"一词所作的解释,可为典型。姜老于《楚辞通故》中,在对"离骚"一词详列的解释,大抵与《屈原赋校注》一书相同,并对此作了说明：

"离骚一语,自汉以来注家多未得其溯,余为疏释如此,以求合乎篇中具体现象,而其同族同根之语变,皆能相系成列矣。"①

(二)自整体推断,不为割裂分解。

姜老此处之所论,虽偏于相关的史实部分,但在词语的探究方面也是如此。凡列一词,便尽可能将《楚辞》中的相关例句均罗列出来,然后一一加以区分。如他所释之"謇"字。

"此词在全部《楚辞》中五见(复音词謇謇不计),而用法有三：用作语助词者,即《楚辞》常见之'羌'字音变,皆置于句首。如《离骚》'謇朝谇而夕替',《九章》"謇不可释",《招魂》'謇其有意些',此三处,皆作语助用(王逸《离骚》、《招魂》两处,皆训难,非也。)……义近'乃'字。《离骚》'謇吾法夫前修兮',此謇字亦置句首,然不得为语助,盖其句法,与'纷吾既有此内美兮'、'汩余若将不及兮'、'耿吾既得此中正'等同例,此乃提在主语(用作人称代词)前之单节状语,此屈赋特殊句法之一种。……'蹇吾法夫'即'吾蹇法夫也'。王逸训难是也。当即'蹇难'之'蹇'同声借字。蹇者行难之义,引申则行事艰难,亦曰蹇。"蹇吾法夫者",谓吾艰辛以法前修也。《离骚》'汝何博謇而好修兮'之謇字,用在状词博字下,此当是动字,依全句文义定之,曰好修,即上文扈江离,纫秋兰,搴木兰,揽宿莽,诸好为修饰之事,则謇乃搴之借字。《离骚》'朝搴阰之木兰兮',《九章》'搴长洲之宿莽',王注'搴,取也。'搴即《说文》之攓,拔也。朱熹以博謇为广博而忠直者误。惟王逸以为博采往古,于义为最确,其博采即博謇也。……"

本段的训释,将《楚辞》中的五处有"謇"之句全数列出,又根据其功能分而为三,详加说明,从字义、句法、功用诸方面一一训解,历数历来注家之正伪,让人对此一目了然。

① 姜亮夫:《楚辞通故·书篇部》第九,云南人民出版社,1999年12月,第597页。

(三)从比较以得真象。如比较《诗经》所用片语(如联绵字等),与楚辞异同确有其差殊。“□傺”、“些”、“只”皆南楚之习语,诗不一用。……

这方面的例证,比比皆是。姜先生在《楚辞今绎讲录》中谈到“楚的语言”时说:

“有许多话是只有楚国才有的。但也可以看出,有一些语言与北方语言有对应关系。比如‘周章’,只有南楚有,可是从使用规律看,就是北方的‘惆怅’。这一类例子很多,如‘相羊’,就是北方的‘徜徉’。”①

姜老列举的其余两条,四是“自矛盾或正反之端,综合以求其实”;五是“以实证定结论,无证不断”。例证比比皆是,这里就不一一列举了。

姜老在《楚辞通故》中,辨明的“楚语”词条,归纳起来,主要有如下几种状况:

一是直接明确其为“楚语”的。此类“楚语”词既为古代研究者指出过,又可以从古代的字书(如《说文解字》、《方言》等)中查到依据的,这一部分实际上主要是王逸《楚辞章句》与洪兴祖《楚辞补注》中明确指出的部分。但是,姜氏在做解释时,不是仅仅引用一下原有的材料,而是多方收集资料,仔细进行分类,对每一个字在不同情况下的使用范围、意义都做了详细的分析和说明。

二是由其新增的内容。姜亮夫先生国学基础深厚,熟知古代典籍,视野开阔。他又以南方人而研究“楚语”,较之姜书阁先生以北方人研究“楚语”更具有利条件,便于以南方方言和北方方言作比较,并从比较中找出其差异之处,为“楚语”的认定具备了良好的条件。在《楚辞通故》中,许多楚语的认定正是通过比较而得的。如“徙倚”一词,见于《远游》之“步徙倚而遥思兮”句,姜先生通过对南北古籍中使用的词语作比较,认为:徙倚、逍遥、相羊皆同一语根之变,皆古籍联绵词。汉以后人或作徙迤,“徙倚不见先秦北土诸书,疑亦南土方言。凡南土用徙倚者,北土皆用逍遥、相羊。”②

又如他认为“婞直”是南楚方言词,见于《离骚》之“鲧婞直以亡身”和《九章·惜诵》“行婞直而不豫”句,他说:

“按婞直乃构成词,各以其本义为义。《说文》:‘婞,很也。’……婞字经典或作悻,《孟子》:‘悻悻然见于其面。’……婞、悻与矜一声之转,故其义同矜,为

---

① 姜亮夫:《楚辞今绎讲录》第十二讲《楚辞作品的艺术特色》,北京出版社,1981年10月,第109–110页。

② 姜亮夫:《楚辞通故》第四辑《词部第十》,云南人民出版社,1999年12月,第430页。

直立之物。……婞、悻与矜皆一声之转,特北土言矜而南楚则言婞也。"①

又如他认为"修姱"为"《楚辞》特有之组合词。"(《楚辞通故》第二辑《制度部》第422页)"虚静"一词,是南方学术词语,"虚静寂寞之说,皆南土诸子言之,此自南派诸子如老庄之流之所守也。"(《楚辞通故》第四辑《词部第十》第572－573页)等等。其他如"楚方俗语","南楚用语","楚方言词"等等,姜先生指出者甚多。均为发前人之所未发,弥足珍贵。尽管其中有些字、词是否尽为"楚语",仍可进一步讨论和研究,然而能从比较中找到如此众多具有"楚语"特色字词,实在是楚语研究的一大收获!

以上是我们对姜老在楚语研究方面的贡献所作的粗浅认识,未必全面、准确,敬请各位同仁批评指正。

参考文献

[1]《楚辞学通典》,湖北教育出版社,2002年10月。
[2]李翘:《屈宋方言考》,民国十四年芬熏馆刊本。
[3]洪兴祖:《楚辞补注》,中华书局1983年3月第1版。
[4]蒋骥:《山带阁注楚辞》,上海古籍出版社,1984年10月上海新一版。
[5]姜书阁:《先秦辞赋原论》,齐鲁书社,1983年9月。
[6]姜亮夫:《楚辞通故》,云南人民出版社,1999年12月。
[7]姜亮夫:《楚辞今绎讲录》,北京出版社,1981年10月。
[8]姜亮夫:《楚辞书目五种》,中华书局上海编辑所,1961年。
[9]姜亮夫:《楚辞学论文集》,上海古籍出版社,1984年12月。
[10]姜亮夫:《屈原赋校注·序言》,人民文学出版社,1957年6月。

(附注:《楚辞学通典》楚语部分由汤漳平主编,许晶编撰,周建忠审改、校定。)

① 姜亮夫:《楚辞通故》第四辑《词部第十》,云南人民出版社,1999年12月版,第602－603页。

汤炳正先生新时期的楚辞研究

四川师范大学文学院　熊良智

楚辞研究自西汉以来已有两千多年的历史,二十世纪更是楚辞研究的丰收季节,“文革”结束以后的三十年间,“楚辞”研究几乎成为一门“显学”,而自1985年中国屈原学会成立以来,更是硕果累累,中国楚辞研究进入了一个崭新的时期。今值屈原学会第十二届年会,应大会安排,就汤炳正先生的楚辞研究作一回顾。汤炳正先生是老一辈学者,但他的楚辞研究成果直到1962年才正式发表,即见于《文史》创刊号的《屈原列传新探》,以及1963年在《江汉学报》第10期的《楚辞成书之探索》,①其余皆集中发表在“文革”结束以后,迄今为止,先后出版了楚辞研究专著《屈赋新探》、《楚辞类稿》、《楚辞今注》、《渊研楼屈学存稿》、《楚辞讲座》。另外,汤先生还有一部散文集《剑南忆旧》,其中也有相关研治楚辞的文章。而《屈赋新探》、《楚辞类稿》二书又于1991年在台湾重版发行。所以,“文革”结束后的三十年,也正是汤炳正先生楚辞研究成果最丰硕的新时期。

“逝者如斯”,如今汤炳正先生已逝世近十年了,作为先生的学生,回顾师从汤先生学习研治楚辞的往事,我们只能简单谈谈对先生研治楚辞的学术精神的一些肤浅认识。

首先,学术研究要建立在对原始文献、根本材料的清理与研究的基础上,寻绎事物之间的相互联系,形成系统性的体系,抓住根本性的大是大非的学术问题进行探讨,用先生自己的话说就是“碰硬”,要“能解决几个历史性的重大问题,才算是对学术有所贡献”。②从汤先生的著作里,我们可以看出他对屈原、楚辞进行过非常系统、全面的研究。楚辞研究的一个中心问题是屈原问题,可是两千多年以来有关屈原的生平事迹、政治活动、思想发展,甚至连屈原本人是否存在都有人怀疑。而赖以研究屈原生平事迹最主要,也是现存最早的原始文献《史记·屈原列传》,就存在不少问题,前后矛盾,互相抵牾,首尾错乱,因而同样使用这一文献竟会产生分歧和争论,有的甚至借此矛盾否定屈原的存在。这样一个大是大非的学术问题,历代学人也都作了不少研究,但总没有正本清源。汤先生1962年发表《屈原列传新探》就对《史记·屈原列传》作了较为彻底的清理,恢复了《屈原

---

① 虽然汤先生自己在《学术年表》中提到,1948年曾在重庆的《勉仁文学院院刊》创刊号发表过第一篇楚辞研究论文《楚辞“些”字与苗族招魂祝语之关系》,惜未见。

② 《剑南忆旧·自述治学之甘苦》,山西人民出版社,2000年,第174页。

列传》的本来面目,理清了屈原生平事迹、政治活动的线索,解决了其中不少矛盾。所以有学者评论“在这方面很多学者做了研究,其中尤以建国前的钱穆和建国后的汤炳正所做的工作更加引人注目”,但钱穆“只是做了一半”,“这另一半作为文献根据其可靠性如何呢?汤炳正《屈赋新探·〈屈原列传〉理惑》回答了这一问题。”①又如《楚辞》成书于刘向,这几乎是学术界的传统定论。但汤先生却从古代楚辞文献的流传,尤其是古本《楚辞释文》的篇次中发现问题,1963 年发表《楚辞成书之探索》,提出了一个崭新的结论“《楚辞》一书是由战国到东汉这一漫长的历史时期中经过很多人陆续编纂辑补而成的,至于刘向则不过是编辑者之一”,而最早的纂辑或即为宋玉。文章的发表,也引起学术界的强烈反响。日本著名楚辞学家竹治贞夫撰文评价:“出色地阐明了十七卷本形成的过程,建立了前所未有的学说。”②当然,对汤先生这篇文章的观点,也有学者持有不同意见,但是探讨这一问题的重大意义和价值是不可否认的。它不仅具体涉及了《楚辞》的版本的流传、体系的形成、楚辞中作品的归属,更重要的是涉及楚辞学的根本问题。因为如果《楚辞》成书本身真伪难辨,是非不清,则所有《楚辞》研究都是建立在不可靠的基础上。并且,只有把这些根本性问题搞清楚,才能解决好许多相关的问题。比如,理清《屈原列传》中屈原生平事迹和活动线索,才能对屈原遭受“疏”与“放”的人生转折,以及相应赋《骚》年代,甚至包括晚年流放的路线,作品的真伪作出一系列系统的判断和认识。明确了《哀郢》“方仲春而东迁”的年代,为顷襄王元年之末被放,二年的“仲春”起程,才能确认“至今九年而不复”乃是“时间的纪实”。肯定《招魂》乃屈原之作,虽证之于《招魂》所言:“路贯庐江兮左长薄”,这又和考察屈原流放时代与路线密切相关:“盖屈原东行,到达陵阳以后,适值顷襄王三年,怀王客死于秦的消息传来,故作《招魂》以吊之。”③也正因为分清了《屈原列传》窜入刘安《离骚传》的两段话,而其中“浮游尘埃之外”一段为刘安语,所以可以辨明,先秦汉初屈赋传本中的两个不同体系,刘安所辑与王逸《章句》为一体系,因而《楚辞章句》的《渔父》的句子作“安能以皓皓之白而蒙世之尘埃”。《史记》所引《渔父》作,“安能以皓皓之白而蒙世之温蠖”,因而司马迁所引《楚辞》则为另一个体系。也正因为汤先生对楚辞成书带有体系性的思考,不仅对古本各种情况作出合理解释,而且也能在最新出土文献中得到进一步证明,根据阜阳汉简出土《离骚》、《涉江》残片,认为“此当为传世屈赋的第一个古写本的残存”,④这对刘安结集《楚辞》,曾为《楚辞》第二组作品增辑者有了进一步的证明。这正是汤先生楚辞研究体系性特点的反映。如他所说:“做学

① 赵沛霖:《屈赋研究论衡》,天津教育出版社,1993 年,第 40 - 43 页。

② 竹治贞夫:《围绕〈楚辞释文〉的问题》,日本《文学论丛》1993 年 10 期。

③ 《屈赋新探·九章时地管见》,齐鲁书社,1984 年,第 68 页。

④ 《渊研楼屈学存稿》,中国社会科学出版社、华龄出版社,2004 年,第 53 页。

问时,不能把一个问题孤立起来看,而应该把问题放在事物的整体规律当中,进行分析。"①

其次,学术界评价汤先生治楚辞善于利用出土文献材料,采用二重证据法,解决了楚辞中许多难以解决的问题,汤先生确是很强调这一点。他利用1976年陕西临潼县出土"利簋"铭文,考察屈原生卒年月;利用1978年曾侯乙墓出土竹简"升徒"资料,研究屈原"左徒"的职责;利用其中棺画,揭示《招魂》中"土伯"的真实面貌;利用其中衣箱图像,解读《天问》"顾菟在腹";利用《鄂君启节》的资料,考察屈原流放的路线;利用1977年阜阳汉简,驳斥《离骚》为刘安所作的错误;利用1987年包山楚简,讨论《离骚》的意象及艺术构思;利用1990年丹江水库发现的"升鼎",讨论屈原流放中欲赴"汉北",在《哀郢》中表达"狐死必首丘"的意义,等等。据笔者的统计,汤先生大约有二十多篇文章直接或间接用到出土文献,几乎在他生前所能见到的能够用于楚辞研究的出土文献都有涉及。陈桐生在1998年《文献》第1期发表《二十世纪考古文献与楚辞研究》讨论到20世纪考古文献对楚辞研究的巨大贡献的九个方面,可能其中除了有关唐勒、宋玉方面的研究,汤先生利用考古文献研究在其馀八个方面都有所涉及。郭在贻先生曾经评述汤先生这一特点:"自从近代罗(振玉)、王(国维)提出'二重证据法'后,学者类能以地下出土资料研治史学,而用之于文学研究并取得重大创获者,则并不多觏。""像汤先生这样大规模地运用出土文献研究楚辞者,实则罕觏。"②当然,正是借助于这些出土文献,才提出和解决了学术中一些难以解决的问题。比如,通过"利簋"铭文解读《离骚》"摄提贞于孟陬",考察屈原生年月为公元前342年,夏历正月二十六日,不仅是在有关屈原生年的多种说法提出了一种新的观点,而且在结合银雀山出土的竹简《汉武帝元光元年历谱》和马王堆出土帛书《五星占》,找到对岁星的实测和对岁星恒星周期和会合周期进行推算的方法,学术界也肯定"这一推算的证据比较充分,论证科学严密"。③ 不仅如此,汤先生对出土文献的利用特点还在于密切关注著学术研究的最新动向,而利用最新的出土材料。比如针对学术研究中"屈原否定论",1984年在成都召开"屈原问题讨论会"。汤先生即利用1983年才发布阜阳汉简中《离骚》、《涉江》的残句,写了《〈离骚〉决不是刘安的作品》,用坚强有力的证据驳斥了何天行《楚辞作于汉代考》的观点,也是对当时日本学界的"屈原否定论"作了坚实确切的回答。又比如,学术界曾有人认为屈原为巫官,屈赋乃屈原施行巫术的文辞,这也见于日本学者白川静1976年出版的《中国文学史》。汤先生在1993年《文学遗产》发表《从包山楚简看〈离骚〉的学术构思与意象表现》,就利用了1987年才出土的包山楚

① 《渊研楼屈学存稿》,中国社会科学出版社、华龄出版社,2004年,第42页。

② 《郭在贻全集》第三卷《楚辞要籍述评》,中华书局,2002年,第565页。

③ 陈桐生:《二十世纪考古文献与楚辞研究》,《文献》1998年第一期。

简中有关卜筮的风尚、程式、用具与方法,证明了与《离骚》中有关卜筮的六个环节的一致性,不仅纠正了多年来楚辞研究中关于灵氛、巫咸"重占"的误解,更重要的是探讨《离骚》作为政治抒情诗,体现的是艺术创作的规律,只是利用了楚国当时有关卜筮的程式和方法作为艺术手段进行艺术构思,与仪式记录不同,从而对屈原为巫官的观点作出了自己的回答。更重要的还在于汤先生并不满足已有的结论,他总是期待有更新的材料的出现。比如关于"左徒"的讨论,他利用过1978年出土的曾侯乙墓的资料,又注意到1983年的山东莒南县出土的战国青铜戈上有"左徒戈"的阴文;他利用了"利簠"的铭文,又注意到长沙子弹库楚帛书研究有关月名的记载,中山王嚳大鼎铭文中"克"字的字形与"利簠"铭文的互证。

再次,汤先生的楚辞研究,非常重视"博"与"约"之间的辩证关系,注意"微观"与"宏观"的结合,常常通过具体问题的研究去思考和揭示相关的带有普遍性的问题。他告诉我们说:"凡治学,宏观问题必须从微观着手,否则无征不信,难以成说。"①但是,探讨具体史实性的问题,汤先生又指出:"而且在史实面前,我也始终未忘却以理论为归宿。"②汤先生长于语言文字的突破,充分利用深厚的文字、音韵、训诂之学的功力解决不少问题。比如《离骚》:"瞻前而顾后兮,相观民之计极;夫孰非义而可用兮,孰非善而可服。"其中"计极"的解说就有十多种不同意见。而汤先生写了《民德·计极·天命观》一文,考察了《离骚》此节用韵,肯定"极"与"服"皆为古韵之部入声职部字,而屈原作品中与"极"连用的词无与"计"混讹的可能,从古籍校勘和金文字形考察,"计"字有与"许"混讹的可能,又"许"与"所"通用,疑"计极"当作"所极",又佐证屈赋中与"所"字连用的词语,"极"为动词,为"亟"的同音借字,"所极"则为所敬爱的意思,又证之于1979年河南淅川下寺出土楚令尹子庚鼎铭文"殴民之所亟",证明"民之所极"是楚国称颂大臣的惯用语,《离骚》在此借用为选择大臣的原则。这当然可算一家之言了。然而,汤先生研究并不是停留在一个具体用语的解说上,而是进一步探讨屈原时代的天命思想和社会思潮。汤先生比较了《离骚》:"相观民之计极",紧接前一节诗"皇天无私阿兮,览民德焉错辅",认为屈原在继承前人"皇天无亲,惟德是辅"的思想上,"德"字外加了一个"民"字,则表现了屈原的民本思想,而且是战国时期民本思想高涨的反映。这就是汤先生经常说的虽然以语言文字为"突破口","显然认为它还不是'目的地'。"③又比如,他利用《史墙盘》铭文解读《天问》:"昭后成游"、"穆王巧梅",④而揭示周楚民族的两次斗争。特别是汤先生1978年所

① 《渊研楼屈学存稿》,第76页。
② 《剑南忆旧·我与楚辞》,山西人民出版社,2000年,第163页。
③ 《剑南忆旧·治学曝言》,山西人民出版社,2000年,第167页。
④ "巧梅"实即"吁谋"。

写《从屈赋看古代神话的演化》,通过"赤蚁若象,玄蜂若壶"的描述,"凤凰既受诒兮,恐高辛之先我,""玄鸟致贻,女何嘉"等神话传说演变都与这些虫鸟读音变化有关。于是提出了:"神话的分化、融合,神话的社会化、历史化等等,在不少的情况下,往往是以语言因素为其媒介的。"这已经不是一个具体的问题讨论,而是一种普遍性的理论揭示。这同汤先生早年师从章太炎先生研治文字声韵之学,并对语言文字声韵的理论进行过长期研究密切相关,汤先生就有一部语言文字学理论研究的专著《语言之起源》,1990 年曾在台湾出版。又如前引汤先生《从包山楚简看〈离骚〉的艺术构思与意象表现》,也是在通过讨论包山楚简中卜筮风尚、用具与方法,与《离骚》中卜筮的应用,既强调《离骚》构思源于当时楚国的现实生活基础,又有别于现实,而是一种艺术的意象与构思。力图回答屈原是否"巫官"、"屈赋"是否施行巫术的文辞,更重要的是区别了宗教记录与文学创作的不同,指出以屈原为巫官的错误,就在于"混淆了人类自发的宗教言辞与自觉的文学创作的区别"。进而论及艺术与宗教的关系,由起始寄生,到逐步脱离而独立,自有天才的艺术家会充分吸取和利用宗教文化的遗产,但另一方面又含超越宗教意识,而显示出艺术表现人类意志的独立功能。这也可以说是在具体问题的研究中,表现出有关理论性问题的思索。

总之,我们在师从汤炳正先生学习研究楚辞中受到了不少的教育和启发。记得他曾在回答有关批评"屈原否定论"的学术思潮时提出看法,认为"这并不意味着是学术思潮又由疑古回到了信古","其根本原因是在于,建国以来,由于考古工作的普遍展开,大量文物的不断出土,使我们不得不对疑古运动予以重新考虑",所以说,"由信古到疑古,又由疑古到信古,不等于学术史上的循环论,而是在新的时代揭示学术发展史的新篇章"。[①]从这段话中,我们既看见了其中疑古的批判精神,又有着在事实面前信古的求真态度,更有着随时代学术发展不断追求的科学信念。或者这也正是汤炳正先生在新时期楚辞研究中的真实写照吧。因为他很明确这样一个时代与学术之间的关系:"在这个以考古为基础的学术思潮中",正是"新的时代"在"揭示学术发展史的新篇章"。而对于汤炳正先生楚辞研究的成就可以用著名学者郭在贻先生评价汤炳正先生的《屈赋新探》一书的话说,"综观是书,在材料和方法的运用上以及所取得的成就上,都无愧为楚辞研究中一座新的里程碑"。[②]

① 《渊研楼屈学存稿》,第 183 页。

② 郭在贻:《楚辞要籍述评》,《郭在贻文集》第三卷,中华书局,2002 年,第 565 页。

林庚先生的楚辞研究

复旦大学　徐志啸

林庚先生是海内外著名的楚辞专家,他毕生与楚辞结缘,从20世纪30年代在福建长汀的厦门大学从事文学史教学,到80年代在北京大学问世《天问论笺》并带教楚辞研究的博士生,楚辞可以说陪伴了他半个多世纪,他也将自己大半生的岁月,浸润在了屈原和他的作品的世界中。这期间,除去与文学史研究有关的内容(《中国文学史》和《中国文学简史》著作中的楚辞部分),他的楚辞研究的主要成果,是两部代表性著作——《诗人屈原及其作品研究》和《天问论笺》,前者于1952年初版,1955年二版,1981年三版,一本学术著作能一版再版,可见受欢迎的程度,后者问世伊始即博好评,认为是清末以来《天问》研究的集大成,1995年荣获全国高等院校人文社会科学研究优秀成果一等奖。毫无疑问,这两部著作凝结了林先生在楚辞研究领域数十年辛勤耕耘的汗水和心血,书中俯拾皆是的精见新论,乃是他潜心探索深入思考的集中体现。①

一

林先生研究楚辞的初衷,或谓最初的动机,是为了配合文学史研究。20世纪30年代初期开始讲授文学史时,他刚接触到楚辞,便感到,楚辞是个大课题,因为屈原是个划时代的诗人,是中国最早也是最大的诗人,他之后的几百年几乎没有诗人出现,直到魏晋时,才有了曹氏父子等诗人,屈原诗作的创造性、思想性与艺术性,达到了后人难以企及的高度,因而,林先生认为,如果不研究楚辞,就很难谈得上研究文学史。

林先生指出,楚辞是从《离骚》的创作开始的,所以楚辞又称骚体,而这骚体,完全是屈原的创造;楚辞的产生不是从《诗经》来的,楚辞最早出现的作品是《离骚》而不是《九歌》,由《离骚》建立骚体,然后逐渐发展为《九歌》,《九歌》亦即后来七言诗的先河,中国的诗歌并非从《诗经》四言诗直接跳到七言诗,七言诗乃源于楚辞,《九歌》是屈原全新的创作,它肯定不是当时民间舞蹈里所用的歌的原始形式;《离骚》的体裁显然来之于先秦诸子散文,这便联系到先秦时代,这是个新文化的时代——一个以散文为主潮的新文化

① 本文依据的本子为:《诗人屈原及其作品研究》,上海古籍出版社,1981年7月;《天问论笺》,人民文学出版社,1983年6月。文中凡引述此书内容,均不另出注,特此说明。

运动的时代,其时出现了一个凭借散文建立起来的诗歌体裁,这就是骚体,屈原便是创造骚体的伟大诗人;可见,楚辞的产生,乃是因为先秦这整个新的时代,而不单是楚国的特殊历史条件。《诗人屈原及其作品研究》一书中的20篇论文(从初版十多篇增补到三版二十篇),便是在这样的宏观思考前提下,经过精心撰写,陆续问世,从而汇编成集的。

一书,按其内容,大致可分四个方面:一,屈原的生平及其
;三,楚辞中的“兮”字;四,其他作品问题。我们拟分

司马迁《史记·屈原列传》的简注与论辩,屈原传与诗
考证等。林先生肯定地认为,我们今人研究屈原,最值
迁的《史记·屈原列传》,它是距离屈原时代最近、记载
史学家之手的著作,是完全可以信任的,不相信不尊重
就无法得出公正的结论。为此,林先生专门对《屈原列
屈原传》、《屈原的人格美》等文章,指出,屈原的伟大,非
个民族的高贵传统,而且由于他乃是个民族的热爱者,
至死不愿离开旧乡,在那流行“楚材晋用”的战国时期,
如此,屈原一生为他的思想奋斗、煎熬、歌唱而成为了一
夸张都不是夸张,一切赞美都成为真实,这就是诗人最光
但他在历史上比其他思想家更重要,他对中国文化的影响
子相反而与孟子相近——完全进取的心理和对真理的
和坚定的人格美。值得特别强调的是,林先生的文章中提
言问题的见解,这些见解发人所未发,完全属于他个人精
代在文化上整个就是一个浪漫主义精神的高涨;一方面是
方面是反抗腐朽贵族的现实斗争,而这些就统一为屈原
《离骚》这样一部典型的诗歌的表现。《离骚》非特在思想
且在语言上也正是时代生活的脉搏,屈原以他激昂变化的
时代的耳目,激动了人民的热情,带给这个时代以无比的惊
它激昂奔放的基调,乃是当时先秦散文优秀特色的体
歌节奏和表现形式,这影响一直支配到后来的五七言,成
毫无疑问,这些精辟论断都是林先生经过认真研究反复

① 参见《楚辞研究成功之路——海内外楚辞专家自述》,林庚:《我的楚辞研究》,黄中模、王雍刚主编,重庆出版社,2000年12月。

对于屈原的生年,楚学界争议较大,关键是对《离骚》诗中“摄提”与“孟陬”的诠释问题,林先生指出,历来的解释主要依据东汉王逸和南宋朱熹的不同说法,为此,他先后写了《屈原的生卒年考》和《摄提与孟陬》两文,予以辨析,提出自己的看法。关键是对《离骚》开首句“摄提贞于孟陬兮”的理解诠解,依据《史记·天官书》、《史记·历书》、《汉书·律历志》及《淮南子》、《春秋左氏传》、《说文解字》、《释名》、《春秋元命苞》等资料,对照屈原作品本身,林先生认为,摄提只是个星名,所说明的是一年里的季节而并不说明那是什么年份,孟陬是指夏历正月,这在古代天文历法上非常明确,问题的产生乃在于王逸《楚辞章句》将“摄提”当成了“摄提格”,将星名与岁名混淆,由此造成了混乱。林先生赞同朱熹的说法,并对此作了详尽的阐发,澄清了历史的疑误,提出了比较符合史实的观点——屈原生于公元前335年(楚威王五年)的正月七日。至于屈原的卒年,林先生主要依据了《哀郢》篇的记载,并结合《九章》的其他篇,予以考证,得出其卒年为公元前296年(楚顷襄王三年)的结论。从对屈原生卒年的考辨(尤其是生年)上,充分显示了林先生把握先秦天文历法的深厚功力。

林先生为《招魂》专写了两篇文章——《招魂地理辨》和《招魂解》,对历来在《招魂》诠释上的谬误作了澄清。他指出,《招魂》的作者肯定是屈原,而非他人,这在司马迁的《屈原列传》中说得很明白:“予读《离骚》《天问》《招魂》《哀郢》,悲其志。”对《招魂》究竟招谁之魂,林先生在通过详释《招魂》中的地理名词及与《大招》作比较辨析后,认为,《招魂》乃是屈原为了一个典礼而写,这典礼于春天在“江南之梦”举行,所招之魂为怀王十七年秦楚大战楚军在丹阳蓝田阵亡的将士——贵族武士们之魂,从诗篇开端至篇末“乱辞”可清楚看出,这不是一个空洞的仪式,而是屈原活生生的有血有肉的歌唱,它唱出了诗人对阵亡将士们的热爱、崇敬与深切悼念,表现了诗人爱楚国爱人民的深厚感情。

值得注意的是,林先生在研究楚辞过程中,不断注意同他的新诗创作与研究相结合,这是他与其他古典文学研究者的很大不同,他试图通过古诗研究探索新诗创作的路子,走出一条新诗格律的新路,为今天的新诗创作提供借鉴。他说:“我这人是兼差的,一方面搞新文学创作,一方面讲中国文学史,我在写文学史的时候总想着新文学的发展,总想为新文学找一些可以参考的经验。”[①]为此,他在研究楚辞的多篇论文中,都注意到了诗歌语言与格律的演变规律问题,《从楚辞的断句说到涉江》、《楚辞里兮字的性质》、《九歌不源于二南》等篇,都可见出这方面的努力。他认为楚辞(如《离骚》)的诗歌形式是先秦时代散文化的结果,而散文化的进一步演变,又回到了诗歌简短的轨道(如《九歌》)。他特别注意到了楚辞中的“兮”字,认为凭借“兮”字可以认定楚辞中的每一个诗句,而这个字

---

① 参见《楚辞研究成功之路——海内外楚辞专家自述》,林庚:《我的楚辞研究》,黄中模、王雍刚主编,重庆出版社,2000年12月,第21-22页。

在字义方面没有什么意义，它只是起句读的作用，但它能构成诗的节奏，而它如被取消则便成了早期的七言诗，可见“兮”字与七言诗的关系密切，这表明楚辞在形式上乃是七言诗的胚胎期。由此，林先生将放在楚辞诗句中的“兮”字，取名为“半逗律”，并指出，中国的诗歌其实都遵循“半逗律”的组成方式，这是个诗歌语言的演化规则。他认为，楚辞在诗歌语言上的巨大变化，是包括后来五七言的整个阶段的：如果中国诗歌语言的发展是由短而长，那么，楚辞的长度已超过了五七言；如果五七言从本质上说是“三字节奏”的发展，那么，大力发展“三字节奏”最早的就是楚辞；如果七言可以说是中国古典诗歌中最进步的形式，那么，七言在楚辞中已基本形成；所以说，楚辞在诗歌语言上的巨大跃进，乃是开辟了此后两千多年古典诗歌语言形式的新道路，屈原可以称是中国诗歌史上第一个大胆而又决然地创造了与当时新兴散文一致的诗歌语言的伟大诗人。

在《说橘颂》一文中，林先生提出了一个很值得重视的看法，他说，如同屈原创造了楚辞的形式，屈原也创造了标题的方式，这是受了先秦散文的影响，标题的采用乃取自先秦当时的散文，据此，林先生认为，可以以有无标题来说明作品是否类比屈原之作（还包括有无乱辞）。对《九章》中的四篇拟作，林先生即如此判断——《思美人》、《悲回风》、《惜往日》、《惜诵》四首同为无标题也无乱辞，应可断为拟作。类似这样提出独到见解的地方，在《诗人屈原及其作品研究》一书中可谓俯拾皆是：如对《离骚》中窜入的一段文字的辨伪；认为《离骚》中的“民”字应释为“人”；彭咸乃是楚先贤之隐士人物；《礼魂》应是《国殇》的乱辞而决非礼神之辞；《湘君》《湘夫人》两篇乃是一个故事而分为两幕演出——第一幕是迎神曲，第二幕是送神曲，故而两篇应合为一篇看，所祭之神应为湘水神；以及对楚辞作品所涉及的地名（汉北、夏水、云梦、鄂渚、汨罗）和官职等的考证辨析等。

可以说，《诗人屈原及其作品研究》中的二十篇论文（包括附注），不论长短，都能言之成理、持之有故，决不人云亦云，篇篇都是在经过缜密思考后提出了独到精辟的见解，它堪称现代楚辞研究的学术精品。

二

《天问论笺》一书是林先生一生花力气最大的一部纯考证的学术著作，他为此曾比较集中地研读《天问》三次（分别为 1947 年、1963 年、1978 年），到 1983 年人民文学出版社正式出版此书为止，林先生研究《天问》近几乎跨了 40 年时间，其目的是要弄清楚它的每一句话究竟是何义。为什么会如此？用林先生自己的话来说，这是因为《天问》最难懂，是两千年来许多人难以读懂更无法破译的古代长篇诗歌，它是《离骚》以外最能代表屈原成就的作品，也是与《离骚》可并驾齐驱的长篇巨制，它仿佛一部天书，让历来众多注家对其只能望而兴叹——不得不阙其义,[1]这就迫使林先生要下大决心坚决攻下这一历史遗留的难关,为楚辞学开出新生面。

从体例上看,《天问论笺》包含了古代典籍研究的多个层面:全书既有对长诗每一个字、词的笺注,又有自始至尾每两句的诗意解释,还有全诗的今译(原诗与译诗一一对照,并附段落层次大意),更有对诗中所涉及的疑难历史传说与诗句的辨析考证,加上书前书后的“代序”与“后记”,全书可谓体例完备、注释详明、诗意豁然,笺注者的功力于此尽显。

林先生解析《天问》一诗的最大贡献,是破解了《天问》的创作主旨——这是一部空前绝后的以发问形式记录古代传说的兴亡史诗,它体现了作者试图从历史角度寻求大自然与人类发展兴亡答案的“苦心孤诣”,全诗以问话体句式贯穿始终,一问到底,层次井然,主题突出,绝非前人所谓是一首杂乱无序缺乏文学价值的东西。当然,流传到今天让我们今人所看到的诗歌面貌,已非原貌,这是因为历史年代久远加以传抄讹误等原因,造成了错简、错字以及历史传说失传难以确考等困难,面对这些困难,林先生采取了不畏艰难、精心梳理、旁搜博引的态度和方法,以锲而不舍、勇于攻坚的决心,三读《天问》——实际上是三度攻坚,终于完成了对《天问》全诗的笺、释、译、论,真正破解了这一历史遗留的大难题,为楚辞学作了一大贡献。

林先生在破解《天问》主旨的前提下,对全诗层次结构作了系统梳理,告诉读者,《天问》一诗其实层次井然、完整有序,从而解决了王逸以来所谓全诗“零乱无次序”问题。他指出,《天问》全诗共188句,分为两大段落(或谓两大层次),前一大段开首的56句,问天地开辟,也即有关大自然形成的传说,后一大段132句,问人事兴亡,也即人间盛衰兴亡的历史传说,两大段落层次分明。而主题内容上,后一大段为诗篇的重心所在,其侧重点在于夏、商、周三代的兴亡,并辅以吴、楚、秦等五霸诸侯的历史传说。前一大段56句的内容,先后层次为:混沌初开(6句)、天宇形成(6句)、日月星辰(10句)、鲧治水(6句)、禹治水(8句)、洪水后的大地总形势(4句)、大地西北的异闻传说(8句)、大地东南的异闻传说(8句)。紧接着的36句是关于夏后启立国至少康中兴的历史传说,中间插了一段后羿一族征服夏王朝的故事,这36句的历史发展脉络与轮廓同先秦史书的记载(如《左传》等)完全一致。接下来诗篇的内容,就全是对少康中兴之后历史传说的发问了,林先生在这部分的研讨中,首先着力攻下了全诗的两大难点——对尾章10句的理解和有关秦民族先人蜚廉、非子的一段兴亡历史传说,为此,他在前人研究的基础上(如王国维在卜辞中发现了“王恒”人名),作了大胆的探索和考证,确认他的推断是正确的——即《天问》一诗确实是一部兴亡史诗,它的内容实质乃是史诗一般地集中在历史兴亡的主题上

① 参见《楚辞研究成功之路——海内外楚辞专家自述》,林庚:《我的楚辞研究》,黄中模、王雍刚主编,重庆出版社,2000年12月,第25-27页。

而以惊人的问话体形式予以表现。

相对于诗篇的错字与错简,林先生认为,更大的困难还是历史神话传说的失传,这必须花大工夫做搜集、扒梳、剔抉、辨伪、考证、整理等工作,其功夫之深、难度之大,可想而知。这方面,林先生一则广泛利用了文物考古材料和先秦文献资料,另则也充分利用了《天问》诗本身的内证材料,以作相互阐明,从而达到通过残缺不全的化石以窥见远古生物界原貌的目的。这方面,《天问论笺》一书中的四篇论文是最好的见证与说明——《"天问"中所见夏王朝的历史传说》、《"天问"中所见上古各民族争霸中原的面影》、《"天问"中有关秦民族的历史传说》、《"天问"尾章"薄暮雷电归何忧"以下十句》,这四篇论文的阐说,弥补了笺注部分文字简短难以展开的不足,让作者的观点得到了充分的展示。

关于《天问》中涉及夏王朝的十句诗,林先生指出,这十句是有关夏王朝难得的记载,将其与《离骚》和《左传》所述相互对照,其历史史实可互为参证,从中我们可以见出夏王朝的历史传说,而相比之下,《天问》所据以记载的这些历史传说内容,应该更具原始性,它不但有丰富的神话性,更接近于远古传说的原始面目。这个判断应该说是完全符合客观实际的。继之,林先生对这十句诗中的疑难词作了详尽的诠释,特别是"射鞠"和"播降"两词,引经据典,详加阐发,力纠了王逸及其后注解的错误,最后得出的结论是:这十句诗乃是夏王朝争霸中原的第一个回合。

涉及《天问》中所见上古各民族争霸中原的情况,林先生的论述包括了三个方面内容:从吴民族的迁移说起,说帝舜,式微与潛徙。林先生肯定了《天问》诗句中保存了有关吴民族从哪里来的第一手材料——吴民族原来依据于南岳衡山一带,之后迁移北上,大约曾经过荊山一带,最后定居于吴地,由于当时还很弱小,缺乏成熟的领导力量,不可能进入中原争霸,故奉外族的太伯为王,在长江东南岸等待时机。至于帝舜,林先生以《山海经》的记载,对帝颛顼、帝俊、帝舜作了诠解,认为帝俊、帝颛顼可能出现较早,而舜的名称则在稍后的北方传说中,至于《离骚》中的重华,则正是传说中天帝的帝俊演变为人王的帝舜过程中的一个相应的变化。舜与吴民族关系密切,与秦民族也有渊源,而秦民族又是与夏后启争夺天下的后羿的后代,他们在争霸中原式微后不得不迁徙到渭水一带,以后便成了据于西北的秦民族了。这样的阐述,既让读者明晓了上古时代各民族争霸中原的大致情况,也理清了吴、秦民族的历史来源及其关系。

对秦民族的历史传说作诠释,主要指《天问》诗中涉及秦民族的六句诗的考证。林先生指出,六句诗全为秦先人蜚廉至非子之事,这可从《史记·秦本纪》的记载作证明,其大致梗概为:秦民族到周代时还是个以畜牧为主的民族;秦襄公前秦民族非常弱小;商代时秦民族在渭水一带游牧,到周时仍是弱小民族,而蜚廉父子的供职殷纣王,引起周武王的迁怒;秦民族因周武王之怒而逃至赵城一带;神话传说中,蜚廉为鹿的形象(鹿身雀头),以善走闻名,因而成为秦民族历史传说中最有代表性的人物,由此秦人常被喻为鹿;秦人中的神话人物还有非子,他在秦民族的发展历史中起了相当的作用,使秦民族得以振兴起来。

《天问》诗的最后十句,是屈原流放途中仰见图画而问历史故事的记录。林先生认为,这尾声十句,是专问楚国的历史,主要反映平王与昭王两朝的故事,这是吴楚之争最激烈的年代,关系到楚民族的生死存亡,而诗中问到的贤士令尹子文,则是屈原联想到了兴楚的故史,令他产生了向往之情,而这作为全诗的终结,乃是最恰到好处的——因为它能代表屈原写作《天问》诗的真实心情。自王逸以来,人们多认为这十句诗是屈原自己的抒情之作,林先生认为,其实这十句诗不光是起了这个作用,从全诗的结构来说,它更增强了《天问》作为兴亡史诗的整体统一性,说明屈原写作《天问》一诗,完全有着他全面系统的清晰思路和精密的布局构思,绝非杂乱无序拼凑而成。

可以说,《天问论笺》突破了一般古籍笺释的格局,它融序、笺、释、译、论为一体,各个部分自成部伍而又浑然一体,其间内容互为渗透、互为补充,完全是一部独具一格而又集大成的古籍研究专著。《中国古典文学研究年鉴》(1984 年)载文指出:"林庚先生的《天问论笺》,实是一部难得的佳著。代序以三读《天问》为题,就有点别开生面,更由于研究工作的开展,使一些悬而未决的问题得到了合理的答案,这种疏解上的重大突破,也即林庚三读《天问》的经过。在这些方面,《天问论笺》都作了历史性的学术贡献。"[①]海内外楚辞学者对《天问论笺》一书予以了广泛而又高度的评价,认为它代表了近代以迄研究《天问》最全面、最显功力的水准,是一部不可多得的杰构。

① 参见魏同贤《文学古籍的整理出版评述》,转引自《中国二十世纪文学研究论著提要》,北京大学出版社,1994 年,第 84 页。

褚斌杰先生对中国古代文学研究的贡献

北京语言大学　方铭

北京大学教授褚斌杰先生1933年生于北京,曾先后在齐鲁大学、燕京大学学习,1954年毕业于北京大学中文系,留校任教。1958年至1979年,曾任中华书局哲学及文学编辑室编辑,1979年重新调回北京大学,2006年11月在北京不幸去世。褚斌杰先生是著名学者、文学史家、教育家,一生致力于中国古代文学与思想的教学与研究工作,曾长期担任国际汉诗协会名誉会长,中国屈原学会会长,中国诗经学会副会长,中国白居易学会顾问等。

褚斌杰先生从事中国古代文学,跨度较长,达五十余年,见证了20世纪50年代以来的中国古代文学研究的全过程。褚斌杰先生从50年代初,就开始了中国古代文学的研究工作。对20世纪中国古代文学研究作出了重要贡献。

一、褚斌杰先生的先秦两汉文学史研究

褚先生一生学术研究的重点,是先秦两汉文学研究。褚先生在北京大学任教之初,是担任游国恩先生的助手,游国恩先生的治学范围虽然从上古延伸到近世,但是,50年代游国恩先生担任的教学任务却主要是先秦两汉文学,所以,褚先生自然也就以先秦两汉文学为自己的研究中心。

褚先生的先秦两汉文学研究,首先是先秦两汉文学史的研究。1955年,褚先生开始给北京大学学生讲授中国文学作品,1978年重新回北京大学执教后,也一直在讲授中国古代文学史,特别是先秦两汉文学史。褚先生先后出版有《中国文学史纲要(先秦秦汉)》①、《先秦文学史》②等有关先秦两汉文学史的著作。

《中国文学史纲要(先秦秦汉)》最早出版于1983年,此后,又加以修订、补充,多次再版,因为其内容全面,丰富,而又能提纲挈领,被认为是最适宜教学用的先秦两汉文学史教材,所以能成为一本流传颇广、很有价值的文学史教材。这本书有清晰的文学史发展线索,深入细致透彻的理论阐述,兼收并蓄的融合能力和不落窠臼的创新论点,并在生动

① 北京大学出版社,1986年。
② 人民文学出版社,1998年。

活泼、典雅流畅的叙述语言外,还加进了大量的注释。全书结构严谨,重点突出,资料翔实,浸透着褚先生多年的研究心得,其中有不少创新见解,如在对先秦诸子散文和史传散文的研究中,褚先生揭示了士的阶层的出现,百家争鸣局面的形成与散文发达的联系。在对《诗经》民歌风格学的研究中,把自然古朴的特点与《诗经》产生在周民族生活区域的地缘关系结合起来,认为这是北方民族缘于地理环境和气候等因素形成的文化传统和审美偏好,而这一点,在过去仅仅是在研究六朝乐府这个产生在两个对立区域的民歌时才为大家所注意。褚先生还注重对中国古代文学所具有的悲剧意识和忧患意识的阐述,指出中国古代神话和楚辞皆具有悲剧主题,汉赋作家的忧患感是在炎汉极盛时写出"劝百讽一"之作的根源。

褚先生还担任了《先秦文学史》的主编,该书分为上古文学、《诗经》、历史散文、诸子散文、屈原和楚辞等五遍,又附录有秦国文学一编,共二十二章,是中国社会科学院文学研究所主编的十册中国文学史系列著作的第一本,近四十万字的篇幅,被认为是今天最具权威性、内容最全面完整的关于先秦文学的文学史著作。该书结合考古数据,对先秦时代存有的中国古代典籍进行了清理,并对大家关注较少的著作如《穆天子传》、《逸周书》、《公羊传》、《穀梁传》、《汲冢琐语》、《竹书纪年》、《春秋事语》、《战国纵横家书》、黄老帛书等著作都有涉及,体现出学术性的特点。又如对宋玉赋的论述,也吸收了最新来自于出土文献的研究成果,还原了宋玉在文学史上应有的历史地位,充分体现了文学史把握学术前沿性的历史使命。

褚先生对于先秦两汉文学中的许多重要问题,都有深入研究,这些论文,也见于褚先生的各种研究著作,特别是晚年出版的《古典新论》①,收集最为全面,如《秦代散文家李斯传论》、《论赋的起源》、《汉代诗歌的发展与流变》、《司马迁的史学与文学》、《司马迁的漫游与史记的写作》等文章,在《论赋体的起源》中,褚先生认为赋体虽然与诗骚有关,但是它的直接源头却应该是来自于民间的"隐语",这个观点,是很有启发性的,对于我们了解赋这种文体与《诗经》、《楚辞》的差异,并探寻其真正源头,有指导意义。《宋玉〈高唐〉〈神女〉二赋的主旨与艺术探微》对《高唐赋》、《神女赋》的写作背景、主题,以及宋玉赋及其艺术特点和历史地位,都有非常充分而详细的考证和论述。

褚先生在中国古代神话研究方面,以《中国古代神话》一书为代表性著作,该书初版于1956年,运用科学的研究方法,指出了中国古代神话发生,发展的轨迹,并把古代神话分为自然神,英雄神、异人异物三类故事,其中异人异物一类故事,在中国古代通俗文学如笔记小说、章回小说中占有很大比重,褚先生的分类,为这种神话原型的研究提供了有益的尝试。在《古典新论》中,收有先生所撰《中国古代神话中的悲剧美和崇高美》一文,

---

① 湖南人民出版社,2004年。

原载《文史知识》1986 年第 6 期，提出中国古代神话中的许多作品，具有悲剧美和崇高美，这个结论，对于我们正确认识中国古代神话对中国古代文学的影响，无疑有参考价值。

褚先生在 1978 年后撰写的许多文章，也都与先秦两汉文学史密切相关，其中不少文章，正是为指导全国电大的中国文学史教学工作，如《司马迁的游踪与史记》①、《开浩荡之奇言——谈庄子〈逍遥游〉》②、《〈李将军列传〉解析》③、《李斯传》④、《从逍遥游看庄子散文的艺术特色》⑤、《简叙"风"、"骚"传统》⑥、《中国古代文学举要》⑦、《汉乐府民歌对诗体发展的贡献》⑧、《五言诗的产生和兴起》⑨、《说〈庄子〉寓言的特色》⑩、《论建安时代的辞赋观与辞赋创作》⑪、《漫谈中国古典文学研究》⑫、《中国古代神话的崇高美和悲剧美》⑬、《古典文学鉴赏集》⑭的序言、《司马迁传记文学论稿》⑮的序言《司马迁的史学和文学》、《读曹操〈步出夏门行·观沧海〉》⑯、《论先秦历史散文中的小说因素》⑰、《略述中国古代的笔记文》⑱、《古典文学的研究与学习》⑲、《从学与治学》⑳、《谈古代的"连珠文"》㉑等文章，都从某一个方面，对先秦两汉文学史的研究有推动作用。

褚先生的还有部分著作，如《两汉诗传》㉒、《中国古代文学讲义》㉓、《中国古代文学指

① 《旅游》，1980 年 6 期。
② 《文史知识》，1982 年第 4 期。
③ 《大学语文文章讲析》，北京出版社，1984 年。
④ 《中国古代文学家评传》，山东教育出版社，1984 年。
⑤ 《湖北电大学刊》，1984 年第 3 期。
⑥ 《文科园地》，1984 年 5 期。
⑦ 《电大语文》，1984 年 1 期。
⑧ 《电大教学》，1984 年 6 期。
⑨ 《湖北电大学刊》，1984 年 2 期。
⑩ 《电大学刊》，1984 年 2 期。
⑪ 《建安文学研究文集》，黄山书社，1984 年。
⑫ 《辽宁电大学报》，1986 年 1 期。
⑬ 《文史知识》，1986 年 6 期。
⑭ 辽宁教育出版社，1987 年。
⑮ 重庆出版社，1987 年。
⑯ 《三操诗文赏析集》，巴蜀书社，1988 年。
⑰ 《天中月刊》，1995 年 2 期。
⑱ 《烟台大学学报》，1990 年 2 期。
⑲ 《电大语文》，1990 年 1 期。
⑳ 《文史知识》，1990 年 1 期。
㉑ 《光明日报》，1991 年 1 月 6 日。
㉒ 吉林人民出版社，2000 年。
㉓ 远距离教育出版社，1985 年。

要》[①]、《古代文学实用图表》[②]等书,都是配合文学史,特别是先秦两汉文学史的阅读参考书,对中国古代文学史教学和研究,都有重要的参考价值。

二、褚先生的《诗经》与《楚辞》研究

褚先生长期关注先秦两汉文学研究,而在先秦两汉文学研究方面,《诗经》与《楚辞》是最重要的部分,而褚先生在他的研究中,用力最多,最有创造性的,也应该是有关《诗经》及《楚辞》的研究。

褚先生的《诗经》、《楚辞》研究,开始于20世纪50年代初,当时发表有《屈原——热爱祖国的诗人》[③]、《我国第一部诗歌总集〈诗经〉》[④]、《伟大诗人屈原及其作品》[⑤]等论文。在《古典新论》一书中,也收有褚先生关于《诗经》与《楚辞》的多篇论文,如《〈诗经〉与中国文化》、《〈诗经〉中的周代天命观及其发展变化》、《论〈诗经〉赋比兴的"赋"》、《〈诗经〉迭韵体探赜》、《朱子〈诗〉学特征论略》、《崇高、悲壮、奇丽——论屈原〈离骚〉》、《〈离骚〉"正则"、"灵均"解》、《屈原〈天问〉新探》、《论〈楚辞·九歌〉的来源、构成和性质》、《屈原〈九歌〉"东皇太一"新考》、《论楚辞的文体特征》、《百年屈学》等,这些论文,站在学术发展史的高度,对于《诗经》与《楚辞》,以及诗经学史、楚辞学史中许多重要的问题,以及《诗经》、《楚辞》与中国文学、中国文化的关系,提出了许多重要的观点。如在《〈诗经〉与中国文化》一文中褚先生指出,《诗经》有丰富的文化内容和文化意蕴,是中国古代文明的载体,是一部古文化的百科全书,诸如政治思想、伦理道德、社会生产、风土礼俗以及天文历法等,几乎无所不包,是研究中国文化和民族文化心理、文化传统的渊薮。《〈诗经〉中的周代天命观及其发展变化》一文,通过对《诗经》的研究,认为《诗经》体现了周代天命观的确立、发展、变化过程,并且这个确立、发展、变化过程存在有两个特点:一是周代天命观与政治的关系特别密切,而是周代天命观的发展变化,始终存在其对立面。《论〈诗经〉赋比兴的"赋"》一文认为,《诗经》的赋也是一种丰富的表现手法,重视比兴,轻视赋的表现手法的认识是不对的。《论〈楚辞·九歌〉的来源、构成和性质》一文认为,《九歌》与夏后启《九歌》是有联系的,而《国殇》和"乱词"是后人所加。《屈原〈九歌〉"东皇太一"新考》认为东皇太一神是楚国的保护神,随着楚国的灭亡,就消失了。这些结论,都是非常有创见的观点。

---

① 辽宁教育出版社,1987年。
② 远距离教育出版社,1990年。
③ 《楚辞论文集》,作家出版社,1953年。
④ 《读书》,1956年10月。
⑤ 《读书》,1956年11月。

褚先生的《诗经》、《楚辞》论文还包括《诗经民歌的思想艺术成就及其影响》①、《诗经评述》②、《思公子兮徒离忧——〈九歌·山鬼〉》赏析》③、《屈原〈天问〉探旨》④、《屈原〈九歌〉文体研究》⑤、《屈原〈九歌·河伯〉的神话和诗艺》⑥、《屈原九歌·东君〉的神话和诗艺》⑦、以及《楚辞释论》序⑧、《屈原研究论集》序⑨、《屈辞体研究》序⑩等。

褚先生的《诗经全注》⑪、《楚辞要论》⑫是他众多《诗经》、《楚辞》研究著作的代表作品,《诗经全注》在继承中国古代《诗经》研究史上重要的研究著作的优秀成果的基础上,对《诗经》三百五篇作品进行了精到的诠释,兼采众长,而又能拨乱反正,不断提出高明的见解。该书也曾获北京市哲学社会科学优秀成果奖。

《楚辞要论》则既包括了对楚辞重要问题的论述,又有对屈原作品的新训解,是褚先生多年研究《楚辞》的结晶,该书继承了游国恩博大精深、谨严求实的特点,又有林庚先生感受敏锐、善于宏观把握的特点,体现了汉学与宋学并重的研究境界,立论公允而深刻,注释简洁而精到,而其中对《史记·屈原列传》的疏证一文,对屈原的身世、经历、作品、情感的辨析、理解,细致入微,对屈原的主要作品《离骚》、《天问》、《九歌》的注释与评述,每一疑难字词,一一解释,并广泛征引前人时贤注解,力求客观辩证,同时,又能站在文学研究的立场,解读其美学意义。《楚辞要论》是褚先生在北京大学讲授楚辞研究专题课时用过的讲稿,经过了多年的雕琢,因而又非常适合教学的需要,讲疏与理论生发的结合,对于研究古代文学文本,的确是一个把文本解读与深层辨析结合在一起的好方法。

褚先生合著之《诗经与楚辞》⑬、《诗经与楚辞导读》⑭等书,虽然是为了方便《诗经》、《楚辞》的教学工作而撰写,是"教育部人才培养模式改革和开放教育试点教材"之中的中国古代文学专题研究之第一部,但是,其中也贯穿了褚先生的学术思想和研究心得,也是重要的《诗经》与《楚辞》研究著作。褚先生还整理了戴震的《屈原赋注》,并由中华书局

---

① 《语文导报》,1985 年 1 期。
② 《中国古代佚名哲学名著评述》,齐鲁书社,1985 年。
③ 《楚辞鉴赏集》,人民文学出版社,1988 年。
④ 《中国国学》,(台湾)1994 年 10 期。
⑤ 《中国文化研究》,1995 年 1 期。
⑥ 《古典文学知识》,1995 年 2 期。
⑦ 《东方文化》,1996 年 2 期。
⑧ 大连出版社,1997 年。
⑨ 湖北美术出版社,1999 年。
⑩ 湖南人民出版社,1999 年。
⑪ 人民文学出版社,1999 年。
⑫ 北京大学出版社,2003 年。
⑬ 北京大学出版社,2002 年。
⑭ 北京大学出版社,2002 年。

1999年出版,主编有20世纪中国学术文库《屈原研究》,由湖北教育出版社2003年出版。

三、褚先生的中国古代文体学研究

褚先生是20世纪中国古代文体学研究的奠基人,其代表性著作《中国古代文体概论》①以及《中国古代文体概论(增订本)》是中国当代关于中国古代文学形态学的第一部著作,是中国古代文体研究的标志性研究成果,该书曾获1985年全国优秀畅销书奖,1991年北京哲学社会科学优秀成果奖,以后又不断再版和重印,累计发行量数十万册。

《中国古代文体概论(增订本)》对中国古代存在过的各种文体,如二言诗、四言诗、楚辞、赋、乐府体诗、古体诗、骈体文、律诗、三言诗、六言诗、杂言诗、杂句诗、杂体诗、杂名体诗、唱和诗、联句诗、集句诗、词、曲、论说文、杂记文、序跋文、赠序文、书牍文、箴铭文、哀祭文、传状文、碑志文、公牍文、笔记文、语录文、八股文、连珠文等数十种重要文体进行了系统研究,原始以表末,从上古文体的发生说起,释名章义,选文定篇,敷理举统,在充分继承昭明太子《文选》、刘勰《文心雕龙》等前贤有关文体分类成果的基础上,以现代学术的精神、对中国古代文学形态进行了科学的分类,详细探讨了各种文体产生、发展、衰落的轨迹及其不同特点,如对赋文学、骈体文的起源及流别、特点和地位,以及近体诗的形成,中国散文的类别和流变等,都以大量的资料为依据,提出了许多有创见的看法。在《中国古代文体概论》所涉及的许多文体,自产生至今,甚至从没有人进行过研究,更别说系统的研究了,褚先生的研究,不但选择文体有广度,而且考辨源流有深度,为当代文体学研究,甚至几千年来的中国古代文体学研究,都有填补空白的意义。

褚先生在关于中国古代文学研究中,非常重视对文体的把握,实际上,他的许多论文,都有文体研究的影子,如发表于《新闻战线》1980年4期的论文《古代文体简论——赋》,《文史知识》1981至1984年分六次连载的六篇文章《中国文体史话》,1982年中华书局《文学遗产》第十四辑发表之《论赋体的起源》,《中国青年报》1983年12月18日,1984年3月11日发表的《什么是“无题诗”、“游仙诗”》,《电大教学》1984年6期发表的《汉乐府民歌对诗体发展的贡献》,《湖北电大学刊》1984年2期发表的《五言诗的产生和兴起》,《论建安时代的辞赋观与辞赋创作》②,《刊授大学导报》1985年1期发表的《书牍源流浅谈》,《烟台大学学报》1990年2期发表的《略述中国古代的笔记文》,《光明日报》1991年1月6日发表的《谈古代的“连珠文”》,《古典文学知识》1991年5期、6期、1992年1期发表的《中国古代文体概观(诗体的演进、散文的流变、赋与骈体文)》,《屈原九歌

---

① 北京大学出版社,1984年,1990年增订本。

② 《建安文学研究文集》,黄山书社,1984年。

文体研究》,《中国文体概述(先秦、两汉、魏晋南北朝)》①,《论先秦历史散文中的小说因素》,《古典文学知识》1998 年 3 期发表的《中国古代“禽言诗”小议》,《诗经迭咏体探赜》②等,都立足于探讨文体本身的产生、发展、演变规律,以及文体对文学创作的影响。这些文章,构成了褚先生中国古代文体研究的重要组成部分。

褚先生在台湾还出版了《中国古代文体学》③,该书的内容以《中国古代文体概论》为基础。据我所知,褚先生还撰有《中国古代文体辞典》,该书的出版几经周折,到现在我还没有见到,应该尚未出版。褚先生并计划撰写一部《中国古代文体概论》的续编,主要针对中国古代诗歌、小说等文体,并在教育部省属人文社科基地首都师范大学的中国诗歌研究中心立项,可惜,褚先生忽然罹病,这些工作可能还没有来得及完成。这无疑是中国古代文体学研究的巨大损失。

四、褚先生的白居易研究及其他著作介绍

在北京大学中文系读书时,褚斌杰先生着成《白居易评传》,当时尚不满 20 周岁,该书后由作家出版社、人民文学出版社、北京大学出版社多次印行,在今天,也是白居易研究的重要参考书。1953 年至 1956 年,褚斌杰先生先后在光明日报之“文学遗产”等重要报刊发表有关《诗经》、屈原及楚辞、白居易《长恨歌》、李后主、李清照、《三国演义》、鲁迅、美学等研究的长篇论文,如 1953 年作家出版社《楚辞论文集》所收《屈原——热爱祖国的诗人》,1956 年 10 月《读书》所载《我国第一部诗歌总集〈诗经〉》1956 年 11 月《读书》所载《伟大诗人屈原及其作品》。1956 年由中国少年儿童出版社出版了《中国古代神化》一书,该书后来被翻译成英、法、日、朝、西班牙、阿拉伯语等多种文字,由外文出版社、日本高松大学出版社等出版社出版。褚斌杰先生的这些书籍和论文,在出版或者发表以后,受到学术界的极大关注。

褚斌杰先生的学术研究,涉及到的领域比较广阔,就学科而言,包括哲学、历史、文学等领域,如 1958 年后,褚斌杰先生转入中华书局工作,曾经先后担任哲学、文学编辑室编辑,他先后整理出版了多种古代历史、哲学、文学著作,如参与标点二十四史,为各种古籍注本作责任编辑,也撰写部分哲学学术论文,如 1962 年 8 月 3 日《文汇报》所载《“毋友不如己者”辩》,是研究《论语》的论文,1976 年中华书局出版《尚书引义》的前言,1978 年中华书局出版的《周易外传》前言,则属于哲学史方面的著作,这两篇序文对《尚书》、《周易》的内容及王夫之《尚书引义》、《周易外传》在学术史和思想史上的意义有全面的论

① 《中华文学鉴赏宝库》,陕西人民出版社,1995 年。

② 《诗经研究丛刊》第一辑,学苑出版社,2001 年。

③ 台湾学生书局,1991 年。

述。另外,论文《略论儒、儒学和儒教》①一文,对儒、儒家、儒教的字义、形成、特质等问题有精辟论述,而主编之《儒家经典与中国文化》②一书之序言《儒家经典的特质与构成》,对儒家经典的形成,五经与十三经的发展演变轨迹,有详尽的考察。

褚斌杰先生还有史学研究论文,这些论文常常在把史学研究和文学研究、文化研究与文学研究紧密结合在一起的特点,如1954年10月14日光明日报之史学专刊所载《鲁迅所受中国历史影响和他对中国历史的态度》,很早注意到了作为文学家的鲁迅与中国传统史学的关系问题。后来,褚斌杰先生所撰写的论文《司马迁的史学与文学》、《司马迁的漫游与史记的写作》、《诗经与周代文化》、《诗经中周代天命观及其发展变化》等论文,也是着眼于文学与历史、文学研究与文化研究的多维视角。1957年由作家出版社出版的《白居易评传》一书,以及1962年中华书局出版出版之《白居易》一书,更是把文学评价研究与历史考释研究结合在一起的成功范例。

褚斌杰先生的中国文学研究,主要集中在古代文学研究方面,而古代文学研究,又以先秦两汉文学研究为重点,但是,如1956年4月22日光明日报之文学遗产所载《鲁迅对我国古典文学研究的态度和方法》,1956年12月17日光明日报之文学遗产所载《学习鲁迅先生的创作经验》,1956年7月《文艺报》所载《重视我国古代美学著作的研究》,对于全面深刻地认识鲁迅这个现代文学史上重要的作家,以及建设中国特色的文艺美学理论体系,无疑有重要意义,而这一切,都是褚斌杰先生在20世纪50年代那个特殊的时代提出的,就尤其显示出了它的学术价值。

褚斌杰教授在古代文学研究方面,涉及的内容除了先秦两汉文学外,还包括魏晋六朝以后的文学研究,如《大公报》1954年3月24日《谈三国演义》,又鉴于作家出版社1954年出版之《三国演义论文集》,1954年9月《解放军文艺》所载《白居易生平和创作》,1955年10月9日光明日报之文学遗产所载《李后主及其作品评价》,1955年7月10日光明日报之文学遗产所载《关于〈长恨歌〉的主题思想及其评价》1957年5月12日光明日报之文学遗产所载《论李清照及其创作》等论文,关于重视古代美学理论著作的观点,体现出了敏锐的洞察力和学术前瞻性。

褚先生的古代文学研究,也不限于先秦两汉文学,这在20世纪50年代最有代表性,如1954年3月24日《大公报》发表之《谈三国演义》,1954年9月《解放军文艺》之《白居易生平和创作》,1955年10月9日光明日报文学遗产之《李后主及其作品评价》,1955年7月10日光明日报文学遗产《关于〈长恨歌〉的主题思想及其评价》,1957年5月12日光明日报之文学遗产《论李清照及其创作》等论文,体现出了敏锐的学术洞察力和学术前瞻

① 收入2003年湖南人民出版社出版之《古典新论》。

② 湖北教育出版社,2000年。

性。这些文章,对于推动相关问题的研究,发挥了积极的作用。

80年代以后,褚斌杰先生对于上述问题,还有进一步的论述。如《白居易评传》,在1980年和1994年两次重新修订,由人民文学出版社和北京大学出版社分别出版。《中国古代神话》,1979年出版增订版,2000年修订再版,外文出版社1980年后出版有英、法、日、朝、西班牙等译本,日本高松大学出版会2003年2月出版日译本,《白居易》由中华书局1982年修订再版。1984年中华书局版出版了《李清照资料汇编》(合撰),《白居易诗歌赏析集》(主编)由巴蜀书社1990年出版,《唐诗撷英》(主编)由中国广播电视出版社1992年出版,《元曲三百首详注》(主编)由百花洲文艺出版社1995年出版,插图本中国文学小丛书《白居易》由春风文艺出版社1999年出版,《中国历代诗词精品鉴赏》(主编)由青海人民出版社2001年出版。论文则有《艺谭》1982年1期的《唐诗三首赏析》、《大学语文文章选讲》[①]收录的《白居易关于妇女生活的诗——谈〈井底引银瓶〉和〈母别子〉》、《李白诗〈丁都护歌〉和〈行路难〉》,《阅读与欣赏》[②]收录的《三千宫女胭脂面,几个春来无泪痕——谈白居易〈上阳白发人〉》,1983年6月北京自修大学编印《语言文学自修大学讲座》第16期之《白居易和新乐府运动》,《唐传奇鉴赏集》收录的《柳毅传的思想和艺术》[③],《文史知识》1983年7期刊登的《漫谈〈长恨歌〉的思想和艺术》,《学林漫录》收录的《李清照里籍考》[④],《江西电大》1984年第5期发表的《白居易〈琵琶行〉的思想和艺术》,《白居易传》[⑤],《金石录后序评注》[⑥],《文学知识》1985年5期登载之《唐代诗人白居易》《文学遗产》1995年5期登载之《论白居易的人生观》等,以及为《唐诗鉴赏辞典》[⑦]、《李白诗歌鉴赏集》、《杜甫诗文鉴赏集》、《柳宗元诗文鉴赏集》、《李商隐诗歌赏析集》[⑧]撰写的部分文章,多种书籍的序言等。

褚先生淡漠名利,待人热情、诚恳,谦虚谨慎,平易近人,长期工作在教学科研第一线,关心同学,奖掖后进,兢兢业业,一丝不苟,有大师风范,深受学术界和学生爱戴。褚先生还长期担任中央电大中国古代文学(先秦秦汉文学)课程主讲教师,中国古代文体概述课程主讲教师。从20世纪50年代到到退休,培养了一大批学者,这些学者年龄涵盖老中青年,国籍遍布世界各地。

---

① 北京出版社,1982年。
② 中国广播电视出版社,1983年。
③ 人民文学出版社,1983年。
④ 中华书局,1983年。
⑤ 《中国古代文学家评传》,山东教育出版社,1984年。
⑥ 《活页文选》,上海古籍出版社,1985年。
⑦ 上海辞书社,1983年。
⑧ 以上诸书皆为巴蜀书社1989年后陆续出版。

郭在贻先生楚辞研究述评

浙江大学　周明初

郭在贻(1939—1989)先生,山东邹平人。1957年入读于浙江师范学院(1958年改名为杭州大学)中文系,1961年大学毕业。因成绩优异,得以留校,分配在语言文学研究室,担任姜亮夫教授助手。“文革”后回中文系任教师,先后晋升为讲师、副教授、教授。因郭在贻先生在训诂学、敦煌学、楚辞学诸领域所取得的突出成就,1986年被国务院学位委员会评定为汉语史博士生导师,时年四十七岁,是当时全国人文社科领域内最年轻的博士生导师之一。1989年1月因病逝世,年仅五十岁。

郭在贻先生的楚辞学研究成果,计有《从马王堆一号汉墓漆棺画谈到〈楚辞·招魂〉的“土伯九约”》①、《论屈原》②、《〈楚辞〉解诂》③、《〈楚辞〉解诂(续)》④、《放流就是放浪吗》⑤、《近六十年来的楚辞研究》⑥、《楚辞要籍述评》⑦、《屈原研究三议》(未刊稿)、《〈屈原赋校注〉补正》(未刊稿),今已收入《郭在贻文集》⑧中(其中《从马王堆一号汉墓漆棺画谈到〈楚辞·招魂〉的“土伯九约”》的主要内容后来写入了《〈楚辞〉解诂》的“九约”条中,故此文不再单独收入,《放流就是放浪吗》收入《文集》时并入《训诂札记》,为其中的“放流”条)。

以上为郭先生楚辞研究全部成果的清单,共有论文9篇,总计8万多字。与当下学者动辄论文几十篇甚至上百篇、著作数部甚至十多部,成果字数几十万甚至上百万、数百万的情况相比,郭先生的楚辞研究,没有专著只有论文,其成果无论是论文篇数还是总字数,简直少得可怜,甚至可以说毫不起眼。但就是这么一点看似十分“单薄”的东西,却奠定了郭在贻先生在当代楚辞学界乃至整个人文社科学界著名学者的地位。自然,郭先生是以其研究成果的质量而不是以数量取胜的。

---

① 《杭州大学学报》,1978年第2期。
② 《杭州大学学报》,1978年第3期。
③ 《文史》第6辑,中华书局,1979年6月。
④ 《文史》第14辑,中华书局,1982年7月。
⑤ 《社会科学辑刊》,1981年第4期。
⑥ 《古典文学论丛》第3辑,陕西人民出版社,1982年12月。
⑦ 《杭州大学学报》增刊《古典文献论文专辑》,1988年12月。
⑧ 中华书局,2002年5月。

一

从研究内容来看,郭先生的楚辞研究可分为三大类:一、楚辞词语训释,《从马王堆一号汉墓漆棺画谈到〈楚辞·招魂〉的"土伯九约"》、《〈楚辞〉解诂》正续篇、《放流就是放浪吗》、《〈屈原赋校注〉补正》等即是这方面的成果。二、楚辞学史,这方面的论文是《近六十年来的楚辞研究》、《楚辞要籍述评》。三、屈原整体研究,《论屈原》、《屈原研究三议》等论文属于这一类。

楚辞词语训释是属于传统的训诂学范围的学问。自东汉王逸《楚辞章句》以来直至20世纪80年代,近两千年间,这一方面一直是历代楚辞学者用力最勤、成果最丰的学术领域。就以20世纪为例,出生于清末民初、具有良好的旧学功底同时又接受严格的新知识训练的楚辞学者,不少人也都致力于这方面的研究,并且有非常厚重的成果出现,如游国恩、闻一多、姜亮夫、刘永济、刘盼遂、朱季海、于省吾、王泗原等。因此要在这一历代学者精耕细作过的传统领域中有所突破、有所发明实在太难了,事实上,民国中后期及此后出生的、完全接受新式教育的现当代楚辞学者中继续从事于这一领域研究的已经不是很多了,能够有所成就的更是少见。

而恰恰是在这一传统领域,郭先生取得了最受人称道的楚辞研究成果,从而奠定了他在楚辞学界以至语言学界的地位。这方面的代表性成果是《〈楚辞〉解诂》及其续篇,这一成果连同后来发表的《唐代白话诗释词》,获得了1984年中国社会科学院首届青年语言学家奖,这是由中国语言学界的权威吕淑湘先生独力创办的当时语言学界唯一的奖项,获得此项奖励在当时是极高的荣誉。

《〈楚辞〉解诂》及其续篇,凡二十四条,对楚辞中二十四个纷如聚讼、向无定谳的疑难词语进行了考释。郭先生在考释这些词语时,凭借着深厚的小学功底,熟练地运用了清代乾嘉学派所开创的注重字的古今形、音、义"三者互求"、"六者互求"的训释方法,尤其注重字、词古义的抉发和假借义的探求。每一条目,必先胪列旧说、介绍并评论这些旧说的得失,然而提出自己的新见。

这些新见,或驳正旧说,另立新说,如"志度"、"弗味"、"交鼓"、"齐速"等条即是。这里举"志度"条为例说明:《九章·抽思》:"超回志度,行隐进兮。"对于前一句,自王逸以来,或强作解人,或付之阙如,一直没有一种差强人意的说法,这主要是"志度"一词造成的障碍。郭先生通过考察《史记·司马相如列传》所载《大人赋》"跮踱輵容以委丽兮",《集解》引徐广曰"跮踱,乍前乍却也。跮音丑栗反,踱音敕略反"后认为,"志度"即"跮踱"之假借,而"跮踱"实即联绵词"踟蹰"之异文。并从音韵方面分析说:"跮诸至声,至、志并隶照纽三等,是双声,故二字可通借。"并列举了《荀子》、《韩诗外传》、《大戴礼记》、

《孔子家语》、《淮南子》、《谷梁传》中的句子及注疏说明至、志可通用,而“蹎既谐至声,则自亦可假志字代之”,而度字,则是踱的省借。又“超回”一词,郭先生认为疑是“迟回”之讹,因为超、迟二字古时形、音俱相近(篆文中二字字形相近;超彻母、迟澄母,二字旁纽双声,因此声近)。“迟回”亦是联绵词,又作“低佪”,也是徘徊不定的意思。“行隐进兮”之隐是隐微之隐,这句的意思是行进得很慢。因此《九思》中这两句,是说徘徊踟蹰,行速甚慢。

或论衡旧说,对其中正确但不周全之说补充完善,如“伴援”、“抑志”、“到击”、“受至”、“栗斯”、“迅众”等条均是。这里以“伴援”条为例:《九章·惜诵》:“欲释阶而登天兮,犹有曩之态也。众骇遽以离心兮,又何以为此伴也;同极而异路兮,又何以为此援也。”其中“伴”、“援”二字,王逸训为“伴侣”、“援引”,文意不通。清人俞樾提出新解,谓伴援犹《诗经》之畔援、伴奂、判涣,也即跋扈之义,今人多从之。郭先生认为俞樾之说亦未得其义。蒋骥注“释阶登天”为“谓不求援而自诵于君也”,其说甚允,可惜未能充分说明,因此未能为后人所重视。郭先生认为“众骇遽”以下四句,是进一步申述“欲释阶”之理由的,大意是说:众人与我既不同心,又不同路,我又何必去求援于他们呢。因此“伴援”也即“扳援”(攀援)之义。伴、扳同为重唇音,古韵并隶元部,二字双声叠韵,可以通借。又从《论语》、《楚辞》、《汉书》中找到书证,说明“伴”可通“扳”,“扳援”即投靠、求援之义。

或探求古注底蕴,抉发古义,如“骤”、“吴戈”、“本迪”、“杳杳”等条。王逸《楚辞章句》是现存最早的楚辞注本,往往保存了不少字、词的古义。有时王逸之注本是正确的,由于古今词义演变,后人对王逸之注不能理解,因而别立新说,从而造成纷争,以致莫衷一是。郭先生通过考察古今词义演变,探本溯源,对王逸之注重新予以认定。这里以“骤”条为例:《九歌·湘夫人》:“时不可兮骤得,聊逍遥兮容与。”其中“骤”字,王逸注为“数”,也即屡然、多次之义。而蒋骥注为“疾也”,屈复注云“不可骤得,自宽之词,言岂能一拍即合,正无聊之极思也”,王闿运注为“遽也”。郭先生认为,王逸注是,其他三家均非。骤的本义是《说文》所说的“马疾步也”,由此引申,骤有急遽与屡然两个意思。这两个意思在古代是同时并存的,发展至唐代以后,其屡然之义消失了,只剩下急遽一义。故三家之注均因不明“骤”之古义,仅以此字之今义填充发挥,因而不得要领。

因为郭先生的解诂,谨严朴实,无征不信,每立一义,必胪列大量证据,穷源竟委,不作浮泛之语,不作皮相之论,故他的解诂往往识见精卓,胜义迭出,并且常常能烛见幽微,得其本真。如“九约”、“拂面”、“雷渊”等条即是如此。这里先举“拂面”条为例:《大招》:“长袂拂面,善留客只。”其中“拂”字,易致误解。王逸注为“拂,拭也”,纯属望文生义。胡文英《屈骚指掌》云:“长袂拂面,即白香山诗‘犹抱琵琶半遮面’之意也。”说较旧注为优,但无证据,也当出于猜测。郭先生认为,“拂”当训为“蔽”,拂、蔽为轻唇音、重唇音之分，因为古无轻唇音，故“拂”字古音应读为“蔽”音。古时拂、蔽通用的例子很多，郭先生举了《史记·刺客列传》及《孟子荀卿列传》、《战国策·燕策》、《离骚》、《九章·怀沙》等及其旧注中的例子证成其说，从而说明“拂面”即“蔽面”，也即遮蔽脸面的意思。

又如“雷渊”，《招魂》：“魂兮归来，西方之害，流沙千里些。旋入雷渊，靡散而不可止些。”雷渊一词，王逸说是“雷公之室”，洪兴祖引《山海经》说是“雷泽中有雷神，龙身而人头”，均不确切。郭先生认为“雷渊”即“回渊”，也即一潭旋转之水。此种水最容易溺人，人一旦没入此水之中，即旋转而下，不复得救。古时雷、回通用，郭先生既举了楚公逆镈铭之“吴雷”，《史记·楚世家》作吴回作为书证，又通过《说文》及段注、章太炎《文始》对“雷”字的解释，说明“雷”字的形、音、义均与“回”有关。

这里郭先生最受人称道的是对于“九约”的解释。他不仅娴熟地利用了传统小学的训释方法，而且充分注意并及时利用了当时的考古成果，做到了“纸上之材料”与“地下之新材料”相结合。二重证据法的使用，是郭先生在楚辞训诂方面对传统方法的突破，标志着郭先生的训诂学研究达到了一个更高更新的境界。此条最早是作为论文《从马王堆一号汉墓漆棺画谈到〈楚辞·招魂〉的“土伯九约”》发表于《杭州大学学报》上的，收入《楚辞解诂》时略有删改。《招魂》：“魂兮归来，君无下此幽都些。土伯九约，其角觺觺些。”其中“九约”一词，为《楚辞》中千古不解之谜。自王逸以来的历代注释家，都像在猜谜一样试图破解它，但始终不得确解。显然，光靠传统的小学手段是很难破解这谜的。1972年马王堆出土的一号汉墓的漆棺画中，有许多戴鹿角而人立的怪物，孙作云先生发表在《考古》1973年第4期上的《马王堆一号汉墓漆棺画考释》中，考证认为这种怪物即是《招魂》中所提到的“土伯”。郭先生据此文所附漆棺画细部图，联系《招魂》上文有“虎豹九关，啄害下人些”，认为“虎豹九关”即“虎豹纠关”，即虎豹把关之意。古时九、纠通用，《论语》、《庄子》、《左传》中均有例证。而“土伯九约”也即“土伯纠约”之意，这里的“约”通“钥”，“纠钥”也即执钥，也是把关的意思。从音韵上来说，约谐勺声，钥谐龠声，古代勺、龠同韵部，从勺声之字与从龠声之字每每互用，并举《诗经·小雅·天保》、《广韵》等为例加以说明。因为天上有啄害下人的虎豹把关，地下有狰狞可怖的土伯执钥，因此《招魂》劝说魂灵不要上天入地，而是赶紧归来。经郭先生的训释，《招魂》中的这段前后文也就通达无碍了。

二

楚辞学史方面，郭先生的《近六十年来的楚辞研究》（收入《郭在贻文集》中改称《近七十年来的楚辞研究》）对自1919年“五四”运动以来至1979年近60年间的楚辞研究的总体状况进行了评述。此文以1949年为界，将这60年划分为前、后两期。前一期为

“‘五四’以后至建国以前的楚辞研究”,分“名家评介”和“专题综述”两部分,其中“名家评介”部分,依次对游国恩、闻一多、姜亮夫、刘永济、陆侃如和郭沫若六位名家的楚辞研究工作进行了评介;“专题综述”部分,分“关于屈原事迹的考证”、“关于屈原作品真伪的考订”、“关于屈赋廿五篇之作期及由此而得出的排列次序”、“屈赋篇名释义”、“关于屈原思想之评骘”五个方面的专题,每个专题下又细分若干小题,如“关于屈原事迹的考证”部分,又分为“生卒年问题”和“被逐问题”两个小题进行综述。后一期为“建国后的楚辞研究”,也分“问题探讨”和“专著提要”两个部分,其中“问题探讨”部分,分“关于屈原作品的人民性”、“关于屈原的爱国主义”、“关于屈原的变法活动和法治思想”三个方面,对这一时期屈原研究的三大热点问题进行了综述;“专著提要”部分,对这一时期出现的具有一定影响力的十六种研究著作(包括选注、译注类)作了介绍。

因为郭先生是用了十多年时间从事于楚辞研究的,在这一领域沉潜既久,功力深厚,对楚辞研究的状况了然于胸,故由他来写作此文,自然驾轻就熟、举重若轻。此文一万八千多字,篇幅虽不大容量却极大,对60年间楚辞研究的状况的梳理,非常清晰,简要又不失全面,概括又不失完整。此文对于60年间楚辞研究名家的成就和研究著作的得失之评介,直如老吏断狱,精审、准确,富有鲜明的个性。如“名家评介”中对郭沫若的评介,指出他是“现代第一个用唯物史观研究楚辞的学者”、“把目光放大、放远,用他那浩博的古代史知识,去探讨屈原时代的社会发展形态、阶级斗争形势,并在此基础上进而探索屈原思想的秘密”,因受当时的流风影响,在对郭沫若的评介中自然不乏誉满之词,但同时也指出了郭沫若在研究中的两大缺点,“一是过于自信,不免专辄”、“二是往往以诗人的热情代替学者的冷静”。在20世纪70年代末80年代初对还高居于神坛的郭沫若,作出这样的评判,颇有些犯忌的成分。又如“专著提要”中对马茂元和陆侃如、高亨、黄孝纾分别选注的两种同名的《楚辞选》的评介:“前一书的优点是注释详尽,颇便自学,缺点是著者疏于文字训诂之学,注中有不少欠斟酌之处。后一书注释较为精确,缺点是太简略。”马茂元和陆侃如、高亨等都是古典文学界的大名家,但此文指出他们所选注书的优缺点毫不含糊。

《楚辞要籍述评》在某种程度上是前文的补充、延伸和深化,可以看作是上一文的续篇。此文从自王逸《楚辞章句》以来的楚辞研究专著中,撷取了十六家三十种,仿《四库全书总目提要》的形式,述其概要,评其得失。因为所评述的是近两千年间楚辞研究的要籍,因此在选择上非常严格和审慎。于古代要籍,仅选王逸《楚辞章句》、洪兴祖《楚辞补注》、朱熹《楚辞集注》《楚辞辩证》《楚辞后语》、王夫之《楚辞通释》、戴震《屈原赋注》《屈赋通释》《屈赋音义》、蒋骥《山带阁注楚辞》《楚辞余论》《楚辞说韵》、胡文英《屈赋指掌》;于近现代要籍,仅选马其昶《屈赋微》、闻一多《楚辞校补》《离骚解诂》《天问释天》、游国恩《楚辞概论》《楚辞论文集》《楚辞注疏长编》、姜亮夫《屈原赋校注》《楚辞书目五种》《楚辞通故》《楚辞学论文集》、刘永济《屈赋通笺》《笺屈馀义》《屈赋音注详解》、朱季海《楚辞解故》、于省吾《泽螺居楚辞新证》、汤炳正《屈赋新探》、谭戒甫《屈赋新编》。

此文提要钩玄、校论短长,对古今论著的得失评判,一如前文那样直截了当、准确鲜明,而且往往各有例证。如对《楚辞章句》,指出了王注优点有二:一是"保存了不少字、词的古义,不仅有助于研读楚辞,且足为训诂家之糇粮",二是"对于《楚辞》中的方言土语,比较熟悉,并能于注中一一发摘,这对于后人理解楚辞助益匪浅"。同时又指出王注在义理、考据、训诂三方面存在的缺失和不足之处。如指出在训诂方面的缺点有三:一是"喜欢增字为释,以致牵强附会,背离原诗旨意",二是"不懂得联绵字的道理,往往拆骈为单,望文生训",三是"不顾语法"。

此文于近现代要籍部分,与前文之"名家评介"和"专著提要"虽有所重合,但各有详略。大致来说,此文的评介更详细、全面和客观,而且,带有时代流风特征的概念化的东西更少一些。如对朱季海先生及其《楚辞解故》,前文中只是在"名家评介"部分几句话附带提及,并不作为独立一家介绍,此文中则作为独立的一家,进行了较为详细的述评。又如对自己的业师姜亮夫先生,前文"名家评介"部分,着重评介的是《屈原赋校注》,既充分肯定了该书的贡献,同时又指出了该书的两大缺点。对姜先生的《楚辞书目五种》和《楚辞通故》则介绍得很简单。而在此文中对所列的姜先生的四部重要著作都作了颇为详细的评述,除对《屈原赋校注》的评介沿用前文外,对另外三部著作多所肯定。又如对郭沫若,前文"名家评介"中,将他作为"最重要的一家,值得我们来大书特书"而作重点介绍,而此文中对他丝毫没有提及。又如前文中,受当时流风的影响,将陆侃如先生的"疑古是我们的主张,考证是我们的方法"和姜亮夫先生的"个别分析,综合整理"等行之有效的研究方法称作"资产阶级的观点和方法",在"名家评介"中对游国恩、刘永济二位先生因为"缺乏马列主义的理论修养",因而观点和方法不合时代流风所提出的批评较为苛刻。好在此文中,这些概念化的东西基本扫除了,因此对这几位著名学者的学术成就的评介更趋公允、客观。

郭先生的这两篇论文,是对楚辞研究的历史和现状所作的宏观评述,论述全面,评议精当,在学界产生了较大影响。周建忠先生在评论前一文时曾说:"以其充实的内容与鲜明的观点为学界所重,在相当一段时间内还是楚辞研究的主要参考与'初学入门'。五、六年以后相继出现的一些鸟瞰、回顾之作,大都是此文的复述、浓缩,或发挥、变形。"①其实后一文的状况也是如此。此两文配合,更便于初学者入门。事实上,20 世纪 80 年代中后期,郭先生也正是以此两文的内容作为杭州大学中文系学生《楚辞研究》选修课的讲义的,笔者在大学时也曾经有幸听过一轮。

---

① 《当代楚辞研究论纲》,湖北教育出版社,1992 年,第 62 页。

三

屈原整体研究方面,《论屈原》就屈原思想的阶级实质、屈原思想同先秦各哲学流派间的关系、屈原的爱国与忠君、屈原同人民群众的关系问题四个方面展开讨论。这些问题,用我们今天的眼光来看似乎没有多大学术含量并且早已过了时,但在20世纪五六十年代及七十年代末却是讨论已久、观点歧异的热点问题。那时候所产生的论文,观念先行以致架空立论的并不少见,但郭先生这篇论文写得相当扎实,文风一如他的《楚辞解诂》一类论文,每一立论,都有坚实的材料作为支撑。当然该文所持有的一些观点,为当时流风所驱,有为我们今天所不敢苟同的,如用阶级分析法说屈原"虽出身于旧贵族阶级,但就其政治及其作品所表现的总的思想倾向来看,却无疑反映了新兴地主阶级的利益和愿望"之类等等。但该文中也表现出了一个纯粹的学者平实、求是的学风,如对屈原思想的讨论,是过去以至当下的屈原研究中谈论得最多的问题,学者们的看法大致有三派:一、认为屈原是儒家,以郭沫若为代表;二、认为屈原是道家,或受道家、阴阳家影响,梁启超、刘师培、游国恩等持此说;三、认为屈原是法家,1949年以后很多学者持这种观点。郭先生对这三派看法进行了详细的分析批评,最后得出结论认为:"总起来看,我们认为屈原思想是复杂的,因此,不能简单地给屈原扣上一顶儒家、道家或法家的帽子。如果一定要说屈原是什么家的话,不如把他说为伟大的文学家更为稳妥。"这比那些生拉硬扯、强戴帽子的文章自然求实得多。可悲的是,直到现在,还有学者在写文章试图论证屈原思想属于什么流派。

《屈原研究三议》是个未刊稿,写于1979年12月。该文反思了30年来屈原研究方面存在的三个弊端:一是架空立论,二是被古人牵着鼻子走,三是硬拉关系、硬派娘家。如第一个弊端,该文说:"在有关中国古代史的分期问题尚未取得定论以及屈原生平资料极端缺乏的情况下,就冒然采用郭沫若同志的古史分期说,认为屈原时代的楚国存在着新兴地主阶级与没落奴隶主贵族的斗争,屈原是新兴地主阶级的代表,因而是进步的,云云。可是如果进一步追究,假如不用郭老的古史分期说,而采用另外的说法,则屈原时代楚国的阶级划分与阶级斗争形势又将怎样呢?屈原又是代表什么阶级或阶层了呢?对屈原的进步性又当怎样加以说明呢?这一来,则屈原代表新兴地主阶级的说法便将如同沙上之塔,不能不轰然而倒塌了。"其实,在《论屈原》中,郭先生也曾经认为屈原"虽出身于旧贵族阶级",却"反映了新兴地主阶级的利益和愿望",这篇论文中指出的这种现象,在郭先生自己过去的文章中也是难以避免的。郭先生对屈原研究方面产生的弊端的反思,实际上也是包含了自我反思的。而这种反思正是当时思想解放的时代潮流的产物,该文末尾"我们的现代诗人也应该从屈原那里吸取历史的经验,让自己的歌喉唱出思想解放的新声”可以说明这一点。

四

综观郭先生的楚辞研究,以楚辞训诂为重点,旁及楚辞学史研究和屈原整体研究,这与他的业师姜亮夫先生研究楚辞的思路、门径相一致,这也可清晰地看出两者之间的师徒传承关系。事实上,姜亮夫先生的治学领域很广阔,除了楚辞研究外,在敦煌学、汉语史、古代史等领域也有突出的成就,从而成为一代宗师;而郭先生同样如此,除楚辞研究外,他在敦煌学、汉语史研究领域同样卓然成家。在这些方面,均可见出姜亮夫先生对郭先生在治学方面的引导和影响。

郭先生在1961年大学毕业后留校作姜亮夫先生的助手,从此开始了他的治学生涯。郭先生曾说过:“根据我的专业方向,我读书的重点自然是语言文字学方面”、[①]“亮夫师教我什么是根柢之学,在他的引导之下,我曾把段玉裁的《说文解字注》从头到尾认认真真地读过几遍,这将使我受益终身。”[②]而郭先生研究楚辞,是在“文革”期间,“正是在这十年动乱期间,我的读书生活开始跨入了一个新的阶段:即由博览群书打基础转而为进行专门性的研究。那时我是‘逍遥派’,没有事情干,不读书无以打发日子,于是我就研究起楚辞来。我把杭大和浙江图书馆所收藏的楚辞书都设法借了出来,一一研读。我发现楚辞中有许多训诂问题前人并没有解决。我把这些问题记在心里,运用我在研究室时所学得的一点文字音韵训诂知识,再征之以各种古代文献,试图加以解决。”[③]郭先生在这期间,断断续续写成《楚辞解诂》(初名《楚辞新笺》)一文,共五十多条,五万多字,“这篇文章凡七易其稿,参考的书有近百种,后来有一部分发表于中华书局编辑出版的《文史》杂志”,[④]其原稿未刊部分今佚。

郭先生曾应《文史知识》编辑部的邀约,作名家治学经验谈,他写作了《回顾我的读书生活》,发表于该刊1988年第9期。在此文中,郭先生总结了四点治学经验,其中第三点是“做学问要重创造、贵发明”。他说:“判断一个人学术成就的大小,主要不应看他著作的多寡,而要看他有多少发明和创造。与其出十本粗制滥造、雷同剿袭的书,不如出一本精雕细刻、有独到之见的书”,“我用了十年的时间研究楚辞的训诂,所得不过一篇万把字的论文,假如我用这些时间和精力编写一部《楚辞注释》之类的书,我想也并非不能胜任,但我没有那样做。”第四点是“做学问要刊落声华、甘于寂寞”。他认为甘于寂寞,包含了

① 《回顾我的读书生活》,《郭在贻文集》(第四卷),中华书局,2002年,第459页。
② 《训诂丛稿·前言》,《郭在贻文集》(第一卷),第8–9页。
③ 《回顾我的读书生活》,《郭在贻文集》(第四卷),第461页。
④ 《回顾我的读书生活》,《郭在贻文集》(第四卷),第461–462页。

两层含义,其一“是指耐得起苦,能于枯寂落寞之中得其真味和乐趣。没有这种精神,学问是很难做得成的”,其二“是指能够自觉地抵拒外界名与利的诱惑,始终忠实于学术,献身于学术”。[①] 正是这种甘于寂寞、献身学术的精神,使得郭先生即使处于“文革”十年动乱这样的非常时期,在没有哪个地方可以放得下一张平静的书桌,读书不但无用而且有罪,古籍作为“封建主义”的东西被清肃的恶劣环境下,不带任何功利目的地进行楚辞研究。

刊落声华、甘于寂寞,重创造、贵发明,十年磨一剑,正是郭先生以看似十分“单薄”的楚辞成果,能够在当代楚辞学界卓然成家的原因所在。

① 《回顾我的读书生活》,《郭在贻文集》(第四卷),第464–465页。

楚辞文献研究

《中央图书馆善本书目·楚辞类》补正

浙江大学　崔富章

1986年12月,台北增订二版《中央图书馆善本书目》,著录善本15595部,为学界所瞩目。其中,集部楚辞类著录善本55部,除复本,版本亦在30种以上,楚辞学史上的代表性著作,几乎是应有尽有。2002年3月,应淡江大学高柏园教授之邀,我和安君赴台访学,得以即目求书,并顺利复印宋嘉定四年同安郡斋刊《楚辞辩证》全本,满载而归。台湾同行提供的种种方便,我至今心存感激。离台前购得《善本书目》四册,置诸案头,时常检阅,获益良多。偶见阙误,因略述己见,爰作补正云。

(一)楚辞章句十七卷　汉王逸撰　明嘉靖间吴郡黄省曾刊本　(编号09291、09292)

[补正]此版本系明正德十三年西蜀高第、吴郡黄省曾校刊本。检上海图书馆藏本,卷首有正德戊寅(1518)武英殿大学士致仕王鏊《重刊王逸注楚辞序》:"楚辞十七卷,汉刘向编次,校书郎王逸注。其书得之郡文学黄勉之,长洲尹西蜀高君公次见而奇之,曰'此近世之所罕睹也',相与校正,梓刻以传。"卷端署"汉刘向子政编集　王逸叔师章句　后学西蜀高第　吴郡黄省曾校正"。版口下记刻工李清、李槐、奎、先、木、直、敖、浩、章等。台北中央图书馆藏本无王鏊序(手书上版,六叶),编目者据版式风貌,鉴定为嘉靖刻本,亦足见功力矣。西蜀(左绵)高第字公次者,时任长洲尹,支持出版事业,且"相与校正","好尚如是",版本项内理应同署。

(二)楚辞章句十七卷　汉王逸撰　明隆庆辛未(五年)豫章王氏夫容馆刊本　(编号09295、09296、09297、09298)

[补正]此版本系明隆庆五年(1571)豫章朱多煃夫容馆刊本,非"王氏"夫容馆。考卷首王世贞《序》称"吾友豫章宗人用晦,得宋楚辞善本,梓而见属为序"。所谓"豫章宗人用晦"者,系明宁献王朱权七世孙朱多煃。道光《南昌县志》:"朱多煃,字用晦,瑞昌王府奉国将军,善为诗,与里人余曰德相唱和,因介李于麟、王元美间,数吟咏往还,以此誉延海内。有《芙蓉园稿》。"《江城名跡记》:"芙蓉园在城东北,与余曰德东湖草堂甚近。"是"夫容馆"由"芙蓉园"得名,为朱多煃栖息之所,则所谓"宗人"者,为朱元璋之宗,明宗

室之宗,非王世贞之宗也。万历十四年(1586),俞初重刊夫容馆本,吴琯《重梓楚辞序》称"是书善本,曾刻之豫章王孙,序之娄东王长公,其本已漫漶"。此所谓"豫章王孙"者,即明宗室子弟朱多煃也。天启三年(1623)朱谋垏丛桂堂递修夫容馆本(原版二百三十二,补版五十一),《补刻楚辞引》称"用晦伯逝矣,残缺其半,海内叹息"。此又可碻证"用晦"姓朱,即朱多煃。叶德辉《郎园读书志》著录作"王用晦",《善本书目》作"王氏夫容馆",皆误。

夫容馆缮宋本《楚辞章句》十七卷,刻印俱精,为藏家所重视。有原版初印本、修版后印本、补版再印本之别。三本行款无异。初印本目录后有"隆庆辛未岁豫章夫容馆宋版重雕"牌记,卷一首叶版心有"章芝刻"三字,卷一末叶尾题下有"姑苏钱世杰写章芝刻"九字。宋讳不阙笔。无序跋(江西图书馆、上海图书馆并藏此本)。修版后印本卷首增刻王世贞序,目录后牌记照旧。卷一首叶版心"章芝刻"暨末叶尾题下之写手、刻手姓名,全部铲去,宋讳弘、殷、胤、敬、惇、贞、项、元、沅、玩等字末笔皆被铲去,是力求仿宋,用意至善,绝无冒充宋本之嫌,有牌记为证(江西省图书馆等收藏)。天启三年(1623)朱谋垏递修本(补版印本),卷首增入明陈玄藻《补订楚词叙》、朱谋垏《补刻楚辞引》,目录后有"熙宁辛亥夔州官舍镂版"旧牌记(不见夫容馆牌记),《楚辞疑字直音补》之后有"天启癸亥岁豫章丛桂堂宋版重雕"牌记。朱谋垏为朱多煃侄辈,递修本中有夫容馆修版二百三十二版,丛桂堂补刻五十一版。江西省图书馆藏本,竹纸,漫漶处略多,书品稍差。(参观友人黄君源海《夫容馆楚辞章句版本述略》,载《赣图通讯》一九八一年第一期。)以此标识判断,中央图书馆藏编号09296、09297两部系朱氏夫容馆原版初印本,编号09295、09298两部系夫容馆修版后印本。

中国历史博物馆有夫容馆修版印本一部,惟目录配以丛桂堂补版,遂无"夫容馆"牌记,而有"熙宁辛亥夔州官舍镂版"旧牌记,改装者又删除《补订楚词叙》、《补刻楚辞引》等,意在冒充宋本。历史博物馆展览卡著录为"明嘉靖翻宋熙宁夔州官舍刻本",虽未上当,亦欠确切。此本卷十五钤"朱多煃印"、"朱氏用晦"等朱文方印,亦可贵也。

(三)楚辞十卷　汉刘向编　王逸注　明俞初金陵刊本　(编号09300)

[补正]中国国家图书馆藏有两部,皆完整无缺。首有万历丙戌(十四年)新都吴琯《重梓楚辞序》,《序》末叶左下角镌"金陵徐智督刻"小字一行。此版本可具体著录为"明万历十四年(1586)俞初金陵刊本"。又吴琯《序》称"是书善本,曾刻之豫章王孙,序之娄东王长公,其本已漫漶。予友俞太初氏,复校以入梓,亦良苦用心"。据此所云,俞本应该是翻刻豫章朱多煃夫容馆本。但细核内容,不尽符合。不独更定卷次,其第六卷《大招》、《惜誓》两篇,每篇小序用朱熹《集注》之文,而非王逸注之小序;又新增《吊屈原》、《服赋》两篇,用朱熹注,并为王逸本所无。刘向编集《楚辞》十六卷中亦无贾谊《吊屈原》、《服

赋》两篇。"淆乱旧本,最为失体。"(西村时彦《楚辞王注考异》,稿本,存大阪大学图书馆贵重资料书库,原怀德堂文库旧藏。)

(四)观妙斋重校楚辞章句十七卷　汉王逸撰　明冯绍祖校订　明万历十四年武林冯氏刊本　(编号09301、09302)

[补正]此本卷目总题"楚辞章句目录",卷端题"楚辞卷之一",著录书名,依例当取"楚辞十七卷"或"楚辞章句十七卷",编目者依冯绍祖《观妙斋重校楚辞章句议例》五则,而于书名加冠词"观妙斋重校"五字,有乖古籍图书著录惯例。浙江图书馆藏有万历十四年(丙戌)刊本,又藏有万历十五年(丁亥)改刻本。丙戌本每半叶九行十八字,丁亥本十行二十三字(卷端改题"楚辞句解评林")。更大的区别是丙戌本只在书眉或行间以小字刻诸家评点大义或行文脉络,丁亥本则改刻为二节版,上节栏刻诸家论说大义或行文脉络,下节栏为楚辞十七篇正文,而于版心镌"楚辞句解评林"六字。《善本书目》著录的编号09301、09302两部确是丙戌本,但09301一部为版片易手之后的三乐斋印本,不是冯氏初印本。

冯绍祖刊刻的《楚辞章句》,非同一般。新增《附录》一卷,包括《各家楚词书目》,二十四家《楚辞章句总评》等指道阅读之内容。又在《楚辞》每篇之末,增附多家评语,各篇章句眉端或上节栏节引诸家点评,缓解阅读难度,拉近与读者的距离,雅俗共赏,又恰逢明末杭州书市繁荣期,冯本连年版行,相当畅销。因此,射利之徒蜂起,书版多次转手,屡屡更换堂号(一般应称"××藏板",亦有诡称新刻者),直到清代中叶,仍在印行。例如:明万历十六年金陵益轩唐氏重印冯氏丙戌本,浙江图书馆藏本,序、目次、内容、行款、版式悉同丙戌本,惟版心剜去写刻工姓名,而增一扉页:"新刻釐正离骚楚辞评林　万历著雍赤奋岁　金陵益轩唐氏梓"。明万历间金陵王少塘重印冯氏丙戌本,河南省图书馆藏本,内容、版式悉同丙戌本,惟剜去写刻者姓名,而增一扉页:"新刻评注离骚楚辞百家评林　金陵王少塘藏版"。本立堂重印冯氏丙戌本,广东中山图书馆藏本,扉页镌"楚辞笺注　汲古阁校　本立堂梓"。三乐斋重印丙戌本,北京大学藏本,扉页镌"楚辞笺注　汲古阁校　三乐斋梓"。又有复古斋、古学斋书坊重印冯氏丁亥改刻本等。版权有转移,书版同一副,先印后印而已。惟需鉴别有否修版、补版,以免误引误用。

明万历四十六年(1618),毛晋绿君亭刻印《屈子》七卷白文本,清康熙元年(1662)毛表汲古阁刻印《楚辞章句补注》十七卷(王逸章句,洪兴祖补注)。其后有书坊翻刻汲古阁本《楚辞章句补注》十七卷,扉页镌"汲古阁校　楚辞笺注　吴郡宝翰楼"。吴郡宝翰楼系杭州陈淏(1615—1703)、陈枚(1638—1707)父子开设之书坊(钱塘,杭州,古属吴郡)。陈枚经营书业四十余年,出版运作相当成功,他编刻的《留青集》系列,风行宇内,连刊五版,纸贵洛阳。陈氏父子为当年侨居杭州的林云铭之至友,林云铭曾为陈淏作《七十寿序》(1684),《楚辞灯》刊版于康熙三十六年(1697),宝翰楼覆刻汲古阁本《楚辞章句补注》当在此前后,其《留青集》系列市场运作大获成功之时。版式大方,校对精审,堪称善本。三乐斋、本立堂书坊,套改宝翰楼之扉页,意在借汲古阁、宝翰楼之声誉以谋利。殊不知,三乐斋印的是《章句》单行本,“笺注”云云,从何谈起?况且汲古阁根本没有校刊《章句》单行本,坊主无识,何足论矣。《善本书目》著录的09301一部正是三乐斋印本。南开大学、山东大学、暨南大学、湖南省图书馆等皆藏三乐斋印本。暨南大学藏本钤“伍氏玉雁楼藏书”、“叁乐斋图书”朱印。

(五)楚辞章句十七卷　汉王逸撰　明陈深批点　明万历天启间吴兴凌氏刊朱墨套印本　(编号09303、09304、09305)

[补正]此一版本,该馆收藏三部,《楚辞》十七篇,全部白文,并无“章句”注释之内容,只是选载王逸本中各篇叙录而已。卷端题“楚辞卷之一”,下以朱色套印“王逸叙次陈深批点”。各篇眉端刊诸家评语,朱色套印,录苏辙、李溟、刘凤、贾岛,……下及杨慎、茅坤、余有丁、张之象、唐顺之、汪道昆、何景明、王慎中等多家,而洪兴祖、朱熹两家尤多。依照古籍图书著录惯例暨该书实际内容,其书名、著者当作如下著录:“楚辞十七卷　王逸叙次　陈深等批点”。又该书卷前有《附录》一卷,辑录司马迁《屈原贾生列传》、刘勰《辨骚》、晁公武《郡斋读书志》中“王逸楚辞十七卷”一条。卷末有王世贞《序》,用夫容馆本王《序》而节去“吾友豫章宗人用晦”至篇末一段以充数。文末有“吴兴凌毓楠殿卿父校”一行。考《附录》第一篇《屈原贾生列传》为王穉登手写行书上版,篇末题“万历庚子九月既望王穉登书”。书版刊成,先印发贤达,征求齿芬,嗣后再增刻序跋(如夫容馆刊《楚辞》)、题辞之类。由此,该书刊版年月不可能迟至天启年间,可著录作“万历二十八年九月吴兴凌氏校刊朱墨套印本”。

(六)楚辞集注八卷后语六卷辩证二卷　宋朱熹撰　明成化十一年(1475)何乔新刊本　(编号09309)

[补正]浙江图书馆、浙大图书馆、山东图书馆等三馆藏明成化十一年(1475)何乔新、吴原明校刊《楚辞集注》八卷《辩证》二卷《后语》六卷,首成化十一年何乔新序(末叶中缝下有“吴国柏刊”),卷一第三叶中缝有“蒋承德”等刻工名。每半叶八行,行十七字。白口(中缝刊“卷之×”及叶码),左右双边。时何乔新官河南按察使,称:“顾书坊旧本,刓缺不可读。尝欲重刊以惠学者,而未能也。及承乏泜台,公暇与佥宪吴君原明,论朱子著述,偶及此书,因道予所欲为者。吴君欣然出家藏善本,正其伪,补其缺,命工锲梓以传。”由是知,此版本刊于河南开封,出资者何乔新,主持者吴原明,当著录为“明成化十一年何乔新、吴原明刊本”。一百二十三年之后,万历二十六年(1598)吉藩承奉司魏椿重刊成化

本（吉王府在长沙），检天一阁藏本，首万历戊戌（1598）陆长庚序、庄天合序，次成化十一年何乔新旧序，《目录》末有“万历丁酉季春谷旦　吉府承奉司常山睗谷魏椿奉吉王翊銮命重刊”二行。卷端题“楚辞卷第一　朱子集注”，次行题“离骚经第一　离骚一”。版口上镌“楚辞集”、“楚辞辩证”、“楚辞后语”等，单鱼尾，尾下镌“卷之×”及叶码，每卷换页。每半叶八行，行十七字，白口，四周双边（成化原刊本左右双边），下有刻工：谢记刊、学、王友奉刊、中、李、禛、石、李珍等。上海图书馆藏本十二册全，然卷首无万历戊戌陆长庚、庄天合二序，《目录》后无“万历丁酉季春谷旦　吉府承奉司常山旸谷魏椿奉吉王翊銮命重刊”二行，有作伪之嫌。中央图书馆所藏编号 09309 一部，系万历二十六年吉藩（长沙）重刊成化本之残帙，并非何乔新、吴原明原刊本。

（七）楚辞集注八卷后语六卷辩证二卷　宋朱熹撰　明吴原明覆元刊本　（编号 09310）

［补正］中国国家图书馆藏明刻递修本《楚辞集注》八卷《辩证》二卷《后语》六卷，四册，全（编号 13654）。首目录，次成化十一年何乔新旧序。卷端题“楚辞卷第一　朱子集注”。每半叶九行，行十七字，四周双边。上、下黑口，顺鱼尾，鱼尾间镌“楚辞×”、“楚辞后语×”，鱼尾下镌页码，每卷换页。有刻工信、正、王、干（阴文），补版处有李等。此书非成化十一年何乔新、吴原明刊本，行款、版口都不同；亦非正德十四年沈圻重刊吴原明本，字体较大，刻工亦不相同。上海图书馆（编号 831193－8）、吉林图书馆、吉林大学图书馆、人民大学图书馆等并藏此版本。中央图书馆所藏编号 09310 一部，正是此明刻递修本之同版印本，并非成化十一年何乔新、吴原明刊本。而且，吴原明原刊本亦非“覆元”，版刻风格倒是近宋的。

（八）楚辞集注八卷辩证二卷后语六卷　宋朱熹撰　明吴原明覆元刊本　（编号 09311）

［补正］吴原明（1440—1502），名伯通，号石谷，四川广安人。天顺进士。浙江学政，转云南按察使，贵州镇巡。事迹具《正德云南志》、《宣统广安州志》。成化十一年（1475）河南按察使何乔新为吴原明校勘《楚辞集注》作序称：“及承乏泝台，公暇与佥宪吴君原明，论朱子著述，偶及此书，因道予所欲为者。吴君欣然出家藏善本，正其譌，补其缺，命工锲梓以传。”由是得知，何乔新、吴原明刊本乃以吴氏“家藏善本”为底本，《善本书目》称吴原明“覆元刊本”，不知有何证据。吴原明刊本每半叶八行，行十七字，白口，左右双边。台北中央图书馆所藏编号 09311 一部，每半叶九行，行十七字，白口，四周双边。两本行款、版口都不同，非吴原明刊本明矣。在无确证条件下，只能著录作“明刻本”而已。

(九)楚辞集注八卷后语六卷辩证二卷　宋朱熹撰　明万历间朱崇沐刊本　(编号09319)

[补正]浙江图书馆藏本,六册全。首叶向高(1559—1627)《重刻楚辞全集序》,称“朱生崇沐,重刻此集”。次成化十一年(1475)何乔新旧序。卷端题“楚辞卷第一　朱子集注”,下列题署七行:后学监察御史高安朱吾弼重编,婺源知县嘉兴谭昌言(等五人)同校,文公裔孙庠生朱崇沐阅梓。考《康熙婺源县志》六官师志:谭昌言,“嘉兴人,万历三十二年任知县,三十三年以忧去。”此本题衔“婺源知县”,则是书当刊版于万历三十二年(1604)。每半叶九行,行十七字,白口,四周双边。《集注》八卷版口镌“楚辞前集”,《后语》六卷版口镌“楚辞后集”。姜先生曰:“书中除《后语》改作《后集》,并置《辩证》前外,无他改易。所谓重编者,明人陋习乐此。”

(十)楚辞集注八卷　宋朱熹撰　明古与堂刊本　(编号09324)

[补正]浙江图书馆藏明崇祯十年(1637)吴郡八咏楼刊本《楚辞集注评林》八卷《总评》一卷。扉页书名题“楚辞评林”四字,并有“紫阳朱子集注”、“汇采历代百名家解”、“吴郡八咏楼藏板”三题识。次为崇祯十年沈云翔(字千仞)《自序》,云:“《楚辞》行世者,向惟七十二家评本称善,然尚未有尽……兹复辑入,汇成八十四家。”次朱熹《集注》八卷目录及朱子《叙目》,末有“古与堂订辑”五字。次为《评楚辞姓氏》八十四家。次为《总评》一卷,列司马迁至金蟠(沈云翔)等四十八家总论楚辞之语。以下遂入本经,卷端题“楚辞卷之一　朱熹集注”,凡收屈原赋二十五篇,及《九辩》、《二招》、《惜誓》、《吊屈原》、《服赋》、《哀时命》、《招隐士》等。每半叶九行,行二十五字。注文低一格。评语起行顶格,次行低一格。眉语极多,即所谓八十四家评也。天启六年(1626),槜李蒋之翘辑刻七十二家评本,崇祯十年(1637)鹿城沈云翔辑刻八十四家评本。两书并以朱子《集注》为载体,其实重在辑评,姜先生《楚辞书目五种》著录书名“楚辞集注评林八卷附总评一卷”为得其实。卷中两见“古与堂订辑”字样,杭州市图书馆藏本据以定为“明末古与堂刊本”。以理揆之,辑评之“古与堂”,主人当是沈云翔(金蟠),出版者应是“吴郡八咏楼”,出版时间应不晚于崇祯十年(1637)。其著者项内当著录作“宋朱熹集注　明沈云翔辑评”。清康熙间,秀水曹溶听雨斋重刊套印沈云翔辑八十四家评本,天下风行,亦发生版权转移现象,或称“宝仁堂藏板”,或称“文奎堂梓”(综观全书,似为修版重印本),究其本源,非崇祯十年本莫属也。

《楚辞》十七卷成书考辨

黄灵庚

20世纪60年代，著名《楚辞》学者汤炳正先生根据五代时期王勉所作《楚辞释文》的目录篇次，对《楚辞》十七卷的结集成书的过程作过蠡测与考索，撰有《〈楚辞〉成书之探索》一文，其结论是：《楚辞》十七卷成书，分为五组、五个阶段。

第一个阶段是屈、宋合集，只有屈原《离骚》、宋玉《九辩》二篇，凡二卷。这"组的纂成时间，当在先秦；其纂辑者或即为宋玉，此为屈、宋合集之始"。①

第二个阶段是在屈、宋合集二卷本的基础上续增《九歌》、《天问》、《九章》、《远游》、《卜居》、《渔父》、《招隐士》七篇，凡九卷。这"组作品的增纂时间，当在西汉武帝时，其增纂者为淮南王宾客淮南小山辈，或即为淮南王刘安本人"。②

第三个阶段是在九卷本的基础上增益《招魂》、《九怀》、《七谏》、《九叹》四篇，凡十三卷。这"组作品增辑的时间，当西汉元、成之世，其增辑者即为刘向"。③

第四个阶段为十六卷本，在十三卷本的基础上增益《哀时命》、《惜誓》、《大招》三篇。"这一组作品的增辑，既不出于一人之手，也不在一个时期，而是在较长的时间里由不同的人一篇一篇地增辑起来的。增辑者已不可考，增辑的时期当在班固以后、王逸以前"。④

第五个阶段"就是后世流传的王逸《楚辞章句》十七卷。把《九思》附入《楚辞章句》的，乃王逸自己；其叙及注文，乃后人所为"。⑤

汤先生的这个蠡测，在近代《楚辞》学史上影响甚大，曾为大多《楚辞》学者的看重、引用。但是，汤先生的结论仅仅以五代时期王勉《楚辞释文》的目录篇次为基础，没有其他文献材料得以佐证，未免有些脆弱、单薄。《楚辞释文》的目录是否即是刘向、王逸《楚辞》十七卷本的原始面貌，尤需慎重，未可妄下断语。清代四库馆臣曾指出："洪兴祖《考异》，于《离骚经》下注曰《释文》第一，无'经'字。则逸注明云：'离，别也。骚，愁也。经，径

① 汤炳正：《屈赋新探》，齐鲁出版社，1984年，第93页。
② 汤炳正：《屈赋新探》，齐鲁出版社，1984年，第97页。
③ 汤炳正：《屈赋新探》，齐鲁出版社，1984年，第102页。
④ 汤炳正：《屈赋新探》，齐鲁出版社，1984年，第105页。
⑤ 汤炳正：《屈赋新探》，齐鲁出版社，1984年，第106页。

也。'则逸所注本确有'经'字,与《释文》本不同。必谓《释文》为旧本,亦未可信。"①说明《楚辞释文》并非王逸《楚辞章句》的原貌。

现在,需要进一步讨论的问题是:既然《楚辞释文》的目录篇次非刘向《楚辞》十六卷、王逸《楚辞》十七卷的旧貌,那么,刘向、王逸纂辑的《楚辞》总集应该是怎样的面貌?到底是否存在?这个本子又是如何流传下来的?本文试就这些问题进行探索、研究,倘有不当之处,祈同道者批评指正。

一、刘向、王逸纂辑《楚辞》十六卷本并不存在

"楚辞"的名称未见先秦文献,始出于汉代。如《史记·酷吏列传·张汤传》:"始,长史朱买臣,会稽人也,读《春秋》。庄助使人言买臣,买臣以'楚辞'与助俱幸。"辞,或通作"词"。《汉书·朱买臣传》:"会邑子严助贵幸,荐买臣。召见,说《春秋》,言'楚词',帝甚说之,拜买臣为中大夫,与严助俱侍中。"又,《严安传》:"宣帝时修武帝故事,讲论六艺群书,博尽奇异之好,征能为'楚辞'九江被公,召见诵读,益召高材刘向、张子侨、华龙、柳褒等待诏金马门。"这个名为"楚辞"的东西,是否即指屈原、宋玉等人的辞赋类的作品?恐怕不可武断。因为现在没有任何文献材料可以证明朱买臣、九江被公等当年所"言"、所"诵"的"楚辞"就是指屈、宋辞赋类的作品。退一步说,朱买臣、九江被公所"言"、所"诵"的"楚辞",果真是屈、宋辞赋类的作品,则为何在《汉书·艺文志》未别立一"楚辞"的文体,而统以"赋"称之?《地理志》云:"始,楚贤臣屈原被谗放流,作《离骚》诸赋以自伤悼。后有宋玉、唐勒之属慕而述之,皆以显名。汉兴,高祖王兄子濞于吴,招致天下之娱游子弟,枚乘、邹阳、严夫子之徒兴于文、景之际。而淮南王安亦都寿春,招宾客著书。而吴有严助、朱贾臣,贵显汉朝,文辞并发,故世传'楚辞'。"据此,汉人所称"楚辞",虽与屈、宋作品有关系,但是有所区别。汉人一般称屈、宋之作为"赋",称类似或摹拟屈、宋的汉人之作为"辞"。《史记·屈原列传》:"屈原既死之后,楚有宋玉、唐勒、景差之徒者,皆好辞而以赋见称。"有人居然以"好辞"之"辞"为"楚辞"之"辞"。② 甚至改"屈原赋"为"屈原辞"。这显然是一大误解。《史记》"好辞"之"辞"是文辞、辞章,"以赋见称",则是对宋玉等人的作品特定名称,即统称之以"赋"。事实上,后人只对刘安、东方朔、王褒、庄忌、刘向等汉人"追悯屈原"、代屈原"舒忧泻愤"的作品,才冠之以"楚辞"。所以,汉世所称"楚辞",并不包括先秦之世屈原、宋玉等人的诗赋,尤其对那些内容与屈原遭忧无关的汉世辞赋,如司马相如《大人赋》、张衡《思玄赋》等,虽然形式上完全相同,仍然似不得以"楚辞"称之。

---

① 见《四库全书总目提要》卷一四八《集部》—《楚辞类》。

② 金开诚:《屈原辞研究》,江苏古籍出版社,1992年,第2页。

既然如此，汉人就不可能将屈、宋作品与汉人“代屈”的拟作合以“楚辞”称之，更不可能有类此以“楚辞”为名的总集存在。

在班固《汉书·艺文志》对屈原以下至汉人作品皆称之以“赋”，称作者作品的篇数皆称之为“篇”，而未见用“卷”。

《汉书·艺文志》：“屈原赋二十五篇。”

王逸《离骚后叙》：“而屈原履忠被谮，忧愁思愤，独依诗人之义而作离骚。上以讽谏，下以自慰。遭时暗乱，不见省纳，不胜愤懑，遂复作《九歌》以下，凡二十五篇。”①

王逸《天问后叙》：“昔屈原所作，凡二十五篇，世相教传，而莫能说。”②

《汉书·艺文志》的“诗赋志”，原出于刘向、刘歆父子的《七略·诗赋略》。如果刘向真曾纂辑过的“楚辞”总集，则必定会在《诗赋略》中著录出来。事实上，刘向并不曾纂辑过“楚辞”总集，他所整理的“楚辞”作品，只有以“赋”为名的作者个人集子，而且一概以“篇”总其数。除“屈原赋二十五篇”外，别有“唐勒赋四篇”、“宋玉赋十六篇”、“赵幽王赋一篇”、“庄夫子赋二十四篇”、“贾谊赋七篇”等，未见以“卷”为称的。王逸称“屈原赋二十五篇”，完全与刘氏《七略》、班固《艺文志》一致。倘若真有所谓的刘向集《楚辞》十六卷，王逸则称《屈原赋》七卷不就完了吗？何必在两篇《后叙》里要别称“屈原赋二十五篇”？

刘向集《楚辞》十六卷的说法，到底缘何而起？

目前，我们可以查考到最早的、唯一的文献依据，即是在王逸《离骚后叙》里说的一段话：

> 楚人高其行义，玮其文采，以相教传，至于孝武帝，恢廓道训，使淮南王安作《离骚经章句》，则大义粲然。后世雄俊，莫不瞻慕，舒肆妙虑，缵述其词。逮至刘向，典校经书，分为十六卷。孝章即位，深弘道艺，而班固、贾逵复以所见，改易前疑，各作《离骚经章句》。其余十五卷，阙而不说。又以壮为状，义多乖异，事不要括，今臣复以所识所知，稽之旧章，合之经传，作十六卷《章句》。③

王逸“刘向典校经书分为十六卷”云云，这大概是后人以刘向集《楚辞》十六卷的文献依据。事实上，王逸这段话前后只是说《离骚》，并没有涉及《离骚》以外的其他作品。他说，淮南王刘安作《离骚经章句》虽是“大义粲然”，可是没有分卷，至刘向则“分为十六

① 洪兴祖：《楚辞补注》，《四部丛刊初编》影宋本。
② 洪兴祖：《楚辞补注》，《四部丛刊初编》影宋本。
③ 洪兴祖：《楚辞补注》，《四部丛刊初编》影宋本。

卷”。这“分为十六卷”是对《离骚》一篇而言,与《离骚》以外的其他作品毫不相干。

南宋赵希弁《读书附志》卷下《楚辞类》录吕祖谦《离骚章句》一卷,其著录说:

> 左吕成公所分也。以《离骚经》一篇为十六章。公谓王逸尝言刘向典校,分《离骚》为十六卷。班固、贾逵各为《离骚章句》,惟一卷传焉,余十五卷阙而不录。今观屈平所作凡二十有五,各有篇目,独此一篇谓之《离骚》。窃意刘向所分此篇,犹一篇之中有数章焉。故尝因逸之言,即《离骚》之一篇。反复求之,考其文之起伏、意之先后,固有十六章次第矣。因而分之为十六章。①

吕氏独具慧眼,以《离骚经章句》十六卷为十六章,没有误解王逸《后叙》的原意。惜其书《离骚章句》已佚,未得闻知分章情况。后人多未详审,因逸之《后叙》,谓刘向“典校经书分为十六卷”者,乃指《楚辞章句》十六卷,且定刘向集《楚辞》十六卷说法始于王逸《楚辞章句》,诬也。这实在是一大千古冤案。

《后叙》接著说,“班固、贾逵复以所见,改易前疑,各作《离骚经章句》。其余十五卷,阙而不说”。这里“其余十五卷,阙而不说”,不正是《九歌》至《九叹》十五卷吗?确实如此,但是,这并不能说明刘向曾辑《楚辞》十六卷,如果真有《楚辞》十六卷本,极有可能为王逸所为(说详下)。同时,必须注意到,《后叙》“十五卷”下,洪兴祖《楚辞补注》本有一条很重要的异文:“卷,一作篇。”庚案:据《汉书·艺文志》统计诗赋用“篇”不用“卷”的通例,《后叙》“其余十五卷”,原本应作“其余十五篇”,是指《离骚》以外、《九歌》至《九叹》十五篇作品。这条异文正好是保留了王逸《后叙》的原貌。未知何时讹改“篇”为“卷”,以至使《离骚》十六卷与《楚辞》十六卷相互混淆,造成误解。

王逸又说“今臣复以所识所知,稽之旧章,合之经传,作十六卷《章句》”,是承接刘向“分为十六卷”来的,其所举的例子,“以壮为状”,即出现在《离骚》之中,与《离骚》以外的其他作品没有关系。所以,王逸“作十六卷《章句》”,当也是指《离骚》一篇分为十六章说的。

综上所述,王逸《离骚后叙》没有说过刘向集《楚辞》十六卷的话。无论是五代时期的《楚辞释文》十七卷本,还是今传《楚辞章句》十七卷本,皆非刘向、王逸所为。

二、六朝时期王逸《楚辞章句》为十一卷本

东汉王逸其人其事,《后汉书》卷八十上《文苑传》有《王逸传》,曰:“王逸字叔师,南

---

① 孙猛:《郡斋读书志校证》下册《读书附志》卷下《楚辞类》,上海古籍出版社,2005年,第1167页。

郡宜城人也。元初中，举上计吏，为校书郎。顺帝时，为侍中。著《楚辞章句》行于世。其赋、诔、书、论及杂文凡二十一篇。又作《汉书》[①]百二十三篇。"令人不解的是，王逸所著赋、诔、书、论、杂文以及《汉书》皆有篇数，唯独《楚辞章句》语焉不详，未著其篇数。范晔著《后汉书》，对于人物传记著作著录，多有篇数，亦不用"卷"。如：

《宗室四王传刘睦》："睦能属文，作《春秋旨义终始论》及赋、颂数十篇。"

《韦彪传》："著书十二篇，号曰《韦卿子》。"

《桓谭传》："谭著书言当世行事二十九篇，号曰《新论》，上书献之，世祖善焉。《琴道》一篇未成。所著赋、诔、书、奏，凡二十六篇。"

《冯衍传》："所著赋、诔、铭、说、问交、德诰、慎情、书记说、自序、官录说、策五十篇。"

《曹曜传》："作《通义》十二篇，《演经杂论》百二十篇，又传《礼记》四十九篇。"

《贾逵传》："尤明《左氏传》、《国语》，为之《解诂》五十一篇。"

《班固传》："固所著《典引》、《宾戏》、《应讥》、诗、赋、铭、诔、颂、书、文、记、论、议、《六言》，在者凡四十一篇。"

《翟酺传》："著《援神》、《鉤命解诂》十二篇。"《应奉传》："追滑屈原，因以自伤，著《感骚》三十篇，数万言。"

《王充传》："著《论衡》八十五篇，二十余万言。"

《马融传》："注《孝经》、《论语》、《诗》、《易》、三《礼》、《尚书》、《列女传》、《老子》、《淮南子》、《离骚》，所著赋、颂、碑、诔、书、记、表、奏、七言、琴歌、对策、遗令，凡二十一篇。"

《许慎传》："又作《说文解字》十四篇，皆传于世。"

若当时果有《楚辞章句》十六卷或十七卷的本子流传，则《王逸传》必言"著《楚辞章句》十六篇"或"著《楚辞章句》十七篇"。说明范氏著《王逸传》时，并不存在《楚辞章句》有"十六卷"或"十七卷"的本子。但是，范氏没有具体记载《楚辞章句》的篇数，只笼统地说"其赋、诔、书、论及杂文凡二十一篇"。这段文字是有问题的。好在今有六朝遗物《王逸集》的"象牙书籤"得以参证，这个疑案也由此可以破解。"象牙书籤"记载云：

> 初元中，王公逸为校书郎，著《楚辞章句》及诔、书、杂文二十一篇。[②]

---

① 汉书，原讹作"汉诗"。张政烺氏据六朝遗物"象牙书籤"有"作《汉书》一百二十三篇"云云，谓"汉诗"即"汉书"之讹。其说可信。见《〈王逸集〉牙籤考证》，《张政烺文史论集》，中华书局，2004年，第201页。

② 汉书，原讹作"汉诗"。张政烺氏据六朝遗物"象牙书籤"有"作《汉书》一百二十三篇"云云，谓"汉诗"即"汉书"之讹。其说可信。见《〈王逸集〉牙籤考证》，《张政烺文史论集》，中华书局，2004年，第201页。

这个"象牙书籤"是"魏晋或北朝遗物",在范晔作《后汉书》之前。其文字在"隶楷之间",相当古朴,内容真实可信。所谓"二十一篇"者,原来包括《楚辞章句》在内。这正是范氏《后汉书》记载疏误之所在。又,《隋书·经籍志》:"梁有王逸《正部论》八卷,后汉侍中王逸撰。亡。"又有"《王逸集》二卷"。《旧唐书·经籍志》有"《王逸集》二卷"。说明《王逸集》二卷本在五代之世犹存。《正部论》八卷本,虽在隋、唐之世已佚,然至今尚有遗文残简,如,《艺文类聚》卷八三《宝玉部》上"玉"条引王逸《正部论》云:

或问玉符,曰:"赤如鸡冠,黄如蒸栗,白如猪肪,黑如纯漆。玉之符也。"

据此可以断定,《正部论》八卷(即八篇)属于"杂文"之类。《王逸集》二卷(即二篇)当是包括"诔"、"书"、"赋"、"论"等的王逸的诗文总集。如果《隋志》记录可靠,在"二十一篇"中除去《正部论》八卷,再除去《王逸集》二卷。则六朝时期所流传的王逸《楚辞章句》应为"十一卷"本(即十一篇)。

《隋书·经籍志》著录六朝时期的王逸《楚辞章句》既有"十一卷"本、又有"十二卷"本的两种本子,曰:"《楚辞》十二卷,并《目录》,后汉校书郎王逸注。梁有《楚辞》十一卷,宋何偃删王逸注。亡。"清严可均《全后汉文》卷五十七"王逸"条下谓"有《楚辞章句》十二卷"。盖据《隋志》。此"十二卷"本,包括《目录》一卷,实则同梁删注的《楚辞》十一卷本。这样,就与《王逸集》的"象牙书籤"所记载完全吻合。

六朝时期流传的王逸《楚辞章句》十一卷本,包含了哪些篇目?其篇次先后又是怎样的?刘勰《文心雕龙·辩骚》则透露出一条很重要的信息:

故《骚经》、《九章》,朗丽以哀志;《九歌》、《九辩》,绮靡以伤情;《远游》、《天问》,瑰诡而惠巧;《招魂》、《招隐》[①],耀艳而深华;《卜居》标放言之致,《渔父》寄独任之才。故能气往轹古,辞来切今,惊采绝焰,难与并能矣。自《九怀》已下,遽蹑其迹,而屈、宋逸步,莫之能追。

自《骚经》至《九怀》凡十一篇,当是刘勰当时所据《楚辞》本子的篇目。"自《九怀》以下"云云,则指《七谏》、《九叹》、《哀时命》以下汉人的《楚辞》作品,不包括《九怀》一篇在

---

① 《招隐》,原作《大招》,据《楚辞章句》明正德黄省曾、高第刻本与明隆庆朱多煃刻本改。《楚辞释文目录》以《招隐士》为第九、《招魂》为第十,故刘勰《招魂》、《招隐》合而论之。说明刘勰所据《楚辞》目录的篇次,与《释文目录》同。后人据以作者时代先后为次的今本,易《招隐》为《大招》。讹也。

内。那么,刘勰所依据的《楚辞》本,《九怀》一卷殿其后。值得注意的是,刘勰以《招魂》、《招隐》二篇同类并列,且《招魂》在《招隐士》之前,这与《楚辞释文目录》前十一卷的篇次稍有区别,这就是:《离骚》、《九辩》、《九歌》、《天问》、《九章》、《远游》、《卜居》、《渔父》、《招魂》、《招隐士》、《九怀》。说明《楚辞释文》虽为五代的王勉所作,但是《楚辞释文》的篇次,基本上保留在南朝萧梁之前王逸《楚辞章句》的旧貌,确实要比以作者时代先后为次的今本目录古奥。

《隋书·经籍志》说:"楚有贤臣屈原,被谗放逐,乃著《离骚》八篇。"《隋志》这个说法,与汉代"屈原赋二十五篇"又不相同。如果据《楚辞释文目录》来观照,其实也不难理解。

汉人尊《离骚》为"经",居于篇首,故六朝以后凡屈原《离骚》以外之作,皆以《离骚》称之。如,宋晁补之作《重编楚辞》十六卷,"首篇曰《离骚经》,后篇皆曰《离骚》,余皆曰《楚辞》"。[①]《释文》目录,自《离骚》至《渔父》为八篇。《隋志》所谓"乃著《离骚》八篇",正是指《离骚》、《九辩》、《九歌》、《天问》、《九章》、《远游》、《卜居》、《渔父》八篇。《九辩》本是宋玉之作,以其次于《离骚》之后。之所以如此,并非如汤炳正先生所说,为先秦时期为宋玉编纂的"屈、宋合集",而是依据屈原作品的内证。《离骚》:"启《九辩》与《九歌》兮,夏康娱以自纵。"《天问》:"启棘宾商,《九辩》、《九歌》。"二例《九辩》皆在《九歌》之前。所以,尽管《九辩》为宋玉所作,王逸还是据此排列,置《九辩》于《九歌》之前。近得王静安手校汲古阁本(藏国家图书馆),其有批语云:"按《九辩》、《九歌》,皆古之遗声。《离骚》云:'启《九辩》与《九歌》兮,夏康娱以自纵。'《大荒西经》云:'夏后开上三嫔于天,得《九辩》与《九歌》以下。'故旧本《九辩》第二、《九歌》第三。后人以撰人时代次之乃退《九辩》于第八耳。"其说与鄙意相合。《楚辞释文》的目录篇次,确是保留了王逸《楚辞章句》的旧貌。正因为如此,六朝人遂目《九辩》以为屈原所作。《三国志·魏书·陈思王植传》引屈平曰:"国有骥而不知乘,焉皇皇而更索。"这二语明明是出于《九辩》的诗句,非屈子所作,而认定为"屈平曰",就是一个显证。《隋志》"八篇"说,说明《九辩》一篇不次《渔父》之后,而在《离骚》之后、《九歌》之前,混杂在屈原作品之中。六朝时期流传的王逸《楚辞章句》是十一卷本,其篇目排列的先后次第,除《招隐士》一篇外,与《楚辞释文》的目录篇次基本相同。

令人困惑与费解的是,王逸集纂《楚辞章句》,为何如此看重王褒《九怀》一篇,且系于《招隐士》之后?王褒是汉宣帝时期人,来自西蜀,名气似在东方朔、庄忌、刘向之辈下。王逸是东汉安帝、顺帝间人。二人不同时、不同地,虽同姓"王",未见有任何瓜葛。这个问题很值得探讨。或许王逸特别偏好王褒《九怀》的缘故吧?《九怀》沿用《九歌》体,

① 孙猛:《郡斋读书志校证》下册《读书附志》卷下《楚辞类》,上海古籍出版社,2005年,第807页。

"兮"字在句中。故王逸作《九思》,在形式上也模仿《九怀》,皆以四字或五字为句,也沿用《九歌》体,"兮"字置于句中,在汉人的代屈《楚辞》作品中别具一格的风味。否则,乃真不可思议也。

三、今传王逸《楚辞章句》十七卷本的来历

诚如上述,六朝时期流传的《楚辞章句》十一卷本是否即王逸《楚辞章句》旧貌?今见"十一卷"本以下诸篇《七谏》、《九叹》、《哀时命》、《惜誓》、《大招》、《九思》等,其序文及章句是否王逸所作?《楚辞》十七卷本始于何时、究竟从何而来?

关于《九思序》与《九思章句》,笔者已撰文考辩,以为非王逸或其子王延寿所作。《序》及《章句》的体例与前十卷迥别,且出现十余例诸如"谱录"、"通夜"、"停止"、"摄斥"、"山岭"、"荒阻"、"又还"等属于六朝时期的口语,便考定为是南朝、隋唐间好事者所为,且出多人之手,前后矛盾不一,便先后陆续累积而成。[①] 故此篇可暂置之不论。

关于《七谏》以下五篇的次序,由于文献记载阙如,虽然难以断定,毕竟还是有朕兆可以追寻。如,《大招》:"丰肉微骨,体便娟只。"注云:"便娟,好貌也。已解于上。"便娟,最初出《远游》"雌蜺便娟以增挠兮",王逸未注其义。后见《七谏·初放》:"便娟之修竹兮,寄生乎江潭。"注云:"便娟,好貌。"《大招》注同《七谏》。注又说,"已解于上",这说明《楚辞章句》旧本不仅有《大招》一篇,且其篇次在《七谏》之后,则与《释文》的目录篇次颇合。

《七谏》以下五篇,前三篇理以作者时代的先后为次,即东方朔的《七谏》在前,庄忌的《哀时命》在其次。东方朔、庄忌皆汉武帝时人。再其次为刘向的《九叹》,刘向是汉元帝、汉成帝时人。编纂者似无理由将《九叹》侧置于《哀时命》之前。后两篇以作者未明,作为存疑之作系于后。比较而言,《惜誓》的作者为贾谊虽不能定,似比《大招》一篇要明确,故《惜誓》在前,《大招》在后。这五篇的次序则为:《七谏》、《哀时命》、《九叹》、《惜誓》、《大招》,与《楚辞释文》的目录篇次有所微别。

刘勰《辩骚》"《九怀》以下"云云,即指《七谏章句》以下五篇,在魏、晋六朝之世确乎存在,其作者也确乎标明为东汉的王逸。

首先,梁顾野王《玉篇》唐钞本残卷[②]引《楚辞》及《章句》,出于《七谏》、《九叹》、《哀时命》、《惜誓》、《大招》诸篇者甚多,唯《九思》一篇未见征引。如,见之于《七谏》者有:《玉篇》残卷《广部》"厈"字:"《楚辞》'厈遂鸿鹄,近鸱枭',野王案:厈,犹疏远之也。"厈,俗字。《玉篇》残卷《囗部》"商"字:"《楚辞》'商风肃而害之',王逸注:'商风,西风也。'"

---

① 拙作《〈九思〉序文及注作于六朝考》,《古籍整理研究学刊》,2002年第2期。

② 顾野王:《原本〈玉篇〉残卷》唐钞印复印件,中华书局,1985年。

《玉篇》残卷《山部》"巇"字:"《楚辞》'然芜蔑而险巇',王逸曰:'险巇,□色也。'"按:□,俗犹字。色,危之讹。《玉篇》残卷《阜部》"陋"字:"《楚辞》'陵桓山其[无](若)陋',王逸曰:'陋,小也。'"见之于《九叹》者有:《玉篇》残卷《纟部》"纳"字:"《楚辞》'衣纳纳而掩露',王逸曰:'纳纳,薄湿貌也。'"《玉篇》残卷《水部》"凑"字:"《楚辞》'从波凑而下津',王逸曰:'凑,聚也。'"《玉篇》残卷《水部》有"砅"字,曰:"《楚辞》'棹舟杭以横砅',王逸曰:'砅,渡也。'"《玉篇》残卷《纟部》"総"字:"《楚辞》'建黄昏之総旄',王逸曰:'総,合也。'"《玉篇》残卷《山部》"峨"字曰:"《楚辞》'冠浮云之峩峩',王逸曰:'高皃也。'"峨与峩同。《玉篇》残卷《广部》"废"字:"《楚辞》'步从容于山废',王逸曰:'废,隈也。'"按:废,古廋字。《玉篇》残卷《纟部》"徽"字:"《楚辞》'破伯牙之号钟,扶人筝而张徽'。王逸曰:'徽,张弦也。'"《玉篇》残卷《纟部》"结"字:"野王案:结,犹构也。《楚辞》'结余轸于西山',王逸曰:'结,旋也。'"见之于《哀时命》者有:《玉篇》残卷《水部》"涫"字:"《史记》'肠如涫汤',徐广曰:'涫,沸也。'野王案:《楚辞》'气涫沸其如波'是也。"见之于《惜誓》者有:《玉篇》残卷《言部》"谔"字:"《楚辞》'或直言之谔谔',野王案:谔谔,正直之言也。"《玉篇》残卷《索部》"索"字:"野王案:纠绳曰索。淮南'衣褐带索'、《楚辞》'并细丝以为索',并是也。"见之于《大招》者有:宋本《玉篇》面部"靨"字:"《淮南》:'靨辅在颊前则好。'《楚辞》曰'靨辅奇牙'。"《玉篇》残卷《水部》"沥"字云:"《楚辞》'吴醴白蘖,和楚沥',王逸曰:'沥,清酒也。'"以上原本《玉篇》所征引《楚辞章句》材料,皆可得证明在梁代的顾野王之前,《楚辞章句》旧本有《七谏》以下五篇,其以注文为王逸所作。又,《九叹·滑命》"破伯牙之号钟兮",注云:"号钟,琴名。"案:《汉书》卷六四下《王褒传》"虽伯牙操递钟",臣瓒曰:"《楚辞》云'奏伯牙之号钟',号钟,琴名也。"臣瓒引《楚辞》及王逸《章句》,皆同今本。据《史记·索隐》,《汉书音义》的臣瓒,即西晋的校书郎傅瓒。这条书证更证明,早在西晋时期《楚辞》旧本,则有《九叹章句》一篇的存在。

其次,《七谏》以下五篇的《序》及《章句》与《九怀》前十一卷比较,似乎很难分别出轩轻来。王逸所作《章句》,若《七谏》以下六篇的释义或与《九怀》前十一篇相同者,则皆因前省,且注明"已解"的出处。如:《七谏·沈江》:"晋献惑于孊姬兮,申生孝而被殃。"注云:"已解于《九章篇》中。"《七谏·怨世》:"吕望穷困而不聊生兮,遭周文而舒志。宁戚饭牛而商歌兮,桓公闻而弗置。"注云:"皆解于《离骚经》。"《七谏·怨思》:"子胥谏而靡躯兮,比干忠而剖心。子推自割而饲君兮,德日忘而怨深。"注云:"已解于《九章》也。"《七谏·自悲》:"悲虚言之无实兮,苦众口之铄金。"注云:"已解于《九章》中。"《七谏·哀命》:"念女媭之婵媛兮,涕泣流乎于悒。"注云:"于悒,增叹貌也。已解于《离骚经》。"《七谏·谬谏》:"怨灵修之浩荡兮",注云:"已解于《离骚经》。"又:"固时俗之工巧兮,灭规矩而改错。却骐骥而不乘兮,策驽骀而取路。当世岂无骐骥兮,诚无王良之善驭。见执辔者非其人兮,故驹跳而远去。"注云:"皆已解在《九辩》。"又:"不量凿而正枘兮,恐矩矱之不同。"注云:"已解于《离骚经》。"又:"众鸟皆有行列兮,凤独翔翔而无所薄。"注云:"已解于《九辩》也。"《九叹·惜贤》:"晋申生之离殃兮,荆和氏之泣血。吴申胥之抉眼兮,王子比干之横废。"注云:"皆已解于《九章》。"《哀时命》:"子胥死而成义兮,屈原沉于汨罗。虽体解其不变兮,岂忠信之可化?志怦怦而内直兮,履绳墨而不颇。"注云:"皆已解于《离骚》、《九辩》、《七谏》。"其注义前后照应,体制似甚严密。若非整体一书,真真不可思议。

既然《七谏》以下五篇的《章句》早在魏、晋六朝业已存在,与王逸《章句》基本一致,似乎出自一人之手,而且冠以"王逸注",为何未在《楚辞章句》十一卷内?二者到底属于什么关系?

苦于文献资料的阙如,笔者无法断定。王逸所辑《楚辞》本盖有十六卷(篇),但是其所作《楚辞章句》只有十一卷,依次为《离骚》、《九辩》、《九歌》、《天问》、《九章》、《卜居》、《渔父》、《招魂》、《招隐士》、《九怀》。有可能王逸作《楚辞章句》未竟而卒,故但存十一篇,而《七谏章句》以下五篇皆阙然未注。今本《七谏》以下五篇的注释,恐非出自王逸,大概为其子王延寿或王逸之后、东汉一无名氏所作,然仍托名为"校书郎中王逸作"。

这两种书在魏、晋六朝以前并行存在,各自独立,没有混合为一书。理由是:王逸作《楚辞章句》,重点注释《离骚》。故《离骚章句》一篇最为详赅,始释字义,次释句意,终讲明章旨,是一篇标准的"章句"体。《九歌》、《天问》、《招魂》三篇内容比较庞杂,也以"章句"体注释其义。《九辩》、《九章》(《惜诵》一篇除外)、《远游》、《卜居》、《渔父》、《招隐士》、《九怀》诸篇内容相对较为简单,皆用韵文形式释义,极少单独释字义。此为王逸所独创,或三言,或四言,或七言,言简意赅,错落有致。皆非标准的"章句"体。颇为值得深味的是,《七谏》以下五篇,内容要比《九辩》、《九章》等更为单纯、明白,若为王逸所注,则必用韵文的形式。恰恰相反,自《七谏》以后,注文皆一律用"章句"体,注文的行文风格与前十一卷也略有些差异,截然为二种不同的书。或许这种韵文式的"章句",继作注释者并不擅长,或是作不好,或是作不出来。

特别是文字的注释,多与前十一卷出现毫无必要的重复。王逸《楚辞章句》十一卷注义虽然也有重复现象,但是,若所注词义相对比较重要,故才不厌其烦。如,以"灵"为例,《离骚》"字余曰灵均",注云:"灵,神也。"又:"夫唯灵修之故也",注云:"灵,神也。能神明远见者,君德也,故以谕君。"又:"欲少留此灵琐兮",注云:"灵以喻君。一云:灵,神之所在也。"《离骚》三例"灵"字虽然在"神"这个意义上相同,但是第一例是用在屈原的名字上,第二例表示比喻君王,第三例表示神灵。意义各有所指,故王逸不嫌重复为注。而《七谏》五篇的注义重复,多不在此列。如,《离骚》"唯昭质其犹未亏",注云:"昭,明也。"《大招》"白日昭只",注云:"昭,明也。"《天问》"何冯弓挟矢",王逸只在《章句》中以"挟箭矢"注明之,没有单独为"矢"字作注。《七谏·谬谏》"机蓬矢以射革",注云:"矢,箭也。"《大招》"执弓挟矢",注云:"矢,箭也。"这种重复注释就显得繁芜、臃肿,完全没有必要。如果出自一人之手,似乎也没有这种可能。又如,《七谏·初放》:“平生于国兮,长于原□。”注云:“平,屈原名也。高平曰原,垌外曰野。言屈原少生于楚国,与君同朝,长大见远弃于山野,伤有始而无终也。”《九叹·离世》:“兆出名曰正则兮,卦发字曰灵均。”注云:“言己生有形兆,伯庸名我为正则以法天;筮而卜之,卦得坤,字我曰灵均以法地也。”如果按前十一卷体例,必皆省略,但注:“皆解于《离骚经》。”决无作如此累赘的重复。这只能说明是出自另一人之手,才有可能造成这种不该重复出注而重复出注的情况。

表面上看,《七谏章句》五篇之所以作得似与《九怀章句》以前十一篇一样的整齐、划一,这当然是由于继承者体会得王逸《章句》的原意。但是,最终还是体例或行文负格、习惯方面反映出前后的差异,透漏出了前后注者在学术作风上有所区别的真相。如,《七谏初放》:“往者不可及兮,来者不可待。”注云:“谓圣明之王尧、舜、禹、汤、文、武也。欲须贤君,年齿已老,命不可待也。”以“往者”为“圣明之王尧、舜、禹、汤、文、武”六人。其实这样的诗句同样出现在前十一篇,《远游》:“往者弗及兮,来者吾弗闻。”注云:“三皇、五帝,不可逮也。后虽有圣,我身不见也。”则以“往者”为“三皇五帝”。前后差异如此之大,令人不可思议。“郁郁”一词,在《九怀》之前十一篇出现过四次:或解“忧满”,如《哀郢》“惨郁郁而不通兮”,注云:“中心忧满,虑闭塞也。”或解“烦冤”,如《抽思》“心郁郁之忧思兮”,注云:“哀愤结缗,虑烦冤也。”《悲回风》“愁郁郁之无快兮”,注云:“中心烦冤,常怀忿也。”或解“愤懑”,如《九辩》“冯郁郁其何极”,注云:“愤懑盈胸,终年岁也。”《七谏》以下五篇出现过三次,一律解为“忧毒”。如《七谏·谬谏》“愁郁郁之焉极”,注云:“言忧毒之无穷。”《九叹·怨思》:“惟郁郁之忧毒兮,志坎壈而不违。”注云:“言己放逐,心中郁郁,忧而愁毒,虽坎壈不遇,志不离于忠信也。”《哀时命》:“心郁郁而无告兮,众孰可与深谋?”注云:“言己心中忧毒而无所告语,众皆谄谀,无可与议忠信也。”其义虽然大致相通,而解释用语出现差别。前后的行文遣词,各有风格、习惯,并不一致,说明这只能出自二人之手。

这两种书于何时始合为一种?《隋书·经籍志》云:“后汉校书郎王逸集屈原已下,迄于刘向。逸又自为一篇,并叙而注之。今行于世。”魏徵说“今行于世”,“今”者,是指初唐,或许魏徵已见到这样的本子,所以才说这样的话来。即是说,初唐时期,已将王逸《楚辞章句》十一卷与他人的续作《七谏》五篇章句合为编,于是才开始有《楚辞章句》十六卷本。在此以前,绝无此本。故《隋志》“楚辞类”下未见著录王逸《楚辞章句》十六卷本,因为隋代未见此书。《旧唐书·经籍志》、《新唐书·艺文志》皆始著录王逸《楚辞章句》十六卷,说明此书始于唐代。王逸《九思》一篇并未编入在内。五代时期王勉所作的《楚辞释文》,其目录最后一篇为《九思》。这也是关于王逸《楚辞章句》十七卷现存文献的最早记载。再以后,南宋晁公武《郡斋读书志》、陈振孙《直斋书录解题》以及《宋史·艺文志》

等所著录者皆为十七卷本,《九思》一篇殿其后。所以,王逸《楚辞章句》十七卷本大概出现在五代、北宋初期。及至北宋仁宗天圣时期,闽人陈说之将《楚辞章句》十七卷篇次,按照作者时代先后为次重新调整。[1] 这便是现存王逸《楚辞章句》十七卷本的来历。

① 朱熹:《楚辞辩证》,见《楚辞集注》,上海古籍出版社,1979年,第172页。

哈佛大学哈佛燕京图书馆所藏的《楚辞》典籍

浙江大学　林家骊

美国哈佛大学哈佛燕京图书馆,是欧美国家中收藏汉籍最为丰富的图书馆之一。该图书馆于1928年随着哈佛燕京学社的成立而建,初名“汉和图书馆”,致力于中日韩文社会科学资料的收集,1965年改称“哈佛燕京图书馆”,馆内藏中文图书资料甚丰。笔者在2005年10月应哈佛大学斯蒂芬·欧文教授之邀,赴哈佛大学东亚系作访问学者三个月;至12月底,据斯蒂芬·欧文教授推荐,哈佛燕京学社主任杜维明教授邀请我以哈佛燕京访问学者的身份,再留哈佛合作研究六个月。在此九个月中,我去的最多、最使我流连忘返的是哈佛燕京图书馆。

哈佛大学哈佛燕京图书馆收藏的《楚辞》典籍,约可分为以下几类:明代《楚辞》善本;清朝和民国的《楚辞》钞本;日本与韩国刊刻的《楚辞》印本;现代大陆和港台地区出版的《楚辞》研究著作。明代《楚辞》善本,沈津先生《美国哈佛大学哈佛燕京图书馆中文善本书志》已作详细提要,笔者在撰写此文第一段时有所引用,特此说明。

一、明代《楚辞》善本

1. 明万历闵齐伋刻套印本《楚辞》。

《楚辞》二卷,楚屈原、宋玉、汉贾谊等撰。明万历四十八年(1620)闵齐伋刻三色套印本。二册。半页九行十九字,四周单边,白口,无鱼尾,书眉上刻评,书口下刻页数。框高21.4厘米,宽14.5厘米。

卷末刊“皇明万历庚申乌程闵齐伋遇五父校”一行。评及后之叙说,皆分墨、朱、蓝三色,末又有“闵”、“齐伋”小印。

金镶玉装。

2. 明万历冯绍祖观妙斋刻本《楚辞章句》。

《楚辞章句》十七卷,汉王逸撰。附录一卷。明万历十四年(1586)冯绍祖观妙斋刻本,八册。半页九行十八字,左右双边,白口,无鱼尾,书眉上刻注,书口下有“杭州郁文瑞书”,框高21.6厘米,宽13.9厘米。题“汉刘向子政编集、王逸叔师章句、明后学武林冯绍祖绳武父校正”。前有万历十四年黄汝亨序、万历十四年冯绍祖后序。凡例五则。

王逸,字叔师。南郡宜城(今湖北宜城)人。汉安帝元初中,举上计吏,为校书郎,顺帝时官至侍中。著有赋、诔、书、论等二十一篇及《汉诗》一百二十三篇,原有集,已散佚。明张溥辑有《王叔师集》。事迹见《后汉书》卷八十《文苑传》。

逸生长楚地,对屈原之遭遇,异代相感,深表同情,读《楚辞》而伤愍屈原,故作此书。此书以刘向辑《楚辞》作底本,为之解说,为现存最早之一部完整的《楚辞》注本。原书十六卷,今流传之本为十七卷。编次为《离骚》、《九歌》、《天问》、《九章》、《远游》、《卜居》、《渔父》、《九辩》、《招魂》、《大招》、《惜誓》、《招隐士》、《七谏》、《哀时命》、《九怀》、《九叹》、《九思》。因《九思》为王逸自作自注,故《隋书·经籍志》谓为王逸所自为,洪兴祖《楚辞补注》谓"逸不应自为注解,恐其子延寿之徒为之耳"。

逸注《楚辞》,逐句作解,讹为训诂,所言多有依据,故深受后代《楚辞》注家重视。是书附录为司马迁撰《屈原传》、各家《楚辞》书目、《楚辞章句》总评。书眉上端杂引各家论说章节大义,或行文脉络,亦载韵字叶音,大体用朱熹所录之说。

冯绍祖序云:"是编也,不佞非以益骚,而聊以毕其所慕,繄起穷愁而揄伊郁欝也。若曰或邛之而或抑之,则不佞乌敢开罪灵均,而为叔师引咎哉!嗟乎!子云反骚,至其论玄也,则谓千载之下有子云。谓千载之下有子云者而知玄,毋乃谓千载之下有屈子者而知骚乎哉!"绍祖,字绳武,盐官人。

钤印有"内藤虎印"。

3. 明刻本《楚辞章句》。

《楚辞章句》十七卷,汉王逸撰。附录一卷。明刻本。四册。半页九行十八字,左右双边,白口,无鱼尾,书眉上刻注。框高21.1厘米,宽13.8厘米。题"汉刘向子政编集、王逸叔师章句、明后学武林冯绍祖绳武父校正"。前有万历十四年(1586)黄汝亨序。末有万历十四年冯绍祖后序。凡例五则。

按,此本乃据明万历十四年冯绍祖观妙斋刻本重刻。

钤印有"后心(上后下心)阁藏"。

4. 明吴门白玉堂刻本《楚辞章句》。

《楚辞章句》十七卷,汉王逸撰。明吴门白玉堂刻本。四册。半页十行十八字,左右双边,白口,单鱼尾。框高19.1厘米,宽14.2厘米。题"汉刘向子政编集、王逸叔师章句"。前有正德十三年(1518)王鏊序、万历四十七年(1619)刘广序。

刘广序云:"……归检箧中,适得先侍御子威手校《楚辞》十七卷,为洗游橐,付诸剞劂。"

此本有扉页,刊"楚辞朱注。合订七十二家评林。吴门白玉堂梓"。

5. 明凌毓枏刻套印本《楚辞》。

《楚辞》十七卷,汉王逸注、明陈深批点。附录一卷。明凌毓枏刻朱墨套印本。二册。

半页八行十八字，四周单边，白口，无鱼尾，书眉上刻评。框高21.7厘米，宽14厘米。题“王逸叙次，陈深批点”。末有王世贞跋。

附录为司马迁撰《屈原贾生列传》。

陈深，字子渊。长兴人。嘉靖四年进士，官雷州推官。

附录书眉上评者为陈沂、茅坤、杨慎、余有丁、董份、王鏊、唐顺之、黄省曾、楼昉、何孟春等。全书除不录章句外，凡王逸本中所有大小叙附录皆具。与闵齐伋本极相近。文中录苏辙、李湨、刘凤、贾岛、张之象、唐顺之、汪道昆、何景明、王慎中等诸家语，而以洪兴祖、朱熹两家为多，每卷后附《楚辞》疑字音义，实则有音无义，其音亦与闵本所择者略同。

王世贞跋后，刊“吴兴凌毓枬殿卿父校”一行。有“凌毓枬印”、“殿卿父”二印。

钤印有“毕宪曾印”、“季瑜”、“丽中收藏”、“叙之”、“毕印宪曾”。

6. 明刻本《楚辞句解评林》。

《楚辞句解评林》十七卷，汉王逸章句、明冯绍祖辑评。附录一卷。明刻本。六册。半页十行二十三字，四周双边，白口，双鱼尾，书眉上刻评。框高21.3厘米，宽12.9厘米。题“汉刘向子政编集、王逸叔师章句、明后学武林冯绍祖绳武父校正”。前有万历十五年(1587)冯绍祖后序。凡例五则。

此本亦据明万历十四年冯绍祖观妙斋本重刻。冯序之署年原题丙戌，此本改为丁亥。又有扉页，刊“楚辞句解评林。冯梦龙先生订。复古斋藏版”。

7. 明刻本《楚辞集注》。

《楚辞集注》八卷，宋朱熹撰。明刻本。二册。半页八行二十字，四周单边，白口，单鱼尾，框高20.9厘米，宽12.7厘米。题“宋朱熹集注、明张肇林校雠”。前有正德十四年(1519)张旭序、成化十一年(1475)何乔新序。

是书为朱熹在王逸之外另辟蹊径，自抒己见而极有影响之著作，大约完成于宋庆元元年(1195)前后。以王逸《章句》为底本，删去《七谏》、《九怀》、《九叹》、《九思》四篇，益以贾谊《吊屈原》、《服赋》二篇。以屈原所著二十五篇为《离骚》类，共分五卷。编次为：卷一《离骚》；卷二《九歌》；卷三《天问》；卷四《九章》；卷五《远游》、《卜居》、《渔父》。卷六至八，以宋玉、景差、贾谊、庄忌、淮南小山所作十六篇为《续离骚》类。编次为卷六《九辩》(宋玉)；卷七《招魂》(宋玉)、《大招》(景差)；卷八《惜誓》、《吊屈原》、《服赋》(皆贾谊作)、《哀时命》(庄忌)、《招隐士》(淮南小山)。随文注释，其篇章取舍与王逸《楚辞章句》不同。朱熹此书寻求作者言外之意，发明微词奥义，往往独具识见，均为后来研究者所重视。

张旭序云：

平湖沈公子京，以下柱史来知休宁县，事未期年，政教大有声。行将复入内台,乃梓行此书,以嘉惠乎后学。恐今本未善,命旭为之校雠,甚盛心哉……旭谨奉严命,遂将《楚辞》二册之中,后人妄加《离骚》经传数目、小注、空题等九十八字,及成相三章,八段之上八圈,一切删去,其余三复校正,求其字无鲁鱼豕亥之误然后已。公曰,若然,则于朱子之定本必符节之相合矣。乃捐俸以刻之。公其有功于天下后世大矣哉!

缺名朱笔圈点。钤印有"韩国余璋王孙"。

8. 明万历凌氏桂芝馆刻文林绮绣本《楚骚绮语》。

《楚骚绮语》六卷,明张之象辑。明万历凌氏桂芝馆刻《文林绮绣》本。六册。半页八行十七字,左右双边,白口,单鱼尾,书口下有刊工并字数。框高18.3厘米,宽12.4厘米。题"云间张之象玄超辑、吴兴凌迪知稺哲订"。前有万历四年(1576)凌迪知序。

此为凌氏刻《文林绮绣》零种。台湾中央图书馆作明万历四年吴兴凌迪知刊本。

《四库全书总目提要》云:"是书摘《楚辞》字句,以供挦扯,已为剽剟之学;又参差杂录于二十五赋,不复著出自何篇,亦与黄省曾《骚苑》同一纰陋。"

凌迪知序云:"余少读楚骚,苦其聱牙。先大夫藻泉君,授以大父练溪翁所藏批本,展卷间,群疑稍融。而尤拳拳于绮丽之语,间尝采而辑之。适云间张君玄超,持所摘《骚语印证》,余重订之,梓布海内。"

二、清代和民国的《楚辞》钞本

1. 吴仁杰《离骚草木疏》精钞本。

《离骚草木疏》精钞本四卷,宋吴仁杰撰,一册,半页十二行二十四字。字体精美无比,左右单边,白口,题"通直郎行国子录河南吴仁杰撰",前无序,后有跋。跋云:

右《离骚草木疏》四卷。仁杰少喜读《离骚》文,今老矣,犹时时手之。不但览其昌辞,正以其竭忠尽节,凛然有国士之风,整冠敛衽,如见其人。凡芳草嘉木一经品题者,谓皆可敬也。因按《尔雅》、《神农书》所载,根茎花叶之相乱,明实之异同,悉本本元元分别部居,寿之于梓,令萃成书,区以别矣。夫榝似椒,萧艾似繁麦,门冬之似兰,及已之似杜衡,犹大佞之于忠,乡原之于德也。得是书,形见色屈,或庶几焉。举无以乱其真者,刘杳为《草木疏》二卷,见于本传,其书今亡矣。杳《疏》,凡王逸所集者皆在焉,而仁杰独取诸二十五篇,故命曰《离骚草木疏》。夫子不云乎,诗可以兴,可以观,可以群,可以怨,迩之事父,远之事君,多识于鸟兽虫草木之名。班固讥三闾怨恨怀王,是未知《离骚》之近于诗,而诗之可以怨也。刘勰亦讥三闾鸩鸟媒娀，为怪诞诡异之说。又王逸鸩媒，谓鸩食蛇羽有毒可以杀人者。按鸩有二焉，碧瑶之山有鸟如雉，其名曰鸩。郭璞谓此更一种，非食蛇者也。《离骚》之文多怪字，然亦非凿空置辞，实本之《山海经》，其言鹭、鸾、皇、鸩鸟与《诗》麟、驺、虞、凤凰何异？勰何足以知之。《离骚》以芗草为忠正，莸葍为小人，荪芙蓉以下又四十四种，犹青史氏忠义独行之有全传也。薋绿葹之类十一种，传著卷末，犹佞臣奸臣传也。彼既不能流芳后世，姑使之遗臭万载云。庆元岁丁巳四月三日通直郎行国子监河南吴仁杰书。

国录吴先生以淹该之学，从政之暇，训释诸书，警刊后进，不为不多，比以《离骚草木疏》见属刊于罗田旧县庠。吁，远矣哉！庆元庚申中秋日河南方灿敬识。

州学生张师尹较对。

罗田县县学长杜醇周较正。

免解进士，州学正充田县县学讲书吴世杰校正。

书后有钤印“不可思议”、“曾亮”、“写春”等。

2. 马其昶《屈赋折曰(上折下曰)微》。

马其昶《屈赋折曰(上折下曰)微》手稿本，即通行本马其昶《屈赋微》的手稿本。题下有“哈佛大学汉和图书馆珍藏印”。稿本一册，不分卷，半页十行二十一字，注解用双行小字，天头留空白处甚多，以备修改之用。全书各页都粘帖修改的纸条，与现通行本对照，可确定为《屈赋微》之初稿本。

前有马其昶序，序曰：

汉《艺文志》屈原赋二十五篇。王逸《楚辞章句》，《离骚》一、《九歌》二、《天问》三、《九章》四、《远游》五、《卜居》六、《渔父》七、《九辩》八、《招魂》九、《大招》十。其篇第与《释文》互异，皆不以作者先后次序。《释文》次宋玉《九辩》于《九歌》前，王逸既以《招魂》属宋玉，《大招》属屈原，而又次《大招》于后。太史公明言：‘读《离骚》、《天问》、《招魂》、《哀郢》，悲其志。’则《招魂》为屈原作固然无疑，逸乃以《大招》当之，误矣。洪兴祖则断自《渔父》以上为屈赋，以符《汉志》二十五篇之数，朱子《集注》一承用其说。盖《九章》九篇、《九歌》十一篇，九者，数之极，故以九节，歌文不限于九也。王船山先生说《九歌》前十篇，皆有所专祀之神，至《礼魂》则送神之曲，为前十篇所通用，然则《礼魂》各附前篇之末，不自为篇数今定。自《离骚》至《渔父》二十四篇，入《招魂》一篇，凡二十五，与《汉志》适合，盖原之赋具此矣。淮南王安序《离骚传》，以谓兼《国风》、《小雅》

之变,推其志与日月争光。太史公采其说入本传,而益反复明其存君兴国之念,无可奈何而继之以死。悲夫!死,酷事耳。志定于中而从容以见于文字,彼有以通性命之故矣,岂与夫匹妇匹夫不忍一时之悁忿而自裁者比乎?天地之气储与扈治,为人物之所公得,而其间条缕分晰,乃至杪忽不相越紊。宗国者,人之祖气也。宗国倾危,或乃鄙夷其先,故而潜之他族,冀绵须臾之喘息。吾见千古之贼臣篡子,不旋踵而即于亡者,其祖气既绝,斯无能独存也。事可为则单瘁心力,善吾生且善人物之生。一人一物之生不善,即吾之气不有亏乎?事不可为则返其气于太虚,吾又未见屈子之果为死也。太虚不毁彼,其浩然者自与之长存。性与性相通于无尽,是故屈子书,人之读之者,无不欷歔感泣,然真知其文者盖寡,自王逸已见。谓文义不次,今颇发其旨趣,务使节次了如秩如,分上下二卷,名曰《屈赋折曰(上折下曰)微》,人之读之者,其益可兴起而决然祛其疑惑乎!又非徒区区文字得失间也。光绪三十一年夏五月戊戌,桐城马其昶叙。

为何此稿名《屈赋折曰(上折下曰)微》,而最后定稿为《屈赋微》,值得我们深入研究。

三、日本与韩国刊刻的《楚辞》版本

1. 日本刻本吴仁杰《离骚草木疏》。

题为《离骚草木疏宋本校雕》,半页八行十一字,字迹模糊。前无序,书名下有"哈佛大学汉和图书馆珍藏"印。后有二跋。

跋一曰:

刻斗南先生两汉刊误补遗既竣,姚江邵大史晋涵以宋雕《离骚草木疏》相示,复为校而刊之。考先生是书,成于庆元丁巳维时,宁皇初政,韩侂胄方专拥戴功与赵汝愚相轧,既而斥汝愚罢……先生官止国录,未敢诵言,乃祖述《离骚》,譬诸草木。按《神农本草》诸书为之别流品,辨异同,薰莸既判,忠佞斯呈,用补刘杳旧疏之亡,因以畅其流芳遗臭之旨。庶几言者无罪,闻者足戒,观其目序,厥意微矣。至前三卷首列名衔,而末卷自资绿葹以下,缺而不署,又隐然寓不屑与小人为伍之意,其嫉恶之严如此……记云有竹丛生,日光不透,阴气常凝,四时失序,病其蔽翳,因命斤斧云云。迨开禧丁卯,平原卒罹玉津园之祸,于是苏师旦、程松、陈自强之流,或诛或窜,举其党而一空之……当汝愚之贵永州而卒于衙也,朱子亦为之注《离骚》以寄意焉。其成书后于先生二年,而其感时伤逝,缠绵恻怛,不能自已之情,亦时时流露于行墨间,是书可谓先生得朱子之心矣。

乾隆庚子九月上浣长塘鲍廷博识于知不足斋。

跋二曰:

右《离骚草木疏》四卷,宋吴仁杰所著也。嘉永庚戌之春,予以佐田访贺君,语及《本草》,同出此书以示予曰:'此篇辨草木异同则未也,然至其以香臭论正邪,以寓褒贬之意,确乎不可拔,是吾之所以有取也。但篇中每引诸书,不易通明,子为谁注和诂,以行于世,其于启蒙未必无少补也……嘉永庚戌暮秋二子山阴以保田明书于鹤溪寓居。

2. 韩国刻本《注解楚辞全集》八卷。

此为韩国翻印的朱熹《楚辞集注》。四册,首页"注解楚辞全集"题下有"哈佛燕京图书馆藏"印。半页九行十八字,四周双边,白口,单鱼尾。前有明成化十一年何乔新书《楚辞序》一篇。

3. 韩国钞本《赋辞咀英》。

一册装。不分卷。半页十二行二十五字。注文为双行小字。其目次为:《哀江南》、《益州夫子庙》、《离骚》、《思玄》、《幽通》、《长门》、《九章》、《九歌》、《远游》、《九辩》、《招隐士》、《归去来》、《前后赤壁》、《秋声》、《憎苍蝇》、《鸣蝉》、《滕王阁》。无序跋。

四、现代大陆港台出版的《楚辞》研究著作举要

关于大陆港台出版的著作甚多,今择其要者,介绍书名如下。

1. 陶秋英、姜亮夫著:《陈本礼离骚经义原本留真》,上海出版公司,1955 年 9 月。
2. 谢无量著:《楚辞新论》,商务印书馆,1923 年 5 月出版。
3. 何天行著:《楚辞作于汉代考》,中华书局印行,1948 年 4 月。
4. 吴天任著:《楚辞文学的特质》,台湾商务印书馆印行,1972 年 7 月。
5. 傅锡壬著:《楚辞古韵考释》(淡江文史丛书),淡江文理学院中文研究室主编,淡江文理学院出版指道委员会发行,永正印刷有限公司印刷,1973 年 6 月。
6. 王闿运著:《楚辞释》,广文书局有限公司印行,1972 年 6 月。
7. 魏子高著:《楚辞与天问诠疑》,广文书局印行,1983 年 3 月。
8. 台静农著:《楚辞天问新笺》,艺文印书馆印行,1972 年 5 月。

9. 支伟来著:《楚辞之研究》,泰东图书局,1924 年。

10. 儿岛献吉郎著,陈叔森译:《毛诗楚辞考》,商务印书馆,1926 年 2 月。

11. 胡子明:《楚辞研究》,五洲出版社,1964 年 10 月。

12. 游国恩等著:《楚辞集释》,香港文苑书屋出版,1962 年 10 月。

13. 林莲仙:《楚辞音韵》,昭明出版社有限公司,1979 年 5 月。

14. 林云铭:《楚辞易读》,中华图书馆,1917 年 2 月。

15. 陈彤:《屈原楚辞艺术辑新》,文津出版社,1996 年 2 月。

16. 饶宗颐:《饶宗颐二十世纪学术文集》中的《楚辞著作》:a《楚辞论丛》;b《楚辞地理考》;c《楚辞书录》;d《楚辞词曲音乐》;e《选堂赋话》。

17. 唐一乔:《屈原——真的没有这个人》,丽人书屋出版,1996 年。

(余略)

哈佛大学哈佛燕京图书馆收藏的《楚辞》典籍大致可以分为以上四个部分。其中有些书国内的收藏数量已不多,如明万历闵齐伋刻套印本《楚辞》,国内仅存二十八部,明刻本《楚辞章句》,仅存三部,明刻本《楚辞句解评林》,仅存八部,都是十分珍贵的。清精钞本《离骚草木疏》,纸墨精良,书法极好,不但是十分珍贵的《楚辞》典籍,且有赏心悦目之效,属该馆收藏的精品。马其昶先生为一代《楚辞》大师,其《屈赋微》在楚辞学界被公认为是研究《楚辞》必读的要籍,现在《屈赋微》的初稿《屈赋折曰(上折下曰)微》在哈佛燕京图书馆现身,可供我们去发掘马其昶先生研究《楚辞》的历程和思想演变。日本和韩国的《楚辞》刻本和抄本的存在,证明了屈原的伟大人格魅力和《楚辞》在国际的深远影响。又哈佛大学哈佛燕京图书馆搜罗的大量现代大陆和港台地区的《楚辞》著作,使我们可知祖国《楚辞》研究的异同和走向。此外,几本否定屈原其人著作的出版,代表了令人深思的另一种研究动向。哈佛燕京图书馆中尽管收藏了如此丰富的《楚辞》典籍,但由于在美国工作繁忙,时间紧张,无法详细研究,只能作以上粗略的介绍和分析,供《楚辞》学界同仁参考。而哈佛燕京图书馆收藏的《楚辞》典籍确实值得引起我们的重视!

汪瑗对《楚辞》文学性的体认

上海大学文学院　罗建新

明人汪瑗治骚不囿成见，敢于标新，有著述《楚辞集解》传世。是书在屈辞文学研究领域取得诸多成就，于其时学界影响甚巨。然迨至有清，《四库全书总目提要》予其多"臆测之见"，"疑所不当疑，信所不当信"①的否定性评介，且在楚辞类著作中仅列存目，影响了它的流传，使之日渐式微，较难觅迹。如此一来，后世学者在考察楚辞文学特征时，多忽略该书，或将汪氏之功转嫁他人，或因未睹此书乃误将汪氏早有之论以为纯系个人之特见，遂使楚辞研究领域出现某些认知误区，亦令汪氏之功日渐湮没。基于此，笔者不辞谫陋之讥，拟以《楚辞集解》为主要考察对象，审视汪氏对《楚辞》文学性的体认问题，冀得芹见，以昭其功。

汪氏是从多角度对《楚辞》进行文学考察的：既有文本艺术特征之整体研究，亦有文章学角度的篇章结构、命名方式分析，还有接受层面的文学影响考察。难能可贵的是，汪氏在这些研究领域都取得了不少实绩，对后世亦颇有影响。

一、屈辞浪漫特征的审视

屈辞以深沉之情感、奇特之构思、激越之气魄、瑰丽之想像及变幻新颖之言语铸就了一个"惊采绝艳，难与并能"②的浪漫艺术世界，有着极强的魅力。而在对此种浪漫特质的认识问题上，历代学者多有歧见。早在汉代，班固即有所贬抑，其以为：屈子"多称昆仑、冥婚宓妃虚无之语，皆非法度之政、经义所载"③。对班氏此论，王逸表示异议："夫《离骚》之文，依托五经以立义焉"，"屈原履忠被谗，忧悲愁思，独依诗人之义，而作《离骚》，上以讽谏，下以自慰"④，其以《离骚》为依托五经之作，在一定程度上抽去班固抑屈的理论根基，充分肯定了其价值；同时，王氏仍将对屈骚浪漫特质的诠释纳入汉儒解《诗》体系："《离骚》之文，依《诗》取兴，引类譬谕，故善鸟香草，以配忠贞；恶禽臭物，以比谗佞；

---

① 永瑢等：《四库全书总目》，中华书局，1965年，第1269页。
② 黄叔琳、李详补注，杨明照校注拾遗《增订文心雕龙校注》，中华书局，2000年，第51页。
③ 洪兴祖：《楚辞补注》，中华书局，1983年，第49页。
④ 王逸：《楚辞章句》，岳麓书社，1989年，第46页。

灵修美人,以媲于君;宓妃佚女,以譬贤臣;虬龙鸾凤,以托君子;飘风云霓,以为小人"①。其后,刘勰指出:"至于托云龙,说迂怪,丰隆求宓妃,鸩鸟媒娀女,诡异之辞也;康回倾地,夷羿弓毕日,木夫九首,土伯三目,谲怪之谈也"②,持论几与班氏同。宋人朱熹一方面认定屈赋神话之"辞旨""流于跌宕怪神","不可以为训"③,另一方面又指出:"此篇(《天问》)所问,虽或怪妄,然其理之可推,事之可鉴者,尚多有之。而旧注之说,徒以多识异闻为功,不复能知其所问之本意,与今日所以对之明法。至唐柳宗元,始欲质以义理,为之条对。然亦学未闻道,而诗多玄巧之意,犹有杂乎其间,以是读之常使人不能无遗恨。若《补注》之说,则其庞乱不知所择,又愈甚焉。今存其不可阙者,而悉以义理正之,庶读者之有补云"④。这表明,朱氏并非全盘否定屈辞中的浪漫描摹,只是想用儒家的义理标准对之进行规范,按理学家的眼光予以改造与诠释。

而在评价屈辞浪漫特质问题上也存在着与王、刘诸论不同之意见。南宋吴仁杰在《离骚草木疏·序》中批评刘勰"讥三闾鸩鸟媒娀为迂怪诡异之说"的做法,以为那是他不懂屈子真实用意,"《离骚》之文,多怪怪奇奇,亦非凿空置辞,实本之山经。其言鷖、鸾凤、鸩鸟,与《诗》麟、驺虞、凤凰何异? 勰何足以知之?"⑤较早用"寓言"来评论屈辞浪漫特色的学者是林应辰。其《龙冈楚辞说》云:"且其兴寄高远,登昆仑,历阆风,指西海,陟陞皇,皆寓言也"⑥。惜乎林氏只是泛言,未结合文本予以详诠。而后,晁补之在《离骚新说》中批评班固等人认为《离骚》中关于"浇、羿、姚、娀"的描写与"经传错谬"故"卑陋不足言"的看法,指出"则原之辞,甚者称开天门,驾飞龙,驱云役神,周流乎天而来下,其诞如此,正尔托谲诡以谕志,使世俗不得以其浅议已,如庄周寓言者,可以经责之哉?"⑦将之类比如庄子寓言,为屈辞浪漫描写提供了新的解读方式。晁氏还不满刘勰的"以原迂怪为病",认为"彼原嫉世,既俗蝉脱尘埃之外,惟恐不异",亦即,屈原是以"异"或"迂怪"作为反抗和超脱现世之手段,这就部分地窥知了屈辞本心。然晁氏只承认屈原是出于"嫉世"、"使世俗不得以其浅议已"的目的才使用"谲诡"之辞的,这就未免将屈辞创作的心理动因看得过于浮浅。

汪瑗在前人的基础上,对屈辞中的浪漫描写进行重新审视,提出"寓实寓虚"说。他虽也将屈辞中的浪漫神话描摹视为"寓言",然而,其不同于前人之处在于,汪瑗明确指

① 王逸:《楚辞章句》,岳麓书社,1989 年,第 2 页。
② 黄叔琳、李详补注,杨明照校注拾遗《增订文心雕龙校注》,中华书局,2000 年,第 50 页。
③ 朱熹:《楚辞集注》,上海古籍出版社,1979 年,第 2 页。
④ 朱熹:《楚辞集注》,上海古籍出版社,1979 年,第 49 页。
⑤ 吴仁杰:《离骚草木疏》,中华书局影南宋原刻本,1987 年。
⑥ 陈振孙:《直斋书录解题》,上海古籍出版社,1987 年,第 437 页。
⑦ 晁补之:《鸡肋集》,《四部丛刊》本。

出:屈辞的这种“寓言”与庄子“寓言”有别,“此言寓言,盖与庄、列、齐谐、志怪等语大不相同”,“其言虽寓,而其情则真。吾情欲如是而人不知之,无以自见,于是乎托人以言之”①。亦即,汪氏认为屈子的“寓言”纯粹是托寓主体内在情志的一种艺术载体,屈原通过它将自我真实思想情感形象地表达出来,从而收到言在此而意寓于彼的实际功效。其侧重点在于借“寓言”表露个体情感和心志。而庄子的“寓言”则更主要的是借之表述某种哲理,两者运用“寓言”的侧重点不同,在实际意义上当然不类。

继而,汪氏又将屈辞中的“寓言”划分为两类:一类是“寓言而虚者”,“如乘龙跨凤,登天涉云、扣阊阖、登阆风、遭道昆仑,发轫天津等语,皆寓言而虚者也”;另一类是“寓言而实者”,如《离骚》中的“回朕车以复路,退修吾初服,不忍与此终古,将远逝以自疏,此寓言而实者也”。显然,汪氏“寓言而虚”的看法是对班固以来批评屈辞多称“虚无”、“谲怪”之说的儒家立场的突破。他不再引经据典为屈子辩护,而是运用文学眼光从屈原情感抒写方式上作了全新总结,这对研究者们正确认识和看待屈辞中的浪漫神话描写有积极引导作用。屈原作品中的关涉神怪之摹写,往往是作者为更好表现自我情志而创造的虚幻之境,当然不能用客观实存标准去核定。班固、朱熹等人却每每着力于对其中涉及的虚拟神话人物、故事、地名进行实在考察,故不是斥为无稽之谈,就是作连篇累牍之考辨。而且,各家因所取材料或所持观点的不同,往往各执一端,争论不休,纠缠于实在性的考辩,忽略了其背后包孕的主体深层情志之发掘。如,屈辞中的“昆仑”,王逸、洪兴祖、朱熹等皆考证其地理位置、高低、大小等外在形态,得出不同结论。然汪氏的解释却与之不同。他认为:“屈原之所用昆仑、阆风、悬圃等山,即如《列子》之所谓蓬莱、方丈、员峤、方壶诸山耳。盖虽有是名,而本无是山,假设其号以为神仙清静高远之居也”。进而,他又对先前注骚家所理解之“昆仑”与屈子所用之“昆仑”的差异作了辨析:“诸家之所言者,虽道里之远近,方围之广狭,高下之尺寸不可知,然实有是山也,非妄也。所以谓之实有者,盖因古者相传昆仑之名而因以名其山耳,非本来之所谓昆仑者也……吾故尝谓屈子之所用昆仑,乃指本来相传之昆仑,非指诸家所言之昆仑也。”在这里,汪氏认识到了艺术创造和生活原型的差别,将“昆仑”分为“昆仑之名”和“实有之山”两种不同理解层面,匡正了先前那种不分神话传说与客观实在而亟力对屈辞中关涉神话之名物寻找客观现实依据的错误倾向,为后世学者深入研究屈辞浪漫艺术特点提供了借鉴。清人鲁雁门《楚辞达》云“《离骚》多寓言,以比兴为工,人皆知之。但寓言固属假装,人情物理,必须真切。若因其假而假之,并正意亦流于诬妄无味”②。刘师培也认为屈子作品之“寓言”

---

① 汪瑗:《楚辞集解》,上海古籍出版社,《续修四库全书》本,2003年,第59页。又,本文所引汪氏之语,皆出此书,为免繁琐,以下皆不复注出。

② 鲁笔:《楚辞达》,湖北省图书馆藏清光绪九年重印木活字本。

是“即小以寓大,或事隐而言文”[①],属于“寓实于虚”的文艺表现范畴。诸论当是对汪氏观点的渊承。

二、屈辞的文章学考察

(一)篇章命名方式的系统考察

在汪瑗以前,已有学者对屈辞篇章命名方式的问题做过考察。如宋人朱熹就指出:《抽思》篇“以篇内少歌首句二字为名”[②]。然前人考察角度甚为单一,而汪氏则对此问题进行了较全面的考察,观照视野相对宽阔,得出的结论也具有代表性意义。

在汪氏看来,屈辞篇章的具体命名方式大抵有以下几类:

1. 撷篇首文字以名篇。如《惜往日》篇“取篇首三字以名篇”,《思美人》篇“取篇首三字以名篇”。汪氏还从作品意旨上探讨了《思美人》名篇之意,认为“然作之意实在于此,故既以之发端,而遂因取之以名篇耳”。今察之,其论较符合屈辞本意,故后人多有承继,如清人王夫之解释《思美人》题目时即认为“此以篇首之语名篇”[③]。今人马茂元亦持“以篇首‘思美人’三字名篇”[④]之见。

2. 撮篇中语以名篇。《云中君》中有“灵皇皇兮既降,猋远举兮云中。览冀州兮有余,横四海兮焉穷,思夫君兮太息,极劳心兮忡忡”语,汪氏解此篇题目时云:“然此撮篇中语以为名者也。”

3. 取篇中人物以名篇。《渔父》篇出现“渔父”,汪氏认为:“取鱼之人谓之渔。父甫同,男子之通称。渔父者,犹言樵子、牧儿、猎师、家夫之号耳。题曰《渔父》,盖以人名篇也。”论之甚妥。汤炳正曾指出:“由于问答的对立面是占卜之官,因而取名‘卜居’”[⑤],其考察方式盖与汪氏类。

4. 总括全篇大旨以名篇。汪氏解《卜居》题曰:“卜,谓卜占也。居,犹处也。谓占卜其所处事务吉凶之宜也。”以为此种方式“盖撮通篇之大旨,以立题名。”《橘颂》则因“篇内之语,皆形容橘之盛德,故屈子以《橘颂》题之”。今人马茂元论《涉江》时,认为“篇中叙写渡江而南,浮沅水西上,独处深山的情景,故以‘涉江’名篇”[⑥],与汪氏持论基本一致。

从楚辞研究史的意义看,汪氏当是较为系统探讨屈辞篇章命名方式之第一人,对后

---

① 刘师培:《刘师培中古文学论集》,中国社会科学出版社,1997 年,第 262 页。

② 朱熹:《楚辞集注》,上海古籍出版社,1979 年,第 88 页。

③ 王夫之:《楚辞通释》,上海人民出版社,1975 年,第 46 页。

④ 马茂元:《楚辞选》,人民文学出版社,1958 年,第 154 页。

⑤ 汤炳正等:《楚辞今注》,上海古籍出版社,1996 年,第 214 页。

⑥ 马茂元:《楚辞选》,人民文学出版社,1958 年,第 126 页。

世之研究亦颇多影响，功不可没。

（二）对《九歌》篇章构成的多层次考察

汪瑗还从文学角度对《九歌》的篇章构成进行了多层次考察：

1. 对《九歌》单篇诗作局部构成关系的解析。

《湘君》篇“君不行兮夷犹”至“吹参差兮谁思”节，汪氏解为“首三句言湘夫人淹留不行，而因致其赞美之词，以见己慨慕之意之所在也。次三句言己乘舟以往迎。末二句言己吹箫而相思。夫因其不行，而往迎，迎而望，望而思”，从情感表现角度剖析了前节八句间的因承顺递关系。《湘夫人》“沅有芷兮澧有兰”至“夕济乎西澨”句，汪氏解曰：“此上六句，即前嫋嫋六句（按：指“嫋嫋兮秋风”至“罾何为兮木上”）之意而申言之耳。前称言望而后言思，此先言思而后言望。反复而言，其意一也。皆承篇首二句（按：指“帝子降兮北渚，目眇眇兮愁予”）而来……此二句（按：即“朝驰余马兮江皋，夕济乎西澨”）乃起下章之意”，体味到屈辞抒情艺术上的回环复遝之妙。当然，汪氏之前的学者也曾对屈辞进行过文学分析，然其着眼点大多在于对其中存在的诸如赋比兴手法的运用、浪漫主义描绘等问题进行考察，而汪瑗则更多地考察了屈辞篇章内部的情感关系，表述出许多独到见解，使人们能够更好地品味屈辞之精妙艺术。正是在汪瑗《楚辞集解》后，一大批探讨屈辞内部情感关系、篇章构成等因素的著作如林云铭《楚辞灯》、蒋骥《山带阁注楚辞》、陈远新《屈子说志》等纷现于世，开拓了学人的视野。

2. 对《九歌》各篇整体构成方式的探索。

纵观《楚辞集解》，不难发现，在汪氏看来，“楚辞”篇章构成方式大致有以下几类：

（1）并列式。汪氏《山鬼》篇注中云“此篇六章，前三章言隐士弃己之心以渐而隆；后三章言隐士思己之情以渐而杀，然二者亦相为表里也”。将全篇看作是由前后两部分并列而构成的。与之相类的还有《云中君》，他认为其篇首至“聊翱游兮周章”为一部分，“盖迎神之曲”，而“灵皇皇兮既降”至“极劳心兮忡忡”，为“送神之曲”。全篇由“迎”“送”二对等之部分组建而成。

（2）层进式。《东皇太一》篇“虽不过八十七字，其文颇短，然亦自有条理法度，有起结次第。首章言卜日以享神，中二章言享神之事，卒章言神之来享也”。按各章所叙述事情的先后顺序递进式地架构篇章。《湘君》、《河伯》篇亦属于此类。

（3）回环式。《东君》篇“自篇首‘暾将出兮东方’至‘举长矢兮射天狼’，虽其词不一，皆言自夜而昼也。‘操余弧兮反沦降’、‘援北斗兮酌桂浆’，皆言自昼而夜也。‘撰余辔兮高驰翔’、‘杳冥冥兮以东行’，又言自夜而昼也。夜而昼，昼而夜，晦而明，明而晦，往来回圈，无有穷已”，在篇章构成上有循环往复的特点。

3. 对《九歌》各篇相互关系的探讨。

汪氏的这种考察也是多层次的。一方面，他探讨了《大司命》与《少司命》、《湘君》与

《湘夫人》间的关系，认为《大司命》篇乃“大司命赠少司命者”。《少司命》篇系“少司命答大司命”。两篇在文章构成上“固可谓一篇”。“二《司》盖其职相同，犹文武之道相同。大可以兼小，犹文武父可以兼子，固得谓之一篇可也”。而《湘君》篇实“托为湘君思湘夫人之词”。《湘夫人》篇盖“托为湘夫人答湘君之词”。虽然也是“彼此赠答之词无疑”，但是此二篇却不可合为一篇。何也？因“二《湘》乃敌体者也，而又有男女阴阳之别，岂可谓之一篇乎?”另一方面，他又考察了《礼魂》篇与前十篇的关系，以为《礼魂》“乃前十篇之乱辞”，“前十篇祭神之时，歌以侑觞，而每篇歌后，当续以此歌也”。这样，汪氏将二司命合并，以《礼魂》为《九歌》之“乱辞”，解决了楚辞学史上的一大难题——《九歌》何以篇名为“九”而实际上却有十一篇作品，并提出关于《九歌》整体关系的新看法。这些看法对后世之影响是多层面的：

其一，将《大司命》《少司命》合并为一的做法得到不少学者的赞同。清人蒋骥、陈本礼等都接受这种观点。如蒋氏云：“两司命，类也”，“神之同类者，所祭之时与地亦同，故其歌合言之”①。陈氏言：“《大司命》与《少司命》两篇并序，则合传体也”②。

其二，对《湘君》《湘夫人》关系的探讨之于后世的二《湘》“恋爱”说实有莫大影响。在较早的楚辞研究中，二《湘》只是被视为祭歌，而并无从湘君、湘夫人的“恋情”关系上立说的。宋人罗愿《尔雅翼》谓：“以湘君为神奇相，二女死后之配，夫人即二女。”并明确指出：“二篇(二《湘》)乃相赠答之辞”。汪瑗《楚辞集解》中曰：“此篇(《湘君》)盖托为湘君以思湘夫人之词，后篇又托为湘夫人以思湘君之词……湘君则捐玦遗佩而采杜若以遗夫人，夫人则捐袂遗褋而搴杜若以遗湘君，盖男女各出其所有以通殷勤，而交相致其爱慕之意耳。二篇为彼此赠答之词无疑”。此说乃宋人罗愿以来以男女“赠答之词”解释二湘主旨的最透彻之说。现代楚辞研究的代表人物如游国恩、苏雪林、闻一多、郭沫若等，在《九歌》特别是二《湘》研究上都受到过汪瑗的启发。

其三，以《礼魂》篇为《九歌》之“乱辞”的看法成为汪氏开创的新说。汪氏的这种看法得到了许多学者的赞同。清人王夫之曰：“凡前十篇，皆各以其所祀之神而歌之，此章乃前十祀之所通用”③，屈复言：“此篇乃前十篇之乱辞也，九歌总一乱辞”④，持论皆与汪氏同。今人文怀沙、马茂元、刘永济等也都赞同这一提法。而汪氏关于“《礼魂》为‘乱辞’”的新说成为当今楚辞学界关于《九歌》研究的一种定说。

---

① 蒋骥：《山带阁注楚辞》，中华书局，1958 年，第 61 页。

② 陈本礼：《屈辞精义》，新文丰出版公司，1986 年，第 312 页。

③ 王夫之：《楚辞通释》，上海人民出版社，1975 年，第 45 页。

④ 转引自崔富章主编《楚辞集校集释》，湖北教育出版社，2003 年，第 992 页。

三、屈辞文学影响之研究

屈辞于"诗三百篇"外,别开出一片新天地,其"衣被词人,非一代也"①。而对屈辞文学影响问题,汪氏亦进行过立体审视,其主要体现在三方面:

1. 诗意、诗境对后世的影响。在汪氏看来,这种影响是多方面的:在后世作家中,有直接模拟屈子诗意的,如"宋玉二《招》,盖自《离骚》《远游》二篇来,特脱胎换骨耳。至于《九辨》与东方朔之《七谏》、刘向之《九叹》,盖模拟乎《九章》者也。王褒之《九怀》,盖模拟乎《九歌》者也"。有汲取屈子作品中的诗意,加以深化融汇的,如《东君》篇,汪氏在集解中云"光阴迅速,莫可淹留……所务及时建立功业,修明德政,而徒晏安怠惰,纵肆骄傲,以流连光景而虚掷此白日乎?屈子之意深矣,远矣。自是之后,唯李太白《乌棲曲》得之,他人盖不知也。《乌棲曲》……数语之间,而昼夜之辗转,荒淫之无穷,其讽刺之旨见于言外,可谓得《东君》篇之深者矣。可谓屈原之佳弟子矣,可谓黑于涅而青于蓝矣",指明了李白作品对屈辞诗意的化用。有对屈辞诗境在继承的基础上又有所扩充、拓展的,"若张衡《思玄赋》,其命意措词文体间架,是全篇学夫《远游》者也,盖不过深取其意,特加扩而充之,反而正之耳。诗家所谓脱胎换骨,而心气之和平,议论之正大,又不为词人靡丽淫泆之说,可谓青于蓝而寒于冰矣。可谓屈原之佳弟子矣。"不单如此,汪氏还认为,即便是后世的某些无法辨知具体作者的文学作品,也有颇多秉受屈辞影响的。这其中,有直接对屈原作品诗意进行模仿的,"后世《乐府》有《从军行》,其或昉于此(《国殇》)乎?","后世《乐府》有《日出入行》,或昉于此(《东君》)乎"。也有从屈辞部分章节所摹写的诗意中寻找启迪进而敷衍成章的,如"《乐府》有《生别离曲》,盖出于此(按:指《少司命》中'入不言兮出不辞'至'君谁须兮云之际'八句)","柳子厚《梦归赋》世称其妙,而不知其昉于此(《抽思》'楚归郢都'节)也"。汪氏的这种考察方式对后世学者颇有影响,清人方东树《昭昧詹言》卷三《阮公》指出:"……窃谓'无俦匹'指贾充、钟会辈诸小人助恶篡弑贪功,而怀忠良执守纲常大义之君子无人,故己哀伤憔悴而著此诗,托言羁旅,延年所谓隐避也。此全从屈子《惜诵》'同极异路',《九辨》'羁旅而无友生'等意出,大约不深解《离骚》,不足以读阮诗"②。刘熙载以为"刘蜕文意欲自成一子,如《山书》十八篇,《古渔父》四篇,辞若僻而寄托未尝不远,学楚辞尤有深致,《哀湘竹》、《下清江》、《招帝子》,虽止三章,颇得《九歌》遗义"③,采用的多是汪瑗式的影响研究方法。

2. 文学体式之影响。在汪氏看来,屈原作品对后世出现的多种文学样式都有影响。

① 黄叔琳、李详补注,杨明照校注拾遗《增订文心雕龙校注》,中华书局,2000年,第51页。

② 方东树:《昭昧詹言》,人民文学出版社,1961年,第29页。

③ 刘熙载:《艺概》,上海古籍出版社,1978年,第27页。

有对“歌行”体文学的影响,如在《抽思》注中,汪氏解“少歌曰”为“少如字,谓小歌耳,故只四句,犹后世所谓短歌行也”;释“倡曰”为“倡亦如字,大也。不言歌者,承上少歌而省文耳。倡歌犹后世之所谓长歌行也”。清人毛先舒以为“歌行宕往奇变,须源于《楚辞》而出”①,显是继承了汪氏的看法。有对“咏物赋”的影响,如其以《橘颂》为后世“咏物赋”的源头:“后世咏物之作,其昉于此(《橘颂》)乎?”。有对游仙诗之影响,“后世游仙之诗昉于此(《远游》)”。

3. 文学主题之影响。论及“悲秋”主题,学界多以为它肇自《九辨》。然汪瑗却认为“悲秋”主题的出现当上溯至屈原。他以为《抽思》篇中“心郁郁之忧思兮,独永叹于增伤。思蹇产之不释兮,曼遭夜之方长。悲秋风之动容兮,何回极之浮浮,数惟荪之多怒兮,伤余心之忧忧”数句所摹绘的具体内涵是“言已之所以忧思者,因感秋夜之长,秋风之厉,已郁郁于怀矣;而复忆楚王之为人,数数然多怒而无节,有如秋风之浮浮然,回旋不舍,益使已心之忧忧然而痛伤也”。继而,他又借加“按”语的方式明确指出:“悲秋之说,实昉于此。而后世词客皆谓宋玉悲秋,而不知屈子已先之久矣。”《抽思》的叙写中的包蕴个体“悲秋”的某些心理因素,可谓是后世所公认之“悲秋”主题文学的萌芽。宋玉则是进一步发展了屈原的“悲秋”意绪。从这种意义上看,汪氏之论有其合理性。

与先前的楚辞学者相比,汪瑗更多地是以一种多维的文学眼光去审视屈辞,从分析具体作品入手多层面地考察其艺术成就,这就拓展了屈辞研究的范围,对后世产生重要影响。尽管汪氏的研究也存在某些轻忽考据,为求新异而发臆测之论(如力倡“屈原归隐说”)的错误倾向,然而,瑕不掩瑜,可以肯定地说,汪瑗当是开屈辞多维文学研究先河之学者中的重要一员,而《楚辞集解》亦为较早从文学视角诠解屈辞的典范著作之一。

---

① 郭绍虞:《清诗话续编》,中华书局,1983年,第371页。

叶向高及其楚辞论探赜

（中国台湾）台湾佛光大学文学系　陈炜舜

引　言

明代永乐至弘治一百年间（1403—1505）是台阁文学兴盛的时期。台阁文学的兴起与皇权膨胀、道学独尊有直接的关系。台阁文臣诗尊盛唐，文主欧曾，皆淳雅雍熙、中正和平的盛世之音。明英宗土木之变以后，局势江河日下，台阁文臣歌功颂德的文字，已经显得虚假。弘治末年，王阳明提倡心性之学，挑战了程朱官学的地位。正德以降，师古的秦汉、唐宋派，师心的公安派、竟陵派等迭兴。直至明末，台阁都未能收回下移的文权。尽管学者对明代后期的文学往往着眼于此消彼长的师古、师心之说，而忽略了不复如明代前期般独大的台阁文学，然而，只要翰林院庶吉士与内阁制度如旧，台阁文学就依然存在。研究这个时期台阁文学的特色，探析其与各种文学流派的互动与影响，是非常有趣的事。四库馆臣论盛明诸阁臣之文章，杨士奇“平正纡徐”，杨荣“逶迤有度，醇实无疵”，黄准“春荣安雅”、“和平温厚”，[①]不一而足。而晚明何乔远谈及正德至万历间台阁作家的文风，历举李东阳、张璁、徐阶、赵贞吉、王锡爵等人而论道：

> 李长沙开肆和平，虽纷挐丛委之中，搦毫抽管，不废时刻，与士大夫更唱迭酬，如居山林闲静之域。张永嘉奏疏明健，特达或若，以意夺理，而实能发其理之所以然。徐华亭疏通纡徐，不诡作者，赵内江肩然而玄论。今上文道化成，端揆诸公若王太仓锋颖锐厉，变化而高华，下笔敷对，倏忽以数千百语，而卒归于剀切而委蛇，斯实一代之杰然者也夫……其余诸公，名为雄长一世，则皆刻意而思，镂词而出，其才力气势若有余于馆阁诸公，而不能有其和厚蕴借。[②]

李东阳“和平”“闲静”，张璁“能发其理之所以然”，徐阶“疏通纡徐”，王锡爵“剀切而

① （清）永瑢主编：《四库全书总目》（中华书局，1965 年初版），第 1484 页。

② （明）何乔远：《苍霞续草序》，载《苍霞续草》（北京出版社《四库禁毁书丛刊》据北京大学图书馆藏明万历刻本影印，2000 年初版），序页 2a－3a。

委蛇”,这些特色与三杨等人的风格可谓一脉相承,跟“刻意而思,镂词而出”的前后七子(其余诸公)大为不同。而万历后期首辅叶向高,其诗文同样系出台阁一脉。顾起元论叶氏云:

先生弱冠登朝,其地皆在日月之际,以石渠天禄之清华,铨索车门之休暇,而又用其全盛方刚之气,注射于辞章,以是其文最工而其成又最蚤。①

郭正域则论道:

比年以来,馆阁英贤,跨轶前辈,一时文章,酝酿历代声响色泽神髓气骨,大变其初。海内操觚之士,扬扢风雅,又靡然左辟词林矣!吾友叶进卿起自海天,所为举子业,神奇变幻,脍炙人口,以为神运鬼工……又十余年会于京邸,进卿名日益高,文章流布宇内。②

顾氏乃叶向高门人,郭氏则其同年友,二人之言虽或过誉,然叶氏文风乃翰林院所培养,且作品流播甚广,则毋庸置疑。叶氏于万历后期独相七年之久,天启时二度入阁为首辅,又被推为东林党魁,其文风于当时文坛之影响,可想而知。叶氏逝世于天启七年,次年思宗即位,十七年间更换阁臣达五十人之多。王其榘指出:“阁臣的更迭这样频繁,难于久任,表示皇帝的急功近利和举棋不定,反映出政局已极不稳定。”③由于献替频仍,兼以国事鞅掌,崇祯朝的阁臣自然无暇于翰墨。换言之,叶向高可谓明代最后一位对文坛有所影响的台阁文臣。

自班固以后,屈子其人其文往往受到儒家的非议。朱熹《楚辞目录序》批评屈子道:“其不知学于北方,以求周公仲尼之道,而独驰骋于变风变雅之末流,以故醇儒庄士,或羞称之。”④由于儒家认为屈子行径有失中庸,《楚辞》文章华而少实,明代前期的台阁诸臣皆罕言屈骚,楚辞学因而衰落,百年之间几乎没有新的楚辞学专著付梓,唯一流行于世的《楚辞》版本只剩《楚辞集注》。成化间,何乔新重刊朱注作序,认为《楚辞》作为辞赋之祖,道致后世文人舍质逐华、为文害道。只有经朱子删注,《楚辞》方才大义昭然,读者可

---

① (明)顾起元:《苍霞草序》,载《苍霞草》(北京出版社《四库禁毁书丛刊》据北京大学图书馆藏明万历刻本影印,2000年初版),序页2a-3b。

② (明)郭正域:《苍霞草序》,同前注,序页3b-4a。

③ 王其榘:《明代内阁制度史》(中华书局,1989年初版),第336页。

④ (宋)朱熹:《楚辞集注》(文津出版社,1987年),第2页。

以放心阅读了。[①] 阁臣吴宽亦云:"朱子之注《离骚》,可谓无遗憾矣。"[②]再如弘、正间李东阳云:"荆楚之音,圣人不录,实以要荒之故。"[③]以为孔子删诗而不录楚风,就是因为楚国地处蛮夷,荒远鄙陋。明代中叶以前的台阁文臣楚辞论的内容,大抵不出朱熹之见。然而因为屈骚的独特性,学术风气在儒学主道的传统社会中一旦有变,新的学术特色很快就体现于楚辞论,这在台阁文臣间也不例外。嘉靖间,周用作《楚词注略》,为明代较早的几种楚辞注本之一。此书不录屈作原文,仅有笔记四十一则,缺乏完备的体例,不足之处时而可见。然正德、嘉靖两朝,朝纲不振,七子师古说和阳明心学兴起未久,仕宦于此时的周用身为台阁文学殿军,改变了历来阁臣对《楚辞》不闻不问、浅论辄止的态度,着手注解。到了明代后期,台阁文臣对于屈子的评价更显宽松。万历间,阁臣申时行曾为《楚辞章句》作序,其言云:

> 今夫《离骚》,抱节脩姱,厉志芳洁,引物连类,以寓其忠爱约结侘傺忳抑之思,发乎情而止乎义,即未必尽当乎优柔敦厚之指,顾其在《邶》《鄘》《曹》《桧》之后哉!盖屈平处臣子之厄,而《离骚》极《风》《雅》之变,上绪《诗》统,而下开百代之辞赋者也。借令屈平生于春秋,《离骚》传于洙泗,仲尼且亟收之,《诗》之《楚骚》,庸讵知不为《书》之《秦誓》乎?[④]

不难察觉,申时行此论多少受到王世贞的影响。他进而以为,如果孔子得见《楚辞》,则《离骚》之于《诗》就一如《秦誓》之于书。此与明代前期的阁臣避而不谈屈骚的行径大为相异。

叶向高担任首辅时,亦曾为《楚辞集注》作序。此文见收于其文集《苍霞草》中,是研究叶氏楚辞论以至晚明楚辞学、文学的重要资料。然而,由于叶向高著作在清代长期遭禁,而现当代治文学史者又鲜有齿及,故叶氏的楚辞论一直没有得到应有的重视。有见

① (明)何乔新《楚辞序》:"孔子之删《诗》,朱子之定《骚》,其意一也。诗之为言,可以感发善心,惩创逸志,其有裨于风化也大矣。《骚》之为辞,皆出于忠爱之诚心,而所谓'善不由外来、名不可以虚作'者,又皆圣贤之格言。使放臣屏子,呻吟泳叹于寂寞之滨,则所以自处者,必有其道矣。而所天者幸而听之,宁不凄然兴感,而迪其伦纪之常哉!此圣贤删定之大意也。读此书者因其辞以求其义,得其义而反诸身焉,庶几乎朱子之意也,而不流于雕虫篆刻之末也。"(见《椒邱文集》(商务印书馆影印文渊阁四库全书,1983 年初版),第 138 - 139 页。)

② (明)吴宽:《题九歌图后》,《家藏集》(商务印书馆影印文渊阁四库全书,1983 年初版),第 462 - 463 页。

③ (明)李东阳:《怀麓堂诗话》,《李东阳全集》(岳麓书社,1985 年初版),第 537 - 538 页。

④ (明)申时行:《重刻楚辞序》,《赐闲堂集》(庄严文化事业有限公司据北京大学图书馆藏万历刻本影印,1997 年初版),第 183 - 184 页。

及此,本文拟以叶向高的文学思想及楚辞论为探讨中心,望借此管窥晚明楚辞学及文学发展的情况。

一、叶向高的生平、思想与著述

叶向高,字进卿,号台山,福建福清人。嘉靖三十八年(1559)生。父朝荣,以恩贡授九江府通判,转知养利州。万历十一年(1583),赴京会试,中南榜进士七十八名,殿试得二甲十二名,选庶吉士。十三年,馆选授翰林院编修。次年,父于任所逝世,返乡丁忧。万历二十二年(1594),北上补官,任南京国子监司业,历任国子监祭酒、詹事府右春坊右中允、左春坊左庶子兼侍读、南京礼部右侍郎。万历三十五年(1607),奉旨任礼部尚书兼东阁大学士,与朱赓、于慎行、李廷机等同值内阁。次年,阁中朱赓病逝,李廷机告病,一切政务尽委于向高。时神宗倦勤,国事日坏。向高只身任事,调和鼎鼐,独主内阁七年之久,于荒政多有裨补。万历四十二年(1614)致仕,加少师兼太子太师。天启元年(1621),熹宗即位,二度入阁为首辅。时熹宗童昏,党争炽烈,而后金崛起,屡扰边境。叶向高于清流多有庇护,为东林中人推为党魁。然一木难支,终于天启四年(1624)再次请辞归里。天启七年(1627)卒,享年六十九。思宗即位,赠太师,追谥文忠。①

明代以程朱道学为官学,士子不得不熟读朱子的《四书集注》以求取功名。弘治、正德间,王阳明目睹官学的僵腐,于是标扬心学,提倡知行合一、致良知之说。如朱熹主张即物穷理,而王阳明则质疑道:“先儒解格物为格天下之物。天下之物如何可格得?且谓一草一木亦皆有理,今如何去格?纵格得草木来,如何反来诚得自家意?”(《传习录》下)他认为,格物所得只是具体事物的道理,不能成为“诚意”的根据,由物理变为天理,还需有一个识度。因此他提出:“以诚意为主去格物致知功夫,功夫才有著落。”将传统格致诚正的顺序,变革为心意知物。然心学发展至万历末年,流弊渐生。如王阳明“心外无理”、李贽“顺性自适”诸论,给予浅学者束书不观、游谈无根的借口。兼以晚明经济发达,市民阶层逐渐形成,对物质生活的要求空前膨胀,心学于是成为了人们放纵物欲的理论基础。叶向高对于心学是有肯定之处的,但他同时也觉察到心学的问题。他批评心学道:“后世粃儒,妄以知止为圣学之秘传,务深求其说,而于圣人之所自训自解反弃而不顾,又日纷纷然为致知格物之辨。夫人伦物理之不知,即是物之不格,何以能诚正?何以能修齐治平?如是而欲言致知知止,岂不悖哉!”②诚如罗宗强所论,叶向高之崇程、朱,反应了万历后期反思政局与世风衰败,从而回归程、朱,或重视实学思想的一种动想。叶氏此一思想

---

① 参见叶氏自订年谱《蘧编》及《明史》本传。

② (明)叶向高:《题困思抄集》,《苍霞续草》卷八,第32a-32b页。

基础，之配著他七年余首辅生涯之言行。[①]

叶向高生平著述甚丰，有《苍霞草全集》，内含《苍霞草》二十卷、《苍霞诗草》八卷、《苍霞续草》二十二卷、《苍霞余草》十四卷、《纶扉奏草》三十卷、《续纶扉奏草》十四卷、《后纶扉尺牍》十卷。又有《叶台全集》，内容与《苍霞草全集》大抵相同。此外尚有《正音捃言》四卷、《新锲叶先生家传举业要诀史记文髓》二卷、《明光宗实录》八卷、《玉堂鉴纲》七十二卷、《万历玉融志》四卷、《福庐山志》三卷、《四夷考》八卷、《读史随笔》、《蘧编》二十卷、《说类》六十二卷、《叶相国选订百子类函》四十卷、《新刻翰林评选注释程策会要》五卷、《叶太史参补古今大方诗经大全》十五卷（附小序一卷、纲领一卷、图一卷）、《宫词》四卷、《福唐风雅集》等。[②]《苍霞》诸草乃叶氏诗文集，其中《苍霞草》亦含有《四夷考》在内。《纶扉奏草》乃万历间担任阁臣时之奏章集，《续纶扉奏草》、《后纶扉尺牍》、《光宗实录》乃天启间担任阁臣时之所为。杨艳秋指出：当今史界论及《明光宗实录》，往往含混地认为它是按党派意愿纂写。然从此书的记述看，其中反映的撰史态度还是比较慎重、切实的。这主要是因为叶向高力求持正的态度。[③]《蘧编》前十八卷乃叶氏自订年谱，末二卷则系其孙益荪续成。《说类》为叶氏搜集历代小说作品，按题材分类而成，时有眉批。《新锲叶先生家传举业要诀史记文髓》、《玉堂鉴纲》、《叶相国选订百子类函》、《新刻翰林评选注释程策会要》、《叶太史参补古今大方诗经大全》五者似科试参考书，殆射利坊贾剽窃纠合他作，伪托叶氏之名而成。

二、叶向高文学思想概述

清末陈田《明诗纪事》云："文忠诗和雅有节。"[④]清初朱彝尊《静志居诗话》论叶向高诗云：

> 归田之日，衔左相之洼尊，赌东山之綦墅，诗品在山林台阁之间，诸体皆具。[⑤]

"台阁"乃就"左相之洼尊"而言，"山林"实因"东山之棋墅"。其言盖谓叶氏虽辞官

① 罗宗强：《明代后期士人心态研究》（南开大学出版社，2006 年初版），第 451 页。

② 参见冷东《叶向高与晚明政坛》（汕头大学出版社，1996 年初版）书中《叶向高著述》一节及方宝川《叶向高及其著述》（载《苍霞草全集》（扬州：江苏广陵古籍刻印社据天启刊本影印，1994 年初版）册一）。

③ 见杨艳秋：《明代史学探研》（人民出版社，2005 年初版），第 143 – 145 页。

④ 见（清）陈田：《明诗纪事》（中华书局，1993 年初版）庚签卷十四上，第 2495 – 2496 页。

⑤ （清）朱彝尊：《静志居诗话》（人民文学出版社，1990 年初版），第 458 页。

归里，优游山水，然吟咏山林的诗作仍具台阁雍容之气。叶向高曾为庶吉士，后又长期担任阁臣，故其诗文风格源于台阁体，理所当然。对于台阁体的衰颓，叶向高毫不讳言。他归结台阁体的兴衰道：

> 盖明兴以来，文章几变。其始也，以馆阁为宗，而词林重。乃词林之文实萎茶不振，不足以追秦汉唐宋之盛，于是海内修辞之士，雄飞直上，至以馆阁为诟病，而词林轻。①

然而，叶氏依然认为台阁体乃文章之正宗，可用以矫师古、师心二说之弊。由于明代中叶以后的台阁体研究一直乏人问津，兼以叶氏著作在清代被禁，以致流传稀少，故治明代文学者，甚少论及叶向高。本节拟根据《苍霞草》所载叶氏论文之语，初步归纳、分析其文学思想。

（一）文学的功能

对于身后之名，儒者是非常看重的。孔子曰："君子疾没世而名不称焉。"②如何建立名声？《左传》谓有"三不朽"："大上有立德，其次有立功，其次有立言。"③而古人又以仕进为建功立名的主要途径。对于这种理念，叶向高也信奉不疑。其《苍霞余草自叙》有如此的论述：

> 念昔人论文章为小技，为枝叶，为敝帚；今余草而续，续而毋乃赘乎！客有语余曰："昔王荊公绝不喜苏子瞻，而亟称其文章，以为似司马迁。今世人恶子多矣。然吾见一二士大夫尚有以子为能文者，子功业既无闻，若并此去之，则终于泯泯矣。且子瞻罹谤触忌，至以文字为罪囮，一切毁弃。今子遇宽大之朝，笔札流传，犹然无恙，存之亦足见一时之遭逢之幸，庸何伤？"余曰："君言辨矣。顾余非子瞻其人，何敢言文？"④

文中虚设主客对话，其实皆叶氏一人的心理活动。叶氏自言"功业无闻"，于是要以

① （明）叶向高：《孙宗伯集序》，《苍霞续草》卷五，第25a页。

② （魏）何晏注、（宋）邢昺疏：《论语注疏》（艺文印书馆1985年影印嘉庆二十年南昌学府刊阮元《十三经注疏》本），第140页。

③ （晋）杜预注、（唐）孔颖达疏：《左传正义》（艺文印书馆1985年影印嘉庆二十年南昌学府刊阮元《十三经注疏》本），第608页。

④ （明）叶向高：《苍霞余草自叙》，《苍霞余草》（北京出版社《四库禁毁书丛刊》据北京大学图书馆藏明万历刻本影印，2000年初版），第1a－2b页。

著作自见于后世。在叶向高看来,尽管立言是一种“退而求其次”的选择,但文学创作仍是一项高深的技巧,故云“顾余非子瞻其人,何敢言文”。

就文学创作来说,叶向高将“辞尚体要”、“修辞立诚”视为作者奉持的宗旨:

> 文章千变万化,不出于六经。经之言文,不过曰辞尚体要,曰修辞立诚。夫非体要,不足以为辞面;辞非体要,不足以立诚。此文之正轨也。近世为文,荒陋者既不知修辞,而好异者又逃之于艰深奇僻、汗漫冗杂,不知体要为何物。①

所谓体要,是指文体本身的特征。只有掌握特征,才能运用适当的辞章,运用了适当的辞章,才能准确地表达思想。换言之,“立诚”才是文学创作的终极目标。叶向高此处点出的“荒陋者”、“好异者”,分别指主师心说的公安派与主师古说的七子派。公安派信口直书,不重修辞,七子派雕章琢句,文胜于质,两者都会影响文意的表达与传播。在“立诚”的大前提下,叶向高认为师心、师古二说的内容皆须有所矫正。

(二)率易的文风

承上节所论,叶向高矫正师心、师古二说的方法,主要是提倡率易的文风。晚明姚希孟《松瘿集》论叶向高诗文云:

> 福清诗文亦庶几步武长沙,但长沙能推敲以就模范,而福清多出之率易,则后先人之不相及也。②

实际上,“率易”之论亦出自叶氏本人。其《苍霞草自序》曰:

> 居恒自评其文,多率易,无深沉之思。见近代作者有雕镂苦刻、回复奥晦,三四读不可解者,亦心慕以为奇,欲摹效之,而赋性佻坦,与人言惟恐不尽,惟恐人不晓,文艺复尔,终不能强也。此道工拙如貌之好丑,命之穷通,禀受已定,无可奈何,姑汗漫为之,以适吾趣而已。③

这段文字究竟是姚希孟语所自来,抑或是叶氏回应姚希孟之论,现在已难考察。然

---

① (明)叶向高:《李文节公文集序》,《苍霞余草》卷五,第4a页。

② (明)姚希孟:《李文正麓堂诗话书后》,《松瘿集》(北京出版社《四库禁毁书丛刊》据北京图书馆藏崇祯张叔籁等刻清閟全集本影印,2001年初版)卷一,第226-227页。

③ (明)叶向高:《苍霞草自序》,《苍霞草》,序页29a-30a。

而,无论叶向高自己或旁人,对其作品都以“率易”目之,则是不争的事实。叶序虽有自谦之意,但也揭示了这种“率易”文风形成的原因:除了自己“禀受已定,无可奈何”外,更多的是对师古说者的不以为然。换言之,提倡“率易”乃是要矫正那种“雕镂苦刻、回复奥晦,三四读不可解”的文风。进而言之,姚希孟拿叶向高与李东阳相比,而得出“后先人之不相及”的结论,可谓知其然而不知其所以然。正德、嘉靖间的黄姬水曾云:

> 窃曾恨我明立国,于时辅臣如宋学士诸公,皆沿袭宋儒程朱之学,尽废辞赋,专以经义取士。由是滥觞,百年间文体委靡卑弱甚矣。①

因此,李东阳主格调说,“推敲以就模范”,正是要一洗数十年来台阁颓风。如其论古诗道:“古诗与律不同体,必各用其体乃为合格。然律犹可间出古意,古不可涉律。古涉律调……固已移于流俗而不自觉。”②李东阳注重格调,直接影响了前七子的文学思想,故王世贞论李东阳相对李梦阳来说是“陈涉之启汉高”,比拟虽或不伦,却道出了二者的承袭关系。前七子的兴起距离叶向高入阁已有六七十年,师古说句摹字效、剽窃影响的流弊在万历后期业已暴露得非常清楚。当时力纠七子之失者,莫过于“信口信腕”、“直抒胸臆”的公安派最引人注目,而其弊则流于恶俗鄙陋。故叶向高提倡“率易”的风格,正是要在师古、师心二说之间寻找一个平衡点,兼用雍容华丽的台阁气息作为调整,以改变当时文风。

(三)对拟古的看法

在文学创作的过程中,师法前人是不可避免的一种尝试。七子对萎弱的台阁体有摧陷廓清之功,叶向高并不讳言:

> 我明文章自弘正稍起,至于嘉隆,不啻家灵蛇而户和璧,盖国家郅隆之理,至是而极,治化文运,若有适相符者。③

然而,若像七子派一般字摹句拟,则未免贻人“赝古”之讥:

> 明兴,文章沿前代之流病于率易,其后矫之以慕古,转相剽裂。④

① (明)黄姬水:《答沈开之》,《黄淳父先生全集》(台南:庄严文化事业有限公司据中山图书馆藏万历十三年(1585)顾九思刻本影印,1997年初版),第447页。

② (明)李东阳:《怀麓堂诗话》,《李东阳全集》,第529页。

③ (明)叶向高:《林文恪公集叙》,《苍霞草》卷九,第5a页。

④ (明)叶向高:《曹大理集叙》,同前注,卷八,第31a页。

当这种模拟剽窃之法日益兴盛,自然会导致不健康的文学创作风气。叶向高在《清美堂集叙》中论及一些上乘的文学作品,但对于七子派唯古是尚的主张,他却未有苟同。举例而言,在传统儒者看来,《周官》一书可谓布帛菽粟之文,平实而无华。然而,叶向高在称许的同时,却坦白地指出其"繁琐冗杂"的弊病,且以这种制度即使遵行也不会久远:

世称文章为经国大业。经国之文,其大者莫过于《周官》,盖姬公身为宰相,手自擘画,见诸行事,笔之于书,以为一代不刊之典。然其间亦多繁琐冗杂,用之或苦,按而行之,必不能久远而不废。故说者以为出于汉儒之伪笔。此虽未必,然乃后世之摹仿《周官》,无一不败,故其人非哉,要亦时势难沿。即姬公之于三王,已有不合而待仰思者矣。况其下乎!三代以后,以经国之业为文者尤不多得。①

叶向高认为,时代与形势是会改变的。如果胶柱鼓瑟,硬要将《周官》的制度套用在后世,则"无一不败"。同样道理,文章也是与时而改变的。如果执意要模仿某一时代的诗文,也可谓不知变通。针对七子"文必秦汉,诗必盛唐"之说,叶向高指出:

夫后世之欲越唐文而宗秦汉也,与其欲跻唐诗而宗《三百篇》也,皆持论之过也。②

换言之,叶氏以为一代有一代之文章,勉强替历代文章分高下、定去取,实属不智。就学文而言,只有从唐宋而入秦汉,才是不二法门。

以李攀龙为例,叶向高形容李攀龙的文字"棘"、"滞",认为李氏为文欠缺妙悟之方。他将建初先生与李攀龙之文作出了如此比较:

先生之文宏深奥渺,指远而词修,其大致在使读者深思以求其趣,故才可以无不遂而光常韬,意可以无不畅而气常郁,曲折纡回,穷工极态,求之近代作者,稍类李于鳞。而于鳞棘,先生典;于鳞滞,先生达;于鳞以古语传今事,先生能使古语今事混合无迹,此其所以异耳。③

---

① (明)叶向高:《丘文庄公集序》,《苍霞余草》卷五,第16a页。
② (明)叶向高:《唐文苑英华序》,《苍霞草》卷五,第4a-4b页。
③ (明)叶向高:《海岳山房存稿叙》,同前注,卷八,第35a页。

叶向高批评李攀龙的作品虽然“曲折纡回,穷工极态”,尝试‘以古语传今事”,却始终不能“使古语今事混合无迹”。这正是七子派师古而不知变化的结果。叶氏归结文学的源流正变道:

> 夫天下之事,创始多工,沿流易拙。故为四言者,必不能及三代;变而为五言者,必不能及汉魏六朝;变而为七言、为五七言者,必不能及古选;变而为近体者,此皆不得于词而求新于格,势使然也。①

中国古代的正统文学发展到明代,几乎穷极了变化。由于前代文学的辉煌成绩为后世提供了一个又一个的典范,明人一方面在总结、整理这些遗产时发展、丰厚了文学批评,另一方面又苦于不能开创新的变化。因此,明代文坛弥漫着一片师古气氛。由明初浙西诸家,至台阁派、至前后七子,虽然各自崇尚的典范不同,而师古之意则一。前后七子对于“正变”—文学的发展,抱持的态度大抵是以为“一代不如一代”。这种“文学衰退论”为拟古提供了有力的理据,因此也导致了剽窃割裂的文风。而叶向高认为,唯古是尚的宗旨,无疑会淤塞文章的天机。

(四)文贵真、诗尚性情

公安三袁主张信笔直书,盖源于李贽的“童心说”。由于七子派文胜于质,公安派遂专主性灵以矫之。叶向高论诗文,提出“真”的概念,着重写意传神,大约是受到公安派的影响。《董见龙先生集序》中,他对“真”作出了阐发:

> 文章之途多端,而大要以真者为至。六经之文,无一字不真,故万世不磨。周末号称文胜,其最浓丽可喜者无如《左》《国》,然而合六国之诸侯卿大夫刻画其言,如出一口,则神情失矣。其流至纵横捭阖,谭天雕龙,诞罔谬悠,无所不至。吾夫子逆知其弊,而揭其旨曰辞达。辞达非徒已有是意而能言谓之达,宇宙间有是事,国家有是典,当官有是职,守忠臣孝子、达人高士、名流哲匠,下至田夫里妇有是懿嫩,吾能一一写之笔端,使读之者如见其人,如睹其事,征诸今而信诸后,如是者始谓之达。何则?真故也。真则理胜机流,气昌神王,不待凑泊而自中窾綮,不事模拟而自合轨矱,不必雕缋组织而自成文采。逸诗称巧笑美目而继之以素以为绚,盖言天质自然,色泽不施,反极绚丽。唐人所谓“却嫌脂粉污颜色”盖本诸此。此诗人之善言文也。或曰:“若是则凡真者皆可为文乎?”曰:“否,巧笑美目,虽出于天然,而非巧笑美目不足以为绚。夫子固云‘修

---

① (明)叶向高:《鹿散集序》,《苍霞续草》卷五,第57a页。

辞立其诚'，使辞不修，则里巷村野之谭耳，何以为文？"①

叶向高认为，只有做到"真"，才会达至"辞达"的境界。他认为《左传》、《国语》把六国诸侯卿大夫的言行神韵描绘得姿态万千，就是最好的例证。然而，他又指出"辞达"并非只是把自己的想法明确地表现出来，而是要忠实地将生活呈现。如此浑然天成的文字，不待雕琢，本身却已具备文采。此外，他再度拈出"修辞以立诚"的观点，强调文字的美感。在他看来，里巷村野之谭，内容固然真切，但言辞鄙俚，依然不可称之为文。

叶向高在文强调"真"，在诗则强调"性情"。他为何乔远的诗集作序，尝论及为诗之道云：

> 诗之道多端，而大要不出于道性情之一语。性情苞塞于中，有畅而出之者，有郁而出之者。畅而出之，其时亨，其境适，其意欢欣而鼓舞，如明良喜起之歌，《鹿鸣》《卷阿》之响，二《南》三《颂》，自朝廷以至田野之篇什，何雍容也！郁而出之者，其遇睽，其道厄，其衷悯畏而悲思，如夏后《五子之歌》、《北门》《巷伯》《小旻》《菀柳》诸念乱忧危之作，读之使人惆怅而不欢，愀然若惟恐其身值之者。②

叶向高认为，诗歌的功能就在于抒发性情。在太平之世，作者欢欣鼓舞，性情畅而出之，就有明良喜起之歌及正《风》《雅》《颂》，昏乱之世，作者念乱忧危，遂有《五子之歌》及变《风》《雅》。对于诗歌的审美特征，叶向高提出了"旨远"与"致沉"两项：

> 诗之所自来非偶尔。盖诗之旨远而以秾艳当之，必流于浅近；诗之致沉而以叫跳为之，必伤于粗豪。此近世词人之所以失也。惟淡泊乃能远，惟宁静乃能沉，陶韦孟柳，论者以为有《三百篇》遗风，正以此胜耳。③

所谓旨，即作品的主旨；所谓致，即作品的意态。如果作者在文字上徒事藻绘，气格上不避叫嚣，作品自然会流于浅近粗豪。诗贵含蓄，其佳者可令读者感受到悠远的弦外之音，而这弦外之音只有在作者心胸淡泊、环境宁静之时才能构造出来。

---

① （明）叶向高：《董见龙先生集序》，同前注，卷五，第40a－40b页。
② （明）叶向高：《何匪莪先生诗选序》，同前注，第59a页。
③ （明）叶向高：《淡宁居草序》，同前注，第19b页。

三、叶向高的楚辞论

自黄省曾于正德十三年重刊《楚辞章句》后,明人开始大量重刊楚辞学旧著,同时也不断推出新的楚辞学专著,这与明代前期的冷落情况形成绝大的反差。不少台阁文臣都曾为楚辞学著作写序,如王鏊、焦竑、申时行、叶向高等皆然,其看待屈骚的态度也远较台阁前辈为正面。叶向高的楚辞论,既可视为其个人文学思想的一部分,也可进一步看作晚明台阁文风的一种特色。本节将以叶向高《重刻楚辞全集序》及其他就论屈骚的零散材料为主,辅以各种相关文献,探析其楚辞论的内容。

(一)论屈原之忠

朱熹《楚辞集注》批评屈原道:"其不知学于北方,以求周公仲尼之道,而独驰骋于变风变雅之末流,以故醇儒庄士,或羞称之。"①明代前期的台阁文臣,对于屈骚的态度大都不离此宗。他们偶尔言及屈原,主要是就忠心一端而发。如洪武间宋濂云:"夫《诗》一变而为《楚骚》,虽其为体有不同,至于缘情托物,以忧恋恳恻之意而寓尊君亲上之情,犹夫《诗》也。"②永乐间胡俨作《述古》诗云:"屈子变风雅,《骚经》寓孤忠。光华并日月,耿耿垂无穷。"③与胡俨同时的陈敬宗作《种兰记》云:"纫其花而佩之,则悲屈原之孤忠。"④认为屈原不知孔孟之道,与强调屈原的忠心,在台阁文臣看来并不矛盾。万历前期,袁宗道就站在台阁的立场讨论"忠"与儒家的最高境界——"仁"的不同:

> 仁体无所不包。忠与清,仁中一事耳。今夫有木而华实枝叶附焉,指一叶而曰木在是也,可乎?有山而丹砂卉石生焉,指一石而曰山在是也,可乎?故仁首万善,总百行,其广也天覆,其发也川流,无不忠而无忠名,无不清而无清名。区区忠清以拟仁,正如木之一叶,山之一石耳,胡能尽乎?⑤

在台阁文臣看来,忠只是仁的一端,仁为干,忠为枝。以此推之,不能因为屈原有孤忠就断言他是仁者、儒者。

---

① (宋)朱熹:《楚辞集注》,第2页。

② (明)宋濂:《樗散杂言序》,《文宪集》(台湾商务印书馆影印文渊阁四库全书,1983年初版),第515页。

③ (明)胡俨:《述古》,《颐庵文选》(台湾商务印书馆影印文渊阁四库全书,1983年初版),第619页。

④ (明)陈敬宗:《种兰记》,《淡然先生文集》,(庄严文化事业有限公司据浙江图书馆藏清钞本影印,1997年初版),第338页。

⑤ [明]袁宗道:《忠清仁辩》,《白苏斋类集》(上海古籍出版社,1989年初版),第86-87页。

叶向高同样是台阁文臣，但他的屈原之“忠”的诠释却与台阁先辈有所不同。在《重刻楚辞全集序》中，叶向高着力辨析了屈原之“忠”的内涵。首先，他认为朱熹“忠而过”之论乃激于情感而发：

> 朱子曰：“屈原之忠，忠而过者也。”此伤原之甚，而为是言耳。臣子之分无穷，其为忠亦无穷，安有所谓过者？①

易重廉解释这段话道：“‘过于忠’是‘过于中庸’的具体内容之一。儒家以‘不偏’、‘不易’为中庸。‘过于忠’而胆敢怨君，‘过于忠’而不忍去国。这就是‘过于中庸’。”②叶向高少习程朱之学，不可能不理解朱熹此言之意。然而，他却绕开“中庸”的概念，将“过”字简单解释为程度上的指标，进而得出“臣子之分无穷，其为忠亦无穷，安有所谓过者”的推论，当非无意的误解。

为什么叶向高有这样的解读？这与他对屈原生平的认知有很大的关系。他论道：

> 悲夫！屈子之遇怀、襄也，身既遭谗，主复见诈，奸谀窃柄，宗国将沦。徘徊睠顾，几幸于万一，不得已而作《骚》辞。上叩帝阍，下穷四极，远求宓妃，近问渔父，甚至巫咸占卜，蹇修为媒，湘君陟降，司命周旋，举世人所谓芒忽骇怪之谈，皆托焉以写其无聊之情，无可奈何之苦。③

所谓“不得已而作《骚》辞”，大抵是针对朱熹所谓“驰骋于变风变雅之末流”而发。叶氏认为怀、襄之世，内忧外患交相迫寻，屈原身被谗言，不克戮力国事，流放山泽，精神恍惚。既然立功无望，屈原只有立言以自见于后世。《离骚》等作品，正是在如此不得已的逆境之下完成的。因为处境艰困，无人可诉，屈原只能托意于鬼神，胪举芒忽骇怪之谈以纾泄自己百无聊赖的情怀。

对于屈原沉江的举动，一向也受到儒者的诟病。如班固谓其“愁神苦思，强非其人，忿怼不容，沉江而死，亦贬絜狂狷景行之士”。④ 但叶向高承接前文的论述，以为屈原之死乃是忠心的表露，除此之外，别无他法：

---

① （明）叶向高：《重刻楚辞全集序》，《苍霞续草》卷九，第3a页。
② 易重廉：《中国楚辞学史》（湖南出版社，1990年初版），第310页。
③ （明）叶向高：《重刻楚辞全集序》，《苍霞续草》卷九，第3a页。
④ （汉）王逸章句、（宋）洪兴祖补注：《楚辞补注》（中华书局，2002年），第49页。

当此际也,虽欲不死,其将能乎?屈子死而楚亡,湘江之滨,精魄未散,犹将感愤悲号,恨为忠之未尽,而岂以一死为足以满志也?夫屈子之死,盖处于不得不死之地。固忘其死之为忠,又何论其忠之过与否哉?[①]

叶向高指出,屈原既然遭逢偌大的逆境,在无力回天的绝望中,死亡是唯一的选择。更何况,屈原既死,千百载以下之人都受到其忠心的感动,足见其沉江的意义深远。而班固忘记了屈原是因忠而死,根本无权评论其忠之过与否。

然后,叶向高又以人情事理为基础,从父子、夫妇二伦与君臣一伦相参照,分析了屈原与楚王之间的关系,进一步肯定了屈原之忠:

世之轻死者,子以孝,女以烈。此虽出于天经地义之不容已;乃罔极之恩,伉俪之好,维系绾结,若或迫之,情之至也。君臣则堂陛势疏,晋接日少,若有余于分,而不足于情。乘有余以成睽,乘不足以成薄,而臣节替矣。屈子之言曰:"岂余身之惮殃兮,恐皇舆之败绩。""长太息以掩涕兮,哀民生之多艰。"其情之婉转恫切,千载而下,令人酸鼻,凡为臣子,当书一通,置之坐右矣。[②]

叶向高点出,世间子殉父、妻殉夫的行为往往有之。子嗣、妻子之所以轻死,是因为与自己的父亲、丈夫有深厚的感情基础,一旦对方去世,自己也唯愿随之同去,如此举动是发自至情的。与父子、夫妻相比,君臣的关系是分多于情:君臣的名分虽在,但二者间的感情却未必如父子、夫妻来得深刻、真挚。古来君臣之间往往多有龃龉,就是因为情之过薄。而观《离骚》中"岂余身之惮殃兮,恐皇舆之败绩"等语,足见屈原对楚王、以至对吾国吾民用情之深,是许多为人臣者难以企及的。因此,屈原的投水与其说是自示清白,毋宁说是向君王表露出最大的忠诚。这对于后代为臣者无疑是最佳的示范与鼓励。

与前人一样,叶向高相信朱熹注《骚》的动机,是在庆元党禁时遭受排挤;朱熹不敢把屈原的作品仅以词人之赋视之,是因为有感于屈原的忠君爱国之心:

朱子为之注释,而谓有味其言,不敢以词人之赋视之。夫朱子躬遭宋季,为王淮、陈贾所排,宜其有感于屈子。其讲业建溪,自托于遁晦,视汨罗之愤,为得其中正。要亦所处之不同,未可以一律论也。屈子死矣,毋论忠愤之气,日月争光;即其词赋,亦与《六经》并传。彼上官、子兰之徒,骨朽舌烂,千古为僇,亦何

① (明)叶向高:《重刻楚辞全集序》,《苍霞续草》卷九,第3a-3b页。
② (明)叶向高:《重刻楚辞全集序》,《苍霞续草》卷九,第3b-4a页。

利而为此哉!①

叶向高此说,盖是回应成化间何乔新的一番言论:

> 朱子以豪杰之才、圣贤之学,当宋中叶,厄于权奸,迄不得施,不啻屈子之在楚也。而当时士大夫希世媚进者,从而沮之排之,目为伪学,视子兰上官之徒,殆有甚焉。然朱子方且与二三门弟子讲道武夷,容与乎溪云山月之间,所以自处者,盖非屈子所能及。②

屈原、朱熹,一为文学家,一为道学家。何乔新把他们的经历强加牵合、比较,甚至喧宾夺主,得出"朱子非屈子所能及"的结论,自然不会令人信服。故叶向高声言二人"所处之不同,未可以一律论"。不过,他也一样以为朱熹比起屈原"为得其中正",可见其论依然基于儒家思想的价值观。

(二)论楚辞作品

叶向高之时,已经出现了不少新的楚辞学著作,就屈原及楚辞作品提出了一些新的观点。如周用《楚词注略》认为二《湘》、二《司命》皆各可合为一篇,汪瑗《楚辞集解》以《九歌·礼魂》为前十篇的乱辞,陈深《屈子品节》提出二《招》乃屈原所作等等。叶向高虽无系统性的楚辞学专著,但从他一些片段性的论述中,仍可窥知他对屈骚的看法大率本于刘勰《文心雕龙》及王逸、朱熹的楚辞注本。如前引《重刻楚辞全集序》论屈原诸作云:

> ……上叩帝阍,下穷四极,远求宓妃,近问渔父,甚至巫咸占卜,蹇修为媒,湘君陟降,司命周旋,举世人所谓芒忽骇怪之谈,皆托焉以写其无聊之情,无可奈何之苦。

叶向高将屈原作品的某些内容目为"芒忽骇怪之谈",盖源自刘勰《辨骚》所举的"四异":

> 至于托云龙,说迂怪,丰隆求宓妃,鸩鸟媒娀女,诡异之辞也。康回倾地,夷羿弹日,木夫九首,土伯三目,谲怪之谈也。依彭咸之遗则,从子胥以自适,狷狭

① (明)叶向高:《重刻楚辞全集序》,《苍霞续草》卷九,第4a页。

② (明)何乔新:《楚辞序》,《椒邱文集》,第138-139页。

之志也。士女杂坐,乱而不分,指以为乐,娱酒不废,沉湎日夜,举以为欢,荒淫之意也。摘此四事,异乎经典者也。①

而朱熹对《九歌》创作背景的论述,叶向高也有所接受:

> 昔楚南郢之邑,沅湘之间,其俗信鬼而好祀。其祀,必使巫觋作乐歌舞以娱神。蛮荊陋俗,词既鄙俚,而其阴阳人鬼之间,又或不能无亵慢淫荒之杂。原既放逐,见而感之,故颇为更定其词,去其泰甚。而因彼事神之心,以寄吾忠君爱国,眷恋不忘之意。是以其言虽若不能无嫌于燕昵,而君子反有取焉。②

比对之下,不难发现叶氏所言的基础何在。此外,叶向高在《祭郭明龙文》中又提到"宋玉吊屈",③可知王逸、朱熹以《招魂》一篇为宋玉所作,叶氏也是赞同的。整体而言,叶向高对于《楚辞》诸篇章的解释,似乎偏于保守,这与其身份有很大的关系。他身居台阁,既是皇权的襄赞者,又是道学的代言人。因此,对于《楚辞》的解读,他不可能如汪瑗般"以臆测之见务为新说",也不可能像黄文焕那样"词气傲睨恣肆"。

进而言之,对于楚辞的地位,叶向高也有所论评。如前节所言,叶氏认为诗歌"大要不出于道性情"。他从诗歌史的角度对《楚辞》下了如此断语:

> 《诗》亡而后《春秋》作,非《诗》亡也,《诗》犹治乱兼,而《春秋》纯乎乱者也。纯乎乱则所谓畅而出之者业已无存,而其郁而出之者变为《离骚》、《九歌》、《九辨》、《大、小招》诸篇,盖愤闷无聊之意多,而优游敦厚之旨失矣。自汉而后,诗之最著者为杜陵,说者亦谓其以穷而工,其于流离放逐之感,盖十居其六七,虽其意亦原本于《三百》,而要之所得于《骚》者居多,律之以性情之正,殆犹未免于哀而伤者。④

叶向高指出,文章与时高下,《楚辞》是纯粹的乱世之音,是忠臣满腔愤闷无聊之意在长期郁塞后抒发而成。因此相形之下,《楚辞》的情调已不能如《诗经》那般优游敦厚、哀而不伤了。影响所及,唐人杜甫的诗歌虽然本原于《诗经》,以忠君爱国的内容著称,但在

---

① (梁)刘勰著、范文澜注:《文心雕龙》(商务印书馆,1960年),第46页。
② (宋)朱熹:《楚辞集注》,第29页。
③ (明)叶向高:《祭郭明龙文》,《苍霞续草》卷八,第28b页。
④ (明)叶向高:《何匪莪先生诗选序》,同前注,卷五,第59a－59b页。

情调上却更多地受到了《楚辞》的影响,因此同样"未免于哀而伤"。叶向高还指出,《楚辞》对其所处万历后期的文风影响同样很巨大:

今天子圣神在御,治化雍熙……而一时骨鲠诸臣,偶有违忤,投荒远徙,接迹于春明,甚且淹顿至老,尚不得收。主非楚怀,世非天宝,而流离放逐,迹若同之,于是被厄者或不能无愤闷无聊之情,其形之声诗亦或有郁而不畅,使论者不能无遗憾。①

当时党争之势业已形成。如赵南星在大计中秉公澄汰,触犯时忌,遭贬为民,在万历后期家居几三十年。② 其《离骚经订注》就是在这段时间著成。天启六年(1626),阉党势炽,大兴诏狱。东林中人缪昌期、周宗建等皆死狱中。高攀龙自知不免,遂赴水而死,其《遗表》云:

臣虽削夺,旧系大臣,大臣一辱则辱国,故北向叩头,从屈平之遗则;君恩未报,愿结来生。③

这些例证都说明了在晚明炽烈的党争中,屈骚对于清流的影响与感召力。叶向高也观察到这种状况。他认为如此情形"使论者不能无遗憾",与其说是对屈骚的贬斥,不如说是对屈骚所象征之乱世的忧心。诚如罗宗强所言:"在万历后期,叶向高应该说是一位正直、有意为国出力之辅臣。但是他面对的是一个正在无可挽回走向败亡的政局。在上为一位既牢牢掌握着权力,又不想有所为亦不让臣下有所为的荒唐皇帝;在下为党争激烈之朝臣。他虽勤谨小心,想办一点实事,而事实是什么事也办不成。最后只好带着无可奈何的心情离开。"④

结 语

叶向高作为晚明台阁文臣的代表人物,对于当时的文风起了一定的影响。然而,由于晚明文坛变化纷纭,兼以叶氏著作在清代被禁,因此历来学者有关叶向高文学思想的

---

① (明)叶向高:《何匪莪先生诗选序》,同前注,卷五,第59b－60a。

② (清)张廷玉主编:《明史》(中华书局,1997年),第6298页。

③ (明)高攀龙:《遗表》,见(明)黄煜:《碧血录》,收入中国历史研究社编:《东林始末》(上海书店据神州国光社1951年排印本影印,1982年),第128页。

④ 罗宗强:《明代后期士人心态研究》,第468页。

研究颇为不足。本文以知人论世的方法,初步分析归纳了叶向高文学思想的特色,进而考察了他楚辞论的内涵。就文学创作来说,叶向高强调作者必须“辞尚体要”、“修辞立诚”。他总结师古、师心二说之失,提倡率易的文风。对于模仿前代作品,叶向高并不反对,但主张要“使古语今事混合无迹”,不然就会贻人“赝古”之讥。就文体来说,他认为文之至者贵真、诗之治者以道性情为主,这也是总结七子派与公安派得失后得出的结论。

在楚辞论方面,叶向高将屈原之忠、死与文学创作的关系阐发得非常细致。他比较君臣、父子、夫妇三伦,指出了三者的不同,且认为屈原之死,对后世为臣者有劝忠之效。叶氏将朱子“忠而过”之论视作反语,虽然有曲解之嫌,但是却说明在明代后期,即使官方对于《楚辞》的意见亦与前期大有不同。朝政日坏,思想上的监控渐渐没有以前那么严密,士人们重新从《楚辞》中找到了共鸣,于是《楚辞》的旧刊新著也就纷至沓来。对于《楚辞》篇章的解释,叶向高则大多本于王逸、刘勰、朱熹之说,几乎未有参考当代人的新见。叶氏还从诗歌史的角度观照《楚辞》,认为作为乱世之音的《楚辞》视《诗经》已无优游敦厚、哀而不伤的情调。在他看来,即使如诗圣杜甫,诗宗《诗经》,但在情调上却受《楚辞》影响为多。至于在晚明党争之中,不少政治上失意的清流也引屈原为知己,在诗歌创作上流露出类似《楚辞》的“愤闷无聊之情”。

从太祖到世宗,从周叙、何乔新到申时行、叶向高,明代官方的论断,直接影响到士人对屈骚的观感与研究兴趣。楚辞学在明代的发展,可以说是因着官方前抑后扬的态度,经历了一条逐渐上升的轨迹。当然必须指出的是,万历末年虽然朝政败坏,朱学僵化,但皇权与朱熹的影响力依然强大。故此,叶向高只能有意曲解朱熹“忠而过”之说,并将矛头转向班固,婉转表达对朱熹的异议。其次,他虽然也拈出屈原“哀民生之多艰”的诗句,但着眼更多的却始终在于对国君的效忠。这些大抵都源于叶向高的时代局限。

参考文献

[1](汉)王逸章句、(宋)洪兴祖补注:《楚辞补注》,中华书局,2002 年。

[2](魏)何晏注、(宋)邢昺疏:《论语注疏》,艺文印书馆 1985 年影印嘉庆二十年南昌学府刊阮元《十三经注疏》本。

[3](晋)杜预注、(唐)孔颖达疏:《左传正义》,艺文印书馆 1985 年影印嘉庆二十年南昌学府刊阮元《十三经注疏》本。

[4](梁)刘勰著、范文澜注:《文心雕龙》,商务印书馆,1960 年初版。

[5](宋)朱熹:《楚辞集注》,文津出版社,1987 年。

[6](明)宋濂:《文宪集》,台湾商务印书馆影印文渊阁四库全书,1983 年初版。

[7](明)胡俨:《颐庵文选》,台湾商务印书馆影印文渊阁四库全书,1983 年初版,第 619 页。

[8](明)陈敬宗:《淡然先生文集》,庄严文化事业有限公司据浙江图书馆藏清钞本影印,1997 年初版,第 338 页。

[9](明)何乔新:《椒邱文集》,商务印书馆影印文渊阁四库全书,1983年初版。

[10](明)吴宽:《家藏集》,商务印书馆影印文渊阁四库全书,1983年初版。

[11](明)李东阳:《李东阳全集》,岳麓书社,1985年初版。

[12](明)黄姬水:《黄淳父先生全集》,庄严文化事业有限公司据中山图书馆藏万历十三年(1585)顾九思刻本影印,1997年初版。

[13](明)申时行:《赐闲堂集》,庄严文化事业有限公司据北京大学图书馆藏万历刻本影印,1997年初版。

[14](明)袁宗道:《白苏斋类集》,上海古籍出版社,1989年初版。

[15](明)叶向高:《苍霞草》,北京出版社《四库禁毁书丛刊》据北京大学图书馆藏明万历刻本影印,2000年初版。

[16](明)叶向高:《苍霞续草》,北京出版社《四库禁毁书丛刊》据北京大学图书馆藏明万历刻本影印,2000年初版。

[17](明)叶向高:《苍霞余草》,北京出版社《四库禁毁书丛刊》据北京大学图书馆藏明万历刻本影印,2000年初版。

[18](明)姚希孟:《松瘿集》,北京出版社《四库禁毁书丛刊》据北京图书馆藏崇祯张叔籁等刻清闷全集本影印,2001年初版。

[19](明)黄煜:《碧血录》,收入中国历史研究社编:《东林始末》,上海书店据神州国光社1951年排印本影印,1982年。

[20](清)朱彝尊:《静志居诗话》,人民文学出版社,1990年初版。

[21](清)张廷玉主编:《明史》,中华书局,1997年。

[22](清)永瑢主编:《四库全书总目》,中华书局,1965年初版。

[23](清)陈田:《明诗纪事》,中华书局,1993年初版。

[24]王其榘:《明代内阁制度史》,中华书局,1989年初版。

[25]冷东:《叶向高与晚明政坛》,汕头大学出版社,1996年初版。

[26]易重廉:《中国楚辞学史》,湖南出版社,1990年初版。

[27]杨艳秋:《明代史学探研》,人民出版社,2005年初版。

[28]罗宗强:《明代后期士人心态研究》,南开大学出版社,2006年初版。

试论冯绍祖校刊本《楚辞章句》对《楚辞补注》的择取与接受

复旦大学　罗剑波

在整个《楚辞》评点史上,明万历丙戌(1586)冯绍祖校刊本《楚辞章句》①是值得我们注意的一种。

作为明代较早出现且有着广泛影响的一个《楚辞》集评刻本,该本在评点形式和内容的确立、品评名家的择取等方面,对于后出的各《楚辞》评点刻本均有着或多或少的规范作用。因而,加强对于该本相关方面的研究,无疑将会大大助益于我们对于整个《楚辞》评点史的理解和把握。就该本所选评家而言,冯绍祖共辑引自西汉刘安以降历代评家达44家,而其中在内容比重上则要以洪兴祖《楚辞补注》为最。本文拟对该本所引洪兴祖语进行全面、细致的审视,由点及面,以力求在此基础上能对冯绍祖的择取标准做些有益的探讨。

一、对于冯本《楚辞章句》所录洪兴祖语所作的形式考察

冯本《楚辞章句》杂录诸家言说共采用了以下三种形式:其一,于卷首设“楚辞章句总评”一目,引自杨雄、魏文帝,终至王世贞、刘凤论评篇章之辞;其二,于正文眉间及文旁杂引各家说辞,多论及章节大旨,彰显行文脉络,亦及韵字叶音;其三,再于每篇篇末采辑诸家评说,叙论篇章大义。其中属于《楚辞补注》中的材料,置于眉间者57条,篇末者8条,“总评”者1条,另有旁批1条。就其所处篇章而言,其中《离骚》、《九歌》、《九章》各13条,《天问》11条,《远游》、《招魂》各4条,《卜居》、《七谏》各2条,《渔父》、《招隐士》、《九叹》、《九思》各1条,而《九辩》、《惜誓》、《哀时命》、《九怀》皆无一引。这反映出冯绍祖在择取过程中尤为重视屈原作品,而对后世拟骚之作较少关注的价值评判倾向。如就整体而言,这种价值取向同样也表现在冯本对于其他论家言说的择选上:无论是所录眉语还是篇末评,于冯本《章句》中以篇目为序皆大体呈现出逐渐减少的趋势,并且这种趋势越往后越明显,以至于有些篇目则出现通篇无评语的现象。

① 此本下文皆简称为冯本《楚辞章句》、冯本《章句》,或直称为冯本。

由于冯绍祖通过上述三种形式来辑录各家论说，其所辑引在入其书前，也就必然经过了一个重新的归类和整理过程。这也就意味着，冯本中各家言辞的存在形态，是经过了校刊者一番整理后才呈现出来的。而就其中所录洪兴祖语而言，有的则在位置上发生了变动，而与原本不合，这是冯本《章句》所引《楚辞补注》语在形式上的一个突出表现。之所以出现这种情况，多数是因为冯绍祖基于彰显所引材料的特性，以使它们能够更准确、贴切地发挥作用，而有意为之的。

如《楚辞补注·离骚》"启《九辩》与《九歌》兮"句下，洪兴祖"《骚经》、《天问》多用《山海经》"云云几句①，于冯本位置则在《天问》"康回凭怒，墬何故以东南倾"句眉上。冯氏如此调整，是因为洪兴祖所论乃针对刘勰以"康回倾地"为"谲怪之谈"而发。而"康回倾地"，指的是《天问》中关于共工怒触不周之山的记载，也就是的"康回凭怒，墬何故以东南倾"一句的内容。通过这种位置的调整，使得读者在阅读此句时，能够更直接、便捷地了解和把握《楚辞补注》对于该句的意见。

冯本《九歌》、《东皇太一》、《云中君》篇首眉间所录洪兴祖语，于《楚辞补注》则均在各自篇末处②；而《楚辞补注》中《九章》诸篇篇题下洪兴祖语，冯本亦皆提前至各篇篇首眉间。这些材料多是洪兴祖诠解各篇旨意之辞，冯本之所以变动其位置，列之于文首，盖亦是基于读者之便的考虑，是欲使其未读而先有解于胸，从而在随后的阅读中加深对文章的理解。

冯本《远游》篇末录洪兴祖语共三处，其中第一处于《楚辞补注》则在《离骚·后序·补注》中③。冯本所引起自"或问：古人有言"云云，终至文末。洪兴祖此处所论，是针对汉代以来围绕屈原其人其文评价问题的争论而发，故附于王逸《叙》后。其中论及屈原之为人时，洪氏引用《远游》之语以证其说，亦论及《远游》所作之旨。笔者以为，也正是因为这一点，冯本才将此段移至《远游》篇末，作为洪兴祖对于《远游》的专论来看待。这种调整，对于后世读者借以把握《远游》篇旨意而言，无疑提供了很大的方便。

又如，冯本《卜居》篇末所录洪兴祖语，于《楚辞补注》则在文中"将送往劳来，斯无穷乎"句下。其文云："卜以决疑，不疑何卜。而以问詹尹何哉？时之人，去其所当从，从其所当去，其所谓吉，乃吾所谓凶也。此《卜居》所以作也。"④洪氏此语，将屈子似疑实醒、欲信却疑的复杂心态，以及由此引发的对于时俗的忿怼、怨激之情较为贴切地揭示了出来，洵为解读《卜居》之秘钥。冯本将其抽出单列，亦当是出于此种考虑，而欲强调之。

① 洪兴祖：《楚辞补注》，中华书局，1983年，第21页。
② 洪兴祖：《楚辞补注》，1983年，第57页、59页。
③ 洪兴祖：《楚辞补注》，1983年，第50页–51页。
④ 洪兴祖：《楚辞补注》，1983年，第177页。

再如,《楚辞补注·渔父》文末处洪兴祖所谓"《艺文志》"云云一段①,冯本则移至卷首"楚辞章句总评"中。观洪氏此处持论,似欲通过辨析萧统择取之失,而对屈原作品作出整体性的价值评判。《渔父》为屈赋中最后一篇,故洪氏置之于此。这即如他将对《东皇太一》、《云中君》旨意的揭示分别放在两篇之末一样,其位置虽如此,其性质却是总论式的。冯本引之入"总评",也正是为了彰显它的这一特性。

综上所述,冯本对于以上材料位置的变动,均是基于其自身编排体例和材料本身特性的需要而有意为之的。通过这种调整,不仅使上述被引入的材料适应了冯本的存在形态;更重要的是,还有助于后世读者借以更有效地利用《楚辞补注》和更准确地理解屈原作品。但冯本中也有一条材料,其位置的处理,却不够合理。关于"司命"之义,洪兴祖曾引历世史籍释解之,而置于《楚辞补注·九歌·大司命》篇题之下②。对于这段文字,冯本节引之,而置于《九歌·少司命》篇末处眉间。《九歌》本有《大司命》、《少司命》两篇,在次序上亦有先后之别。洪兴祖从训解当应遵循之通例出发,故将释"司命"之辞置于《大司命》。而于冯本则如此,盖是绍祖疏误所致。

二、对于冯本《楚辞章句》所录洪兴祖语所作的内容考察

冯本《楚辞章句》卷首有"观妙斋重校《楚辞章句》议例"五则,在其二"铨故"中,冯绍祖明确表达出引录《楚辞补注》的择选标准。其文云:"《楚辞》解当汉孝武时,已令淮南王安通其义矣。惜乎言湮世远,今不复存。东汉王逸汇其故为《章句》,盖其详哉!至宋洪兴祖、朱晦翁,具有补注,总之不离王氏者居多。兹颛主王氏《章句》。洪、朱两家,间各有裨益处,为标其概于端,俾读者得以详考,亦毋混王氏之旧焉。"从这段话中,仅就其中论及《楚辞补注》者而言,我们就至少可以得出以下三层意思:其一,对于所引《楚辞补注》,冯绍祖的评判标准是,它们皆"各有裨益处"。由此可知,冯氏对于《楚辞补注》是进行了一番筛选和整理的。由此摘选出来的各条材料,在他看来,皆具有可取之处。其二,对于所引《楚辞补注》中语,冯绍祖的处理方式是"标其概于端"。由于冯氏"颛主王氏《章句》",再加上眉间、章末篇幅上的限制,冯氏对于《楚辞补注》的引录,多是采取节引的方式来进行的。笔者将冯氏所引与原本《楚辞补注》对照后发现,冯氏节引所遵循的原则是:对于同一物件的注解,《楚辞补注》与《楚辞章句》意见基本一致的地方,即使《补注》更详细、更准确,有可取之处,冯本《楚辞章句》也不引录。其三,冯氏之所以辑引《楚辞补注》,其目的是"俾读者得以详考"。这也就意味着,绍祖所选,是以读者的阅读、接受为出发点的。其所言"裨益"云云,也是就读者而言的。至于说其中所录洪氏语是否真有

---

① 洪兴祖:《楚辞补注》,1983 年,第 181 页。

② 洪兴祖:《楚辞补注》,1983 年,第 71 页。

"裨益处",其与《楚辞章句》究竟何者为确,何者为准,凡此种种,在冯绍祖看来,则又当由读者本人去"详考"论定了。

冯本《楚辞章句》所引《楚辞补注》在内容上主要包括哪些方面?其"裨益处"又有着怎样的体现?这是我们应当着重探讨的问题。

《楚辞补注》作为《楚辞》学之重要训诂、诠释之作的性质,以及洪兴祖在这方面所做出的突出贡献的事实,使得冯绍祖较多地关注于对于洪兴祖训释、诠解之辞的选录上。这首先表现在重要的概念和语词方面。如《离骚》之"乱"、《九歌》之"司命"、"国殇"、"礼魂"、《九章》之"少歌"、《招魂》之"些"等,都是《楚辞》中较为重要的概念和用词。初读《楚辞》,如无参考依据,对此会感到茫然一片,不着边际。而《楚辞章句》对此,有的没有作解,有的虽然有解,却过于简略。因此,冯本引洪氏之语以补其未备,从而为读者扫除阅读上的语言障碍。如于"司命",王逸无注,洪兴祖则辑引历世史籍训解之,冯本《章句》择其要录于眉端。又,《九章·抽思》王逸注"少歌"曰:"小唫讴谣,以乐志也。"[①]颇为简略。而冯本所取洪兴祖语,则是结合《抽思》"少歌"、"倡"、"乱"共存一篇的具体事实来进行解说。其文云:"此章有少歌,有倡,有乱。少歌之不足,则又发其意而为倡。独倡而无与和也,则总理一赋之终,以为反辞云尔。"此解不仅使人读后对于以上三者的关系有了更为感性的认识,同时也有助于加深读者对于屈赋中跌宕反复之感情的理解。

洪兴祖注解屈赋,往往能从一字、一词中挖掘出蕴寓其中的深意来。对此,冯本《章句》亦酌为录引。如:《离骚》:"闺中既以邃远兮,哲王又不寤。"洪兴祖云:"怀王不明而曰哲王者,以明望之也。太史公所谓'冀幸君之一悟,俗之一改也。'韩愈《琴操》云:'臣罪当诛兮,天王圣明。'亦此意。"又,《九歌·湘夫人》:"时不可兮骤得,聊逍遥兮容与。"《补注》曰:"不可再得则已矣。不可骤得,犹冀其一遇焉。"诸如此类,洪氏所言,对于后世读者把握屈子用语之深意、屈赋似明实隐之行文特色而言,均有着较大的助益。

其次,冯本《章句》还收录了一些《补注》对于具体语句的解说和阐发之辞,且其中多有与逸注说法不同者。如《九歌·河伯》:"波滔滔兮来迎,鱼隣隣兮媵予。"王逸直解此二句,云:"言江神闻己将归,亦使波流滔滔来迎,河伯遣鱼隣隣侍从,而送我也。"洪兴祖则结合屈原的身世境遇来立论,曰:"屈原托江海之神送迎己者,言时人遇己之不然也。杜子美诗云:'岸花飞送客,樯燕语留人。'亦此意。"又如,《天问》:"薄暮雷电,归何忧?"《章句》亦直解之云:"言屈原书壁,所问略讫,日暮欲去,时天大雨雷电,思念复至。自解曰:'归何忧乎?'"《补注》则曰:"薄暮,日欲晚,喻年将老也。雷电,喻君暴怒也。归何忧者,自宽之词。"此外,如洪氏对于"勤子屠母,而死分竟地"之说的辨析,对于"射夫河伯"、"妻彼洛嫔"为谁的考证,对于齐桓"卒然身杀"之义的揭示,以及对于"吴光争国,久余是

① 本文所引《楚辞章句》与《楚辞补注》,除注明外,余皆出自冯本《楚辞章句》。

胜”句中蕴意的发掘等,亦属此类。

再次,对于洪兴祖篇章大旨论解之辞,冯本《章句》亦多有收引。《九章》各篇王逸无专解之辞,而《楚辞补注》除《橘颂》释缘何以“颂”名篇外,余者皆以“此章言(己)……”的行文字眼示读者屈原作文之旨。对此,冯本全录之。另外,冯绍祖对于洪兴祖关于《东皇太一》、《云中君》、《天问》、《远游》及《卜居》旨意的评说,亦予以收录。关于这些篇目的行文大旨,王逸本有论说,而洪氏之言多与之异。冯本辑之,或欲纠正《章句》之误,或欲使二说并存,形成对话,而由读者本人去“详考”论定,其用意已难确考,笔者对此亦不欲赘言。而单就其这种异说并存的做法而言,则无疑就是大有裨益于读者之研读的。

冯绍祖校刊《楚辞章句》,其目的虽欲“存古”,但在具体问题的处理上,他并不泥滞,并不以为《章句》中的说法都是可以信赖的,是神圣不可动摇的。上述冯本中多有洪兴祖和王逸不一致的说法,即为明证。非但如此,冯绍祖对于洪兴祖直言逸注之谬,而特为纠正之语亦多加录引。如:《离骚》:“女媭之婵媛兮,申申其詈予。”对此王逸以为:“言女媭见己施行不与众合,以见放流,故来牵引数怒,重詈我也。”洪兴祖却不以为然,云:“观女媭之意,盖欲原为甯武子之愚,不欲为史鱼之直耳,非责其不能为上官、椒兰也。而王逸谓女媭骂原以不与众合,不承君意,误矣。”又,《天问》:“吾告堵敖以不长。”逸注云:“堵敖,楚贤人也。”洪兴祖则曰:“《左传》:‘楚子灭息,以息姬归,生堵敖及成王焉。’楚子,文王也。庄公十九年,杜敖生。二十三年,成王立。杜敖,即堵敖也。……今哀怀王将如堵敖不长而死,以此告之。逸注以堵敖为楚贤人,大谬。”此外,如洪兴祖关于鲧非死于“西征”途中的论断,对于王逸《天问》“文义不次序”之说的辨正等,亦属此类。为避文繁,兹不逐一赘引。以上《补注》所言,皆从文章的实际语境出发,以具体的历史文献为据,这对于纠正《章句》偏失,在一定程度上回复屈赋本意而言,有着积极而重要的意义。由此对于后世研读者而言,其“裨益处”亦自可不言而喻。

除了上述对语词、语句及篇章旨意的解说之辞进行摘引外,冯绍祖对于《补注》中关于篇章间行文脉络的叙说,亦表现出浓厚的兴趣,多择取之而入其书。如:《九歌·大司命》:“折疏麻兮瑶华,将以遗兮离居。”洪兴祖曰:“自此以下,屈原陈己之志于司命也。”《九章·橘颂》:“独立不迁,岂不可喜兮?”《补注》云:“自此以下,申前义,以明己志。”又,《卜居》:“将送往劳来,斯无穷乎?”《补注》云:“上句皆原所从也,下句皆原所去也。”《九叹·湣命》:“三苗之徒以放逐兮,伊皋之伦以充庐。”洪兴祖云:“自此以上,皆言皇考之美,自此以下,言今之不然也。”

以上均是直言行文思路者。还有一类则是在对具体文句的阐释中,将文章前后相关联的地方结合起来,以揭示它们之间的关系。如《离骚》:“兰芷变而不芳兮,荃蕙化而为茅。”《补注》云:“上云谓幽兰其不可佩,以幽兰之别于艾也。谓申椒其不芳,以申椒之别于粪壤也。今曰兰芷不芳,荃蕙为茅,则更与之俱化矣。”与具体的语词、语句释解相比,文章之行文脉络、语段、文句间之内在关联，对于读者阅读而言，其作用则更为重要。冯绍祖关注于对此类言辞的收引，更可有力地证明，其所辑汇确实以能否“裨益”于读者接受为择弃标准的。

冯本《章句》所取《补注》有“裨益”者，还包括洪兴祖论及《楚辞》对于后世文学所产生影响方面的一些材料。

其中有些是指出后人直接袭用《楚辞》中语句的例子。如：《九歌·河伯》：“子交手兮东行，送美人兮南浦。”《补注》云：“江淹《别赋》云：‘送君南浦，伤如之何。’盖用此语。”《天问》：“何勤子屠母，而死分竟地？”《补注》云：“言坼剖而产，则有之，死分竟地，未必然也。竟地犹言竟天也。唐段成式云：‘迸分竟地’。盖用此语。”[①]又，《远游》：“惟天地之无穷兮，哀人生之长勤。”《补注》云：“此原忧世之词。唐李翱用其语，作《拜禹言》。”[②]

有些则是指出后世文学作品之篇题源自《楚辞》的情况。如：《九歌·少司命》：“悲莫悲兮生别离，乐莫乐兮新相知。”洪兴祖曰：“《乐府》有《生别离》，出于此。”今按，《乐府诗集·杂曲歌辞》录梁简文帝、孟云卿、白居易作《生别离》各一首[③]。又如，《招魂》：“魂兮归来哀江南”。《补注》云：“庾信《哀江南赋》取此为名。”再如，《招隐士》：“王孙游兮不归”。《补注》曰：“乐府有《王孙游》，出于此。”今按，《乐府诗集》收谢朓、王融、崔国辅《王孙游》各一首，并有言云：“《楚辞·招隐士》曰：‘王孙游兮不归，春草生兮萋萋。’《王孙游》盖出于此。”[④]

论及以屈赋为代表的《楚辞》对后世文学所产生的影响，《文心雕龙》曾作出以下概括：“故才高者菀其鸿裁，中巧者猎其艳辞，吟讽者衔其山川，童蒙者拾其香草。”又云：“虽世渐百龄，辞人九变，而大抵所归，祖述《楚辞》，灵均余影，于是乎在。”[⑤]后人通过学习《楚辞》，皆各取所需，亦各有所获。《楚辞》作为中国文学的一个重要源头，可谓衣被后世，非一代也。与刘勰之论相比，上引《补注》所言则更为细致、具体，也更易使人对此有所把握。冯氏所选，虽不够全面，但仅就读者于此有一基本了解而言，则足可收斑窥之功。

---

① 按，此语见段成式《酉阳杂俎》续集卷五。段氏原文讲述的是一则移迁弥勒佛像的奇异故事，兹节录之如下：“法空初移像时，索大如虎口，数十牛曳之，索断不动。法空执炉，依法作礼九拜，涕泣发誓。像身忽嚗嚗有声，迸分竟地，为数十段，不终日移至寺焉。”（《文渊阁四库全书》，上海古籍出版社，1987年。）

② 按，李翱《拜禹言》曰：“惟天地之无穷兮，哀生人之长勤。往者吾弗及兮，来者吾弗闻。已而已而。”（《李文公集》卷五，引自《文渊阁四库全书》，上海古籍出版社，1987年。）

③ 按，李翱《拜禹言》曰：“惟天地之无穷兮，哀生人之长勤。往者吾弗及兮，来者吾弗闻。已而已而。”（《李文公集》卷五，引自《文渊阁四库全书》，上海古籍出版社，1987年。）

④ 郭茂倩：《乐府诗集》，中华书局，1979年，第1051页。

⑤ 上引分别见于王利器：《文心雕龙校证》，上海古籍出版社，1980年，第28、272页。

洪兴祖对于前世关于屈原及其作品所作的评价,多有辩驳和批评。对此,冯绍祖亦有所摘引。其中如论及屈赋者,有《天问》中一条。冯本《天问》:"康回凭怒,墬何故以东南倾"眉间录《补注》云:"《离骚》①、《天问》多用《山海经》。而刘勰《辨骚》以'康回倾地'、'夷羿弊日'为'谲怪之谈'、'异乎经典'。如高宗梦传②说,姜嫄履帝敏之类,皆见于《诗》、《书》,岂诬也哉。"在此,洪兴祖对刘勰持论进行驳斥,以证屈子之作并非违忤于经典者。

此类更多的则是论及屈子之为人者。如《离骚》:"虽不周于今之人兮,愿依彭咸之遗则。"《补注》云:"屈原死于顷襄之世,当怀王时作《离骚》,已云:'愿依彭咸之遗则。'又曰:'吾将从彭咸之所居。'盖其志先定,非一时忿怼而自沉也。《反离骚》曰:'弃由、聃之所珍,摭彭咸之所遗。'岂知屈子之心哉!"又,冯本《远游》篇末录《离骚·后序·补注》中一段。在文中,洪兴祖对班固、杨雄、颜之推等人之持论进行了辩驳和强烈的抨击。因原文较长,兹不烦引。

围绕屈原其人其文,自汉代以降曾有过激烈的争论。扬之者称其"与日月争光可也",毁之者谓之"非法度之政,经义所载"(班固《离骚序》)。双方褒贬任声,各执一辞。刘勰折衷其词而论之,以为屈赋"四同"、"四异"于经书。至洪兴祖,则上承王逸之说而再申发之,擘肌分理,缕析条分,志在驳孟坚等人所误偏,复屈子之文归正宗也。其所持论,对于后人借以窥知这场论争,并进而对屈子、屈赋持以客观、准确的认识而言,是大有裨益的。冯绍祖录之于其书,揆其旨意,亦当着眼于此。

另外,冯本所录,如洪兴祖对于《离骚》称"经"乃后人所加的论断,对于屈赋"美人"意象的概括,对于《离骚》、《九章》特色的揭示,对于《卜居》、《渔父》"假设问答以寄意"写作手法的叙说,以及对于《九思》注为王延寿所为的推测等等,皆能发《章句》之所未发,补逸注之所未备,于读者,则更是多有开导、启发之功。

结 语

综上所述,冯绍祖所言"裨益处"者,就其所引洪兴祖语而言,主要包括对于语词、语句及篇章大旨的训释,对于文章行文脉络的论断,对于《楚辞》影响在后世文学创作中具体体现的说明,以及对于前世评屈者论点的批评与纠正等几个方面。内容所涉,有语及屈子之为人者,有论及屈赋及其他《楚辞》作品者。其中有单论一点者,又有专论一篇乃至数篇者。可谓是有小有大、亦点亦面、细巨相容、此彼并包。其与王逸《楚辞章句》结合在一起,再加上其他各家的论评之语,简直就是一部小型的《楚辞》学词典,可以使研读者

① 此"离骚",《楚辞补注》作"《骚经》"。(《楚辞补注》,中华书局,1983 年,第 21 页。)
② 此"传",《楚辞补注》作"得",中华书局,1983 年,第 21 页。

们徜徉于其中，醉心于渔猎。

由于逸注“去古未远，多传先儒之训诂”[①]，故冯绍祖以之为本，而欲收“存古”、正误之功。同时再杂采《补注》及他家论断、品评之语于是书，以佐《章句》所不逮。就此而论，冯本《楚辞章句》可谓是兼取众善于一书者也。也正是由于这个原因，此书自问世后，即连年刊行，甚为畅销，以至于射利之徒蜂起，版片屡易他手[②]。而后世所出的明代各《楚辞》评点本，如万历二十八年凌毓枏校陈深批点二色套印本、天启六年蒋之翘忠雅堂《楚辞》评校本以及崇祯十年吴郡八咏楼刻沈云翔《楚辞集注评林》本等，均在编排体例、内容择取诸方面或多或少地受到了它的影响。因此，冯本《楚辞章句》是值得我们去认真思考和探讨的。

① (清)永瑢等:《四库全书总目》,中华书局,1965年,第1267页。

② 参崔富章先生:《楚辞书目五种续编》,上海古籍出版社,1993年,第25页。

戴震《屈原赋注》的注释风格及注释的可信性

安徽淮北煤炭师范学院中文系　郭全芝

戴震作为清代训诂学领域的大家,对于训诂之事无论是理论还是实践都取得了令人瞩目的成就,中多精辟之见,至今为学者所取法。他的《屈原赋注》就是一部在训诂方面实践其理论主张的著作。

《屈原赋注》是戴震几经修改而完成的重要著作,其内容虽然是对屈原作品的注释,但仍然体现了戴氏研治经典的特色。如不拘守前人,重视新得;语言平实简要,训释明切,具有崇俭尚要的风格特征。就前者来说,《屈原赋注》表现得很突出,很少人云亦云,而多独到见解,所以问世以来受到学界重视,不少解释已成定论。例如《离骚》"昔三后之纯粹兮"中"三后","夏康娱以自纵"之"康娱","《九章》无次第,不尽作于顷襄王时"等等。但这一情况,前人已有论述,兹不赘述①,这里着重谈谈《屈原赋注》的注释风格及其深层原因②。

一、《屈原赋注》崇简尚要

《屈原赋注》在训诂方面的风格特征很突出,即崇简尚要。

《屈原赋注》本身的内容是十分丰富的,不仅解释字词,辨析章句,同时也概括篇章大意,揭示屈原所赋予的深沉意蕴。仅就字词解释来看,又涉及音义、校勘和名物通释等方面。但同时,戴震注释文字的简要也是非常显明的。这一点只需与其注释内容的丰富作比照就可以看出。丰富的内容,加上屈原原作二十五篇的完整文字,戴震以五六万字的篇幅就容该已尽。此书注释简要,与作者采取的一些特殊措施有关。其一,撰者对原典不作逐字逐句的解释,只是在有疑难或有争议的地方作文章,大大节省了篇幅;其二,解释内容一般多为结论,少考证,引述性文字也较少。其三,对历史上积存的不同见解和不同观点一般不引述,不争论,而只是旗帜鲜明地宣示自己的看法。《屈原赋注》的这种特点,用著者好友卢文弨的话说就是"微言奥指,具见疏抉。其本显者不复赘焉。指博而辞

① 参见卢文弨《屈原赋注序》,广雅书局《屈原赋戴氏注十二卷》,光绪辛卯刊印本。

② 《屈原赋注》的注释风格问题,在拙作《〈离骚〉戴氏注》(2005 年楚辞国际学术研讨会提交论文,见《中国楚辞学》第九辑)中,笔者对这一问题已有初步探讨,这里因有新的认识故再加讨论。

约,义挈而理确”①。

戴震简要的注释风格还得力于其他手段,而且这种风格是撰者非常自觉的选择。这一点从《屈原赋注》的初稿和定稿的比较中就可以清楚地看出。

从现存《屈原赋注》的初稿和定稿看,戴震的注文是从繁杂趋向精审,文字也相应地更趋于简洁。例如初稿这样一段文字:

不抚壮而弃秽兮,何不改乎此度?十一暮。乘骐骥以驼骋兮,来吾道夫先路。十一暮。

此章犹言后者道之。不抚壮弃秽,谓不及时好脩者也。《说文》“驼,大驱也。骋,直驼也。”旧指君说,一启口便彰君之秽恶迷惑。非是。乘骐骥以驼骋,喻及时急学尔。旧说以喻君之任贤。亦非是。

昔三后之纯粹兮,固众芳之所在。古读若“泚”。杂申椒与菌桂兮,岂惟纫夫蕙茝?古读若“齿”。

言三后之任众贤以成治,己之好脩,固三后所取也。三后,即下前王,谓楚之先君贤而昭显者,故不目其名。今未闻。王注指禹、汤、文。朱子又疑为三皇。或少皞、颛顼、高辛。余以下前王证之,屈子所言,当先及本国,其但云三后者,犹周家言“三后在天”,即指太王、王季、文王,在楚言楚,其熊绎、若敖、蚡冒三君乎?

定稿是:

抚壮而弃秽兮,何不改乎此度也?乘骐骥以驰骋兮,来吾道夫先路也。昔三后之纯粹兮,固众芳之所在。杂申椒与菌桂兮,岂惟纫夫蕙茝?

又言以身先国士也。抚壮弃秽,承及时好脩言之。所以不改此度者,且导后来之贤士以先路也。国之所恃赖,非一贤可以成治,前王可鉴。三后,谓楚之先君贤而昭显者,故径省其辞,以国人共知之也。今未闻。在楚言楚,其熊绎、

---

① 参见卢文弨《屈原赋注序》,广雅书局《屈原赋戴氏注十二卷》,光绪辛卯刊印本。

若敖、蚡冒三君乎？犹《下武》言“三后在天”，共知为太王、王季、文王。[1]

两者的繁简差异显而易见。初稿本来已经具备了前述戴震文字简要的一般特征，但与后来的定稿相比，文字仍然较多。因为其一，它将《离骚》划分为四句一章，大致以章为单位进行逐一疏解；定稿没有这种体例束缚，其解释或按章或不按章，几章合在一起撮述其旨意是常见的现象，因此省去不少话语。其二，初稿将韵字古读都作了标注拟音，定稿则将这类文字统一放在卷末“音义”里，此外，初稿还有文字校勘内容，如卷一“朝搴阰之木兰”，戴震云：“木兰，《广雅》谓之桂兰。皮似桂而香。或作‘杜兰’，疑‘桂’之讹。……”而定稿也将这类文字归入“音义”或“通释”卷中。“木兰”一词的解释，戴震在定稿时还是选择放在了“通释”里，用字也比初稿更为简省。这种处理，在正文的疏解上就显得内容集中单纯，文字也因之更显简要。但这样做的用意决不只是为了使正文文字简要集中，它还避免了由随文而解所造成的内容重复。重视注文的简要、不枝蔓，可以说是戴震这类文献一贯的特点，如初稿和定稿都努力去除闲言碎语，没有繁琐考证和庞杂的引经据典，但是定稿还去掉了初稿中本来就很少的引述前人的文字，尤其是各种不同观点的文字，因而特点更加突出。这些也都是戴震有意简化其训诂文辞的表现。

《屈原赋注》的注释风格与戴震对屈原赋的认识，以及对训诂学的看法有着密切关系。

二、戴震注文简要的原因

《屈原赋注》注文简要，其深层原因首先与撰者对屈原作品的理解有关。

戴震认为屈作是“诗人之赋”。其《屈原赋注自序》中引述《汉书》云：“(《汉志》)又称其(指屈原赋——郭注)作赋以风，有恻隐古诗之义。至如宋玉已下，则不免为辞人之赋，非诗人之赋矣。”在戴震看来，赋作为一种体裁，其内容本来不像诗歌那样难于理解。因为诗歌要用到比兴手法，内容比较含蓄。但是赋也可以蕴有比喻之义。在《诗比义述序》中，戴震说：“赋者，比之实也；兴者，比之推也。得比义，于兴不待言，即赋之中复有比义。”[2]这虽然是针对《诗经》的表现手法而言的，但因为戴震把屈原作品当作“诗人之赋”，并且明确说作者是“作赋以风”，因而具有“恻隐古诗之义”，所以认为解读屈原作品有其难度。就是戴震自已也是“读屈子书，久乃得其梗概”[3]。

重视体裁特征，并据此理解原典内涵是戴震解读古籍的一个特点。他不仅对《诗

---

① 本文所引《楚辞》原文并《屈原赋注》，均出自黄山书社 1994 年版《戴震全书》之《屈原赋注》。

② 《东原文集》卷十，黄山书社，1994 年，《戴震全书》第六册，第381 页。

③ 《屈原赋注自序》，《戴震全书》第三册，第 611 页。

经》、屈赋是如此，对散文著作也一样。例如在《春秋究遗序》里，戴震说：“《春秋》，鲁史也，有史法在。古策书之体，其例甚严……”，读《春秋》就应知其书法义法：“世变相寻，行事为史所不能书，于是书法淆乱，非有圣人之达于权，不知治变。是以《春秋》义例不可与鲁史记之例同条而论，而‘废例’之说，知其益疏矣。”①

基于对屈赋体裁的特殊理解，戴震的《屈原赋注》更加注重的是原作内涵意蕴的揭示。如注《离骚》云：“正则者平之谓，灵均者原之谓。”“此以芳草比嘉言懿行。”“美人以谓盛壮之年耳。”“第一段：自叙生平大略，而终于君之信谗。”“第十段：托言远逝所至，忧思不解，志在睠顾楚国终焉。”又如云《九歌》：“《九歌》，迁于江南所作也。昭诚敬，作《东皇太一》；怀忧思，作《云中君》；盖以况事君精忠也。”客观上，对字词原义的解释及名物训诂，就比较简略。如《离骚》“纷吾既有此内美兮”四句的字词解释：“内美，生而质性容度之粹美。重，犹加也。脩能，好脩而贤能。扈者，掩袭不散之称。纫，犹贯也。”四句之中选择了五个字词作解释，数量不算少，但解释不加论说，比较简单。由此可见，戴震对字词注释虽然也很重视，但往往选要择难，并不一一疏解，而且解释用语以简要为务，对观点通常不加论证。这是由其疏抉奥指的注释目的决定的，而“疏抉奥指”则是戴震视屈作为“诗人之赋”的结果。

戴震对屈原作品还有一个体认，即以屈原作品为“经之亚”。《自序》称：“(屈原)其心至纯，其学至纯，其立言指要归于至纯。二十五篇之书，盖经之亚。”屈原作品由于作者本人的原因，与普通文学作品不一样，而是犹如儒家经典一样，蕴涵深义。而“经之至者道也”。儒家经典蕴涵着天下至道，即孔孟之道。明经的最终目的是为了明道。因此戴震也强调屈原作品的合“道”内蕴，认为很有必要对它疏言抉奥，以使“赡涉之士，讽诵乎章句，可明其学，睹其心，不受后人皮傅用相眩疑”。

但是，历史上已经有很多学者对屈原作品进行解读，涌现出象王逸、洪兴祖、朱熹等大家，他们也多以为屈氏原作蕴涵着类同于儒家的深义，故解说也对这一特殊内容多少进行了揭示。不过，仍以解字释词为主。他们声望很高，解说颇具权威性，对后世影响深远。戴震的解说则显得独树一帜。这涉及戴震对以往“经师”的态度。戴震受宋代朱熹等人的影响，不盲目崇拜有威望的经师，也不迷信前人说解，而主张“不以人蔽己，不以己自蔽”，可以说对一切注说都勇于怀疑，只遵从经典本文和孔子之说。如他解说《诗经》，就只遵从孔子“思无邪”，将《序》《传》《笺》与其他经师之说放在同一地位②。历史上的楚辞学者对屈原作品的注解在戴震看来也是不理想的，它们“碎义逃难，未能考其精核，

---

① 《东原文集》卷十，黄山书社，1994年，《戴震全书》第六册，第381页。

② 见戴震：《毛诗补传自序》，《戴震全书》第一册，第125页。

且蹶失其所以著书之指"[①]。于是戴氏的注解重点放在了揭示屈原作品所蕴涵的"道义"之上,而不是如一般经学家那样只是解字释词、考音证义,不像以往的楚辞学家那样"碎义逃难"。同时也导致戴震不依傍前人,而是自出新见,从而少了许多征引文字。《屈原赋注》注释上的特点与戴震的经学观也是密不可分的。

论者在谈到戴震治学方法时,一般都强调他的"由字以通其词,由词以通其道",和"知一字之义,当贯群经、本六书,然后为定"[②]。这无疑是抓住了关键。但是戴震这样说的目的,最终则是为了"道"的精准理解而不是停留在解字通词的方法上。过去的学者却往往过分看重了戴氏"知一字之义,当贯群经、本六书,然后为定"的表面意义,因而即使是戴震的学生在解经之时也多以字词训诂为终极目标。他们的训诂成就又使今人具有这样的印象:戴震一派的经学研究旨在于此,于是自然而然地将戴震的经学见解局限在这一范围。但是方法和过程毕竟不同于目的。戴震作注,始终是以明道为中心。

以字词训诂为目的的经学家,将"闻道"委诸他人,而实际上多是盲从于历史上某种经师之说,他们的作为则往往限于为前人提供疏证。在他们的经学著作中,有丰富的考证,充斥着大量引经据典的文字,所以常常会形成以淹博为治学的风格。戴震明确地反对这种治经目的及相应的经学内容,指出这不是"志乎闻道"之学,其《答郑丈用牧书》云:

> 今之博雅文章善考核者,皆未志乎闻道,徒株守先儒而信之焉,如南北朝人所讥,"宁言周、孔误,莫道郑、服非",亦未志乎闻道者也……[③]

戴震力主治学问要"精审",与这种观念关系密切,也是其必然结果。他说,"仆闻事于经学,盖有三难:淹博难,识断难,精审难",批评"前人之博闻强识,如郑渔仲、杨用修诸君子,著书满家,淹博有之,精审未也"[④]。既然是把淹博、博学强识与精审相对立、对前者含有贬义而肯定后者,说明在戴震心目中,后者地位更加重要。他自己也明确说过:

> 学贵精不贵博,吾之学不务博也。
>
> 知得十件而都不到地,不如知得一件却到地也[⑤]。

---

① 《屈原赋注自序》,《戴震全书》第三册,第611页。

② 《东原文集》卷十,黄山书社,1994年,《戴震全书》第六册,第371页。

③ 《东原文集》卷十,黄山书社,1994年,《戴震全书》第六册,第374页。戴震以其睿见,在下文还指出与上所论相反的一种表现也非正确的治学之道:"私智穿凿者,或非尽掊击以自表襮,积非成是而无从知,先入为主而惑以终身;或非尽依傍以附骥尾,无鄙陋之心,而失与之等。故学难言也。"此处因主要论述戴震注释简明的风格,故不引述。

④ 《东原文集》卷十,黄山书社,1994年,《戴震全书》第六册,第374页。

⑤ 段玉裁:《东原先生年谱·附言谈辑要》,《戴震全书》第六册,第714页。

后来,段玉裁为戴震作《年谱》,把这些话作为“要谈”辑录进去。刘师培为戴震作《传》,也将戴震为学“贵精不贵博”载入,并引刘光汉云:

> 戴先生之学,出于婺源江氏,特由博反约,与江氏稍殊①。

戴震重视精审的深层原因是其治学的至高境界是“闻道”即所谓求义理。其《答郑丈用牧书》又云:

> 其得于学,不以人蔽己,不以己自蔽,不为一时之名,亦不期后世之名。有名之见其蔽二:非掊击前人以自表襮,即依傍昔儒以附骥尾。二者不同,而鄙陋之心同,是以君子务在闻道也。

这也是《屈原赋注》为什么主“闻道”而训诂文字简要的原因。

三、戴震保证己说可信的措施

戴震既重视新得己见,又注重注释文字的简要,有时在论证上相较于一般注疏之家就显得分量偏少,甚至于还有不论证的地方。但是查检这些缺少论证的文字,一般都属于已被人普遍接受的结论。例如《九章·惜诵》“昔予梦登天兮”四句之注:“杭,度也。无主之鬼曰厉。极,犹穷也。旁,谓翼辅也。”解释的是“杭”“厉”“极”“旁”的词义,而这些义项在古代训诂学家那里已经被指出和证实,获得了认同。因此戴震只是确定它们就是这四个词在当下文本中的意义,不再作论证。至于他自己独到的见解和发现,本着“精审”的治学精神,戴震还是十分注重论证的,只是论证方式比较特殊,不以多求胜。

戴震所谓治学要“精审”,是与其所倡导的“十分之见”相关的。戴震说:“自始之学,每憾昔人成书太早,多未定之说。”“先儒之学,如汉郑氏、宋程子、张子、朱子,其为书至详博,然犹得失中判。……学者浅涉而坚信之,用自满其量之能容受,不复求远者闳者。故诵法康成、程、朱不必无人,而皆失康成、程、朱于诵法中,则不志乎闻道之过也。诚有能志乎闻道,必去其两失,殚力于其两得。既深思自得而近之矣,然后知孰为十分之见,孰为未至十分之见。”“十分之见”在戴震的解释中是非常难得的“精审”之见:首先它与“未定之说”相对,应是一定之见。其次,它不等同于“详博”,只有“详博”还不能算作“十分

① 刘师培:《戴震传》,《戴震全书》第七册,第81页。

之见”,“十分之见”应是一种“深思自得”之见,但同时还要与古说、儒道吻合:“必征之古而靡不条贯,合诸道而不留余义”。既然如此,十分之见的求取就是非常困难的事情,它要求治经者“钜细毕究,本末兼察”,如果:

……依于传闻而以拟其是,择于众说以裁其优,出于空言以定其论,据于孤证以信其通,虽溯流可以知源,不目睹源泉所导,寻根可以达杪,不手披枝肄所歧,皆未至十分之见也。①

既然如此,如果要在经注中表明所得是十分之见,花费大量笔墨也是应该的。然而戴震却很少这样。或者说,与汉唐注疏家或其同时代的汉学家相比,戴震很少旁征博引对自己的看法加以论证。这就是如前文所述及的,戴氏“精审”包含着与“淹博”相对的意味。

那么,戴震又如何使他的见解令人信服呢?

戴震对不同典籍运用了不同的注释方法。

对于屈原作品,戴震除了将它视为《诗经》一类作品、根据其善用比兴的特点对它的创作之义掘微探奥之外,还充分利用它是“楚产”因而往往“在楚言楚”,于是用楚人所熟知的历史掌故解释屈原作品中的特定内容就成为《屈原赋注》的一个特点。在这一方面最为突出的例子就是《离骚》之“三后”的问题。三后,王逸认为指禹、汤、文王,因为“后”在古代有“君”的意思,禹、汤、文王又是古人心目中理想化的一类君主。屈原以“纯粹”这两个“至美”之词评价三后(王逸:“至美曰纯,齐同曰粹。”),在王氏看来除了尧舜也只有禹、汤、文王能担得起,而因为“尧舜”二字在后文另有出现,所以此处“三后”必指禹、汤、文王无疑。洪兴祖对此无异议。不过,从朱熹以来渐渐趋向于指楚国先君,理由是:“三后若果如旧说,不应其下方言尧舜。”朱熹因而怀疑应是三皇,或少皞、颛顼、高辛。后来清人如汪瑗、王夫之等都有指“三后”为楚之先君的看法。汪瑗列举楚先君甚多,但“不知其何所的指”;王夫之则指明为鬻熊、熊绎和庄王,但缺乏论证。② 戴震指出应是熊绎、若敖、蚡冒三君,理由是:

“三后,谓楚之先君贤而昭显者,故径省其辞,以国人共知之也。今未闻。在楚言楚,其熊绎、若敖、蚡冒三君乎?(犹《下武》言‘三后在天’共知为太王、王季、文王。)”

---

① 《东原文集》卷十,黄山书社,1994 年,《戴震全书》第六册 ,第372 页。

② 参见游国恩主编:《离骚纂义》,中华书局,1980 年,第 50 - 51 页。

可以看出,戴震这段话虽然用语不多,并且还因为缺乏直接论据而带有疑虑不定的语气,但是相较于前人与其同代时贤之说,其说服力却是最强的。因为王逸的看法,朱熹已经给予了有力的批驳,而他提出的"三后"人选因为无所的指,所以也未能彻底解决问题。戴震则凭借"在楚言楚"这一人之常情和楚辞的实际情况,使"三后"指楚人最为熟悉的三位明君这一说法获得了比较有力的论证,其观点无疑是最能使千年疑惑冰释云消的。值得指出的是,戴震在初稿中原是引述了王逸、朱熹等人的观点,并谈了为什么不同意两人的看法,除了"在楚言楚"外,还提及"以下'前王'证之,屈子所言,当先及本国"云云,内容要比定稿丰富得多。定稿大致只用"在楚言楚"这一论据,可见戴震对文字简约的偏好,也更见出他对屈原作品"在楚言楚"特点的重视。

用方言学成就解说屈原作品中的特殊语汇,也是戴震注释的重要特点。戴震对方言非常重视,这从其对《方言》的整理和研究就可以感受到。他认为"许慎《说文解字》、张揖《广雅》多本《方言》",批评宋、元之人"六书故训不讲,故鲜能知其精核"①,因而花费了20余年的时间疏证杨雄《方言》。由于屈原作品具有楚地方言特征,所以戴震在作解释的时候,也常用方言来解决疑难问题。如《离骚》"汩予若将不及兮"八句,戴震释其词语云:

> 汩,《方言》云:"疾行也。南楚之外曰汩。"搴,《说文》云"拔取也。南楚语"。小阜毗,大阜曰阰。擥,《说文》云"撮持也"。宿莽,犹《礼记》之称宿草,谓陈根始复萌芽者。《方言》云:"莽,草也。南楚曰莽。"《尔雅》:"淹,久也。"惟,思也。

这段话明显反映了戴震有意识的尽量用古楚方言释词解字。所以虽然用词不多,但由于抓住了《楚辞》语汇的重要特征而对应使用特殊注释手段,其解说因而就令人信服。

此外,《诗》《骚》互证,其他典籍与屈原作品互证,也是戴震常用的训诂手法。这其实也是戴震在训诂实践中落实其"知一字之义,当贯群经、本六书,然后为定"的理论主张的表现。在《屈原赋注》中,戴震也征引古代典籍说明疑语迷词,但是与前人如洪兴祖不同的是,他对被征引的材料选择审慎,多用年代较早而且与经籍关联密切或者就是经籍本身这类文献材料。如《离骚》开首四句,戴注先后引用《史记》《礼记》《尔雅》和《尚书》马季长注,洪兴祖则引用了张晏之说、刘知几《史通》、蔡邕之说、《文选》五臣注、《天问》《九叹》《集韵》《说文》《淮南子》,两相对比,材料上显然有繁简纯杂的不同。戴震在所引四处训诂材料中,有三处都与经籍相关。又如《九歌》之《少司命》"晞女发兮阳之阿",戴震

① 戴震:《方言疏证》自序,《戴震全书》第三册,第6页。

注“阿”:“《尔雅》:‘大陵曰阿。’《毛诗》云:‘曲陵曰阿。’阳阿,犹《书》之‘旸谷’,以日出之方名之也。”对比洪兴祖之释:“《淮南》曰:日出汤谷,浴于咸池,拂于扶桑,是谓晨明;登于扶桑,是谓朏明;至于曲阿,是谓旦明。《远游》曰:朝濯发于汤谷兮,夕晞余身兮九阳。”①戴氏释义显然更为明彻,而且所释之义与群经相贯,可信性更强。

还应指出的是,戴震本人的博学也为其注释提供了可靠的保证。

戴震在谈到治经心得时,说过这样一段有名的话:

> 至若经之难明,尚有若干事。诵《尧典》数行至“乃命羲和”,不知恒星七政所以运行,则掩卷不能卒业。诵《周南》《召南》,自《关雎》而往不知古音,徒强以协韵,则龃龉失读。诵古《礼经》,先《士冠礼》,不知古者宫室、衣服等制,则迷于其方,莫辨其用。不知古今地名沿革,则《禹贡》职方失其处所。不知少广、旁要,则《考工》之器不能因文而推其制。不知鸟兽虫鱼草木之状类名号,则比兴之意乖。……②

他还谈及勾股,以及相关的西方用语“三角”“八线”,谈到五声十二律……总之,为了研究古代文献,戴震十分注意对哲学、史学、地理学、数学、自然科学等各科学识的钻研,其研究成果在当时一些学科领域处于领先地位。戴震将其研究成果运用到了注释古籍之中。《楚辞》之《天问》,内容涉及广泛,而戴震此篇注解,也充分反映了清代相应的多学科研究成果,体现出博学对注释古籍的极大益处,其文字的可信度也因此非常突出。如“斡维焉系”四句,戴震用到“地圆之理”;“夜光何德”四句,用到“月驳,乃其坳突处不受日光”之说,等等,都具有科学性。而《屈原赋注》后几卷辟专章谈音韵、地理等问题,又其本人另撰的《方言书证》《声韵考》《经考》《经考附录》等也都证明了戴震的学识,而这些也对其《屈原赋注》的可信性发挥着有益的作用。

---

① 洪兴祖:《楚辞补注》,中华书局,1983年,第73页。

② 《东原文集》卷十,黄山书社,1994年,《戴震全书》第六册,第370页。

蒋骥《山带阁注楚辞》的《九歌》解释

[日本]奈良女子大学　谷口洋

蒋骥的《山带阁注楚辞》是清代《楚辞》注释中评价较高的一种。其卷首除收司马迁《屈原列传》、沈亚之《屈原外传》之外,还附有《楚世家节略》以及他亲自考定的《楚辞地图》五种。《节略》附以考证,其周密远远超出前人;《地图》前所未有,实为蒋氏独创。这些都充分显出该书"知人论世"的特点。因此《四库全书提要》评论它时说:"虽穿凿附会所不能无,而征实之谈终胜悬断",近代学者也称赞其"实事求是"、"数据则特为翔实①"。

其实,《山带阁注楚辞》的解释十分富于情感,尤其以《九歌》为最。注释最基本的作用是疏通本文的意义,因此注释家力求客观。可是任何注释都避免不了注释家的主观读解,尤其是文学作品的注释不可忽视作品深层的意思内涵。这么看来,文学作品的注释既是狭义的注释,又是一种文学批评。况且《楚辞》又是一篇艺术感染力强烈的作品,在它的注释中后者的成分往往更突出。《山带阁注楚辞》不仅是一部有助于我们理解《楚辞》的参考资料,还是一篇特色比较鲜明的《楚辞》评论。作为注释书来看,《山带阁注楚辞》中最出色的是《九章》、《天问》等篇的严密考证;而作为文学批评来看,其《九歌》解释的浪漫情绪也是令人注目的。

因此,本文专就《山带阁注楚辞》的《九歌》解释探索蒋骥的《楚辞》观、文学观,并论其价值。

一、"祭者之常情":重视神人关系

《九歌》在《楚辞》中的位置是比较复杂的。历代注释家都认为它是屈原的作品,同时又承认它基于楚祭祀歌。《九歌》的这种双重性格,使它的解释上往往产生了重大的分歧。简单地说,《九歌》解释的立场可分为下列两种:一种是重视"作者"屈原的心情,可以叫做"抒情派";另一种是着重祭祀的情况,可以叫做"叙事派"。一般来说,明代注释家大都是前者,他们认为《九歌》也与《楚辞》中其它篇章一样,表现屈原忠君爱国之情。"叙事派"是清代中叶以后才出现的,比如戴震《屈原赋注》认为《九歌》是楚国祭祀的客观

① 《山带阁注楚辞》,中华书局上海编辑所,1958 年,《出版说明》。

描写①。

从如上的观点来说,蒋骥可归于“抒情派”。专就《九歌》而看,其注释中经常出现“情”一个字。如:

忡忡心动貌。因神之急去而情未尽,故劳思而叹息也。(《云中君》:思夫君兮太息,极劳心兮忡忡)②

骤,疾也。不可骤得,则非不可再得也,然情弗能待也。(《湘夫人》:时不可兮骤得,聊逍遥兮容与。)

神虽去而情不能自已,摇指而赞叹之,犹乐府“东方千余骑”一章之意。(《少司命》:怂长剑兮拥幼艾,荪独宜兮为民正。)

但是,从上面所举的几个例子不难看出,蒋骥所谓的“情”并不同于前人所强调的屈原的忠君爱国之情。这一点在《楚辞余论·九歌》中的下面一段话里得到全面的展示。他批判朱熹的《九歌》解释而说:

朱子论《九歌》,谓“以事神不答而不忘其敬,比事君不答而不忘其忠”,斯言误矣。夫祭以享神,歌以侑之,知神之不答,不如无祭。且既不答矣,奚所侑而歌焉?终日陈牲俎,张乐歌,而哓哓述神之不见答,于义安取乎?今详体诸篇,《东皇》曰:“穆将愉兮上皇”,《云中君》曰:“蹇将憺兮寿宫”,《湘君》曰:“邅吾道兮洞庭”,《湘夫人》曰:“将腾驾兮偕逝”,《大司命》曰:“灵衣兮被被”,《少司命》曰:“忽独与余兮目成”,《东君》曰:“长太息兮将上”,《河伯》曰:“与女游兮河之渚”,《山鬼》曰:“东风飘兮神灵雨”,苟有所祭,未尝不答也。惟于离合迟速之际,多感慨焉。盖《九歌》之作,专主祀神。祀神之道,乐以迎来,哀以送往。欲其来速,斯愈觉其迟;欲其去迟,斯愈觉其速。固祭者之常情也。

朱熹以《诗经》学的“比兴”为理论依据,把《九歌》中对神灵的“敬”联系到屈原对君主的“忠”。蒋骥否定了这一思路,主张《九歌》所表现的不是别的,而是“祭者之常情”,也就是在“离合迟速之际”的“感慨”。

否定“比兴”说并不始于蒋骥。比如汪瑗《楚辞集解·九歌》题下注说:“其文意与君

---

① 拙文《抒情还是叙事—论〈九歌〉解释的两种立场》,《职大学报》,2007年第1期。

② 文中所引《山带阁注楚辞》以及《楚辞余论》,均依中华书局上海编辑所1958年排印本。注文之后,附以有关本文。

臣讽谏之说全不相关,旧注解者多以致意楚王言之,支离甚矣[①]。”但他又说“屈子《九歌》之词,亦惟借此题目,漫写己之意兴,如汉魏乐章乐府之类”,认为《九歌》并不是真正的祭祀歌。其他明代注释家,或如黄文焕说“其惧国运之将替,则是与原同痛矣[②]”,或如陆世雍直接说“《九歌》非祭歌也[③]”,专门讲“作者”屈原的心情,很少涉及“祭者”的心理。

关于“祭者之常情”这一观念,我们也可以参考王夫之的《楚辞通释》。王氏也在其注释中经常用“情”“思”等字,而其所指又有与蒋骥相似之处。如:

忡忡,忧思不宁貌。神不可以久留,则去后之思,劳心益切。前序其未见之切望,后言其向后之永怀,肫笃无已,以冀神之鉴乎。凡此类,或自写其忠爱之恻悱,亦有意存焉,而要为神言。旧注竟以“夫君”为怀王,则舛杂而不通矣。(《云中君》:思夫君兮太息,极劳心兮忡忡。)[④]

望石濑之浅浅而不返,待飞龙之翩翩而不集,将无神之心不与我同,恩于我而不甚邪?抑我交不忠而致怨,故虽有期不信,而托言不闲以相拒邪?望之迫,疑之甚,自述其情,以冀神之鉴。凡此类皆原情重谊深,因事触发,而其辞不觉其如此。固可想见忠爱笃至之情。而旧注直以为思怀王之听已,则不伦矣。(《湘君》:石濑兮浅浅,飞龙兮翩翩。交不忠兮怨长,期不信兮告余以不闲。)

虽然如此,蒋骥与王夫之又有所不同。王氏所强调的思神之“情重谊深”,就是“切望”“永怀”的“忠爱”。这虽然与朱熹的“敬”内容上有所不同,但都是存在于祭者心理的内部,而不受外部环境之影响的信心。可以说,王夫之与传统的注释一样着重作中人物爱慕神灵的主动态度,不过王氏不像大多数的《九歌》注释者那样把它直接联系到屈原忠君爱国的强烈热情上而已。蒋骥的“常情”却与此迥然不同,它是神灵既去之后人们仍然恋恋不舍的缠绵情思,是由神灵的行动引起而自己无法控制的被动感情。

蒋骥与王夫之还有一个不同,他有时说到神灵的“情”。如:

眇眇愁予,见神之远立凝视,其目纤长,有情无情,皆未可测,故其心振荡而不怡也。(《湘夫人》:帝子降兮北渚,目眇眇兮愁予。)

帝,天帝。须,待也。神既逝矣,然迟留云际,犹似有情。曰“谁须”者,妒之

① 汪瑗《楚辞集解》引文以北京古籍出版社1994年简体排印本为基础,以《京都大学汉籍善本丛书》(同朋社出版,1984)影印本为参考。

② 黄文焕《楚辞听直·凡例》,依《楚辞汇编》(新文丰出版社,1986年)影印本。

③ 陆时雍《读楚辞语》,附于《楚辞疏》卷首。依《楚辞汇编》影印本。

④ 《楚辞通释》引文均依,中华书局上海编辑所,1959年排印本。

又幸之也。(《少司命》夕宿兮帝郊,君谁须兮云之际?)

正确地说,"有情无情,皆未可测""犹似有情"等并非神灵自身的感情,而是从人的立场想象的感情,应该说是投影在神灵身上的人的感情。但这种复杂性却很好地表现蒋骥所理解的"情"不是原来在人的内心里单独地存在的,而是在神与人的关系之中才发生的。

再补充一个例子吧。对《大司命》"愁人兮奈何,愿若今兮无亏",蒋骥说:"'若今无亏',因老之既极而言。年已迈矣,感今别之易,虑后会之难,故愈思愈愁,而祈其自今以往长得与神相遇于承祭之时,无有亏损也。"关于"无亏"一词,王逸说:"愿身行善,常若于今,无有歇也",朱熹也说:"无亏,保守志行,无损缺也",均就自身道德品质而言。而蒋骥批判其"语虽正而近腐①",就神人关系而立言②。

从上面的观察我们可以发现,前人的注释只着重于"作者"屈原的内在心理,而蒋骥却意识到《九歌》的情绪产生于神、人二者之间的关系。这一点使他的解释比前人更为复杂、更为丰富。蒋骥仍然属于"抒情派",可是其"情"却是与传统注释完全不同的。

二、"凡言灵者皆指神":关心神灵的行动和姿态

既然注意到神人关系,蒋骥也就非常关心神灵的行动和姿态。明代或清代初期的注释家一般以评文的方法注《楚辞》。黄文焕《楚辞听直》由"品""笺"两个部分组成,林云铭《楚辞灯》本文附上各种标点,都是其典型的例子。他们的关心在于"作者"屈原的心情和其表现技巧,所描绘的神灵形象却是次要的。与此相比,蒋骥的态度可以说是很有特色的。

上面所引的《楚辞余论·九歌》一大段中,他列举各篇中描写神灵的句子,要证明"苟有所祭,未尝不答"。其中"忽独与余兮目成""与女游兮河之渚"等表示神灵与自己沟通意思,"东风飘兮神灵雨"表示神灵的到来,这些是比较容易理解的。但是,其他例子中未免有令人费解的。就这些诗句,他写出如何的注释呢?下面试看几个例子:

穆,深远也。将,殆也,谦若不敢知之词。愉,悦也。上皇,谓太一。……二

---

① 《楚辞余论·九歌》:"旧说:'无亏,谓保守志行,无损缺也',语虽正而近腐。且'若今'二字,亦似赘疣。"

② 蒋骥以前也未尝没有如此的解释,比如汪瑗《楚辞集解》说:"盖己与少司命当如今日之会合,安乐而无亏损。"但这毕竟是少数意见,而且不是蒋骥所参考的。《山带阁注楚辞》卷首《采摭书目》未举汪瑗《楚辞集解》。

语言神歆人之祀，而盛容饰以临祭所也。(《东皇太一》：吉日兮辰良，穆将愉兮上皇。抚长剑兮玉珥，璆锵鸣兮琳琅。)

连蜷，长曲貌。"既留"者，云之在天，行游无定，至于祭所而留滞不前，盖来享之意也。烂，光貌。央，尽。憺，悦也。寿宫，供神之处。至此则神降于室矣。(《云中君》：灵连蜷兮既留，烂昭昭兮未央。蹇将憺兮寿宫，与日月兮齐光。)

此言神之降而不能久留也。飞龙，湘君所驾。北征，由沅、湘而历祭所也。邅，迟留貌。道，引也。神少迟留，而人道之至洞庭也。(《湘君》：驾飞龙兮北征，邅吾道兮洞庭。)

这三条注释都是非常特别的。《东皇太一》"穆将愉兮上皇"一句，王逸《楚辞章句》解释为："言已将修祭祀，必择吉良之日，斋戒恭敬，以宴乐天神也[①]"，就是说"自己将要使上皇快乐"的意思。这一句的主语是祭者，下一句中"抚长剑"而带宝玉也是祭者(朱熹的解释也是如此的，以下不一一注明)。蒋骥却认为"将，殆也，谦若不敢知之词"，把这一句释为"上皇穆然而好像快乐似的"，主语变为神灵，抚剑带玉的也是神灵。《楚辞余论·东皇太一》也说："'抚长剑兮玉珥，璆锵鸣兮琳琅……'，皆指如在之神言。"

《云中君》的"灵连蜷兮既留"一句，王逸解释为："灵，巫也，楚人名巫为灵子。连蜷，巫迎神道引貌也。……言巫执事肃敬，奉迎道引，颜貌矜庄，形体连蜷，神则欢喜，必留而止。"他以"灵"为巫，以"留"为神降临到巫的身上。蒋骥却以"灵"为神，以"留"为云(即神)留滞不前，就是"连蜷"的神在天空上伫立着。

至于《湘君》"驾飞龙兮北征，邅吾道兮洞庭"二句，王逸注云："征，行也。屈原思神略毕，意念楚国，愿驾飞龙北行，亟还归故居也。邅，转也。洞庭，太湖也。言已欲乘龙而归，不敢随从大道，愿转江湖之侧，委曲之径，欲急至也。"依他所说，"驾飞龙"的就是屈原，他一个人由洞庭奔跑而迎神。蒋骥的解释与此完全不同，明说"飞龙，湘君所驾"。他又说："邅，迟留貌。道，引也。神少迟留，而人导之至洞庭也。"据此，"吾"(主祭者)引导神灵而一起来到洞庭祭所。

在上列例子中，王逸都以"已""巫"等人为行为主体，蒋骥却以神灵为行为主体。《九歌》的结构相当复杂，在"吾""汝"等人称代词的解释上往往发生重大的分歧，上面所举的都是其典型的例子。这里不拟讨论蒋骥的解释恰当与否，但我们在此可以看出王逸与蒋骥二者视点的不同：王逸关心的始终是人的行为和心情，将骥关心的却是神灵的行动和姿态。他说："《九歌》凡言'灵'者皆指神，无所谓巫者"，又说："《九歌》皆主祭者与

① 王逸《楚辞章句》引文均依洪兴祖《楚辞补注》，中华书局，1983 年排印本。

神酬酢之辞①”,十分重视神灵在《九歌》的位置。

《九歌》的文理既然是如此复杂而暧昧的,那么行为主体的认定因注释者的视点不同而完全相反,也是不足为怪的。如汪瑗认为“此篇(即《湘君》)曰吾、曰余者,湘君自谓也;曰君、曰夫君、曰女、曰下女者,皆谓湘夫人也。后篇(即《湘夫人》)曰吾、曰余者,湘夫人自谓也;曰帝子、曰公子、曰佳人、曰远者,皆谓湘君也。”他认定《湘君》《湘夫人》以及《大司命》《少司命》为两组对偶神互相酬唱之词。他之所以如此说,就因为是他把《九歌》看做“汉魏乐章乐府之类”的一种叙事诗。蒋骥与此不同,坚持“《九歌》皆主祭者与神酬酢之辞”的看法。可是他也与明末清初的“评文派”不同,十分注意祭者所看到的神灵形象。上面看到的行为主题的认定,很突出地显示了他的这种立场。

三、“儵而来兮忽而逝”:变化无穷的神灵,动摇不停的心情

那么蒋骥所理解的《九歌》中的神灵形象是什么样的呢?他指出,《九歌》的神就是无形的“气”。如:

偃蹇,安肆貌。霏霏满堂,神之精气,与众芳杂糅而发见也。(《东皇太一》:灵偃蹇兮姣服,芳菲菲兮满堂。)

横,充满也。……于时神既来格,而弥望涔浦大江之远,皆神之光灵所充满而发扬也。(《湘君》:望涔阳兮极浦,横大江兮扬灵。)

一阴一阳,言神之在位,其气发扬变化,若《洛神赋》所谓“神光离合,乍阴乍阳”也。(《大司命》:壹阴兮壹阳,众莫知兮余所为。)

“无形的神”这一概念并非蒋骥的独创,王逸《章句》已有其例。如:“屈原以为神无形声,难事易失。然人竭心尽礼,则歆其祀而惠降以祉②”(《东皇太一》),“言鬼神荒忽,往来无形,近而视之,仿佛若存,远而望之,但见水流而潺湲也”(《湘夫人》),“薜荔、兔丝,皆无根,缘物而生。山鬼亦暗忽无形,故衣之以为饰也”(《山鬼》)等。但是蒋骥以神灵为“气”,它不仅是无形的,而且是变化无穷、难以捉摸的。

周章,急遽貌。言神驾龙车、服衮衣,暂得翱游祭所,而行色又甚急也。“灵皇皇兮既降”,承上起下之辞。言明明已见神之下,而倏忽之间,又远举云中,不

---

① 均出于《楚辞余论 · 九歌》。

② “降”字原脱,中华书局本云“降字据《文选》李善注引补”,今从之。

能测其所极也。(《云中君》:龙驾兮帝服,聊翱游兮周章。灵皇皇兮既降,猋远举兮云中。)

云神之降,在“既留”句;云神之欲去,已见“周章”句。“灵皇皇兮既降”乃于去后追述之。《九歌》皆以神之去留不测为言,而序云神尤极绚烂飘忽,盖状云之辞也。(《楚辞余论·云中君》)

寤怀之后,忽见河伯,而讶其漠不相接,故呼而晓之。(《河伯》:鱼鳞屋兮龙堂,紫贝阙兮朱宫,灵何为兮水中。)

《少司命》有“儵而来兮忽而逝”之语,蒋骥在其他篇章中也经常用“忽”“倏忽”等语形容神灵的行动。可是我们还要指出,蒋骥并不认为《九歌》是楚国祭祀的客观描绘。他之所以重视神灵的描写,就是因为神灵的一举一动唤起人们的“情”。面对如此“儵而来兮忽而逝”的神灵,人们的心情是怎样的呢?

沅则有芷,澧则有兰,言神之无定在也。……荒忽,思极而神迷也。裔,涯也。思而不敢言,几绝望矣。麋来庭中,蛟出水裔,比神意又似与人相亲者,以起下“佳人召予”之意。欲亲之则远引,绝望矣而忽来,盖美人之情状也。(《湘夫人》:沅有芷兮澧有兰,思公子兮未敢言。荒忽兮远望,观流水兮潺湲。麋何为兮庭中,蛟何为兮水裔?)

神既见顾,而忽入忽出,言辞莫通,故生别之悲,新知之乐,交集于中,而未卜所归也。(《少司命》:入不言兮出不辞,乘回风兮载云旗。悲莫悲兮生别离,乐莫乐兮新相知。)

倏忽之间,但见石葛,无复鬼矣,故怨之。然犹谅其思我,而或但以不得间而去也,故迟归以俟之。(《山鬼》:采三秀兮于山间,石磊磊兮葛蔓蔓。怨公子兮怅忘归,君思我兮不得间。)

在这里,绝望与希望,怨尤与爱慕,悲叹与和乐等矛盾的感情纠缠在一起。朱熹的“敬”或“忠”,王夫之的“忠爱”,甚至黄文焕的“痛”,都是纯粹而专一的情感。可是蒋骥所说的“祭者的常情”,却不能是一言以蔽之的。对蒋骥来说,《九歌》的主调音并非人们对神灵献出的永远而专一的敬爱,而是面临神灵的变化无穷而不知所措的情况引起的动摇而矛盾的感情。

四、“牢愁殆与身相终始”:蒋骥《山带阁注楚辞》的独特成就

我们已经了解,蒋骥《山带阁注楚辞》的《九歌》解释是非常特异的。下面我们讨论这

种特异性在《楚辞》注释史以及《楚辞》评论史上有什么样的意义。

读《楚辞》的人无不同情屈原。朱熹以后,注释家逐渐摆脱"比兴"说,更直接地就《楚辞》本文理解屈原。可是一般来说,明代注释家的读法比较随便,往往流于无稽之谈。到了清代,随着实事求是的学风的兴起,注释家重视关于屈原身世的考证了。

在蒋骥以前,就屈原身世进行较全面的考证的有林云铭。他的《楚辞灯》流传广泛,蒋骥也经常说到,是在当时影响较大的《楚辞》注释。林云铭说:"读《楚辞》,要先晓得屈子位置"(《楚辞灯·凡例》),卷首载《楚怀襄二王在位事迹考》。显而易见,他的这种作法对蒋骥起了一定的影响。

可是,林、蒋二氏的注释态度是完全不同的。林云铭以评点的方法注释《楚辞》,其目的在于阐明"作者"屈原的语气,他的考证工作就以传统的"知人论世"为根据。蒋骥也在《九章》中考证屈原的行迹,但他的考证却不止于"知人论世"。他又在《天问》中搜集有关神话传说的资料,《九歌》也不例外,在《湘君》、《湘夫人》、《山鬼》等篇中援引了《山海经》。除了搜集资料以外,他力图阐明《九歌》神灵形象的态度,也与如此广泛的考证有一脉相通之处。蒋骥关心的不仅是屈原,还包括作品中主体与对象的关系,以及在那个关系中发生的感情。他已经不能满足于"知人论世",非理解《楚辞》世界的一切不可。其中也包括《九歌》《天问》等的神怪世界,也包括神灵变化无穷的样子,甚至包括这种变化无穷给人带来的幻想与动摇。林云铭相信评点(就是世俗化的传统学术)可以阐明"作者"屈原的语气,蒋骥却不相信只靠传统学术的方法能够理解屈原的心情。

因此,他在《楚辞余论·九歌》中论《云中君》时,曾引用他父亲蒋金式的《翠缕居说骚》:

> 家世父弱六先生云:"明明既降,何远举之速?几并既降都似可疑,遂令前文尽成恍惚。真思入风云语。"世父《翠缕居说骚》,识解多出人意表,但专主评文,故未及纂录。

他认为该书是"评文"之作,因此不多取,但也不敢全弃。看起来他又回顾到他最初摈弃过的"评文"了,但我们决不能说这是他的"倒退"。因为他知道,倏忽之间的离合给人带来的心乱如麻,决不是用考据的方法可以理解的。

从异界到来的神灵,倏忽之间乍来乍去,人与此离合之际,惊慌失措而心乱如麻——蒋骥就《九歌》描绘出的这种境界,忽然令人想到《聊斋志异》。《聊斋》对《山带阁注楚辞》有影响与否?那是我们无以证实的。可是蒋骥在《山带阁注楚辞·后序》所述的自己的身世,倒不是仿佛蒲松龄吗?

> 余老于诸生逾三十年，场屋之苦、下第之牢愁，殆与身相终始。年二十三，得头目之疾，毕生不痊，畏风若刀锯。凡春花秋月人世嬉游之事，概不得与。目力久乏，又不能纵情书史。……生平诗、古文、词时有论撰，经史子集之书评注者亦不少，率以束于举业、牵于疾病，未获成编。独于《离骚》功力颇深，订诂之外，益以《余论》《说韵》若干卷。今虽讫事已久，然偶观他书有与《骚》相发明者，未尝不笔而存之。

正如蒲松龄搜集奇谈怪事而创作《聊斋》一样，蒋骥对《楚辞》进行考证而塑造了一个文学世界。如此来看，蒋骥对神灵的关心，不仅出于理解《楚辞》的需要，还出于他自己更深刻的欲求。《楚辞余论·九歌》有这么一句话：

> 予曰："大司命主寿，故以寿夭壮老为言；少司命主缘，故以男女离合为说。殆月老之类也。夫君臣遇合之间，其缘亦大矣，故于此三致意云。"一时为之破颜。此虽谑词，然《离骚》《九章》屡寄慨于媒理，或亦未必无当也。

这一段话被《四库全书提要》批评为"其间诋诃旧说，颇涉轻薄"，"亦几同戏剧，皆乖著书之体"①。蒋骥自己虽然也承认其为"谑词"，但是对他来说，《离骚》《九章》的媒人和月下老人的距离，或许没有别人想象的那么远。苦于宿痾、连年下第的蒋骥，很可能在无奈的人生中渐渐地被神灵世界吸引。而他以自己人生的无奈为基点解释《九歌》祭者的心情，也是不足怪的。

可是，谨严的《四库》馆臣不敢接受蒋骥的这样思路。《四库》馆臣之一的戴震写出了《屈原赋注》，认为《九歌》为楚国祭祀的客观描写。其注释态度比蒋骥客观得多，但是正因为如此，他无法阐明屈原作《九歌》的意图。如果戴震要贯彻他的立场的话，他必须放弃"《九歌》者，屈原之所作也"这一前提，把《九歌》纯粹地作为楚祭祀歌而处理。但对戴震来说，这是不可能的。于是他竟然回到了"比兴"说的老套中去。

蒋骥的《九歌》解释有很大的局限性。在他描绘出的世界里，人太无力、太被动，他们的心情也太不稳定。虽然如此，过去的《九歌》解释，由于过分地强调"作者"屈原的意图，忽视了《九歌》的复杂而丰富的内容。在这一点上，蒋骥《山带阁注楚辞》无疑是最重要的《九歌》注释之一。

可是更有趣的是，蒋骥虽然运用实事求是的注释方法，但最后超出注释的范围，以自

① 《四库全书总目》卷一四八，中华书局1965年影印本。

己的身世为基点而解释《九歌》。作为注释书来看,这或许有损其客观性。可是,注释文学作品的人,如果没有主体意识,怎能阐明作品的文学价值?《山带阁注楚辞》,是一个落魄的书生献出一生,认真而诚实地读《楚辞》的一个记录。在这一点上,它有着永远的价值!

屈原事迹研究

《屈原列传》的两点疑难

河北沧州师范专科学校 刘树胜

关于《屈原列传》的真伪问题,经学术界的往复考证,已是毋庸置疑的铁案。但其中确也存在诸多前后矛盾的问题,如创作《离骚》的具体时间、屈原被放的经历、《离骚传》的窜入等等。幸赖前修时贤的拨乱反正,这些问题至今已得到较为完满的解释。而在阅读过程中,尚有两处疑难值得商榷,在此提出以就教于方家。

其一是"其后秦欲伐齐,齐与楚纵亲,惠王患之,乃令张仪佯去秦,厚币委质事楚,曰:'秦甚憎齐,齐与楚纵亲。楚诚能绝齐,秦愿献商于之地六百里。'楚怀王贪而信张仪,遂绝齐,使使如秦受地。张仪诈之曰:'仪与王约六里,不闻六百里。'楚使怒去,归告怀王。怀王怒,大兴师伐秦。"①其不可解者三。

"(张仪)佯去秦"意在说明张仪的"去秦"是假的,目的是去做卧底,行内奸之事。而"去秦"则显然是一种叛逃行为,这是必须要做给楚人尤其是楚怀王看的,否则就难以取得楚怀王的信任;为取得楚怀王的信任,张仪还采取了"厚币委质事楚"的具体做法。说到"委质",《国语·晋语》有这样的记述:"臣委质于狄之鼓,未委质于晋之鼓也。臣闻之:委质为臣,无有二心,委质而策死,古之法也。"韦昭注曰:"言委质于君,书于名册,示必死也。"②委质者,以向君主献礼的方式表示献身于王。而"事楚"者,明言侍奉楚王而为臣子之意。从形式上看,张仪自此便结束了秦臣的身份而成为楚怀王之臣,只有先完成这一步,他才有希望达到离间齐楚联盟的目的。但问题是张仪离间齐楚的辞令所显示出来的张仪身份是秦臣而非楚臣:"楚诚能绝齐,秦愿献商于之地六百里。"明明是秦君代言人的口吻,大有能为秦王做主的意思。作为"楚臣",他哪里有这样的权力?而张仪是一位精明能干的外交家,他怎会糊涂到这种田地而暴露自己的真实身份?倘如此,他"佯去秦,厚币委质事楚"的一番努力岂不是白费?退一步讲,张仪在向楚怀王陈述此番话语时,采用的是间接引述的方式,是一种寓有意于无心的说话方式,或许会达到"楚怀王贪而信张仪"的效果。否则,难以理解。此一不可解。

如果沿着"楚臣"张仪透露的秦王献地的思路去理解下文楚怀王绝齐后"使使如秦受

① (汉)司马迁:《史记·屈原贾生列传》,浙江古籍出版社,1998年。

② 左丘明:《国语·晋语》,岳麓书社,1993年。

地”的行为,语意更是支离难晓。首先,如果楚怀王绝齐只是因听信了作为“楚臣”的张仪转述秦王的话而采取的行动,而不是因秦王本人或秦王特使在外交场合所作的许诺而采取的行动,绝齐后到秦受地就成了毫无道理的行为。其次,倘若把这一行为完全归结到怀王利欲熏心利令智昏上去,恐怕有欠公允。因为使者确实得到了秦人的接纳,并得到了秦人“闻六里,不闻六百里”的答复。如果不是由正式的秦使所作的献地的承诺,而只是由“楚臣”身份的张仪所作的过去时态的转述,秦人何必担负着背信弃义的恶名而给楚使这样诡诈的答复呢?既然秦楚绝齐献地的交易由秦人的答复得以默认,则张仪就没有必要“佯去秦,厚币委质事楚”来做名义上的“楚臣”了,他直接用献地作诱饵离间齐楚就完全可以奏效了。可史书上的记载偏偏不是如此。此不可解者二。

怀王派去的要地使者所见到的秦国官员不是别人,正是那个做了“楚臣”的张仪。他答复楚使的话与他做“楚臣”时的身份不符:“委币事楚”后的张仪是“楚臣”,他只可能用转述的方式叙述秦王过去曾经说过的话;而此处则明白地说“仪与王约六里”。“约”是约定,约定某事的双方必代表双方的利益,具有代表权。而张仪当时已是“楚臣”,没有这种可能性。可见前后抵触。其次,张仪在怀王绝齐索地时当仍在楚,因为只有如此怀王才会派使者至秦索地。如果张仪在楚绝齐后就潜回秦国,楚怀王应有所醒悟,索地之举可能会中途而罢;如果张仪此时仍在楚国,则“张仪诈之”的记述更让人摸不清头脑,因为它说明张仪此时已在秦国而成为秦臣。此不可解者三。

结合《史记·楚世家》所载,张仪至楚的情况是这样的:“十六年,秦欲伐齐,而楚与齐纵亲,秦惠王患之,乃宣言张仪免相,使张仪南见楚王,谓楚王曰:‘弊邑之王所甚说者无先大王,虽仪之所甚愿为门阑之厮者亦无先大王。弊邑之王所甚憎者无先齐王,虽仪之所甚憎者亦无先齐王。而大王和之,是以弊邑之王不得事王,而令仪亦不得为门阑之厮也。王为仪闭关而绝齐,今使使者从仪西取故秦所分楚商于之地方六百里,如是则齐弱矣……’怀王大悦,乃置相玺于张仪,日与置酒。”①张仪被秦王公开地“免了相”,张仪被暗中“派往”楚国面见楚怀王,“免相”是做给楚王看的,目的在于使张仪取得楚王的信任;而张仪游说怀王的话又包含了以下几层资讯:秦王喜欢怀王并愿意侍奉怀王,秦王侍奉怀王的心理障碍是齐楚交好,如果断绝了与齐的联盟,这一愿望即可得以实现;张仪也喜欢楚王并也愿意成为楚王的门阑厮役,实现不了的原因也是齐楚交好;如果断绝了齐楚关系,可“使使者从仪西取故秦所分楚商于之地方六百里”。由此看来,张仪的身份不似“楚臣”而是秦使。怀王“置相玺于张仪”的举措并不能说明张仪是“楚臣”身份,因为战国时期这种情况十分普遍,这只是诸侯王延揽人才的一种手段,孟尝君、苏秦都曾有过这样的际遇。而张仪随楚使至秦索地却佯醉坠地三月不出的做法,又说明他委实是秦国的

① 司马迁:《史记·楚世家》,浙江古籍出版社,1998年。

使者,楚绝齐而交秦后的张仪面见楚国将军时说的话则显系秦臣口吻。因此,《楚世家》的记述较之《屈原列传》要翔实一些,矛盾的地方也少一些。《张仪列传》所记此事与《楚世家》基本一致。

经过比对,我们便容易发现,《屈原列传》与《楚世家》、《张仪列传》产生抵牾的关键所在是张仪的身份。在后两篇中,张仪的身份是秦使,故其说辞与诈辞均可做出顺理成章的解释;而《屈原列传》在记述该事件时却将其说成是"厚币委质事楚"的"楚臣",且在其后的叙事中略去了必要的环节,造成了语意的支离。

其二是"屈原既死以后,楚有宋玉、唐勒、景差之徒者,皆好辞而以赋见称。然皆祖屈原之从容辞令,终莫敢直谏。"[①]其中"皆好辞而以赋见称"和"然皆祖屈原之从容辞令"两句,常常使人产生误解,其致人误解的症结集中于对"辞"、"赋"、"辞令"的理解上。要理清这个症结,需分为两个步骤。

首先,需要弄清"辞"、"辞令"与楚辞的关系。在这个问题上,由于时代变易的原因,容易使人在理解上产生误解,即误以"辞令"为楚辞。导致此种误解的原因之一是"皆好辞而以赋见称"。既然宋玉等人"好辞",则"祖屈原之从容辞令"就显得自然而然,由喜爱到效仿学习似乎就没有什么值得怀疑的了。这是由上下文语意上的联系产生的误解;导致此种误解的原因之二是"皆祖屈原之从容辞令,终莫敢直谏"。屈原是楚辞体的开创者,其创作委实具有言辞从容和直言相谏的特点。《离骚》、《九章》诸作在怨责怀王、批判群小等方面,屡屡出现"怨灵修之浩荡兮,终不察夫民心"、"岂余身之惮殃兮,恐皇舆之败绩"、"余固知謇謇之为患兮,忍而不能舍也"这样大胆的话。宋玉等人继承了屈原的创作传统,光大了楚辞的创作,成为屈原之后最重要的楚辞作家。但他们(至少是宋玉)在楚辞创作中并没有表现出"敢于直谏"的诤臣作风。这似乎与太史公予以他们的评述暗合,因而产生误解似乎也不难理解。

但"辞令"并非"辞","辞令"并非楚辞。弄清这一问题,误解自然全消。"辞令"一词,《屈原列传》凡两见,分别出现在开头和结尾,均是对屈原资质的描述内容。其始曰:"博闻强志,明于治乱,娴于辞令。入则与王图议国事,以出号令;出则接遇宾客,应对诸侯。"博闻强志指见闻广博记忆力强,这是聪明人应具备的基本素质,而见闻广记得牢才能运用自如得心应手学以致用;明于治乱是在此基础上的政治作用,即"入则与王图议国事,以出号令";娴于辞令则是基于此项条件的外交才能,即"出则接遇宾客,应对诸侯"。而"不战而屈人之兵"的外交,靠的便是进退适度的外交辞令。它在春秋表现为从容不迫的行人应对,在战国则表现为议论纵横的游说之辞。显然,此则材料中的"辞令"是指屈原运用于社交场合(包括外交场合)的言语能力和言语方式。《屈原列传》的结尾处又一

---

① 司马迁:《史记·屈原贾生列传》,浙江古籍出版社,1998年。

次提到了“辞令”:“(玉等)然皆祖屈原从容辞令,终莫敢直谏。”此处的“辞令”指的是什么?稍稍留意前后句的文意便可知晓。前面那句“好辞而以赋见称”所指的“辞”和“赋”当是同类不同种的两种事物,而此句开头的“然”字透露出的则是另标一类之意:都爱好“辞”却以“赋”而著称于世,然而他们又都学到了屈原“从容辞令”的才能,却至终没有谁敢于像屈原那样直言进谏。屈原在其作品中虽屡次说到直谏,但那并非谏书,而是抒忧之作。在《列传》中记载的谏杀张仪、谏阻与秦联姻和谏阻怀王入秦,都是犯颜抗上的诤谏之举,这体现了屈原的胆气。宋玉等人出身相对卑微,似乎缺乏屈原那样的胆气;他们也善于辞令,这从其记述自身形迹的《登徒子好色赋》、《郢中对》、《对楚王问》等作中亦可见其仿佛。但细心揣摩其《九辩》、《高唐赋》、《神女赋》等言志抒怀的作品,委婉规讽的特点则是较为明显的。而这正符合司马迁给予他们的“皆祖屈原从容辞令,终莫敢直谏”的评价。显然,这里所说的“辞令”指的是“娴于辞令”的“辞令”,而不是屈原开创的诗体“楚辞”。

随后再来看“辞”与“楚辞”的关系。在屈原和宋玉等人的楚辞作品里,“辞”共出现10次:“就重华而陈词(陈述言辞)”,“跪敷衽以陈辞(同上)”,“入不言兮出不辞(告辞)”,“兹历情以陈辞(陈述衷情)”,“敖朕辞而不听(陈述之言)”,“因归鸟而致辞(通过言辞表情)”,“听谗言之虚辞(虚假言辞)”,“不毕辞而赴渊(话)”——以上屈原作;“燕翩翩其辞归兮(告辞)”,“揖辞让只(推辞)”。其词义多指言辞,即用于交流的话语。虽多次使用,但未便是一种诗体。或者正是因为屈原惯于此字,后来的西汉人才用“辞”来称这种诗体的,但这仅仅是一种推测。“楚辞”这一名称最早出现在司马迁的《史记·酷吏列传》里:“始长史朱买臣,会稽人也,读《春秋》。庄助使人言买臣,买臣以楚辞与助俱幸侍中,为太中大夫,用事。”①此则资料包含有极其丰富的史料资讯:楚辞的最先最可靠的始命名者是司马迁,因为刘向集屈宋之作命为《楚辞》的时间是汉成帝时期,明显后于司马迁;买臣与严助所以见幸的原因是汉代的最高统治者喜欢楚辞;在当时的情况下,楚辞已经成为一门显学被人学习和模仿。根据这些资讯并结合西汉时期的历史背景,我们认为:汉代文学是在大一统背景下发展起来的文学,而不再是割据背景下的地方创作。那些原本属于各个侯国的赵、代、秦、楚之讴,一并被大帝国的乐府机构笼而有之,他们以包容天下的阔大胸襟吸纳了那些带有浓郁地域色彩的文学样式,并为区别其特色起见,冠以原产地的名称。因楚辞原产于战国楚地,故名之曰“楚辞”。这与我们现在称唐代诗为“唐诗”、称宋代词为“宋词”差可相似,而在唐宋时代,它们却没有这种叫法。但“楚辞”对楚诗人宋玉来讲,这种诗体就没有必要称“楚辞”,而在司马迁看来,宋玉等人就只能将其称为“辞”了。因此,《屈原列传》“好辞而以赋见称”中的“辞”,指的是“楚辞”这

---

① 司马迁:《史记·酷吏列传》,浙江古籍出版社,1998 年。

种诗体,而不是下文所说的“辞令”。

其次,再来看“辞”与“赋”的关系。“辞”与“赋”的联系是较为清楚的。刘勰在《文心雕龙·诠赋》中说:“赋也者,受命于诗人,拓宇于楚辞也。”而《文心雕龙·辩骚》则曰:“其文词丽雅,为词赋之宗。”①说明的正是赋对辞的继承关系。就典丽、铺排而言,二者是极为相似的。这也正是辞赋混淆的重要原因。西汉学者称屈原、宋玉之作为辞或楚辞,《史记·屈原列传》与《酷吏列传》均可为证,刘安作《离骚传》、刘邦作《大风歌》、项羽作《垓下歌》亦均不言赋,刘向辑屈宋之作为《楚辞》,而东汉王逸为之章句,亦不称赋。将楚辞称为“赋”始于东汉班固的《汉书·艺文志》:“屈原赋二十五篇。”继而在《诗赋略》中又说:“传曰,‘不歌而颂谓之赋,登高能赋,可以为大夫。’……春秋之后,周道寖坏,聘问歌咏,不行于列国,学诗之士,逸在布衣。而贤人失志之赋作矣。大儒孙卿与楚臣屈原,离馋忧国,皆作赋以风,咸有恻隐古诗之义。其后宋玉、唐勒,汉兴,司马相如、枚乘,下及扬子云,竞为侈丽闳衍之词,没其风谕之义。是以扬子云悔之曰:‘诗人之赋丽以则,辞人之赋丽以淫。’”②开始所讲的“不歌而颂谓之赋”的“赋”并不是指文体意义上的赋,而是赋诗(诵读《诗经》章句)见志的外交手段;而所谓孙卿屈原宋玉之赋,则是指文体而言,是“丽以则”的具有讽喻之意的古诗之流的“诗人之赋”。枚乘、司马相如和扬雄之赋,则是“丽以淫”的以“闳衍之词”淹没了讽喻之意的“辞人之赋”。实际上,班固借扬雄的评价已按有无讽喻意义的标准将赋划分为两类,这也就等于承认了“屈原赋”的诗歌性质,将其与汉代的辞赋文体做了区分。南朝梁刘勰清楚地认识到了这一区别,在《文心雕龙》的文体论中明确地将其别为《辩骚》和《诠赋》两篇,并指出屈宋所作骚辞具有“朗丽以哀志”、“绮靡以伤情”、“瑰诡而惠巧”、“耀艳而深华”的情采兼备的特点,指出了赋体“丽辞雅义,符采相胜”而“繁华损枝,膏腴害骨;无贵风规,莫益劝戒”的基本要点和实际效果。

事实上,辞与赋的区别还是比较明显的。从性质上来看,辞以抒情、议论、描绘为主,主观抒发的意味特别浓重;而赋则以客观的咏物、摹画、夸饰为主,缺少主观情感的表现。从体式上来看,辞依“兮”而詠(有的是“些”或“只”),有明显的标志符号,其语句参差错落,长短不拘;赋则少有虚字,句式铺排偕偶,比较整齐。由此可以看出:“辞”(楚辞)是诗,而“赋”则是介于诗文之间的一种特别的文学样式。

弄清了二者的关系,宋玉等人“皆好辞而以赋见称”就容易理解了:他们都喜好楚辞创作,但以赋体的创作成就著称于世。宋玉、唐勒、景差是屈原之后重要的楚辞作家,是屈原文学的继承者,但除20世纪出土于银雀山汉墓的《唐勒赋》外,三人的创作流传下来的大多是宋玉的作品。据前人整理,宋玉赋十六篇(其中《招魂》据司马迁说当属屈原)。

① 刘勰:《文心雕龙·诠赋》,齐鲁书社,1985年。

② 班固:《汉书·艺文志》,浙江古籍出版社,1998年。

在现存的这些篇什中,唯有《九辩》一篇属楚辞创作,余者皆属铺采摛文的赋作。这一事实足以证明"辞"与"赋"是两种不同的文体,足以证明"好辞而以赋见称"的可靠性。

如此一来,《屈原列传》中这段记述就变得显豁了:屈原死后,楚国有宋玉、唐勒、景差等人,都喜好楚辞创作,却以赋创作著称当世。然而他们又都效仿屈原能言善辩、长于辞令的风格,可没有谁敢于像屈原那样直言进谏。

由于通史的篇幅浩繁、事件千头万绪,勒成一手而难免前后稍有抵牾,而参以相关内容便可索解,张仪事楚一事即是明证;因世殊事异、理解歧出,而考之典籍详加比对即能解决,宋玉辞赋一事即其一例。

"屈原故乡在汉寿"详细考证

湖南省社会科学院 毛炳汉

《湖南日报》2005年12月23日发表了拙作《屈原故乡可能在汉寿》一文,引起了不少对此感兴趣者的关注。

因为"屈原故乡汉寿说"第一次在省级权威报纸上发表,为谨慎起见和尊重主编的意图,加上了"可能"二字,当然这也是避免学术问题绝对化,便于大家摆事实讲道理,对学术研究和学术争鸣有益。

为了回答对此感兴趣者的疑问,更详细地说明和宣传"屈原故乡在汉寿"是有根据的一说,现特作详细考证。

屈原是世界文化名人,其故乡在何处?是屈学研究者企图解开的千古之谜。

在此说之前,学术界对屈原故乡所在地的研究有多说,但比较倾向于湖北秭归、江陵两说。现略为叙述。

一曰"秭归说"。此说问世最早,郭沫若先生在《屈原研究》中写到:"屈原的故乡据郦道元《水经注·江水注》是秭归县境内。"他(指郦道元)引袁山松的话说:"屈原有贤姊,闻原被放逐,亦来归,喻令自宽。全乡人多冀其见从,因名曰秭归。即《离骚》所谓'女须婵媛以詈余'也。"郭先生接著写道:"这完全是臆断。因为屈原被放逐的地方是在'汉北'(见抽思),后又自窜于湘沅之间,并非归老故乡。秭归的'归'是古归子国的孑遗,全文有《归伯簋》,便是那个归国的遗器。秭字不能解。并不是因姊姊归来而名之曰'秭归'"。因此,这一条已被郭老否定了。郭先生又引袁山松的话说:"县东北数十里,有屈原归田宅,累石为基,名其地曰乐平里。宅之东北六十里有女须庙,捣衣石犹存。"对袁山松这段话郭沫若先生也不完全相信。他写道:"屈原和现在已经相隔了二千多年,所有实事上的物证都是消灭了的,假定他的尸首被捞出而埋葬,将来有那样的幸运把他的坟墓发掘了——传说秭归县(今湖北省秭归县)的屈沱有屈原的衣冠塚,但这是不可信的,只是后人所假托的东西。"何况郦道元对"秭归说"自己就已经否定:"余谓山松此言可谓因事而立论,恐非名县之本旨矣。"而被称为"田宅说"的这个根据也很牵强,再则乐平里是一个扁长圆形谷地,长只500米,四面是高山,交通极为不便,考古勘探也没有发现唐宋以前的文化遗存和遗址,先秦典籍上更查不到乐平里的地名。因此,把乐平里作为显赫的屈氏大族和三闾大夫屈原的故乡,似乎不符合实际。

二曰“江陵说”。清人蔡九霞在《广舆记》(十四卷)中写到“屈原名平,郢人也”。近代学者浦江清在《祖国十二诗人·屈原》指出,“屈原的出生地点是在楚国的都城郢”。其根据有二:第一是东方朔所撰写的诗,“平生于国兮,长于原”,他认为国指国都,就是“郢”,即生在江陵。第二是《衷郢》诗里有三处指明这点,即“去故乡而就远兮”,“发郢都而去闾兮”,“去终古之所居”,认为离开郢都是离开故乡。随后楚辞学者,分别撰文申说,发挥圆通屈原生于“郢都说”,从而对屈原故里“秭归”说形成了一股否定的冲击波。但我们认为:不能将“国”字一概解释为“国都”,如屈原诗《橘颂》中就有“生南国兮”,生于“国”应该是指其“封国”,即其所封之邑。据《史记》载,楚王死后,二年其子文王熊赀才始都郢(湖北江陵纪南城),楚武王怎么会在自己死后把屈邑封在江陵,若屈邑江陵既然已封给屈瑕及其后代,那么文王也不会再在这里建都,况且古时君王对下属子女及宠臣都是将他们封在自己的都城之外,如晋献公有二个儿子,一个叫重耳,封于蒲(今山西省隰县),一个叫夷吾,封于屈(今山西省吉县),显然他们是各具封邑,也都在王都之外。这是通例和常识,因此“屈原故乡江陵说”似乎也难以成立。

“屈原故乡汉寿说”虽然出现最晚,但其因为有众多历史文献记载,有不少文物证明,有较多古迹遗存,有大量屈原诗歌印证,故最据说服力和最具可能性。

一、古汉寿在荆州辰阳界,周时称“云梦”

汉寿,古称龙阳,在荆州域辰阳界,是古时水上交通的枢纽,夏禹治水时,“隋山伐木,奠高山大川”(《禹贡》),意思是他们随着山脉的走向,砍伐树木为路标,将天下划为九州(即冀、衮、青、徐、杨、荆、豫、梁、雍)。荆州位置是“荆及衡阳惟荆州”。“江汉朝宗于海”、“九江孔殷”、“沱潜既道”、“云土作义”(《尚书》)。也就是说,从湖北的南漳县一带的荆山,到湖南衡阳地界,都是古时的荆州,在荆州区域内长江汉水,奔向浩浩荡荡的东海,众多的江水,包括长江支流沱水(今湖北枝江县一带),潜水(今湖北潜江县一带),都已疏通,所谓“九江孔殷”,东汉时郑康等曾为《书经》作注解谓:“即洞庭湖”,又谓“岷山道江,东别为沱”。“九江之水源于蜀而楚贮之。”古楚有七泽,“云泽”便是一泽。郑康还说:“梦在江之南。”那么“梦”就是洞庭湖及其周围平原地区(《禹贡》记载),“云土作义”,“作义”即耕种的意思。到那里,两岸平原湿地,都是可耕土地了。禹把这里的土地,划分为“涂泥”(黏质壤土),田是八等,“田为下中”,田赋是三等(赋上下)。《一统志》载,“常德府,荆州之域,商周时为蛮夷所居”,按晋代郭璞作《雅尔传》谓,“华府东南,龙阳东北”,包括“巴丘湖”,此皆“南沱之云梦”地。由此可见,汉寿地域,在古荆州南沱云梦区即叫“云梦”,屈诗所说:“江南之梦”。另外在屈原《涉江》中有“朝发枉渚兮,夕宿辰阳”一名句,古今屈赋注家,在注“枉渚”和“辰阳”时,皆注“枉渚”在今常德德山(古名枉人山或枉山）：“沅水又东迳辰阳县南……旧治在辰水之阳”，故即名焉，《楚辞》所谓“夕宿辰阳”者也，而将“辰阳”注为今湖南怀化的辰溪县。

但我们细思之，便不免生疑：“枉渚”在常德德山，而“辰阳”在怀化辰溪，前者处沅水下游，后者处沅水上游，两地颇为遥远。从地图上看，两地直线距离是180余公里，水路距离则在200公里以上，且沅水上到沅陵前后，古有一系列的险道，如“雷迴难”、“百曳滩”等地段，东汉刘尚、马援征“五溪蛮”，便是在这一带水路受阻而不得前进。战国时的屈子，溯沅而上，何能“朝发”而“夕至”？

楚“辰阳”何在？清《龙阳县志·序》云：“洞庭之西，邑曰龙阳，为古辰阳县，盖泽国也。”其《艺文志·沧浪记》又云：“‘朝发枉渚兮，夕宿辰阳’，辰阳正龙（阳）境也。”

龙阳，即今湖南汉寿县，在常德德山之东沅水下游，水路约40公里处。屈子“朝发枉渚”，船颠沅水而下，航行七八十里，正好“夕宿辰阳”（汉寿）。辰阳在汉寿，正合“朝发”而“夕至”的诗意。这一句诗里，明显有“快捷”之意，应指顺水而下，不当谓溯流而上。

再则在战国时期汉寿辰溪都没有置县，辰溪置县是汉高祖二年（前205年）置辰陵县，高祖五年即公元前202年，才易名辰阳县，离屈原死已480年，屈原怎么会在写诗的时候就预知五百年后的辰溪会是辰阳呢？为什么又能断言战国时期只有辰溪才叫辰阳呢？最近汉寿沧港地区又新发现一张古沧港图，证明同治年间，有人记载过溆水，明朝人曾之忠也曾咏诗“沅已十三合”，说明汉寿古为水之泽国，之所以名辰阳，亦还是有辰水流过。刘昭注《后汉书·郡国志》中武陵郡名来历时说：“晋太守赵厥问主薄潘京曰：‘贵县何以名武陵？’京曰：‘鄙郡本名义陵，在辰阳界’。又《后汉书·地理志》明载“西汉武陵郡在索县”，古代汉寿称索县，这说明古之“辰阳界”，即在索县，汉寿古时叫辰阳界，也远在西汉年前。又《直隶澧州志·建置沿革》中记：“《常志》载：武陵郡初始辰阳，今其（以）村名，以龙阳县。”此与潘京所言相映，成为汉寿在汉代前称“辰阳”的双证。

二、楚国的崛起及“荆州”、“濮地”开发

综观史书是楚国最早开发了荆州地带（自然也包括濮地在内），据《常德府志》记载：荆州，“古为蛮夷所居地带”，所为楚之先祖熊绎开垦。

周文王时，季连的后代子孙叫鬻熊，鬻熊曾像儿子一样忠心侍奉文王，后来死得较早，他的儿子叫熊丽，熊丽生熊狂，熊狂生熊绎，熊绎处在周成王时代，那时成王封文王武王时代的功臣后代，熊绎被封以“子男之田”（子爵级的田地），姓华氏，居丹阳，从此开始了对荆山（湖北省南漳县）一带的开发。《左传》记载昭十二年，楚灵王曰：“昔我先祖熊绎，辟在荆山，筚路蓝缕，以处草莽，跋涉山林。”可见长江流域最早为楚人开垦，及至周夷王时代，王室衰微，楚国先祖熊渠，得到长江汉水一带老百姓拥戴，乃不听从周室调度，并

说:“我夷蛮地,不与中国谥号。”乃自行封其三子为王。“长子康为句檀王,中子红为鄂王,少子执疵为越章王”,皆在江上楚蛮之地。但到了周厉王时代,害怕周厉王暴虐,为避免其讨伐,又自动取消了王的称号。当时,汉寿地区(古称云梦)亦在熊渠始封之域内。清魏绳德有文章谓:“余楚人,龙楚地也,幅员广阔,熊渠始封,路居要津”(清《同治龙阳县志》第676页)。

到了楚之熊霜时代,熊霜主政六年后卒,三个弟弟,争立为敖(称王前最大的封号),最后少弟季徇立,是为熊徇,迫死长弟仲雪。二弟叔堪,为了避祸,乃逃到“濮地”。可见当时这里已是楚国一个较偏僻地区。

到了熊通时代,熊通弑玢瑁子代立,是为楚武王。据《史记·楚世家》记载武王乃请于周王室尊楚,封其为诸侯,但周王室不许,于是熊通怒曰:“王不加位我自尊耳。”“乃自立为武王”。和隋国会盟后离去,楚武王37年,于是“始开濮地而有之”。这样把濮地变为了楚国的粮仓、交通中心、军事重地及可靠后方。这是武王采取的一个重大措施。当时武王有子名瑕,亦随军中屯垦。而屈瑕是在武王“开濮地”之后,以“莫敖”的身份进入《春秋左传》史册的,说明屈瑕“受屈为客卿,因以为氏”,就是“开濮地”的时候。按楚国的惯例,武王将屈瑕所“开濮地”封给屈瑕,是完全合情合理的。同时,“屈”与“濮”同韵,也可以视为“屈”与“濮”的叠韵通假,也就是说屈瑕所受“屈”地,就是楚王所“开濮地”。这也进一步说明,楚国的屈地就是指当时的洞庭地区。

王逸在《楚辞章句》中说:屈原的祖先屈瑕“受屈为客卿,因以为氏”。这也就是说,屈原的屈氏家族是以屈瑕受封屈地区为区。我们要深入了解这个问题,还得了解楚国屈地的方位。

《左传》中记载了两处“屈”地:一是晋国以产名马著称的屈地,二是楚国的屈地区。《左传·昭公二十五年》载:“楚子使远射城州屈,复茄人焉”。这里的“楚子”,是指楚平王,“州屈”显然是指楚国的“屈”地区,即洞庭地区。

乾隆《岳阳府志》载:“临湘县,古如城,按县志,楚子城州屈以居如人,即此。”这里提到的“如人”,就是《左传》中说的“茄人”。这一有关楚国“州屈”方位的记载,是可信的。据《楚世家》载:楚平王在“城州屈”的前两年,受到吴国大举进攻,“楚恐,城郢”。所以,“城州屈”就应在“城郢”不远的防止吴军进攻的战略要地。这里说的“临湘”,正在洞庭地区,也就是屈原说的“州土”地区。这一带,是楚国春秋时代重点移民开发的战略地区,已载入史册的就有,楚文王迁罗人于汨罗,楚庄王迁糜人于梅市。楚平王“城州屈”,就是这种移民开发战略方针的继续,当然也应在这一带。还有,屈原晚年“飞鸟反故乡,狐死必首丘”,“托彭咸之所居”而“自沈汨渊”,就在楚文王迁罗的地区,与楚庄王迁糜的梅市不到50公里,与楚平王“城州屈”的临湘不到100公里,诗人称这一带为“故乡”、“首丘”之地,并在此以身殉国,充分说明这一带是屈原的故乡,是屈氏家庭封地“屈”地区。这也就是说,楚国的"州屈",就在洞庭地区,就在《远游》说的"南洲",王逸说的沅湘地区。关于这点,我们还可以从其他历史文献中找到很多证据,《史记·越王勾践世家》载:"复隹、宠、长沙,楚之粟也。竟泽陵,楚之材也。越窥兵通无假之关,此四邑者不上贡事于郢矣。"这是当时齐国使者挑起越王进攻楚所说的一段话。这里提到长沙等是历来公认《史记》里说的"四邑",在湖南境内。其中,将"隹"摆在"楚之粟"的首位,说明"隹"就是指墨子中说的"天下富",历来誉为"湖广熟,天下足"的洞庭地区。还有,先秦越语中,ou与u是读一个音,可以叠韵通假。如,史书上的越王朱句,在《越王州句剑》的金文中写成"州句"。这里"朱"与"州"通,可证。可见,"隹"与"屈",在古越语中,不仅声母、声调相同,而且韵母也相同。所以,这里的"隹"与"屈"的通假,实际上就是指"屈"。这也说明楚国的"屈"就是洞庭地区。再有,这一记载中,提到能使"此四邑者不上贡事于郢"的"无假之关",应是指楚国四邑与首都郢联结的咽喉地区。因为,当时湖南一带与郢联系的交通,主要依靠水路,屈原作品中,记载诗人来往其间,都是坐船为主,就是证据。因此,这里的"无假之关",就是指洞庭湖与长江的交汇处一带。这一带正是《鄂君启节》中说的"迁江内湘"的地带,正是楚国郢都的粮食、木材供应线的战略要地。如果失守,郢都就可能不战自乱。所以,"吴师居麇",在此与楚军激战;越王企图进攻楚国,"窥兵通无假之关",也是指这一带,其原因就在于此。同样,楚武王"开濮而有之",封屈瑕在该地区;楚文王迁罗,楚庄王迁麇,楚昭王"城麇"也是在这一带,其原因也是如此。当然,"恐吴而城郢"的楚平王迁茄人,"城州屈"的原因更应是如此。这就进一步说明了楚平王"城州屈"就在这一带,楚国的屈地就在洞庭地区。有关这点,屈原创作的诗歌中,还为我们提供很多证据。如《招魂》诗,黄露生教授考证该诗是屈原为屈匄招魂。诗中称屈匄为"掌楚",呼唤屈匄"魂兮归来哀江南"。这里的"楚"和"江南",楚国历来都是指洞庭地区。屈匄是楚怀王的大将军,是屈氏家族的宗子。诗中称他为"掌楚",就是职掌楚泽地区,也就是洞庭地区的领主。这就更确切地说明屈氏家族的封地"屈",或者说"屈州"就是指洞庭地区。

另据《正义》:"濮在楚西南",刘伯庄注:"濮地在楚西南",杜预曰:"建宁郡(宜昌、枝江)南有濮夷。"尤其是《辞源》解释"濮地"在今湖南西北部,澧沅二水流域。这已表明是汉寿,因只有汉寿才同时有澧沅二水经过。

三、有不少地下文物证明屈原故乡在汉寿

在汉寿现至少发现楚墓1800多座。如此多的墓葬说明,汉寿是楚国的重要家族聚居地。同时发现和挖掘了大量春秋战国时代的楚文物,其中出土了一把旷世罕见的珍贵铭文"武王之童督"青铜戈。上面的"武王",应是楚武王而不是秦武王,因为楚武王在世

就已称“武王”,秦武王是死后的谥号,不可能死者授人。“童”与“重”相通,是“重大”之意,“督”是统帅、监督之意。此戈意为“武王之大督”,即楚王军队的统督、统帅。可见,“武王之童督”是楚武王授予自己军队统帅的“上方宝剑”,是代表武王在这一带行使至高无上的权力的权柄。楚武王是楚国第一位正式称王的人物,又是将楚国带进春秋时代的国王。我们将这把青铜戈同它周围1800座楚墓,进行综合考察,就发现,汉寿一带封为“武王之童督”的人物,一定是武王的王族重要成员,是武王军队统帅,是武王开疆略地的功臣。春秋战国时代的汉寿一带,就是这位“武王之童督”的封地,居住这里一带的家族,其始祖就是这位“武王之童督”。

我们再考察有关史籍,就会发现,这位被封为“武王之童督”的人物,就是屈原的祖先屈瑕。春秋战国时代,居住汉寿一带的家族,就是屈瑕子孙的屈氏大家族,屈原出生地就在汉寿。

东汉王逸在《楚辞章名》中说:“楚武王”始都于郢,是时生子瑕,受屈为客卿,因以为氏。王逸说屈瑕是楚武王的儿子,十分肯定,一定有其根据。现在,我们仍可以从《左传》中就有三次专门记载屈瑕以“莫敖”身份统率楚国军队的征战,其中《桓公十一年》记载屈瑕“败郧于浦骚”,威摄贰、轸、随、绞、州、蓼等六国,“卒盟”。《桓公十二年》记载屈瑕“伐绞”大败之,“楚师分涉于彭”等,可见屈瑕是武王的一名能攻善战的战功赫赫的军事统帅。同时,《左传》还记载了屈瑕伐罗败北而“缢于荒谷”的过程中,着重记述武王夫人邓曼一段意味深长的话。邓曼深居内宫,本不管国事,却对屈瑕的一举一动十分关注,甚至对屈瑕个性也了如指掌,而且屈瑕出征之后,她“心有灵犀一点通”,就敏感地意识到屈瑕必败北。因此,建议武王教育屈瑕“抚小民以信,训诸司以德,而威莫敖以刑”;并要求追回屈瑕,“见莫敖而告诸天下不假易也”。这充分地表现了邓曼对屈瑕的期望、培训和所倾注的母爱。还有,屈瑕兵败而“缢于荒谷”,武王却明确表示:“孤之罪也”,承担教子不严的责任,接著又封屈瑕儿子屈重为莫敖,这也充分表现武王对屈瑕父子的情意。而且,后来武王伐随,死在军中,屈重代表武王,同随“盟”,说明屈重与武王的骨肉关系。关于这点,《史记》也有记载:“屈原者,楚之同姓也”。这里所说的“同姓”,就是说屈原同楚王共一祖宗,也就是说屈原的祖先屈瑕是武王的儿子,屈原是武王的后代。因此,屈瑕是为武王器重的儿子,是可以肯定屈瑕是“武王之童督”。

屈氏家族从春秋初年到战国末期,一直是活跃在楚国政治舞台上的一个大家族。据《左传》载,仅在春秋时期,就是屈瑕、屈重、屈到、屈建、屈荡、屈申、屈生七人先后被封为“莫敖”。其中可考的,屈瑕与屈重,屈到与屈建,屈建与屈荡等都是父子相承。与此同时,别的家族未见一人被封为“莫敖”。此外,《左传》、《战国策》、《史记》等史籍,还记载了屈氏家族先后涌现出一大批楚国的军政大臣、其中对楚国政局产生过影响的人物,就有屈完、屈御寇、屈荡、屈朱、屈巫、屈固、屈罢、屈春、屈庐、屈宜臼、屈匄、屈盖、屈署等。

这样，屈氏家族就成为楚国一个最为古老的又最为稳定的大旺族。一直到战国末期，仍是楚国“三闾”中的一个大家族。总之，屈氏家族的历史之长和势力之大，是春秋战国时代极为罕见的，甚至可以说是独此一家。这里原因是多方面的，其中有一条是可以肯定，那就是《庄子·庚桑楚》在评述楚国昭、屈、景三大家族特点时说：“昭景也，著戴也；甲氏也，著封也”。这里的“甲氏”，马叙伦考证为屈氏。庄子将屈氏称为甲氏，多少有称第一家族的意思。这里“著封”，就是以受封著称。同时这里的“著封”，当然还包括“武王之童督”。按照先秦王族制度，“武王之童督”的铜戈，是名副其实的“上方宝剑”，对屈瑕来说，无疑是权力和功勋的凭证和象征；对屈瑕子孙来说，这一“先王之器”供在祖庙，无疑家族的护身符，是家族在楚国王族中地位的根基，在王族不断进行权力和财富的再分配过程中，无疑具有稳定和保证作用。因此，“武王之童督”青铜戈在汉寿出土，既是庄子说的“著封”的又一证据，更是证明春秋战国时期的汉寿一带，是屈氏家庭“受屈”的屈地区中心，是屈原故乡在汉寿的有力证据。

另外，近年来汉寿楚墓中还出土了青铜官印“郢室畏户之玺”（即楚国都城护卫长官之印）。据专家考证，这可能是掌管此印的执政官从楚国郢都失陷后逃出带回家乡的。此人是屈原家族的重要成员，一说为楚怀王的大将军屈匄，一说为上柱国屈署，一说为屈瑕。这一印玺为什么在汉寿出土？这主要是因为汉寿是春秋战国时期楚国著名屈氏家族的封地，今即以汉寿为中心的洞庭平原。无论是谁，他们都是屈氏家族的代表。还有根据“楚之法”，楚军统帅战败，必定“身死”，即不是战死，就是自杀，如屈氏家族的屈瑕自杀，屈丐战死，就是如此；又如项燕、项羽自杀，也是如此等等。据此，在楚襄王二十一年（前278年），秦军白起攻破郢都，作为楚国郢城护卫长官屈氏，当时很可能战死，或自杀。所以，“郢室畏户之玺”，应是屈氏死后遗物，在汉寿出土，说明汉寿是屈氏的家乡，更说明以汉寿为中心的“江南”是先秦楚国屈氏家族的封地。因此，这又进一步证实，汉寿既是屈氏的故乡，更是屈原的故乡。

又据《左传·鲁昭公三年》载：“王（楚灵王）以田江南之梦”。《左传·鲁昭公四年》又载：“许田如楚，楚子止之，遂丛郑伯，复田江南”。又屈原诗作中：“魂兮归来，哀江南。”更说明江南是屈氏封地。同时在聂家桥乡开掘的32座古墓中，还发现过一座特大的战国墓葬，南北向，楠木套棺，棺盖极度豪华，这不是一般官员墓葬。与此同时，又发现了“青钢鹿角纹镜”、“龙风青铜镜”、“摊尸板”等137件古文物，这些古文物只有显赫家族才可能享有。

随后又在汉寿发现了两座珍贵文物“古铙”，即“偏钟”，上有“女丁”突出体，偏钟是古时宫廷高级官员所享用的乐器，分纽钟（定调用），用钟（演奏用），偏钟（加大音量），这正好和屈原诗赋中相同，“叩钟调磬”、“二八接舞”、“代秦郑卫”、“鸣竽张只”，“伏戏驾辨”，“楚商劳只”、“娱人乱只”相符，这使我们仿佛看到了楚国高级乐师在叩着偏钟，调着磬,吹起竽,和着箫,奏起郑卫音乐,让那些"朱唇皓齿"、"丰肉微骨"的美女翩翩起舞。这也只有显赫的屈氏家族才可能享受此等高级待遇。

另外在汉寿还出土了大量的如鹿角纹青铜镜(罕见珍贵文物)等贵族生活用品以及青铜剑、戈等武器。

郭沫若先生在《屈原研究》中说:"能够得到多数的地底证据",那是再好也没有的。因此地下出土的文物是很有说服力的证明。

四、有较多的古迹遗存

在汉寿历史上没有大的文武官吏,也不是重要的港口,却有较多楚国和纪念屈原的古迹遗址:

1. 三闾大夫祠。汉寿有两座,一座在沧港镇,一座在县城南郊,前者为屈原死后二年,楚将庄辛收复了江南五邑,据记载,三闾大夫祠起始叫屈原庙,是为屈原招魂,曾在沧港立庙,《史记·封禅书》载,当时秦曾允许民各自奉祠,后又按秦例改为三闾大夫祠。汉寿县郊三闾大夫祠为东汉时刘表将荆州治所置汉寿时期建,系按秦楚郊祀礼改建,两所祠均有记载,可见于明《嘉靖常德府志》、清《嘉庆常德府志》、清《同治龙阳县志》。唐代刘禹锡来沧港时曾在《采菱行》中记载见过三闾大夫祠:"屈平祠下沅江水,月照寒波白烟起。"

2. 东岳庙。汉寿有两座,一座在汉寿城郊屈原祠旁,一座在现今沧水发源地东岳庙乡。明《嘉靖常德府志》、清《嘉庆常德府志》和《同治龙阳县志》都有记载。又据尚书《尧典》记载"岳为四方诸侯之长",为避讳和秦始皇的"皇"字相同,本为祭祀东皇的庙改为了东岳庙。东岳庙乡的东岳庙就是秦代和两汉时期承先秦楚国祭祀传统改建,古时有祭坛。汉寿城郊(东岳庙)为东汉时期,刘表将荆州治所置汉寿时按郊祀之礼建。

3. 女媭庙。据《湘中记》记载,此庙建于南北朝以前,即公元420年前所建,常为各界祭祀女媭神灵地方。

4. 濯缨桥。为屈原放逐到沧港时期所建,建国初期尚存,1964年其桥石被拆除后运往修建电排涵闸去了,但其基石埋没在原桥址地下。原桥址在现沧港镇血防院围墙外西北侧。

5. 屈原庙。修建在唐朝以前,庙内立有屈原诗碑,为唐崔礼山撰。

6. 沧溪寺。建于东晋,三进大寺,藏有屈原庙移过来的唐人诗碑,后进有琴台,屋顶有龙凤宝葫芦等装饰,有戏台和舍利塔。民国年间,改寺为庙,后为乡公所占用,还办过国民小学。一尊沧浪娘娘塑像(据传为女媭)被移到天乙宫。

7. 天乙宫。是古三苗遗民为成汤天乙而修造的功德祠。后来楚人来屈地中心后,于战国末年在天乙宫内加修一进楚王殿,供奉有楚王和屈原祖先17位屈家名人像,屈原自沉汨罗后,屈家后人将屈原像也供此殿,共18位。

8. 屈原巷(又称三闾巷)。据传是屈原的降生地。他的祖先被封为"莫敖",率军赴湘沅辰阳邑屯田积粮,其领万余人在沧港安营扎寨。于是屈氏在此繁衍生息,后人又称此地为"屈家巷"。屈原逝世后,改称"屈原巷"。

9. 清斯亭。在屈原巷旁边的沧浪水出口处,传说屈原小时候常在这里玩耍、洗东西。因屈原遭贬后住在老家沧浪时,曾逆沧水而土,发现此水源于沧山的清斯湖,故名清斯亭。

10. 江潭。在沧浪河下游,离沧港镇西约一华里路。屈原在《渔父》中说:"屈原既放,游于江潭",即指此地。又据《龙阳县志》清人陈一揆在《沧浪记》一文中指出:"江潭之号,咫尺犹存。原之经此与渔父对答,夫何疑之有?"

11. 橘洲,离沧港十里许的沅水河中,洲长十里,因满洲植橘树而称橘洲。据传屈原的"橘颂"就是以橘洲为背景写成的。

此外,还有招屈亭、钓鱼台、七星堆、沧、浪二水等,总共多达十几处。这些文物,史志有载,遗迹有存。沧港这样一个小小的集镇,竟然给我们留下这么多屈原纪念文物,唐代大诗人刘禹锡任朗州司马十年,现在常德有多少纪念刘的文物?诗仙李白曾到汉寿西港,怎么没有李白纪念建筑?湖北秭归仅有屈原祠、屈原庙、乐平里牌坊等几处纪念建筑,有的建筑比汉寿沧港的纪念建筑要迟建几百年,甚至上千年,汉寿沧港这么多纪念文物,修建的时间又那么早,如果屈原的故乡不在汉寿,沧港这个小集镇怎么会修建那么多的纪念建筑?

清《同治龙阳(今汉寿)县志》说:"龙阳为灵均(屈原字)落帆之浦",屈原经沅澧来到汉寿沧浪之水合流之处沧浪港。沧浪在何处?清代屈学家蒋骥在《山带阁注楚辞》中,把各种说法进行比较后说:"沧浪水,在今常德府龙阳县。本沧浪水发源地,合流为沧浪之水",又说:"旧解以沧浪为汉水下流,如按今均州沔阳,皆有沧浪。在大江北,原迁江南,固不能覆至其地,且与篇首游于江潭,不相属矣。及观楚省全志,载原渔父问答者多有,皆影响不足凭,唯武陵龙阳,有沧山浪山及沧浪之水,又有沧港市、沧港乡、三闾港、屈原巷,参而覆之,最为有据。"可见龙阳沧浪港(今汉寿沧港)在清代就引起过屈原研究者的重视。

五、有大量屈原诗歌印证

在屈原的诗歌中,还为我们提供很多相关证据。如《招魂》诗,有专家考证是屈原为屈匄招魂。诗中称屈匄为"掌楚",呼唤屈匄"魂兮归来哀江南"。这里的"楚"和"江南",

都是指洞庭湖地区。屈匄是屈氏家族的宗子,诗中称他为"掌楚",就是执掌楚泽地区,也就是洞庭湖地区的领主。这就更确切地说明屈氏家族的封地"屈",就在长江南的洞庭湖地区。

一些专家还从屈原笔下描写的特有沅湘地区风土人情、文化氛围发现屈原青少年时代生活,说明屈原故乡在汉寿。屈原作品不少描写与汉寿地名有关,如沧浪港("沧浪之水清兮")、江潭坪("溯江潭兮,狂顾南行")、橘洲(屈原写有《橘颂》)等。有的与汉寿风俗有关,如王逸说:"《九歌》者,屈原之所作也。昔楚国南郢之邑,沅湘之间,其俗信鬼而好祠。"《常德府志》、《龙阳县志》均载常德府人"信鬼好巫,龙阳更甚"。屈原的作品,对沅湘地带的美景的描写则真实地展示了汉寿的乡土风俗。如:"制芰荷以为衣兮,集芙蓉以为裳"(汉寿湖区风俗),"揽木根以结茝兮,贯薜荔之落蕊"、"娇菌桂以纫蕙兮,索胡绳之缅缅"(汉寿一带用蔬草编绳索),"余既滋兰之九畹兮,又树惠之百亩"(汉寿爱种植兰花做药),"折琼枝以继佩"(汉寿妇女常佩戴栀树花),"令沅湘兮无波,使江水兮安流"(写沅湘地区),"洞庭波兮木叶下"(写洞庭),"荒忽兮远望,观流水兮潺媛"(写沅澧之间),"朝发枉诸兮,夕宿辰阳","沧浪之水清兮,可以濯吾缨"(写汉寿),"筑兮水中,葺之兮荷盖"(写洞庭)。在屈诗中到处是"极目千里"的"江南梦乡"和描写沅澧汉寿"泽国水乡、荻荷菱荡"的景象。

屈原在《离骚》中说:"进不入以离尤兮,退将得修吾初服。制芰荷以为衣兮,集芙蓉以为裳……"

诗人这里说的"初服",王逸在《楚辞章句》注"修吾初始清洁之服也"。可见,"初服"就是诗人青少年时代的服饰,这里的"芰荷"、"芙蓉"是诗人用来象征自己"出污泥而不染"的"清洁"。这种特殊审美观念,正是当时沅湘地区特有的审美风尚。屈原作品中多次写到这点,如《九歌》中有:"筑室兮水中,葺之兮荷盖"、"芷葺兮荷屋"、"乘水车兮荷盖"、"荷衣兮蕙带"等。在《招魂》诗中有:"坐堂伏槛,临曲池些,芙蓉始发,杂芰荷些"、"陈钟按鼓,造新歌些"等描写。我们可以看到沅湘地区人民对"芰荷"、"芙蓉"的特有的审美情趣,甚至作为服饰、房屋、交通工具、环境等生活各方面美化的内容和根据,她是沅湘地区特有的文化氛围的表现。因此,我们从诗人的"初服",可以发现诗人青少年时代是在沅湘地区度过的。

屈原在《离骚》中写道:"纷吾既有此内美兮,又重之以修能。扈江离与辟芷兮,纫秋兰以为佩……朝搴阰之木兰兮,夕揽洲之宿莽……"

诗人这里说的"修能",王逸注:"言已修身清洁,乃取江离,辟苜为衣被;纫索秋兰以为佩饰,博采众善,以自约束也。"王逸这种说法是有见地的。沅湘地区气候温和,雨量充足,正适合江离、辟芷、秋兰、木兰、宿莽等亚热带植物的生长。诗人用这些香木芳草象征高洁,屈原这种特有的审美情趣,正是沅湘地区特有的文化氛围中形成的结晶。宋代刘次庄《乐府集》中说:"《离骚》曰:纫秋兰以为佩,又曰:秋兰兮青青,绿叶兮紫茎。今沅、澧所生。"同时,诗人这里描写的香木花草,还交代各自生长地的特点,如"江离"的"江","阰之木兰"的"阰","洲之宿莽"的"洲"。这也告诉我们,诗人"修能"的地区,有"江",有"阰",还有"洲"。这一地貌特点,也正是沅湘地区洞庭湖一带广阔冲积平原上,江河纵横,中间夹杂一些长洲、小山的地貌特点。可见,屈原青少年时代的"修能"是在沅湘地区。

《橘颂》开头是:"后皇嘉树,橘徕服兮。受命不迁,生南国兮。"

诗人称橘树是皇天后土赋予的美好树木。"生南国",王逸注:"南国,谓江南也。……言桔受天命生于江南,不可移徙。种于北地,则化为枳也。屈原自比志节如橘,迹不可移迁也。"王逸是江北宜城人,应该很熟悉橘树的这种习性,此话是可信的。因此我们从《橘颂》中表达的以生长江南为荣的乡情,也可以看出屈原青少年时代是在江南沅湘地区度过的。

据考证,屈原作品26篇中无一处与"秭归"有关,而23篇与江南有关。如《离骚》中"济沅湘以南征兮",《九歌》中"沅有芷兮澧有兰"等都是写的西洞庭湖平原地区,与全为山区的湖北秭归不相符合,与湖北江陵也有所不同。屈原描写的兰、芷、芰荷等各种芳草在汉寿随处可见,具有洞庭湖平原的特色。据专家考证屈原的出生地就在汉寿的沧港,因此屈原对汉寿熟悉,自然会将这些反映到他的作品之中。特别值得指出的是,在中国只有汉寿同时才有澧水和沅水经过,因此屈原的故乡在湖南汉寿是很有可能的。当然希望今后能有更多的文物、史料来证实,使屈原故乡问题得到圆满解决。

屈原"放流"辨

华中师范大学　温洪隆

《史记·屈原列传》有"屈平既嫉之,虽放流,眷顾楚国,系心怀王"等文字,其中"放流"一词,本指放逐或流放,今人为了解决《传》中文义不连贯、前后矛盾的问题才作出新的解释。

《传》先记载了屈原受到怀王信任,起草宪令,因为上官大夫进谗言,屈原被怀王疏远,便"忧愁幽思而作《离骚》"。接着司马迁写下了一大段评价《离骚》和屈原人品的议论文字。接著又记叙屈原"既绌",秦国想攻打齐国,派张仪以献商于之地六百里为诱饵去破坏齐楚联盟。等到齐楚绝交了,张仪却不献地。于是楚兴师伐秦,楚军大败,失去了汉中地。第二年,为了汉中地,张仪又来到楚国,贿赂了楚国的当权大臣靳尚,通过他向郑袖说了一番花言巧语,于是怀王放了张仪。这时屈原已经被疏远,不复在位,出使到齐国去了。他回来后,对怀王说:"为什么不杀掉张仪?"怀王懊悔,派人去追张仪,已经来不及了。以后诸侯一起攻打楚国,大败楚军。当时秦昭王约怀王去武关会盟,屈原反对他去,可是怀王的小儿子子兰却主张他去。怀王去了,结果死在秦国。顷襄王即位,子兰做了令尹。叙事到这里,司马迁针对以上怀王三次被骗的事实,又写下了一大段批评怀王忠奸莫辨,无知人之明,以致杀身亡国的议论文字。以上所述,的确存在叙事不明,前后矛盾的问题:屈原既然被疏了,不复在位了,为什么还能出使齐国?如果是复职以后才出使齐国,他又是什么时候复职的?既然怀王只是疏远而没有流放屈原,为什么第二段议论文字要说"虽放流,睠顾楚国,系心怀王"?这不是自相矛盾吗?

面对这些问题,屈原否定论者便说:《史记》本来不很可靠,《屈原列传》尤其不可靠,是汉宣帝时补写的,进而说屈原是个"如诸葛亮借箭时用的草人"一样的"箭垛式的人物"。[①] 这当然难以使人信服,本人另有文稿评论[②],这里不重复。肯定屈原的论者,便想方设法消除这些矛盾。第一种说法:这些矛盾是错简造成的。此说可能是受了宋代苏辙

① 胡适:《读楚辞》,见《胡适文存》二集卷一。

② 温洪隆:《重评"屈原——箭垛人物"论》,原载《华中师范大学学报》,1985年第5期,中国人民大学书报资料社:《中国古代近代文学研究》全文转载。

改写的《屈原列传》[①]将第一段议论文字移至第二段议论文字处和顾炎武说过“放流一节当在此文(指“顷襄王怒而迁之”)之下”[②]的影响,认为现在的《屈原列传》错了简,第一段议论和第二段议论应该合并在一起,移至“顷襄王怒而迁之”后面,屈原只被顷襄王流放一次。[③] 此说难以成立,因为如果只是顷襄王流放屈原,司马迁“虽放流”那段议论为什么不是针对顷襄王而是针对怀王?无法得到解释。再说司马迁叙到屈原写作《离骚》就对《离骚》和屈原人品发表议论,叙到怀王不听屈原的话、三次受骗就对怀王忠奸莫辨、无知人之明发表议论,都是据事发论,论因事发,夹叙夹议,论和事有着紧密的联系,议论针对性很强,这些文字是不能随意移动的。第二种说法:这两段议论文字是后人割取刘安《离骚传》中的话加进去的,应将它们剔除出去,这样便不存在怀王流放屈原的问题,“屈平既嫉之”便与“令尹子兰闻之”连在一起,极为紧密。[④] 此说由于其主要论据(司马迁没有见过《离骚传》)难以成立,[⑤]同时又没有任何无这两段议论文字的版本作佐证,使得问题依然得不到解决。郭老为了解决《传》中前后矛盾的问题,没有从移动或删除这两段议论文字立论,用的是第三种办法:就是对“放流”一词进行新的解释,他说:“向来把这‘放流’二字即解为放逐,因此便生出许多龃龉。其实‘放流’只是放浪,屈原被疏之后居于闲位,曾向四处游历过而已”。[⑥] 处于闲位,能四处游历,当然不是放逐、流放,想回来就能回来,他在怀王时能出使齐国也就不成为问题了。

“放流”二字真的能这样解释吗?

放和流作为刑罚,很早就有了,《尚书·舜典》就有舜“流共工于幽州,放欢兜于崇山,窜三苗于三危,殛鲧于羽山”的记载。不过这里的“放”“流”还不是一个词,而是两个意义基本相同的单音词。到了汉代,双音词“放流”才出现,《礼记·大学》:“唯仁人放流之,迸诸四夷,不与同中国”,是说只有有仁心的人将妒贤嫉能的人放流,将他们赶到边远地区,不让他们和中原地区的人住在一起。这里的“放流”作为一种刑罚,它的意义和放逐、流放没有什么区别。其后,“放流”一词,还不断出现,现在我们只举汉朝人使用“放流”的例子:

1. 桓宽《盐铁论·复古》:往者豪强大家,得管山海之利,采铁石鼓铸煮盐,

① 苏辙:《古史》卷53。

② 顾炎武:《日知录》卷26。

③ 刘永济:《屈赋通笺》,附录《笺屈余义·史记屈原列传发微》。

④ 汤炳正:《〈屈原列传〉新探》,载《文史》,1962年第1辑。

⑤ 温洪隆:《重评“屈原——箭垛人物”论》,原载《华中师范大学学报》,1985年5期,中国人民大学书报资料社《中国古代近代文学研究》全文转载。

⑥ 郭沫若:《今昔蒲剑·关于屈原》。

一家聚众或至千余人,大抵尽收放流(按,此处'放流'是流亡之意)人民也。

2. 王充《论衡·书虚篇》:伯奇放流,首发蚤白。

3.《论衡·明雩篇》:建初孟季,北州连旱,牛死民乏,放流就贱。(按,意为流亡到粮价便宜的地方去。此处'放流'是流亡之意)

4.《论衡·恢国篇》:(欢兜、共工、三苗、鲧),罪皆在身,不加于上,唐虞放流,死于不毛。

5.《论衡·对作篇》:故虚妄之语不黜,则华文不见息;华文放流(按,此处'放流'是泛滥之意),则实事不见用。

6. 班固《汉书·地理志》:始楚贤臣屈原被谗放流,作《离骚》诸赋以自伤悼。

7.《汉书·武五子传》:孝巳被谤,伯竒放流,骨肉至亲,父子相疑,何者?积毁之所生也。

8.《汉书·李寻传》:日失其光,则星辰放流(按,此处'放流'当是流动之意)。

9.《汉书·冯奉世传》:谗邪交乱,贞良被害,自古而然,故伯竒放流,孟子宫刑,……

10.《汉书·外戚列传》:数逆至法,逾越制度,当伏放流之诛。

从以上十例中可以看出在汉代"放流"一词除了放逐、流放等意思以外,的确还包含其他意思(如一、三、五、八例),但是作为刑罚来用,却没有一例不是放逐、流放的意思,更没有一例作"放浪"用。特别是第六例班固说的"屈原被谗放流,作《离骚》诸赋",很明显是司马迁"屈原放逐,乃赋《离骚》"的翻版,可见班固认为"放流"就是"放逐",那是毫无疑义的。不止是班固,王充也是如此,他在《书虚篇》说"伯奇放流,首发蚤白",在《感虚篇》又说"伯奇被逐而歌",可见他也认为"放流"与"放逐"意思是相同的。还有第七例"孝己被谤,伯奇放流"是汉武帝时《壶关三老上救太子书》中的话,和司马迁同时,也将"放流"作放逐用。司马迁是汉朝人,我们在解释《史记》中的词语时,理所当然应该顾及汉朝人的习惯用法,要重证据,这样才能减少释词的随意性。再说从具体的语言环境看,也只有将"放流"解为放逐、流放才能讲通。如果"放流"是处于闲位,能四处游历,那他想回来就能回来,为什么在这段议论文字中还要说"然终无可奈何,故不可以反(返)"呢?

依据以上的论证,《屈原列传》中的"放流"一词,意思就是放逐或流放,无可怀疑。郭老将"放流"解为"放浪",居于闲位,四处游历,却没有举证,因此值得商榷。

有关史料和屈原的作品也证明怀王放逐过屈原。司马迁在《传》中虽然先说屈原遭谗被怀王疏远,便"忧愁幽思而作《离骚》",但在《报任安书》中却说"屈原放逐,乃赋《离骚》”。有人说这是抒情之笔不足为据，可是司马迁在《太史公自序》中说明《史记》每篇的写作用意时再次重申：“屈原放逐，著《离骚》”，怎么说这也不是抒情之笔，毫无疑问应该可以用来作证。可见司马迁是相信怀王放逐过屈原，否则他也就不会在《传》中再说屈原“虽放流，眷顾楚国，系心怀王”了。同样，王逸《离骚序》中虽然也说《离骚》是屈原被怀王疏远时所作，但在解释“离骚”二字时却说“言己放逐离别，中心愁思，犹依道径，以风谏君也。”可见他也承认怀王放逐过屈原，否则，在怀王时屈原哪来的“放逐离别”呢？《惜往日》中屈原回忆过去曾经被信用，受命“明法度之嫌疑”。后来谗人嫉妒他，君主也含怒对待他，“弗参验以考实兮，远迁臣而弗思”。这君主不可能是顷襄王，只能是怀王，因为只有怀王命令屈原起草宪令，变法图强。就是他听信谗言将屈原“远迁”了，放逐到远地了。由此可见，屈原作品也证明怀王放逐过屈原。

至于怀王放逐了屈原，后来在何种情况下重新起用他，让他再次出使齐国等情况，刘向《新序·屈原传》有不同记载：屈原本来受到怀王的信用，由于秦国想兼并天下，“屈原为楚东使于齐”，促成了楚齐联盟。秦国感到忧虑，便派张仪去楚国破坏齐楚联盟。张仪先收买了楚国的当权大臣上官大夫、靳尚、令尹子兰、司马子椒、夫人郑袖，让他们共同诋毁屈原，屈原于是被怀王流放到外地，便写了《离骚》。然后张仪又以献商于之地为诱饵，让怀王同齐国绝交。楚齐绝交后，张仪却不献地，于是引发了秦楚大战，楚国大败。为了汉中地，张仪再次来到楚国，怀王先是拘留了他，后来又听上官大夫等人的话，放他回去。这时怀王懊悔不用屈原之策，以致弄到这个地步，于是重新起用屈原，派他第二次出使齐国。屈原回来后，大诉张仪的罪状，怀王于是派人去追张仪，没有追上。后来怀王又不听屈原谏阻，去蓝田与秦王相会，终于死在秦国。顷襄王即位，又听信谗言，再次放逐屈原。依照刘向的记载，屈原在怀王、顷襄王时各被放逐一次，关于他生平事迹的矛盾问题也就可以得到解释了。

《史记·屈原列传》中张仪诳楚、秦楚大战、怀王入秦不返等史料在刘向编定的《战国策》中均有记载。① 但《战国策》中没有出现屈原的名字，司马迁将这些史料和屈原联系起来有何依据，今天我们已无法知道。刘向对屈原的生平事迹的记载，相信也应该用了《战国策》中的史料。他在西汉成帝年间奉命整理宫中古籍，将“中书余卷”整理成《战国策》，对战国史料相当熟悉，所以我们不应忽视他的记载。我们重视《史记·屈原列传》又发现其中存在着矛盾的时候，是否也可考虑一下刘向《新序·屈原传》不同记载呢？

屈原“放流”问题，表面上看只是个词语解释问题，其实不然，它是一个关系到屈原流放一次还是流放两次的大问题，对于研究屈原的生平和创作至关重要，所以不可不辨。现在不揣浅陋，略述己见，请专家学者不吝赐正。

---

① 温洪隆：《从〈史记·屈原列传〉与〈战国策〉的关系说起》，载《中国楚辞学》第六辑。

彭咸的"水游"与屈原的"沉渊"

中国传媒大学文学院　姚小鸥　王克家

关于屈原作品中所涉及的"彭咸水死"的问题,学术史上有不同的认识。游国恩先生在《离骚纂义》"既莫足与为美政兮,吾将从彭咸之所居"一句的解说中,将历代学者的观点悉数列出。游先生在按语中说:"屈子之效法彭咸而水死,二千年来无异辞",[①]在讨论这一问题时,他还批驳了汪瑗提出的"屈原非水死"的观点。游国恩先生的看法代表了学术界对于相关问题的一般认识,即:彭咸系投水而死,屈原沉渊是效法彭咸。

游国恩先生上述观点基于传统的说法。王逸《楚辞章句》注"愿依彭咸之遗则"句云:

彭咸,殷贤大夫,谏其君不听,自投水而死。[②]

其又注"既莫足与为美政兮,吾将从彭咸之所居"句:

言时世之君无道,不足与共行美德、施善政者,故我将自沉汨渊,从彭咸而居处也。[③]

洪兴祖《补注》引颜师古云:

彭咸,殷之介士,不得其志,投江而死。按屈原死于顷、襄之世,当怀王时作《离骚》,已云:"愿依彭咸之遗则。"又曰:"吾将从彭咸之所居。"盖其志先定,非一时忿怼而自沉也。[④]

王逸、洪兴祖二人虽力主彭咸水死说,但对这一重要问题的来龙去脉却都未作详细

① 游国恩:《离骚纂义》,中华书局,1980年11月,第505页。
② 白化文等点校:《楚辞补注》,中华书局,1983年3月,第13页。
③ 白化文等点校:《楚辞补注》,中华书局,1983年3月,第47页
④ 白化文等点校:《楚辞补注》,中华书局,1983年3月,第13页。

考辨，给后人的讨论留下了巨大空间。王逸《章句》与洪兴祖《补注》皆为具有广泛影响的楚辞注本，故长期以来，学者对此鲜有异说。直至朱熹，始在其《楚辞辩证》中提出质疑：

> 彭咸，洪引颜师古，以为“殷之介士，不得其志，而投江以死”，与王逸异。然二说皆不知其所据也。①

虽然朱熹对王逸及洪兴祖之说皆有微词，但他并未对此展开进一步阐述，没有提出自己对这一问题的具体见解。游国恩先生在按语中说，至明人汪瑗始就彭咸是否水死明确地提出了不同的认识。② 汪瑗在他的《楚辞集解》附《楚辞蒙引》中的《“彭咸”辨》(及附说)和《屈原投水辨》等处对此专有详论。他认为，彭咸、彭翦、彭铿、彭祖、老彭实为一人，为“殷之贤士”，是屈原心目中的理想形象。孔子曾有“窃比于我老彭”之语，(《论语·述而》子曰：“述而不作，信而好古，窃比于我老彭。”)汪瑗据此云：

> 若以屈原慕彭咸为欲自投水死，则孔子窃比之意，岂亦欲自沉乎？呜呼！孔子尝欲浮海矣，尝欲居夷矣，使无上文“述而不作，信而好古”之语，又安知后世不援引浮海居夷之说，亦以孔子为欲投水耶？……屈原之亟慕彭咸者，又安知非指己之所作《离骚》而拟其好古之心乎？③

汪瑗以为，彭咸并未投水而死，屈原效法彭咸，自然亦非投水死；他以为屈原沉渊水死之说是“后世因其有西逝流沙之语，故误以为投水……”。汪瑗所提出的屈原非“水死”的观点缺乏证据，他的其他论证也显得牵强，如径以“老彭”为彭咸而提出“则孔子窃比之意”的问题，没有足够的说服力。并且汪瑗将屈原是否沉渊与彭咸是否水死混并提出，这种说法与历代人们关于屈原事迹的一般看法相距甚远，并未在其当代和后世获得广泛采信，但由他首先明确提出的“彭咸并非自投水死”的说法，却得到了后代不少人的认可。

清末学者俞樾在其《读楚辞》中说：

> 彭咸事实无可攷，特以屈子云愿依彭咸之遗则，而屈子固投水而死者，故谓彭咸亦投水而死，窃恐其诬古人矣。……愿依彭咸之遗则，即所云謇吾法夫前

① 朱熹：《楚辞集注》，上海古籍出版社，1979年10月，第177页。

② 在朱熹之后，宋代陆续有人明确提出对“彭咸水死”的怀疑。参见熊良智：《屈原身世命运的关注与宋代士大夫的人生关怀》，《四川师大学报》2004年第5期。游国恩先生所说大概是指就目前所见，对此问题，至汪瑗始有专文论述。

③ 汪瑗撰，董洪利点校：《楚辞集解》，北京古籍出版社，1994年1月，第330－331页。

脩也。王解法前脩为上法前世远贤,然则彭咸必古之贤人,屈子素所师法者,岂必法其投水而死乎？……①

近代学者中,首先由林庚先生对彭咸其人及其事迹,尤其彭咸是否水死的问题作了专门详细的论述。林先生1948年1月发表《彭咸是谁》一文②,在这篇文章中,他钩稽相关文献,从多个角度对这一问题进行了辨析。该文的结论是“彭咸与自沉无关”,“在王逸之前并没有人认为彭咸是沉江而死的”。

检索两汉文献可知,在王逸之前,最早由刘向明确提出彭咸与水的关系。他的《九叹》中有“九年之中不吾反兮,思彭咸之水游”句,王逸的彭咸“水死”之说可能即是受到了刘向的影响。林庚先生认为,王逸等人不考“水游”为何意,断言彭咸必水死无疑是不恰当的。按照林庚先生对刘向《九叹》相关语句的理解,彭咸虽确与“水游”有关,而“水游”不等同于沉渊,“彭咸在王逸之前固未尝与沉江发生过任何关系”。林庚先生关于彭咸非沉江而死的论证是相当有力的,但我们发现他关于王逸不考“水游”之意的说法,不够严密。

考王逸对《九叹》相关语句的注文为:“言己放出九年,君不肯反我,中心愁思,欲自沉于水,与彭咸俱游戏也。”③另,《远游》王逸序曰:“……则意中愤然,文采铺发,遂叙妙思,托配仙人,与俱游戏,周历天地,无所不到……”。④ 王逸在此两处所言“游戏”一语的意义相近,其义究系何指,王氏虽没有进一步地详说,但这一词语提出的本身即对彭咸身份行状的探索有重要的启发意义。

“水游”及王逸对它的“游戏”之解说究属何意,在汉代及其以前的文献中没有直接的明确说法,但在年代稍晚的材料中我们可以找到有关它的一些佐证。《搜神记》载:

> 琴高,赵人也。能鼓琴。为宋康王舍人。行涓、彭之术,浮游冀州、涿郡间,二百余年。后辞入涿水中,取龙子。与诸弟子期之,曰:“明日皆洁斋,候于水旁,设祠屋。”果乘赤鲤鱼出,来坐祠中。且有万人观之。留一月,乃复入水去。⑤

《搜神记》虽是六朝人所著之书,但其取材多自汉代及汉代之前。该书中多记神仙方术,虽为小说家言,然古人严谨,不作空穴来风之辞,《搜神记》干宝序云:“……苟有虚错,

① 转引自游国恩主编:《离骚纂义》,中华书局,1980年11月第1版,第125页。
② 此文后辑入《诗人屈原及其作品研究》,上海古籍出版社,1981年7月。
③ 白化文等点校:《楚辞补注》,中华书局,1983年3月版,第287页。
④ 白化文等点校:《楚辞补注》,中华书局,1983年3月,第163页。
⑤ 汪绍楹校注:《搜神记》,中华书局,1979年9月,第5页。

愿与先贤前儒分其讥谤……”表示书中所载皆有来历,[1]故其所记的琴高水游之事对于我们认识古代“水游”乃至彭咸“游戏”之意有一定的参考价值。

《搜神记》说琴高能于水陆之间自由往来的神异之术,与古代某些游仙隐逸者之行事相仿,又颇类神仙家之行状。此处“涓、彭之术”中的“彭”,在汪绍楹校注的《搜神记》中注为“指彭祖”,而我们认为可能与彭咸有关。彭祖事迹屡见《列仙传》《搜神记》与《抱朴子》《水经注》等多种典籍,古书中并无片言只语提及其善于水中“游戏”,而彭咸则不然。因此我们初步可以认定,刘向《九叹》中所谓的“水”,当是一种游仙之方式;“思彭咸之水游”,亦当指向往彭咸所持有的隐逸游仙的生存方式。

若仔细翻检早期文献,我们还能够发现一些关于类似“水游”一说的蛛丝马迹。如东方朔《七谏·缪谏》有“弃彭咸之娱乐兮,灭巧倕之绳墨”一句。此处“彭咸之娱乐”当与水游(或曰游戏)有关。《九歌·河伯》篇说:“与女游兮九河,冲风起兮横波”。王逸注为:“河为四渎长,其位视大夫。屈原亦楚大夫,欲以官相友,故言女也。”依王逸注,句中“女”当指河伯,《河伯》全篇描述的是诗中的主人公与河伯“水游”的情形。据《淮南子·齐俗训》:“昔者冯夷得道,以潜大川。”高诱注:“冯夷,河伯也。华阴潼乡隄首里人,服八石得水仙。”[2]《河伯》篇中的描写与《淮南子》中的记载虽充满神话色彩,却能够表明,的确有“水游”这一概念存在于古人的思想观念之中。

彭咸既非水死,那么屈原沉渊而死乃由于效仿彭咸投水之行事的说法自然也就不能成立。但屈原在其作品中多次提到“愿依彭咸之遗则”(《离骚》),“指彭咸以为仪”(《愁思》)等,显示彭咸的确是他效法的榜样。屈原到底要效仿彭咸什么呢?关于这一问题,林庚先生在他的文章中说:“彭咸无疑是代表屈原精神的寄托”,他认为彭咸在《楚辞》的描述中有两重性格,“一方面是治世之才,一方面是隐者神话式的人物……”。我们知道,屈原早期的政治理想是“乘骐骥以驰骋兮,来吾道夫先路”、“忽奔走以先后兮,及前王之踵武”(《离骚》),然而当时的政治形势及屈原自身的遭遇却使其高洁之志难以实现。他在《离骚》中说:“进不入以离尤兮,退将复修吾初服。”又在《涉江》中说:“驾青虬兮骖白螭,吾与重华游兮瑶之圃。”这些都表明屈原在政治失意之时,感到自己实现理想的希望渺茫,于是产生离去之意,愿如彭咸般神游或隐逸。林庚先生指出,屈原“正含有帝王的世业与隐者的两重身份……屈原作《离骚》时正是徘徊于治世与退隐之间,因此彭咸乃成为进退的依据。”[3]经林庚先生的分析,我们就不难理解为什么屈原在其较早的作品中多次说明要以彭咸为仪了。

---

① 汪绍楹校注:《搜神记》,中华书局,1979年9月版,第2页。

② 刘安著,高诱注:《淮南子》,上海书店,《诸子集成》,1986年7月影印出版,第179页。

③ 林庚:《诗人屈原及其作品研究》,上海古籍出版社,1981年7月,第82页。

根据可靠的古代文献如《史记》等书的记载,屈原最终没有隐逸,却投水而死。尽管历史上有学者如汪瑗等对此持有异议,但现在看来,屈原投水而死之说当无疑问。

既然屈原之沉渊与效法彭咸无关,那么是什么因素促使屈原投水自杀的呢?我们认为除了大家所熟知的当时的政治环境及其坎坷的人生遭遇之外,屈原的自杀及其自杀所采取的具体方式与他所处的时代之风尚有关。

战国时期是一个思想和文化重新整合的特殊历史时期,在这一历史时期中,人们的思想和行为方式产生了剧烈的分化,各有其独特性。关于这一点,《庄子·刻意》篇说:

> 刻意尚行,离世异俗,高论怨诽,为亢而已矣;此山谷之士,非世之人,枯槁赴渊者之所好也。语仁义忠信,恭俭推让,为修而已矣;此平世之士,教诲之人,游居学者之所好也。语大功,立大名,礼君臣,正上下,为治而已矣;此朝廷之士,尊主强国之人,致功并兼者之所好也。就薮泽,处闲旷,钓鱼闲处,无为而已矣;此江海之士,避世之人,闲暇者之所好也。吹呴呼吸,吐故纳新,熊经鸟申,为寿而已矣;此道引之士,养形之人,彭祖寿考者之所好也。①

从上引《刻意》篇的这段话中,我们可以看到战国时代所盛行的各家各派典型的思想和行为方式。"刻意尚行,离世异俗,高论怨诽"者是"隐处山谷之士,非毁时世之人"(成玄英疏语)。他们的极端行为特征是"枯槁赴渊"。"语仁义忠信,恭俭推让"者,是"平世之士,教诲之人"。这类人"或游行而议论,或安居而讲说"(成玄英疏语),当是儒家学派的学者。"语大功,立大名,礼君臣,正上下"者,乃是"朝廷之士,廊庙之臣"(成玄英疏语),应属法家之流。"就薮泽,出闲旷,钓鱼闲处"者,"避世而处无为",是"从容闲暇之人"(成玄英疏语)。"吹呴呼吸,吐故纳新"者,有"延年之道,驻形之术"(成玄英疏语),为"道引之士,养形之人"。

纵观屈原一生的行事,他曾身为"朝廷之士",具有"语大功,立大名"的入世的理想,同时在其性格中有"刻意尚行""离世异俗"的另一面,由是在黑暗现实的打击下逐渐产生了隐逸之意,并最终道致他"枯槁赴渊"的人生悲剧。

相关文献证明,"枯槁赴渊"在战国时期是"刻意尚行"者的一种特定行为方式,屈原的沉渊并不是唯一的例子。《楚辞》中另一个与"投水"有关的人物是申徒狄。申徒狄在《楚辞》中共出现过两次,分别见于《九章·悲回风》和刘向《九叹·惜贤》。《悲回风》"望大河之洲渚兮,悲申徒之抗迹"已暗示申徒狄之投水事,刘向《九叹·惜贤》"驱子侨之奔走兮,申徒狄之赴渊"则更明确了他"沉渊"的抗行。由于文献记载明确,故对于申徒狄的

---

① 郭庆藩撰,王孝鱼点校:《庄子集释》,中华书局,1961年7月,第535页。

投水，学者历来没有异议，但是关于申徒狄到底是何时之人，有不同说法。王逸在《章句》中无详细论证，只说申徒狄是“贤者”，因“遇暗君遁世离俗”，“自拥石赴河”。《悲回风》洪兴祖《补注》中引《淮南子》注云：“申徒狄，殷末人也。不忍见纣乱，自沉于渊。”如此，申徒狄似乎是与彭咸同时期的人，然而在《韩诗外传》《新序》等文献中，却说明申徒狄显然是春秋战国时期人：①

申徒狄非其世，将自投于河。崔嘉闻而止之曰：“吾闻圣人仁士之于天地之间也，民之父母也。今为濡足之故，不救溺人，可乎？”申徒狄曰：“不然。昔桀杀关龙逢，纣杀王子比干，而亡天下。吴杀子胥，陈杀泄冶，而灭其国。故亡国残家，非无圣智也，不用故也。”遂抱石而沉于河。②

孙诒让《墨子闲诂》后所附《墨子佚文》中记载有申徒狄与“周公”的谈话：

申徒狄谓周公曰：“贱人何可薄也？周之灵珪 出于土石；随之明月，出于蜂蜃；少豪大豪，出于污泽，天下诸侯，皆以为宝。狄今请退也。”③

孙氏又举《太平御览》所载另一条：

周公见申屠狄曰：“贱人强气则罚至。”申徒狄曰：“周之灵珪出于土，楚之明月出蜂蜃，五象出于汉泽，和氏之璧，夜光之珠，三棘六异，此诸侯之良宝也。”④

孙诒让在按语中综合各种文献记载，判定申徒狄并不是殷末时人。⑤

1956年出土于河南信阳长台关1号墓的楚简中，有一段“周公”与他人对话的简文：

□□□周公贰然乍作色曰：乌夫！戋人格上则刑戮至。刚曰：乌夫！戋人

① 参见李学勤：《长台关竹简中的〈墨子〉佚篇》，《简帛佚籍与学术史》，江西教育出版社，2001年9月，第327－333页。

② 许维遹校释：《韩诗外传集释》，中华书局，1980年6月，第26页。《新序》所载与此略同。

③ 孙诒让：《墨子闲诂》附《墨子佚文》，上海书店，1986年7月影印出版，第10页。

④ 孙诒让：《墨子闲诂》附《墨子佚文》，上海书店，1986年7月影印出版，第10页。

⑤ 孙诒让：《墨子闲诂》附《墨子佚文》，上海书店，1986年7月影印出版，第11页。

刚恃，天这于刑上回(者)，有尚贤①

这段简文的内容与上文所引的《墨子佚文》中的两段对话内容相似。关于其性质，学者认为，竹简的年代同墨子所生活的时代相近，这组简是《墨子》的佚篇，该简文是佚文的一部分②。长台关竹简证明了《墨子佚文》有相当的可靠性，则《佚文》中所载周公与申徒狄对话的材料为我们确定申徒狄的生活年代及其事迹提供了可靠线索。孙诒让依据《佚文》两段对话中提到的周、楚、和氏之璧等辞汇，认为申徒狄是战国时期的人。学者以孙氏此说为是。③

关于申徒狄投水的原因，一些文献材料中的说法与王逸注相似，以为是不遇明主，这与屈原的经历有相似之处。生活在战国时期的申徒狄"避而不仕"，"离世异俗"，最终"自沉赴河"的行为，正与《庄子·刻意》篇中的描述相合。这说明在战国时代，有"枯槁赴渊"的风尚，屈原身处其时，受到这一风气的影响是不足为怪的。

下面我们结合屈原的生平事迹，大致勾勒他的思想历程。据《史记·屈原贾生列传》载：

屈原者……为楚怀王左徒。博闻强志，明于治乱，娴于辞令。入则与王图议国事，以出号令；出则接遇宾客，应对诸侯。王甚任之。④

我们在《〈离骚〉"先路"与屈原早期经历的再认识》⑤一文中结合《史记》等文献的记载，对屈原早期经历作过详细的论述。该文指出，屈原早期担任的"左徒之职约与《周礼》中的'太仆'相当"，是楚王出入时的"前驱引道之人"，为楚王的"亲贵之人"。一般认为，屈原早期的政治生活比较顺利，他有"奋勇驱驰，以为社稷先的意志与情怀"，他希望并实际上一度成为"朝廷之士，廊庙之臣"。这时在屈原的思想中儒家和法家思想占据主导地位。从《史记·屈原列传》的记载及对屈原的作品的分析中我们可以看出，屈原在政治生活中遭遇的挫折，迫使他放弃了先前的理想，转而倾向于"刻意尚行，离世异俗"者的思想和行为方式。这一点，在《远游》篇中表达得更明显。在《远游》中，作者说："悲时俗之迫

① 转引自李学勤：《长台关竹简中的〈墨子〉佚篇》，《简帛佚籍与学术史》，江西教育出版社，2001年9月，第328页。为印刷方便，引文尽量采用通行字体。

② 李学勤：《长台关竹简中的〈墨子〉佚篇》，《简帛佚籍与学术史》，江西教育出版社，2001年9月，第329页。

③ 李学勤：《长台关竹简中的〈墨子〉佚篇》，《简帛佚籍与学术史》，江西教育出版社，2001年9月，第332页。

④ 《史记·屈原贾生列传》，中华书局，1982年11月，第2481页。

⑤ 原载于《中州学刊》2001年第5期。

厄兮,愿轻举而远游……遭沉浊而汙秽兮,独郁结其谁语!"人们从中可以感受到,此时的屈原已经决计要选择离开了。至于屈原为什么主动选择死亡,大家讨论得很多,我们在这里不再赘述。我们想说的是,屈原在对人世诀别时的态度十分从容,他在《怀沙》中说:"知死不可让,愿勿爱兮",颇有悲壮之感。郁结于胸的忧闷之情不可稍解,加之时代的特定风俗,屈原最终选择沉渊,是具有时代特征的悲壮行为。

综观全部相关文献,可知彭咸为殷人,除王逸注洪兴祖补注等外,无其他文献可证其生平与事迹,由王逸首先提出的彭咸"水死"的说法缺乏有力的证据。殷商时代的社会制度与当时人们的生活方式,没有产生如战国时期"枯槁赴渊"者的社会文化基础,生活于其时的彭咸不会采取"投水"这种极端的对抗世俗的行为方式。

经过上面的讨论,我们可以认定,屈原"沉渊"是效法彭咸"投水"的这种传统说法实是极大的误会。虽然屈原的沉渊是不当怀疑的,但屈原的多篇作品中,表达他在政治上失意后,首先考虑效法的是类似于彭咸"游戏"的隐逸方式;此外,在战国时代,对屈原沉渊产生直接影响的是时代风尚以及与屈原同时代的申徒狄们的抗行,而不是与屈原及其时代相去甚远,且其事迹不可考的彭咸。屈原选择"枯槁赴渊"作为自己告别人生的死亡方式,与彭咸无关。

参考文献

[1](汉)刘安著,高诱注:《淮南子注》,《诸子集成》上海书店,1986年7月影印出版。

[2](汉)司马迁:《史记·屈原贾生列传》,中华书局,1982年11月排印版。

[3](晋)干宝撰,汪绍楹校注:《搜神记》,中华书局,1979年。

[4](宋)朱熹:《楚辞集注》,上海古籍出版社,1979年。

[5](宋)洪兴祖著,白化文点校:《楚辞补注》,中华书局,1983年。

[6](明)汪瑗撰,董洪利点校《楚辞集解》,北京古籍出版社,1994年。

[7](清)孙诒让:《墨子闲诂》(及所附《墨子佚文》),《诸子集成》上海书店,1986年7月影印出版。

[8](清)郭庆藩撰,王孝鱼点校:《庄子集释》,中华书局,1961年。

[9]林庚:《诗人屈原及其作品研究》,上海古籍出版社,1981年。

[10]游国恩:《离骚纂义》,中华书局,1980年。

[11]姚小鸥:《〈离骚〉先路与屈原早期经历的再认识》,《中州学刊》,2001年第5期。

[12]熊良智:《屈原身世命运的关注与宋代士大夫的人生关怀》,《四川师大学报》,2004年第5期。

论屈原的终极关怀

黄冈师范学院　黄崇浩

笔者读屈辞,以为其中有三点,于屈原的价值选择,关系甚大,不可忽视。一是“修名”之能否“建立”,二是“灵魂”之能否“皈依”,三是“精神”之能否“永存”。屈原对这些问题的关注,实质上是他在人生不同阶段的“终极关怀”的具体体现。而《远游》的根本内容,正好体现了屈原在人生最后时期的终极关怀。

政治实践活跃期:恐修名之不立

我以屈原人生的第一阶段为其“政治实践活跃期”。其时间范围,大约是初出仕直到官居左徒这一时期。依我所见,即是在楚怀王十六年(前313年)以前,亦即屈原三十八九岁以前这一时期①。说屈原曾经在楚国政坛之上活跃过,史有明文:

> 屈原者,名平,楚之同姓也。为楚怀王左徒。博闻强志,明于治乱,娴于辞令。入则与王图议国事,以出号令;出则接遇宾客,应对诸侯。王甚任之。(《史记·屈原传》)

虽然太史公于屈原仕历年代语焉不详,但是,加上下文还提及的“怀王使屈原造为宪令”、“使于齐”等事,却记载了他最主要的职务职责及活动内容,使他显现出一位风华正茂的政治活动家与外交家的基本轮廓。所以,说屈原的人生旅途上有着一个“政治实践活跃期”,并非随意之言。

根据屈原作品以及《史记》等史籍所透露的微妙资讯,我曾推测:第一,屈原在年轻时曾任楚怀王(太子时期)的师傅[1]。

第二,屈原左徒任上曾经陪侍楚怀王北访赵魏二国[2]。倘若此说可以成立,则屈原在楚国政坛上及国际舞台上的活跃程度更为显著。与此相应,屈原本人提出一种独具特色的政治理想——“美政”——就更具实际的基础和可行性。

---

① 愚意以为,屈原生年为西元前351年。详见拙著《屈子阳秋》,湖北人民出版社,2003年,第163页。周文康亦持此说,见其《“摄提”、“孟陬”、“庚寅”考辨》,《扬州师院学报》,1985年第2期。

在屈原作品中,《离骚》的第一部分(自开篇至“岂余心之可惩”)对自己当时的政治活动有过形象的描述:“乘骐骥以驰骋兮,来吾道夫先路!”“忽奔走以先后兮,及前王之踵武!”而在《九章》之《惜往日》中,更为明确地怀想说:“惜往日之曾信兮,受命诏以昭诗。奉先功以照下兮,明法度之嫌疑。国富强而法立兮,属贞臣而日娭。秘密事之载心兮,虽过失犹弗治。”学者一眼就可看出,这一段内容与《屈原传》是何其相似!从而证明,在那段难忘的“往日”里,屈原受到了高度的政治信任,承担着重大的政治使命,实施着崇高的政治理想。

这里不拟详述屈原“美政”理想的具体内容,而是要探讨这一理想在屈原内心世界里的位置与分量。首先,屈原此时经常提醒自己的“恐年岁之不吾与”、“恐美人之迟暮”、“恐皇舆之败绩”,实质上都与“美政”理想的能否实现紧密相关。其二,屈原对比“众女”,自谓“忽驰骛以追逐兮,非余心之所急。老冉冉其将至兮,恐修名之不立”,而决定着“修名”最终能否建立的,就是“美政”之能否实现。其三,正因为“美政”理想之能否实现对于建立“修名”具有决定性的作用,所以,一旦判定“美政”理想已无实现之可能,屈原便想到只有“从彭咸之所居”了。

所谓“修名”。王逸曰:“恐修身建德,而功不成名不立也。”意谓“修名”乃“修身建德之名”。《洪补》谓为“修洁之名”,承袭之说也。朱熹曰:“长名。”另为一说。钱杲之曰:“修,亦远也。”与朱熹同。后人大体不出此二途。近人闻一多云:“修名,不朽之名。”可以综合二说而一之。《论语·卫灵公》云:“君子疾没世而名不称焉。”《史记·孔子世家》则曰:“子曰:弗乎!弗乎!君子疾殁世而名不称焉。吾道不行矣,吾何以自见于后世哉?”又曰:“君子病无能焉,不病人之不已知也。”(《论语·卫灵公》)明人王肯堂《论语义府》解释说:“君子之疾,非疾其无名也,疾其无实也;非疾人之不见知也,疾我之无可知也。”君子不刻意追求为人所知,也不怕不为人所知,却希望为人所知,最是忧虑自身“无可知”也。是以屈原有云:“善不由外来兮,名不可以虚作。”(《九章·抽思》)

可以说,屈原之道,最主要的就是“美政”理想。“美政”之道不行,则“不朽之名”不立。就此而言,这一时期的屈原,与孔夫子的“人生价值选择”,实质上是相同的,都是希望通过现实人生的艰苦奋斗,赢得“身后之名”,流芳百世。假使屈原就此“殁世”,那么,这一“价值选择”就成为他的“终极关怀”了。

屈原的这一“价值选择”或曰“终极关怀”,可以说与春秋战国时期士大夫相一致。鲁人叔孙豹言:“太上有立德,其次有立功,其次有立言。虽久不衰,此之谓不朽。”(《左传·襄公二十四年》)屈原之“美政”若能得以实现,可谓“立德立功”,百世传名。以此论之,青年时期的屈原,固已志在千秋矣。其后,屈原虽遭黜放流,直至怀沙自沉,对于此种“关怀”,依然耿耿难忘:“临沅湘之玄渊兮,遂自忍而沉流。卒身而绝名兮,惜壅君之不昭。”(《九章·惜往日》)足见这建立“修名”的愿望是从他的骨子里头生出来的了。

屈原的“美政”具有集儒道法政治理想之大成的特征,虽然代表着政治统一的历史趋势,但却也具有浪漫主义的色彩。[3](p231)无论从整个时代还是就屈原个人来看,短时期内是难以实现的。历史的发展也证明了这一点。因此,屈原之提出美政,一如孔子之提出德政、孟子之提出仁政,都只是理想,而难于变成现实。质言之,屈原为美政所付出的艰辛努力,只会得到悲剧性的结局。

在屈原的“政治实践活跃期”,可以确定为屈原作品的,只有《橘颂》一篇。

文学创作活跃期:从彭咸之所居

屈原人生之第二阶段,我以为可以称之为“文学创作活跃期”。其时间范围,起自离任左徒,重作三闾大夫,下迄遭遇顷襄王流放之年。依我所考,当在楚怀王十六年(前313年)至楚顷襄王四年(前295年)之间的十七八年,亦即屈原的三十八九岁至五十六七岁之间[3](p176;189)。这是屈原的“文学创作活跃期”。在此期间,屈原创作了《九歌》《抽思》《惜诵》《思美人》《离骚》《天问》《大招》诸篇。[3](p386—390)在这一阶段之中,最为重要的,也是最具代表性的,就是《离骚》了,其次即是《九歌》。就内容与情调而言,《抽思》《惜诵》《思美人》及《九歌》,均与《离骚》有照应、相似之处。从“叙事”的角度来看,这些作品,与前一阶段的历史有着较为清晰较为近切的直线联系;而从“抒情”的角度而论,这些作品也基本上是缘于前一阶段的遭遇和感受。

按照孔夫子的逻辑,“德政”不行,就只有著书立说,宣示自己的伦理观、政治观、历史观,所谓“吾何以自见于后世哉?乃因《史记》作《春秋》”,欲以“贬损之义”“绳当世”,使“天下乱臣贼子惧”(《史记·孔子世家》)。他还说:“后世知丘者以《春秋》,而罪丘者亦以《春秋》。”若就形式与顺序论,孔夫子此举,不过是“立言”,是处于“三立”之最末的位置的。那么,屈原呢?“美政”无望,退居闲职,屈原只有“立言”一条路了。屈原之“立言”,看来与孔夫子大异其趣。我们没能看见屈原的历史著作,或者虽有而不见于世罢?因此,不知道他是否效仿了孔夫子之作《春秋》。不过,从他的诗歌中,我们还是读出了历史,读出了现实,读出了他对壅君群小的“贬损”。颜之推曰:“屈原露才扬己,显暴君过。”(《颜氏家训·文章》)虽然立场偏颇,袒护君上,却又写出了屈原作品的客观影响。刘知几云:“怀、襄不道,其恶存乎楚赋。”并认为,读者不以屈原为谤者,“盖‘不虚美,不隐恶’故也”(《史通·载文第十六》)。而我们知道,“不虚美,不隐恶”,正是古人对司马迁良史之才、实录精神的精辟概括①。刘氏一反颜氏之立场,提出“文之将史,其流一焉,固可方驾南、董,俱称良直者也。”可以说是指明了屈原诗歌作品的《春秋》精神,史诗品质。

---

① 《汉书·司马迁传赞》:“其文直,其事核,不虚美,不隐恶,故谓之实录。”

但是,屈原的作品毕竟还是文学创造。从文学角度看,自有其巨大的独特的价值。他“发愤以抒情”,却是中国文学史上的第一人。他的诗歌,都是抒情诗的精品。至于《离骚》,则是中国诗歌史上最长的政治抒情诗,是空前绝后的杰作。

既是抒情诗巨匠,那么,屈原所抒之情是什么呢?学者对此多有论述,此处无须赘言。归纳起来,忧国忧君,忧世忧时,“忠诚之情”也;忧谗畏讥,刺世疾邪,“怨诽”之思也。

但是,我们看得出,现实中的屈原,是一位超人,是一位孤独者,虽有满腔忠愤,却无可告诉。“遭沉浊而污秽兮,独郁结其谁语!”(《远游》)正是他的孤独的写照。因此,从作意来说,屈原之抒情,更像是面向“九天”和“祖灵”,而不是面向世人。换言之,屈原的文学创作其所以在此时如此活跃,实在是“呼天抢地”的原始宗教情绪内驱下的一个特殊行为反应。他的“依前圣以折中,就重华而陈辞”(《离骚》),“令五帝以折中兮,命咎繇使听直”(《惜诵》),足可为证。

“闺中既以邃远兮,哲王又不寤。怀朕情而不发兮,余焉能忍与此终古?”(《离骚》)在没有现世知音的情况之下,屈原不得不觅知音于异代,这就有了“从彭咸之所居”的考量。彭咸作为殷商时代的贤大夫,实出于大彭氏[3](p202),而大彭氏既系高阳氏后裔,且年代在前,故可称之为祖宗矣。其人已殁,故彭咸在屈原心目之中,实为祖宗亡灵耳。无论是“从彭咸之所居”,还是“托彭咸之所居”(《悲回风》),其实质都是指让自己的魂灵得以皈依“祖灵”,庶几在离世后免于孤独。

屈原皈依祖灵的愿望,最早大约是在《离骚》中提出来的。作为“终极关怀”,已经超出了原先的建立“修名”的人生追求层级,进而思考死后的灵魂归宿。与一般的“皈依上帝的终极关怀”不同,屈原的宗教信仰是属于中国古代的原始宗教类型的信仰,其“臆想的彼岸世界”乃是“祖灵聚居地”。屈原希冀与其中的偶像祖灵同在,求得对孤独的解脱以及灵魂的依皈与安宁。

屈原的这一愿望从本质上说是不可能实现的。而且,在他的现实世界里,无情的障碍矗立在他的面前。既黜之后,屈原复又遭遇放流,棲居南州,多年“不复”,形容枯槁,死期随时可至。“鸟飞反故乡兮,狐死必首丘”(《哀郢》),由此而难免想到归葬这一既具世俗性又具宗教性的问题。死葬家乡,灵魂皈依祖灵尚有希望;客死遐荒,尸留异域,则为游魂野鬼,安所归耶?所以,“羌灵魂之欲归兮,何须臾之忘返”,就显得更为迫切了。为了在流放之地还能实现灵魂的归返,屈原曾经幻想,趁着活在世上的时候,先去找到“彭咸之所居”的位置,以便于死后不至于迷失方向。《悲回风》中“登石峦以远望兮”至“托彭咸之所居”一节,表达的正是这样的梦想。屈原之“水死”,其实也包含了选择一条通往彭咸所在的“祖灵聚居地”的可靠通道的考虑。[3](p202—205)

将屈原这一时期的文学创作的意图与其终极关怀的性质联系起来,可以清楚地看到,它们之间具有鲜明的原始宗教的同一性。

哲学思维活跃期:与秦初而为邻

从楚顷襄王四年(前295年)起,屈原被流放沅湘。直到郢都为秦所破(前278年)①,屈原自沉汨罗,前后十七八年的时间,我认为是屈原的"哲学思维活跃期"。回头看,屈原的"政治实践活跃期"可以说是"政治思维活跃期",而"文学创作活跃期"也可以说是"文学思维活跃期",或者"宗教思维活跃期"。创作于这一时期的作品有:《涉江》《哀郢》《惜往日》《怀沙》《悲回风》以及《远游》等篇。相对于"文学创作活跃期"的成就,这一阶段略显低潮,而哲学的思维则活跃起来。

屈原被放流以前的两个时期的文学作品中,鲜见当时的哲学概念的使用与哲学观念的表达。其中稍稍特殊的,是《天问》。我以为《天问》是屈原在"怀王之世末期,亦即怀王入秦前后,亦即顷襄王初立前后"的作品,亦即"屈原流放前的最后作品之一"[3](p389—390),也可以认为是从"文学思维活跃期"或"宗教思维活跃期"向"哲学思维活跃期"转折的一个标志性的节点。在《天问》中,当时热烈讨论的哲学问题开始被屈原纳入思考的重要范围,不过,尚未提出结论。而在流放期间,屈原对这些问题有了更为深入的探究。

晋人王嘉《拾遗记》云:"屈原以忠见斥,隐于沅湘,披蓁茹草,混同禽兽,不交世务。采柏实以和桂膏,用养心神。"此言虽似不经,却可从中窥见当日屈原的活动。他既然没有打算就此死掉,就得要认真活着,休养身心,积累精神。这是挺正常的事情。天地无穷,人生苦短。自己的生命价值究竟是什么?究竟何种方式才可以使自己的生命价值得以延续?这也是屈原在放逐中必然深长思之的命题。《远游》就是这些思索的集中体现。正如梁启超所说:"《远游》一篇是屈原宇宙人生观的全部表现,当时南方哲学思想之现于文学者。""他所领略的,不让前辈的老聃,和并时的庄周。"(《屈原研究》)

我曾探讨过战国"精气说"在屈原作品中的反映。[3](p263—268)为避行文冗赘,此处概括言之。古人以为"元气"分解为阴、阳二气,阴、阳二气化合为精气。《天问》"阴阳三合,何本何化",即是问求这一宇宙发生之原理。气有阴阳、清浊、轻重,"清阳者薄靡而为天,重浊者凝滞而为地。"(《淮南子·天文训》)即是说"(阳气)清轻者上为天,(阴气)浊重者下为地,冲和气者为人。"(《列子·天瑞》)阴阳冲和,是为"精气"(亦作清气),生而为人。道家以为,人体精气充盈,即可高飞。故《九歌·大司命》云:"高飞兮安翔,乘清气(一作精气)兮御阴阳。"但是,假若精气耗损,秽气侵入,就丧失安翔的自由了。

《远游》通篇言轻举远游。先是遭沉浊之气而难以上浮,遂"求正气之所由",于是

---

① 此从郭沫若说。见其《屈原研究》。

“精气入而粗秽除，顺凯风以从游”，最终“超无为以至清兮，与太初而为邻。”其中所依据的，就是当时道家的“精气说”。这里，有必要就其结句作一些解释。

先说“超”字。《说文》释超为“跳”。《一切经音义》卷四云：“超，跳上车也。”引指登上。“无为”是“无为之界”的省略，而“至清”乃“至清之境”的简缩。先说“至清之境”。道家后学正有此语。但是，作为道家早期的用语，概念却不同于后世。“清轻者上为天。”“清阳者薄靡而为天。”“至清”当是“清”的最高层次，也就是天的最上层，犹如后世之道教“三十六天”中最上之“三清天”（太清天、上清天、玉清天）与大罗天。“无为之界”的称谓，常见于佛学文献，或曰“无为法界”。其辞与“有为之界”“有为法界”对称。按理说，这佛学中的词语“无为之界”应当来源于道家之词，但是，此时的道家并没有“无为之界”的字面。《道德经》：“道常无为而无不为。”因此，“无为之界”当系道所在的境界。

有趣的是，《淮南子·道应训》中设为问答，而问者名“太清”，答者一名“无穷”，一名“无为”，一名“无始”。这里显然是将一批哲学观念“神格化”了。而《远游》“与泰初而为邻”中的“泰初”未尝没有“神格化”的色彩。还有一点值得注意，就是“太清”和“无为”在这里是相关联的，就如《远游》之末“无为”和“至清”相关联一样。“超无为以至清”，就是飘然高举，登上了宇宙的最高层次，而与“造物者”游。

在《远游》之末，“泰初”兼具哲学与文学的双重意蕴，准确地说，是哲学的内容与文学的形式。诗人幻想自己的精神到达天地之上，追溯到宇宙的起点，直面造物者“泰初”，并与其为邻为伴。这就意味着，自己真正摆脱了一切的“迫厄”，直至摆脱了“死亡”——肉体的死亡，精神的死亡——从而获得了“永恒”。

屈原曾经以“彭咸之所居”为其归宿。现在，他有了新的思考。《洪补》云：“按《骚经》、《九章》皆托游天地之间，以泄愤懑，卒‘从彭咸之所居’，以毕其志。至此章（指《远游》）独不然：初曰‘长太息而掩涕’，思故国也；终曰‘与泰初而为邻’，则世莫知其所如矣。”可见，洪兴祖已经看出，屈原的关注点发生了改变。只是“世莫知其所如”一语未能晓畅明白。近人马其昶《屈赋微》卷首《自序》则谓：“宗国者，人之祖气也”；屈原不忍离开楚国，终于一死以明志，乃是“返其气于太虚”；太虚不毁，则浩气长存，因此屈原虽死而精神永存。马说较之《洪补》，较为近真。唯将《离骚》主旨与《远游》主旨牵扯合一，不可盲从；且“祖气”一词，乃后世道教语，非当时道家语，宜甄别之。

现在，我们终于看到，经过长期的哲学思考，屈原的“终极关怀”有了更为深刻的哲学内涵。《远游》一篇，归结于思欲“超无为以至清兮，与泰初而为邻”，实质上就是要求得精神的“永恒存在”。这是屈原的最高的追求，也是终极的追求，绝非“慕神仙之不死”可比也。屈原非惧死也，惧死而名不得传后世、身不得葬故乡、魂不得依祖灵，而最惧者，乃精神不得与宇宙共存耳。有《远游》一篇，屈原之追求崇高，始毕现矣！

张岱年先生曾经指出，古今中外的终极关怀有三种类型：“皈依上帝的终极关怀”；

"返归本原的终极关怀";"发扬人生之道的终极关怀"。[4](p95—97)有意味的是,屈原人生的三大阶段,所抱持的"终极关怀",恰好与此三种类型大体符合。当其处于"政治实践活跃期"时,"恐修名之不立",属于"发扬人生之道的终极关怀";当其处于"文学创作活跃期"时,设想最终"从彭咸之所居",类似于"皈依上帝(祖灵)的终极关怀";而当处于"哲学思维活跃期"之后,希望自己"与泰初而为邻",可谓"返归本原的终极关怀"。屈原以一人一生,而经历大喜大悲的三大阶段,体验三种不同类型的"终极关怀",可谓稀之又稀,奇之又奇!惟其如此,他之所以创作出空前绝后的抒情作品,才有了新的答案。

参考文献

[1]拙文:《屈原曾为楚太子师傅》,《江汉论坛》,1988年第8期。

[2]拙文:《屈原是否出访过赵魏两国》,《光明日报》,2006年5月第12期。

[3]拙著:《屈子阳秋》,湖北人民出版社,2003年。

[4]张岱年:《中国哲学关于终极关怀的思考》,《社会科学战线》,1993年第3期。

屈原创作研究

屈原是文学自觉第一人

新疆大学 王开元

“文学”一词，中国自古有之，从春秋末期的孔子到清末的学者们一直在使用这一名词。其基本含义，是泛指一切文化学术，正如清末民初的著名学者章炳麟在《文学总略》一文中所说：“文学者，以有文字著于竹帛，故谓之文，论其法式谓之文学。”我们今天关于“文学”的定义，是在中国20世纪初“新文化运动”之后才逐步形成的，今天关于“文学”的定义，说法比较多，影响比较广泛的有“童庆炳说”：“文学作为一种人类的文化样式，它是具有社会的审美意识形态的性质的、凝聚着个体体验的、沟通人际的情感交流的语言艺术。”①《中国大百科全书》说：“艺术的基本样式之一，亦称语言艺术。它以语言文字为媒介和手段塑造艺术形象，反映现实生活，表现人们的精神世界，通过审美的方式发挥其多方面的社会作用。”②各家说法大同小异，要点有五：其一，文学是语言艺术；其二，文学是审美的形式；其三，文学是用来塑造人或物之形象的；其四，文学是人主观精神（即古人所说的“志”）的反映；其五文学是用来传播的。根据我们今天对于“文学”的定义，中国古代神话和古代歌谣应是文学的萌芽，而《诗经》与《楚辞》则是成熟的文学作品，至于先秦的史书与诸子之书（哲学著作），应该说它们具有浓郁的文学色彩。这些观点已成为大家的共识。

我们对“文学”与“文学作品”有了明确的界定以后，自然就会想到，中国的文学家们是从什么时候开始进行文学活动的呢？也就是文学的自觉究竟是从何时开始的呢？对于这个问题，其实应该从两个方面来回答，一个是中国文学的自觉是从什么时候开始的？另一个是中国文学的自觉是从谁开始的？关于第一个问题，在20世纪20年代，鲁迅在《魏晋风度及文章与药及酒之关系》一文中曾说过著名的一句话：“曹丕的一个时代可说是文学的自觉时代。”③20世纪80年代以后，有很多学者对这一问题又进行了深入研究，李泽厚的《美的历程》（文物出版社，1981年出版），袁行霈主编的《中国文学史》（高等教育出版社，1999年出版），都进一步发挥了鲁迅的说法，认为魏晋是文学自觉的时代。而

① 《文学概论》，武汉大学出版社，2000年4月，第41页。

② 《中国大百科全书·中国文学》，中国大百科全书出版社，1986年，第938页。

③ 《鲁迅全集》卷三，人民文学出版社，1981年，第504页。

龚克昌、[1]张少康、[2]詹福瑞、[3]赵敏俐[4]都发表论文,认为汉代是文学自觉的时代。无论是主张文学的自觉始于魏晋,还是主张文学的自觉始于汉代,学者们都注意到了必须确立文学自觉时代的标准,袁行霈主编的《中国文学史》提出文学的自觉有三个标志:[5]“第一,文学从广义的学术中分化出来,成为独立的一个门类。”“第二,对文学的各种体裁有了比较细致的区分,更重要的是对各种体裁的体制和风格特点有了比较明确的认识。”“第三,对文学的审美特性有了自觉的追求。”张少康则认为文学的自觉有四个标志:[6]第一,“中国古代文学观念的演变”;第二,“文学创作的繁荣与各种文学体裁的成熟”;第三,“文学理论批评的发展”;第四,“专业文人队伍的形成”。我们把上面两位先生的说法加以综合,就可以明确文学的自觉应该有如下标志:1. 文学从广义的学术中分化出来,特别是要从史学和哲学中分化出来;2. 当时已经产生的各种文学体裁的成熟;3. 文学理论批评的发展;4. 文学家人数众多,文学创作繁荣,产生的文学作品数量众多。

很明确,我们以上探讨文学的自觉所应该具有的标志,是针对时代而言的。而时代的自觉必然是建立在众多文学家、批评家自觉的基础之上的。那么文学家文学自觉的标准又是什么呢?我们认为,只要文学家能够有意识地进行文学创作活动,并创作出优秀的文学作品,且能主动将它们付诸社会传播,那他就是一个自觉的文学家了。根据这个标准,我们来看谁是最早的自觉的文学家。

古代神话、古代歌谣,它们是文学的萌芽,还不能算是成熟的文学作品。而且它们具有口头流传、集体创作的特点,无法确指其作者。马克思又明说神话是“用一种不自觉的艺术方式加工过的自然和社会形式本身”。[7] 所以,古代神话、古代歌谣,不会与自觉的文学家有什么联系。

《诗经》305篇,可以看作是成熟的文学作品,但它们作者大多难以确指。《诗经》中有四篇在文中标明了作者,《小雅·节南山》称:“家父作诵,以究王讻”;《小雅·巷伯》称:“寺人孟子,作为此诗”;《大雅·崧高》称:“吉甫作诵,其诗孔硕,其风肆好,以赠申伯”;《大雅·蒸民》称:“吉甫作诵,穆如清风。”然而,家父、寺人孟子、吉甫等到底是什么样的人?则无从考查。没有任何数据可以说明,他们创作这些诗歌的目的,在于社会传播。作家如果不能有意识地把自己创作的文学作品投入社会传播,那他就不是一个自觉

① 龚克昌:《汉赋——文学自觉时代的起点》,《文史哲》,1988年第5期。
② 张少康:《论文学的独立和自觉非自魏晋始》,《北京大学学报》,1996年第2期。
③ 詹福瑞:《从汉代人对屈原的批评看汉代文学的自觉》,《文艺理论研究》,2000年第5期。
④ 赵敏俐:《“魏晋文学自觉说”反思》,《中国社会科学》,2005年第2期。
⑤ 袁行霈主编:《中国文学史》第二卷,高等教育出版社,1999年,第4-5页。
⑥ 张少康:《论文学的独立和自觉非自魏晋始》,《北京大学学报》,1996年第2期。
⑦ 张少康:《论文学的独立和自觉非自魏晋始》,《北京大学学报》,1996年第2期。

的文学家，正如童庆炳先生所说："如果没有传播，那么作品只能是作家自我欣赏的'独白'，至多只能是半成品。"①

我们知道，《诗经》305 篇，最初都是用来配乐演唱的，《墨子·公孟篇》说："儒者诵诗三百，弦诗三百，歌诗三百，舞诗三百。"《史记·孔子世家》说："三百五篇，孔子皆弦歌之。"《汉书·食货志》说："孟春之月，群居者将散，行人振木铎徇于路以采诗，献于太师，比其音律以闻于天子。"《诗经》配乐演奏的传统，直到春秋末期（《左传·襄公二十九年》，西元前 544 年）季札观乐时，及孔子时代（西元前 551—前 479）依然存在。也就是说起初《诗经》的文本意义，在于音乐，而非文学。故而其作者，不可能是自觉的文学家。

《诗经》的文本意义，有一个逐渐演变的过程，在整个西周时期，特别是在西周初期，它们完全是用来配乐演奏的。到了春秋时期，《诗经》的文本除了配乐演奏之外，同时它们还成了行人表情达意的外交辞令，这种外交辞令在《左传》中有大量记载，所以孔子说："诵诗三百，授之以政，不达；使于四方，不能专对；虽多，亦奚以为？"（《论语·子路》）从战国时期开始，《诗经》文本的音乐价值遂逐渐被它的文学价值所取代，《诗经》便真正成了文学作品。这种变化，是《诗经》的作者不可能想到的，所以说《诗经》的作者也就不可能是自觉的文学家。

至于先秦的史书与诸子之书（哲学著作），虽然它们有些内容，具有浓郁的文学色彩，但它们都不是真正的文学作品，所以它们的作者当然不能算是文学家，更别说自觉的文学家了。

现在我们该说到屈原了。屈原创造了新的诗歌体裁——楚辞体，并用他的毕生精力和心血，自铸伟词，完成了震古烁今的 25 篇作品。屈原的诗歌是真正的文学作品，屈原是伟大的文学家，这是肯定的。那么他是否是一个自觉的文学家呢？我们的答案还是肯定的。这可以从如下几个方面来说明。

首先，屈原能够自觉地运用诗歌来抒情。司马迁在《史记·屈原贾生列传》中说："屈平疾王听之不聪也，谗谄之蔽明也，邪曲之害公也，方正之不容也，故忧愁幽思而作《离骚》。"可见屈原创作《离骚》，根本目的就在于抒发自己内心的"忧愁幽思"，正如屈原反复在自己诗篇中所表白的："惜诵以致愍兮，发愤以抒情"（《九章·惜诵》）；"兹历情以陈辞兮，荪佯聋而不闻"（《九章·抽思》）；"申旦以舒中情兮，志沈菀而莫达"（《九章·思美人》）；"结微情以陈词兮，矫以遗夫美人"（《九章·抽思》）。通过屈原的创作实践，我们可以充分体会到他的"发愤以抒情"的文学主张。

其次，屈原能够自觉地运用并发展诗歌艺术。屈原早期作品《橘颂》，采用四言句式，主要是继承了《诗经》的艺术手法。《卜居》、《渔父》采用对话形式，这种诗歌形式是屈原

---

① 《文学概论》，武汉大学出版社，2000 年，第 508 页。

的创造,人们往往把它看成汉赋问答形式的萌芽。屈原的大多数作品,则是采用"楚辞体",这是屈原在《诗经》和南方民歌的基础上,创造的一种新的艺术形式。"楚辞体"在诗歌句式、语言辞汇、体裁结构、艺术手法等各方面,都有了新的发展与创造。尤其是屈原将《诗经》的比兴手法发展为象征,并在其作品中广泛运用,更为后人所称道,正如王逸在《离骚经序》中所说:"《离骚》之文,依诗取兴,引类譬喻。故善鸟香草,以配忠贞;恶禽臭物,以比谗佞;灵修美人,以媲于君;宓妃佚女,以譬群臣;虬龙鸾凤,以托君子;飘风云霓,以为小人。"屈原不再是单纯地以某物比某物,而是以一连串的比喻,形成系统的、整体性的象征性形象。屈原把单纯的比喻发展为整体性的象征,不仅是他在艺术手法上的创新,同时也表明了他的文学观,他认为诗歌不必句句坐实,可以通过象征手法来表情达意。

再次,屈原能够自觉地追求诗歌的艺术审美特质。在对待艺术美的理想上,屈原强调人工修饰之美,他在《离骚》中说:"纷吾既有此内美兮,又重之以修能。扈江离与辟芷兮,纫秋兰以为佩。""佩缤纷其繁饰兮,芳菲菲其弥章。民生各有所乐兮,余独好修以为常。"屈原在这些地方,字面上是在追求美丽的服饰,而实际上是表明自己在追求美好的道德情操,同时也表明他在诗歌修辞方面,主张追求华丽的语言辞藻,追求艺术的审美情趣,从而促使其诗歌形成了瑰丽多姿的色彩。

第四,屈原能够自觉地将自己的诗歌付诸社会传播。屈原在《离骚》中曾借女媭之口说:"众不可户说兮,孰云察余之中情。"这就说明屈原已认识到言论和文学作品社会传播的重要性。司马迁在《史记·屈原列传》记载,楚怀王不听屈原之谏言,受子兰怂恿,中张仪之计,被骗入秦国勒逼割地,最终客死于秦。"长子顷襄王立,以其弟子兰为令尹。楚人既咎子兰以劝怀王入秦而不反也,屈平既嫉之,虽放流,眷顾楚国,系心怀王,不忘欲反,冀幸君之一悟,俗之一改也。其存君兴国,而欲反复之,一篇之中,三致志焉,然终无可奈何,故不可以反,卒以此见怀王之终不悟也。"对于这段话,有不少疑问和各种解释。但如下两点可以肯定:1. 此时屈原已不可能和楚怀王相见,所以其作品不是专门写给怀王看的。2. 他的创作目的既然是"冀幸君之一悟,俗之一改"、"存君兴国"、"以此见怀王之终不悟也",那么他就只能将自己的作品付诸社会传播,而不能只留作自我欣赏。《史记·屈原列传》接着说:"令尹子兰闻之,大怒,卒使上官大夫短屈原于顷襄王,顷襄王怒而迁之。"这也说明屈原的作品,在当时社会上迅即传播的情况。否则,也就不会发生"令尹子兰闻之,大怒","顷襄王怒而迁之"等事情了。

综合以上四点,所以我们说屈原是一个自觉的文学家。而在屈原以前还没有出现过自觉的文学家,所以我们说,屈原是文学自觉第一人。

论屈原“发愤抒情”的文学史意义

上海大学文学院 李 翰

朱自清先生在《诗言志》中提出“诗言志”是中国诗论“开山的纲领”,[①]认为中国诗论中有“言志”、“缘情”这两大对立的文艺观,“言志”总是和政治、教化相关,而“缘情”一般无关政教。这种看法大体不错,但却也滋生出一些误解,因为“言志”、“缘情”二者其实并没有多少词义上的区别,“言志”和政治、教化相关,是因为儒家在“诗言志”中加上了“乐而不淫”、“哀而不伤”、“温柔敦厚”等审美特性,使之达到教化目的,其本质是将文学经学化,并不是在内容上一定就要写政治;而“缘情”之所以无关政教,是因其不加节制的自由抒情精神,起不到政治教化的作用,并非是因为其不包含政治方面的内容。汉儒以“诗言志”为标准对屈赋提出的批评,正是因为屈赋发愤抒情的艺术精神违背了温柔敦厚的诗教之旨,但这却正是屈赋的价值所在。它不要求文学对社会负责,只要求它对自我的心灵负责。其“发愤”精神和后来陆机提出的“诗缘情而绮靡”的“绮靡”,意实相通。“发愤”、“绮靡”是“缘情”说内在的审美特性,一于内而论情感,一于外而论文辞,表里相依、气声相应,携手走向“文学自觉”的时代,而屈原实为导夫先路者。

一

中国诗论中讲求政治教化与自由抒情的两大文艺观,简单地以“诗言志”和“诗缘情”来标目,其实是不大恰切的。因为就词义而言,“情”、“志”其实并无区别,在用法上,古人对二者也没有着意区分。关于这一点,早有学者在相关著作及论文中作过充分揭示[②],本文不赘。

朱自清先生指出“诗言志”为吾国诗论的开山纲领,意在揭示儒家政治教化的功利主义诗学思想在中国文论史上的统治地位,这一点是符合实际的。但诗的政教作用并不

① 朱自清:《诗言志辨·序》,《朱自清古典文学论文集》,上海古籍出版社,1981年,第190页。

② 杨明先生在《魏晋南北朝文学批评史》一书《陆机和〈文赋〉》一节中,把中国文论史上这种“情”、“志”混用的现象揭示得非常透彻,从该书列举的大量材料,还可以看出即使在六朝这样一个极其看重抒情的时代,在用语上也从来没有把“情”、“志”明确地加以区分。参王运熙、杨明:《魏晋南北朝文学批评史》,上海古籍出版社,1989年,第100－105页。

等于诗在内容上一定要写政治。《诗言志》举出大量诗歌与具体政事相联系的事例，证明“言志”总与政教相关，其实诗歌重政教的体现，体现在如何“言志缘情”，而不是强调“言志”、“缘情”之区分、或“言志”即诗歌要表现政治。假如说“诗言志”要求诗歌为政治服务的话，那么“诗教”讲究的是移风化俗，其政治功效恰恰表现在看似与实际政治无关的人伦日用之中。

如《野有蔓草》一类男女私情之诗。朱先生谓其“既非讽与颂，也无关教化，便不是‘言志’的诗”，这些诗在赋诗的年代，因合乐而存在，诗乐分离后，便为其存在找了一个理由，即“观风”。[①]由于将“言志”和“写政治”相联系，朱先生认为《野有蔓草》一类诗不是“言志”之作，这种理解不免有些狭隘。

通过诗可以观风，是因为诗即民情，而民情可以反映政教。但我们并没有根据说关乎男女之情便不是“言志”，《毛诗序》里说得很明白，“在心为志，发言为诗”，“诗言志”不是“诗言政治”。这种“志”有家国之志，也有悲喜怨戚的小民之志、男女之志。孔颖达的《正义》解释得很清楚：“包管万虑，其名曰心；感物而动，乃呼为志。志之所适，外物感焉。言悦预之志则和乐兴而颂声作，忧愁之志则哀伤起而怨刺生。”“情”、“志”本就相通为一。

观风可以了解民之心志，而民之心志不一定符合礼教的要求，于是诗教或鉴或戒，化民心志以归于正。朱熹《诗经集传·序》云：“诗者，人心之感物而形于言之余也。心之感有邪正，故言之所形有是非。惟圣人在上，则其所感无不正，而其言皆足以为教。”《左传》昭公二十五年载子太叔论“六志”，有助于启发我们对儒家诗教的理解：

> 民有好、恶、喜、怒、哀、乐，生于六气。是故审则宜类，以制六志。哀有哭泣，乐有歌舞，喜有施舍，怒有战斗。喜生于好，怒生于恶。是故审行信令，祸福赏罚，以制死生。生，好物也；死，恶物也。好物，乐也；恶物，哀也。哀乐不失，乃能协于天地之性，是以长久。

这段话申述的是“礼”教或“礼”治。文中喜、怒、哀、乐等“六志”所指的不过是人的自然情感，“审行信令，祸福赏罚”等政治措施所追求的效果是“哀乐不失，乃能协于天地之性”，所谓“天地之性”，并非纯然天性，而是符合儒家伦理的情性。引文之前子太叔还有这样的话：

> 夫礼，天之经也，地之义也，民之行也，天地之经而民实则之。则天之明，因地之性，生其六气，用其五行。气为五味，发为五色，章为五声，淫则昏乱，民失

---

① 朱自清：《朱自清古典文学论文集》，上海古籍出版社，1981年，第214页。

其性,是故为礼以奉之。

民之喜、怒、哀、乐等情生于六气,出乎自然,但气衍化为五色五味,过度便使“民失其性”,因而要“为礼以奉之”。可见,“礼”是对情的规范,而情是人的先天禀赋,只有在“淫”,即失当或过分的情况下,才导致“昏乱”、“失性”,需要“礼”的规范节制。

礼以节情,而乐和诗却是情的一种表现形式。《诗大序》把诗、乐、舞结合在一起论述:

诗者,志之所之也,在心为志,发言为诗。情动于中而形于言,言之不足故嗟叹之,嗟叹之不足故永歌之,永歌之不足,不知手之舞之,足之蹈之也。情发于声,声成文谓之音。治世之音安以乐,其政和;乱世之音怨以怒,其政乖;亡国之音哀以思,其民困。故正得失,动天地,感鬼神,莫近于诗。先王以是经夫妇,成孝敬,厚人伦,美教化,移风俗。

朱自清先生认为这是从上到下的“教诗明志”,但这种“明志”显然也就是“道情”,使情归于正。在今天看来,儒学本质上是政治学,所以无论礼、乐,还是诗、书,最终都落实在现实政治。但政治的根源是世道人心、人伦日用,目标也就是人心复古,“成孝敬,厚人伦,美教化,移风俗”,都必须建立在对人的思想情感的教化之上。因而,对百姓的情感,除了容许其在一定程度上的自然宣泄外,更多的是以正面材料进行引导。于是像《关雎》、《二南》这样符合圣人之情志的作品便成为诗教的典范。

但这种典范并不是要求具体内容写政教,而是强调诗体现出的情志能取到政教的作用。《诗经集传·序》云:“惟《周南》、《召南》亲被文王之化以成德,而人皆有以得其性情之正,故其发于言者,乐而不过于淫,哀而不及于伤,是以二篇独为风诗之正经。”朱熹并不否认二南也是“男女相与咏歌,各言其情”的“里巷歌谣之作”,但二南被文王之化,故其言情“不淫”“不伤”,于是“独为风诗之正经”,这才是儒家诗学思想的关键。

孔子论诗的时候说:“《诗三百》,一言以蔽之,曰:思无邪。”(《论语·为政》)又说:“《关雎》乐而不淫,哀而不伤。”(《论语·八佾》)。学者多将“思无邪”看成一个整体,认为“思”本身有内容的规定性,其实这并不符合《诗经》的实际情况。[①]《诗经》桑间濮上之

① 孔子所云“思无邪”,出自《诗·鲁颂·駉》,原文中为语气词,俞樾《曲园杂纂·说项》认为“思无邪”之“思”也是语词;杨伯峻则认为孔子是断章取义,这里的“思”即思想。参杨伯峻《论语译注》,中华书局,1980年,第11页。笔者倾向俞说,所谓“一言以蔽之”的“无邪”,是非常虚泛地谈论对《诗》的总体印象,包括很多方面。何晏《论语集解》谓“无邪”即“归于正”,故“邪”可通“斜”,“无邪”也即诗歌有中和之美。除了厌恶“郑声淫”,要“放郑声,远佞人”,孔子认为《诗经》可以用“无邪”一言蔽之,对“无邪”的界定是很宽泛的。

吟,思妇劳人之歌,内容极其庞杂,但男女之情能解释成君臣之义,通过的是一种比兴象征的方式,是从形式不同的事物中萃取其相同的本质。顾易生先生说:"'无邪'、'中和',实为'仁''礼'思想的体现。仁是爱人,哀乐性情属之;礼是节制,不淫、不伤属之。"①诗歌内容各异,却可以旨趣相通,便因它们具有共同的道德内涵。所以朱熹说"诗之情出于温柔敦厚,而其言如之"(《论语精义·卷四下》),"温柔敦厚"可以说是诗教的核心,其审美上的表现就是"文质彬彬"的中和之美。

故诗教不在于诗的内容是"政教",而是诗的作用可以导致情性的中正平和、温柔敦厚,起到教化的作用,因此,孔子才特别在审美趣味上作如此强调。从孔子对《诗经》的评论看来,他并不反对诗歌抒发真情实感,但他显然不赞成情感的无节制的宣泄。故而,在孔子后面的屈原,以"发愤抒情"昭示出的另一种审美趣味,就具有重要的文学史意义。

二

"发愤抒情"出自屈原《惜诵》:"惜诵以致湣兮,发愤以抒情。"王逸注:"愤,懑也,抒渫也。""发愤"就是"发抒",而且是尽情发抒。孔子以"发愤忘食"况刻苦用功(《论语·述而》),"发愤"也是无节制、尽最大努力的意思。《庄子·在宥》云"偾骄而不可系者,其唯人心乎?","偾"通"愤",成玄英疏:"偾发骄矜,不可禁制者,其在人心乎!""愤"是情感的宣泄,而"愤发"联系着"骄矜",可见"愤发"或者"发愤"所抒发的情感是炽烈而较少限制的。

这种任由情感自由而酣畅地抒发,正是屈原的诗歌精神。《惜诵》有云:"心郁邑余侘傺兮,又莫察余之中情。固烦言不可结诒兮,愿陈志而无路。"《思美人》云:"申旦以舒中情兮,志沈菀而莫达。""烦言"、"申旦"云云,可见屈原是在最大程度上发抒情志,以便获得君王的同情与理解。屈赋中的"抒情"、"陈志"是二而一的,其"作忠言"以及陈志求察与先秦大夫的献诗陈志在本质上没有区别,应属朱自清先生所说的"诗言志"范畴。可在汉代儒生看来,屈原的政治追求、忠君爱国都能得到共识,但他们仍能撇开这些展开争论,分歧所在即屈原"发愤抒情"的"发愤",是那种上天下地、九死未悔的理想主义精神——这正是屈原对温柔敦厚、怨而不怒的儒家诗学思想的突破,或曰丰富。汉儒把争论的焦点放在屈赋抒发情志的方式及其抒情所把握的"度",而非针对其情志内容本身。说明他们看重的是《诗》"思无邪"的"无邪",而不是那个"思",②儒家诗教不是规定内容上表现政教,而是强调作品的阅读效果要起到政教的作用。

---

① 顾易生、蒋凡:《先秦两汉文学批评史》,上海古籍出版社,1990年,第87页。

② 这也从另一个方面说明汉儒并没有认为"思"含有多少实在的具体内容,没有将"思"看成"思想"。

司马迁高度肯定屈原不是基于诗教的立场,着眼点和一般汉儒不同。《史记·屈原贾生列传》云:

《离骚》者,犹离忧也。夫天者,人之始也;父母者,人之本也。人穷则反本,故劳苦倦极,未尝不呼天也;疾痛惨怛,未尝不呼父母也。屈平正道直行,竭忠尽智,以事其君。谗人间之,可谓穷矣,信而见疑,忠而被谤,能无怨乎?屈平之作《离骚》,盖自怨生矣。

呼天地,呼父母都是人在现实压迫中自然的情感诉求,压迫越沉重,情感的反应越激烈,因而屈原的“呼天”与愤怨,才如此令人感动。司马迁从这个角度理解《离骚》,认为对积郁的情感的尽情发抒没什么不对,着眼点显然就是屈原的“发愤以抒情”,这和他本人的“发愤著书”是高度吻合的。

班固对屈原的看法虽然基本上还是站在肯定的立场,但某种程度上也表现出两面性。其所作《离骚经章句》今存《离骚序》与《离骚赞序》两篇,前者批评居多,后者肯定居多,看似矛盾,其实不然。《离骚序》云:

《关雎》哀周道而不伤,蘧瑗持可怀之志,宁武保如愚之性,咸以全命避害,不受世患。故大雅曰:‘既明且哲,以保其身。’斯为贵矣。今若屈原,露才扬己,竞乎危国群小之间,以离谗贼。然责数怀王,怨恶椒、兰,愁神苦思,强非其人,忿怼不容,沉江而死,亦贬洁狂狷景行之士。

《离骚赞序》云:

屈原以忠信见疑,忧愁幽思,而作《离骚》。……屈原痛君不明,信用群小,国将危亡,忠诚之情,怀不能已,故作《离骚》上陈尧、舜、禹、汤文王之法,下言羿、浇、桀、纣之失,以讽怀王。……至于襄王,复用谗言,逐屈原在野。又作《九章赋》以讽谏,卒不见纳,不忍浊世,自投汨罗。

仔细比较这两段话,笔者以为它们总体上对屈原都是肯定的,只是由于立论角度不同,说法上有差异。班固在《汉书·艺文志·诗赋略叙论》中还赞扬屈原“离谗忧国,皆作赋以讽,咸有恻隐古《诗》之义”,和《离骚赞序》中的看法一致,这种“作赋以讽”,便是诗人之义,即朱自清先生所说的“作诗言志”。

但为什么《离骚序》又出现“露才扬己”那样激烈的批评呢?大家都知道班固这种批

评意见,和扬雄一脉相承。《汉书·扬雄传》载扬雄对屈原的看法云:"……悲其文,读之未尝不流涕也。以为君子得时则大行,不得时则龙蛇,遇不遇命也,何必湛身哉?"扬雄对屈原是喜爱的也是推崇的,却又每每从明哲保身的角度提出批评,但这种批评真的就是一种指责吗?孔子说:"邦有道,危言危行;邦无道,危行言逊。"(《论语·宪问》)又说:"邦有道,则仕;邦无道,则可卷而怀之。"(《论语·卫灵公》)从现实利害的角度看,孔子对士人的这种要求未始不是一种爱惜与保护,而扬雄基于此对屈原的批评也不能说不包含着痛惜。(按孔子似乎更重"仁",所以赞成明哲保身;而孟子似乎更重义,所以推崇舍生取义。因而后人种种倾向都可在儒家经典中找到根据,如扬雄、班固、王逸都是依经立论,却可以针锋相对)不妨细味《法言·吾子》如下的话:"或问:屈原智乎?如玉如莹,爰变丹青,如其智,如其智!"据蒋凡先生所述,"丹青"是含有贬义的。[①] 但"如玉如莹,爰变丹青",也指出了其"玉"、"莹"之本质,而之所以变为"丹青",是其言行太过,不知明哲保身。是为"不智",而在"如其智,如其智"的顿足而叹中,又多么形象地体现出扬雄那爱之所以责之的深情啊!

这也就是班固对屈原批评的真正用意。"然责数怀王,怨恶椒、兰,愁神苦思,强非其人"云云,并不是说屈原愤激的感情、批评的意见本身有什么不对,不对的只是他选错了物件,是他的愤激最后只是伤害了自己却起不到现实的作用。"强非其人"骨子里还是说怀、襄之类的昏王根本不值得去讽谏,屈原的沉江是太不值得了。所以,就屈原的情志本身而言,无论是司马迁,还是扬雄、班固,都没有否定,按《离骚序》的话看,屈原的情志和蘧瑗、宁武的都一样,都是诗人之志,不同的是屈原没有做到"持可怀之志"、"保如愚之性"的"持"、"保",这才是班固所批评的"露才扬己"。

为人不知"持"、"保",因而为文也就不能如《关雎》那样"哀周道而不伤",故而有违温柔敦厚之旨。值得注意的是班固对屈赋这样的批评意见,是针对刘安"国风好色而不淫,小雅怨悱而不乱,若《离骚》者,可谓兼之"的说法,认为"斯论似过其实",说话总是在一定的语言环境中,这和其他场合对屈赋的肯定并不矛盾。对屈原所抒之情、所言之志,班固的评价是始终如一的,都是肯定、赞扬,颇有微词的只是屈原没有做到"不伤"、"不乱"。

其后王逸作《楚辞章句》,对班固批评屈原所谓"露才扬己",表现出强烈的不满:

> 且人臣之义,以忠正为高,以伏节为贤,故有危言以存国,杀身以成仁。……若夫怀道以迷国,佯愚而不言,颠则不能扶,危则不能安,婉娩以顺上,逡巡以避患,虽保黄耇,终寿百年,盖志士之所耻,愚夫之所贱也。……且诗人怨主

---

① 顾易生、蒋凡:《先秦两汉文学批评史》,上海古籍出版社,1990 年,第 554 页。

刺上,曰:‘呜呼小子,未知臧否,匪面命之,言提其耳。’风谏之语,于斯为切。然仲尼论之,以为大雅。引此比彼,屈原之词,优游婉顺,宁以其君不智之故,欲提携其耳乎?而论者以为露才扬己,怨刺其上,强非其人,殆失厥中矣。(《楚辞章句·序》)

其实王逸和班固的分歧在于对所谓“人臣之义”具体应该如何体现,班固认为不必“强非其人”,而王逸认为扶颠安危对人臣来说义不容辞;班固认为个人能保持内在的高洁,明哲保身是大智,而王逸则不仅仅要求“以忠正为高”,同时还要求“以伏节为贤”;班固认为屈原的因忿怼而不容,进而沉江,是“狂狷景行”,未免有违明哲保身之义,王逸则显然把“义”看得更重,推崇杀身成仁。两者对屈原的忠君爱国之情应该都没有疑问,所以争论的焦点还是那个“哀而不伤”、“怨而不乱”的“伤”、“乱”与否。王逸引《大雅·抑》,以比屈赋堪称大雅,进一步说其词是“优游婉顺”,完全符合儒家诗论的要求,也就是“不伤”、“不乱”了。

王逸据经立论,认为屈赋不违“温柔敦厚”之旨,是就班固等人对屈原的批评而作出的针对性辩驳,在具体注疏中,王逸实际上还是继承并发挥了司马迁等人的意见,肯定屈原的“发愤抒情”。前文提到他对“发愤”之“愤”的注解,即体现了这一点。在《天问序》中,王注再次揭示并强调了屈原的发愤精神:“屈原放逐,忧心愁悴,仿徨山泽,经历陵陆,嗟叹昊天,仰天叹息。……以渫愤懑,舒泻愁思。”此外,王逸还进一步从文辞的角度指出屈赋发愤抒情的特点,其注《离骚》篇末之“乱”云:“屈原舒肆愤懑,极意陈词或去或留,文彩纷华,然后总结一言以明所趣之旨也。”“极意陈词”、“文彩纷华”云云,事实上已经指出了“发愤”和“绮靡”的关系。

三

“绮靡”是陆机在《文赋》中对诗提出来的审美要求:“诗缘情而绮靡。”“情”、“志”义同,故“缘情”说与“言志”说的区别实即在于陆机在讲“诗缘情”的时候,强调“绮靡”这一特性。杨明先生认为“绮靡”是联绵词,不仅指辞藻美丽,而且指作品总体上给人以婉丽美好之感,这才是反映了魏晋文学发展的新倾向。[①] 我们不妨把“诗缘情而绮靡”的相关笺释罗列起来作一番比较。《文选》李善注:“诗以言志,故曰缘情。绮靡,精妙之言。”李周翰注:“诗言志故缘情。”芮挺章:“昔陆平原之论文曰诗‘缘情而绮靡’,是彩色相宜,烟霞交映,风流婉丽之谓也。”谢榛:“‘缘情而绮靡,赋体物而浏亮。’夫‘绮靡’重六朝之弊,

① 杨明:《六朝文论若干问题之探讨》,《中州学刊》,1985年第6期。

'浏亮'非两汉之体。"贺贻孙:"其谓'缘情而绮靡',即此'绮靡'二字便非知诗者。"朱彝尊:"魏晋而下,指诗为缘情之作,专以绮靡为事,一出乎闺房儿女子之思,而无恭俭好礼、廉静疏达之遗,恶在其为诗也?"沈德潜:"士衡旧推大家,然通瞻自足,而绚彩无力,遂开出排偶一家。……所撰《文赋》云'缘情而绮靡',言志章教,惟资涂泽,先失诗人之旨。"①引用不尽完全,但窥一斑而知全豹,大家在"缘情"上做文章的少,在"绮靡"上做文章的多,说明古人看重的是"绮靡"而非"缘情",和今天大不一样。大概是随着时间的推移,才渐渐注意到"缘情"一词,如清人朱彝尊所云"指诗为缘情之作,专以绮靡为事",好像隐隐认为"缘情"本身有其特殊的审美规定性,而唐人径云"诗以言志,故曰缘情"、"诗言志故缘情",是没有认为"缘情"这一词有什么特殊的审美含义的。

但朱彝尊那样的看法,即使在清代也不是主流,沈德潜所说的"言志章教,惟资涂泽,先失诗人之旨",明显是指责陆机的"绮靡",把教化言志的东西弄成了"绚彩无力"的"涂泽"。又如纪昀《云林诗钞序》云:"《大序》'发乎情,止乎礼义'二语,实探风雅之大原。后人各明一义,渐失其宗。一则知'止乎礼义'而不必'发乎情'……一则知'发乎情'而不必'止乎礼义',自陆平原'缘情'一语,引入歧途。其究乃至于绘画横陈,不诚已甚欤?"意思很明确,"缘情"可以,但不该"绮靡",因为"发乎情"必须"止乎礼义"。汪师韩曾为陆机鸣不平:"以'绮靡'说诗,后之君子所斥为不知义理之归也。尝读《东山》之诗矣,周公旦言'慆慆不归'及'勿士行枚'数言而已足矣。彼夫……皆赘言也。又尝读《离骚》矣,屈子但言'国无人莫我知'及'指九天以为正',亦数言而可毕矣。彼夫……皆空谈也。……《文赋》之言,窃谓未可尽非也。"②他认为"绮靡"还有种种夸饰、咏叹的作用,并以《诗》、《骚》证明这是必要的无可厚非的;他认为后人批评陆机主要在于陆的"绮靡",因而也就从这个角度展开辩护。汪师韩对后人批评陆机之着眼点的把握以及反击,是符合"诗缘情而绮靡"之阐释史的。

在今天看来,六朝文人以及文论家所表现的文学自觉,是他们在实践中渐渐摆脱辞藻与情感的节制。曹丕的"诗赋欲丽"(《典论·论文》),陆机的"诗缘情而绮靡"(《文赋》),萧绎的"绮谷纷披,宫徵靡曼,唇吻遒会,情灵摇荡"(《金楼子·立言》),等等。就"吟咏情性"而言,与《诗大序》并无抵触,是后面的"丽"、"绮靡"、"绮谷纷披,宫徵靡曼"等突破了儒家中和、温厚的美学旨趣。六朝人同样说感物吟志或情因物动,陆机《文赋》的开头就说:"悲落叶于劲秋,喜柔条于芳春",刘勰《文心雕龙·物色》云:"春秋代序,阴阳惨舒,物色之动,心亦摇之。"钟嵘《诗品序》:"气之动物,物之感人,故摇荡性情,形诸舞咏。"……仅就感物来说,与《乐记》所云:"人心之动,物使之然也。感于物而动,故形于

① 转引自张少康编:《文赋集释》,人民文学出版社,2002年。

② 转引自张少康编:《文赋集释》,人民文学出版社,2002年。

声”以及《诗大序》“情动于中”或班固所谓“应感而动,然后心术形焉”(《汉书·礼乐志》)等说法也没什么区别,但诸如“楚臣去境,汉妾辞宫。或骨横朔野,魂逐飞蓬”(《诗品序》)等,如此“感荡心灵”,便哀以至于伤、怨以至于怒,大违温柔敦厚之旨了。而这正是顺着“发愤”、“绮靡”这样的思路发展下来的,因为“发愤”把诗歌由教化转向自由抒情,“绮靡”则是从感官上而不是从理智道德上寻绎诗歌的美感特征。文学经学化的痕迹渐渐消退,文学本身情感、辞藻等方面的美的因素得到重视和突出。

四

魏晋至南朝所出现的这些新的审美观,致使他们对屈赋的情感之充沛、文辞之艳丽,有了与汉儒绝然不同的认识,并在实际写作中,将屈原视为其文学辞藻的源泉。

陆机强调诗歌的“缘情绮靡”,而刘勰则直接用“绮靡”来评价屈赋,《文心雕龙·辨骚》即称《九歌》、《九辨》是“绮靡以伤情”。所谓“伤情”者,“哀而伤”也,情感的舒肆放荡和文辞的绮丽相表里,二者是相辅相成的。

显然,屈赋的情感舒肆、文彩纷华,其旨趣是和魏晋人所推许的“绮靡”是相一致的。刘勰虽对屈赋中的一些夸张、神话色彩有所偏见,但却再三肯定其“文辞丽雅”,“为辞赋之宗”。屈赋“虽取熔经意,亦自铸伟辞”,刘勰尤为着意的就是这些“伟辞”,并一一举例阐释其美学特点云:

> 《离骚》、《九章》,朗丽以哀志;《九歌》、《九辩》,绮靡以伤情;《远游》、《天问》,环诡而惠巧;《招魂》、《大招》,耀艳而深华……

“朗丽”、“绮靡”、“环诡”、“耀艳”等等,意思均颇为接近,都是指文辞的华美。在其后还有“精彩绝艳”、“艳溢锱毫”等评语,屈赋的文辞艳丽、华美等特色被刘勰一再提及。刘勰认为和《诗经》相比,屈赋是“奇”,是“华”,如果后代作家能将其和《诗经》结合起来,“酌奇而不失其正,玩华而不坠其实”,那就可以达到文质彬彬的极高境界了。不过,屈赋衣被词人,影响之大使得其后文学创作中“奇”、“华”之习远远超过了“正”、“实”,所谓“枚、贾追风以入丽,马、扬沿波而得奇”(《文心·辨骚》),造就了铺陈排比、文辞华美的汉赋。由屈原而下的这种文学传承,在汉代实际发生并发展着,但却没有得到汉人的正面认可。如扬雄晚年认为辞赋是“雕虫小道”,这实际上就是以经学经世致用思想来看待文学的结果。由于文学的经学化,强调其功利主义的实用价值,并以此为基础建立相应的审美标准,屈赋被一些汉儒所非议也就没有什么奇怪的了。

诗教是文学经学化最为具体的表现,它要求作品温柔敦厚,具有中和之美,屈原已经在创作上突破中和之美,但要么因此遭到批评,要么被歪曲地纳进中和之美的视野。汉人以经学为标准,对屈赋无论是否定还是肯定,都不符合屈赋的实际情况。

只有在经学被逐渐弱化的魏晋时期,文学摆脱了以经学为标准的衡量体系,屈原真正的价值和意义才得到发掘。刘勰在《文心雕龙》中指出屈赋"绮靡伤情"的特色,就是看到了"发愤抒情"和文采恣肆二者之间的表里关系,其再三指出屈赋在文辞上"艳"、"华"的特点并予以肯定,是以文学为本位的中肯而又惬当的评价。

事实上,自汉赋以来,从魏晋以迄南朝,文学发展并没有像刘勰所理想的那样《骚》、《雅》相参,华实相副。那是因为屈赋的影响远远超过了《诗经》,情感、文辞的放荡恣肆,尽情舒张,成为人们给予文学的特权。屈原及其辞赋被个别汉儒所否定的地方,正是其催生出一个文学自觉时代、展示出重要的文学史意义的地方。

情:屈原创作的重要基点和表现对象

——从楚地音乐和出土文献审视屈原的作品

吉林大学文学院 侯文学

屈原生逢楚国怀王与顷襄王两代昏庸之君,救国图强之志无由实现,满腔愤懑化为一曲曲哀歌,震烁千古。屈原作品的艺术魅力与作者独特的人生经历、楚地文化氛围有密切关系,对此,前代学者颇多论述。宋人黄伯思对此认识较早:"盖屈宋诸骚,皆书楚语,作楚声,纪楚地,名楚物,故可谓之楚辞。"皮锡瑞《经学通论》则指出其与儒学的关系:"《三百篇》后得风雅之旨,惟屈子楚辞……而楚辞未尝引经,亦未道及孔子。宋玉始引《诗》素餐之语,或据以为当时孔教未行于楚之证。案楚庄王、左史倚相、观射父、白公子张诸人,在春秋时已引经,不应六国时犹未闻孔教。楚辞盖偶未及,而时兼有《国风》《小雅》之遗。"①证之传世文献,可谓中的。但是,这并不意味着对于屈原创作文化背景的探讨便可就此为止。20世纪末的战国楚地文献的出土、问世,为我们把问题导向深入提供了丰富的材料。

一、楚声的特点

作为讨论的前提,应该指出,屈原作品,多与音乐有关:《九歌》本为楚国的祭祀歌曲,《招魂》是巫师演唱的招魂词。虽然不能断定《离骚》、《九章》是否合乐,但是从《离骚》后面的"乱辞"及《九章》部分篇章后的"少歌"、"乱"等音乐术语亦可断定,其与音乐渊源甚深。对此,前贤时修颇多阐发,故不作赘述。

问题是:楚声对于屈原的创作构成何种影响?讨论这个问题,先要阐明楚声的特点。虽然我们已经不可能重新耳闻目睹春秋战国时期的楚声,但是,梳理相关文献,我们仍然可以对此作出大致的把握。

《左传·成公九年》有楚囚钟仪为晋景公鼓琴,"乐操土风"的记载:"晋侯观于军府,问之曰:'南冠而挚者谁也?'有司对曰:'郑人所献楚囚也。'使脱之。召而吊之。再拜稽首。问其族。对曰:'伶人也。'公曰:'能乐乎?'对曰:'先人之职官也,敢有二事?'使与

① 皮锡瑞:《经学通论》,中华书局,1954年,第59页。

之琴,操南音。"这说明早在春秋之前,楚国与晋卫等国一样,已形成自己的音乐风格。有学者以为,此南音即《吕氏春秋·古乐》中涂山氏之侍女候禹之所歌之风。结合夏楚文化的渊源关系,此说不为无据。

楚声清越哀伤。在战国两汉时期涉及楚地音乐表演的文学作品中,"激楚"一词经常出现。《楚辞·招魂》两见:"激楚结风,独秀先些。""宫廷震惊,发激楚些。"西汉刘向《说苑·善说》:"燕则斗象棋而舞郑女,激楚之切风,练色以淫目,流声以虞耳。"春秋时期钟仪所操之土风,极有可能就是这"激楚"之风。然关于"激楚"的所指,历来众说纷纭。有以为是楚乐曲名,亦有以为是对于楚风特点的描述。王逸注《楚辞·招魂》:"激,清声也。言吹竽击鼓,众乐并会,宫廷之内,莫不震动惊骇,复作激楚之清声,以发其音也。"洪兴祖《楚辞补注》:"《淮南》曰:'扬郑卫之浩乐,结激楚之遗风。'注云:'结激清楚之声也。'《舞赋》云:'激楚结风,阳阿之舞。'五臣云:'激,急也。楚,谓楚舞也。舞急萦结其风。'李善云:'激楚,歌曲也。'《列女传》曰:'听激楚之遗风。'《上林赋》云:'鄢郢缤纷,激楚结风。'文颖曰:'激,冲激急风也。结风,回风,亦急风也。楚地风既自漂疾,然歌乐者犹复依激结之急风为节,其乐浞迅哀切也。'"①王逸为汉人,亦是最早对"激楚"一词做出训释者,其注应最为可信。王逸注视"激(清)"为对楚风的描绘之词。激,《方言》亦言:"清也。"激楚即清切的楚风。视觉印象的"清"与心理情感的"悲"构成对应。知觉与情感具有异质同构关系已经得到现代心理学的证明。战国时人谓悲哀之乐为清商、清角则说明先民对此关系的普遍认知。《韩非子·十过》:"卫灵公将如晋,舍于濮水之上,闻琴声焉,甚哀,使师涓以琴写之。至晋,为平公鼓之,师旷抚其手而止之曰:'此亡国之音也。昔师延为纣作靡靡之乐,后而自沉于濮水之中,闻此声者,必于濮水之上乎!……公曰:'《清商》固最悲乎?'师旷曰:'不如《清征》。'……(平公)问之:'音莫悲于《清征》乎?'师旷曰:'不如《清角》。'"②对于所有的悲曲,均冠以一"清"字,清音等同于悲曲。另外,对于楚歌,汉人又多用"嗷咷"形容,《汉书·韩延寿传》:"嗷咷楚歌。"《方言》:"楚谓儿泣不止为嗷咷。"亦指明楚声以悲哀著称。

周代传统音乐理想要求乐在所表达的情感的取向上,趋于中和,即认为乐主要表现欢乐之情,同时也不排斥哀怨之情,但是都不能过分。《左传·襄公二十九年》记载季札观周乐:"为之歌《小雅》,曰:'美哉!思而不贰,怨而不言,其周德之衰乎?犹有先王之遗民焉。'为之歌《大雅》,曰:'广哉,熙熙乎!曲而有直体,其先王之德乎!"为之歌《颂》,曰:'至矣哉!直而不倨,曲而不屈,迩而不逼,远而不携,迁而不淫,复而不厌,哀而不愁,乐而不荒,用而不匮,广而不宣,施而不费,取而不贪,处而不底,行而不流,五声和,八风

① 洪兴祖:《楚辞补注》,中华书局,1983年,第210-211页。

② 《韩非子》校注组:《韩非子校注》,江苏人民出版社,1982年,第85-86页。

平,节有度,守有序,盛德之所同也。’”①“直而不倨”、“曲而不屈”、“哀而不愁”、“乐而不荒”等莫不是对中和的具体说明与强调。类似的表述在《国语》、《左传》中随处可见,兹不赘引。

这种中和之乐在当时的影响所及,十分广泛。即使是后来以盛行桑间濮上之音著称的卫地,在《诗经》结集时期仍以此种乐风的创制为主。《左传》中季札论卫风:“美哉渊乎！忧而不困者也。吾闻卫康叔、武公之德如是,是其卫风乎?”直到季札观乐十几年以后,卫地流行音乐“濮上之音”才郁然兴起,并波及宫廷。此处以上引《韩非子·十过》之“濮上之音”事为卫地流行音乐的历史起点。考诸《左传》,春秋时期,诸侯国新君即位,有当年或稍后朝见霸主之举,时晋平公为霸主,则灵公之赴晋,当在其即位之年。卫灵公元年,即西元前534年。卫灵公三年,即西元前532年,这一年晋平公卒,则此事必发生在前533年之前。从历史记载考察,上引《韩非子·十过》之“濮上之音”,流行于西元前534年左右。“濮上之音”与季札所论之卫风的曲调完全不同,曲调哀婉,颇合于南陲之楚风。而就《论语》来看,孔子批判的地方音乐主要在郑声,并未对《礼记·乐记》中子夏所批评的齐、宋、卫等新音作出指责,是后三音从时间上看,为晚后之音。

在《诗经》所录的各地乐风中,《郑风》较早体现出与楚风的相似。《左传》季札观乐时,“为之歌郑,曰:‘美哉！其细已甚,民弗堪也。是其先亡乎!’”《国语·周语》:“大不过宫,细不过羽”,羽音为五音中最为清切之音,故知“细”为清义。郑风在音阶的使用上,超过了传统的清音——羽音,其所对应的情感为哀情,正如《礼记·乐记》所言:“亡国之音哀以思。”季札从郑风的清切、哀伤的特点预言郑国将先于他国而亡。季札认为郑风有悖于传统,但亦是一种美的范型,从愉悦听觉的角度肯定超越中和之美的郑风,没有将传统道德确立的乐曲风格作为审美判断的唯一尺度,这是他不同于后世儒者之处。但在将哀曲与国家的衰亡相提并论这一点上,他与其他传统思想的持有者则没有不同。从孔子所下断语“郑声淫”(《论语·卫灵公》)来看,孔子所评价的郑声与季札所论的郑风、《礼记·乐记》所论的“好滥淫志”的郑音没有不同。孔子、子夏俱认为,郑声曲调在情感表达上显得过分,表现在声音材料上,就是突破了传统的五声音阶的限制而过于清切。然而,何以郑地的乐风首先表现出与中原其他诸地的不同呢?

先秦地域文化、部族文化的交融在一定程度上提供了解答的钥匙。楚郑文化有密切关联。早在春秋初期郑国即已占据与楚人同族的妘姓所居之地桧国。楚人的先祖为祝融。《史记·楚世家》言楚人所自出:“楚之先祖出自帝颛顼高阳……高阳生称,称生卷章,卷章生重黎。重黎为帝喾火正,甚有功,能光融天下,帝喾命之曰祝融。共工氏作乱,帝喾使重黎诛之而不尽。帝乃以庚寅日诛重黎,而以其弟吴回为重黎后,复居火正,为祝

① 杨伯峻:《春秋左传注》,中华书局,1990年,第1164－1165页。

融。吴回生陆终。陆终生子六人……六曰季连，芈姓，楚其后也。”朱熹《诗集传》：“桧，国名。其君妘姓，祝融之后。周衰，为郑桓公所灭而迁国焉。今郑州，即其地也。”所言当有所本。《诗经·桧风》收诗四篇，均为哀思之辞，与后世文献记载的楚声在情感取向上表现出一致性。考诸《左传》，郑国在春秋时期常为楚之附庸。民国七年，新郑出土铜器群，其一为王子婴次鼎。王国维考证，婴次即楚庄王之弟子重。则此鼎为楚器。郑国是在楚文化的盛行的区域上建立了自己的国家，建立以后，又与楚有和平与非和平方式的文化交融，受到楚文化的影响也是必然之事。郑声（风）或者就是糅合了楚声的地方音乐。

二、传统乐论与楚地乐论

《史记·楚世家》记载，西周夷王时，熊渠兵伐庸、杨粤时自称：“我，蛮族也，不与中国之号谥。”表明此时的楚文化迥异于中原文化并对中原文化表示出不认同的态度。但是到了春秋时期，列国之间的往来频繁，楚国上层人物已经认可并主动接受中原文化的影响。《国语·楚语上》记载申叔时论傅太子之道：“教之春秋，而为之耸善而抑末焉，以戒劝其心；教之世，而为之昭明德而废幽昏焉，以休惧其动；教之诗，而为之道广显德，以耀明其志；教之礼，使知上下之则；教之乐，以疏其秽而镇其浮；教之令，使访物官；教之语，使明其德，而知先王之务用明德于民也；教之故志，使知废兴者而戒惧焉；教之训典，使知族类，行比义焉。”①据此可知，楚地早在春秋时期就已接受周代礼乐文化。到战国时期，奠基于周代传统的儒学在楚地影响更为广泛。《孟子·滕文公》提及，楚国的陈良“悦周公、仲尼之道，北学于中国”。通过前面的对比，我们已经明确楚乐与周乐存在较大的差异，那么，根植于本国音乐土壤的楚人，对于周代传统乐论又是如何接受的呢？或者说，周代传统乐论与楚声对接之后，又呈现出何种面貌呢？

20世纪末发掘于战国楚地的湖北荆门郭店竹简《缁衣》、《鲁穆公闻子思》、《穷达以时》、《五行》、《唐虞之道》、《忠信之道》、《成之闻之》、《尊德义》、《性自命出》、《六德》、《语丛》都是儒学文献。据李学勤等学者考订，上述简文著作年代当在战国中期，孟子之前。② 上海博物馆藏战国楚竹书《性情论》虽发掘地不明，但亦属战国楚地。文字与之大体相同，说明这种理论在楚地流播甚广。将郭店简集中论乐的《性自命出》、上博简的《性情论》与孔子的论乐文字进行对比研究，可以明了这个问题。

前面说过，从传世文献来看，周代传统思想对音乐所持的观点是以中和为美，认为乐主要表现欢乐之情，且不能过分。孔子亦然。孔子于《诗》中最为推重“颂”、“大雅”

---

① 徐元诰：《国语集解》，中华书局，1994年，第485页。

② 李学勤：《郭店楚简与儒家哲学》，《中国哲学》第20辑，辽宁教育出版社，1999年，第13、15、18页。

与“二南”。上博简《孔子诗论》第八章有孔子之论:“颂,平德也,多言后,其乐安而迟,其歌埙而篪,其思深远,至矣!大夏(雅),盛德也……(小雅)多言难而怨怼者也,衰矣!少(小)矣!”[①]周颂,是表现周天子大德之乐,曲调平缓。小雅是周德衰微之作,多言怨怼,孔子与季札一样,认为是周德衰落的表现。《论语·述而》:“子于是日哭,则不歌。”哭指参与葬礼,与歌相对。上述文献记载说明,孔子认为乐歌是表达欢乐之情的。虽然孔子也肯定乐对悲哀情感的表现,但要“乐而不淫,哀而不伤”(《八佾》),即有所节制。

孔子于周乐,推崇雅、颂,上博简《孔子诗论》现存之简,有五处论及诗与德之关系,四处在论《颂》、《大雅》之中,另一处为《小雅·天保》,结合诗文可以明了此简旨在阐明:虽然祭品寡少但神灵依然享用并赐祭者以福禄,在于祭者有厚德。是孔子以“德”为理想音乐的核心与本质。另,对于《诗经》“风”的部分,孔子独重《周南》、《召南》。《论语·阳货》载其教育儿子伯鱼学诗,要重视二南:“子谓伯鱼曰:女为《周南》、《召南》乎?人而不为周南、召南,其犹正墙面而立也与?”但孔子何以独重二南,《论语》并未提供明确的资讯。上博简《孔子诗论》对“二南”具体篇章的论述为我们解决问题提供了线索。《诗论》中涉及“二南”的句子如下:“关雎之怡,梂木之时(或为持),汉广之智,鹊巢之归,甘棠之褒。”“关雎以色喻于礼。”“则以其禄也。梂木福斯在君子。”“汉广之智,则知不可得也。”“鹊巢出以百两,不亦又虖?”“及其人,敬爱其树,其褒厚矣。甘棠之爱,以邵公。”[②]认为诗歌表现了君子的守礼、明智、爱民。上述三点亦可统归于“德”。孔子认为,德是《诗经》的最高表现对象。当然我们也要看到,季札论乐,已将情感与乐曲建立联系,但还没有明确将“情”提升为理论范畴,“乐言情”在理论表述上还处在隐而未彰的阶段。《论语》中亦未见“情”与“乐”关联的论述。可以说,“德音之谓乐”是周代传统及早期儒学所奉行的音乐理论。

季札与孔子所肯定的是《雅》、《颂》与大部分《国风》。究其所论,不难发现,其音乐理想,无非“中和”二字。中和,诉之于情感,即“哀而不愁,乐而不荒”。认为凡合于中和之情者,均出自“大德”“盛德”。德,在儒家而言,指内在的修养,即仁义礼智信等方面的内容。把德作为乐得以产生的本源,这种观点也为后来的孟子所继承和发展。《孟子·离娄》:“乐之实,乐斯二者(指仁义),乐则生矣,生则恶可已也,则不知足之蹈之,手之舞之。”孟子又在孔子基础上,对乐作出伦常道德方面的具体规定。

与传统儒家重德不同,“情”是战国楚简《性自命出》中极为重要的范畴。《性自命出》全文出现“情”字22次。情在简书中,得到极大的张扬。

---

① 马承源主编:《上海博物馆藏战国楚竹书》(一),上海古籍出版社,2001年,第127–129页。
② 马承源主编:《上海博物馆藏战国楚竹书》(一),上海古籍出版社,2001年,第139–144页。

首先,简文作者认为,人之情,至为可贵。简文第五十、五十一:“凡人青(情)为可兑(悦)也。句(苟)以其青(情),唯(虽)过不恶;不以其情,唯(虽)难不贵。苟有其青(情),虽未之为,斯人信之矣。”“未言而信,又(有)美青(情)者也。”“君子美其情。”①虽然作者认为对于人情,应有所节制,但还是肯定至情,以至情为美。相传舜作《韶》乐,此乐最受周代传统思想及儒家推崇,《左传·襄公二十九年》记载,季札观乐时曾为之陶醉:“见舞《韶箾》者,曰:‘德至矣哉! 大矣,如天无不帱也,如地无不载也,虽甚盛德,其蔑以加于此矣。观止矣,若有他乐,不敢请矣!”认为韶乐是乐的巅峰,叹为观止。《论语·述而》记载,孔子在齐闻《韶》,三月不知肉味,感叹说:“不图为乐之至于斯也。”《卫灵公》中,颜渊问如何治国,孔子回答:“行夏之时,乘殷之辂,服周之冕,乐则《韶》舞。”这说明孔子以《韶》乐为音乐的终极理想。虽然孔子服膺于周文化,但在乐的方面却有所保留,认为《韶》乐优于武王所作之《武》(为周乐的代表):“《武》尽美矣,未尽善也。《韶》尽善矣,又尽美也。”(《论语·八佾》)认为《韶》之所以高于《武》,在于其道德承载方面更为丰厚。《性自命出》则从重情的角度肯定《韶》乐,认为《韶》乐胜于其他诸乐,在于其对“情”的表现:“莆武乐取,韶夏乐情。”与《论语》、上博简《孔子诗论》所展现的孔子重德的态度,全然不同。与此相反,“中和”“中庸”观念,在《性自命出》中并无明显的体现。

其次,《性自命出》肯定悲哀是人情的极致,即至情。《性自命出》简文第二十三:“凡声,其出于情也信,然后其入播人之心也厚。”②声,即声乐之谓。简文作者认为,发自真情的音乐,具有感动人心的力量。简文第二十九、三十则进一步指出:“凡至乐必悲,哭亦悲,皆至其情也。哀、乐,其性相近也,是故其心不远。哭之动心也,濬深舀,其则流如也以悲,条然以思。凡忧思而后悲,凡乐思而后忻。”③简文作者认为,最美的音乐必是悲曲,因为悲情与哭泣相同,是人至情的表现,悲情受到作者的推崇。

接下来需要讨论的问题就是:《性自命出》中的“情”意义指向为何?

“《性自命出》所言‘情’,均是指情性之情,由人之本性出发,以真、诚为主要特征,以情感为主要内涵。”④“由《性自命出》上篇对‘情’的界定来看,下篇用作‘诚’的情,应该也蕴涵有情感的意味,以此检视简文,亦无不通之处。”⑤“《性自命出》上篇首先指出,人的情感根植于人之天性,礼是根据人情制作出来,并以体现人义为终极目的。其次,人情是乐的本源,乐是人抒发情感的必然方式;反过来,乐对人的精神世界又能产生极大的影响、震撼作用。由本性生发的情,具有朴实、信诚的特质。总之,上篇的重点在于讨论情

① 荆门市博物馆:《郭店楚墓竹简》,文物出版社,1998 年,第 181 页。
② 荆门市博物馆:《郭店楚墓竹简》,文物出版社,1998 年,第 180 页。
③ 荆门市博物馆:《郭店楚墓竹简》,文物出版社,1998 年,第 180 页。
④ 李天虹:《郭店竹简〈性自命出〉研究》,湖北教育出版社,2003 年,第 50 页。
⑤ 李天虹:《郭店竹简〈性自命出〉研究》,湖北教育出版社,2003 年,第 56 页。

的根源以及情与礼、乐的关系,这里的情,主要是指真挚的情感。延及下篇,论情的重心有所转移,情的情感因素下降到了次要的地位,突出强调的是情的诚、实、真的本质,在此基础上,情的地位、价值得到了高度弘扬。"①

凡此种种都说明,虽然战国中期楚国已经广被儒学,但是,这种儒学与中原儒学有很大的不同,具体而言,从乐论角度来讲,它不同于传统儒学视"德"为乐的最高本源,而替之以传统儒学不甚注意的"情"。在情的笼罩下,超越中和之限的乐曲获得了合理的存在依据。

三、屈原作品的文化接受

虽然学术界对于屈原的生卒年问题存在异议,但对于其主要活动在楚怀王、顷襄王二朝却没有分歧。前面所讨论的楚地文化背景与屈原主要活动时间则刚好前后承接。接下来需要讨论的问题是:屈原作品与上述文献从思想到形式方面是否构成一致?

无独有偶,屈原亦是情的张扬者。屈原在《九章·惜诵》对自己的创作主旨作了说明:"惜诵以致愍兮,发愤以抒情。"屈原在作品中反复言说的,正是一个"情"字。统计屈原作品《离骚》、《九歌》、《九章》、《天问》、《招魂》,"情"字凡22见,其中,"妇子肆情"(《天问》)是对上古神话传说的叙写,姑不论,另21见集中于《离骚》、《九章》,《离骚》6见,《九章》15见。"情"的主体无一例外,均是抒情主人公,其内涵都是积极的,正面的。屈原对于情的重视,前辈学者已充分关注。姜亮夫先生从心理学的角度予以探求:"屈宋用情字概可解为感情、心情,如今世所言……如以今术语定之,则情者,指心理上所受外界刺激之一种反映。此种反映之特点,在于以喜怒哀乐爱恶等为基础,为人类感觉中较为初步的感受所发出之反映。其外界的物质基础,即客观事物之存在,其内在基础,即各各个别之人与生俱来之官能活动,与思想意识之最初判断。故情之为物,基于官能之'质''貌',而又与'质''貌'异。此情质之信可保与否,为屈子所最珍惜。情质之信,则情由质生,有其质则当有其情。换言之,则情必不可违其质,违其质则非真矣。及其由最初冲动性之反映,渐变而为理智所替代,则成为志、为意、为行……故情之为物,前基于'质''貌''内',后充为'志''意''识''行'。"②姜先生注意到情乃屈原之所重,然于"情"的具体内涵之陈说仍有未详尽之处。

屈原作品中的"情"有具体的意义指向——在伦理道德方面,指向"善":"汝何博謇而好修兮,纷独有此姱节?薋绿葹以盈室兮,判独离而不服?众不可户说兮,孰云察余之中情?"(《离骚》)此"中情",即上言之"博謇而好修"的"姱节"。对君国的"忠"可以归为

---

① 李天虹:《郭店竹简〈性自命出〉研究》,湖北教育出版社,2003年,第57页。

② 姜亮夫:《楚辞通故》,云南人民出版社,1999年,第348-349页。

此类:“忽奔走以先后兮,及前王之踵武。荃不察余之中情兮,反信谗而齌怒。”(《离骚》)前二句即“中情”的具体所指。“惜诵以致愍兮,发愤以抒情。所非忠而言之兮,指苍天以为正。”“怀朕情而不发兮,余焉能忍与此终古!”“竭忠诚而事君兮,反离群而赘肬。望儇媚以背众兮,待明君其知之。言与行其可迹兮,情与貌其不变。”(《惜诵》)芳洁美好是其情的重要特征,他用“姱”“练要”“芳”“好修”“微”①来形容之:“苟余情其信姱以练要兮,长顑颔亦何伤?”“不吾知其亦已兮,苟余情其信芳。”“苟中情其好修兮,又何必用夫行媒。”(《离骚》)“愿摇起而横奔兮,览民尤以自振。结微情以陈词兮,矫以遗夫美人。”(《思美人》)他以香花芳草来比拟其情:“捣木兰以矫蕙兮,糳申椒以为粮。播江离与滋菊兮,愿春日以为糗芳。恐情质之不信兮,故重著以自明。”(《惜诵》)“芳与泽其杂糅兮,羌芳华自中出。纷郁郁其远蒸兮,满内而外扬。情与质信可保兮,羌居蔽而闻章。”(《思美人》)情是自内心流露出来的:“心情结而不解兮,思蹇产而不释。”(《哀郢》)真诚是屈子之情的内在品质:“万变其情岂可盖兮,孰虚伪之可长。”屈原的情,是哀情、悲情,具有浓厚的悲剧气氛:“愿承间而自察兮,心震悼而不敢。悲夷犹而冀进兮,心怛伤之憺憺。兹历情以陈辞兮,荪详聋而不闻。”(《抽思》)类似此类掺合血泪的诗句在《离骚》《九章》中比比皆是。

当然,屈原用以表述其内心世界的概念并非仅一“情”字,尚有“志”“心”等。然而,考诸用例,不难发现,“心”侧重指心理,不具备善恶的色彩,它的主体可以是深情的主人公自身,也可以是谗佞者和昏君。《离骚》中抒情主人公指斥小人以己驰骛名利之心,度人之腹:“羌内恕己以量人兮,各兴心而嫉妒。忽驰骛以追逐兮,非余心之所急。”主人公与君王之间出现分歧,主人公发出无奈的叹息:“何离心之可同兮,吾将远逝以自疏。”《抽思》亦感叹人心之异:“何灵魂之信直兮,人之心不与吾心同。”这里需要格外申说的是“志”。屈作中“志”的出现频率与“情”相若,计24次。当“志”的主体为主人公时,称为“远志”,强调它高远,不同流俗。然志是可以改变的。《惜诵》中,主人公梦已“魂中道而无杭”,于是请厉神占梦,厉神说此梦预示他是“有志极而无旁”,即志向高远但无人辅助。既而厉神劝他:“惩于羹而吹齑兮,何不变此志也?”被汤烫过的人,吃冷菜也要吹一吹,你曾经吃过苦头,为什么还不吸取教训,改变你那高远之志呢?余例类此:“欲变节以从俗兮,媿易初而屈志。”(《思美人》)与“情”的主体独属主人公不同,“志”的主体可以是他人,如受壅蔽之君:“信谗谀之溷浊兮,盛气志而过之。”(《惜往日》)“羌中道而回畔兮,反既有此他志。”(《抽思》)概言之,屈作之“志”,遵循前人对于“志”的理解,多指理性的信

① 战国楚文字,“美”写作“媺”、“嬍”。郭店竹简《性自命出》简文第二〇:“君子(美)其情。”第五十一简:“未言而信,有媺(美)情者也。”上博简《性情论》简文第二十二:“未言而信,有嬍(美)情者也。”嬍、微俱从散,媺、嬍同“美”,微亦当有美义。

仰、主观的追求,而上述“志”的积极表述,均可统合于“情”下,正是在此意义上,我们说,“情”是屈作的最高范畴。

综上所述,屈原所说的情,既指向伦理道德的善,又指向情感的怨,忠君与怨君结合在一起,理性与感性交织,以真诚为底色,构成屈原“情”的主要内容。历来正统儒家评骚者均注意到这两个方面,但又往往将二者割裂开来,肯定前者而否定后者。这又可以从两个方面来讨论。以班固为代表的一派反对的态度较为显豁,责备屈原“露才扬己”“责数怀王,怨恶椒兰”,其作品的内容“非经义所载”。王逸等人则发展孔子的“诗可以怨”的观点,肯定屈原的“发愤”。而这种怨君之情,暴露君过之举,在郭店竹简书写的时代,正合于对忠臣的认定。郭店简书《鲁缪公问子思》即云:“亟称其君之恶者,可谓忠臣矣。”屈原之举完全符合楚地儒学对于“忠臣”的界定。

至此,可以得出如下结论:屈原在其作品中所体现的思想,正是战国时期楚地的儒学思想,这种儒学,乃是楚文化与中原儒家文化对接之后的产物。如果说《性自命出》等著作为乐尚“德”说向言“情”说转变开出了一条道路,那么屈原则在文学创作的层面具体实现了这种转变,具体而言,就是把“情”作为诗歌表现的重要对象,创作的基点。

在诗乐未能全分的时代,作为对本族文化持有强烈认同感的楚族诗人,屈原对于楚乐必然十分了解。楚地儒学文献对于清音悲曲的理论支持,强化了屈原对于楚乐的哀怨风格的熟悉与认同,落实在诗歌创作层面,必然体现出以哀怨为主导的情感取向,《离骚》等作品中所表现的由忠于君国不被理解而产生的真切的哀怨之情使其具有感人至深的力量。

《辨骚》篇与“文之枢纽”

北京科技大学文法学院　张梅

刘勰的《文心雕龙》向被称为“体大虑周”。就其体系之深博,结构之严谨而言,实为我国文论史上所绝无仅有。在《序志》篇中,刘勰对全书的体系结构做了如下说明:

> 盖《文心》之作也,本乎道,师乎圣,体乎经,酌乎纬,变乎骚;文之枢纽,亦云极矣。若乃论文叙笔,则囿别区分;原始以表末,释名以章义,选文以定篇,敷理以举统。上篇以上,纲领明矣。至于剖情析采,笼圈条贯,摛《神》、《性》,图《风》、《势》,苞《会》、《通》,阅《声》、《字》,崇替于《时序》,褒贬于《才略》,怊怅于《知音》,耿介于《程器》,长怀《序志》,以驭群篇。下篇以下,毛目显矣。位理定名,彰乎大易之数,其为文用,四十九篇而已。

根据刘勰的这段自述和《文心雕龙》的实际情况,研究者对全书的结构划分有不同的看法,主要有以下几种意见:

1. 两分法。持此说者主要有叶联芳、曹学佺、范文澜等。他们认为,《文心雕龙》一书在结构上分为两部分,自《书记》以上,是剖析文体;《神思》以下,则商榷文术。

2. 三分法。持此说者主要有罗根泽、周勳初等。他们在二分法的基础上,提出《序志》篇应单算作一类,如此,《文心雕龙》一书即分成了三部分。

3. 四分法。持此说者主要有郭晋稀、陆侃如、牟世金等。他们认为全书分为总论(前五篇)、文体论(《明诗》~《书记》)、创作论(《神思》~《总术》)、批评论(《时序》~《程器》)四部分,《序志》篇则被视为全书序言性质的总论。“四分法”是学术界最主流的意见。

此外还有五分法(在四分法的基础上把《序志》算作第五部分)、六分法、七分法等等[①],基本是按照今人的文学观念把《文心雕龙》的下篇(即四分法之“批评论”部分)再进一步细化,将文学史观、修辞学等理论问题单独列出为一类。

---

① 参见李淼《性质、结构、理论体系》,《文心雕龙学综览》,上海书店出版社,1995年版第6期,第87页。

以上各种分类法中,《辨骚》篇都处于全书最重要的部分。根据刘勰自己的说法,《正纬》和《辨骚》篇都是“文之枢纽”的五篇之一,是全书的关键。不过,有的论者却认为,从《文心雕龙》的整体理论体系来考量,“文之枢纽”并不等于总论,属于总论的应该只有《原道》、《征圣》、《宗经》三篇。依据这样的分类原则,则从《正纬》到《书记》共计二十二篇,都应算作是文体论,纬书和楚辞都是所谓“论文叙笔”时才应提到的。还有的学者认为,“骚”是一种文体,跟《宗经》、《正纬》篇讨论的经书、纬书性质有所不同,而与自《明诗》至《书记》各篇所探究的各体文章却相类似,就是说,应该把《辨骚》以下二十一篇算作文体论,如同萧统的《文选》把骚作为文之一体,与诗、赋、七、诏、册等并列一样。因此,又有些研究者主张前四篇可视为全书总论,《辨骚》应与《明诗》至《书记》共二十一篇同归于文体论部分。范文澜《文心雕龙注》、朱东润《中国文学批评史大纲》、陆侃如《文心雕龙选译·前言》等,都认为《辨骚》篇当属文体论的范畴。而缪俊杰、王达津、牟世金等学者,则认为《辨骚》篇既属于文之枢纽,又属于文体论。

关于《辨骚》不属于《文心雕龙》总论的这些意见,固然有一定理由,不过,这些观点违背了《序志》篇中刘勰自己的论断,笔者以为还是不妥当的。《辨骚》篇还是应该计入《文心雕龙》篇的“文之枢纽”,也就是总论部分为是。已有一些学者指出《辨骚》篇的体例不符合《文心雕龙》文体论结构模式,即不是按照“原始以表末,释名以章义,选文以定篇,敷理以举统”的模式来安排文章论述层次的,所以不能将《辨骚》列入文体论。不过,因为这二十字本身就是刘勰对从《明诗》到《书记》共二十篇分论的说明,刘勰本来也没有用它来规范“文之枢纽“中《辨骚》的结构,因此,用这个理由来当作《辨骚》篇非文体论的明证,有些站不住脚。

《辨骚》篇究竟何属,看起来似乎是一个小问题,实际却涉及对于刘勰的基本文学思想的理解,不可以不加辨明。对这个问题,应当从《辨骚》篇的思想内容与艺术特点两方面来加以讨论。

《离骚》“衣被词人,非一代也”,纪昀评《文心雕龙》时曾说过,“词赋之源出于骚,浮艳之根亦滥觞于骚。”从这一点出发,王运熙先生曾从文学创作的角度讨论了《辨骚》之所以在全书总论的原因。他论述了《楚辞》之“奇”对汉魏以后侈艳文风的影响,并指出刘勰把《辨骚》作为全书总论之一篇列入“文之枢纽”的原因:

> 不但由于《楚辞》产生时代较早,对后世文学发生深远影响,必须尊重它的历史地位;而且从阐明自己的创作原则来说,具有重要的意义。刘勰认为《楚辞》的“奇文郁起”,是儒家《五经》以后文风的一个巨大转变(《序志》篇所谓“变乎骚”意即指此),它有“自铸伟辞”、“惊采绝艳”的优点,但也有异乎经典的“夸诞”之弊。这种弊病由于汉赋的继承发展而扩大了,形成了后世“浮诡”、“讹

滥”的不良文风。为了矫正这种不良文风,刘勰强调必须以儒家经典文风为准则,批判吸取从《楚辞》开始的奇辞异彩,强调“正末归本”(《宗经》),强调“执正驭奇”。①

王运熙先生的意思是说,刘勰认为当时文学创作中“浮诡”、“讹滥”的不良倾向,来源于楚辞;要批评这种文风,必须从根本上做起,所以要指出《离骚》过于侈艳奇幻的不足之处。这也是刘勰把《辨骚》篇列入文之枢纽的主要原因。

王运熙先生从追索时代文风的本源来入手来考察《辨骚》篇在全书中的位置,笔者对此非常赞同,不过觉得仍有未尽之处。各类文章在体式上的特征固然是刘勰分类论述时一个大的依据,但是具体到“文之枢纽”这一根本性问题,更应重视思想内容上的重要性。在分析这个问题时,首先要搞清楚刘勰对经典的看法。刘勰认为儒家五经为圣人所作,其地位无比崇高:“经也者,恒久之至道,不刊之鸿教也。故象天地,效鬼神,参物序,制人纪,洞性灵之奥区,极文章之骨髓者也。”(《文心雕龙·宗经》)而在文学风貌上,儒家经典“根柢槃深,枝叶峻茂,辞约而旨丰,事近而喻远”,亦为百代之法则。那么,“枢纽”中的《纬》和《骚》处在什么样的位置呢?

要弄清这一点,先须从前五篇的篇名说起。前五篇是《原道》、《征圣》、《宗经》、《正纬》、《辨骚》,前三篇的动词是“原”、“征”、“宗”,皆为溯源义;而后两篇的“正”、“辨”亦处于同一立场,是则正、辨明的意思。可以说,刘勰是把《纬》、《骚》作为经典的变异体来看待的。为了进一步弄清刘勰对待《辨骚》的态度,我们可以先分析一下《正纬》篇。

刘勰为什么写《正纬》,其用意何在?历来研究者看法很不一致。概括言之,主要有三种意见。一是认为出于“宗经”思想。持此论者认为,《正纬》贯彻了宗经的基本观点,《宗经》与《正纬》只是论述的角度不同,一从正面,一从反面,两篇的目的皆是宗经。二是认为刘勰指出前代把纬与经相配是错误的,故作《正纬》以匡之。三是认为刘勰对纬书并不全是否定意见,从写作角度看,他认为作家可从纬书中“采摭英华”,以增加自己作品的文采。这三种意见都是从刘勰的思想和《正纬》的实际内容出发的,各有其道理,对理解刘勰的写作用心是有帮助的,也是深入研究《正纬》之所以列于“文之枢纽”位置的基本前提。以下需要继续深入讨论纬书的本质以及刘勰对纬书的看法。

谶书就是古代卜巫占梦、预卜吉凶的迷信策书。专言符命占验的谶书在西汉成帝时已经出现,而最早有明确文献记载的纬书则出现于东汉初年。纬书是谶书的一个支流,是谶书在独尊儒术的汉代,为了进一步神化自己而附会经文的产物。“纬”本是相对于“经”而言,经守其常,纬参其变。《释名·释典艺》说:“纬,围也。反复围绕以成经也。”

① 王运熙《刘勰为何把辨骚列为“文之枢纽”》,1964年8月23日《光明日报·文学遗产》。

纬书附会经文，今所传世的《易纬》、《诗纬》诸书，便都是围绕《易经》、《诗经》等经书来反复铺陈展衍的，其实质是神学迷信、阴阳五行说与经义的结合。从本质上来说，在汉代神化儒学以后，谶与纬是异名而同实，谶以附经故称“经谶”，纬以配经故称“经纬”。《文心雕龙·正纬》篇便围绕“正”（则正之义）这一基本主张论述了两个问题，即“正”纬的原因以及方法。

刘勰认为，“世夐文隐，好生矫诞，真虽存矣，伪亦凭焉。”（《文心雕龙·正纬》）因为历时久远，有关记载不是很清楚，真的经书与伪托的经书并存于世，混淆世人耳目，所以有必要正纬。具体地按照经书来验证，纬书计有四伪：一是“经正纬奇，倍擿千里”；二是“纬多于经，神理更繁”；三是“尧造绿图，昌制丹书”与八十一篇皆出自孔子之手的说法自相矛盾；四是“先纬后经，体乖织综”。可以见出，刘勰对纬书所作的“四伪”的判断，主要着眼点是在奇正、多寡、真伪、先后四个问题上，也就是说，纬书之伪在许多情况下不是来自纬书自身内容的正确与否，而是来自于其他方面。内容的奇特，解说的繁杂，作者的身份，成书的年代，是这些周边问题使得纬书成为伪书的。纬书毕竟是为参佐经书而生，虽然谶纬之盛已然过去，但纬书在思想内容上，仍然有它的影响，刘宋时期禁而未绝，梁朝时又有复炽的苗头。没有相当的学识与胆识，是无法做到坚决扬弃打着参佐经书旗号的纬书的。虽然在纬书开始盛行时，桓谭、王充等人也对之进行过批判，但是，对纬书进行全面的总结与清算，刘勰可称是第一家。清代纪昀评《正纬》篇说：“此在后世为不足辩论之事，而在当日则为特识。康成千古通儒，尚不免以纬注经，无论文士也。”即是赞赏刘勰的学力与胆识。纬书的泛滥有乱经的趋势，不能明辨纬书之伪，也就不能阐明经书之真，从而会干扰向儒家经典学习的原则。这是刘勰意欲正之的主要原因。刘勰认为，纬书虽配经行世，但是在奇正、多寡、真伪、先后四点上存在很大问题，对经书并没有多少助益。不过，如前所述，这“四伪”并没有全盘否定纬书的内容，纬书中真伪掺杂，可以辨正，也并无焚毁禁绝的必要。从艺术特点上来说，纬书“事丰奇伟，辞富膏腴”，又有其可以借鉴之处，虽“无益经典”，而“有助文章”。

在《正纬》篇的最后，还有最关键的一句话：“前代配经，故详论焉。”这句话十分关键，点明了刘勰将纬书列入“文之枢纽”的根本原因。若单从艺术成就而论，即便纬书如何的“事丰奇伟，辞富膏腴”，也无法与汉魏古诗、散文等其他许多文学体式及作品相提并论，更不可能跻身于《离骚》之前；艺术上的可取之处绝不是《纬书》得以位列枢纽的根本原因。刘勰还是从它与经书参佐相配的地位，亦即在思想内容上牵连到儒家经典的角度，将其置于枢纽篇的。

具体到《辨骚》篇之跻于枢纽的原因，也应从此角度出发进行论证。汉代经学思想的发展体现于文艺领域，一个最主要的个案标本就是对楚辞的评价。从汉初黄老思想盛行时，贾谊、刘安对楚辞所作的充分肯定，到独尊儒术之后扬雄、班固对它的否定，再到东汉末年,王逸站在与扬雄、班固相同的立场上,却得出与扬、班二人完全相反的肯定评价,经学思想对文学观念的影响越来越深入了。对屈原作品由否定到肯定的重新回归,并不是对其思想内容的真正肯定,而是对《离骚》断章取义,作出了符合儒家文艺思想的的曲解:

夫《离骚》之文,依托《五经》以立义焉:"帝高阳之苗裔",则"厥初生民,时惟姜嫄"也;"纫秋兰以为佩",则"将翱将翔,佩玉琼琚"也;"夕揽洲之宿莽",则《易》"潜龙勿用"也;"驷玉虬而乘鷖",则《易》"时乘六龙以御天"也;"就重华而陈词",则《尚书》咎繇之谋谟也;"登昆仑而涉流沙",则《禹贡》之敷土也。(王逸《楚辞章句序》)

王逸对《离骚》与经典的关系作出了断章取义的解释,以期符合于儒家五经;而刘勰对于《离骚》与经典之"四同"的评论,则到位得多:

故其陈尧舜之耿介,称禹汤之只敬,典诰之体也;讥桀纣之猖披,伤羿浇之颠陨,规讽之旨也;虬龙以喻君子,云霓以譬谗邪,比兴之义也;每一顾而掩涕,叹君门之九重,忠怨之辞也:观兹四事,同于《风》、《雅》者也。(《文心雕龙·辨骚》)

尽管刘勰的理解仍有牵强附会之处,但他确是真正看到了屈原骨子里的儒家思想本质的。屈原"信而见疑,忠而被谤",在汉代楚辞学史的末期,已经被王逸等人拉到了儒家的阵营,确立了其崇高的地位:"所谓金相玉质,百世无匹,名垂罔极,永不刊灭者也。"(王逸《楚辞章句序》)从这一点出发继续进行深入讨论,《离骚》已经不无"配经"的可能了。这是刘勰给楚辞以高度重视的重要原因。

除了思想内容上与儒家经典的相同之处,对于《离骚》在文学史上的地位,刘勰还作出了这样的判断:

自《风》、《雅》寝声,莫或抽绪,奇文郁起,其《离骚》哉!固已轩翥诗人之后,奋飞辞家之前,岂去圣之未远,而楚人之多才乎!(《文心雕龙·辨骚》)

"轩翥诗人之后"、"岂去圣之未远"也是十分重要的信号。屈原去圣未远,是从《诗经》到汉赋的发展过程中承前启后的关键性人物。既是"去圣之未远",自比后人沾溉了更多圣人的教化和影响,在圣人已远的年代,屈原的创作也不无典诰教化之作用了。虽然他指出楚辞与经书不但有"四同",还有"四异",但"论其典诰则如彼,语其夸诞则如此”(《文心雕龙·辨骚》),也就是说,楚辞的问题,是“典诰”与“夸诞”,亦即“正”与“奇”之间对立统一的关系问题,而不是“正”与“邪”之间非此即彼的关系问题。刘勰认为,“奇”的形式无损于“正”的内容,只要能够辨明“奇”的部分,《楚辞》还是与其他古诗之流完全不同的,值得与《明诗》篇分开,放到总论中去论述的。

由以上论述可知,纬书与楚辞,都是在总体思想内容上与儒家经典有一定关系的作品,虽间伪,亦含真;虽具奇,亦有正,故与儒家经典一起放到总论里去论述。《原道》、《征圣》、《宗经》三篇,给出的是对圣人之道、对儒家经典的正面阐释,告诉人们什么是真正的《经》;而《正纬》、《辨骚》则从侧面阐述了两种与经典有密切关系的文章体式,在承认它们的优点的基础上,告诉了人们哪些是与经典近似、容易引发混淆的作品,指出应该警惕、扬弃其有异于经典的部分,吸收其符合经典的部分。同时,在文学创作上,也要有意识、有节制地借鉴纬书的“事丰奇伟,辞富膏腴”,对楚辞也要“酌奇而不失其贞,玩华而不坠其实”,创作出华实兼备的优秀作品。这是刘勰把以“正纬”、“辨骚”为名,将纬书与楚辞都放在总论里进行论述的根本原因。

在思想内容的原因之外,还有艺术上的原因也值得我们注意。纬书与楚辞之位列总论,还有一定的文体学意义,即从文体学上考虑,亦有应当如此安排的需要。除了五经、纬书、《离骚》算是“自铸伟辞”,其他的文体,比如诗与乐府可以溯源于《诗经》;汉赋源于楚辞;史传则源于《尚书》、《春秋》;汉代作家们的散文基本也不出子学或者申述经典之作,比如《法言》、《吾子》等。至于纯粹的子书,因其不符合儒家经典,早已被汉武帝罢黜,无需考虑即可知其没有可能进入总论。尽管刘勰说屈原的作品“轩翥诗人之后,奋飞辞家之前”,是《诗经》到《汉赋》中间不可或缺的一环,但从艺术风格上来看,屈原的《离骚》完全是自出机杼,在文学史上可称绝响,后来的继承者们并没有能把这一文体继续发扬光大,而是迅速走向了铺排辞藻、劝百讽一的赋的道路。因此,把《离骚》放到拥有众多代表作品的各个文体论中去一起进行总结陈述,对楚辞的创作实际来说,也是不合适的。以刘勰的文学观来看,内容充实、辞采丰赡而又无形式主义弊病的作品是最优秀的,从这个角度上说,空前绝后的《离骚》(楚辞)能够进入总论也是不为奇怪的了。

综上所述,从整体来看,纬书与楚辞确实应属于在“论文叙笔”时加以讨论的,也就是说,它们本身应该是属于文体论范畴的问题。刘勰把它们视为写作的“文之枢纽”,先有思想内容方面的考虑,其次才是艺术方面的考虑,这恰是刘勰思想局限性的一种表现。单从艺术成就的角度而论,比纬书写得好的作品有很多,而且纬书毕竟已开始走向式微,本不须放在如此醒目的地位加以讨论;但是刘勰不能摆脱儒家宗经思想的束缚,于是,与经典有一定关系的纬书也要放在文之枢纽里,而被汉代经学家正名了的《离骚》(楚辞)近于经典,自然也是重中之重了。总之,只有从思想与艺术两个角度出发,才可以清楚解释刘勰所说的“文之枢纽”的含义,也才能正确理解《辨骚》篇为什么会在全书总论里出现。

楚辞文化研究

“蟠螭纹精白镜”的铭文和《楚辞》①

[日本]秋田大学　石川三佐男

湖南理工学院　陈　钰(译)

一、绪言

提起“镜子”,人们会想起映照容颜、用做脸部化妆工具的镜子。镜子当然是做化妆用的。可是中国古代的玉石镜、铅镜和石镜却不是用来化妆的。玉石镜、铅镜和石镜以及铜镜的最大用途是做礼器,或者做殉葬品。镜子作为礼器被重用是根据《管子》轻重已篇的“天子迎春带玉监、迎秋带锡监”。“玉监”及“锡监”的“监”是镜子的意思。无须说明,这里的镜子当然不是化妆用的镜子,“玉监”(玉镜)是迎接春天的礼器,“锡监”(锡镜)是迎接秋天的礼器。迎接春天是指迎接春天的春气(阳气),迎接秋天是迎接秋天的秋气(阴气)。也就是说,中国古代的镜子能感应阴阳二气,并被赋予了控制阴阳二气的魔力。从铜镜的铭文,譬如在《长沙发掘报告》(科学出版社,1957年)中刊登的《规矩镜52西汉后F》的铭文里有“圣人之作镜兮取气于五行生于道康兮□有文章光象日月其质清刚以视玉容兮去不羊中国大宁子孙益昌黄常元吉有纪刚”,从中能看出镜子与阴阳二气深深相关。“圣人之作镜兮、取气于五行”尤为明证。这里无须说明“五行”(金、木、水、火、土)与阴阳二气的紧密关系。

关于本论文的主题和与之紧密相关的研究成果,笔者近几年曾发表过《〈岩窟藏镜〉所收〈渔畋纹规矩镜〉新考》②。因为包含了一些新的发展的因素,所以这里我先介绍概要,以为绪言。

在梁上椿编辑的《岩窟藏镜》第二集(中华民国35年)“渔畋纹规矩镜”中(图1),“天圆地方纹”作为基本宇宙观被大量使用,第一区配置象征着天界北极世界的“华盖”画

---

① 本论文是拙稿《蟠螭纹精白镜的铭文和〈楚辞〉》(《东方宗教》第108号刊载、日语版)的汉语版。

② 拙稿《〈岩窟藏镜〉所收〈渔畋纹规矩镜〉新考》在福井文雅博士古稀纪念论文集《亚洲文化的思想和仪礼》(春秋社,2005年6月)上登载。意外的是半年后湖南理工学院《云梦学刊》第27卷第1期(2006年1月)全文刊载了该学院国际交流处长陈钰翻译的拙稿《东方文化的仪礼——〈岩窟藏镜〉所收〈渔畋纹规矩镜〉新考》。

像,第二区配置向着月世界、太阳世界和极乐世界的“天界的北极圈世界”画像,并且镜子的主题与“规矩纹”的、至下而上、由地下升往天界的意向一致。

渔畋纹规矩镜

仔细分析,“渔畋纹规矩镜”第二区的玄武神(羽人)和第三区的河伯神(羽人)全都是地下死后世界的自然神,这二神的使命是帮助魂魄升天。“渔畋纹规矩镜”第四区画像中的月世界和太阳世界就是象征死者魂魄升天途中的世界。升天的终极世界是比月和太阳世界更遥远的北极星世界,是有天皇大帝宫殿的世界。那北极的天皇大帝世界与《楚辞》的太一等宇宙世界相关。“渔畋纹规矩镜”第五区的画像“射虎”的目的是通过“虎的再生”乞愿去往天界的“死者的魂魄再生”。1993 年,在江苏省连云港市温泉镇尹湾村西南的墓葬出土了尹湾简牍《博局纹》,其中神煞由“方”(大地)到“高”(天界)的意图基本表达了“渔畋纹规矩镜”画像整体以及方格凹线外整个区域的规矩纹所要表达的意图。亦与“渔畋纹规矩镜”画像、“天公行出镜”画像的意图相符合①。可见,“渔畋纹规矩镜”是乞愿死者魂魄升天和再生而制作的殉葬品。

而且,“渔畋纹规矩镜”中的河伯神画像、“天公行出镜”中的河伯神画像和汉代的画像石(比如嘉平三年纪年铭中“河伯出行”的画像石和南阳王庄出土的“河伯出行”的画像石)中河伯神的使命和任务,都与《楚辞》九歌河伯篇里河伯神的使命和任务一致。这些制作“渔畋纹规矩镜”、“天公行出镜”以及汉代画像石的工匠们有可能根本不了解《楚辞》九歌河伯篇的世界中关于经学的概念。对《楚辞》的传统解释因汉代知识份子对儒教的解释而遭曲解,从这点上可以窥探一斑。

根据梁上椿的说法,“渔畋纹规矩镜”的制造年代为东汉最盛期(即后汉中期,从外戚抬头等政治运动来看大约公元 90 年—155 年左右),然而就后汉镜的时代区分而言,后汉早期为公元 25 年—105 年,后汉中期为公元 106 年—167 年,后汉晚期为公元 168 年—189 年(周世荣《中华历代铜镜鉴定》紫禁城出版社,1993 年),梁上椿所说东汉最盛期亦

① 相关“天公行出镜”的考证拙稿有《关于魂升天的符咒器——汉镜——以河南出土的“天公行出镜”为例》(石川三佐男着《楚辞新研究》汲古书院,2002 年 12 月),有《从天公行出镜的画像看〈楚辞〉九歌的世界》(中国屈原学会编:《中国楚辞学》第 5 辑,2004 年 7 月)等。

即周世荣所说的后汉中期。后汉中期是庐植和马融的门生郑玄(公元79年—166年)的全盛期。马融诸书(包括离骚篇)的思想与该时期佛教文化和流行的黄老思想有关。后汉中期即126年,王逸著《楚辞章句》。王逸的儿子王延寿在与父亲同赴鲁国观赏画像石后赋《鲁灵光殿赋》也正是这个时期(《后汉书》文苑王逸传引《博物志》)。后汉中期是中国画像石的全盛期。只是王逸在多大程度上享受了这150年前后的画像石文化的鼎盛繁荣迄今尚存疑问。汉镜的画像也一样。可以认为王逸《楚辞章句》中除天问篇,后汉的画像石和汉镜的文化在楚辞学上均没有反映。因此,如果说"渔畋纹规矩镜"和王逸《楚辞章句》同属后汉中期的话,整理文化资料时可以归为一类。本论文的"蟠螭纹精白镜"也一样。"渔畋纹规矩镜"的出土地安徽省寿县是淮南王刘安经营的地盘。《楚辞》离骚篇中的寿县是淮南王刘安至武帝在历史上初次登场的地方。"渔畋纹规矩镜"是《楚辞》主要作品的发源,这点尤须注意。根据以上研究,本论文试考证"渔畋纹规矩镜"和同类的"蟠螭纹精白镜",并探究"蟠螭纹精白镜"铭文与《楚辞》的关系。

"蟠螭纹精白镜"多属于"精白镜"一类(战国时期开始经历秦、汉、后汉期),从图纹上可分为"蟠螭纹精白镜"、"重圈纹精白镜"、"连弧纹缘重圈清白镜"和"连弧纹清白镜"等类。本论文研究这些相关的出土资料以及对于这些出土资料已经进行过怎样的研究、取得过哪些研究成果。① 本论文与以往的研究有所不同。1993年,根据江苏省连云港市温泉镇尹湾村西南墓葬出土的尹湾简牍《博局纹》,最新的研究成果神煞都采用由"方"(大地)到"高"(天界)的程式。有关"蟠璃纹精白镜"则综合探究了"天圆地方纹"、"规矩纹"、"蟠璃纹""莲 · parumetto纹"、"飞禽纹"、"涡卷纹"和"精白镜"等铭文。相对于以往对精白镜及其铭文的研究,汉镜作为副葬品、其铭文所表达的箴言性、类型性、惯用性、不完全性等方面还注意得不够,本论文的论证更多地考虑镜与阴阳二气的关系(圣人之作镜兮,取气于五行),更多地进行综合比较,更着重于对副葬品和出土情况的考察。只是,仅就"精白镜"的铭文而言,其数量之庞大,镜群之规模,理解起来都十分不易。我想,以往有关"蟠璃纹精白镜"的研究,因尹湾简牍《博局纹》中没有反映出最新情报,所以有必要从根本上重新评估。

"蟠螭纹精白镜"的铭文和画像的实物资料收藏在瑞典的资料馆,不容易以实物进行分析研究。只好利用瑞典本哈多 · 卡尔葛阐在论文《HUAI AND HAN》中刊载的照片资料。照片资料上铭文和画像的图案确实有些模糊。相对于秦末《隔离式重元铭四叶四螭

① "精白镜"铭文的相关解释主要有:钱坫:《浣华拜石轩镜铭集录》卷1:"此忠臣节士,立志明义,无以自发,作此镜以示意,者也";孙星衍:《续古文苑》卷14:"其文体似楚骚";驹井和亲:《中国古镜研究》("汉镜铭文"与楚辞文学):"我认为以精白镜、蟠璃镜的铭文来看,镜的制造深受楚辞文学的影响,产自于同情屈原生涯、爱唱离骚章句的地方。"以下省略。

镜》(梁上椿《岩窟藏镜》第一集)、前汉初期《双圈铭蟠螭纹镜》(泉屋博古馆《删订泉屋清赏》《镜鑑》)以及数量庞大的前汉《精白镜》群等,本论文说不定提供了一些新的观点。

二、“蟠螭纹精白镜”的外观

本论文的依据是1941年瑞典本哈多·卡尔葛籥(汉名高本汉)在论文《HUAI AND HAN》中①收录的“蟠螭纹精白镜”(BMFEA,No. 13,PI. 57,F19)这一画像镜(图2)。由题目可推知该画像镜出土于淮水流域或汉水流域,但从镜的类型来分析应出自于后汉中期。与1939年6月《Burlington Magazine》上发表的Sedgwick Collction的“蟠螭纹精白镜”类似②。该“蟠螭纹精白镜”背面轮廓大致如下。

该画像镜中央为正方形(方格),外周为圆形,中央正方形和外周圆形之间镶嵌着规矩纹,中央正方形内钮的侧边饰有二只动物(一对蟠螭纹),中央正方形内刻有“内清质以昭明兮”,而圆形外周刻有“絜精白而事君兮”的铭文。

蟠螭纹精白

仔细看,该画像镜配饰的跳动性的旋涡纹与龙的种类——蟠龙和螭龙居住的世界相关,中央正方形内带内侧配有parumetto纹(莲花·parumetto纹),可能与天上北极世界的“华盖”有关,镜花瓣的纹样朝向是由四周及钮。而那对蟠螭纹则朝向相反,有一边构造清晰,另一边却模糊不清。正方形内带外侧饰有飞禽群,有的飞禽衔著弯曲的小树枝(是北极世界的北斗星的象征)。而规矩纹的V形和L形之间是头部有些破损的龙的图样(蟠螭纹)。

综上所述,对比汉代的类型镜,该画像镜“蟠螭纹精白镜”的主题为“天圆地方纹”(表达天圆地方观、阴阳观)、“规矩纹”(表达天地、由地及天)、钮周边一对“蟠螭纹”(表

① 本哈多·卡尔格伦(汉名高本汉)的《HUAI AND HAN》收录于《BMFEA》No. 13(STOCCKHOLM 1941)的PI. 53,F8。

② 有关“蟠螭纹精白镜”形成群类的信息摘自西田守夫的《汉镜铭拾遗——连弧纹精白镜的陈列展》(《Museuam》No. 163号·1964年)。

达阴阳和蟠璃龙的飞翔力)、“蟠璃”、“飞禽类”(表达飞翔和遨游),而中央正方形内带雕刻的“内清质以昭明兮”的铭文,和外周圆形外带“絜精白而事君兮”的铭文也紧密切题。

三、“蟠螭纹精白镜”的规矩纹

研究该《蟠螭纹精白镜》规矩纹的特性,首先须理解“天圆地方纹”的基本意义。《吕氏春秋》十二纪序记述“大圆在上,大规在下”,《淮南子》天文训记述“天圆地方,道在中央”,同本经训记有“戴圆履方”,《晋书》天文志有“天员(天圆)如张盖、地方如棋局”的思想,可以说把宇宙的基本构造平面化了。“规矩纹”和天圆地方纹有不可分的关系。只是该规矩纹还有长沙马王堆三号汉墓出土的以“博局”为首的“六博”、“石盘”、“石棺”、“炉”、“渔畋纹规矩镜”、“蟠螭纹精白镜”、“方面规矩四神镜”等等因何被大量使用,这一点至今不明。

1993 年,江苏省连云港市温泉镇尹湾村西南墓葬出土了尹湾简牍《博局占》,这一大问题由此仿佛得到解答。看看曾蓝莹《尹弯汉墓〈博局占〉树牍试解》①,和李解民《尹弯汉墓〈博局占〉木牍试解订补》②等等研究成果,和上田岳彦、铃木直美的《尹弯汉墓〈博局占〉的方阵构造——博局纹系谱解明之一解》③,铃木直美的《博局纹与宴饮六博图——其特性与前汉末的流行要因》④,大体如下所述。

该《博局占》由表示日期六十干支的博局纹和神煞组成,日期和神煞是对照使用的日择占卦。神煞分“方、廉、楬、道、张、曲、诎、长、高”九种(与天地分为九层的思想相关),应用到六十干支中。神煞的位置就是六博游戏中棋子落子的地名。看图便知,中心的四角形内大写的“方”字就是大地,而角落的“高”字即高地。总之“博局占”的神煞表达由大地升往天空,博局纹则是天地间的媒介。

现在,根据以上最新的研究成果,大地的“方”到天空的“高”经由六个途径,具体而言,譬如“方”丙午(43)—“廉”丁未(44)—“楬”戊申(45)—“道”己酉(46)—“张”庚戌(47)—“曲”辛亥(48)—“诎”壬子(49)—“长”癸丑(50)—“高”甲寅(51)。而规矩纹(TLV 纹)则是升天途上不可或缺的图纹。

可以说,该“蟠螭纹精白镜”规矩纹极大程度地暗示了以下可能性:表现天地间九层

---

① 曾蓝莹:《尹弯汉墓〈博局占〉树牍试解》刊载于《文物》,1999 年第 8 期。

② 李解民:《尹弯汉墓〈博局占〉树牍试解订补》刊载于《文物》,2000 年第 8 期。

③ 上田岳彦、铃木直美:《尹弯汉墓〈博局占〉的方阵构造——博局纹系谱解明之一解》刊载于《骏台史学》第 112 号·2001 年。

④ 铃木直美:《博局纹和宴饮六博图——其特性和前汉末的流行要因》刊载于《中国出土资料研究》第 7 号·2003 年。

的"方、廉、楬、道、张、曲、诎、长、高",表示日期的"六十干支",其纹理与《博局占》一样,是天地之间的媒介,象征由大地向天空的飞升。长沙马王堆三号汉墓出土的《博局》里描绘的从大地趋向天空的云气、飞禽,"蟠螭纹精白镜"中的蟠璃纹、蟠螭、飞禽以及衔着象征北斗星的小树枝的飞禽都是如此。因此"蟠螭纹精白镜"的规矩纹作为天地之间的媒介,暗示着由大地向天空的飞升这一结论应该是不错的。

四、"蟠螭纹精白镜"的蟠龙和螭龙

该"蟠螭纹精白镜"中央正方形内钮周边雕刻有二匹动物、蟠螭和飞禽群。这些蟠螭和飞禽群被认为是天地之间的媒介,与象征由大地向天空飞升的规矩纹有密接不可分的关系。根据文献资料,龙、蟠龙和螭龙大致有如下特性。

《管子》水地篇:龙被五色而游,故神欲小则化蚕蝂,欲大则极天下,欲上则淩于云气,欲沈则入于深泉,变化无日,上下无时,谓之神。

扬雄客难篇:独不见翠虬绛螭之将登虖天,必耸身于苍梧之渊。

《路史》后纪引《归藏》郑母经:明夷曰、昔夏后启,上乘龙飞,以登飞天。皋陶占之曰,吉。

《论衡》龙虚篇:龙无尺木不能升天、谓龙从木中升天。

《论衡》龙虚篇:世称黄帝骑龙升天。

《论衡》龙虚篇:世谓龙升天者,必谓神龙。不神,不升天。升天、神之效也。

《说文》龙部:龙、鳞虫之长。能幽能明,能小能大,能长能短。春分而登天、秋分而潜渊。

《广雅》释鱼:有鳞曰蛟龙,有翼曰应龙,有角曰虬龙,无角曰螭龙。未升天曰蟠龙。

《楚辞》河伯篇:乘水车兮荷盖,驾两龙兮骖螭。

《楚辞》涉江篇:驾青虬兮骖白螭,吾与重华游兮瑶之圃。

《楚辞》离骚篇:驾八龙之蜿蜿兮,载云旗之委蛇。

《楚辞》离骚篇:麾蛟龙以梁津兮。

《晋书》楽志:潜龙升天路。

傅玄洪业篇:潜龙升天路。

张华咏萧史诗:萧史爱长年,嬴女老童颜,火粒原排弃,霞雾好登攀,龙飞竟天路,凤起出秦关,身去长不反,箫声时往返。

潘岳故太常任府君书赞:龙升天路。

鲍照诗:龙飞逸天路,凤起出秦关。

皮日休九讽:吾将乘青螭而驾白虬兮,将谒帝而诉神之累。

可以确信,这些龙、蟠龙、螭龙作为自然神在天地间自由飞翔,《楚辞》记载:主人公欲乘青虬和白螭、欲借蛟龙之力、欲乘八龙往渡天界。从扬雄客难篇中“翠虬”、“绛螭”、洛阳卜千秋墓纵剖面图中要飞越昆仑山岭的龙和飞禽、沂南古画像石墓中八角柱画像的龙和飞禽照也可以考证其飞翔力。洛阳卜千秋墓中被葬者夫妇魂魄乘坐飞禽升往天界的壁画被雕刻在墓顶,夫妇头部两侧各自放置着“蟠螭镜”、“昭明镜”,与其他殉葬品显著不同。这是“蟠螭镜”用做死者魂魄升天的神器的明证。① 蟠龙和螭龙拥有巨大的飞翔力,是卡尔葛籥从汉代的画像镜中整理了五十余类蟠璃纹的菱形雷纹后得出的结论。长沙马王堆汉墓出土的升仙图也可以得出菱形雷纹是雷神的象征,与龙一体,是死者魂魄升天的载体这一结论。

可以推断,该“蟠螭纹精白镜”中规矩纹和蟠螭纹被重点描画是因为该镜的主题,也就是蟠龙、螭龙和其他飞禽必须拥有巨大的飞翔力。这与《楚辞》主人公“驾青虬兮骖白螭”、“驾八龙之蜿蜿兮”相关,值得注意。

五、“蟠螭纹精白镜”的铭文和《楚辞》

该“蟠螭纹精白镜”中央的正方形内环雕有“内清质以昭明兮”的铭文,外周的圆形环带雕有“絜精白而事君兮”的铭文。考证实物实在不易,即使在电脑画面上扩大到最大限度,也有一些地方不甚明了。整个铭文除了全文押韵以外,每奇数句句末都使用了助词“兮”。关于“重圈精白镜”铭文群的顺序,存在两大分歧:有的学者认为应先由外带外周的“絜精白而事君”开始,接着中央正方形内带的“内清质以昭明”念,而反过来另外一部分学者则认为应由中央正方形内带的“内清质以昭明”开始,接着外带外周的“絜精白而事君”来念。

然而 1981 年,根据北京傅大卣著《中国历代古铜镜图录》中所收“内连珠八角纹素边清白而事君镜”的拓影,内带的铭文起首附有一个圈点“•内清质以昭明云兮”,外带的铭文起首附有二个圈点“:絜精白而事君云兮”。应该说由圈点一向圈点二顺接是比较容易理解的,而从圈点二向圈点一逆接则难于理解。参照这一情况,“重圈精白镜”的铭文群应该先从中央正方形内带的“内清质以昭明云兮”念起,接着念外带外周“絜精白而事君云兮”的铭文。

该“蟠螭纹精白镜”铭文也一样。“蟠螭纹精白镜”正方形的内带铭文是“内清质以昭明兮、光辉象夫日月、心忽扬而愿忠兮、然壅塞而不彻、穆陈”,外带铭承接内带铭末尾的“穆陈”(相当于《楚辞》的“乱曰”)。尤其是从铭文“内清质以昭明兮”开始,以“•”“:”

① 参照拙著《楚辞新研究》插图资料、图 37“洛阳卜千秋墓纵剖平面,纵剖面图”。

的圈点符号匠心呼应,这亦应是该判断得到认同的主要原因。

该“蟠螭纹精白镜”的铭文即使在电脑画面上扩大到最大限度也难以辨认铭文的全部文字,不过,以 W. Perceval Yetts 译解在 Sedgwick Collction 的“蟠螭纹精白镜”的相类铭文作为参考的话,文字如下。

(内带铭)
内清质以昭明兮
光辉象夫日月
心忽扬而愿忠兮
然雍塞而不彻穆陈
(外带铭)
絜精白而事君兮
怨阴欢之弇明
彼玄锡之流泽兮
恐疏远而日忘美人
怀气美之穷嗤兮
外承欢之可说
慕窈窕之灵景兮
愿永思而毋绝

可以看出,该“蟠螭纹精白镜”不仅铭文押韵,而且助词“兮”的运用井然有序。在词句和意义上“蟠螭纹精白镜”铭文与《楚辞》的诗句极为相似。譬如“镜铭”的“穆陈”与《楚辞》的“乱曰”,“镜铭”的“絜精白而事君兮”与《楚辞》的“竭忠诚而事君”、“伏清白以死直兮”、“指列宿以白情兮、诉五帝以置词”(王逸注、言己愿复指语二十八宿、以列己清白之情、告诉五方之帝、令受我词而听之也)、“伏清白以逍遥兮”,“镜铭”的“恐疏远而日忘美人”与《楚辞》的“思美人兮”,“镜铭”的“慕窈窕”与《楚辞》的“子慕予兮善窈窕”,“镜铭”的“然壅塞而不彻”与《楚辞》的“惜壅君之不识”、“道壅绝句而不通”(王逸注、言己欲竭忠谋、谗邪壅塞、而不得达),“镜铭”的“慕窈窕之灵泉”和《楚辞》的“从彭咸之遗则”(王逸注、彭咸、殷之介士不得志投江而死者也)等皆为典型事例。因此孙星衍在《续古文苑》中指出“其文体似楚骚”,认为“蟠螭纹精白镜”出土于淮水流域或汉水流域是再自然不过的事。

而且,“镜铭”的“壅塞”从侧面反映了君臣间的语言。譬如,《管子》法法的“令入而不出谓之蔽、令出而不入谓之壅、令出而不至谓之牵、令入而不至谓之瑕、牵瑕壅塞之事君者、非敢杜其门而守其户也。贤人不至谓之蔽、忠臣不用谓之塞”,以及明法解的“下情求而不上通谓之塞。下情上而道止谓之侵。故夫灭侵塞拥之所生,从法之不立也”的“壅”、“塞”、“壅塞”,同“令出而留谓之壅、下情不上通之塞。赏罚之所立不当、则群臣立私而壅塞之、朋党而劫杀之”的“壅”、“塞”、“壅塞”,《韩非子》主道的“人主有五壅。臣闭其主曰壅、臣制财利曰壅、臣擅行令曰壅、臣得行义曰壅、臣得树人曰壅”,和荀悦《前汉纪》前汉孝昭帝纪的“有王主、有治主、有存主、有衰主、有危主、有亡主。亲用谗邪、放逐忠贤、纵情追欲、不愿礼度、出入游放、不拘仪禁、赏赐行礼、以越公用、忿怒施罚、以逾治理、遂非文过、知而不改、忠言壅塞、直谏诛戮、是谓亡主”的“壅”、“壅塞”,前汉严忌悲叹时命的“志沈抑而不扬,道壅塞而不通兮”的“壅塞”等都是其例。

但是《隋书》卷二十二志五行上引《洪范五行传》的“火者南方、阳光为明也。人君向南、盖取象也。昔者圣帝明王、负扆摄袂、南面而听断天下。揽海内之雄俊、积之于朝、以续聪明、推邪佞之伪臣、投之于野、以通壅塞、以顺火气”的“壅”、“壅塞”却是与“气”相关,并且《读礼通考》卷八十五也有如下事例。

若乃钉魂于棺、闭神于椁、浮精于沉魄之域、匿游气于雍塞之室、岂顺鬼神之性、合圣人之意乎。

这里,“雍塞”(壅塞)的概念是“魂”和“魄”,必须理解为阳气(君)和阴气(臣)的关系。也就是需要理解“精白镜”里惯用的“雍塞”即“魂”和“魄”的关系,亦即阳气(君)和阴气(臣)的关系。

该“镜铭”的语言关乎君臣关系由《楚辞》的“竭忠诚而事君”、“伏清白以死直兮”、“指列宿以白情兮、诉五帝以置词”,王逸解说“言已愿复指语二十八宿、以列己清白之情、告诉五方之帝、令受我一词而听之也”可以得到证实。尤其要注意的是无论《楚辞》还是“镜铭”,两者的文言均包含主人公向天空诸神哀诉的含义。

首先《楚辞》九章的惜诵篇有“竭忠诚而事君”的诗句,紧接之前“所非忠而言之兮,指苍天以为正,令五帝以折中兮,戒六神与乡服,俾山川以备御兮,命咎繇使听直”,这也是向天空诸神哀诉的明证。

“吾将乘青螭而驾白虯兮,将谒帝而诉神之累”(皮日休九讽)正是此意。进一步而言,《楚辞》的主人公漫游天界也是向天空诸神哀诉的佐证。具体地说,九章诸篇的主人公悲誓飞天,彷徨于地在悲回风篇中通过昆仑和岷山达到飞升天界的飞翔力。离骚篇的主人公灵均第一次经由地上—重华(九嶷)—苍梧·悬圃—扶桑·咸池—阊阖(天关·天门)—白水·阆风·春宫的路径前往天界,第二次经由九嶷—天津—西极—流沙·赤水·不周山·西海·西皇—皇天到达天界。原本离骚篇的主人公灵均(诗中自称“吾”、“余”,表达主人公阴阳两界的存在)如“惟庚寅吾以降”所描述的,是从天界降临于地上世界的,再次升天当是必然。远游篇的主人公承离骚篇一般,从故居经由南巢—丹丘·

不死之旧乡—汤谷—九阳—南州—阊阖—太微·帝宫·重阳·太仪—微闾—句芒·太皓·蓐收(西海)—南疑—寒门·增水·玄冥—列缺—泰初信步天界。因此譬如《楚辞》里使用的“日月”、“愿忠”、“壅塞”、“穆陈”、“精白”、“事君”、“疏远”、“窈窕”等的语言除关乎君臣关系之外,还包含着向天空诸神的哀诉这一要素。说起君臣关系,“升魂为贵、降魄为贱”(《关尹子》四,符篇),“君为阳、臣为阴”(《春秋繁露》基义篇),“阴,臣也。阳、君也”(《楚辞章句》九章涉江篇),“神阳气君象也”(《诗泛历枢》宋均注),“气升太一,精沦九泉”(郭璞《释天地图赞》)是不可或缺的事例。还有《读礼通考》卷八十五“雍塞”(壅塞)的对象是死者的“魂”和“魄”。虽然时代已经不同,不过,还是可以注意看五代刘筠的“病”诗中“不因九奏清尘耳、天路应迷简子魂”(《西昆詶唱集》)的句例。这里说的“九奏”除了与《史记》赵世家中赵简子临死时(昏迷五天)的九奏万舞有关系以外,其使用的庄重歌舞音乐还与《楚辞》招魂篇相关,“清”与清魂(精魂)相关,“天路”是通往天界的道路,与《楚辞》山鬼篇里的天路相关,“魂”与“清”(精魂)有关。据说“不因九奏清尘耳、天路应迷简子魂”描述赵简子临死的状态,如果不是正统的九奏万舞,精魂或许成为尘土,其灵魂在天路也会彷徨迷惑的。魄和魂的关系就是如此紧密。

关于“镜铭”如下所述。“蟠螭纹精白镜”铭文里的“日月”、“愿忠”、“壅塞”、“穆陈”、“精白”、“事君”、“疏远”、“美人”、“窈窕”等语言,与《楚辞》一样,除君臣关系之外,还包含着向天空诸神的哀诉。举具体例子,外带铭的“君”和“美人”只是一种避讳表现,没有特指的物件,很可能指的只是死者的阳魂。这与《楚辞》九章诸篇“君”“美人”的关系也符合,需要注意。至少关于“镜铭”的“君”“美人”,用传统的楚辞学来解释为楚“怀王”于理不合。《诗经》诸篇中为避讳称祖先的灵魂为“君子”①,汉武帝哀悼亲信车子侯的死作诗“至人逝兮仙乡、天路远兮无期“(《云笈七签》卷一百十引《洞仙传》车子侯),避讳表现死者的灵魂“至人”也应该注意。另外,外带铭末句前的“慕窈窕之灵景兮”(灵景即灵京),主人公一边体恤自已窈窕肉体,一边切盼灵魂升往天界。同样,外带铭末句的“愿永思而毋绝”是渴望魂灵升天向尊者的哀诉。只是这些铭文就汉镜作为殉葬品描述得多,有不完全性。并且该“蟠螭纹精白镜”铭文由天圆地方纹、规矩纹(天地之间的媒介,表达由地及天)、一对蟠螭纹以及蟠螭、飞禽类的画像(表示巨大的飞翔力)自然而然既定了其主题思想。因为该画像镜的铭文包含着主人公对天界诸神的哀诉,规矩纹表达了蟠螭和飞禽类引道飞往天界的可能性。这由一只衔“北斗星”的飞禽,和中央正方形内带内侧象征天空北极世界的“华盖”的莲花·parumetto 纹得到暗示。“蟠螭纹精白镜”的制作明显地表达升天的意向。反过来即便只谈铭文,也不能说天圆地方纹、规矩纹和蟠

---

① 参照家井真著:《诗经的原义研究》(雄山阁·2004年3月)第三章第一节《关于君子》。参照拙稿《(书评)家井真著〈诗经的原义研究〉》(《二松学舍大学人文论丛》第75辑·2005年10月)。

螭等画像的意向与此无关。

总之,楚地出土的汉镜中"天公行出镜"、"渔畋纹规矩镜"是描述死者的魂魄由玄武·河伯·天公等引道升往天界,"蟠螭纹精白镜"(群)也与《楚辞》的文化悉悉相关,这是同一文化基盘的必然结果,上述考察结果应当说是妥帖的。

六、结语

本论文考证的"蟠螭纹精白镜"出土于淮水流域或汉水流域,照类型镜区分制造年代应为后汉中期。画像镜的"天圆地方纹"将宇宙的基本构造平面化了。"规矩纹"(TLV纹)、天地九分的"方、廉、楬、道、张、曲、诎、长、高"以及表示日期的"六十干支"都与天圆地方纹有不可分的关系。其纹样与1993年江苏省连云港市温泉镇尹湾村西南墓葬出土的尹湾简牍《博局占》一样,成为天地间的媒介,暗示着由大地往天界的飞升。长沙马王堆三号汉墓出土的《博局》描述了大地往天界飞升的云气,也充分证实了这点。该画像镜中规矩纹与"蟠螭纹"被重点描画,是因为画像镜的主题要求蟠龙和螭龙及其他的飞禽类必须拥有巨大的飞翔力。除了蟠螭纹以外,蟠螭和飞禽、衔着象征北斗星小树的飞禽也证实了这点。由该画像镜的"铭文"可见多把汉镜用作殉葬品归类是极不完全的。"铭文"中的"日月"、"愿忠"、"壅塞"、"穆陈"、"精白"、"事君""疎远"、"美人"、"窈窕"等主要用语与《楚辞》的词句对应,与《楚辞》同样,除关乎君臣关系之外,还包含着向天空诸神的哀诉这一要素。譬如"壅塞"与"魂魄"(阳气·阴气)等问题深深相关,正如《读礼通考》卷85"若乃钉魂于棺、闭神于椁、浮精于沈魄之域、匿游气于雍塞之室、岂顺鬼神之性、合圣人之意乎"所说的那样。"铭文"的宗旨是镜子的主人向天界诸神哀诉,是借"规矩纹"表达地上飞往天界的经过,且必须借助蟠螭和飞禽类的力量。其宗教性和符咒性与《楚辞》的宗教性和符咒性完全相同。"穆陈"和"乱曰"更是一样。

总之,该"蟠螭纹精白镜"的主题是死者的魄(阴气·臣)向飞往天界的自己的魂(阳气·君)盘旋哀诉,向天界诸神哀诉以感动诸神,达到升天的目的。其最终目的当然是魂魄归为一体,以期再生复活,达到永生。"蟠螭纹精白镜"与其他"天公行出镜"、"渔畋纹规矩镜"一样,纯粹是作为殉葬镜而被制造,被使用。这《楚辞》的内容以及《楚辞》的发祥地一样,被认为是同一文化基盘的必然结果。

与以上的考察相关联的,《焦氏易林》有"登昆仑、入天门、过糟丘、宿玉泉、开蕙观、见仁君"(师之第七姤·革之第四十九困·震之第五十一革),也有"骑龙乘凤、上见神公、彭祖受制、王高赞通、巫咸就位、拜寿无穷"(家人之第三十七剥)、"骑龙乘凤、上见神公、彭祖受制、王乔赞通、巫咸就位、拜寿无穷"(未济第六十四之小畜),"蟠螭纹精白镜"主人公顺利地到达了理想天界。"天门九重,泽内难通,明坐到暮,不见神公"(巽第五十七比)

也是这个意思。《焦氏易林》极有可能正确继承了《楚辞》文化和楚地送葬文化。

首先,《焦氏易林》的“骑龙乘凤”与“蟠螭纹精白镜”的“蟠螭纹”、飞禽类对应。“龙凤”、“蟠螭”拥有巨大的飞翔力,是为了帮助主人公的升天而存在。还有,《焦氏易林》的“天门九重”与天地间分为“九层”思想以及上述的九种神煞“方、廉、楬、道、张、曲、诎、长、高”紧密关联。《焦氏易林》中的“天门”与《楚辞》九歌大司命篇里的“天门”、离骚篇里的“閶阖”(天关·天门)相对应。《焦氏易林》中的“仁君”与《楚辞》里的“君”、“美人”,“蟠螭纹精白镜”铭文里的“君”、“美人”相对应。宋均注《诗泛历枢》“神,阳气君象也”可以作为参考。《焦氏易林》中的“彭祖”、“巫咸”与《楚辞》诸篇“愿依彭咸之遗则”(离骚篇)、“吾将从彭咸之所居”(离骚篇)、“指彭咸以为仪”(抽思篇),以及“思彭咸之故也”(思美人篇)、“照彭咸之所闻”(悲回风篇)、“托彭咸之所居”(悲回风篇)中的“彭铿”、“彭祖”、“巫咸”可能同为一体。并且,升天之人与“彭铿”“彭祖”“巫咸”等同列于神前“拜寿无穷”的再生复活之理想境界与“天公行出镜”、“渔畋纹规矩镜”、“蟠螭纹精白镜”、“长沙马王堆汉墓出土帛画(升仙图)”、《楚辞》诸篇等拥有相同主题。九章的涉江篇里有“登昆仑兮食玉英、吾与天地兮比寿、与日月兮齐光”,是《楚辞》诸篇主人公的初志,是最终理想。这里需要注意祈望升天的《楚辞》的主人公就如九歌的山鬼篇里“子慕予兮善窈窕”的“子”和“予”的关系一样,有阳(魂)和阴(魄)二者的存在。离骚篇里“惟庚寅吾以降、肇锡余以嘉名、名余曰正则兮、字余曰灵均”的“吾”、“余”,“忳郁邑余侘傺兮、吾独穷困乎此时”里的“余”“吾”都是具体例子。总而言之,庚寅之日,离骚篇的主人公“吾”“余”从天界降临地界,且“余”失其志,“吾”转瞬间陷入难境。不仅《楚辞》九歌山鬼篇和离骚篇记载了此事,《搜神记》卷一收录的与楚辞文化相关的淮南操“我”(吾)、“余”似乎也适用该例。

明明上天照四海兮
知我好道公来下兮
公将与余生羽毛兮
升腾青云蹈梁甫兮
观见三光遇北斗兮
驱乘风云使玉女兮

而且这里说的“我”(吾)和“余”即淮南王刘安的“魄”和“魂”,那来自天界引导主人公升天的“公”(八仙)、主人公自天界降落下界的描述与离骚篇起首的“惟庚寅吾以降”

相对应。这应该是相对以往《楚辞》理解的重大更新。① 无论如何,离骚篇的“吾”、“余”,淮南操的“我”(吾)、“余”的理想和悲愿即便一旦离散最终还是要再次相见。“蟠螭纹精白镜”铭文有“愿永思而毋绝”也表达了即便一旦离散也终将再会的强烈愿望。从这个意义上说,与传统学问存在很大差异的新论点也可以说是借由近几年快速发展的考古资料学这一说毫不为过。从这个意义上说,我们不仅要依靠传统的文献资料研究,更应该重视实地、实事资料,更有必要科学地探求事物②。

本论文考证的“蟠螭纹精白镜”、“天公行出镜”、“渔畋纹规矩镜”、“尹湾简牍博局占”、“长沙马王堆三号汉坟出土博局”、“长沙马王堆汉墓出土帛画”等的考古出土资料,果真如实地反映了历史,与传统的文献资料相一致吗?

作者简介:石川三佐男(1945 年—),男,日本秋田大学教授,中国屈原学会常务理事,中国出土资料学会理事,日本道教学会理事,日本全国汉文教育学会理事。

译者简介:陈钰(1972 年—),女,湖南岳阳人,湖南理工学院国际交流处处长,日语翻译,主要研究方向为外国语言文化。

① 根据四部丛刊《皮日休文集》卷二。
② 参照拙稿《〈岩窟藏镜〉所收〈渔畋纹规矩镜〉新考》的注 14。

楚辞历数考

《职大学报》编辑部　周秉高

《汉书·律历志》曰:“历数之起上矣”,甚至一直追溯到上古传说中的颛顼。[①] 而从文字记载看,历数一词,最早见于《尚书·洪范》,其曰:“五纪:一曰岁,二曰月,三曰日,四曰星辰,五曰历数。”[②]对此“历数”一词,汉人孔安国注曰:“历数节气之度以为历,敬授民时。”唐人孔颖达疏曰:“算日月行道所历,计气朔早晚之数,所以为一岁之历。”关于“历数”与前四者之间的关系,魏人王肃注曰:“岁、日、月、星辰,所行布而数之,所以纪度数是也。岁、月、日、星,传皆言纪,历数不言纪者,历数,数上四事为纪,所纪非独一事,故传不得言纪,但成彼四事为纪。故通数以为五耳。”总之,历数,是古代天文观的反映,是对岁、月、日、星辰的记载,在先秦已经相当发达。楚辞反映生活,当然也会反映先秦历数,而且,在先秦历数记载甚少的情况下,楚辞居然是先秦历数的重要例子。兹证如下。

一、纪年、纪月、纪日之法

关于秦汉历数纪年、纪月、纪日的方法问题,游国恩先生在《离骚纂义》一书中举出的四例最为典型:

> 《史记·历书》太初元年,年名焉逢摄提格,月名毕聚,日得甲子,夜半朔旦冬至,其辨晰如此!
>
> 若《吕氏春秋·序意篇》维秦八年,岁在涒滩,秋甲子朔。
>
> 贾谊《鹏鸟赋》阐阏之岁兮,四月孟夏,庚子日斜兮,服集予舍。
>
> 许子《说文·后序》粤在永元困顿之年,孟陬之月,朔日甲子。[③]

楚辞中写到“年”者凡12处,写到“月”者凡10处,写到“日”者凡51处(详见拙著《新编楚辞索引》),以上诸处无一处是纪年纪月或纪日的。真正纪年纪月纪日之处很少,

① 班固:《汉书·律历志》[M],北京:中华书局,1982年,第973页。

② 《尚书·洪范》,《十三经注疏》[M],北京:中华书局,1980年,第189页。

③ 游国恩:《离骚纂义》[M],中华书局,1980年,第17页。

仅《离骚》所云:

摄提贞于孟陬兮,惟庚寅吾以降。

其中,“摄提贞”即“摄提格”,王逸曰“太岁在寅”,①即纪年;“孟陬”,王逸曰“正月为陬”,为纪月;“庚寅”,王逸曰“日也”,为纪日。另外,《哀郢》亦有云:

出国门而轸怀兮,甲之朝吾以行。

其中,“甲”,王逸又曰“日也”,为纪日。尽管只有以上几例,但正确地反映了先秦历数。今考如下。

关于纪年,《尔雅·释天》②与《史记·历书》③大致相同,唯有几处差异,列表如下:

岁阳表										
天干:	甲	乙	丙	丁	戊	己	庚	辛	壬	癸
《尔雅》:	阏逢	旃蒙	柔兆	强圉	著雍	屠维	上章	重光	玄黓	昭阳
《史记》:	焉逢	端蒙	游兆	疆梧	徒维	祝犁	商横	昭阳	横艾	上章

岁阴表											
地支:	寅	卯	辰	巳	午	未	申	酉	戌	亥	子	丑
《尔雅》:	摄提格	单阏	执徐	大荒若	敦牂	协洽	涒滩	作噩	阉茂	大渊献	困敦	赤奋若
《史记》:	同	同	同	同	同	同	同	同	淹茂	同	同	同

不过,一部《春秋左氏传》,未见用此类名目纪年的,倒是《离骚》所云“摄提贞”,才真正是上表中的寅年名称。

关于纪月,《尔雅·释天》④有记载,列表如下:

① 洪兴祖:《楚辞补注》[M],中华书局,1983年。
② 《尔雅·释天》,《十三经注疏》[M],中华书局,1980年,第2608页。
③ 司马迁:《史记·历书》[M],中华书局,1982年,第1262-1268页。
④ 《尔雅·释天》,《十三经注疏》[M],中华书局,1980年,第2608页。

月阳表										
天干:	甲	乙	丙	丁	戊	己	庚	辛	壬	癸
月名:	毕	橘	修	圉	厉	则	窒	塞	终	极

月阴表												
地支:	寅	卯	辰	巳	午	未	申	酉	戌	亥	子	丑
月名:	陬	如	寎	余	皋	且	相	壮	玄	阳	辜	涂

上引《离骚》句中“孟陬”一词，即指正月，与《尔雅》所载相符。不过，对《尔雅》所载上述名称，晋人郭璞注曰：“皆月之别名。自岁阳至此，其事义皆所未详通者，故阙而不论。”①

宋人邢昺进一步疏曰：“案李巡、孙炎虽各有其说，皆构虚不经，疑事无质，故阙而不论。”②看来，历史上人们对这种“月之别名”就已感到深奥难懂，不太认可。事实上，《尚书》（如“舜典”等）纪月，只是用“正月”、“二月”、“五月”、“八月”、“十有一月”等，《诗经》（如“豳风·七月”等）纪月，也几乎全用“四月”、“五月”、“六月”、“七月”、“八月”、“九月”、“十月”或“一之日”、“二之日”、“三之日”、“四之日”等等，以上两部经典，很少见用“毕”、“陬”之类，此可证先秦纪月一般也不一定要用“孟陬”之类。《史记·秦楚之际月表》反映秦楚之际大事，全用“七月”、“八月”、“九月”、“十月”、“十二月”等，③似乎已经抛弃干支纪月法。至于《史记·封禅书》记载汉初之事，也全用“冬十月”、“夏四月”、“夏六月”、“十一月辛巳”、“十一月乙酉”、“十二月甲午朔”等，甚至在专载改历之事时也如此：“夏，汉改历，以正月为岁首”④。唐宋人为经传作疏，一般都详证博引，甚至“竭泽而渔”，以显其学问渊博，而邢昺为《尔雅》“月名”作疏时举出的例证只有两个，一为《离骚》“孟陬”，一为《国语·越语》中范蠡称九月为“玄”⑤，直到20世纪中期，已故汤炳正先生才又增加了《诗·采薇》“曰归曰止，岁亦阳止”（十月为阳）、《诗·小明》“日月方除（余）”（四月为余）及利簋“岁贞克（辜）”⑥（十一月为辜），但也仅此而已。由是可

① 《尔雅·释天》，《十三经注疏》[M]，中华书局，1980年，第2608页。
② 《尔雅·释天》，《十三经注疏》[M]，中华书局，1980年，第2608页。
③ 司马迁：《史记·秦楚之际月表》[M]，中华书局，1982年，第761－800页。
④ 司马迁：《史记·封禅书》[M]，中华书局，1982年，第1381－1402页。
⑤ 《尔雅·释天》，《十三经注疏》[M]，中华书局，1980年，第2608页。
⑥ 汤炳正：《屈赋新探》[M]，齐鲁书社，1984年，第29页。

知,《尔雅》所载“毕”、“陬”等“月之别名”,在春秋战国时期其实并不普及,似乎只在少数懂天文的士大夫之中传播、使用,一般人,尤其老百姓,是不用或不懂的。而楚辞能以“孟陬”来指代正月,表明作者对先秦历数相当熟悉,否则此事就不可解释。

关于纪日,据宋人刘恕《通鉴外纪》载:相传天皇氏创天干地支,从黄帝开始,“支干相配以名日”,直到东汉建武以后才同时用以纪年①。干支纪日,在《春秋左氏传》中比比皆是。《离骚》“惟庚寅吾以降”句中之“庚寅”,如前所述,即“庚寅之日”,是干支纪日之范例。而《哀郢》中“甲之朝吾以行”句中之“甲”,为“甲日”之简称,这在当时似乎并不十分普及,故经传作者特别加注,如《易·蛊》“先甲三日,后甲三日,终则有始,天行也”句“正义”云:“甲为十日之首。”②《礼记·郊特牲》“日用甲”句疏曰:“甲是旬日之初始,故用之也。”③由以上二例可证,楚辞很懂先秦纪日之法。

按:据《史记·历书》所载,历数由来已久,只是“幽、厉之后,周室微,陪臣执政,史不记时,君不告朔,故畴人子弟分散,或在诸夏,或在夷狄,是以其禨祥废而不统。……其后战国并争,在于强国禽敌,救急解纷而已,岂遑念斯哉!”④故《尔雅》、《史记》、《淮南子》等古籍所记载的纪年纪月之法,在春秋战国时期,似乎纯属为少数天文学家所独用,在其他界别人等之中好像还没有广泛流行开来,所以今天学者们在《易》、《书》、《诗》、《春秋》(及《左传》)等先秦典籍中发现的例证甚少,而楚辞居然能有“摄提贞”、“孟陬”等纪年纪月之词,实为罕见。其意义在于,首先证明楚辞作者确实是当时少有的懂得天文学的人之一;其次,这是证明先秦历数的少有例证,今天应该引起足够的重视。

二、纪节气

对于文首所引《尚书·洪范》文字,汉人孔安国注曰:“历数节气之度以为历,敬授民时。”⑤“节气”一词,由此而生。

“节气”与星辰有关。孔颖达为《尚书·洪范》中“星辰”一词作疏时曰:“星以纪节气早晚,辰以纪日月所会处也。”纪节气,实际就是纪星辰,故《吕氏春秋》前十二月纪(与《礼记·月令》相同),每卷开篇都写到星宿的位置及变化;《淮南子·天文训》记载每个节气前,都要说明“斗指子”、“指癸”、“指丑”……。⑥ 也因此,纪节气,是历数的重要内容之一。在中国历史上,第一次完整地按照时间先后记载二十四个节气的是《淮南子·天

① 刘恕:《资治通鉴》[M],四部丛刊本。
② 《易》,《十三经注疏》[M],中华书局,1980 年,第 35 页。
③ 《礼记·郊特牲》,《十三经注疏》[M],北京:中华书局,第 1449 页。
④ 司马迁:《史记·历书》[M],北京:中华书局,第 1258 – 1259 页。
⑤ 《尚书·洪范》,《十三经注疏》[M],北京:中华书局,第 189 页。
⑥ 刘安:《淮南子》,《诸子集成》[M],石家庄:河北人民出版社,第 40 页。

文训》，其曰："两维之间，九十一度十六分度之五而升，日行一度，十五日为一节，以生二十四时之变"，由于此书按照周正以建子仲冬之月为岁首，故二十四节气依次为：冬至、小寒、大寒、立春、雨水、惊蛰、春分、清明、谷雨、立夏、小满、芒种、夏至、小暑、大暑、立秋、处暑、白露、秋分、寒露、霜降、立冬、小雪、大雪。[①] 当然，这不是刘安的创新，而是他对先秦天文知识的总结。因为《易·复》所云"先王以至日闭关"之"至日"即"冬至日"；《尚书·尧典》所云"日中"即春分，"日永"即夏至，"宵中"即秋分，"日短"即冬至；[②]又据《汲冢周书·时训解》之序云："周公辨二十四气之应，作时训解。"[③]另外，《国语·鲁语》有云"古者大寒降，土蛰发"，《楚语》有云"譬之如牛马，处暑之既至"[④]之"大寒"、"处暑"，显然也是节气名称，等等。由此可知，在先秦，人们早已对这二十四节气有所认识。

楚辞中有四处记载到"节气"，即：《惜往日》曰"何芳草之早夭兮，微霜降而下戒"；《远游》曰"微霜降而下沦兮，悼芳草之先零"；《九辩》曰"皇天平分四时兮，白露既下百草兮"；"秋既先戒以白露兮，冬又申之以严霜。"对于《远游》"霜降"一词，明人汪瑗注曰："盖霜降，九月节，草木零落之时，则岁暮可知矣。"[⑤]而其他注家很少有将此作为"节气"看待的。至于《九辩》"白露"，更无人将此注为"节气"。现在据楚辞原文"芳草之早夭"、"芳草之先零"、"既下百草"等秋天的物候看来，楚辞中之"白露"、"霜降"，似可视为二十四节气中的两种。楚辞上述诗句还告诉读者，先秦时的人们对一年二十四节气的物候变化已经认识得相当清楚，另外也显见楚辞作者是多么熟悉当时的天文知识。

三、楚辞采用夏正之说可以定谳

据《史记·历书》记载，先秦有四种历法："夏正以正月，殷正以十二月，周正以十一月"，秦"正以十月"[⑥]。游国恩先生生前曾通过对楚辞中四季物候描写的剖析，提出了"楚辞用夏正说"[⑦]。本文拟对此作进一步考辨，以证明其说可以定谳。

首先，实例对照。

历数最终的任务，用唐人孔颖达的话说，是"分有四时之异，既举其总目，更别序之。"[⑧]楚辞中对四季的描写甚多，其写到"春"者凡12处，"夏"者凡5处，"秋"者凡16

① 刘安：《淮南子》，《诸子集成》[M]，河北人民出版社，1986年，第40－42页。
② 《尚书·尧典》，《十三经注疏》[M]，北京：中华书局，第119页。
③ （晋）孔晁：《汲冢周书·时训解》[M]，北京图书出版社，2005年。
④ 《国语》（鲁语、楚语）[M]，巴蜀书社，1985年。
⑤ （明）汪瑗：《楚辞集解》[M]，北京古籍出版社，1994年，第261页。
⑥ 司马迁：《史记·历书》[M]，中华书局，1982年，第1258－1259页。
⑦ 《游国恩学术论文集》[M]，中华书局，1989年，第176页。
⑧ 《尚书·洪范》，《十三经注疏》[M]，北京：中华书局，第120页。

处,“冬”者凡6处(详见拙著《新编楚辞索引》)。而且楚辞对四季物候的描写,十分细腻,十分明确。先秦典籍中同样有四季描写的,当数《吕氏春秋》。此书采用夏正,十二月纪每篇的开头,高诱都首先注明这一点,如孟春“夏之正月”、“仲春夏之二月”,等等。楚辞与之比较,十分吻合,有力地证明楚辞采用的也是夏正。今一一对照如下。

春

《大招》有云:“青春受谢,白日昭只。春气奋发,万物遽只。”《吕氏春秋·季春纪》曰:“是月也,生气方盛,阳气发泄,生者毕出,萌者尽达,不可以内”①,等等。

《思美人》有云:“开春发岁兮,白日出之悠悠。……揽大薄之芳茝兮,搴长洲之宿莽。……解萹薄与杂菜兮,备以为交佩。”《招魂》有云:“献岁发春兮,汩吾南征。绿苹齐叶兮白芷生,路贯庐江兮左长薄。”《大招》有云:“腾驾步游,猎春囿只。……茝兰桂树,郁弥路只。”此写春天万物茂盛,生气勃勃之状。《吕氏春秋》“孟春纪”载曰:“东风解冻,蛰虫始振……天地和同,草木繁动”;“仲春纪”载曰;“始雨水,桃李华,苍庚鸣”;“季春纪”载曰:“桐始华,田鼠化为駕;虹始见,萍始生。”②

以往解释《哀郢》开篇,颇多歧见,其实,屈原是如实地写出了仲春的某些特殊景象:“皇天之不纯命兮,何百姓之震愆?民离散而相失兮,方仲春而东迁。”《吕氏春秋·仲春纪》载曰:“仲春行秋令,则其国大水,寒气总至,寇戎来征;行冬令,则阳气不胜,麦乃不熟,民多相掠;行夏令,则国乃大旱,暖气早来,虫螟为害。”③因此,各种解释中,现在看来,朱熹的见解更加中肯,其云:“屈原被放之时,适会凶荒,人民离散,而原亦在其中,闵其流离,因以自伤,无所归咎,而叹皇天之不纯其命,不能福善祸淫,相协民居……”。④

夏

《抽思》有云:“望孟夏之短夜兮,何晦明之若岁!”《尚书·尧典》载曰:“日永星鸟,以正仲夏。”⑤“日永”即指夏季昼长夜短。《吕氏春秋·仲夏纪》载曰:“是月也,日长至。”⑥“日长至”必然导致“夜短至”。

《怀沙》有云:“滔滔孟夏兮,草木莽莽。”《淮南子·天文训》载曰:“女夷鼓歌,以司天和,以长百谷禽鸟草木。孟夏之月,以熟谷禾,雄鸠长鸣”。⑦《吕氏春秋·孟夏纪》载曰:“蝼蝈出,丘蚓出,王菩生,苦菜秀。”⑧

---

① 《吕氏春秋》,《诸子集成》[M],河北人民出版社,1986年,第35页。
② 《吕氏春秋》,《诸子集成》[M],河北人民出版社,1986年,第1页。
③ 《吕氏春秋》,《诸子集成》[M],河北人民出版社,1986年,第12-14页。
④ (宋)朱熹:《楚辞集注》[M],上海古籍出版社,1979年,第81页。
⑤ 《尚书·尧典》,《十三经注疏》[M],中华书局,1980年,第119页。
⑥ 《吕氏春秋》,《诸子集成》[M],河北人民出版社,1986年,第1-12、45页。
⑦ 刘安:《淮南子》,《诸子集成》[M],石家庄:河北人民出版社,第44页。
⑧ 刘安:《淮南子》,《诸子集成》[M],石家庄:河北人民出版社,第13-14页。

秋

《离骚》有云："扈江离与辟芷兮，纫秋兰以为佩。……惟草木之零落兮，恐美人之迟暮"，"朝饮木兰之坠露兮，夕餐秋菊之落英。"《九歌·湘夫人》有云："袅袅兮秋风，洞庭波兮木叶下。"《远游》有云："微霜降而下沦兮，悼芳草之先零。"《九辩》有云："悲哉！秋之为气也，萧瑟兮草木摇落而变衰。"《吕氏春秋·季秋纪》载曰：是月也，"菊有黄华"，"霜始降"，"寒气总至"，"草木黄落"。①

《九辩》有云："燕翩翩其辞归兮，蝉寂寞而无声。雁雍雍而南游兮，鹍鸡啁哳而悲鸣。"《吕氏春秋》"孟秋纪"载曰"凉风至，白露降，寒蝉鸣"，"仲秋纪"载曰"候雁来，玄鸟归"。②

冬

《远游》载曰；"嘉南州之炎德兮，丽桂树之冬荣。山萧条而无兽兮，野寂寞其无人。"《招魂》载曰："魂兮归来，北方不可以止些！增冰峨峨，飞雪千里些。"《吕氏春秋》"孟冬纪"载曰："水始冰，地始冻，雉入大水为蜃，虹藏不见。"③"仲冬纪"载曰："冰益壮，地始坼，鹖鴠不鸣，虎始交。"④

以上对照，十分吻合。《吕氏春秋》采用的是夏正，所以楚辞显然也是采用夏正。

其次，背景分析。

在农业生产时代，历数的作用在于向广大百姓准确地表述四季物候节气的变化，从而"劳农劝农，无或失时"⑤。《尚书·尧典》曰："乃命羲和，钦若昊天，历象日月星辰，敬授人时。"⑥孔安国注曰："羲氏和氏，世掌天地四时之官。"孔颖达疏曰："羲氏和氏，敬顺昊天之命，历此法象，其日之甲乙，月之大小，昏明递中之星，日月所会之辰，定其所行之数，以为一岁之历，乃依此历敬授下人以天时之早晚，其总为一岁之历，其分有四时之异，既举其总目，更别序之。"⑦总之，历数的最终目的，是将一年四季的变化告诉百姓，以利百姓及时务农，生产衣食之用。相比之下，先秦的四种历法中，商正、周正、秦正均被政治所左右，所谓"创业变改，制不相复"，"帝王必改正朔，易服色，所以明受命于天也。"⑧"秦以

① 刘安：《淮南子》，《诸子集成》[M]，石家庄：河北人民出版社，第34页。
② 刘安：《淮南子》，《诸子集成》[M]，河北人民出版社，第84－85页。
③ 《吕氏春秋》，《诸子集成》[M]，河北人民出版社，1986年，第75页。
④ 《吕氏春秋》，《诸子集成》[M]，河北人民出版社，1986年，第94页。
⑤ 《吕氏春秋》，《诸子集成》[M]，河北人民出版社，1986年，第104页。
⑥ 《尚书·尧典》，《十三经注疏》[M]，中华书局，1980年，第120页。
⑦ 《尚书·尧典》，《十三经注疏》[M]，中华书局，1980年，第119页。
⑧ 班固：《汉书·律历志》[M]，中华书局，1982年，第975页。

周为火，用水胜之"[①]，汉朝于是就自我标榜为"有土德"，"土胜水"[②]。如此"正不率天"，违背客观规律，必然要颠倒四季物候！如"孟春"，用司马迁的话说，是"于时冰泮发蛰，百草奋兴，秭鳺先滜。"[③]而秦正、周正、商正却认为"春天"应该是冰天雪地，如《吕氏春秋》所形容的那样："水始冰，地始冻"，[④]或"冰益壮，地始坼"，[⑤]又或"冰方盛"，[⑥]等等，反之则为怪事。《春秋》采用周正，襄公二十八年经文对当年"春无冰"一事居然感到十分惊讶，"微言"中还要专门写上一笔，言外之意此为"天气反常"，"灾害也"。[⑦] 其实这是"周正"本身违反自然规律的表现。杨伯峻先生注得好："此年建子，即以今农历十一月、十二月及次年正月为春，正当今日之冬。曲阜一带应有冰而无冰，此天气反常"，[⑧]故《春秋》作者就大惊小怪了。总之，商正、周正和秦正，均未能正常地反映一年四季的变化，无利于农业生产；只有夏正，才是人类在长期农业生产实践中对天文现象不断观测的科学总结，才能真正为农业生产服务。所以，即使在周朝，官方采用周正，民间却仍然沿用夏正，顶多夏正、周正混用。在《诗经》中，有些篇章采用周正，如《小雅·十月之交》；有些篇章则周正、夏正混用，如《豳风·七月》；还有些篇章，其对四季物候的描写显然采用了夏正，如《小雅·出车》写春季：

春日迟迟，卉木萋萋。仓庚喈喈，采蘩祁祁。

如《小雅·四月》写夏、秋、冬三季：

四月维夏，六月徂暑。……
秋日凄凄，百卉具腓。……
冬日烈烈，飘风发发。……

注曰："徂，往也。""徂暑"，犹言极暑。"凄凄，凉风也。"百卉，百草。"腓，草木枯萎。""烈烈，犹栗烈也。""发发，疾貌。"[⑨]还如《唐风·葛生》曰：

---

① 班固：《汉书·律历志》[M]，中华书局，1982年，第975、974页。
② 司马迁：《史记·历书》[M]，中华书局，1982年，第1261页。
③ 司马迁：《史记·历书》[M]，中华书局，1982年，第1255页。
④ 《吕氏春秋》，《诸子集成》[M]，河北人民出版社，1986年，第104页。
⑤ 《吕氏春秋》，《诸子集成》[M]，河北人民出版社，1986年，第114页。
⑥ 《吕氏春秋》，《诸子集成》[M]，河北人民出版社，1986年，第2－3页。
⑦ 《春秋左氏传》，《十三经注疏》[M]，中华书局，1980年，第199页。
⑧ 杨伯峻：《春秋左传注》[M]，中华书局，1980年，第1140页。
⑨ 《毛诗正义》，《十三经注疏》[M]，中华书局，1980年，第462页。

夏之日,冬之夜。

传曰:“言长也。”陈奂疏曰:“夏日长,冬夜长,故言语长也。”①所有这些,与《吕氏春秋》的“十二月纪”等古籍所载如出一辙。

秦正乃秦始皇时所为,更与屈原等创作无涉。何况,即使是写在秦世的《吕氏春秋》,也不用秦正而用夏正。其原因,孔颖达在为《礼记·月令》“孟春之月”作疏时说得中肯:

此言孟春者,夏正建寅之月也。吕不韦在于秦世,秦以十月为岁首,不用秦正而用夏时者,以夏数得天正,故用之也。《周礼》是以建子为正,其祭祀田腊亦用夏正也。②

在此大背景下,楚辞采用夏正,是必然之事。

另外,请设想一下,秦正、周正等,将寒冬腊月说成春天,楚辞描写的欣欣向荣的春季物候能与之相符吗?

鉴于上述考辨,笔者认为,游国恩先生提出的楚辞采用夏正之说,应当可以定谳。

另外,还应该引起重视的是:楚辞对某些季节的称谓,也符合先秦所载。如《哀郢》有云:“民离散而相失兮,方仲春而东迁。”《抽思》有云:“望孟夏之短夜兮,何晦明之若岁。”《怀沙》有云:“滔滔孟夏兮,草木莽莽。”此“仲春”、“孟夏”等称谓,并非屈子独创,而乃当时社会通用词语,如《尚书·尧典》载曰:“日中星火,以殷仲春;日永星火,以正仲夏……”③。

《吕氏春秋》卷四载曰:“孟夏之月,日在毕,昏翼中,旦婺中……”④二相对照,契合若吻,可见屈原甚谙羲和之学。

结 论

楚辞纪年纪月纪日之法,符合《尔雅》等古籍所载。楚辞中已经出现二十四节气中的两种名称。

楚辞描写四季物候十分细腻,十分准确,与《吕氏春秋》十二月纪所载完全吻合,也与

① 袁愈荌等:《诗经全译》[M],贵州人民出版社,1981年,第167页。
② 《左氏春秋传》,《十三经注疏》[M],中华书局,1980年,第1998页。
③ 《尚书·尧典》,《十三经注疏》[M],中华书局,1980年,第119页。
④ 《吕氏春秋》,《诸子集成》[M],河北人民出版社,1986年,第34页。

当时的历史背景十分合拍,由此可以证明,游国恩先生提出的楚辞采用夏正之说,今天完全可以定谳。另外,楚辞中“仲春”、“孟夏”等用词,与《尚书》所载羲和之学相同。

由此可以判定,楚辞准确地反映了先秦历数知识,是了解、证实先秦历数的重要根据之一。

参考文献

[1]班固:《汉书·律历志》[M],中华书局,1982 年。
[2]《尚书》(洪范、尧典、舜典),《十三经注疏》[M],中华书局,1980 年。
[3]游国恩:《离骚纂义》[M],中华书局,1880 年。
[4]洪兴祖:《楚辞补注》[M],中华书局,1983 年。
[5]《尔雅·释天》,《十三经注疏》[M],中华书局,1980 年。
[6]司马迁:《史记》(历书、秦楚之际月表、封禅书)[M],中华书局,1982 年。
[7]汤炳正:《屈赋新探》[M],齐鲁书社,1984 年。
[8]刘恕:《资治通鉴外纪》[M],四部丛刊本。
[9]《易》,《十三经注疏》[M],中华书局,1980 年。
[10]《记·郊特牲》同上。
[11]刘安:《淮南子》,《诸子集成》[M],河北人民出版社,1986 年。
[12](晋)孔晁注:《汲冢周书》(时训解)[M],北京图书出版社,2005 年。
[13]《国语·鲁语》[M],巴蜀书社,1985 年。
[14](明)汪瑗:《楚辞集解》[M],北京古籍出版社,1994 年。
[15]《游国恩学术论文集》[M],中华书局,1989 年。
[16]《吕氏春秋》,《诸子集成》[M],河北人民出版社,1986 年。
[17](宋)朱熹:《楚辞集注》[M],上海古籍出版社,1979 年。
[18]《春秋左氏传》,《十三经注疏》[M],中华书局,1980 年。
[19]杨伯峻:《春秋左传注》[M],中华书局,1980 年。
[20]《毛诗正义》,《十三经注疏》[M],中华书局,1980 年。
[21]袁愈荌等:《诗经全译》[M],贵州人民出版社,1981 年。
[22]《春秋左氏传》,《十三经注疏》[M],中华书局,1980 年。

伏羲文化与楚辞

——从“伏羲《驾辩》”说起

兰州大学 张崇琛

《楚辞·大招》:“伏戏《驾辩》,楚《劳商》只。”作为先秦文献,楚辞的诗句不但进一步证明了伏羲的真实存在,同时也揭示出伏羲文化与楚文化及楚辞的关系。

据《世本》、《管子》、《庄子》、《尸子》、《荀子》、《战国策》、《周易·系辞》及《楚辞·大招》所记,伏羲作为华夏人文始祖最初应是实有其人的,即距今六七千年前生活于中国西部(今甘肃东部一带)的一位氏族领袖。正如许多氏族建立后都有过东迁的历史一样,伏羲也曾率领着他的氏族自出生地成纪(今甘肃天水一带)往东迁移,先是建都于陈(今河南淮阳),后活动于今山东西部一带,最后其势力又远达淮河流域及其以南地区。在东进的过程中,伏羲氏族陆续合并了其他一些氏族,因之,历史上的“伏羲”既是个体,也代表了一个氏族和氏族群体。又因为伏羲“结网罟以教佃渔”,故伏羲又成为一个时代的象征,伏羲氏亦被称作庖牺氏。伏羲族也崇拜太阳,他们一直迎着太阳向东发展,因而其族号又被称为“太昊”,他们在山东所留下的一支则被称为“少昊”。

从历史发展的角度来看,伏羲时代应是母系氏族社会开始向父系氏族社会转化,原始农业逐渐兴起,并与畜牧业一同发展的时代。这是一个大变革的时代,因此,伏羲族也创造了中国早期的灿烂文化,即结网罟、制嫁娶、造琴瑟、龙纪官、画八卦等。而这一文化对此后的楚文化及楚辞创作,更产生过不可磨灭的影响。具体说,有以下三个方面:

一是楚辞中多言伏羲及与伏羲有关的人物和故事。除《大招》之“伏羲《驾辩》”外,《远游》中也提到了太昊伏羲氏:“歷太皓以右转兮,前飞廉以启路。”王逸《章句》解释说:

> 遂过庖牺,而谘访也。东方甲乙,其帝太皓,其神句芒。太皓始结网罟,以畋以渔,制立庖厨,天下号之为庖牺氏。皓,一作皞。

太皓今通作太昊。或谓太昊与伏羲并非一人,今观王逸《章句》,至少在东汉时期,人们已将太昊与伏羲视为一人了。此外,《离骚》中还提到了伏羲的女儿宓妃及伏羲之臣蹇修:

吾令丰隆乘云兮,求宓妃之所在。

解佩纕以结言兮,吾令蹇修以为理。

《洪补》引《洛神赋》注云:“宓妃,伏牺之女,溺洛水而死,遂为河神。”王逸《章句》:“蹇修,伏羲之臣也。”而《天问》“帝降夷羿,革孽夏民。胡射夫河伯,而妻彼洛嫔”之“洛嫔”,王逸《章句》亦谓“洛嫔,水神,谓宓妃也”。又《九歌·河伯》“与女游兮九河”、“与女游兮河之渚”及“送美人兮南浦”之“女”与“美人”,实际上也是指洛嫔即伏羲之女宓妃。至于相传与伏羲兄妹而为夫妻的女娲,《天问》中也曾问道:“女娲有体,孰制匠之?”

可见,有关伏羲的传说不但在屈原那里仍被保留着,而且还被纳入了他的楚辞创作之中。

二是楚人对伏羲时代音乐的继承。伏羲时代,随着先进工具的出现,生产力的发展,物质的日渐丰富,人们已开始造琴瑟,制乐曲了。《礼记·曲礼》《正义》说伏羲“作琴瑟以为乐”,《世本》云“伏羲造琴瑟”(《孝经》六《正义》引),《楚辞·大招》云“伏戏《驾辩》,楚《劳商》只”。《说文解字》:“瑟,庖牺氏所作弦乐也。”司马贞《补史记·三皇本纪》也说伏羲“作三十五弦之瑟”。至于伏羲所制乐曲,除《楚辞》所载《驾辩》外,《周礼·春官·大司乐》《疏》:“伏羲之乐曰《立基》。”清马骕《绎史》引《孝经纬·鉤命决》:“伏羲乐名《立基》,一云《扶来》,亦曰《立本》。”《隋书·乐志》及《古今事物考》还记载伏羲作有《网罟之歌》。既有乐器,又有乐曲,伏羲时代的先民们遂在劳动之余载歌载舞,其乐无穷了。青海大通县上孙家寨新石器文化遗址中出土的舞蹈纹彩陶盆(内壁绘有三组舞蹈人花纹,每组五人),便是对这一景象的生动体现。①

楚国的音乐亦十分发达。单从当时流行的乐曲来看,就有《九歌》、《九辩》、《涉江》、《采菱》、《阳阿》、《驾辩》、《劳商》、《下里》、《巴人》、《阳春》、《白雪》等十余种名目。这其中,既有楚人自己创作的“新歌”,也有对远古音乐的继承及对他族乐曲(如原为巴人乐曲的《下里》、《巴人》)的融汇。《招魂》云:

肴羞未通,女乐罗些。陈钟按鼓,造新歌些:《涉江》、《采菱》,发《扬荷》些。

王逸《章句》:“《涉江》、《采菱》、《阳阿》(按:即《扬荷》),皆楚歌名。”所谓楚歌,也就是楚人所造的“新歌”。但这类歌曲只占楚国流行音乐的一部分,还有相当一部分则是对

① 见青海省文物考古队:《青海大通县上孙家寨出土的舞蹈纹彩陶盆》,《文物》1978年第3期。

远古音乐包括伏羲时代音乐的继承。如《九歌》、《九辩》便实为夏乐,《离骚》“启《九辩》与《九歌》”、《天问》“启棘宾商,《九辩》、《九歌》”及《山海经·大荒西经》“夏后开上三嫔于天,得《九辩》与《九歌》以下”可证。楚为夏后①,楚人对夏文化的继承是很自然的。而《驾辩》、《劳商》的来源则更早,它们当是伏羲时代音乐的遗留。《大招》云:

代秦郑卫,鸣竽张只。伏戏《驾辩》,楚《劳商》只。讴和《扬阿》,赵箫倡只。魂乎归来,定空桑只。

王逸《章句》:

伏戏,古王者也,始作瑟。《驾辩》、《劳商》皆曲名也。言伏戏氏作瑟,造《驾辩》之曲,楚人因之,作《劳商》之歌。皆要妙之音,可乐听也。

朱熹《集注》亦云:

代秦郑卫,当世之乐也。伏羲之《驾辩》,楚之《劳商》,疑皆古曲名,而未有考。

朱熹疑《驾辩》、《劳商》皆古曲名,而王逸则谓楚人在伏羲《驾辩》的基础上又创作了《劳商》。而无论是直接演唱还是“楚人因之”又作新歌,这都说明了一个问题,那就是楚人对伏羲音乐的有意继承。

更值得注意的是《大招》“魂乎归来,定空桑只”两句。王逸《章句》解释道:

空桑,瑟名也。《周官》云:古者弦空桑而为瑟。言魂急来归,定意楚国,听瑟之乐也。或曰:空桑,楚地名。

空桑非地名,乃琴瑟之名,因为《周礼·春官·大司乐》曾明确提到“空桑之琴瑟”。而瑟上有弦,弦各有柱,可上下移动,以定声音之清浊高低。故所谓“定空桑”,正如胡文英《屈骚指掌》所说:“他乐人皆能之,惟空桑之琴瑟至为贵重,故必须王自定其声也。”②

① 此从姜亮夫先生说。见姜亮夫师:《楚辞今绎讲录》(修订本)第九讲《〈天问〉概说》,北京出版社,1983 年。

② 见《屈骚指掌》卷四《大招》,北京古籍出版社,1979 年。

可见,楚人所演唱的各种歌曲,其伴奏都是少不了瑟的。而瑟的定音竟要由楚王亲自操作,更反映出楚人对瑟这一乐器的重视程度。

瑟为伏羲所发明,楚人之重瑟,本身就说明了伏羲文化对楚文化的深远影响。而用瑟为主要乐器演唱的歌曲便为瑟调。楚辞中亦有多处写到瑟的演奏情形,如"陈竽瑟兮浩倡"(《东皇太一》)、"恒瑟兮交鼓"(《东君》)、"使湘灵鼓瑟"(《远游》)、"竽瑟狂会"(《招魂》)、"杞梓瑟些"(《招魂》)等。而发端于伏羲时代的瑟调,经楚人的播扬直到汉代仍为乐府相和歌之一种,并被不断地传唱着。再从瑟调曲中所保存的《陇西行》等乐曲来看,瑟调与伏羲生地的陇西一带,其渊源仍是显见的。

三是伏羲文化中的龙文化特征,在楚辞中也有着明显的体现。伏羲风姓,风字从虫凡声,虫即蛇。故汉画像石中的伏羲、女娲即常为人首蛇身,作交尾状。可见,伏羲族属于古时的蛇图腾部落。而随着伏羲族在东进过程中对其他氏族的不断兼并,其图腾又由蛇而逐渐演化为龙。甘肃武山、甘谷两县仰绍文化庙底沟类型遗址出土的人面鲵鱼(俗称娃娃鱼)纹彩陶瓶①,既是伏羲人首蛇身的真实写照,也是原始的龙图腾形象。至于伏羲族为加强氏族及部落内部的管理而创设的以龙纪官制度,更有力地证明了伏羲族的龙图腾特征。如《补史记·三皇本纪》说伏羲"有龙瑞,以龙纪官,号曰龙师"。《绎史》卷三引《古史考》谓"伏牺立九部而民易理"。《左传·昭公十七年》也说:"太皞氏以龙纪,故为龙师而龙名。"师,长也。所谓"龙师",即各官之长皆以龙为名。汉代的服虔更具体指出:"太皞以龙名官,春官为青龙氏,夏官为赤龙氏,秋官为白龙氏,冬官为黑龙氏,中官为黄龙氏。"(《左传》孔颖达《疏》引)而楚辞之多言龙,应该是接受了伏羲龙文化的这种影响。

今观屈宋赋中,言"龙"者凡20处。其中,或以龙为灵物,如:

麾蛟龙使梁津兮　　(《离骚》)
驾两龙兮骖螭　　(《河伯》)
应龙何画　　(《天问》)
焉有虬龙　　(《天问》)
蛟龙隐其文章　　(《悲回风》)
螭龙并流　　(《大招》)

或以龙为舟车堂室之饰,如:

① 见天水市政府文史资料委员会编:《文化天水》,甘肃文化出版社,2006年,第64页彩图。

驾龙辀兮乘雷　　　　(《东君》)
鱼鳞屋兮龙堂　　　　(《河伯》)
画龙蛇些　　　　　　(《招魂》)

或以龙为专用名词(地名、神名、器物名),如:

顾龙门而不见　　　　(《哀郢》)
烛龙何照　　　　　　(《天问》)
逴龙赩只　　　　　　(《大招》)
驾飞龙兮北征　　　　(《湘君》)
飞龙兮翩翩　　　　　(《湘君》)

龙门乃楚郢都之门。逴龙即烛龙,为照耀北方无日之国的神人。而《湘君》之"飞龙",实为龙舟的专称。又,或以龙为升天及神游之道引,如:

为余驾飞龙兮　　　　(《离骚》)
驾八龙之婉婉兮　　　(《离骚》)
龙驾兮帝服　　　　　(《云中君》)
乘龙兮辚辚　　　　　(《大司命》)
驾八龙之婉婉兮　　　(《远游》)
右苍龙之躣躣　　　　(《九辩》)

可见,楚人虽未必以龙为图腾,但也并非是"贬龙"的。他们不但继承了自伏羲以来有关龙的传说,而且还从生物学、美学及神话学等方面又对龙文化作出了新的诠释。

再从出土资料来看,楚人对龙文化的继承也是显见的。1949年出土于长沙陈家大山战国楚墓的《人物龙凤》帛画(又称《人物夔凤画》,今藏湖南省博物馆),图中绘一侧身而立的细腰女子,双手合于胸前作祈祷模样;其左上方又绘一龙一凤,皆呈奋起状。画中仕女自然是墓主人形象,而画的主题实为死者在腾龙舞凤的指引下向天国飞升。又,1973年在长沙子弹库一号战国楚墓中还出土了另一幅《人物御龙》帛画(藏湖南省博物馆),画中男子留须,头戴高冠,腰佩长剑,正驾御一条昂首巨龙遨游天宇。人物上方有华盖一重,龙前腹下有游鱼一条,龙尾上有立鹤一只作昂首长唳状①。以上两画皆以龙为升天之

① 帛画参见湖南省博物馆:《长沙楚墓帛画》,文物出版社,1973年。

道引或负载者,此恰可与《离骚》等篇所描写的驾龙神游之景象互证,都反映了楚文化所受由伏羲所开创的龙文化的影响。至于画中之鸟(或为凤,或为鹤),则又昭示着楚文化中东夷文化成分的存在(东夷族之图腾为鸟)。而楚文化作为一种包孕性极强的文化,在接受了伏羲文化影响的同时,又兼融了其他文化的一些特征,也是很自然的。

楚文化与楚辞所受伏羲文化的影响已如上述。那么,这种影响又是从何而来呢?窃以为,不外以下三种传播途径:

首先是伏羲文化的直接影响。伏羲文化发源于西北,即今甘肃天水一带。此后,伏羲族主体虽曾东迁,然其文化仍然在故地传承,今天水地区的大地湾文化便带有明显的伏羲文化色彩。大地湾文化最早发现于天水市秦安县东北部的五营乡邵店村东,其后在天水市的师赵村、西山坪,武山县的西旱坪,西和县的宁家庄,礼县的赵坪、盐关以及徽县的柳林等地,也有类似的发现。其时间距今约 8000 年至 5000 年。而楚人的祖先自昆仑而下,沿河西走廊及陕、甘交界处东迁,也正在这一段时间里。因此,楚人对伏羲文化的直接吸纳是完全可能的。今天,我们从楚文化与大地湾文化的某些相似之处来看,似乎也可以证明这一点。例如,东汉王逸在《楚辞章句·天问》中曾指出,屈原放逐期间,"见楚有先王之庙及公卿祠堂,图画天地、山川、神灵","因书其壁"。目前在楚地虽未发现这样大型的壁画,但在大地湾遗址编号为 F411 的房屋遗址内,却发现了一幅长约 1.2 米,宽约 1.1 米,用碳黑作颜料绘制而成的以人物为中心的地画,时间距今约 5000 年①。这比前述的《人物龙凤》画和《人物御龙》画还要早 2000 多年。又,伏羲文化以音乐发达著称,尤其是瑟的制作与演奏,屡见于文献记载。而楚人不但重瑟,并用瑟演奏出许多不同的乐曲,而且我们今天在楚墓中仍能发现许多出土的瑟。如天星观一号楚墓出土瑟 5 件,擂鼓墩一号楚墓出土 12 件,浏城桥一号楚墓和长台关一号楚墓也各出土瑟一件。②楚人对瑟的格外钟爱,这不能不说与伏羲文化的直接影响有关。

其次是伏羲文化的间接影响。伏羲族东迁途中,先后经过了今天的陕西、河南、山东一带,最后建都于陈(今河南淮阳)。在其所经之地,都留下了他们的文化,并为当地的民族所不同程度地接受。而此后的楚人东迁,其足迹所至,也定会间接地感受到伏羲文化的影响。例如,受伏羲文化影响较深的夏、周民族,楚人便从他们那里继承了不少伏羲文化的因子。夏族也以龙作为自己的图腾,这一点可以看出夏族与伏羲族间在文化上的传承关系;而楚人所传承的《九歌》,又正是当年夏民族的图腾之歌。先师姜亮夫先生认为,《九歌》之"九"通"虯"(有角之龙),"虯"即"禹"字。而"禹"的形旁为"虫",虫即蛇,亦即古人所说的龙的主体。因此,"《九歌》是夏氏的歌","夏以龙为图腾,禹即这位图腾神

① 甘肃省文物工作队:《大地湾遗址仰韶晚期地画的发现》,《文物》1986 年第 2 期。

② 参见张正明:《楚文化史》第四章《鼎盛期的楚文化》,上海人民出版社,1987 年。

的雅名”。[1] 可见,《九歌》原本为夏民族的龙图腾之歌。再考虑到楚辞中“龙”字的多处出现,我们完全可以说,伏羲文化经夏人的播扬,已间接地影响到了楚文化。周文化的影响也是同样。当年楚人东迁至楚丘一带之后,又辗转而西、而南,并曾长期依附于周,至被周文王封为楚子,因此,周文化的熏陶也就在所难免了。而周文化中有不少是源自伏羲文化的,即如周人所擅长的《周易》,也是在伏羲八卦的基础上形成的。据《左传·文公十八年》记载,楚人很早即以卜筮闻名,也出过一些以卜筮著称的家族,春秋时期的卜楚丘父子即是一例。又据《国语·楚语》记载,楚国的观射父也善卜筮,至被称为“国宝”。到了战国时期,曾为屈原占卜的郑詹尹,所用的也还是“端策拂龟”的方法。[2] “拂龟”为龟卜,“端策”即筮占,亦即司马迁《史记·龟策列传》所说的“揲策定数”,当属《周易》的方法了。而这种方法最早便是从伏羲那里来的。

最后,楚文化中某些伏羲文化因子的存在,也与两者共同来源于昆仑文化是分不开的。

楚人祖先高阳氏的发祥地在昆仑。正如姜亮夫先生所指出的,“高阳氏来自西方,即今之新疆、青海、甘肃一带,也就是从昆仑山来的。”[3]而先秦所谓昆仑,其地理位置大致在今青海高原一带,楚人的祖先正是在这里创造了中华文化源头之一的昆仑文化。这不但有着文献的记载,也为近年来的考古发现所证明。[4] 而伏羲文化的源头又在哪里呢?迄今为止,尚未有学者论及。窃以为,伏羲文化的源头亦应在昆仑,其理由有三:

一、远古时期昆仑地区的自然生态是适合人类繁衍、生息的。我们知道,在人类早期的历史上,曾有过两大不利人类生存的因素,即炎热与洪水,而昆仑山因为地势的高爽,均不会受此影响。而且,在文献记载中,远古昆仑地区的生态环境也不像后人所想象的那样恶劣。如《穆天子传》(卷二)描写的昆仑地区便是:

> 季夏丁卯,天子北升于舂山之上,以望四野。……曰:“舂山之泽,清水出泉,温和无风,飞鸟百兽之所饮食,先王所谓县圃。”

《山海经·大荒西经》亦记:

> (昆仑山)有沃民之国,沃民是处。沃之野,凤鸟之卵是食,甘露是饮。凡其

① 姜亮夫师:《楚辞今绎讲录》(修订本)第十讲《〈九歌〉通说》,北京出版社,1983年。
② 见《楚辞·卜居》。
③ 姜亮夫师:《楚辞今绎讲录》(修订本)第五讲《屈原事迹》,北京出版社,1983年。
④ 详见拙著:《楚辞文化探微》之《屈原神游西北的地理问题》一节,新华出版社,1983年。

所欲,其味尽存。……鸾鸟自歌,凤鸟自舞,爰有百兽,相群是处,是谓沃之野。

如果说《穆传》、《山经》所写或有美化成分,那么《史记·匈奴列传》《索引》所引《西河旧事》的一段文字,应是不存夸张的:

(祁连)山在张掖、酒泉二界上,东西二百余里,南北百里,有松柏五木,美水草,冬温夏凉,宜畜牧。匈奴失此二山,乃歌云:"亡我祁连山,使我六畜不蕃息;失我燕支山,使我嫁妇无颜色。"

祁连山为800里见方的"昆仑之墟"的北界,其景致尚且如此,而昆仑的腹地,其局部的小气候只会更佳。

二、昆仑是中国古代神话传说最为丰富的一个地区,先秦的许多神话都产生于远古的昆仑一带。对此,顾颉刚先生曾具体论述道:①

在《山海经》中,昆仑是一个有特殊地位的神话中心,很多古代的神话,如夸父追日、共工触不周山及振滔洪水、禹杀相柳及布土、黄帝食玉投玉、稷与叔均作耕、魃除蚩尤、鼓与钦䲹杀葆江、烛龙烛九阴、建木与若木、恒山与有穷鬼、羿杀凿齿与窫窳、巫彭等活窫窳、西王母与三青鸟、姮娥盗药、黄帝娶嫘祖、窜三苗于三危等故事,都来源于昆仑。

神话是昆仑文化的主要载体,而神的背后却是人。因此,透过昆仑地区丰富多彩的古代神话,人们完全可以感受到昆仑地区早期人类的活动。

三、从考古发现来看,昆仑地区事实上已经有早期人类活动的痕迹。当年,徐旭生先生曾经猜测华夏集团的发源地在古昆仑丘(徐先生也认为古昆仑丘是现在的青海高原),但由于缺乏考古学的证明,他未能遽下结论。② 今天,徐先生所期待的考古资料已经出现。1983年,中国科学院青海盐湖所的科研人员在柴达木盆地发现了距今3万年左右的旧石器时代遗址,《新华文摘》1985年第3期报道说:

我国科技人员在西北地方柴达木盆地距今三万年左右的地层中发现了旧

① 顾颉刚:《〈庄子〉和〈楚辞〉中昆仑和蓬莱两大神话系统的融合》,《中华文史论丛》1979年第2期。

② 徐旭生:《中国古史的传说时代》,科学出版社,1960年,第43页。

石器和南极石。这组包括刮削器、雕刻器、钻具和砍斫器等石制工具，制于距今三万年左右的晚更新世时期。当时的柴达木盆地植被繁茂，小柴旦湖是淡水湖，人类生活在一种适宜于成群食草类动物生活的草原环境。黄慰文还指出，这些以刮削器为主的石器组合，具有华北旧石器文化两大系统中"周口店第一地点（北京人遗址）——寺峪系"的特色，反映了当时西北与华北的古人类在文化、技术上有密切的联系。

除了旧石器遗址外，1980年7月，青海省文物考古队还在海南藏族自治州的贵南县拉乙亥又发现了一处中石器时代遗址。该遗址位于青海湖以南的共和盆地中部，海拔2580米。遗址共出土各类石器、骨器1400余件，其文化发展水准高于旧石器晚期文化，而进入中石器时代[①]。至于更晚的新石器时代遗址，在青海高原也有多处发现。[②]

总之，无论从生态环境、神话传说还是考古发现来看，昆仑地区无疑是中国古人类的一处重要发祥地。而西北的华夏集团之源于昆仑，也应是可信的。至于伏羲族，徐旭生先生认为属于苗蛮集团[③]，然大量的文献已证明，该族最早的活动区域是在西北。伏羲文化会不会也由昆仑发源呢？应该说是很可能的。倘如此，则楚文化与伏羲文化中某些相同因子的存在，也就很好理解了。

① 盖培、王国道：《黄河上游拉乙亥中石器时代遗址发掘报告》，《人类学学报》1983年第2卷第1期。

② 赵生琛等：《青海古文化》，青海人民出版社，1986年。

③ 徐旭生：《中国古史的传说时代》，科学出版社，1960年，第49页。

关于“荆”和“楚”的称呼

[日本] 野田雄史

2003年10月在华中师范大学召开的国际楚学研讨会上,我阐明了先秦中原士人对楚地区所怀抱的某种蔑视情感。① 当时我主要是依据《论语》和《孟子》。那么从其他先秦文献又可见怎样的情感呢?通过调查几种先秦文献,发现了跟“楚”一样指称湖北、湖南一带的“荆”的独特用法。现就此问题,阐述如下。

《荀子》里共有20条含有“楚”字的条目。《韩非子》里则有42条。都比《孟子》(13条)要多。此是由于本文的量多所致,并不表示任何特别的意义。但是含有“楚”字条目的内容好像略有变化。描写变为详细多了,令人有纪实之感。这些条目的大部分是作为以辩论为目的的寓言,在《孟子》里这些寓言结构较为简单,在《韩非子》中则变得稍为复杂,已俱有所谓“小说”的浓度。这也许是为了在辩论有利的情况下而进行的采访活动的一种反映。②

与此相关,在论述到楚之故事时,并看不出对楚地区抱有某种蔑视的情感。比如“矛盾”故事里楚人登场,而且受人嘲笑。③ 那楚人确实是被人驳倒了,但其中并没有某种蔑视情感,有的只是对平时善于赚钱的商人的一种报复。更明确地说,那个商人作为故事

---

① 野田雄史:《探讨孟子里的“楚”》,发表于国际楚学研讨会,武汉市华中师范大学,2003年,第23-26页。

② 《荀子·尧问》:魏武侯谋事而当,群臣莫能逮,退朝而有喜色。吴起进曰:“亦尝有以楚庄王之语闻于左右者乎?”武侯曰:“楚庄王之语何如?”吴起对曰:“楚庄王谋事而当,群臣莫逮,退朝有忧色。申公巫臣进问曰:‘王朝而有忧色,何也?’庄王曰:‘不谷谋事而当,群臣莫能逮,是以忧也。其在中蘬之言也,曰:“诸侯自为得师者王,得友者霸,得疑者存,自为谋而莫己若者亡”。今以不谷之不肖,而群臣莫吾逮,吾国几于亡乎!是以忧也。’楚庄王以忧,而君以喜。”武侯逡巡再拜曰:“天使夫子振寡人之过也。”《韩非子,第13卷,和氏第十三》:楚人和氏得玉璞楚山中,奉而献之厉王,厉王使玉人相之,玉人曰:“石也。”王以和为诳,而刖其左足。及厉王薨,武王即位,和又奉其璞而献之武王,武王使玉人相之,又曰:“石也”,王又以和为诳,而刖其右足。武王薨,文王即位,和乃抱其璞而哭于楚山之下,三日三夜,泣尽而继之以血。王闻之,使人问其故,曰:“天下之刖者多矣,子奚哭之悲也?”和曰:“吾非悲刖也,悲夫宝玉而题之以石,贞士而名之以诳,此吾所以悲也。”王乃使玉人理其璞而得宝焉,遂命曰:“和氏之璧。”

③ 《韩非子·难一》……或问儒者曰:“方此时也,尧安在?”其人曰:“尧为天子。”“然则仲尼之圣尧奈何?圣人明察在上位,将使天下无奸也。今耕渔不争,陶器不窳,舜又何德而化?舜之救败也,则是尧有失也;贤舜则去尧之明察,圣尧则去舜之德化;不可两得也。”楚人有鬻盾与矛者,誉之曰:“吾盾之坚,莫能陷也。”又誉其矛曰:“吾矛之利,於物无不陷也。”或曰:“以子之矛陷子之盾何如?”其人弗能应也。夫不可陷之盾与无不陷之矛,不可同世而立。今尧、舜之不可两誉,矛盾之说也……

里的角色不必是楚人，也可以是齐人或者是秦人。他之所以是楚人，也许是那故事在楚地流传所致。当然这种故事流传的背后有着楚独特的情况。那是受楚地的风俗、习惯、经济、文化等状况的影响，而并不取决于中原士人对楚地区怀抱的蔑视情感。

读《韩非子》，有一种现象值得注意。那就是在论述到楚地区时并没有“楚”字，却出现“荆”字。《论语》、《孟子》、《荀子》都没有“荆”字，《韩非子》中出现“荆”字，数量和“楚”字也不相上下。而且使用“荆”字的部分跟使用“楚”字的部分并看不出有何区别，完全可以对换。①

总之，“荆”和“楚”是指同一地区的异称。那么两词是如何而来的呢？《春秋》里有一段有趣的记载。作为史书记述，仅管指称同一国家，庄公十年叫“荆”，僖公元年则叫“楚”②。杜预为《春秋左氏传》各处作注，解释了国号从“荆”到“楚”的变化。③ 但是《春秋公羊传》提出了与此不同的、很重要的观点。即“荆”是州名，“楚”是国名，根据春秋的笔法，说州名比说国名含有轻蔑语气。④ 不管何种观点准确，笔者在此要强调的是，汉代人认为《春秋》里有段时期中楚比其他国家多受轻侮。而汉代人的这种认识是受春秋时期中原士人蔑视情感所影响的。

关于把“楚”地区叫做“荆”，在别的书里还有不少记载。《吕氏春秋》中也出现“荆”字，高诱对此认为是为避秦始皇之父庄襄王之讳。⑤ 不用说秦庄襄王的名字是“子楚”。这个解释看来似乎合理。说起避讳，令人联想到为避汉高祖刘邦之讳，“邦”变成“国”的例子。楚、荆之变如同邦国之变。孙叔敖的故事，在《列子》里写“楚人”之处，《吕氏春秋》里则变成“荆人”，这使人觉得也可能是出于避讳。可是再细看那故事，《吕氏春秋》里也有“楚”字。⑥

---

① 《韩非子·难二》：赵简子围卫之郛郭，犀盾、犀橹立於矢石之所不及，鼓之而士不起，简子投枹曰：“乌乎！吾之士数弊也。”行人烛过免胄而对曰：“臣闻之，亦有君之不能耳，士无弊者。昔者吾先君献公并国十七，服国三十八，战十有二胜，是民之用也。献公没，惠公即位，淫衍暴乱，身好玉女，秦人恣侵，去绛十七里，亦是人之用也。惠公没，文公授之，围卫、取邺，城濮之战，五败荆人，取尊名于天下，亦此人之用也。亦有君不能耳，士无弊也……

② 《春秋·庄公十年》：经：秋，九月，荆败蔡师于莘，以蔡侯献舞归。《春秋·僖公元年》：经：秋，七月戊辰，……。楚人伐郑。

③ 《春秋左氏传·庄公十年·杜预注》：荆，楚本号。後改为楚。楚辟陋在夷。於此始通上国。然告命之辞犹未合典礼，故不称将帅。莘，蔡地。《春秋左氏传·僖公元年·杜预注》：荆，始改号曰楚。

④ 《春秋公羊传·庄公十年》：传：荆者何，州名也。州不若国，国不若氏，氏不若人，人不若名，名不若字，字不若子。

⑤ 《吕氏春秋·季夏纪·音初》：周昭王亲将征荆。高诱注：荆，楚也。秦庄王讳楚。避之曰荆。

⑥ 《列子·说符》：孙叔敖疾，将死，戒其子曰：“王[极－木]封我矣，吾不受也。为我死，王则封汝。汝必无受利地。楚越之间有寝丘者，此地不利而名甚恶。楚人鬼而越人禨，可长有者唯此也。”……《吕氏春秋·孟冬纪·异宝》：……孙叔敖疾，将死，戒其子曰：“王数封我矣，吾不受也。为我死，王则封汝，必无受利地。楚、越之间有寝之丘者，此其地不利，而名甚恶。荆人畏鬼，而越人信禨。可长有者，其唯此也。”……

《吕氏春秋》里的"楚"字数是"荆"字的一半左右(楚:26 荆:56)。如果是一两个也有误传之可能,但有如此之多,则因避讳不能用"楚"的解释也就无法令人信服了。

一个国家有跟本来的国号不同的名称,还有例可举。战国后期的"魏"就是如此。比如《孟子》里魏惠王叫做梁惠王。魏受秦进攻,迁都于大梁。迁都大梁以后的"魏"也叫做"梁"。由于失去国土西半,既作为区别,也可能含有揶揄"魏"不能拒秦进攻、没有斗志的意图。考察魏叫做梁的经过,自然使人联想到楚的历史。楚也同样受秦进攻而迁都于东方。由于东迁导致了"荆"、"楚"名义的分裂。"楚"是国号,国土在东迁以后指以江苏、安徽为中心的一带。"荆"是地名,指湖北、湖南一带。也就是说,楚东迁以后,由于"楚"这一国号已不能指称湖北、湖南一带了。这对于占有了湖北、湖南一带的秦人来说意识最强。虽然还有根据习惯的混用,在秦地成立的《吕氏春秋》中频繁地使用"荆"这个名称,可见秦人这种强烈意识。除了作为地名的湖北、湖南一带以外,还可指东迁以前湖北、湖南一带的楚,很多楚王都叫荆王。①

总而言之,楚东迁以后编入到秦国境内的楚故地重新叫做"荆",而本来指湖北、湖南一带的"楚",在东迁以后的楚地还在继续使用(现在江苏省就有楚州)。所以"荆"、"楚"变成了指两个不同地区的名称的同时,还留存着"楚"仍指湖北、湖南一带的感觉,这就产生了"荆楚"连称的用法。

---

① 在《吕氏春秋》里最有名的庄王有"荆"、"楚"两种称法,而其他的都叫做"荆"。

《楚辞》门外话“羽人”①

——关于羽人缘起、信仰及图像传播等

湖北省社会科学院楚文化研究所　邵学海

2007年杭州国际楚辞学研讨会上，我在小组发言说：楚辞学研究应充分利用考古材料，并举数例说明有关文物在楚辞学研究方面的价值，其中屈原生活地，今江陵楚墓出土的战国中期木雕羽人是其一，它的结构及其上图案，可以帮助我们复原战国中期楚地社会生活的图像，为楚辞研究提供真实、直观的材料。

楚辞学抑或屈原研究的视野应该拓宽，起码不能忽略先秦考古材料。但20世纪70年代以来，由于考古学的新发现，有必要再提这一建议，一是因为所掘东周墓中，楚墓占了大多数，出土资料非常丰富。一是检视近年研究成果，借用考古资料的比较少，视野显得较为逼窄。以上是我发言的基本内容。

但同时，我还介绍了迄今已知最早羽人出在江西新干商代大墓里的事实。然而就是这个发言主题以外的，且远离会议议题的羽人闲话，引起了讨论。

有H先生诘问：商代就有羽人，证据何在？答曰：在考古报告。又问：考古报告的根据何在？于是我介绍了考古学年代判断的若干方法，即地层学和类型学分析以及碳14测定等手段。H先生认为不可靠，说考古人员常常为了把年代提前而作伪。他认为中国羽人最早出现在汉武帝时，此前没有羽人之说。而且说：凡文献没有记载的，地下所出文物都不可信。

羽人问题，近几年我遇到三例，一例即《江汉论坛》2001年第8期载《战国中期曾有佛教造像传入南楚》；一例为2007年5月“首届国际道教艺术研讨会”外籍汉学家的大会发言；再就是H先生的诘问。三例有一个共同点，都认为汉代以前，中国没有有翼神灵。前二者还认为，若有，则是西方传过来的。

搜寻中国文化中的外来因素，是文化史研究中的重要方面且富于魅力，文化既有输出，也有纳入，合于事理，但论证要客观，要有证据。第一例的作者误识了出土遗物，也误

① 古代羽人有几种界定，一为官名，《周礼·地官》有羽人，掌征集羽毛做旌旗车饰之用；一为神话中有羽翼之人；一为身生毛羽的得道仙人；一为一般道士。本文所论，为神话中有羽翼之人及身生毛羽的得道仙人。由于有羽翼之人又称羽民、鸟民、鸟人，故文中有所出现，均属同一概念。

读了佛经,认为战国羽人是佛教的妙音鸟;第二例,迄大会讨论时,外籍汉学家承认撰写论文时没有充分了解中国境内近几十年的地下发现;第三例——从 H 先生的诘问看,可见其视野逼窄,这且不去管他,不可理解的是,既为楚辞学会成员,自当熟悉楚辞章句,但竟认为凡文献没有记载的,地下文物皆不可靠,还认为因有栾大以化金术、不死方进见汉武帝,才有羽人这个仙界里的角色,这无疑是个低级的错误,试问:《远游》:"仍羽人于丹丘兮,留不死之旧乡"应作何解呢?

《楚辞》充满了游仙之辞,搞清羽人的流变以及前道教文化的发生,对屈原研究当有直接意义。兹摭取拙文《仙格羽人考》(待刊,原文 2.4 万字)一部,加以调整修改后发表于斯,敬请方家指正。

不论文化史还是艺术史,羽人都是前道教文化中一个重要角色,它从宗教学角度,真实地反映了中华民族自新石器时代至文明早期的思想历程,并且为我们探索中国文化轴心时代民众的意识与观念,重建屈原时代社会文化背景,提供了重要材料。

已知近现代关于羽人研究,1947 年孙作云在《国立渖阳博物院筹备委员会汇刊》第一期上发表《说羽人》,他从六个方面,对羽人作了宏大全面的梳理与考订。此后,羽人研究一度减弱,20 世纪 90 年代以来续有新见,主要观点可归纳为:一、羽人产生于南方楚文化土壤,带有浪漫主义色彩,与燕、齐神仙方术有别;二、羽人的源头在东夷文化区域内发生,由于燕、齐方术培育,成为该文化弥漫东亚大陆的主道;三、羽人所蕴涵文化是多元的,不仅有楚文化,还与西亚有翼神兽有关。

《山海经》不乏羽人、羽民国的记载,秦汉时,石刻、壁画和漆器上,羽人及诸仙与仙物充斥了艺术世界。尽管常有逆超秦汉,追踪至史前的羽人探索,却苦于没有实物证据,或者材料不够充分而得不到认同。总之,羽人出现在汉代或者西方文化的传播之观点已然形成。不过,近 30 年来的田野新发现证明,羽人不仅是中国文化的产物,而且有悠久的历史。

一、羽人的神籍

20 世纪 80 年代以后出土,下葬年代早于及相当于战国早中期的"羽人"古器主要如下:

一、1989 年江西新干大洋洲发掘约当殷墟中期的土坑竖穴墓,《商代新干大墓》认为,其属性是赣江流域一支与殷商文明并行发展的土著青铜文化,政治实体为与中原王朝并存的地方政权,墓主可能是这一政权的统治者或其家族成员①。出土遗物中有玉质

① 文物出版社,1997 年,第 203 页。

羽人形佩饰一件，据照片和线描图：羽人为棕褐色，鸟头人身，眼为该时代常见的“臣”字目。头上另有一鸟形冠，尖喙，匍匐状。通高11.5厘米，厚1.4～0.8厘米，出于墓主头顶部位（图一）。

图一

图二

图三

二、1986年四川广汉三星堆发掘商代一、二号祭祀坑，前者为殷墟早期，后者为殷墟晚期。殷墟晚期的文物中，出有青铜人首鸟身像，残高12厘米，据林巳奈夫转述《三星堆一、二号坑几个问题的研究》对所出小型神树的描述，可知该鸟人是立于其上的①。人首鸟身铜像，头戴冠，大眼圆睛，喙鼻阔嘴，鸟身胸部装饰圆形纹，背插云形鸟翅，双爪立于华果上（图二）。

关于鸟胸部的圆形纹饰，应是太阳的象征，《中西纹饰比较研究》的作者把此类图像命名为“有翼日盘”，并指出其为世界性太阳崇拜的普遍反映。

三、2000年在屈原曾生活的地方，今湖北江陵发掘战国楚墓，该墓下葬年代约公元前350年至公元前330年之间。据研究，这20年恰是屈原青少年时期。②

该墓出土漆木器计177件，其中首次出现在东周南方墓中的有凤鸟羽人、神树、凤鸟莲花豆和蟾蜍等。经整理，凤鸟羽人和蟾蜍实际上下相配，即羽人立于凤鸟上，凤鸟插入蟾蜍背上。从功用上看，蟾蜍实是凤鸟羽人的基座（图三）③。

上述三例羽人图像标本，分属殷墟中期、殷墟晚期、东周时期。假如以汉代羽人为前道教文化的成熟模式，那么殷墟中期和晚期的羽人图像应该较为接近原始状态，带有萨

① 《中国古代的日晕与神话图像》，载《三星堆与巴蜀文化》论文集，巴蜀书社，1993年。

② 赵逵夫：《屈原与他的时代》，人民文学出版社，1996年，第105页。

③ 湖北荆州博物馆编：《荆州天星观二号楚墓》，文物出版社，2003年。

满教痕迹，刚刚摆脱原始军事民主制的残余。而东周时期的羽人，可视为羽人图像演变的中间环节。

梳理羽人的历史，兹借观堂先生两重证据法：除了对图像的象征性作一般意义的开掘，以及根据古器出土的地理坐标以揭示前道教文化的行迹，尚需文献展开历史背景，以解譬如思想观念，宗教信仰，文化源流方面的问题。

首先是羽人的籍属。

羽人缘自岛夷。《尚书·禹贡》谓："淮、惟扬州……岛夷卉服……沿于江、海，达于淮、泗。"山东大汶口文化陶尊上以及良诸文化玉器上典型的刻画符，是这个民族的族徽或纹章，李学勤释为"炅山"，两种图形分别描绘鸟立在祭坛上，或者太阳、月亮升起在祭坛上的情景①。此岛夷生存的区域，大体在今山东半岛至杭州湾，包括江、海、淮、泗的范围。②

岛夷又称鸟夷。《汉书·地理志》扬州下："彭蠡既潴，阳鸟所居……鸟夷卉服，厥织贝"，颜师古说："鸟夷，东南之夷善捕鸟者也。"称鸟夷的不止东南夷。

《史记·夏本纪》翼州下："鸟夷皮服。夹右碣石，入于海"。郑玄曰："鸟夷，东（北）[方]之民（赋）[博]食鸟兽者"，碣石在今秦皇岛一带，此鸟夷为泰山以北至秦皇岛一带的民族。③

可知鸟夷是生息在东部、东南、东北沿海，包括今东北一部、山东、江苏全境，河北、河南、安徽、浙江之大部的原始民族，他们与西边的夏民族为邻而对立，古代文献统称"东夷"，是传说中太昊、少昊、蚩尤的属民，"羽人"、"羽民"、"鸟人"是他指或自我的称呼。

《左传·昭公十七年》记：子语少昊氏以鸟为官名，实际可能是24个以不同鸟为图腾的氏族，组成了少昊氏部落联盟。

其次是鸟夷民族的图腾崇拜。

鸟夷以鸟为图腾。除《左传》记：子谓："我高祖少昊挚之立也，凤鸟适至，故记于鸟"的历史化记载，还见《山海经·海外南经》富于神话色彩的描述："羽民国在其东南，其为人长头，身生羽。一曰在比翼鸟东南，其人为长颊。"

郭璞注"身生羽"谓："能飞不能远，卵生，画似仙人也。"又描绘其形象引《启筮》曰：

---

① 《新出青铜器研究》，文物出版社，1990年，第6页。

② 即考古学上的大汶口文化、山东龙山文化和马家浜文化、菘泽文化、良渚文化等。

③ 一般来说，作为图腾祖先的动植物，氏族成员都应加以崇敬，不得损害、毁伤或生杀。遵守此禁忌是为了保存食物，祈求食物的繁殖，这是有现实经济意义的意识形态的反映。但图腾制度有其阶段性，它最初的形态，恰是由于猎取不同对象物（即图腾物）之具有共通性的各生产集团需要联合，以抑制集团间食物分配的矛盾，从而获得更多种类的生产对象物之猎取的原因而形成。从这一意义出发，颜氏、郑氏所谓："善捕鸟者"、"食鸟者"，与图腾文化无相违之义。

"羽民之状,鸟喙,赤目而白首。"孙作云进一步解释"能飞不能远",他认为是羽民国之羽民模仿鸟飞翔动作之情状——秋千戏。这是个极富想象力的推断,下引所谓"仗翼而行"的解释亦然:孙作云认为,以鹤为图腾的丹朱(兜),他们模仿鹤鸟的长腿,所以要"倚仗之用而已"。用现在的话说,就是以木杆续足踩高跷,踩高跷就是鹤氏族模仿鹤的图腾仪式之基本状貌。

又据《大荒南经》:"又有成山,甘水穷焉,有季禺之国,颛顼之子,食黍。有羽民之国,其民皆生毛羽;有卵民之国,其民皆生卵……大荒之中有人名曰驩头……驩头人面鸟喙,有翼,食海中鱼,仗翼而行"。

"生卵"即"卵生",与《海外南经》同。而卵生则是母系社会中图腾崇拜的典型生殖方式,即"怀孕说"的体现,如诗经《商颂》:"天命玄鸟,降而生商",说殷民族先妣简狄吞食鸟卵而生契。据《建国以来甲骨文研究》所述:所出商代青铜器中有一著名的《玄鸟妇壶》,据考证,"玄鸟妇"明指作壶之人系玄鸟图腾的后裔,其祖先当是简狄所出的有氏①。显而易见,《玄鸟妇壶》也是《山海经》所述"卵生"或"生卵"说的表现。嬴姓秦人的诞生,也有相似传说,事见《史记·秦本纪》。

东夷是崇拜鸟的民族,但东亚大陆鸟无处不在,唯东夷族的鸟崇拜现象特别显著,范围也特别广大,这里有地理和物候的原因。

留鸟、漂鸟是局部自然现象,候鸟是有规律有组织、大规模大范围的自然现象,它对史前文化的影响是前二者所不及的。

世界上有8条候鸟南北迁徙路线,大致在最后一次冰期结束时形成。经过我国的有3条,一条飞越青藏高原,连接中亚和中南半岛;一条经过我国中部,从西伯利亚到澳洲;一条经过我国东部海岸线,覆盖了东部、东北部诸省,分别由西伯利亚和阿拉斯加到山东半岛合一,再飞抵西太平洋群岛。

文化是人类创造的,例如色彩是客观存在的,但没有人类对颜色的判断,就没有关于色彩的学问。青藏高原的一条候鸟迁徙路线,自新石器时代以来即是地广人稀的地区,在这里,人与自然(候鸟迁徙)的关系不可能发生大规模、大范围的呼应,所以候鸟迁徙的现象,不太可能在这个地区的历史文化上产生显著影响。

另两条路线中,东部路线要优于中部路线,这是因为沿海自北至南分布众多候鸟优良驿站。而中部路线主要的、适宜作为候鸟驿站的仅为古云梦泽。今洞庭湖尚在发育阶段,水面还不大,《庄子·天运》:"帝张咸池之乐于洞庭之野",可知战国时期洞庭地区为平原景色。《九歌·湘夫人》:"洞庭波兮木叶下",清顾栋高指出:洞庭湖"微波浅濑……

① 王宇信著,中国社会科学出版社,1981年,第130页。

无今日之浩淼之大观”。[①] 而且古云梦泽以及众多小湖泊都处在北纬 30°线上下,南北的连续性逊于东部路线。

根据《汉书》,适宜候鸟棲息的古彭蠡泽,虽离古云梦泽不远,却属东南夷的幅员,这里,自然对人类的影响,仍然是东夷文化,不是三苗文化。

东部路线的地形,据巫鸿《从地形变化和地理分布观察山东地区古文化的发展》引用丁骕《中国地形》的资料,可知今天鲁中南丘陵和胶东丘陵在中生代是与太行山隔海相望的岛屿,今天的华北平原还是海湾,直至全新世未发生改变。由于黄河泥沙的作用和海面下降的原因,距今五六千年时,合力造成胶莱平原,从而把两个岛屿连接在一起,形成山东半岛,相对于考古学年代,当为大汶口文化时期。需要指出:由丁骕复原西元前 2300 年山东的海岸线,可见今河北的大部,安徽的东部、江苏大部尚在海面以下。直到西元前 1300 年,约当商中期,河北海岸线东移大约至献县一带,江苏海岸线则在涟水和泗阳之间[②]。这个地理的最基本的变化,造成了众多湖泊、沼泽、湿地,以及多条河流入海形成的滩涂,由此提供了丰富的食物,构成候鸟歇息的优越条件。

地理当然不能决定一切,但相合于候鸟迁徙之地域,也是东亚大陆新石器文化最为发达地区之一,唐兰在《中国有六千多年的文明史——论大汶口文化是少昊文化》中认为:“大汶口文化等古老文化的时代,早已是文明时代,已经有了初期的比较强大的奴隶制国家了。”[③]虽然这个观点还有待证明,但东夷文化在新石器时代文化中比较成熟和先进的观点,已基本取得认同。可见,自然影响人类,并形成文化的地区性特征之契机,已适时地在东夷民族的历史时空中形成。

最后是东夷民族萨满教的图腾体系。

一个氏族的图腾崇拜可能只有一个,也可以有多个,东夷民族分支歧多,居住区十分宽广,图腾物就更不会只有一个。到了部落联盟阶段,图腾制濒于消泯,所崇拜的图腾不仅多,且形成主副之体系。事实正如此:仍然是地理的原因,羽民们既崇拜飞鸟,还崇拜东方生起的太阳和月亮。东夷民族认为太阳是自己属类中的乌鸦——乌鸦驮着太阳在天空飞过,遂以太阳为自己的图腾。而太阳周而复始,需要歇息的处所,自然的看法:树是鸟的棲息地,先民故以扶桑为神树了。“若木……末有十日,其华照下地”[④],“若木”即扶桑,“末”即树端,“其华”即太阳的光芒。

孙作云在《说羽人》中选用容庚编《武英殿彝器图录》册下、《宝蕴楼彝器图录》册下

① 《春秋大事表 · 楚辞地理考》。

② 参见巫鸿著:《礼仪中的美术》,三联书店,2005 年,第 29 页。

③ 《大公报在港复刊三十周年论文集》,第 23 ~ 58 页。

④ 《淮南子 · 地形训》。

登载的两件战国猎壶图[1],一件铸有飞翔的羽人与太阳;一件铸有鸟喙人身者弯弓搭箭,欲射向一鸟首而半人半鸟身的羽人,两者之间有一太阳。孙氏认为,第一件猎壶图像为金乌;第二件猎壶图像为羿射日,此说极是。

但唯独扶桑,为什么不是其他乔木?何新据吕思勉对“桑”、“若”等字的辨异,认为扶桑就是日出大海或夕阳西下时,海平线或地平线上围绕着,抑或说像巨掌托着太阳的云霞,因为形状像桑木之形,如《吕氏春秋·季夏纪》明理篇:云“其状若植华以长”,《淮南子·说林训》:“桑林生臂手。”于是,多少年来朝霞、晚霞的状貌在后世变形为扶桑树了[2]。

除了文字学的根据,植物崇拜还有生产资料方面的原因,桑树养蚕,蚕茧抽丝,丝可织绸,而丝绸是华贵服饰的原料,与巫觋的寻常生活以及祭祀息息相关。中国发现最早的丝绸即东夷人的成就,[3]所以他们崇拜扶桑。

这种信仰可以在史前东夷民族后代那里找到余绪,《淮南子·修务训》说:“汤旱,以身祷于桑山之林。”天下大旱,商王汤武自罪,祭祷于桑林,求得下雨。另,殷遗民宋人以社称桑林,事见《墨子·明鬼》;其城门称桑林之门,所记见《左传·昭公十年》。可知,若不是特别崇拜桑树,殷人、宋人是不会有这些关于桑林的传说的。

羽民们认为天上有十日,由十只乌鸦驮着。正常秩序是,每日轮流在天上运行,如《山海经·大荒东经》曰:“汤谷上有扶木,一日方至,一日方出,皆载于乌。”不料天下大旱,五谷焦毁,草木不生,民无所食,先民认为那是因为天上的太阳多了,《淮南子·本经训》说“十日并出”了,而不是有计划地轮换值班。曾侯乙墓出土的战国早期衣箱上所绘羿射日的图画,表现了除掉九日的情形和先民心目中汤谷、羿、扶桑和金乌的形象以及相互关系(图四)。

图四

汤谷是太阳的居所与出发的地方,也是月亮的住所与出发的地方,《大荒西经》曰:“有女子方浴月,帝俊妻常羲,生月十有二,此始浴之。”郭璞注:“义与羲和浴日同”,如《离骚》:“前望舒使先驱兮”,描述了月亮由月御驾驶在天空飞行的情状,而月御也是由羽人担当的,见四川邛莱出土汉代石刻画,即嫦娥神话是由常羲神话演变而来。为探索仙格羽人升天意义之需要,这一点应着重指出,因为传说中不死、不死药、蟾蜍、玉兔捣药

---

① 前编 1934 年由北平燕京大学燕京哈佛出版社出版,后编 1929 年由北平古物出版所出版。

② 《诸神的起源》,三联书店,1986 年,第 112 页。

③ 良渚文化钱三漾遗址下层发现中国早期的丝织品和苎麻织品。

等，与羽人有直接联系。

根据地下遗物和文献记载，可知羽人缘起东夷，他们不仅以鸟为图腾，而且有一个以鸟为主图腾，以日月和扶桑为副图腾的体系，不是孤立的文化现象。

二、羽人的信仰与图像之传播

以萨满信仰构成的东方原始文化背景，是前道教羽人的母体。大约在夏以前，至迟在殷商晚期，鸟夷民族的“艺术意志”①已经演化为完整的视觉系统，即鸟、日、月、扶桑的系统。史前图腾文化，为文明早期飞仙思想的萌芽预设了温床。

三星堆出土鸟人立在神树上，据“有翼日盘”说，可推定胸前有圆形纹饰的鸟人为太阳，或者负载太阳的金乌。参照一号神树与其上鸟的形象，推知树上可能也有10只金乌，且金乌所立之树结有华果，那么青铜神树就是神话里的扶桑之树。另外，中国神话里蟾蜍是月亮的首要象征物，是嫦娥的替身，祭祀坑出土了一石质雕刻的蟾蜍，可能是史前东方自然神话的反映。

祭祀坑中的遗物系堆积而瘗埋，难以钩稽具体物件的象征意义，但是上述古器套合了鸟、日、月(蟾蜍)、扶桑的系统，这是一个可见的事实。所以在鸟崇拜问题上，可说三星堆文化与东夷文化有一定关系。

大洋洲商代墓葬所出羽人，缺乏东方神话系统的完整性，而且早于三星堆的玉雕羽人，却比三星堆羽人图像更趋人化，动态几与战国以后羽人近似。如果没有《新干商代大墓》登载“出土器物位置图”，证明玉雕羽人确置于棺内墓主的头部，恐怕我们会误会为后代埋葬对前代的扰乱。因为同一神话的流变而成为次神话，会出现以下诸种状况：情节逐渐由简单趋于繁复；人物形象逐渐由粗线条的勾画变得细致；气氛逐渐由朴野变得文雅。具体到羽人，如孙作云说：“此种一半为鸟一半为人，或者也可以说鸟的成分多，人的成分少的鸟人图，在后代随着社会的进步变成了人的成分多而鸟的成分少的仙人图。”前道教文化发展的确如此，西王母就是由一个主刑杀、灾厉的凶恶怪兽，逐渐变为容貌艳绝30上下的王母娘娘。

年代稍早的显得文明，年代稍晚的显得朴野，可能有两个原因，一是我们所说的神格羽人是泛指，即崇拜鸟的全体族民，这里的羽人或羽民系类概念。而先民认为，金乌却是专称，即太阳，太阳虽与羽人有广义的联系，但与羽人还有狭义以及形象上的区别。三星堆的先民为祭祷而铸造青铜扶桑，必然承续史前人的认识和判断，当以鸟的成分多，人的

① 所谓艺术意志，即艺术事象背后，一种根据特定历史条件与世界相抗衡的神秘的驱动力。沃林格阐释说：这是“一种潜在的内心要求，这种内心要求是完全独立于客体对象和艺术创作方式而自为地形成的”，因而它是“一切艺术创作活动的契机”。

成分少的金乌与之相配，若以羽人配之，则把欲飞的民族追求，错位为普在的神灵，失却了原始思维的特性；另一可能是，赣江中游与成都平原相距甚远，除了文明进程有徐疾之别，还与中原殷民族的交往有深浅与广狭之异。距离的远近和交往深浅与广狭，造成艺术形象所呈现的文明程度似与历史阶段不和之现象，体现了历史艺术发展的不平衡性。这样的例子是很多的，但无论如何，据考古报告在玉器资料方面所作文化来源之推定①，以及吴城文化与东夷的地理位置，可见墓主之羽人信仰与东夷文化定有渊源。

从东部沿海出发，到川西平原和赣江中游，是一个地理上由东北向西南的巨大扇形，它呈现出中国史前及文明早期各区域文化之间交相切劘的一个趋向，显示了羽人在东亚大陆所影响的范围。那么，探讨神格羽人流变的问题上，东夷文化与赣江中游及成都平原西侧的文化是如何关联，其中介又何在呢？这是某些文章或有推断但不够具体的地方。

文化的传播与融合，靠着人群的流动而实现，其中战争是最强大的动力。中国古史的传说时代，重大战争有两次，一次发生在黄帝时东方的夷族与西方的夏族之间，即黄帝与蚩尤的逐鹿之战。一次发生在颛顼宗教改革之后，南方的苗蛮和北方的华夏之间，即“禹征三苗”。

第一次战争后，华夏与东夷互相同化，整合成了若干个大部落。华夏族与东夷族相处颇好的历史不知有多少个世纪，高阳氏的颛顼发动了一次宗教改革，使华夏与东夷在组织上更趋融合，又不知过了多少年月，华夏与南边的三苗族始起冲突，这是中华民族即将踏进文明门槛前的一场战争。

南北两大民族相处，除了常态的玉帛相待，在贪婪与恐惧的心理推动下也偶尔干戈相见，这是频繁的小矛盾，而“禹征三苗”则规模宏大。透过神话传说的纱帐，历史事实或许是：华夏民族趁南方苗蛮地区发生天灾并延及人祸，“夏冰；地坼及泉；五谷变化。民乃大振”，遂发动战争，结果“窜三苗于三危”②，三苗遭受重大打击，余部被逆着汉水向西流放。

华夏集团讨伐三苗的军事行动，东夷是参与者，所谓“有神人面鸟身，若瑾以侍”，据徐旭生解释：高阳授命禹征三苗时，句芒神手捧玉圭在高阳旁边侍立。③《山海经·海外东经》谓：“东方句芒，鸟身人面”，可知句芒在参与讨伐三苗时，其装束有鲜明的民族图腾色彩。

史前的东夷民族，除了上述战争而导致民族大规模向西、向南流动以至融合，至历史

① 《新干商代大墓》，第204页。
② 《尚书·尧典》。
③ 《中国古史的传说时代》，第102页。

时期趋势依旧,并且表现了强大的势力。如夷人酋长弈,在太康时夺取夏朝的政权,"因夏民以带夏政"①,一度入主中原。接着,从东方来的,与东夷民族关系密切,且归属同类图腾的商人②,灭夏桀而重建王祚,在其历史中不断向西、向南用兵。

与此同时,后在荊山建立楚国的芈姓,在秦地建立秦国的嬴姓,以及与秦嬴共一个始祖,后歧出而在晋国建立赵氏的赵父后代等,都是自东向西、向西南迁徙的。据《史记》之《楚世家》、《秦本纪》,楚、秦都是颛顼的后代,虽然颛顼属华夏族,但是由于少时曾在东方少昊部落中被养育过,"东海之外大壑,少昊之国,少昊孺帝颛顼于此"③。故与东夷有很深的关系,所以在宗教改革上,启用了少昊族的重和黎为他的助手。可见楚人和秦人与东夷族,也有一定历史渊源。

殷人的先民传说为卵生,前文有交代。鸟文化的特色还见殷商甲骨文"亥"字的构成。胡厚宣指出,商族历史上受到特别尊崇的重要人物王亥,其名在甲骨文中就显示有鸟图腾的标志,殷祖庚或祖甲时卜辞说:"□□卜,王,[贞]其燎[于]上甲父[王]"。可见王亥的"亥"从亥从鸟,头上有鸟的象形④。"亥"分别出自共计甲骨八片,卜辞十条中,其结体虽不尽相同,都无一例外地把鸟搁在王的头上。商人把上甲的生父亥的头上加上鸟图腾的标记,表明商人认为上甲以后的诸王不仅是王亥的子孙,而且还是"受天之命"的商人始祖玄鸟的直系后代⑤。同时,在原始艺术上反映先商羽人,即鸟夷图腾崇拜的模样,以及先公在交通天地时的打扮。

遗留在楚文化中的鸟崇拜痕迹,见《楚辞》、《庄子》、《伊文子》、《史记》、《国语》等关于凤鸟或大鹏的描述,尽管东周楚人已有多种灵物崇拜,但先祖的图腾仍是重要方面。

秦人立国在秦地,《史记·秦本纪》载:他们的先祖大费生二子,一叫大廉,"实鸟俗氏"。索隐谓:"以仲衍鸟身人言,故为鸟俗氏"。而大廉的玄孙叫孟戏、仲衍,其外貌语言"鸟身人言"。正义谓:"身体是鸟而能人言。又云口及手足似鸟也。"而中衍之后为善走的蜚廉。蜚廉即飞廉,孙作云考:飞廉为风神,风即凤,即凤鸾,凤鸾的形象见曾侯乙墓出土的青铜"鹿角立鹤",裴[集解]引郭璞云:"飞廉,龙雀也,鸟身鹿头者。"⑥器、文对照,大体相合。可知,秦立国前,其先祖鸟崇拜的痕迹也是十分鲜明的。

上述战争和民族迁徙的动因,即无论是对抗性涵化或相适性融合,都会使史前文化

---

① 《左传·襄公四年》。

② 参见张光直:《商文明》第7章第3节,辽宁教育出版社,2002年。

③ 《山海经·大荒东经》:"东海之外大壑,少昊之国,少昊孺帝颛顼于此"。徐旭生按:"孺"与"乳"两字古义通假,他认为颛顼幼稚时曾经在少昊氏族内被养育过。见《中国古史的传说时代》,第75页。

④ 《甲骨文所见商族鸟图腾的新证据》,载《文物》1977年第2期。

⑤ 《建国以来甲骨文研究》,中国社会科学出版社,1981年,第130页。

⑥ 《史记·司马相如列传》。

因素的传播成为可能。至文明早期,出自东夷的羽人神话体系在时间与空间的递进和转移中,也许也像颛顼的宗教改革,其势如风行草偃,始而触发或会通人类共有的心愿,继而成为多族共有信仰,羽人之意义从而在更广阔的地区蔓延开来,参加了中华文化空前的一次整合。

上述记载可在考古资料中求证。

古史传说中的“黄帝蚩尤逐鹿大战”在地下可找到踪迹,但有不同看法:有人认为,考古学上的大汶口文化可能是传说中的蚩尤集团,考古材料显示,该文化势力强大,所分布地区和传说中蚩尤集团所居地大致相合,即山东及周边一带,并有从山东向河南中部发展的趋势,这可能是蚩尤侵凌炎帝,最终发展为与黄帝大战的反映。另外,大汶口文化有拔牙和口含石球的习俗,王因、大墩子遗址发现遗骸的颌骨异常变形,有的颌骨处发现小石子和小陶球。而文献记载蚩尤有吃砂和石子的神事①。大汶口文化以鸟和太阳、月亮为图腾,陶尊上刻画的徽章是为证,前文已有介绍,兹不赘言。

又有学者认为:传说中的蚩尤集团是考古学上的良渚文化,“良渚文化的最后去向主要是北上。由于和山东东夷文化历来保持密切关系,因此,很快他们就以联盟的形式出现在中原大地,并和炎帝集团发生了激烈的战争”②。以良渚文化为代表的东夷族,虽然败于黄帝,但一些葬式和礼制及装饰的纹饰,却出现在“长胡子”的商代文明中,这是个令人诧异的现象。③ 还有学者认为,良渚文化衰变的根本原因,在于距今4000年前后发生的一次特大洪水。这次灾变“汤汤洪水方割,荡荡怀山襄陵,浩浩滔天”④,它使发育在江河湖海之间的良渚文化遭到灭顶之灾⑤。俞伟超也认为:导致大汶口文化和良渚文化衰变的原因,在于距今4000年前后的一次特大洪水。他甚至认为,如果不是这次洪水,我国最初的王朝可能而且应该是由东夷建立的⑥。

考古学上的两种不同判断似可归纳为同一历史事实:黄土高原今延安以及五岭南麓今粤北某些新石器文化出土的原始玉琮上,有良渚文化的羽人兽面徽记,可能是太湖流域遭受海侵使良渚文化,或者包括山东龙山文化(即大汶口文化的后续)西迁而传播的,迁徙过程中发生了与炎帝及黄帝的战争,这些玉器及装饰纹饰,乃是战后良渚文化之孑遗继续西进而留下的。

---

① 参见李先登:《夏商周青铜文明探研》,科学出版社,2001年,第15页。

② 陆建方:《良渚文化墓葬研究》,载《东方文明之光》,海南国际新闻出版中心,1996年出版发行,第215页。

③ 朱国平:《良渚文化去向分析》,载《东方文明之光》论文集,第215页。

④ 《尚书·尧典》。

⑤ 王青:《距今4000年前后的环境变迁与社会发展》,载《东方文明之光》论文集。

⑥ 《龙山文化和良渚文化衰变的奥秘》,载《文物天地》1992年第3期。

“禹征三苗”在考古学上亦有印证。与河南龙山文化并行的江汉地区石家河文化,在它的晚期即大约先夏禹时,面貌发生很大变化。陶器装饰上,河南龙山文化的方格纹和绳纹在江汉地区成为主要的陶器纹饰;陶器器形上,石家河文化晚期,江汉地区有许多陶器与黄河中下游的相似或相同,如肖家屋脊发现的一件白陶,和山东龙山文化晚期的完全一样,而早在中期,这种祖源在东夷的器物就向江汉平原发展了。甚至更远的红山文化的典型器物玉猪龙,也见于石家河文化晚期的遗存中,这些遗物显示了东方与北方民族南下的历史事实①。直至“苗师大乱,后乃遂几”,这个地区的考古学文化面貌中断,今湖北襄樊、河南南阳一带的石家河文化消失,接下来田野发掘所见的是二里头文化遗迹和遗物。考古材料似可证明文献所记“禹征三苗”的结果:石家河文化的部分先民,逆着汉水向西流散,被分迁到西北的三危和瓜州去了。

尽管鸟崇拜现象在关于传说和文献以及新石器时期考古发现中非常丰富,却不能勾画出羽人变迁的具体行迹,事实上这种行迹的发覆在现有条件下几乎不可能,历史的变迁只能是模糊的影像。但是中华民族史前三大集团所发生的大规模融合与涵化,羽人现象必在其中沉浮,以鸟、日、月、树图腾为体系的神话也必在其中演变,汉代古器、遗址上广泛出现的这些图像,证明这是一个合乎逻辑的推定,这个推定为我们复现羽人文化之行程,提供了一个基础。

文明出现,西迁的东部民族以商最为强大。商居中原,唐兰认为今天的陕西、山西、河南、河北、江苏等省是故商的疆域②。根据考古学资料,他们文化的影响向北至辽河流域,向南至五岭以南③,较为典型的是居住在故殷墟,今安阳的大族“举”,在商末向长江中游迁徙,根据所遗青铜器的出土之地及器内铭文,表明他们迁徙的路线是由中原经南阳盆地,过云梦西侧,沿湘西抵湘中的。民族远距离迁徙就是文化远距离传播,有人认为,川西平原三星堆文化中的中原文化因素,如顶尊人像以及某些纹饰,可能是由汉水进入蜀地④,也有人认为是通过江汉土著经三峡传进蜀地的⑤。由此及彼,三星堆出土青铜人首鸟身铜像及青铜神树等,势所必然地显示出川西土著文化与出自东部的商文化之渊源关系。

商文化通过两条途径进入赣江流域的可能性,还见甲骨文记载:卜辞证明中原铸造青铜器的铜料不出自中原。如卜辞:“丁亥木,亘,贞乎取吕。”“贞勿乎取吕。王固曰:吉。

① 参见张绪球:《长江中游新石器时代文化概论》第5章第9节,湖北科学技术出版社,1992年。
② 《关于商代社会性质的讨论》,《历史研究》1958年第1期。
③ 李学勤:《谈青铜器与商文化的分布》,载《新出青铜器研究》。
④ 范勇:《试论早蜀文化的渊源及族属》,载《三星堆与巴蜀文化》论文集,巴蜀书社,1993年。
⑤ 李学勤:《三星堆饕餮纹的分析》,载《三星堆与巴蜀文化》论文集。

其取。"①

"吕"即铜饼,是冶炼出的粗铜。第一条卜辞大意是:商王到别处去取铜(这个"取"即为掠夺)。第二条大意是:商王令人去取铜块好,还是不取铜块好呢?卜得吉兆,故占辞曰:"其取。"

商王到哪个方向取铜呢?下面有两条卜辞可供分析。"贞令望乘眔舆途虎方。"②"乙未[卜],贞立事于南,右[比我],中比舆,左比曾。"③"虎方"以及"我"、"舆"、"曾"等方国,在今湖北、河南交界的桐柏山、大别山一带。两条卜辞记载了三国军队与商王配合,随武丁莅临南土治事,即"取吕"的史迹。

实际早在殷墟前,商人就觊觎江南的铜矿了。二里岗时期,商朝在今湖北黄陂盘龙城建立了一座军事堡垒,当为保证铜矿产地到中原京畿的交通安全。

所谓江南铜矿,即今天长江南岸湖北大冶、江西瑞昌、安徽铜陵一带。出土玉雕羽人的新干大墓距铜矿带不远,商人南下获取铜料,把他们的礼制文化带到长江中游,可能同时也深入到赣江流域。从发掘报告看,江南土著吸收了中原先进的社会制度,铸造了一些礼器,《新干商代大墓》称其为"融合型",可见《新干商代大墓》所谓"这种侧身羽人佩,和殷墟妇好墓出土的侧身玉人浮雕饰有某些相似之处"的判断④,是有一定根据的。总而言之,新干大墓玉器具有浓郁的东夷鸟图腾的色彩,墓中所出玉雕羽人,或许是保留一定祖形成分的商代模式。

综上所述,可作如下推定:由于黄帝、蚩尤的东西之战,夏、夷、三苗的南北之战,东亚大陆原始民族开始大规模整合。二里岗时期开始,以图腾崇拜为特征的东方神话系统之羽化追求,已经由东部传播到南部和西部腹地,成为黄河、长江流域先民共同的、美好的,事实上也永远达不到的愿望。

三、羽人的变异与融合

前道教仙格羽人脱胎于图腾教的萨满信仰,根据文化人类学的材料,神格羽人应该是如此模样:即为了与鸟图腾同一化,羽人在生活中以及捕猎与祭祀时,要学鸟的动作和语言,把自己打扮成鸟的样子,如头戴鸟形冠,身披翎毛衣,在巫事时或荡秋千或足续高跷,相信自己死后也会变成鸟,其灵魂将回归图腾世界,所以死者也以鸟的摸样装扮,以示灵魂归队。也就是说,史前或者文明早期的神格"羽人",就是鸟的如实模拟。这个判

---

① 《甲骨文合集》,第 6557 页。

② 《甲骨文合集》,第 6667 页。

③ 《甲骨文合集》,第 5504 页。

④ 《新干商代大墓》,第 159 页。

图五

图六

图七

断尚无直接证据，但是，大洋洲出土玉雕羽人头上有鸟形冠，商王“亥”的甲骨文结构上有鸟饰，以及“东方句芒，鸟身人面”之装扮，都直接地映现出神格羽人的状貌。地下出土遗物也证明，如北京故宫博物院藏龙山文化玉佩、上海博物馆藏龙山文化玉佩等，都是鸟民酋长图腾装扮的摸样（图五），既与“亥”字象形吻合，又与近代文化人类学资料相类似（图六）。另外，东夷族的凿齿、拔牙风俗或许是一种拟鸟行为，因为鸟类是无齿的，解释这个问题，今天尚处在原始阶段的民族图腾崇拜之人体妆饰行为，也可作为参照（图七）。

汉代羽人是前道教中成熟了的仙格羽人，将神格羽人与之比较，可知其变异。

第一，汉代羽人基本为人形，有些进乎半裸。其肩必有羽翼，腰间类似现代超短裙的翎毛，羽翼或大或小，翎毛或长或短，这是羽人的重要标志。即使认识到人身不可能长出翅膀，但为了死后的羽化，也要使用羽毛粘贴的披肩，马王堆2号汉墓出土羽衣一件；1989年安徽潜山出土汉代漆棺，上画与白虎相伴的墓主也披着类似辛追夫人的羽衣。第二，羽人双耳硕大，超出头顶或脑后，如汉诗《长歌行》：“仙人骑白鹿，发短耳何长。”第三，羽人或飞升，或跪蹲，或做舞蹈姿势。第四，双手均做捧持状，所捧当为醴泉和灵芝。

飞升即羽化，此释不误。跪蹲状应表请求，即画像里羽人向西王母求不死药的情态。笔者偶见一图片，其上青铜羽人双手捧一方圆合体的高筒形器物，据介绍此器出土在河南洛阳，又有介绍西安亦有出土，为汉代之古器（图八）。由此可推测，上述羽人图画手捧之物，当是装仙药或盛醴泉之器，或者手持不死之药——芝草。有此提示，其他凡羽人有捧持的动作，而手中又无所持的，或者形态不够清晰的，均可做此解释。

所谓舞蹈状实是道引，《楚辞·九歌》：“灵连蜷兮既留”，王逸注：“连蜷，巫引神道引貌也……（羽人）颜貌矜庄,形体连蜷,神则欢喜,必留而止。”洪兴祖注云:“连蜷,长曲貌。”今藏纽约大都会博物馆一方画像石所雕刻的羽人姿势,就是为引道而做出的“连蜷”姿态(图九)。

根据图像,可知成熟的仙格羽人形貌和基本意蕴:由于得道,身上修炼得长出了羽毛和双翼,双耳也高耸其上,但发短而披散。双手或捧持容器,以盛金玉澧泉,或单手或双手握芝草,或者自己茹食,或者以予求仙者。

图八

比较神格羽人和仙格羽人的形和义,可知在形上,鸟形向人形转化,地下出土材料证明了孙作云20世纪40年代关于人鸟比例演变的分析。在义上,由于想象的血缘关系,人的鸟化是羽民国全体民众的朴素理想及个人身份的象征,为的是与图腾物同一化;而羽化登仙是古代神秘传说与人本思想萌生以及对中医中药达到一定认知程度的综合互化之结果,羽人的羽翼表明仙化的理想,即超越人间生活,达到神仙的境界,所以仙格羽人的羽化只是升仙的手段和象征。以图腾崇拜为背景的羽人,和以仙人崇拜为背景的羽人在目标上是不一样的。

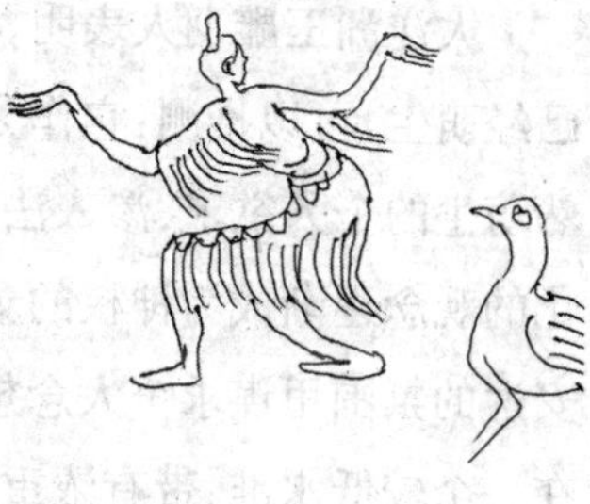

图九

飞是先民本然的图腾意识,三星堆出土金乌的模样大概如此,因没有长生不死的意义,也就不必有不死药的表现。反过来说,没有不死药形的设置,图像或雕刻就不体现仙化的追求。孙作云推测长生不老观念,即登仙思想的形成:一是鸟会死亡,但鸟类不会消亡,人变成鸟,即归于类,就可以长生不死;二是以鸟为图腾的氏族存在长久,崇拜鸟的人死了变成鸟,便与图腾共在,实现长生久存的目的。孙作云这一推测似有商榷的地方,起码在羽人仙化问题上,忽视了不死药的作用,没有考虑神话的历史底蕴,即没有考虑先民对药物认识的程度以及与观念形态相契合的历史际遇。显然,孙氏把个体死亡后归于属类,作为神格羽人仙化的动因,是不具说服力的。因为作为属类,人也是不“死亡”的,起码在地球有所重大变化,或者宇宙有所重大变化前,人类是不会“死亡”的。既然如此,人归于鸟类而求长存就失却了意义。

自然现象给予先民关于死而复生的启示是简明甚至简单的,例如蝉蜕、蛇蜕的自然现象,例如古人对月亮既生霸(白),既死霸(白),既死霸(白),既生霸(白)的月相描述等,我们都可以从中理解先民那种不科学的死而复活生命观之合理成分,屈原《天问》“夜光何德?死则又育”就是这种观念的文学反映。如果以对自然现象的认知,来套应先民的生命观,那么死就是过去,昏迷也是死过去,若通过药物苏醒,就是过来,活不过来,那是没有不死药，或者药物不灵。《南山经》谓："有鱼焉……冬死而复生"，郭璞注："此亦蛰类也，谓之死者，言其蛰无所知如死耳"，把冬眠也当作死亡，说明上古关于生死的界定只是现象的模糊归纳，没有科学的定义。在这个认知的水准上，古代招魂仪式要求进行三天，即将死者停放三天，如《礼记·问丧》谓："三日而后敛者，以俟其生也。三日而不生，亦不生矣。"死者三天内有可能生还，如果三天内不能生还，就不再可能复活，得准备小敛、大敛的仪式。

有了这样的生死观念，到不死之乡，寻找"不死药"，就成了人生的要务。

可知，打扮成鸟，模拟鸟的动作，尚非仙化，只有与不死之乡、不死之药联系起来，通过药物和术数，才能游于物外，成为真人、神人、至人。如果说仙化的界定在于羽人图像有没有捧持不死药，由此反映重今天、轻来世的人生态度，那么殷墟中期的玉雕羽人已证明我们过去对历史的判断是错误的：我们说神仙思想起于战国，或者起于汉代，显然大大晚于历史事实，中国前道教文化的发轫，或者说羽人的仙化要追溯到殷墟中期。

大洋洲玉雕羽人表明，在商代，食元气，茹芝草，生异骨奇毛而驾龙云的风气与想象已经萌生，可以推测：它作为巫祀仪式的伴生物，即酋长、国王、重臣在与天帝的交通中必然萌生的个人欲求，渗入法事。他们已不满足仅仅交通天地的职司，与天地同寿，追求羽化的观念逐渐成为神权的新内容，他们完全可以上帝的名义，以芸芸众生的需要，在贪图安逸的氛围里谋求个人念想①，希望成为享受长生、长寿的人群。不过，商代的宗教还处在一个较低水准，带有浓重的原始宗教痕迹，故而所谓升"仙"只可能是朦胧的愿望，既没有宗教伦理的理论准备，也不可能对仙界作出具体的设计和安排，更无后世具体的升仙手段。

中国神格羽人转向仙化，大概经历了两个阶段，大洋洲玉雕羽人为第一阶段——意识萌生的阶段。这时羽人头部仍为鸟首，并再有鸟冠，图腾文化残留尚重。天星观所出战国木雕羽人当为第二阶段——丰富的准成熟阶段。羽人双手前伸，两手间距数厘米，呈握物状，但所握之物已失，仅手指和掌上残留痕迹，证明曾经是有物的。根据商代和汉代羽人推测，天星观所出羽人也应该捧着盛器或握着不死药。

江陵天星观所出以羽人为中心并组合蟾蜍与凤鸟之造形的飞升之意象尚为首见，且伴出神树，联系羽人与月亮神话，进而与不死药的关系，可证羽化登仙之意表现无遗。假如只将战国木雕羽人与大洋洲玉雕羽人相比，可见木雕羽人的人形之态大体确立，纹饰较为繁复。假如与汉代羽人相比，则其嘴尚为鸟喙，脚为鸟爪，遗留了图腾文化的残迹。历史在羽人造型方面显示出前行的脚印。

---

① 《尚书·盘庚》记盘庚为避免水患，并抑制奢侈的恶习，反对贪图安逸的风气，决定从奄迁至殷，但遭到各方的反对，可见这些贵族的势力。

假神格羽人飞升的能力，达到长寿永生的念想，是殷商时期社会上层所滋生的愿望，但它须有一个前提，那就是社会养生观念的产生。而养生观念的产生，须建立在一个重要基础上，那就是要求卫生保健和对中医中药的认识达到一定高度。

据甲骨文记载和考古学资料，当时人们已经养成洗脸、洗手、洗脚、沐浴的习惯，1935年河南安阳商王墓中出土成套盥洗用具，反映了商代贵族讲究卫生的事实①。而且，据《韩非子·内储说上》，商代还专门制定了保护环境卫生的法律即“殷法刑弃灰”：对随便在街道上乱倒灰烬者，一律处以刑罚，可见当时比较重视环境卫生以及与保健的关系。

从神农尝百草到商代，医学知识的应用也达到一个新水准，此时的巫都兼有医的身份和职能。必须承认，巫对早期医学的发展是有积极作用的，尤其在探索病因，积累医药和治疗经验方面有所贡献，如《海内西经》记“巫彭、巫抵、巫阳、巫履、巫凡、巫相”等为代表，郭璞云：“皆神医也。”这些巫医来往于灵山，采访百药，已具有丰富的药物知识和使用经验。尽管把疾病看作鬼神作祟，祖先示罚的结果，要用祈祷或符咒等手段来趋鬼逐疫，但使人康复最终还是需要“神医”的药物来治疗。所以《山海经》记载的药品，相对古人认知水准来说，都是可使身体“不死”的药，因为康复就是不死。但是，这些药物中必有一些具延年益寿，甚至起死回生的作用，经先民不断实践，这些药物在前道教中逐渐赋予新的意义——实现羽化登仙的意义。

这些实实在在的客观的前提条件，被因为人对自然和自身认识不足所形成的想象所笼罩，一方面阻碍了我们对历史的破解，但在另一方面，这些想象编织出美丽奇幻的中国神话，成为中国文学的重要部分。

昆仑神话谓不死药来自西王母，并有一个庞大的神话体系；蓬莱神话说不死药来自不死之乡，即蓬莱、方丈、瀛洲。这是神话中关于仙乡的两个系统，两个说法，一个在黄河上游，一个在黄河下游。蓬莱三山在齐鲁东边的大海里，自今无异议，但黄帝和西王母所居昆仑山的地理位置，却因时代不同而不能固定。何幼琦指出：《海经》中的昆仑墟就是今日的泰山，把于阗南山定名为昆仑山是汉武帝的理解错误，“其后是历代探研‘河源’的人，莫不把自己主观判断的河源之山，当作《海经》的昆仑”②。这一结论是很有见地的。黄帝与蚩尤大战后，东方文化向西传播，有些如羿和嫦娥的故事本源自东方，随着昆仑神话的地理位置逐渐西移，被后人重新整合进西方系统，产生了以西王母为主体的新版本，并具有次神话的色彩。

据上，可说不死之乡原本在中国的东部，不死药原本出自东夷民族。《海外南经》记“羽民国”不远有“不死民”；“不死民在其东，其为人黑色，寿不死”。根据《大荒南经》：

① 参见《中华文明史·先秦卷》，河北教育出版社，1992年，第261页。
② 《海经新探》，载《历史研究》1985年第2期。

“有不死国,阿姓甘木是食。”郭璞注:“甘木即不死树,食之不老”,孙作云指出羽民国即不死国,其地望在今天山东半岛的尖端,乃始皇祀日之成山角。

《说文》:“……唯东夷从大。大,人也,夷俗仁,仁者寿,有君子不死之国。”前文说《海外东经》描述:“东方句芒,鸟身人面”,郭璞注引墨子言:“昔秦穆公有明德,上帝使句芒赐之寿十九年。”可知,传说中的句芒还是鸟夷中一个掌寿的神祀。综合文献所记,可知不死、不死药始自东夷应有历史的因缘。

神格羽人图像在第一阶段虽然保留了图腾的许多痕迹,但从内涵上开始仙化。

西周厉王时,天命神权思想受到根本动摇,人们开始正视时世的不公,指责贵族利用天命而腐败、而剥削的行为。进入春秋时期,在天人关系上,提出了“重民轻神”思想,并成为影响各个领域的时代思潮。

这一思潮的兴起,一方面为后来的哲学思想发展和理论思维创新开辟了广阔前景;另一方面,由于有西周以来“以德配天”中的“敬德保民”之宗教伦理为基础,又由于春秋以来“天人之辨”使人地位上升,和民间巫术大行其道,五行生克与神仙方术相结合的时势,包括道家价值观中明显个人主义倾向的影响,即以生命超越、精神自由为人生最高理想,促进了东周时期羽化升仙观念的发展与革新。殷商中期萌生的长生愿望,至此遂凝聚、成熟为前道教的基本精神。不过,东周羽人至今出土寥寥,似乎不能支持这个判断,但已知考古材料告诉我们,事实恰恰相反,天星观木雕羽人并不是孤证,《楚辞》和《庄子》关于仙游以及“不死”、“不死药”、“不死之乡”的文学描述,可与造型艺术互证而揭示历史真实情况。

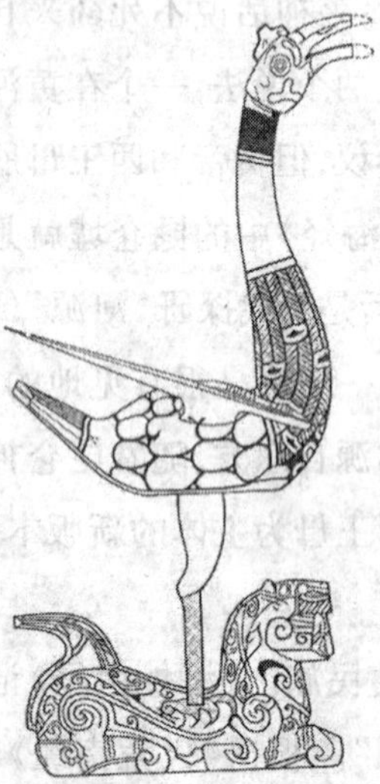

图十

东周,祈望飞升的艺术形式是很丰富的,除了已见贯穿商代到汉代的羽人形象,长江中游,一种出土于士以上阶层墓葬中,今名“虎座飞鸟”的漆木古器,可能是文献记载为“蜚廉”的灵物(图十)。它的意象,很似中古以来所绘仙人御仙鹤,或御神兽的道教升仙图。区别在于,先秦的“乘客”是飘渺的灵魂,而且灵物往往是组合的。后世图画中所乘,是自然存在的真人仙客。但是天星观出土的战国墓葬中,除了木雕仙格羽人,还有虎座飞鸟出土,其意义是否有重复之虞?这可能有两个原因,一是立于凤鸟上的羽人,是死者生前的居家摆设,如今天居士香案上之菩萨,体现了生前的宿愿,并非冥器。“虎座飞鸟”则反映了死后的要求,两者之关系体现了属主生死转化的格局。另一原因,可能是民族宗教崇拜的差别:墓主番是越人的后裔,而越人与史前东夷有千丝万缕的联系,于是羽人升仙的方式主要为越族的后裔所用。至于同墓又出土"虎座飞鸟",那是因为番后为楚人,故其夫人的墓葬又吸收了楚人的风俗。总之,统一的多样性是这个时代的特点,羽化登仙以多种形式呈现,则是前道教文化发展到东周时期的特点,例如长沙子弹库出土《人物御龙》,与同地、基本同时的《人物龙凤》显示出图式的差异性,两幅图均表现墓主优雅地升入天国,《龙凤图》画女墓主一姿态,画面左上用象征的手法画上龙和凤,表示她的灵魂由其道引。但《御龙图》直接描画男墓主由龙来驭驮,龙尾上踏立仙鹤,龙体下一条翔游的鱼。可知,主旨不变,内容和图式是多样的。

龙凤为遨游天地的工具,仙鹤亦为神驾。至于翔游的鱼,韩光兰从文字学的角度指出:上古的鱼图像,具死而复生的意义,如《小尔雅·广名》:"死而复生谓之苏";《集韵·模韵》:"死而更生曰稣,通作苏。"苏、稣都由鱼形组合[①],可见长沙子弹库所出《御龙图》上的鱼,也是与不死观念相联系的。承石川三佐男赠送《从鱼畋文规矩镜画像中所看到的〈楚辞·九歌〉世界》宏文,其上载铜镜画像既有羽人驾三鸟的描画,还镌镂有羽人驾三鱼"掩浮云而上征"的局部(图十一)。这类观点和画像为我们释读《御龙图》,进而理解战国先民的生死观,提供了参照。

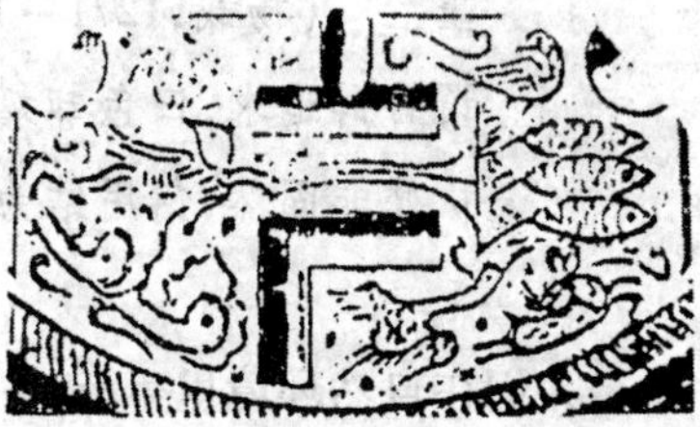

图十一

从图腾教脱胎出来的羽人,至东周,已是地地道道的仙格羽人,其升仙的方式也丰富多彩。至汉代,仙格羽人的图像大范围地通用化,华夏化了。至魏晋,羽人成为仙人、仙客的代指,如道士有"羽人"、"羽客"、"羽流"的称呼。至此,前道教艺术中的羽人已不复存在,仙格羽人身上的鸟迹褪去,艺术家笔下的神仙,一群雅逸闲适的君子模样,或驾鹤、或骑鹿、或御龙、或驱虎,"远游临四海,俯仰观洪波"去了。

① 《颛项、后稷死而复苏神话解》,载《云南师范大学学报》2001年11月。

对"兰"象征的历史演变之研究

[韩国] 韩国全南大学 吴万钟[1]

墨兰 (杨载,1271-1323)
谓香辞迫求,曰色却媚爱。
执德非固然,何用结为佩。

人们在自然环境里生活,一边适应自然现象的变化,一边为克服变化所带来的难题而思考,在这过程当中积累起来的,我们叫做文明。对自然现象的变化进行思考的初期文明,其积淀就称为原始宗教或巫俗,并且这种巫俗的思考体系与自然事物紧密地联系在一起。在对自然客观物件的直接感受具体化的过程中形成的思维体系里面,最突出的例子是像'兴'的思考方式。[2] 后来的文人继承这种思维方式,把具体事物的感受用诗歌或绘画的形式表现出来的。

自然植物之一的兰,开始受到人们的关心,进入人们的生活领域,是在远古时期早已有的。在人们还没有把自然对象做成抽象概念的原始时期,兰在日常生活里面成为巫俗文化的工具。其后,随着文明的发展,在古代中国人的生活里面"一提及兰花,就让人联想到君子人在出处进退方面的'时''位'问题,屈原在离骚中以'纫秋兰以为佩'象征不合时宜、孤芳自赏的态度。相传孔子曾作猗兰操,见'隐谷之中,香兰独茂',叹息'王者之香'与'众草'为伍,暗示出'生不逢时'的感慨"。[3] 如此,兰因由孔子和屈原而形象化为"隐者","君子之香","王者之香"[4]等的形象,和《周易》的"同心"的形象等,具有多样的

---

① 本论文是根据《中国人文科学》第三十六辑载的《兰象征性之研究》一文修改,并增加了后面一章的内容而成的。

② 有关"兴"的思维方式的巫俗起源和《诗经》作品的分析,以及其后的影响等已有多方面的研究成果,如赵沛霖:《兴的源起》,北京:中国社会科学出版社,1987;抽稿:《论《传》·《笺》兴义的思维背景》,天中学刊,1998 年第 6 期第 13 卷;彭锋:《诗可以兴——古代宗教、伦理、哲学与艺术的美学阐释》,安徽教育出版社,2003。

③ 黄永武:《诗人眼中的梅兰菊竹》,《中国诗学·思想篇》,台北巨流图书公司,1979 年 4 月,第 26 页。

④ 在《猗兰操》序文"兰当为王者香"的句子里,兰是为了王者发香的意思,但后来经常用于兰有"王者之香"的意思。

象征体系。有关兰的这种初期的象征意味很自然地渗透到中国历代文人的诗歌和绘画里面,成为重要的素材,并且跟着时代的变化,创造出新的象征意味。

根据现代的研究结果,出现在唐代以前文献里面的兰不是今天所谓兰科的兰,而是菊科的兰。《周易·系辞上传》:子曰,君子之道,或出或处,或默或语。二人同心,其利断金,同心之言,其臭如兰。[①]

“无论如何,以一定时期为界限,其之前的兰为菊花科的兰,其之后的兰为兰科的兰来断定,是有点不合道理的。因为界限时期之前也好,之后也好,这两种兰是同样生长着的。但是有相当差异的两种植物为什么被称为同名,是不明白的。”[②]我们暂且不管这一问题,因为初期兰的象征意义形成得很清楚,并且其象征意义是通过文献传统留传下来的。从宋代起,画兰的作品产生使这些区别兰种的问题自然不见了。还有区别宋代之前兰种的差异其实是不可能的事情,兰种的差异没有影响到初期象征意义的产生,所以区别兰种的问题暂且搁置不谈。

本论文为了探讨兰的象征意义,首先探究其原始巫俗的象征意义。然后分析在这些原始象征演变到美学意味象征的过程中,扮演重要角色的孔子和屈原。所形成的象征意义为何。之后察看这些象征意义在后来文人的诗歌作品里面如何表现,如何变化。还有论述宋代之后,随着文人画和题画诗的发展,文人通过兰画和题画诗表现的象征意义如何。论述时,以咏兰诗和兰画的题画诗当作主要分析对象,并参考其他有关资料。

一、兰的原始象征

我们可以想像原始时期也与现代一样,兰因其本身独有的幽香、姿态、外貌、气质等特性,受到当时人们的喜爱,并融入到人类生活的深处。但是原始时期有关兰的具体资料几乎没有留传下来,所以只好依据后来一鳞半爪的有关资料,来推测兰对人类所产生的一些象征意义。

根据周建忠的研究,兰很早就与图腾文化密切地联系著。他把兰与图腾的关系分为四种类型:第一是致兰得子;第二是秉兰祓邪;第三是纫兰为饰;第四是喻兰明德。[③] 第一和第二类型里残留着比较多的原始文化成分;第三类型是从原始巫俗的成分逐渐淡化,进入到人类生活的深处,其用处也多样化的过渡时期而产生的;第四类型是人们对日常生活里面经常接触到的兰的意象作具体的形象化过程时所产生的。在下面的论述中,将

① 《周易·系辞上传》:子曰,君子之道,或出或处,或默或语。二人同心,其利断金,同心之言,其臭如兰。

② 李御宁编纂:《兰草》,종이나라,2006年9月,40页。

③ 李御宁编纂:《兰草》,42쪽。

周氏四种类型的前三种与兰的原始象征联系论述,并把第四类型看作为兰的象征意义从巫俗象征到审美象征的过程中所赋予的初期意象,而分章叙述。

第一,致兰得子的信念。按《左传·宣公三年》的记录,说:"郑文公有贱妾,曰:燕姞。梦天使与己兰,曰:余为伯儵,余而祖也。以是为而子。以兰有国香,人服媚之如是也。既而文公见之,与之兰而御之,辞曰:妾不才,幸而有子,将不信,敢征兰乎。公曰:诺。生穆公,名之曰兰。"郑文公的贱妾叫燕姞,有一天梦里受到天使给予的兰,之后生子,而叫他兰。后来"文公报郑子之妃,曰陈妫,生子华、子臧。子臧得罪而出。诱子华而杀之南里,使盗杀子臧于陈、宋之间。又娶于江,生公子士。朝于楚,楚人酖之,及叶而死。又娶于苏,生子瑕、子俞弥。俞弥早卒。泄驾恶瑕,文公亦恶之,故不立也。公逐群公子,公子兰奔晋,从晋文公伐郑。石癸曰,'吾闻姬、姞耦,其子孙必蕃。姞,吉人也,后稷之元妃也。今公子兰,姞甥也,天或启之,必将为君,其后必蕃。先纳之,可以亢宠。'与孔将钼、侯宣多纳之,盟于太宫而立之,以与晋平。"①穆公兰生病的时候说了这样的话:"兰死,吾其死乎,吾所以生也。"根据上面的记载看,穆公的生死与兰密切地联系着。图腾观念产生于社会或个人与动物或植物等自然物件有着神秘关系的信念。依此看,穆公与兰之间的关系明显地显现出图腾文化的痕迹。这种观念在后来文人的诗歌里面也偶尔出现。

宋刘克庄的《兰》诗有让我们联想兰与子孙之间的原始意象的诗句:

深林不语抱幽贞,赖有微风递远馨。
开处何妨依藓砌,折来不肯恋金瓶。
孤高可把供诗卷,素淡堪移入卧屏。
莫笑门无佳子弟,数枝濯濯映阶庭。

这首诗首先歌咏兰的像君子般的特性,如"深林不语抱幽贞,赖有微风递远馨,"和"开处何妨依藓砌,折来不肯恋金瓶。"然后诗人想象着像《左传》记载所显示的兰与子孙之间的原始意象,而把它作为尾联。就说因为庭院的台阶上面鲜明地映射着数枝兰,即暗示着不久将来会出现扬眉吐气的佳子孙的象征。

明末清初的吴伟业在《题钱黍谷画兰两首》②的第二首说:

---

① 参看周建忠:《"兰意象"原型发微——兼释《楚辞》用兰意象》,《东南文化》,1999年1期,第96-99页。有关兰的原始意象的叙述主要参考了周氏的论文。李海元:《兰图腾与咏兰诗所显现的其象征性之研究(兰토템과咏兰诗에나타난兰의상징성연구)》(《中国语文论丛》,第29集,2005年12月)一文的有关兰图腾内容的相当部分是参考周文而论述的。

② 参看杨伯峻,《春秋左传注》,高雄,复文图书出版社,1991年9月,第672-675页。

北堂萱草恋王孙[①],膝下含饴阿母恩。

错误清郎贪卧雪[②],生儿强比魏兰根。[③]

这首题画诗写着,看到了兰画之后,联想着母亲生子,不是为了孩子长大成为寒士,而是为了成为时代的英雄。这首诗也是显现出《左传》所反映的兰与子孙之间的原始意象的作品。如此,我们可以看到在后代文人的诗歌作品里面出现的致兰得子的原始意象。

第二,秉兰祓邪的想法。人们相信兰可以祛除不祥之气的痕迹比较多。《诗经·溱洧》篇是描写男女在江水边秉兰游玩的作品。[④] 韩诗对这首诗解释说:“郑国之俗,三月上巳之日,于两水之上,招魂续魄,祓除不祥,故诗人愿与所说者,俱往观也。”[⑤]传统的说法贬称郑国盛行淫风,但这反而说明郑国老百姓享受着自由自在的社会气氛。青春男女在上巳之日拿着祛除不祥之气的兰,参加江水边上举行的民俗活动是非常自然的日常生活的写照。楚辞《九歌·云中君》的开头说:“浴兰汤兮沐芳,华采衣兮若英。”这是描写女巫降神之前打扮的情况,就是祭祀之前为了斋戒而薰浴的。[⑥] 秉兰参加民俗活动,或用兰汤洗浴来洁身,均是来自于利用兰香祛除邪气的原始信念的行为。明杨慎的《四兰图》描写兰的四种功能,就是“兰为君子佩慎”,“兰为美人采”,“兰为仙姬名”,“兰为王者香”等,其中第二首诗是与以香气疏远邪气的内容有关的:

兰为美人采,苹藻掩芳洁。

沐浴助精禋,岂为芗泽设。

---

① 《诗·卫风·伯兮》:“焉得谖草,言树之背。”《毛传》:“谖草令人忘忧,背,北堂也。”陆德明,《经典释文》:“谖,本又作萱。”在这里“北堂萱草”指母亲。

② 《后汉书·袁安传》,北京:中华书局,第1517-1518页的“后举孝廉”注引用《汝南先贤传》说:“时大雪积地丈余。洛阳令身出案行,见人家皆除雪出,有乞食者。至袁安门,无有行路,谓安已死。令人除雪入户,见安僵卧。问何以不出。安曰‘大雪人皆饿,不宜干人。’令以为贤,举为孝廉。”三国时期魏国的焦先也有有关“卧雪”的故事。晋皇甫谧的《高士传·焦先》有:“后野火烧其庐,先因露寝,遭冬雪大至,先袒卧不移,人以为死,就视如故。”后遂以“卧雪”为安贫清高的典实。参看《汉语大辞典》的“卧雪”条。

③ 《北史·魏兰根传》:“兰根道冠时英,功参霸业,亦一代之传人也。”参看《中华梅兰菊竹诗词选·兰》,第118页。

④ 《诗经·郑风·溱洧》:溱与洧,方涣涣兮。士与女,方秉兰兮。

⑤ 参看王先谦:《诗三家义集疏》,《诗三家义集疏等二种》,鼎文书局,1973年5月,132页。

⑥ 姜亮夫:《楚辞通故》二,云南人民出版社,1999年12月,686页。“兰汤”条说:“此草乃女巫降神前之一种装饰过程,浴兰华衣,古凡祭祀祈祷,必熏浴,《周礼·女巫》所谓“女巫掌岁时祓除衅浴”,即此义也。”

诗人着重点出为美人采撷的兰,不是用于为了香气而陈设,而是用于女人奉行祭祀之前斋戒用的兰汤。这是一首道出兰香袚邪的原始功能的作品。当然后来利用兰汤洗浴的事情在日常生活里面普及之后,原始的象征意义便淡化了。

第三,纫兰为饰的想法。上面所提及的两个概念是原始巫俗的痕迹比较强的类型。但后来随着兰更深地融入到人们日常生活里面其审美的功能逐渐扩大。比如,在楚辞的《离骚》里面屡次出现将兰作佩的记载[①],其主要目的是把它当作表情之物的。还有以兰为借的记录。[②] 用蕙草包好祭物而蒸,之后在它放的地方用兰作席垫。这可以说是兰巫俗功能在祭祀仪式里面残留的蛛丝马迹。又有以兰为膏的事实。"兰膏明烛"的记录见于《招魂》。[③] 这是因为人们做灯油的时候,用兰薰油,而灯亮时发出兰香的。[④] 如上面所述,兰与人类的生活渐渐紧密地联系在一起,其用途也多样化,人们自然地对兰的形象与生活的面貌进行比较或推类等思考。

二、孔子与兰的象征

从《左传》或楚辞作品里面所见到的有关兰的象征意义,我们可以看出在原始社会兰与人类生活的紧密联系。这些象征意义反映着原始社会的宗教特征,而对兰的审美形象的表现出现之后。文献所见有关兰的早期记载,有《周易·系辞上传》的"同心之言,其臭如兰"。这里用抽象概念的"同心"与兰香作比喻。此兰的"同心"意象经常出现在后来文人的诗歌里面,如钱谦益《咏同心兰四绝句》[⑤]的一首是:

并头容易共心难,香草真当目以兰。
不似西陵凡草木,漫将啼眼引郎看。

与凡草的无情相对比,同心兰则不同,它隐发着幽香,包含着真情。诗人看到这样的同心兰,就想象《周易》的兰与同心的比喻。以兰为香草之最来比喻共心之难。钱大昕的《题吴竹堂墨兰》也歌咏同心之难得:

---

① 《离骚》:"扈江离与辟芷兮,纫秋兰以为佩";"时暧暧其将罢兮,结幽兰而延伫";"户服艾以盈要兮,谓幽兰其不可佩。"

② 《九歌·东皇太一》:"蕙肴蒸兮兰藉,奠桂酒兮椒浆。"

③ 《招魂》:"兰膏明烛,华容备些";"兰膏明烛,华镫错些。"

④ "兰膏,以兰草炼膏,使香而灌烛也。"王夫之:《楚辞通释》,上海人民出版社,1975 年 6 月,第 145 页。

⑤ 《中华梅兰菊竹诗词选·兰》,第 116 页。

湘中九畹托根深，移到闲窗伴苦吟。

领略此中真臭味，天涯难得是同心。

第一句的湘中九畹让我们联想到屈原，第二句的苦吟者同时联系着屈原、吴霁[①]和这首诗的作者钱大昕三个人物。喜欢兰而歌咏的屈原、画兰的吴霁和作题画诗的钱大昕之间隔着时间和空间的距离，但是他们通过诗人的想象成为同心了。像这样，《周易》所提及的同心意象在后代文人的诗歌里不断地重现着的。

从文献的记载来看，最早对兰的审美进行形象思维而创作出新的象征意象的，一般说是孔子。虽然存在着真伪的问题，但给孔子赋予著作权的《孔子家语·在厄》有这段记载，孔子在陈蔡之间有所困，子路问：“今夫子积德怀义，行之久矣。奚居之穷也。”孔子回答说：“…君子博学深谟而不遇时者，众矣，何独丘哉。且芝兰生于深林，不以无人而不芳，君子修道立德，不谓穷困而改节。”[②]又在同书《六本》篇孔子说：“吾死之后，则商也日益，赐也日损。曾子曰：‘何谓也？’子曰：“商也好与贤己者处，赐也好悦不若己者处。不知其子视其父，不知其人视其友，不知其君视其所使，不知其地视其草木。故曰与善人居，如入芝兰之室，久而不闻其香，即与之化矣。与不善人居，如入鲍鱼之肆，久而不闻其臭，亦与之化矣。丹之所藏者赤，漆之所藏者黑，是以君子必慎其所与处者焉。”[③]这两段引文中，前者把虽然处于深林却照样发香的兰和处于穷困而不改节的君子作形象比喻；后者比喻人们被兰香薰化一样，君子选择所处之地的时候，也一定要择善而处，把君子处世的时与位的问题跟兰作比喻。

还有相传为孔子所作的《猗兰操》，描写自己怀才不遇的身世：

习习谷风，以阴以雨。

之子于归，远送于野。

何彼苍天，不得其所。

逍遥九州，无所定处。

时人暗蔽，不知贤者。

郭茂倩引用汉蔡邕的《琴操》[④]说：“《猗兰操》，孔子所作。孔子历聘诸侯，诸侯莫能

① 吴竹堂是吴霁，清代书画家，善山水兰竹。见于《中华梅兰菊竹诗词选·兰》，第143页。

② 《孔子家语》，首尔，民族社，1982年3月，卷第五，《在厄》第二十，第15页。

③ 《孔子家语》，《六本》第十五，第10－11页。

④ 见于宋郭茂倩：《乐府诗集》卷58《琴曲歌辞》，中华书局，1979年11月，第839页。。

任。自卫反鲁,隐谷之中,见香兰独茂,喟然叹曰:'兰当为王者香,今乃独茂,与众草为伍。'乃止车,援琴鼓之,自伤不逢时,托辞于香兰云。"①上面引文所强调的是兰所处的隐谷和兰香。应当为王者发香的兰偏偏在空谷开花,正如孔子周游天下而未见知己的君子,不得不回归鲁国的处境。这是以兰的位置比喻孔子不逢时而错位的身世。

还有介绍刘备和诸葛亮之间的故事。其内容是"先主杀张裕,诸葛亮救之,先主曰:'芳兰当门,不得不铲锄。'"②这比喻兰和位的问题。虽然香兰,如果其所处的位置不对,不得不铲除。这正如人虽然有才气,其所处位不对,不得不除掉。胸怀仁政的孔子也好,诸葛亮所爱惜的张裕也好,都以香兰为比,但因其位置的不同,前者成为怀才不遇的典型,而后者成为铲除对象的典型。它们各产生了不同的象征人物形象。

与孔子和刘备相关联而形成的兰的意象,经常出现在后代文人的兰画或诗歌作品里面,而成为最典型的形象之一。首先欣赏一下唐崔涂的《幽兰》诗。这首诗描写幽兰形象的特征:

幽植众宁知,贞芳只暗持。
自无君子佩,未是国香衰。
白露沾长早,春风每到迟。
不如当路草,芬馥欲何为。

这首诗先描写生长在幽静之处的幽兰,其香仍然未衰的特征。然后反问,饱尝秋天的白露而酝酿芬芳的兰,就等待着依托春风远吹幽香的季节到来,但春天每每迟迟未到。这让我们联想到孔子空谷幽兰的意象。

陆游的《兰》诗利用与刘备有关的故事来描写兰:

南岩路最近③,饭已时散策。
香来知有兰,遽求乃弗获。
生世本幽谷,岂愿为世娱。
无心托阶庭,当门任君锄。

生于幽谷的兰本来没有为世所娱之心。虽然发出幽香,但是丝毫没有显现自己的念

① 郭茂倩:《乐府诗集》,第839页。
② 见于欧阳询:《艺文类聚》,上海古籍出版社,1965年11月,第1390页。
③ 南岩为南山,指会稽山。见于《中华梅兰菊竹诗词选·兰》,第42页。

头。这是因为害怕被君主铲除掉。就其位的问题来讲,幽兰本身与世俗之心无缘。因此,这首诗使用有关刘备的典故,将自己才能深藏不露的君子风貌与幽兰作比喻,衬托出君子的理想人格。

清汪士慎的《题空谷幽兰图》歌咏幽兰的自然生态:

幽草堪同隐者心,自荣自萎白云深。
春风岁岁生空谷,留得清香入素琴。

诗人首先把白云浮动的深山里生长凋谢的幽兰比作隐者,并联想到孔子见到空谷之兰,作《猗兰操》弹琴的事情。像每年幽兰之香被春风吹散一样,琴声拨散,这正如暮年归隐于故乡的孔子的德香流传至今。如同怀才不遇的孔子把自己映射到虽在空谷而其香未衰的幽兰一样,汪士慎通过空谷幽兰的画面,把幽兰、隐者、孔子的意象联想在一起。

苏辙的《答琳长老寄幽兰》诗未涉及幽兰的传统意象,而直接描写幽兰本身的形象:

谷深不见兰生处,追逐微风偶得之。
解脱清香本无染,更因一嗅识真如。

这首诗充分显现出以议论为诗的宋诗的特征。与幽兰的传统意象无关,随着嗅觉的变化细微地描绘出幽兰本身的审美境界。不知幽兰何处的时候,微风吹过来提供发现其位的线索。跟随着微风好不容易发现幽兰,而闻到其微香。但香味又被风吹淡掉,然后再一次深吸,才真正领略到幽兰之香的境界。这首诗就是通过对微风和嗅觉变化的细微描写,烘托出深谷幽静的兰意象。

三、屈原与兰的象征

孔子与空谷幽兰的意象以理想人格的君子形象不断地重现在后代文人的诗与画里面。孔子之后,战国末期的屈原也与兰意象的产生有着密切的关系。其政治人生的不得意,终于使他投身于汨罗江,给中国人留下了多种形象。其中悲剧人生的形象是由于他诗人的文学才能和感受对将要灭亡的楚国产生的强烈救国欲望和忠心而带来的。他对政治的欲望一直未能实现,因此,把自己在现实社会里面所尝到的政治挫折,通过创作文学作品的方式,来升华到浪漫的幻想和理想世界的想象里面去的。屈原经常用兰作为其文学表现的素材之一。但他对兰所产生的意象与孔子不太一样。

屈原受到政敌的谗言,被怀王和顷襄王疏远,放逐到汉北和江南地区。依他的作品来看,他在江南地区为了克服孤独的贬谪生活,怀念当时九畹养兰,以兰作佩。他恐怕在贬谪地把忧国忧君之心寄托于兰的。先看一下他的作品里面的兰意象表现得如何。

《离骚》是屈原受到君主的遗弃和群臣的陷害,忧心而做的作品。他的孤立无援的处境是"专制文化的强大威力,粉碎了屈原的主体意识与堂堂男子的尊严,而使之降身于弃妇的角色。他的情感、思想、行为、心理,与弃妇的天姿国色完全重合了得"。[①] 国家将亡,几乎没有救国希望的时候,对自己被君主遗弃,被群臣陷害的处境的忧虑,终于使他做出了最悲剧的选择。他这样的性格也反映在对兰意象的选择上:

余既滋兰之九畹兮,又树蕙之百亩。
畦留夷与揭车兮,杂杜衡与芳芷。
冀枝叶之峻茂兮,愿俟时乎吾将刈。
虽萎绝其亦何伤兮,哀众芳之芜秽。

孔子所比喻的兰是生长在空谷中的天生之兰,但屈原的兰是他有目的栽种的具有积极意味的兰。引文所说的栽培"兰草"、"蕙草"、"留夷和揭车"、"杜衡和芳芷"等的目的就具有培养人才的象征意义。[②] 但他对这些人才变质腐败而感到悲伤。他叹息香草变为萧艾的现实:

兰芷变而不芳兮,荃蕙化而为茅。
何昔日之芳草兮,今直为此萧艾也。
岂其有他故兮,莫好修之害也。
余以兰为可恃兮,羌无实而容长。
委厥美以从俗兮,苟得列乎众芳。

以香草变为茅或萧艾等无香的杂草,来比喻在乱世中人才的变质。诗人讽刺华而不实的兰,它欲与世俗谋合而苟且混杂在众芳之中。根据传统的解释,这里的兰比喻楚国的贵族"子兰"。[③] 不过,也可以说作者以兰来比喻当时的世态。屈原以为具有美姿和佳香的兰应当是可信之物,但它实际上是外丽而无实,与众草杂居,未能发出自己独特之

---

① 参阅刘毓庆:《泽畔悲吟》,山西教育出版社,1994 年 1 月,第 68 页。

② 参阅范善均译注:《离骚的理解》,首尔,新雅社,1997 年 6 月,第 51 页。

③ 王逸以为兰指怀王的弟弟"司马子兰";洪兴祖则以为怀王的儿子,顷襄王的弟弟"令尹子兰"。参看范善均译注:《离骚的理解》,第 146 页。

香。作者以此来比喻国家面临危机的时候,当时的贵族和朝廷重臣只图谋自己的显达和利益,未曾关心国家安危的现实。

屈原则通过兰的反面比喻显现出自己忠贞之心。这与孔子以空谷幽兰比喻理想君子的方式不同。屈原不是通过显现兰特征的方式来产生意象,而是将兰在身边栽培、观察,并发现其反面的特性。所以在后代文人的作品里面,屈原通过自身和自己作品的形象来联系兰意象,孔子则通过兰的意象来联系包括自己在内的理想君子的形象。

元代宋无(1260—1340)在《兰》诗里面敏锐地触及到屈原与兰之间的这种反面关系:

分向湖山伴野蒿,偶并香草入离骚。
清名悔出群芳上,不入离骚更自高。

在湖山与野草作伴的兰,依靠其本身的清香自然提高自己的名声。但作者后悔说,因兰发香发得群芳之上,而屈原在《离骚》里面提到它的。因为在《离骚》里面强调兰虽然具有佳姿和清香,但无实而与众芳杂处,所以宋无议论,因有屈原对兰的反面描写,而害了其清高的名声。但是兰与屈原联系,就产生出与孔子所产生的形象不一样的意象,即屈原的忠诚、刚直等较强的意象。这不是通过兰的特性强调屈原的形象,而是通过屈原形象的投射显现出兰的意象的。

苏轼(1037—1101)在《题杨次公春兰》里说,从画里的兰寻找屈原的精神:

春兰如美人,不采羞自献。
时闻风露香,蓬艾深不见。
丹青写真色,欲补离骚传。
对之如灵均,冠佩不敢燕。

这是一首对杨次公的兰画所作的题画诗。第1、2句描写以春兰比作美人害羞而不自现的样子,第3、4句则兰不自现而其清香自然被人闻到的。这似乎与孔子的空谷幽兰的意象相同。但是苏轼在下面的诗句里从画里的兰读出的是屈原的精神,而不是孔子的空谷幽兰的意象。苏轼就读出画家通过画兰写出的屈原精神,让我们感觉到屈原、杨次公和苏轼的精神互相连接在一起。中国艺术里面的所谓诗画不分、主客合一的境界就从这首诗里看出来的。①

下面介绍金国占领中原地区的时候,想夺回国土而主张抗战的南宋杨万里(1127—1206)的一首诗《兰花》:

雪茎偷开浅碧花,冰根乱吐小红芽。
生无桃李春风面,名在山林处士家。
政坐国香到朝市,不容霜节老云霞。
江篱蕙圃非吾耦,付与骚人定等差。

这首诗与一般七言律诗不一样,就在首联两句作对。第一句的碧色和第二句的红色作对比,来产生鲜明的视觉快感。又描写破出冰结的固土而发芽的兰根,来比作作者的自画像。第三,四句用兰不像桃李任意出世,而在深山里过处士般生活的处境,来比喻自己。但在第5、6句,兰因有国香,不能处于云霞而老去,以此暗示自己也为国家出世的意愿。作者把时代所造成的痛苦和国家衰微的情况表现在很多诗歌作品里面。他以为自己的这种处境与屈原相似,所以在最后一句里寄托了屈原区分自己与小人之差别的意思。作者把出世的兰和为国家出世的自己作比喻,并且认为历史上只有屈原过着与自己相似的人生,所以想屈原就是最能理解自己的人了。

清代的何绍基在《素心兰》里对屈原的精神进行了具体的比喻:

深心太素绝声闻,悔托灵根压众芬。
万古贞风怀屈子,一江白月吊湘君。
香愈淡处偏成蜜,色到真时欲化云。
园榭秋光都占尽,故应冰雪有奇文。

素心兰的花太素朴,似乎拒绝为人所知,也好像为压抑别草之香而后悔似的。屈原的贞风也如此,经过万古沧桑而未变。其香淡薄而却生成甜蜜。颜色从自然之色变化出像白云般的模样,素心兰也经历了冰雪的酷寒才开出奇异的花朵。此诗再一次把屈原作比冰雪,塑造出屈原鲜明的贞直形象。

① 唐代在画论上的最大贡献,为以诗咏画,以诗意发挥画意,进而以诗境开扩画境。由诗与画的结合,于是画之意境,可不必直接启发于玄学,而可得自诗人之想象与感情。虽然此一结合的完成,有待于北宋。参阅徐复观:《中国艺术精神》,台湾学生书局印行,1966年2月,第259页。

四、水墨画发展之后的兰象征

咏兰诗的传统里除了有关孔子与屈原的象征以外，也产生了其他的象征意义，如郑思肖画“露根兰”以象征失国人民无寄托之处的心情，扬州八怪之一的郑燮画“破盆兰”以象征脱离世俗而归隐之心等等。这些象征意义的产生与中国绘画史里文人画的发展过程有密切的关系。文人画的出现于宋代，其原因大约有三，即文人画在当时政治气氛之下受到文艺改革思想的影响，和水墨写意画正好能与士大夫的寄情遣兴及吟诗写字相配合，以及水墨画本身积累了丰富的经验等。[①] 随着文人画的发展，有些文人画家专门以水墨画梅兰竹菊，四君子逐渐成为文人画的重要题材之一。文人墨客描写并歌咏四君子，因其花木含有孤幽闲静傲霜耐寒的自然特性，以此比做人的品德气质。后来文人画与四君子成了密不分割的关系。

文人画的发展促进了题画诗的流行。在这样的背景之下，咏兰诗的传统跟着画兰的发展在其内容和形式方面扩大了创作领域。这是由于两种不同艺术体裁，即绘画和诗歌的融合之后“词人墨卿”创作活动的结果。描写融合绘画和诗歌艺术境界的最典型的词句是苏轼的“诗中有画，画中有诗”[②]的概念。樊波在《中国书画美学史纲》里对绘画和诗歌两种艺术形式的统一，分外在和内在两种方式来说明，“第一种方式就是绘画作品中常常附以诗歌题跋。……这种绘画作品附以诗歌题跋的方式，无论从艺术形式方面来看，还是从艺术内容方面来看都还属于一种外在的统一关系。”第二种方式“则表现为绘画艺术和诗歌艺术的内在统一。这不是从绘画作品和诗歌题跋这两者关系来考察的，而是直接从绘画作品本身中所产生出来的诗意角度去考察的。这就是说，绘画艺术可以直接地表现诗歌艺术的意境和情趣，因而这两种不同的艺术种类在审美内涵上具有一种内在的统一性。”[③]宋代文人在追求绘画和诗歌艺术统一的背景之下，画兰的风气也日渐盛行。宋末元初，郑思肖将其亡国的处境以露根兰画的形式表现出来。[④] 他画的露根兰未得见，

---

① 宋代出现水墨画梅、竹、兰花等，原因是多方面的：一，北宋中叶，自仁宗（赵祯）至哲宗（赵煦）的70多年间，社会上虽然表面升平，但其帷幕之后，民族矛盾和阶级矛盾日益深化和复杂化……因此，新兴的文人画，在这种政治气氛里，不能不受到文艺变革思想的影响。其次，士大夫阶层在当时的社会中占有相当的势力，……水墨写意画正好能与他们的寄情遣兴及吟诗写字相配合，所以，当它被士大夫掌握时，就迅速地获得了发展。三，就水墨画的本身来看，它经过唐、五代而到了北宋，至少有300多年的历史，已经累积了不少经验。……这种传统方法，至宋代，不但被认识，而且被掌握而有所发展。参阅王伯敏：《中国绘画通史》，生活·读书·新知三联书局，2000年12月，第463－464页。

② 苏轼《书摩诘蓝田烟雨图》：“味摩诘之诗，诗中有画。观摩诘之画，画中有诗。”

③ 参阅樊波：《中国书画美学史纲》，吉林美术出版社，2006年，第462－465页。

④ 高荫祖《影印心史后言》说：“他（郑所南）善于绘画兰花，宋亡后，就画兰不画土，有人问他为什么不画土？则曰：‘土已为番人夺去矣！’”见于郑所南：《铁函心史》，世界书局，1975年。

但一首题画诗《题画兰》充分表露其忧国之情:

一国之香,一国之殇。
怀彼怀王,于楚有光。

借幽微的兰香透射出失国的哀伤,并以联想爱国忧君而为楚国留下与日月争光的屈原,是一首表现作者身受亡国之痛的题画诗。到了清朝,郑燮(板桥)继承了郑所南画露根兰的传统,是一般的说法。但根据专家的研究,目前郑板桥的墨迹中没有画根的兰。[①]不过金贞淑在其博士论文里引美国人所藏的郑板桥露根兰画,上面有一首题画诗:

多买兰苓(?)要整根,根深土密自生孙。
谩谈(话)今岁苓开好,更看来年苓满盆。[②]

在这幅画的真伪无从考察的情况之下,先把上面的题画诗与郑板桥的一首《兰》诗作比较:

买块兰花要整根,神完力足长儿孙。
莫嫌今岁花犹少,请看明年花满盆。

这两首诗中显然一个是真,一个是假。一个根据另一个仿写的。一个作家不太可能根据自己写过的诗来仿写这样的作品的。

韩国朝鲜后期的李昰应(1820—1898)画了不少露根兰。根据金贞淑的研究,李是应1874年的秋冬在直谷山房集中画了上中下三段结构的以露根兰为主的《群兰图》。其中一个十幅屏风的第一幅《群兰图》上面有这样的句子:“露根兰诗曰:请君莫问根源事,从古英雄才士无。”这大约说出作者画露根兰的意图,似乎有两层含义,一是在19世纪末面临封建社会瓦解的氛围之下,表现不分身份高下,因才是用的政治欲望;一是作者失去了

① 周积寅:《二十年板桥缘》,说“广东省博物馆藏有一幅板桥《墨兰图》轴,自题说元初遗民画家郑所南画兰花好画根,因元朝灭了南宋,‘无地可栽’,而板桥表示‘不作此激烈语’,即不将矛头指向清王朝,大概是为避免‘文字狱’之祸害吧,况且他对‘皇恩浩荡’是感荷至深的。在板桥作品中,除了发现一幅拓片是画露根兰(待研究)外,在其墨迹中从未发现有画根的。不少人造他的假画,不知此点,把板桥比为郑所南,画了很多露根兰,显然都是伪作。”见于 http://www.kltartgallery.com/kanwu/。

② 见于金贞淑:《石坡李是应的墨兰画研究》,韩国精神文化研究院,2002年3月,第402页。

政治实力之后，借用露根兰表现出自己的处境。[①] 对宋代郑思肖于露根兰所赋予的失国之后无所寄托的象征意义，后人继承其法，但赋予的象征意义则因人的处境不同而各异。

文人画至于清扬州八怪之手，摆脱了传统画法，以独创性的表现方式画出花卉和人物。郑燮的兰画和兰诗就显现出作者独特奇异的构思和想象。下面是《兰两首》之二：

此是幽贞一种花，不求闻达只烟霞。
采樵或恐通来径，更写高山一片遮。

这首诗大写兰的幽贞特性。兰喜欢所处的地方是要高山深处，烟霞幽静而无人干扰，连樵人的偶遇都不允许，因以画高山来遮掩其通往的来径。后面两句不直写幽而兰幽贞的特性衬托到极点，是调和绘画技巧和诗歌表现方法所达到的巧妙境界。下面一首诗是选别人未曾画过的题材来画出新的兰形象，并写上题画诗来阐明其意义。其诗是《题破盆兰花》：

春雨春风写妙颜，幽情逸韵落人间。
而今究竟无知己，打破乌盆更入山。

这首题画诗写打破花盆归回山林的春兰，来投映自己的心情。前面两句描写迎风而开的兰花，本来具有幽情逸韵的性格，却散落到人间，希望被人所用。但久而久之，无人赏识它（他），只好打破约束自己的花盆归入山林。郑燮不再借用孔子的空谷幽兰来寄托自己，而从日常生活当中偶尔看到的破盆兰里面，启发出与自己归隐之心相似的奇想。还有一首诗描写峤壁上的兰花，题目是《题峤壁兰花》：

山顶兰花早早开，山腰小箭尚含胎。
画工立意教停蓄，何苦东风好作媒。

峭壁上面的兰花已经开了，照例来看峭壁中间的应该早已发花，但还在含蕾。这是因为画工故意不让它开的，但是不识相的东风不断地吹来督促开花。这似乎是作者站在自己构思安排后画的峭壁兰花画幅的前面。吹来一阵春风的时候，引起诗绪而写的一首题画诗。峭壁中间含蕾不发的小箭就象征着在危险之中坚忍不屈地等待时机的作者自己。

---

① 参见金贞淑：《石坡李是应的墨兰画研究》，第62－63、315－320页。

从上面举例来看,宋代之后随着兰画的发展,文人画家从他们所构思的各种兰的形象里赋予了兰以新的象征意义,并把它用题画诗的形式写在画幅上面,追求绘画和诗歌艺术的统一。其所赋予的象征意义如露根兰则具有相当大的影响,但其他的例子则不像孔子和屈原那样成为典型,而成为个案了。

五、结语

本论文论述了兰的原始象征意义和其后的早期象征意象的形成过程,以及后代文人诗歌作品里面所反映的这些早期象征意象的再生方式和变化。如上面所述,兰的象征意象在后代文人的作品里面被不断重写的过程中,其象征意义不断扩大,并再创造出新的内容。

初期自然植物的兰与人类相联系是从与日常生活有密切关系的部分开始的。如同上面的论述,人们似乎与致兰得子,得兰子孙繁盛等的图腾信仰有深远的关系。人们还相信兰香可以袚除邪气,为奉行祭祀沐浴斋戒时,用兰汤洗身。同样,因兰有独特之香,而纫兰为佩,交兰作为定情之物,用兰作为铺在祭物之台上的垫子,做兰膏而明烛。我们虽然很难分辨兰香驱邪的信仰和兰香在日常生活方面效用之间的差异,但这两者之间可以说有巫俗的成分逐渐淡化,兰香的实用功能逐渐加强的差别。

兰逐渐进入到人类日常生活里面,人们很自然地对兰的形象和特征与自己的处境作比较,进行思考。文献所见到的有关兰的初期记录是《周易》的兰与"同心"之见的比喻。其后,与孔子有关的空谷幽兰的意象,刘备和诸葛亮的"当门兰"典故,屈原的忠诚、贞直的人品和其作品里面所反映的屈原形象等都是与兰有关产生的早期意象。后代文人在咏兰诗和题画诗里面不断地把这些意象重新描写,但重写孔子和屈原意象的方式和立场不太一样。

孔子为实现自己的政治理想而周游天下,但未能成功之后回归鲁国。他把自己的这种处境寄托于空谷幽兰。屈原则在他的一生中对国家忠诚和贞直的耿耿不渝精神,在《离骚》里以兰作比喻进行描写。因此,两人借兰寄托的意象不一样。屈原自己养兰,来比作养育人才;并把兰变为萧艾,或与众芳杂处,不能发出其独特之香,来比喻国难当头为国效劳的贵族和重臣,只顾苟且与世俗谋合。在产生兰意象的过程中,屈原把自己对国家的忠诚和贞直的精神投射于兰意象里面,以此来扩大其象征内容的范围。这与孔子把自己暮年的处境投射于天生的空谷幽兰之间,有其象征主题的不同。因有这样的差别,后代文人在诗歌作品里面提到兰意象的时候,孔子与屈原出现得不太一样。在大部分的诗歌作品里面,孔子没有直接出现,而通过空谷、幽兰、琴等的事物间接地投射出来。然而,屈原则在大部分的作品里面直接提到他的名、字或作品之名,并借此来产生兰的意象。所以屈原通过自身和自己作品的形象来联系兰意象,孔子则通过兰的意象来联系包括自己在内的理想君子的形象。

除了有关孔子与屈原的象征以外,也产生了兰的其他象征意义。后来这些象征意义的产生与宋代文人画和题画诗的发展有直接的关系。题画诗所产生的兰意象受到兰画结构的制约,因此,后来不能成为较大的典型意象了。

论屈原的人才观

宁波大学　张宏洪

屈原，这位生活在战国后期的政治家、中国最早的大诗人，在他传世的诗歌作品中表现出极强的人才意识。他的自叙性政治抒情长诗《离骚》开篇八句就气势充沛地写出自己出生的非同凡响，其意就是要告诉读者："我是一个人才。"在他的"美政"理想中，有一个"举贤授能"的重要内容，可见在屈原心目中人才有着极高的地位。综观他的代表作《离骚》、《九章》、《天问》等，可以发现一系列关于人才的观点，这些观点构成了屈原的人才观。

一、"内美"与"修能"并重的人才标准观

屈原在《离骚》中唱道："纷吾既有此内美兮，又重之以修能。"我已有了这么多内在的美质呵，更加之以修饰打扮外表仪容。这句以"美人"自比的象征性独白，集中地表达了屈原"内美"与"修能"并重的人才标准观。

屈原非常看重"内美"的涵育。在屈原的诗歌中，"内美"有两层含义。一层是先天的美好禀赋，如《离骚》开篇处唱到的"帝高阳之苗裔兮"、"摄提贞于孟陬兮，惟庚寅吾以降"（我是帝颛顼高阳的后裔，我在寅年寅月寅日降生）这种非经自身努力而具有的非同一般的因素。另一层是后天的优秀品质的积养。屈原诗中写道："余幼好此奇服兮，年既老而不衰；……世溷浊而莫余知兮，吾方高驰而不顾。"（《涉江》）"朝饮木兰之坠露兮，夕餐秋菊之落英；苟余情其信姱以练要兮，长顑颔亦何伤。"（《离骚》）"苏世独立，横而不流兮；闭心自慎，终不失过兮。"（《九章·橘颂》）其中的"奇服"、"木兰之坠露"、秋菊之落英"均比喻与众不同的高洁德行，屈原从小仰慕，终生磨炼，长期积累，从不因世道"溷浊"而放弃。对于先天美好的禀赋，屈原只在《离骚》开篇之处以自我介绍的口吻提到，而对于后天的优秀品质的积养，如同乐曲中的主旋律，屈原不仅在《离骚》篇中多处唱出，而且在其他诗篇中多有奏响。由此可见，屈原看重"内美"的涵育，其关键点在于后者，他主张要成为一个能对祖国、对民众做出贡献的人才，必须从小就开始对高洁德行进行磨炼和积养，具有"内美"的素质。正是由于一这观点，因此他十分注意对青年人才的培养，他在《离骚》中用比喻手法写到对人才的培养："余既滋兰之九畹兮，又树蕙之百亩；畦留夷与

揭车兮,杂杜衡与芳芷;冀枝叶之峻茂兮,原竢时乎吾将刈。”兰、蕙、留夷、揭车、杜衡、芳芷均为香草,借指贤才。当发现所培养的人才不能“苏世独立”地积养“内美”,反而改变了节操与“党人”去同流合污了,屈原伤感地唱道:“虽萎绝其亦何伤兮,哀众芳之芜秽。”“忽反顾以流涕兮,哀高丘之无女。”(《离骚》)

屈原同时又十分注重“修能”。“修能”从《离骚》的句中理解是“修饰仪态”的意思。要注意的是它是在比喻辞格中所用的一个片语,它的喻意是“修养德、能”。理解屈原原意,“内美”是指修炼与积养的结果,“修能”则强调德、能修炼与积养的行为过程。屈原对自己、对贤才都以具备“内美”和坚持“修能”并重要求的,他自己也是这样来实践的。他说:“民生各有所乐兮,余独好修以为常;虽体解吾犹未变兮,岂余心之可惩!”(《离骚》)人人各有他乐意做的事情,我独以修养德能为日常的欢欣;即使将我支解了我仍不变,岂是一点点威胁可动摇我的心。可见屈原坚持“修能”的决心何等坚定!因此,他尽管在楚怀王朝因上官大夫等谗佞之人的诽谤而“被疏”,后又因劝谏不要听信秦国的谎言而“见放”,但仍坚持修养德能不放弃:“进不入以离尤兮,退将复修吾初服;制芰荷以为衣兮,集芙蓉以为裳;不吾知其亦已兮,苟余情其信芳。”(《离骚》)

关于“修能”的具体内容,屈原在《九章·橘颂》中通过歌颂橘树进行了较为集中的表达。那就是:“受命不迁,生南国兮;深固难徙,更壹志兮”的坚贞的爱乡爱国之情感;“曾枝剡棘,圆果抟兮;青黄杂糅,文章烂兮;精色内白,类可任兮(层层枝条有利刺,圆圆果实挂树枝;青色黄色交相映,文采斑烂令人喜;外色鲜明内朴素,好似担当重任的人)那样的原则性、奉献精神和胜任重担的各种能力素质;“苏世独立,横而不流兮”(清醒地独立于世,特立而不随波逐流)的胸怀和节操;“秉德无私,参天地兮”的高尚人格。屈原在《橘颂》中直抒胸臆地表示将橘树作为“长友”、“置以为像”,意即愿将橘树长期作为朋友,将橘树作为自己的榜样。因此,屈原发自内心地赞颂的橘树的种种美好品质,正是屈原认为自己和贤才应该努力学习和修养的。

屈原“内美”与“修能”并重的人才标准观,在他生活的战国后期具有先进性。比屈原早二百年的孔子提出:“生而知之者上也,学而知之者次也;困而学之,又其次也;困而不学,民斯为下矣。”(《论语·季氏》)这是以所谓的“先天素质”为标准区分人才与非人才的观点。这一观点在屈原生活时代已有较大影响,比屈原早出生三十来年的孟子,就继承了孔子“生而知之”的观点而有所发展,认为每个人生来就有“恻隐之心”、“羞恶之心”、“辞让之心”、“是非之心”,(《孟子·公孙丑上》)“人之所不学而能者,其良能也;所不虑而知者,其良知也。”(《孟子·尽心上》)“人才”就是保存了先天善性的人。基于这种人才标准观,孔子和孟子都主张选拔人才时要讲尊贤,但必须讲出身。屈原的人才标准观,否定了“生而知之”这一理论基础,强调了人的后天的德、能积养,而且既重视已经积累的素质,又重视修炼德、能的行为过程,这样才真正符合了人才培养、成长的客观规律,有利于人才的出现、发展,有利于满足社会对人才的需求与使用。屈原在他的《离骚》、《天问》、《九章·惜往日》等诗篇中,多次称颂到伊尹、吕望、宁戚、傅说四人,应该说他们都是屈原按照他的人才标准从前代历史上审视到的令他倾慕的人才。伊尹原为有莘氏女的陪嫁奴隶,后被汤识用,辅助汤攻灭夏桀。吕望当过屠夫,后被周文王识用,辅佐周武王灭了商。宁戚原为贫困的小商人,后被齐桓公发现,用为客卿。傅说原是一个在名叫傅岩的地方打土墙的奴隶,后被殷高宗武丁用为相。此四人直到今天都仍然被称誉为靠德、能发挥人才作用的典型,屈原是中国历史上第一个在自己的诗歌作品中称颂他们的人,这有力地表证了屈原人才标准观的先进性。

二、"求索"与"遇合"并重的人才作为观

屈原在《离骚》中唱道:"路曼曼其修远兮,吾将上下而求索。""乘骐骥以驰骋兮,来吾道夫先路!"前两句抒发了不畏艰难、坚韧不拔的求索精神,后两句表白了寻求遇合机会、愿为君王出力的强烈愿望。考察屈原的所有传世诗作,可以强烈地感受到屈原渴望有所作为的意识和愿望,其中的主旋律就是坚韧不拔的求索精神和寻求遇合的强烈愿望。

屈原在诗作中表达了这样一种思想:人才(包括他自己和所有的贤才)一定要为祖国、为民众有所作为。他自己就是这样实践的:"忽奔走以先后兮,及前王之踵武。""长太息以掩涕兮,哀民生之多艰。"(《离骚》)当他受到谗毁,遭到放逐,无法在政治上有所作为时,就产生出极强的要有作为的紧迫感:"汨余若将不及兮,恐年岁之不吾与。"(《离骚》)并且用诗歌来"发愤以抒情",(《九章·惜诵》)给后世留下了中国文学史上的第一部个人诗集。他对有所作为的历史人物,如尧、舜、禹、汤、武丁、周文、齐桓、伊尹、傅说、吕望、宁戚、伯乐等大加褒扬,对无所作为的当朝壅君楚怀王甚至进行大胆的批评和质问:"不抚壮而弃秽兮,何不改乎此度也?"(《离骚》)

"求索"就是屈原谋求有所作为的行为总称。政治上,他求索的是楚王能从谗臣壅塞中"悟过改更"(《天问》),然后辅佐楚王施行他所主张的"美政",清除"党人之偷乐兮,路幽昧以险隘","背绳墨以追曲兮,竞周容以为度","世溷浊而嫉贤兮,好蔽美而称恶"等种种黑暗现象,实现以德为政,修明法度,"举贤授能",使人民摆脱"离散而相失"之类的苦难,使楚国"富强而法立",通过楚国的富强来统一中国。当政治上的求索受到谗臣和壅君的阻碍时,他没有放弃求索,"介眇志之所感兮,窃赋诗之所明。"(《九章·悲回风》)耿介高远的心志必定时有感想油然而生,因此就诉诸诗篇来表明。这样,就有了屈原在文学上的求索。他继承和借鉴了诸多的中原文化、楚文化的因素,创立了"楚辞"新诗体,并开创了积极浪漫主义的文学传统,成为中国文学史上第一个伟大的诗人,"其衣被词

人,非一代也”。(刘勰《文心雕龙·辩骚》)屈原求索的结果,也就是屈原的作为,在历史上产生的影响是巨大的。司马迁引用刘安的话评价屈原道:“虽与日月争光可也”,(《史记·屈原贾生列传》)绝非过誉之语。

屈原的“求索”有一个重要内容就是“遇合”。他希望“反信谗而齌怒”、“羌中道而改路”(《离骚》)的楚怀王翻然悟过,重新回到原先的正确路线上来,以便能得到政治上有所作为的机遇:“不抚壮而弃秽兮,何不改乎此度也?乘骐骥以驰骋兮,来吾道夫先路!”(《离骚》)“悟过改更,我又何言?”(《天问》)他反复表白:“岂余身之惮殃兮?恐皇舆之败绩。”可见他希望得到“遇合”的心情是何等迫切。屈原在诗作中多处不无羡慕地赞颂历史上人才和君王“遇合”的事例:“汤禹严而求合兮,挚咎繇而能调。”“说操筑于傅岩兮,武丁用而不疑。吕望之鼓刀兮,遭周文而得举。宁戚之讴歌兮,齐桓闻以该辅。”(《离骚》)“帝乃降观,下逢伊挚;何条放致罚,而黎服大说?”“师望在肆,昌何识?鼓刀扬声,后何喜?”“初汤臣挚,后兹承辅;何卒官汤,尊食宗诸?”(《天问》)“闻百里之为虏兮,伊尹烹于庖厨。吕望屠于朝歌兮,宁戚歌而饭牛。不逢汤武与桓缪兮,世孰云而知之。”(《九章·惜往日》)从中可以体会到屈原对“遇合”是多么看重与期待!或许有人会说:屈原这么看重和追求与君王的遇合,正是他历史局限性的一个表现。其实这样看待这个问题显得有点机械。屈原之所以求索、看重与君王的遇合,是与他的政治抱负有关。屈原要实现他的这么大的政治抱负,就必须得到君王的遇合才行。从一般意义上理解,遇合就是机遇,一个人要有所作为,除了自己主观上努力,不懈地去求索之外,机遇也是必不可少的客观条件。人力与机遇是人才成功的两个因素,二者相辅相成,缺一不可,这是人才发挥作用走向成功的一条规律。屈原在自己“求索”的过程中,如此看重和期待“遇合”,是符合规律的认识的具体表现。

将屈原的人才作为观置于他生活的时代进行考察,可以发现两个明显的积极特点。

一是屈原追求有所作为是有着鲜明的方向性的,即一定要为祖国、为民众有所作为。屈原写道:“长太息以掩涕兮,哀民生之多艰。”“瞻前而顾后兮,相观民之计极。”(《离骚》)“愿摇起而横奔兮,览民尤以自镇。”(《九章·抽思》)我们在上文中已提到,屈原希望在政治上能有所作为,就是辅助君王在祖国实现“美政”理想,其中包括使人民摆脱种种苦难,使楚国“富强而法立”,消除“路幽昧以险隘”等社会黑暗现象。他中年之后因受谗而遭放逐,经受着肉体上和精神上的双重折磨,并且当时的世风是“士无定主”、“朝秦暮楚”、“楚才晋用”,他完全可以离开楚国到别的诸侯国去施展才华,但他还是眷顾楚国,“坚志而不忍”离去。这一特点与屈原具有以民本思想和人道主义思想为原动力的爱国爱民的真挚情感有关。而这一思想情感,正是屈原爱国主义思想形成的基础。由此,我们可以得出这样一个结论:这一特点,是屈原爱国主义思想在人才作为观上的反映。

二是屈原坚持“求索”格外地坚韧不拔。在屈原生活的时代,士人阶层已经壮大,纷纷寻求主子为其效力,谋求机遇一展才华已形成为风气。于是在士人发挥作用方面出现一些价值观,最有代表性、较被普遍认同的是孟子在继承孔子思想的基础上提出的观点:"士穷不失义,达不离道。穷不失义,故士得已焉;达不离道,故民不失望焉。古之人,得志,泽加于民;不得志,修身见于世。穷则独善其身,达则兼善天下。"(《孟子·尽心上》)这就是儒家"安命乐道"的价值观。屈原的观点与态度与之相比较,有一个明显的不同,就是不管是"达"是"穷"都要"求索",都要有所作为。因此,即使处于"穷"——没有被使用或处于困厄境地的时候,也决不安于隐退或消极避世。司马迁在《史记·屈原贾生列传》中写到屈原"达"时的情况:"为楚怀王左徒,博闻强志,明于治乱,娴于辞令。入则与王图议国事,以出号令;出则接遇宾客,应对诸侯。王甚任之。"写到屈原"穷"时的情况:"虽放流,眷顾楚国,系心怀王,不忘欲返,冀幸君之一悟,俗之一改也。"可见屈原不管是"达"还是"穷",都是在积极"求索"。《离骚》是屈原"放流"时写的长诗,集中而强烈地抒发了虽身处逆境,但始终不放弃为楚国为民众"上下求索"的目的和决心。闻一多《人民的诗人——屈原》中说:"最使屈原成为人民热爱与崇敬的对象的,是他的'行义',不是他的'文采'。"不管是"达"是"穷"都坚持"求索",决不选择隐退或消极避世,是屈原"行义"的一个重要特点。屈原是个"逆境人才",屈原行义上的这个特点,对于后世的人才尤其是逆境人才的影响是巨大而深远的。

三、"去谗"与"改俗"并重的人才环境观

司马迁概括屈原被流放、写《离骚》时的心情说:"屈原嫉王听之不聪也,谗谄之蔽明也,邪曲之害公也,方正之不容也,故忧愁幽思而作《离骚》"。"屈原既嫉之,虽放流,眷顾楚国,系心怀王,不忘欲返,冀幸君之一悟,俗之一改也。"(《史记·屈原贾生列传》)的确,从屈原的传世诗作中可以看出,屈原对于当时他所处的士人阶层的人缘和风气环境是非常不满的,从而表现出"俗之一改"的强烈愿望,十分清晰地表现出"去谗"与"改俗"并重的人才环境观。

屈原从亲身经历中领悟到"谗人"、"党人"是正直人才发挥作用的重大障碍,谗言、诽谤是正直人才横遭"见疏"、"被放"厄运的祸根。因此他对谗人、党人毫不留情地进行揭露和抨击。如《离骚》、《九章·哀郢》等篇中写到:"众谗人之嫉妒兮,被以不慈之伪名。""众女嫉余之蛾眉兮,谣诼谓余以善淫。""羌内恕己以量人兮,各兴心而嫉妒。"这是在揭露和抨击"谗人"、"党人"出于对正直人才的嫉妒,肆意地进行造谣、诽谤、排挤。"民好恶其不同兮,惟此党人其独异;……苏粪壤以充帏兮,谓申椒其不芳。"这是揭露抨击"党人"将粪土装进香囊佩在身上,而硬说花椒不是香的——颠倒是非,混淆黑白,搅乱风气。"惟夫党人之偷乐兮,路幽昧以险隘。"这是在揭露和抨击"党人"朋比为奸,苟安享乐,将

政治搞得既黑暗又险恶。由此可见屈原将“谗人”、“党人”的危害性看得非常透彻了,因此他强烈地希望能“去谗”——清除“谗人”、“党人”和种种谗言,使君王“循绳墨而不颇”,“举贤而授能”,使自己得以回到能充分发挥“导夫先路”作用的位置上去。

屈原对他周围的“溷浊”风气痛心疾首,在诗作中进行了大量的也是大胆的鞭挞。如:“世溷浊而嫉贤兮,好蔽美而称恶。”(《离骚》)这是直刺妒贤嫉能、抑美扬恶、方正不容的恶毒风气。“兰芷变而不芳兮,荃蕙化而为茅;何昔日之芳草兮,今直为此萧艾也?岂其有他故兮,莫好修之害也!……固时俗之流从兮,又孰能无变化?”(《离骚》)这是在痛批崇尚随波逐流,放弃坚持“好修”,引起人才蜕变的庸俗风气。“变白以为黑兮,倒上以为下;凤皇在笯兮,鸡鹜翔舞;同糅玉石兮,一概而相量。夫惟党人之鄙固兮,羌不知余之所臧。”(《九章·怀沙》)这是在抨击是非颠倒、邪曲害公、贤人受压、小人得志的反常风气。“卒没身而绝名兮,惜壅君之不昭;君无度而弗察兮,使芳草为薮幽。”……“谅聪不明而蔽壅兮,使谗谀而日得。”(《九章·惜往日》)这是在大胆地揭露造成“溷浊”风气的总根源是当朝的君王不英明,没有标准不辨忠奸,被谗谀之人包围和利用。因此,屈原强烈地希望“改俗”,并首先寄希望于君王能“悟过改更”,然后促使楚国“俗之一改”,走上公正光明的道路。

屈原的“去馋”与“改俗”并重的人才环境观,形成于他生活的时期和实际环境,因此有着明显的时代与个人遭遇的印记。但由于屈原的遭遇有着逆境人才的典型性,加之屈原本人敏锐的洞察力和深刻的判断力,使他的人才环境观提出了“去谗”与“改俗”这两个历代人才发挥作用过程中都不可回避地面临到的重要环境性问题。谗谀、奸佞之人不论在哪个年代都是有的,因此忠奸斗争贯穿于古往今来的历史过程,只是斗争的具体形态千差万别而已。但是社会要前进,必然需要正直的人才贡献其才智、发挥其作用,这就有一个如何“识奸”与“去谗”的课题会常研常青。世风更是无论哪一个年代都存在着并且直接影响着社会各个方面的精神现象。世风是人才活动的大环境,无论哪个年代、哪个层次的人才,要施展才华发挥作用,都需要有好的世风,如遇良好的世风,那么人才就会如虎添翼。世风与领导者的宣导与营造有直接关系,良好的世风对人才来说是无形的吸引力和凝聚力,因此凡是以人为本的领导者都必定会认真研究如何营造良好世风这一重大课题。由此可见,屈原的人才环境观对后世研究人才环境问题有着长远的启迪意义。

我国历史上的战国时期,是我国文明史上的第一个“人才的春天”。这一时期,人才意识日益增强,人才的作用不断体现,人才的流动日趋剧烈,人才著书立说蔚然成风,在人才的思想交流与传播、人才的培养、人才的使用等方面都留下了许多经典故事。屈原是生活在战国后期的著名人才,他是第一个“人才的春天”的见证人,因此他具有自己的人才观是有其必然性的。屈原的遭遇使他成为了一个典型的逆境人才,因此他的人才观有着一般顺境人才提出的人才观所不具有的内容和特点。随著屈原的作品和精神自古至今的广泛传播,他的人才观对于后世的人才尤其是逆境人才已经、正在产生十分强烈的影响。屈原的人才观是我国人才学界应予重视的宝贵思想文化遗产。

参考文献

[1]聂石樵:《楚辞新注》,上海古籍出版社,1980年。
[2]杨伯峻:《论语译注》,中华书局,1982年。
[3]杨伯峻:《孟子译注》,中华书局,1981年。
[4]周振甫:《文心雕龙注释》,人民文学出版社,1983年。
[5]司马迁:《史记》,中华书局,1959年。
[6]闻一多:《闻一多全集》(1),生活·读书·新知,三联书店,1982年。

《离骚》研究

《离骚》订诂六则

广西师范大学文学院　周苇风

一、謇謇

《离骚》“余固知謇謇之为患兮，忍而不能舍也”。謇謇，王逸注：“忠贞貌也。”今按：謇从言，本义当与声音语言有关。潘岳《笙赋》“终嵬峨以謇谔兮，又飒沓而繁沸”，刘良注：“謇谔，声高直貌。”①謇谔谓直言以争，辞气激昂，故或训謇谔为正直。《后汉书·陈藩传》：“謇愕之操，华首弥固。”②又或以謇为口吃，《世说新语·排调》：“此数子者，或謇吃无宫商，或尪陋希言语。”以謇为口吃误。③ 蹇，跛足，《说文·足部》：“蹇，跛也。”秦穆公时秦有蹇叔，因其跛脚而得名。《庄子·达生》：“汝得全而形躯，齐而九窍，无中道夭于聋盲跛蹇而比于人数，亦幸矣。”④脚跛为蹇，口吃为謇，《列子·力命》：“狡伢情露，謇極凌谇。”张湛注：“《字林》云：極，吃也。《方言》：謇，吃也。極，急也。”⑤按《方言》为是，極从心从亟，亟，急也。謇从言从蹇，意为舌如脚跛。因此，凡言口吃之蹇皆应为謇。蹇为足跛，謇为口吃，謇为忠贞，三者不能相混。

二、畦

《离骚》“畦留夷与揭车兮，杂杜衡与芳芷”，畦与杂皆为动词。畦，为畦种植；杂，间种。留夷、揭车、杜衡、芳芷与兰、蕙，皆香草，象征人才。后人以滋兰树蕙比喻培养人才。其中畦从圭。圭，古文为珪，从玉从圭，《说文·土部》：“圭，瑞玉也。”实际圭之本义非玉而为土，《说文·土部》：“圭，瑞玉也，上圆下方，公执桓圭九寸。侯执信圭，伯执躬圭，皆七寸。子执穀璧，男执蒲璧，皆五寸，以封诸侯。从重土。楚爵有执圭。”以珪分封诸侯，

① 潘岳《笙赋》“终嵬峨以謇谔兮，又飒沓而繁沸”，“謇谔”李善《文选注》四库全书本作“蹇愕”，《六臣注文选》四库本则作“蹇谔”，《文选考异》谓“愕”当作“谔”。陆机《辩亡论》“左丞相陆凯以謇谔尽规”，《文选注》、《六臣注文选》四库本均作“謇谔”。“终嵬峨以蹇愕”，嵬峨一词均从山，则“謇谔”一词亦当均从言，故当以“謇谔”为是。

② 《后汉书》，文渊阁四库全书本。

③ 《世说新语》，文渊阁四库全书本。

④ 《庄子》，文渊阁四库全书本。

⑤ 《二十二子》，上海古籍出版社，1986年，第215页。

珪又从重土，其含义是很明显的。作为分封诸侯的信物，以玉为之，表明珍重，字从重土，和土地有关。上圆而下方，圆者天也，方者地也，其含义亦深远矣。圭为本字，珪为借字，先有圭，后有珪。圭初无玉义，因封诸侯用玉象征土地，遂又从玉。圭之本义即为土地。畦从田从圭，《说文·田部》："田，象四口，十阡陌之制也。"阡陌，田间地界。《史记·商君列传》："为田开阡陌封疆。"正义："南北曰阡，东西曰陌。"《管子·四时》："端险阻，修封疆，正千伯。"房玄龄注："千伯即阡陌也。"[①]正阡陌，说明当时官府对田间管理是很重视的。人行田间，以沿阡陌为便，故阡陌又称陌路，这是后起之义。畦，从田从圭，意即将土地以阡陌划分，对田间实行管理。《庄子·天地》："（子贡）见一丈人，方将为圃畦，凿隧而入井，抱瓮而出灌。"至于阡陌与畦的区别，大约阡陌为官府对田地的总体划分，畦乃农人为便种植对田间管理的具体操作。《说文·田部》："田五十亩曰畦。"许慎盖以今测古也。农人以畦分田，便宜行事，可能在某段时间形成了五十亩为一畦的习惯，但一畦并不等于一亩。

三、攘诟

《离骚》"屈心而抑志兮，忍尤而攘垢"，攘，王逸："除也。"蒋骥《山带阁注楚辞》："取为己有也。"王夫之《楚辞通释》："却也。"皆非是。姜亮夫《屈原赋校注》："囊也。攘诟犹今言包羞。"说亦通，然过曲。从屈心、抑志、忍尤三词看来，攘垢之攘亦应与屈、抑、忍意思相近。《说文·手部》："攘，推也。"《晋书·王道传》："及刘隗用事，道渐见疏远，任真推分，淡如也。有识咸称道善处兴废也。"唐钱起《山园棲隐》："守静信推分，灌园乐在兹。"[②]推分皆言守分自安，且《晋书·王道传》与钱起《山园棲隐》在用推分一词时，都是穷时的独善其身，与屈原此时的屈心抑志的心情是相一致的。许慎释攘为推，应该是有所根据的。至于在释推时又云："排也"，是"推，排也"之推非"攘，推也"之推也。因此，攘诟即推诟，谓安于被诟詈也。

四、偃蹇

《离骚》"望瑶台之偃蹇兮，见有娀之佚女"，偃蹇，王逸："高貌。"王夫之《楚辞通释》："高远貌。"胡文英《屈骚指掌》："翘起貌。"蒋骥《山带阁注楚辞》："高踞貌。"四说当中，唯胡文英意略近，偃蹇无高意。《尔雅》："偃蹇，夭挢。"偃蹇、夭挢皆屈伸自如的样子。《史记·司马相如传·上林赋》："夭矫枝格，偃蹇杪颠。"偃蹇，用以形容猿猴在树枝上戏

① 《二十二子》，上海古籍出版社，1986 年，第 148 页。

② 唐钱起：《钱仲文集》卷 7，文渊阁四库全书本。

跃的姿态。偃蹇又因屈伸自如引申为自得不谨放纵貌,《左传·哀公六年》:“彼皆偃蹇,将弃子命。”《后汉书·蔡邕传》:“董卓为司空,闻邕名高,辟之,称疾不就。卓大怒,詈曰:‘我力能族人,蔡邕遂偃蹇者,不旋踵矣。’”《说文·㫃部》:“㫃,旌旗之游,㫃蹇之貌,读若偃。”姜亮夫先生《屈原赋校注》以为偃蹇当作㫃蹇,良是。㫃蹇为旌旗飞扬貌,旗飞扬则委曲,故偃蹇状弯曲貌,《淮南子·本经训》:“龙偃蹇寥纠曲成文章。”汉刘安《招隐士》亦云:“桂树丛生兮山之幽,偃蹇连蜷兮枝相缭。”偃蹇、连蜷同义连言,都状桂枝缭绕之貌。《远游》:“服偃蹇以低昂兮,骖连蜷以骄骜。”服、骖指驾车之马,偃蹇、低昂、连蜷、骄骜都是驾车之马的修饰词。低昂、骄骜写马头高低起伏,偃蹇、连蜷写马身收缩舒展。王逸以驷马驳骇、骖騑骄骜释“服偃蹇以低昂兮,骖连蜷以骄骜”,只解释了低昂、骄骜两词,却没解释偃蹇、连蜷,这就使我们只看到马头高低起伏骄傲之态,而忽略了马身收缩舒展的形象。由此可见,委曲是偃蹇的一个很重要的义项。《文选·嵇康·琴赋》:“若乃重赎鹍增起,偃蹇云覆。”李善注云:“偃蹇,高貌。”非是。偃蹇盖指重鹍屈曲连绵。王延寿《鲁灵光殿赋》:“飞梁偃蹇以虹指。”亦以偃蹇状飞梁之屈曲。“望瑶台之偃蹇”,非状台之高,乃状其委曲之貌。偃蹇为旌旗飞扬貌,旌旗当空,飞扬如舞,故偃蹇又可形容舞态,《九歌·东皇太一》:“灵偃蹇兮姣服。”王逸:“偃蹇,舞貌。”下文“何琼佩之偃蹇兮,众薆然而蔽之”,王逸释偃蹇为“众盛貌”,望文生义,想当然耳。琼佩偃蹇亦如旌旗偃蹇,旌旗偃蹇状旌旗之游,琼佩偃蹇亦应是状琼佩之游。因此,琼佩偃蹇不是言屈原佩饰繁多,而是说琼佩之游为屈原平添了许多光彩。偃,倒伏,《论语·颜渊》:“草上之风,必偃。”蹇,脚跛。故偃蹇有困顿之义,《聊斋志异·三生》:“后婿终岁偃蹇,苦不得售。”和旌旗飞扬之偃蹇相比,困顿之偃蹇由两个实义词组成,而前者义存于声,故偃蹇亦作㫃蹇。

五、鸷鸟

《离骚》“鸷鸟之不群兮,自前世而皆然”,鸷,《说文·鸟部》:“击杀鸟也。”王逸:“执也。”鸷鸟,王逸以为鹰鹯之类也,以喻中正。姜亮夫《屈原赋校注》以为鸷乃执之讹,执、挚为古今字。挚者诚信忠贞之义。他认为王逸训鸷为执非是,原因是执伏众鸟,则其不群,乃为凶残,不为忠贞矣。在姜亮夫看来,王逸以鸷鸟喻中正是不错的,但不应该释鸷鸟为猛禽。实际上,在楚人的眼中,鸷鸟未必就代表凶残。楚俗尊凤,楚人好以凤喻己或以凤喻人。《庄子·秋水》:“南方有鸟,其名鹓鶵,子知之乎?夫鹓鶵,发于南海而飞于北海,非梧桐不止,非练实不食,非醴泉不饮。”鹓鶵乃凤属,是以凤喻己。《论语·微子》:“楚狂接舆歌而过孔子:‘凤兮,凤兮,何德之衰。’”是以凤喻孔子。作为图腾,凤的形象在楚人的心目中是很张扬的。江陵雨台山166号墓出土的《虎座立凤》[①],凤肋插鹿角,昂首展翅,作欲飞状,动态中显示出勃勃英姿。长沙陈家大山楚墓出土的《人物龙凤图》[②],凤在画面中占了很大比例,且凤首高昂,凤尾高翘,一脚前扒,一脚后蹬,双腿细长,使凤的形象极富力度。楚人崇拜力量从另一件出土文物也可以看出,在安徽寿县出土的《攫蛇铜鹰》[③],鹰作盘旋壮,双翅张开,双腿粗壮,夸张地攫住一条盘曲的长蛇。因此,在楚人看来,挚鸟并非代表凶残。而且,凤的某些特点本身就带有鸷鸟的特点。江陵马山1号楚墓出土的《三头凤纹绣》[④],凤首如枭,双翼对举,两个翼端都内勾如凤首,形象极为怪异。凤的形象有几种凡鸟组成,其形象在当时也不固定。从三头凤怒目如枭、鼓腹近圆的形象可以看到,枭也曾经是凤的形象的一部分。从这一点来看,屈原云鸷鸟不群,实际是以凤自比。凤的一个特点是形体庞大。江陵马山1号楚墓出土的《凤斗龙虎纹绣》[⑤],在一件绣罗单衣上,可以看到由一凤斗二龙一虎为一个单元的刺绣纹样。凤一足后蹬,作腾跃状;另足前伸,方攫下部一龙之颈,此龙逃窜,作痛苦状。凤一翅击中上部一龙之腰,此龙遁走,仰首张口作哀号状;凤另一翅击中前方一虎之腰,此虎亦仰首作哀号状。主宰着整个画面的是凤,它的花冠长大而美丽。从出土的楚文物来看,凤的形象大都两翅张开,各部位夸张变形,从而显得高大魁伟。在文人的笔下,凤体更加庞大。《庄子·逍遥游》:"北冥有鱼,其名为鲲。鲲之大,不知其几千里也;化而为鸟,其名为鹏,鹏之背,不知其几千里也;怒而飞,其翼若垂天之云。"身体庞大当然不易合群。鵷鶵非梧桐不止,非练实不食,非醴泉不饮,正是楚人个性的流露。鹏,古凤字,《说文·鸟部》:"古文凤象形,凤飞群鸟从以万数,故以为朋党。"许慎之说盖非楚人之凤。《论语·阳货》:"小子何莫学夫《诗》,《诗》可以兴,可以观,可以群,可以怨。"群即合群。凤之合群乃北方儒家的观念的反映,是北方西周大一统的产物。而楚国,远在化外,《史记·楚世家》载熊渠曰:"我蛮夷也,不与中国之号溢。"显示了楚人独立特行的个性精神。《史记·楚世家》载伍举谏楚庄王曰:"有鸟在于阜,三年不蜚不鸣,是何鸟也?"庄王曰:"三年不蜚,蜚将冲天。三年不鸣,鸣将惊人。"庄王自比于冲天惊人之鸟,什么样的鸟有如此气势,观出土的楚国文物,联系庄子笔下的大鹏,是鸟非凤鸟莫属。庄王的冲天而鸣,庄子笔下的大鹏扶摇而上,俱是出群之举。在哲学上,老子讲小国寡民,讲鸡犬相闻,老死不相往来。庄子讲相忘于江湖,讲曳尾涂中,都与北方的合群观念大相径庭。故屈原曰:"鸷鸟之不群兮,自前世而皆然。"此处屈原仅取其不群,与中正无涉。

① 张正明:《楚文化史》,上海人民出版社,1987年,图版14。

② 张正明:《楚文化史》,上海人民出版社,1987年,图版18。

③ 皮道坚:《楚艺术史》,湖北教育出版社,1995年,第268页,图169。

④ 张正明:《楚文化史》,上海人民出版社,1987年,第183页,插图21。

⑤ 张正明:《楚文化史》,上海人民出版社,1987年,图版7。

六、《九辩》与《九歌》

《离骚》:“启《九辩》与《九歌》兮,夏康娱以自纵。不顾难以图后兮,五子用失乎家巷。”从《离骚》的记载来看,《九辩》、《九歌》曾使夏朝一度失国,似乎属于亡国之音。但《尚书·大禹谟》:“德惟善政,政在养民,水、火、金、木、土、谷惟修,正德、利用、厚生为和,九功惟叙,戒之用休,董之用威,劝之以九歌,俾勿坏。”据孔颖达《尚书正义》的解释:水、火、金、木、土、谷称为六府,正德、利用、厚生称为三事,“六府三事”之功为“九功”,“九歌”就是对“九功”的劝颂之歌。《左传·文公七年》亦云:“九功之德皆可歌也,谓之九歌。”《周礼·春官·大司乐》:“九德之歌,九磬之舞,于宗庙中奏之。”则《九歌》显然为宗庙所用的颂德之歌。宗庙颂德之歌怎会导致亡国?

《汉书·礼乐志》:“春秋乡射,作于学官,希阔不讲,故自公卿大夫观听者,但闻铿铯,不晓其意,而欲以风谕众庶,其道无由。”汉代欲修春秋雅乐以风众庶,结果是连公卿大夫也只是但闻铿锵之声,莫知其意。《太平御览》卷八十二“皇王部”引《竹书纪年》云:“自禹至桀十七世,有王与无王,用岁四百七十一年。”“汤灭夏以至于受,二十九王,用岁四百九十六年。”《史记·太史公自序》云:“自周公卒五百岁而有孔子,孔子卒后至于今五百岁。”则周之距殷绝远于汉之距春秋,汉人对春秋时的礼乐尚且如此,周人对夏代音乐的理解程度也就可想而知了。正因为不理解,所以曲解与神化也就在所难免。《尚书》、《诗经》从汉代既被尊为经,经,经典也。其实《尚书》也不过是古代文献的彙编,《诗》也不过是古代流传的歌曲,《诗》中郑、卫还多是靡靡之音。按照后世的伦理道德,《诗》中很多诗篇是不登大雅之堂的。但经过汉唐经学家的曲解与神化,《关雎》成了吟咏“后妃之德”,《卷耳》变为“后妃之志”了。周人听夏代的《九歌》想必也是但闻铿锵之声,莫知其意。孔子云:“人能弘道,非道弘人”。(《论语·卫灵公》)对莫知其意的铿锵之声,人们更容易阐发其中的大义,于是《九歌》被解释为对九功之德的歌颂,《九歌》成为宗庙所用的颂德之歌。

“《九歌》、《九辩》,绮靡以伤情”(刘勰《文心雕龙·辩骚》)从屈原的《九歌》和宋玉的《九辩》也能看出,《九辩》、《九歌》作为音乐以哀伤为主。《天问》:“启棘宾商,《九辩》、《九歌》”,王逸:“棘,陈也。宾,列也。”今按:棘,急忙。《诗经·小雅·采薇》:“岂不日戒,猃狁孔棘。”笺云:“棘,急也。”故“启棘宾商”言启急于宾商也。什么是宾商呢?王逸云:“言启能修明禹业,陈列宫商之音,备其礼乐也。”宾为陈列之意。在王逸看来,启陈列宫商,也是启修明禹业的表现。但屈原为什么说“启棘宾商”,而不说“启棘宾宫”?商,五音之一。阴阳五行家把五音与四季、五方、五行相配,五音的商属金,配合四时为秋,故欧阳修《秋声赋》云:“商声主西方之音。”商音凄厉,与秋天肃杀之气相应,所以秋也称商秋。屈原《九歌·湘夫人》云:“嫋嫋兮秋风,洞庭波兮木叶下。”宋玉《九辩》亦云:“悲哉,秋之为气也。”反映的正是我国这一美学传统。

古人有时将亡国和音乐扯上关系,如《礼记·乐记》就说:“桑间濮上之音,亡国之音也。”《旧唐书·音乐志》载,贞观二年,唐太宗问群臣音乐与国家兴亡的关系,御史大夫杜淹对曰:“前代兴亡,实由于乐。陈将亡也,为《玉树后庭花》,齐将亡也,而为《伴侣曲》,行路闻之,莫不悲泣,所谓亡国之音也。”按照乐与政通的观点,《九辩》、《九歌》似应属于亡国之音。既然如此,屈原又何以著《九歌》十一篇以垂世?《礼记·乐记》:“治世之音安以乐,其政和;乱世之音怨以怒,其政乖;亡国之音哀以思,其民困。”音乐在一定程度上的确能反映政治现实生活,但将政治斗争的最终结果归因于音乐本身却是不恰当的比附。杜牧《泊秦淮》:“烟笼寒水月笼纱,夜泊秦淮近酒家。商女不知亡国恨,隔江犹唱《后庭花》。”杜牧在此所批判的,并不是唱《玉树后庭花》的商女,而是酣饮游乐、纸醉金迷的贵官纨绔。因此,夏朝失国的原因在于夏启的“康说娱自纵”,而不是《九辩》、《九歌》音乐本身。

屈原在作品中多次提及有夏失国的原因,《天问》:“启代益作后,卒然离孽。”王逸:“孽,忧也。”夏启代益为后建立了夏朝,但启死不久就发生了太康失国、浇灭后相等一系列历史事件。“卒然离孽”,盖即指此。尽管夏启荒淫,历史事实却是太康失国,这令屈原大惑不解,于是他发出疑问,“何启惟忧,而能拘是达?”洪兴祖《楚辞补注》云:“拘,执也。……能变通而不拘执也。”这句话是说,为什么启有忧,却能一生通达平安?屈原接着又发出疑问,“皆归射鞠,而无害厥躬?”王逸《楚辞章句》云:“射,行也。鞠,穷也。”按鞠为古代一种用革囊制成的皮球。《史记·骠骑列传》:“其在塞外,卒乏粮,或不能自振,而骠骑(霍去病)尚穿域踏鞠。”蹋鞠即蹴鞠,古代军中习武的游戏,起源甚早。《后汉书·粱冀传》注引刘向《别录》云:“蹴鞠者,传言黄帝所作,或曰起战国之时。踏鞠,兵执也,所以讲武知有才也。”①《史记·殷本纪》:“帝武乙无道,为偶人,谓之天神,与之搏,令人为行。天神不胜,乃戮辱之。为革囊,盛血,仰而射之,命曰射天。”我认为射鞠实际就是射天。鞠作为习武的工具,可蹴也可射,但盛血仰射,命曰射天,则是逆天。“皆归射鞠”是说启、益皆逆天而行,归于穷恶。“而无害厥躬?”谓为什么益身死亡国,而启却无害其身?《孟子·万章上》:“禹荐益于天,益避禹之子于箕山之阴。朝觐讼狱者,不之益而之启。”洪兴祖《楚辞补注》引《汲塚书》云:“益为启所杀。”从以上记载看来,益也不是什么贤圣,所以不能用此下土。启也荒淫无道,虽然其子太康失国,也算“卒然离孽”,但他却一生平安,“无害厥身”,故屈原向天发出疑问。从屈原对夏朝一度失国的原因探讨来看,屈原并没有将夏朝失国归咎于音乐《九辩》、《九歌》本身,这是一种相当进步的观点。

---

① 《后汉书》卷六十四,文渊阁四库全书本。

参考文献

[1]王逸:《楚辞章句》,上海图书馆藏,明正德十三年黄省曾校高第刊本。

[2]洪兴祖:《楚辞补注》,中华书局用四部备要据汲古阁宋刻洪本排校纸型重印本,1957 年 9 月第 1 版。

[3]王夫之:《楚辞通释》,原中华书局版,上海人民出版社,1975 年新 1 版。

[4]胡文英:《屈骚指掌》,北京古籍出版社出版,1979 年 10 月第 1 版。

[5]蒋骥撰,中华书局上海编辑所编辑:《山带阁注楚辞》,中华书局,1959 年 9 月第 1 版。

[6]姜亮夫:《屈原赋校注》,人民文学出版社,1957 年第 1 版。

“周流”考

[日本]富山大学　大野圭介

《楚辞·离骚》中有描写主人公灵均遍游天界的情景,文中两次用“周流”一词来表现这种动作。在《天问》中,也有“周穆王‘周流’到底得到了什么好处?”这样的句子。另外,在《九章·悲回风》和《远游》中也出现了“周流”一词。

王逸对这个词并没有加以特别的说明,只解释为“遍访”。但是,即使是和先秦的其他文献相比较,《楚辞》中用“周流”的地方也比较多,而且是用于表现堪称《楚辞》文学最突出特点的“游行天界”,因此,我认为有必要对这词作进一步的探讨。

首先来看一看在《楚辞》以外的先秦文献中是怎么用“周流”的。《墨子·尚同下》中曰:

> 圣王不往而视也,不就而听也。然而使天下之为寇乱盗贼者,周流天下无所重足者,何也?

意思是“走遍天下也没有发现安身之处”。《礼记·仲尼燕居》中又曰:

> 仲尼燕居。子张、子贡、言游侍。纵言至于礼。子曰:“居。女三人者,吾语女礼,使女以礼周流,无不遍也。”

孔颖达《疏》的解释是“周流,谓周旋流转。言我使女等恒以礼周旋流转,无不遍于天下”。意思是无论走到天下哪个地方都要做到以礼相待。在这里“周流”也可以认为是“走遍天下”的意思。

而在《战国策》的《卷三十三·中山策·阴姬与江姬争为后》一章中,中山国的司马熹被派到赵国谒见赵王时说:

> 以臣所行多矣,周流无所不通,未尝见人如中山阴姬者也。

意思是“走遍天下,无所不知”,这里的“周流”不光有周游的意思,还有通过周游天下,增长了许多见识的意思。

《楚辞》中的"周流"也是既有游行天界的意思,又有走遍天下的意思。有关《楚辞》中的"游行天界"研究已有很多,但有关"走遍天下"研究,据我所见,研究却并不多。本文拟以"周流"为线索,探索《楚辞》中这两种游行之间到底有什么共同之处。

一、《天问》中的"周流"

在《天问》中,作者对周昭王的"游"和他儿子穆王的"周流"发出了这样的疑问:

昭后成游,南土爰底。厥利惟何?逢彼白雉。
穆王巧梅,夫何为周流?环理天下,夫何索求?

首先来研究一下穆王。发问的内容是:穆王为了什么而"周流","环理"天下到底是为了什么。一般认为,这个疑问是参照《史记·赵世家》和《穆天子传》所讲的周穆王西征会见西王母的故事而提出的。可是《天问》以及其他的《楚辞》各种作品中却根本不见西王母的踪影,因此从西征故事那里直接得出这种结论,未免有些草率。

而且,《古本竹书纪年》中不仅有有关穆王西征的记载,还有有关北征、南征和东征的记载。例如:

穆王北征,行流沙千里,积羽千里(《山海经·大荒北经》郭璞注所引①)。

周穆王三十七年,伐楚,大起九师,至于九江,比鼋鼍为梁(《艺文类聚》卷九·水部所引)。

穆王南征,君子为鹤,小人为飞鸮②(敦煌文献·伯字2526《修文殿御览》所引)。

这些记载我认为都是和带有神话性质的故事一起流传下来的。

《古本竹书纪年》中还有如下记载:

穆王东征天下二亿二千五百里,西征亿有九万里,南征亿有七百三里,北征二亿七里(《开元占经》卷四所引)。还里天下,亿有九万里(《穆天子传》卷四郭

① 《穆天子传》卷三郭璞注以及《文选》卷12,郭璞《江赋》李善注也引同样的记事。

② 《艺文类聚》卷90所引《抱朴子》云:"周穆王南征,一军尽化,君子为猿为鹤,小人为虫为沙。"

璞注所引[1])。

这样举出远征四方的详细里程数,类似于《山海经·五藏山经》结尾的

禹曰:"天下名山,经五千三百七十山,六万四千五十六里,居地也。"

和《山海经·海外东经》的

帝命竖亥,步自东极,至于西极,五亿十选九千八百步。竖亥右手把算,左手指青丘北。一曰禹令竖亥。一曰五亿十万九千八百步。

从以上可以看出,在周穆王身上也有像大禹那样走遍天下而整顿天下秩序的传说,这一点很值得关注。世上流传着许多有关上古帝王巡狩四方边疆的传说,例如,《大戴礼·五帝德》中曰:

颛顼……乘龙而至四海,北至于幽陵,南至于交趾,西济于流沙,东至于蟠木。动静之物,大小之神,日月所照,莫不只励。

(舜)南抚交趾、大教,鲜支、渠廋、氐、羌[2],北山戎、发、息慎,东长鸟夷、羽民。

穆王的"周流"恐怕与此也是性质相同的周游,意思是不光要西征,还要巡视天下的各个角落,直至天涯海角的神话般世界,其中包含整顿自己所统辖大地的秩序的意思。

但是,在《天问》中,对周穆王的"周流"并没有总是以善意加以描述,书中是这样提出疑问的:善于谋利的穆王去"周流"到底是为了寻求什么。正如《天问》中对大禹治水发问的部分:

不任汩鸿,师何以尚之?佥曰何忧?何不课而行之?

鸱龟曳衔,鲧何听焉?顺欲成功,帝何刑焉?

① 该部分也云:"天子大朝于宗周之庙,乃里西土之数,曰:宗周瀍水以西,至于河宗之邦阳于之山三千有四百里,自阳纡西至西夏氏二千又五百里……"以下列举西域各地之间的里程。

② 鲜支是见于《尚书·禹贡》的析支,渠廋也见于《禹贡》,都是西戎。氐、羌也是西部的夷狄氐、羌也是西方的夷狄,疑是"鲜支"前面误脱"西"字。

> 永遏在羽山,夫何三年不施?伯禹愎鲧,夫何以变化?
>
> 纂就前绪,遂成考功。何续初继业,而厥谋不同?

那样,比起大禹治水的成功,作者更关心的是鲧的失败,针对其他帝王的发问,也多集中在他们失败的原因上。对穆王的"周流",楚人认为是一次以失败而告终的行为,我认为楚人把穆王周游失败的原因归结于穆王的"巧梅"。因为,正如《高唐赋》中宋玉对楚王说的"王将欲往见,必先斋戒"一样,要想到遥远的世外桃源去提高帝王的灵性,一定要抛弃俗世的欲望。

在针对昭王的发问中,说道:昭王"游"至南方的楚国,遇到白雉,结果得到了什么好处呢?昭王南征路上客死楚国的事件可见于《史记·周本纪》:

> 昭王之时,王道微缺。昭王南巡狩不返,卒于江上。其卒不赴告,讳之也。

描述得非常简短,而《史记正义》引《帝王世纪》中的描述:

> 昭王德衰,南征,济于汉,船人恶之,以胶船进王,王御船至中流,胶液船解,王及祭公俱没于水中而崩。其右辛游靡长臂且多力,游振得王,周人讳之。

认为昭王是在渡汉水时,被憎恶他的船夫给谋杀了。《吕氏春秋·音初》中也有这样一段描述:"周昭王亲将征荊,辛余靡长且多力,为王右。还反涉汉,梁败,王及蔡公抎于汉中。辛余靡振王北济,又反振蔡公。"《左传·僖公四年》也有这样一段记载:齐国讨伐蔡国后继而又去进攻楚国时,管仲责问楚国使者:"昭王南征而不复。寡人是问",使者装糊涂回答说:"昭王之不复,君其问诸水滨。"从以上这些例子,周昭王在远征楚国的路上溺死于汉水的传说是有根据的。对楚人来说,昭王南"游"应该是一件印象深刻的历史性大事,跟被当成神化故事的穆王"周流"性质是不同的。但是两者有共同之处在于都是"失败的远征",《天问》关心的主要是没能像上古帝王那样巡狩四方,将自己所统治的世界彻底整顿好的原因在哪里。

二、《离骚》的"周流"

《离骚》中有一段有关主人公灵均自己的"周流"的记载。灵均遭到诬陷后来到苍梧山的舜帝庙,决心到天上去游行。他先是从昆仑山前往天宫,不料被拒之门外,而后又打算去见神女宓妃,结果又吃了闭门羹,于是他打算去寻找其他的贤人,说:

虽信美而无礼,来违弃而改求。览相观于四极兮,周流于天余乃下。

结果,虽然他又接着想去向有娀二女和有虞二姚求婚,却没能如愿,他的第一次游行就这样以失败而告终了。灵均是打算先到天上去"览相"天界的各个角落,然后在"周流"过程中寻找能理解自己理想的贤人的。

最后,灵均听从灵氛的吉卦,将对尘世的留恋完全抛弃,决心到更远的地方去游行。他说:

和调度以自娱兮,聊浮游而求女。及余饰之方壮兮,周流观乎上下。

准备去游行的之前还说:

邅吾道夫昆仑兮,路修远以周流。

于是经由流沙、赤水、不周山等带有神话色彩的西部大地,最后从昆仑山上了天。跟第一次游行相反,这里强调的是地上的游行。"周流"在这里是走遍神话般的大地的意思,它还包含通过"览相"或"观"天下的各个角落,看看自己所要寻找的到底在哪里的意思。

灵均在第一次去游行之前,到苍梧向舜帝诉说了自己的信念。这里我们应该不要忘记,舜帝曾巡守四方,征服周边国家,整顿天下秩序。灵均对舜帝一边列举行有道政治的明君和行违背道义的昏君的例子,一边诉说自己的高洁后,以为得到了"中正",于是决定游行天上。灵均也许是想像舜帝那样,通过"周流"四方,去寻找能帮助自己提高灵性的存在。矢田尚子指出①,灵均游行四方的目的,不是为了作为忠臣寻找了解自己的明君,而是为了得到王者所应具备的资质。这个看法恰当与否暂且不论,《离骚》中所讲的游行天上是以帝王的巡守四方的传说为依据的,我认为这种可能性非常大。

《离骚》中除了"周流"以外,还见"浮游"、"逍遥"等词,用于表现游行的动作。"浮游"见于上面引用的"聊浮游而求女",还见于灵均放弃了向有娀二女求婚的念头后的一段:

欲远集而无所止兮,聊浮游以逍遥。

① [日本]矢田尚子:《楚辞"离骚"における"上下"と"求索"(《楚辞·离骚》中的"上下"与"求索")》,《集刊东洋学》,2004年,第15-17页。

这些词都用在了向神女求婚的场面,它们不只是"浮漂"的意思,这一点是很显然的。另外,在《离骚》中,除了上面的引用外,"逍遥"还见于灵均从昆仑山向天上出发前的一段话:

饮余马于咸池兮,总余辔乎扶桑。折若木以拂日兮,聊逍遥以相羊。

这里的"逍遥"跟富有神话性质的主题一起出现。在《九歌》中,对"湘君"和"湘夫人"曰:

时不可兮再(《湘夫人》作"骤")得,聊逍遥兮容与。

在以后讲述的《九章·悲回风》中又曰:

寤从容以周流兮,聊逍遥以自恃。

王逸、洪兴祖和朱熹等人都把这些"逍遥"解释为"游戏"的意思。可是无论哪个"逍遥"都用在了充满宗教气氛的场面中,而且是用在了四处碰壁、充满焦虑的一种状态中。很难把它单纯地理解成"逍遥自在"的意思。另外《九章·哀郢》中又曰:

去终古之所居兮,今逍遥而来东。

这里的"逍遥"用于被赶出郢都,不得不漂流远方的陌生土地的情况下。小南一郎从这些例子认为:"逍遥"一词总有一种被迫背井离乡的含义,这含义逐步演变为了《离骚》的"远离现实的灵魂的逍遥"①。"周流"、"浮游"等词也是与此同样,都含有各种《楚辞》作品中的"充满艰辛的游行"之意。

三、《九章》的"周流"

《九章·悲回风》和《离骚》一样,也是表达作者忧国之情的作品。在这里也可以找到作者自己的"周流"。

① [日本]小南一郎著:《楚辞とその注释者たち(楚辞和它的加注者)》第一章"楚辞的时间意识",第128页。

涕泣交而凄凄兮,思不眠以至曙。终长夜之曼曼兮,掩此哀而不去。

寤从容以周流兮,聊逍遥以自恃。伤太息之愍怜兮,气于邑而不可止。

作者为楚国的衰亡及不为君王所容的自己节操而悲愤至极,结果彻夜难眠,于是决定“从容以周流”、“逍遥以自恃”。王逸注曰:“觉立徙倚,而行步也。且徐游戏,内而娱也。”可理解为漫游四方,摆脱苦恼之意,但此后作者为了去彭咸住的地方,向西部的昆仑山游行,然后一边回忆介子推、伯夷、伍子胥和申徒狄等坚持高风亮节的古人,一边向江淮、黄河游行,但心中的结始终没能解开。在从头至尾充满忧伤的句子中,把“从容以周流”、“逍遥以自恃”单纯地解释为“暂时享乐”,过于牵强。我认为蒋骥的《山带阁注》中的“周流,游行也。……欲游行以寄意”这种解释比较恰当,这里的“周流”应该跟《天问》、《离骚》一样,应解释为“游行天下,直至遥远的神话世界,去寻求能帮助自己实现理想的贤人”之意。

在这里,周游虽然用在了和《离骚》相同的主题中,但表达了一种更深的“即使进入神话世界也对现世的混浊无可奈何”的悲凉之情。“本想通过游行打开困难局面却不能如愿”这样一种心情,虽然没有“周流”一词,但在《九章》的其他作品中也可以看出。

四、《远游》的“周流”

《远游》是《楚辞》中比较晚期的作品,从中可以看出主人公的灵魂在畅游天界后,“经营四荒[①]兮,周流六漠。上至列缺兮,降望大壑。下峥嵘而无地兮,上寥廓而无天。视儵忽而无见兮,听惝恍而无闻。超无为以至清兮,与泰初而为邻。”

正如明代的汪瑗《楚辞集解》所言“后世游仙之诗昉于此”,《远游》带有浓厚神仙思想,没有像《离骚》的游行天上那样充满忧愁的苦难之旅的印象。《离骚》中主人公是在“周流”过程中屡屡被天帝和神女拒之门外,而在《远游》中,帝王和神女却是弹奏咸池、承云、九韶等音乐接待主人公的。从这里的“周流”,完全看不到像其他作品中那样,为了实现自己理想而游行的踪影,可以说它已经演变成“为了得到能够成仙的灵性的游行”之意。

五、总结

由以上所述的《楚辞》诸作品,我们可以看出,除《远游》之外,“周流”是走遍包括遥远的神话世界的整个天下,去寻找能够帮助自己实现理想的人物的一种行为。然而,在现实生活中,周游天下各个角落,毫无疑问是非常困难的。即使是把天下的各个角落都

---

① 朱熹《集注》本作“方”。

治理得井井有条的传说中的圣王,比如大禹也是经过"劳身焦思,居外十三年,过家门不敢入"(《史记·夏本纪》)这般艰辛才成功治水,并且舜也在巡狩四方、治理外族后,去南方巡狩的路上客死在苍梧之野。圣王尚且如此,一般的人要想"周流",要么像《高唐赋》中的楚王那样斋戒沐浴而得到灵性,要么借助于本来就带有灵性的巫祝的帮助,别无他法。

可是在《穆天子传》中,穆王在靠河宗伯夭的帮助祭祀黄河之神、从河神得到赐福的承诺后,遍游物产丰富的土地,最终见到了西王母。这里的游行是以成功而告终的,跟《天问》中的对穆王的描写截然相反。据《史记·赵世家》[①]记载,穆王西征的时候,造父是他的驾车夫,后来被穆王赏赐赵城而成为了赵氏。为了歌颂赵国的开国鼻祖—造父和周穆王,他们的"周流"被理想化从而产生了开国神话。我认为这就是《穆天子传》的原形。

然而,在《楚辞》诞生时的楚国,已不是通过和神的交流能够实现永久幸福的状况。在《天问》、《离骚》中,主人公最终未能完成艰难的巡狩成为英雄。在危机重重的楚国,像通过游行天上寻找能够帮助自己实现理想、提高灵性的人物这样的神话故事,已经是不可能实现的了。我认为人们正是由于对人祭神、神赐福于人的这样一种稳定关系的消失产生了悲观情绪,从而对那些"壮志未酬的英雄"产生了强烈的共鸣。

① 原文"季胜生孟增。孟增幸于周成王,是为宅皋狼。皋狼生衡父,衡父生造父。造父幸于周缪王,造父取骥之乘匹,与桃林盗骊、骅骝、绿耳,献之缪王。缪王使造父御,西巡狩,见西王母,乐之忘归。而徐偃王反,缪王日驰千里马,攻徐偃王,大破之。乃赐造父以赵城,由此为赵氏。"

《离骚》"慕之"辨义

华中师范大学文学院　曹海东

《离骚》:"索藑茅以筳篿兮,命灵氛为余占之。曰两美其必合兮,孰信脩而慕之?"对其中的后一句,自东汉以来,注家们所作解释一直存在歧义,至今尚无定谳,其中影响较大的有如下几种:

第一,将"信"、"脩"均视为动词,谓其义分别为明晓(按"信"古有"明审"义)、脩行;将"慕"理解为爱慕。此以王逸《楚辞章句》的解说为代表:"楚国谁能信明善恶、脩行忠直,欲相慕及者乎?"后有《文选》张铣注等依从其说。

第二,将"信"解为相信,"脩"训作"脩洁","慕"解为爱慕。此以朱熹《楚辞集注》的解释为代表:"楚国孰有能信汝之脩洁而慕之者?"此后,李光地《离骚经注》等亦主此说。

第三,认为"慕之"是"莫心之"或"莫念之"之讹,以其意为无人爱慕之。如郭沫若先生《屈原赋今译》注云:"'慕'之字意难通,与上句'占'字亦不合韵。余以为当是'莫心'二字误合而为一者也。心者任也,爱慕之极也。"[①]近人闻一多先生亦有与此相类的看法,只不过认为"慕"是"莫念"二字之误合。其《楚辞校补》云:"慕与占不叶,义亦难通。郭沫若氏谓当为'莫□'二字,因下一字缺坏,写者不慎,致与'莫'误合为一而成'慕'字。案郭说是也。惟所缺一字……则惟'念'足以当之。'念'缺其上半,以所遗之'心'上合于'莫',即'慕'之古体'慕'矣。念,思也,恋也。"[②]

第四,将"慕之"解释为爱慕我(指屈原)之美。如戴震《屈原赋注》云:"上既思远逝以聊发其情,此更设为命占之辞,言两美必合,理之常也,苟同德相慕,孰为信脩而慕己之美者乎?"

笔者认为,上述第一、第二种解释将"信"释为明晓或相信,将"脩"训作脩行,明显误解了它们的词性和意义。《离骚》中有"苟余情其信姱以练要"、"苟余情其信芳"、"虽信美而无礼"之类的话,如将"孰信脩而慕之"句与其稍作比勘,不难发现,"信脩"与这些文句中"信姱"、"信芳"、"信美"的结构、意义理应相同。而"信姱"等词语的意思,正如宋人洪兴祖《楚辞补注》所释:"'信姱',言实好也。与'信芳'、'信美'同意。"可见,其中的"信"皆为副词,意为"确实"、"的确",而"姱"、"芳"、"美"均是美好的意思。参酌此类用

① 见《郭沫若全集》第5卷,人民文学出版社,1984年,第332页。
② 见《闻一多全集》第2册,三联书店,1982年,第368页。

例,知"孰信修而慕之"的"信修"也应当是"的确美好"之意。明乎此,又知该句中的"慕"不可释为爱慕、慕恋,因为解作"爱慕",则全句的意思便是:有谁的确美好而爱慕他(她)呢?这显然不切上下文意,正如郭、闻二先生所指出的:于义难通。

上述第三说虽然能讲通文意,但有一致命的弱点难以克服,这就是无法契合屈赋文法以及上古汉语文法之通例。我们知道,在屈赋以及其他上古作品中,如果"之"、"我"之类代词在否定句中作宾语,则此宾语一般要前置,即提到谓语之前。如"国无人莫我知兮"(《离骚》),"世溷浊而莫余知兮"(《涉江》),"则莫之继也"(《左传·宣公二年》),"莫肯之为"(《吕氏春秋·不苟》),其中的代词宾语"我"、"余"、"之"都置于谓语的前面。此可谓上古文言作品行文的惯例和规律。而依上述第三说,以"慕之"为"莫心之"或"莫念之"之讹,则代词宾语"之"均在谓语之后,显与前述惯例和规律相乖离①。此外,揆诸屈赋中同类文句的主语成分,亦可知上述第三说难以成立。屈赋中"孰非善而可服"、"孰求美而释女"(《离骚》),"孰无施而有报"(《抽思》)之类文句有一共同点:"而"所连接的前后两部分共用同一主语"孰"。然而,与这些文句结构相类的"孰信修而慕之",如改作"孰信修而莫心(念)之",则该句前后两部分的主语变得不相一致:一为"孰",一为代词"莫"。这显然也不合屈赋属辞行文之例。

第四种解释亦未为允。其以"慕之"的"之"指代"己之美",显得颇为突兀。古人在言语活动中使用"之"这样的指示代词,前面一般要出现为该代词所指称的所谓"先行词"。可是,在《离骚》"慕之"的前文并没有意谓"己之美"、且能为此"之"所承应的词句存在,故谓此"之"指代"己之美",不免失之无凭。

笔者认为,"孰信修而慕之"的"慕"当读为"谟",其意是苦心谋虑,刻意盘算;其中的"之"是紧承上句"两美其必合"的"合"而言,指男女的结合、偶配。若此,全句的大意是:有谁的确美好而为合配之事费心伤神呢?

"慕"与"谟"俱从"莫"字得声,二者古音相近,可得相互通借。早在先秦时代的金文中,就有以"慕"为"谟"的用例。如,西周铜器"史墙盘"的铭文中有"亟熙逌慕"一句,唐兰先生释云:"慕通谟。"②裘锡圭先生也认为其中的"逌慕"当读为"桓谟"③。又如战国时期的铜器"陈侯因資錞",其铭文中有"大慕克成"一句,林洁明先生谓该句"用慕为谟"④,

① 这一点,金小春先生《试论〈离骚〉"慕之"当作"莫之思"》(载《杭州大学学报》1983年第3期)一文曾经论及,可参阅。

② 唐兰:《略论西周微史家族窖藏铜器群的重要意义》,载《文物》1978年第3期。

③ 裘锡圭:《史墙盘铭解释》,载《文物》1978年第3期。

④ 见周法高主编:《金文诂林》第12册,香港中文大学,1974年,第6264页。

而郭沫若先生《十批判书》征引该铭时则径直将此“慕”易以“谟”字①。就传世的古代文献看,与“慕”有形音联系的“莫”、“漠”等字也常常通于“谟”。朱骏声《说文通训定声》:“莫,假借又为谟。”《诗经·大雅·抑》:“讦谟定命。”《经典释文》注此云:“谟,本亦作漠。”清人郝懿行疏解《尔雅·释诂上》时以此为例说:“是漠、谟互通。”鉴于上面所述,笔者认为,于省吾先生曾谓《离骚》此“慕”应读作“谟”,是十分有见地的。②

稽考古代文献可知,“谟”常训作“谋”。如,《尔雅·释诂上》云:“谟,谋也。”《周礼·秋官·大行人》:“夏宗以陈天下之谟。”孙诒让正义:“谟、谋义同。”《孟子·万章上》:“谟盖都君咸我绩。”赵岐注:“谟,谋也。”因此,“慕”、“莫”、“漠”等字与“谟”通,亦自可训“谋”。如上引“史墙盘”铭、“陈侯因脊镎”铭中的“慕”通于“谟”,学者们均认为有“谋”义。又如《诗经·小雅·巧言》:“秩秩大猷,圣人莫之。”毛传云:“莫,谋也。”此中“莫”实为“谟”之借字,故颜师古注《汉书·叙传》“谟先圣之大繇”时引之作“谟”,清人陈奂传疏云:“莫,读为谟,此假借字。”又如《尔雅·释诂上》:“漠,谋也。”《经典释文》注此曰:“漠,舍人云:心之谋也。”

“谟”训“谋”,既具名词义,又有动词义。而当“谟”作动词训“谋”时,应指苦心谋虑、盘算。《说文·言部》:“谋,虑难曰谋。”段玉裁注:“《口部》曰:‘图,画计难也。’图与谋同义。”段氏又于《说文·囗部》“图”字下注云:“画计难者,谋之而苦其难也。……说从啚之意:啚者,慎难之意。”可见,“谋”犹“图”,其古义是指那种艰难、审慎的谋划行为。

综上以观,《离骚》中“慕之”,与《诗经·巧言》“莫之”辞例同一,犹言“谟之”,意即“谋之”,在诗中具体指苦心谋划合配美女之事。结合《离骚》上下文意来看,如此为解,显得颇为允恰。

其一,能使灵氛之所言显得更有针对性,从而更符合当时的言语情景。细绎上下文不难看出,灵氛所谓“两美其必合兮,孰信脩而慕之”,是在屈原三次求女失败之后求其占卜时说出的,明显是针对屈原三次“求女”而言,正如清人朱冀《离骚辩》所说:“灵氛开口两句,专破上文求女之无益。”③而观上文所写屈原三次求女的经历,很容易获得这样的深刻印象:屈原于求女之事倾力而为,煞费苦心。先求宓妃,颇费心机:解下佩纕以“结言”,

① 见《郭沫若全集·历史编》第2册,人民出版社,1982年,第155页。郭氏在书中特地说明:“铭文古字或假借字已改为今文。”

② 于省吾:《泽螺居楚辞新证》,中华书局,2003年,第169页。按:于先生谓“慕”应读作“谟”,诚为卓见,但对“慕之”的具体内涵乃至全句意思的诠解,似有可商之处。于先生在《新证》中说,《离骚》“曰两美”二句意谓“君明臣良,两美自有必合之时,而楚人谁能信其修善之行,为之谋画,使之终于相合呢?”笔者认为,此将诗中“信修”之“信”理解为“相信”,将“慕之”的主语指为楚人,以“慕之”的“之”指称屈子,均似未安。

③ 见游国恩主编:《离骚纂义》,中华书局,1980年,第355页。

又令蹇脩以为媒;次求"有娀之佚女",也是着意筹划,反复思量求合的方式,以致"心犹豫而狐疑";后求"二姚",又为遣媒之事权衡思谋。如此求女可谓用心良苦。这在理智而现实的灵氛看来,自是苦心谋合、勉力以求之举,且在其"两美其必合"婚配观的支配下,自会认为此举大可不必。因此,当屈原命其卜占时,灵氛自会假托卜筮之辞影射屈原求女之事,对其苦心谋合之举表示不以为然。这样,灵氛所言"孰信脩而慕之"如依笔者所解,则更容易看出该句其实是灵氛有感于屈原求女之事而发,是对屈原苦心谋合之举表示否定,从而令灵氛之言显示出更强的针对性。

其二,能很好地承续上句"两美其必合"的意脉。灵氛所说"两美其必合",意谓男女双方如果都贤良美善,则其结合是必然之事。其言外之意也较明显:你(屈原)本身贤良美善,如果有贤良美善的女子,则结合在一起是十分自然的事,用不着你自己为之操心费神;如果没有,即使为之操心费神亦属枉然。因此,把下句"孰信脩而慕之"理解为真正美善的人不必苦心谋划合配之事,就正可与上句的言外之意一脉贯通,紧相绾合。

其三,能很好地与下文中"孰求美而释女(汝)"、"苟中情其好脩兮,又何必用夫行媒"几句相呼应。前一句意谓追求美善的人不会放弃你。其潜台词是说,你本身贤良美善,而只要是"求美"的女子就自然会选择你,与你合配,用不着你劳心谋虑。因此,"孰信脩而慕之"句如依笔者之所解,则下文"孰求美而释女"句在语意上能很好地与之扣合、照应。就前引后二句看,"孰信脩而慕之"句如依笔者之所解,也能与这二句的内涵合若符契:"信脩"可与"中情其好脩"相对应,而"慕之"则能与"用夫行媒"相发明,因为"用夫行媒"正是刻意筹谋、劳心费力之举,可视为"慕之"的具体表现之一。

有此三点,将"慕之"解为苦心谋划合配美女之事,殆无疑义矣!最后,有必要附带辨及郭、闻二先生所提出的"慕"与上文"占"字不叶韵的问题。我们认为,关于《离骚》此处的用韵情况,朱熹《楚辞集注》所言极是:"占之、慕之,两'之'字自为韵。"楚辞作品中也存在此类用韵情形,如宋玉《九辩》"惟著意而得之;纷纯纯之愿忠兮,妒被离而障之",即其明证。因此,《离骚》此处的用韵并不涉及"占"、"慕"二字。

《离骚》韵脚出韵现象二则小论

(中国台湾) 台湾静宜大学 鲁瑞菁

一、形近致误之例

勉陞降以上下兮,求榘矱之所同。

汤禹严而求合兮,挚咎繇而能调。

"同"为东部字,而"调"为幽部字,二者失韵,"同"、"调"二字必有一非。[①] 洪兴祖《楚辞补注》引《淮南子》曰:"知榘矱之所周。"是洪氏以"同"、"周"二字异文。孙诒让《札移》卷十二云:

《淮南子·氾论训》云:"有本主于中,而以知榘矱之所周者也。"淮南王尝为《离骚传》,〈氾论〉所云必本此文(鲁按,原作"必此本文",乃误倒)[②]。

是孙氏以"同"为"周"之误字。孙说是,盖二字涉形近而误也。典籍中"周"、"同"二字形近致误者多矣,如《墨子·非儒下》"深谋同虑以奉贼","同"即为"周"之误,"深谋"、"周虑"相对为文,言谋略深沈、思虑周密也。[③]

进而论之,"周"、"调"二字不仅叶韵,且意义相同,并皆有"和"、"合"义,"汤禹严而求合兮,挚咎繇而能调"二句,王逸《注》:"合,匹。""调,和也。"唯匹合而能言调和,相同

① 刘宝俊曾经指出,上古楚方言的一大特色即是"幽"部兼通"东"、"冬"、"阳"三部(见刘宝俊《"冬"部归向的时代和地域特点与上古楚方音》,《中南民族学院学报》1990年第5期,第79-86页。)按:就刘氏举出"幽"部兼通"东"部之例,主要有两条资料,一是东方朔《七谏·谬谏》"不量凿而正枘兮,恐榘矱之不同。不论世而高举兮,恐操行之不调",刘氏以为"同"、"调"相叶;实则,"恐榘矱之不同"句下王逸《注》"同,一作周",是"同"字如同此例,亦为"周"字之误字也。二是《淮南子.泛论》"故至人之治也,心与神处,形与性调,静而体德,动而理通",刘氏以为"调"、"通"相叶;实则,此处是否必然有韵亦成问题。

② 孙诒让:《札迻》,页2上—2下,光绪20年刊本。

③ 另有诸例,可参何剑熏:《楚辞新诂》,巴蜀书社,1994年,第53页。

则无所谓调和。《论语.为政》:“君子周而不比,和而不同。”“周而不比”与“和而不同”相对为文,是“周”有“和”义,“比”有“同”义,“周”、“和”之义与“比”、“同”之义适相反也。又请看《离骚》以下四句及王逸《注》:

1.“竞‘周’容以为度”句,王逸《注》:“周,合也。”王逸并以“苟‘合’于世,以求容媚”释“周容”。

2.“何方圜之能‘周’”句,王逸《注》:“言何所有圜凿受方枘而能‘合’者。”

3.“虽不‘周’于今之人兮”句,王逸《注》:“周,合也。”

4.“求榘矱之所‘周’”句,王逸《注》:“言当自勉强上求明君,下索贤臣,与己‘合’法度者,因与同志共为治也。”

以上《离骚》四处之“周”,王逸皆以“合”义训之,是知王逸所见本,“求榘矱之所周”之“周”字尚未误为“同”字。①

又从上下文意衔接之章法来看,“求榘矱之所周”一句是原则性的提示,其后则以二则具体之例申说之,即下文:

汤严而“求合”,得挚,与挚调。

禹严而“求合”,得咎繇,与咎繇调。

此“求合”既所谓“求榘矱之所周”,亦所谓“能调”也。然屈子优游婉顺、提携其耳之语尚未完结,接着又以“苟中情其好脩兮,又何必用夫行媒”二句,再度作出原则性的提示,其后再举出三则具体之例申说之,即下文武丁用传说、周文举吕望、齐桓备宁戚云云。凡此一大段巫咸降神之语,与前段灵氛占卜之言(曰两美其必“合”兮云云),适足以周合成犄角之势,亦可见《离骚》章法之绵密、情感之郁伊也。

此外,《离骚》“何离心之可同兮,吾将远逝而自疏”句,王逸《注》:“言贤愚异心,何可合同,知君与己殊志,故将远去自疏,而流遁于世也。”此处王逸以“合同”义训“同”,是知

---

① 《离骚》“何离心之可同兮,吾将远逝而自疏”句,王逸《注》:“言贤愚异心,何可合同,知君与己殊志,故将远去自疏,而流遁于世也。”此处王逸以“合同”义训“同”,与以“合”义训“周”有一字之异,亦可见王氏《章句》用字之不苟也。又《说文解字.·萑部·蒦字》:“……蒦或从寻,寻亦度也。《楚辞》曰:‘求榘矱之所同。’”是许慎所见本,“周”已作“同”矣。

王逸所见本已作“同”;[①]实则更早之版本应作“何离心之可周兮”,盖屈赋“离”与“周”(“合”)或分言,或合言(若《离骚》“纷总总其离合兮”),有如“异”与“同”之分言对待(若《离骚》“民好恶其不同兮,惟此党人其独异”,又《九章·惜诵》“同极而异路兮”)。

由王逸注文用字的一致性,亦可见“求榘矱之所‘同’”当作“求榘矱之所‘周’”;盖《楚辞章句》中共出现16次“同”字,王逸注文中除以韵文句注解者外,亦皆出现“同”字,无一例外,如:

1.《离骚》“民好恶其不‘同’兮,惟此党人其独异”句,王逸《注》:“言天下万民之所好恶,其性不‘同’,此楚国尤独异也。”

2.《九歌·湘君》“心不‘同’兮媒劳”句,王逸《注》:“言婚姻所好,心意不‘同’,则媒人疲劳,而无功也。”

3.《天问》“何续初继业,而厥谋不‘同’”句,王逸《注》:“言禹何能继续鲧业,而谋虑不‘同’也。”

4.《九章·惜诵》“‘同’极而异路兮”句,王逸《注》:“言众人‘同’欲极志事君,顾忠佞之行,异道而殊趋也。”

5.《九章·涉江》“与日月兮‘同’光”句,王逸《注》:“名与日月‘同’耀。”

又前举“何方圜之能周”一句,乃是从反面问,而“求榘矱之所周”一句,则是从正面说。“方圜”即圜凿与方枘。盖圆凿受圆枘、方凿受方枘,是所谓合榫[②],若说成同榫(“何方圜之能同”),不成词矣。至于“求榘矱之所周”之“榘矱”,王逸《注》:“榘,法也;矱,度也。”此乃引伸义。实则“榘”即画方之榘,《淮南子.氾论》“而以知榘矱之所周者也”句,高诱《注》:“榘,方也。”而“矱”字又作“蒦”,《说文·萑部·蒦字》云:“蒦,规矱,商也。”段《注》:“规矱二字盖古语,释之曰‘商也’,盖手持萑,则恐其夺去,图所以处之,是曰‘规矱’。”《说文·萑部·蒦字》又云:“一曰,度也。蒦或从寻,寻亦度也。”而所谓“商”,亦有“章度”之义(见《说文·口部·商字》段《注》)。又《说文·夫部·规字》云:“有法度也。”是“蒦”、“商”、“规”三字皆有法度义。

“规矱”如段玉裁所言,既为古语,则当是同义复词,或即用画圆器具(圆规)所制度之礼器。推而言之,“求榘矱之所周”之“榘矱”或即“规矩”也。“规矩”一词,《楚辞》常用,

---

① 此处不能认为王逸所见版本作“周”,因“周”有“合”义,却没有“合同”义;也不能看成王逸原《注》作“合周”,后被误成“合同”,盖“合周”句例,古代未见,且王逸云“言贤愚异心,何可合同”,“异”、“同”分言相对(或合言成组),乃古代常用之成词(如《离骚》“民好恶其不同兮,惟此党人其独异”、《九章·惜诵》“同极而异路兮”),是知王逸所见版本作“同”,且王逸以“合同”训“同”之不误也。

② 反之,则是“圆凿而方枘兮,吾固知其鉏铻而难人”(宋玉《九辩》)也。

如"固时俗之工巧兮,偭规矩而改错"(《离骚》)、"固时俗之工巧兮,灭规矩而改错"(东方朔《七谏·谬谏》)。"求榘矱之所周"者,乃画方器者必寻求与画方之工具(矩)周合,画圆器者亦必寻求与画圆之工具(规)周合,否则"何方圜之能周兮,夫孰异道而相安"(《离骚》)、"夫方圆之异形兮,势不可以相错"(东方朔《七谏·谬谏》)。是"求榘矱之所周"者,引伸为求取彼此法度相合者;若作"同"字,不仅失韵,用字亦未见精准也。

又王逸《注》"勉陞降"二句云:"言当自勉强上求明君,下索贤臣,与己合法度者,因与同志共为治也。"此《注》非,"勉陞降上下"并非"勉强上求明君,下索贤臣",其义应同于"勉远逝而无狐疑兮"之"勉远逝";其中"上下"一词义同"吾将上下而求索"、"周流观乎上下"之"上下",指上天下地,其宗教文化背景有如萨满教巫师之沟通天地也。

二、属上读误属下读并改字之例

索藑茅以筳篿兮,命灵氛为余占之,
曰两美其必合兮,孰信脩而慕之?
思九州之博大兮,岂唯是其有女?

"命灵氛为余占之"二句,王逸《注》云:

言己欲去则无所集,欲止又不见用,忧懑不知所从,乃取神草竹筳,结而折之,以卜去留,使明智灵氛"占"其吉凶也。

"孰信脩而慕之"二句,王逸《注》云:

灵氛言以忠臣而就明君,两美必合,楚国谁能信明善恶,脩行忠直,欲相"慕"及者乎?己宜以时去也。

是王逸所见版本此四句韵脚已作"占"、"慕"字,然"占"者,侵韵;"慕"者,侯韵,二字出韵。

朱熹《楚辞集注》云:"'占之'、'慕之',两'之'字自为韵。"[①]王力《楚辞韵读》亦以二"之"字为韵,[②]是古代至今日学者皆有二"之"字通押的说法。然则,《离骚》下文云:

① 朱熹:《楚辞集注》,上海古籍出版社、安徽教育出版社,2001年,第22页。
② 《王力文集》第6卷,山东教育出版社,1986年,第486页。

何琼佩之偃蹇兮,众薆然而蔽之。

惟此党人之不谅兮,恐嫉妒而折之。

此四句王力以为乃"蔽"、"折"二字相押"月部",①又非以二"之"字相叶,与其前说扞格也。实则,如《诗》三百篇凡两韵句末字为相同之虚字者,则以上一字相押韵,此一规律,屈赋亦袭用之,②是以"索藑茅以筳篿兮,命灵氛为余占之,曰两美其必合兮,孰信修而慕之"四句,"占"、"慕"二字必有一误。然则其误如何? 古今《楚辞》学者于此一问题,议论纷纷,盖实因容或有不同之可能性也。

如刘永济以"占"为"卜"之误,"卜"、"慕"乃鱼、侯叶韵,此说简明可从;③然与王逸《注》"使明智灵氛'占'其吉凶也"云云不合,或者较王逸更早的本子作"卜"。而郭沫若则以为"慕"乃"莫心"二字误合为一字,并言"心者任也,爱慕之极也"④。郭在贻说同,并申言之:

> 盖以韵言,"心"与"占"古韵并隶侵部,二字相叶;以形言,"慕"字正是"莫心"二字之合体;以义言,"心"字古有思念、思虑之义。似此,揆诸形、音、义三者而无不合,则其为"心"字当无疑义矣。⑤

虽然郭在贻氏征引诸多古籍词例证明"心"字有思念、恋慕之义,然而诸"心"字却无作及物动词用者,且古籍中亦不见"莫心之"的词例。故作"心"字实不可通。不过,二郭氏的思考方向是正确的,即以"慕"乃"莫□"之误,"莫"下一字,必是侵韵字,且此字字形必须形漶后能与"莫"字结成"慕"字者。

闻一多亦认为"慕"乃"莫□"之误,"莫"下一字,其断为"念"字,盖"念"字残其上半部后,为钞手误合上"莫"字为"慕"矣。⑥ 闻说的然,"占"、"念"皆侵部字,且"念"字若稍残其中间的"乛"形,其上部"亽"可与"莫"字下部"大"吻合,再配上"念"字下部之"心",即适成一"慕"字也。

---

① 《王力文集》第6卷,山东教育出版社,1986年,第487页。

② (清)毛先舒《韵学通指》曰:"古诗歌以虚字收句者,用韵俱在虚字上一字,其虚字则余声耳。"参孔广森《诗声类·附·诗声分例》引,中华书局,1983年,第61页。

③ 王泗源亦以为,"占"当是"卜"的错,盖涉下文"欲从灵氛之吉占兮……灵氛既告余以吉占兮"之"占"字而错。见王泗源《楚辞校释》,人民教育出版社,1995年,第51页。

④ 郭沫若:《屈原赋今译》,上海书店,2003年,第140页。

⑤ 郭在贻:《楚辞解诂》(续),《郭在贻文集》第2卷,中华书局,2002年,第25-26页。

⑥ 闻一多:《楚辞校补》,《闻一多全集·楚辞编》,武汉:湖北人民出版社,第135—136页。

今人黄灵庚则又另启一思考方向，黄氏以为刘永济所云“卜”、“慕”二字，非，盖二字亦出韵；[1]并引金小春说“慕之”乃“莫之思”之讹，认为其说足以破千古之疑，然仍有一间未达，其词云：

然金氏又曰：“‘曰两美其必合兮，孰信脩而莫之思？思九州之博大兮，岂唯是其有女？’‘莫之思’之下复有一个思字，两‘思’字相重而常遗其一，合俞樾《古书疑义举例》第八十二条‘字以两句相连而误脱’之例。后人未审，又改‘莫之’为‘慕之’也。”谓误自王逸始。寻《方言》卷十曰：“凡言相怜哀，江滨谓之思。”怜哀平列，言怜爱，非谓悲哀。《方言》又曰：“凡言相敬爱谓之亟，陈楚之间谓之怜。”怜哀即怜爱，哀亦爱也。思，犹怜爱义。旧《注》“相慕及”云云，即释思字之义。盖王氏本书犹作“莫之思”，而后敚一“思”字，复因王《注》改“莫之”为“慕之”，此金氏亦未之审耳。[2]

然黄灵庚氏之论，犹有可讨论处。

首先，刘永济所云“卜”、“慕”二字鱼、侯叶韵，虽则有误；然而“卜”者屋部，“慕”者铎部，二者相近，仍可以通押也。[3] 其次，黄氏引金小春意见以为古本《楚辞》原作：

索藑茅以筳篿兮，命灵氛为余占之，
曰两美其必合兮，孰信脩而莫之思？
思九州之博大兮，岂唯是其有女？

“之”、“思”相叶之部韵。其后因二“思”字相重而遗其一；由于后人未审，以“莫之”不成词，故改为“慕之”。黄说与金说之别在于，金氏认为误始至王逸，黄氏以为王逸不误，其后始误，盖“思”字可作爱慕讲，王逸《注》“欲相慕及者”，正是“思”字义，后人因前一“思”字佚失，又据王《注》而改“莫之”为“慕之”也。

余意以为，王逸以前古本应作：

索藑茅以筳篿兮，命灵氛为余占之，
曰两美其必合兮，孰信脩而莫之思？

---

① 黄灵庚：《楚辞异文辩证》，中州古籍出版社，2000 年，第 108 页。
② 黄灵庚：《楚辞简帛释证》，褚斌杰编《屈原研究》，湖北教育出版社，2003 年，第 521 页。
③ 见陈复华、何九盈：《古韵通晓》，中国社会科学出版社，1987 年，第 215、220 页。

九州之博大兮,岂唯是其有女?

即“思”字属上读(古本),而不属下读(今本)。后有人(此人当为王逸以前的《楚辞》读者),因《骚》辞体“□□□□□□兮,□□□□□□”(“六兮,六”)之基本句式,而误以“思”字属下读,并读“莫之”为“慕之”,即成今本所见:

索藑茅以筳篿兮,命灵氛为余占之,
曰两美其必合兮,孰信脩而慕之?
思九州之博大兮,岂唯是其有女?

又或者原《离骚》竹简版本,此数句分别抄写在两简上,前一简末端一字正好是“孰信脩而莫之思”的“之”字,而“思”字抄在下一简之首字;读者不察,以为二“之”字叶韵,又误读(或改读)“莫之”为“慕之”,即成今本所见,由此而发生出韵现象。

实则,“曰两美其必合兮,孰信脩而莫之思”句例同于《离骚》本篇:

汩余若将不及兮,恐年岁之不吾与。
何桀纣之猖披兮,夫唯捷径以窘步。
亦余心之所善兮,虽九死其犹未悔。
……

即皆为“□□□□□□兮,□□□□□□□”(“六兮,七”)之句式。又“九州之博大兮,岂唯是其有女”句例同于《离骚》本篇:

鸷鸟之不群兮,自前世而固然。
夏桀之常违兮,乃遂焉而逢殃。
凤凰既受诒兮,恐高辛之先我。
……

即皆为“□□□□□兮,□□□□□□”(“五兮,六”)之句式。是“思”字可以属上读,而不属下读。

再者,王逸《注》“孰信脩而慕之”句云:“楚国谁能信明善恶,脩行忠直,欲相‘慕’及者乎?”正是据“慕”字而注;且“思九州之博大兮”二句,王逸《注》云:

言我‘思念’天下博大，岂独楚国有臣而可止乎？

可证王逸所见本，“思”字已属下读，乃今本，非古本也。

又按，今本“曰两美其必合兮，孰信脩而慕之。思九州之博大兮，岂唯是其有女”四句，黄灵庚以为是命占之辞，[1]若如其言，则“思”字属下读，无论主语是“我思”，或是“谁思”，句意皆令人费解。然则“思”字若属上读，则“九州之博大兮，岂唯是其有女”云云，在文意连接密合上，更显得理致有味也。

总而言之，若顺着金、黄二氏的思考方向，则当仅有一“思”字，其失韵之误出在将原属上读之“思”字，易成属下读，此为吾与金说不同处；至于其误出在王逸之前，而非之后，此又吾说同于金说，而与黄说有异也。

① 关于《离骚》“索藑茅以筳篿兮，命灵氛为余占之，‘曰’两美其必合兮，孰信修而慕之？思九州岛之博大兮，岂唯是其有女？‘曰’勉远逝而无狐疑兮，孰求美而释女？何所独无芳草兮，尔何怀乎故宇？”一段，戴震以为前“曰”字以下乃命占之辞，后“曰”字以下为验占之辞（戴震《屈原赋注》，页7—8，台北：世界书局）。汤炳正更以湖北荆门包山二号楚墓（1987年出土）卜筮竹简卜瘳命辞中的卜筮程序与《离骚》灵氛占卜一节对照，申引戴说（汤炳正，《从包山楚简看离骚的艺术构思与意象表现》，《文学遗产》，页4—10，1994年第2期）。然黄灵庚广引史料证成两“曰”字下皆为命占之辞。黄氏曰：“灵氛占语所以分用两‘曰’字者，以贞问二卜故也。初用灵草以筵；后用篿竹以贞。二占之贞词，用两‘曰’字以别之。”黄灵庚《楚辞简帛释证》，褚斌杰编《屈原研究》（湖北教育出版社，2003年），第521页。

回顾·反思·求索·徘徊·出游

——《离骚》的分段与情节结构

井冈山大学人文学院　萧东海

关于《离骚》的分段,自古以来众说纷纭,莫衷一是。早在20个世纪80年代初始,姜亮夫先生《楚辞讲绎录》就统计有多达90余种。而迄今流传最广、影响最大的,是三大段、两部分的分法。早期游国恩等及现行袁行沛主编的《中国文学史》、朱东润《中国历代文学作品选》等各种大学教材都是采用这种分法。但笔者在长期的教学与研究过程中,逐渐发现这种分法其实仍然未臻完善,于是形成了自己的五大段分法,而且越来越觉得自己的分法似乎更合理,更符合《离骚》系统完整的情节结构的实际。故今不揣钝昧,作此芹献,以就正于方家。

一

所谓三大段、两部分的分法,就是将《离骚》全诗373句("黄昏"二句衍文不计),自篇首至"岂余心之可惩"共128句为第一大段,"女媭之婵媛兮"至"余焉能忍与此终古"共128句为第二大段,"索藑茅以莛篿兮"至篇末为第三大段("乱曰"几句或属或否先不论),而第一大段为前半部分,第二、三大段则为后半部分。

这种分法,当起于清人王邦采。其《离骚汇订》始分《离骚》为三大段,并在"岂余心之可惩"句后解说道:"文势至此,为第一大段结束,而全文已包举。后两大段虽另辟神境,实即第一段之意而反复申言之,所谓言之不足,又嗟叹之也。其中起伏断续,变化离奇,令人莫测。诸家不辨过脉,妄分段落,真是小儿强作解事者。"①王氏虽未明言还可分为前后两部分,但其"后两大段虽另辟神境,实即第一段之意而反复申言之"之说,实可视为两部分之说之滥觞。

游国恩先生发表于1953年6月15日《光明日报》的《屈原作品介绍》②以及后来主编的《离骚纂义》,都是沿用王氏三大段之说,而其主编的《中国文学史》,又力倡两部分说:"全诗可分为前后两部分。从篇首到'岂余心之可惩'为前一部分;从'女媭之婵媛兮'到

① 游国恩主编:《离骚纂义》,中华书局,1980年,第181页。

② 《游国恩学术论文集》,中华书局,1989年。

篇末为后一部分。前一部分是诗人对已往历史的回溯……后一部分是描写诗人对未来道路的探索:'路漫漫其修远兮,吾将上下而求索。'"[①]褚斌杰先生说:"从全诗结构上看,则可以分为两大层次,即从开篇到'岂余心之可惩',可以视做诗篇的前半部分,这一部分主要写诗人矢志报国、高洁自守所遇到的矛盾和不公正的待遇,充分表现了抒情主人公与楚国黑暗现实的冲突;从女媭的责难至篇末,则主要写诗人遭到迫害以后,继续求索的精神和所引发起来的内心冲突,以至于最后的抉择。从艺术手法来说,前半部分虽然也有艺术夸张,并运用了许多象征手法,但基本上是诗人现实生活的经历,是写实;而后半部分,则主要把炽热的感情化为超现实的想象,表现了诗人内心世界的经历,表现了一个苦闷的灵魂上天下地的求索精神,是虚写。"[②]

这样划分,其突出的优点是能从对全诗作出宏观把握方面着眼,但却仍然"莫测"《离骚》"起伏断续,变化离奇"的情节,从而留下未辨过脉之失和割裂全诗之憾。

过脉未辨,主要表现在对"悔相道之不察兮"至"岂余心之可惩"这一节的理解上。众所周知,诗人在前文历叙自己忠心为国却遭谗被谤、屡受疏逐的际遇后,曾反复申言"亦余心之所善兮,虽九死其犹未悔"、"宁溘死以流亡兮,余不忍为此态也"、"伏清白以死直兮,固前圣之所厚",以表明自己矢志不渝的理想追求和一如既往的奋斗精神,表明自己九死未悔的坚决态度和固守清白的坚贞操守。然而,紧接而来的这一节,却似乎一反常态地以一个"悔"字开头,这不能不引起我们的高度重视。虽只言"悔相道之不察",但既已曰"悔",毕竟与刚刚反复申言的九死未悔形成强烈的反差!前人也有对此作出体察者,如清人钱澄之《屈诂》说:"业以死自矢矣,而又窃疑焉。"[③]林云铭《楚辞灯》说:"上文既云九死未悔矣,忽从千思万想中,悔前此视路不审,冀反前所行……"[③]二人之说超越众人,值得肯定,唯惜仍欠精审,未能从心理脉络、写作思路及情节结构诸方面进一步作出探究。其实,"悔相道之不察兮,延伫乎吾将反"二句,与后文"跪敷衽以陈辞兮,耿吾既得此中正"、"索藑茅以筳篿兮,命灵氛为余占之"、"灵氛既告余以吉占兮,历吉日乎吾将行"等句一样,都是诗中最重要的"过脉"标志之处。这一节与前文完全不同,诗人已经不是回溯往事,而是面对自己有生以来全身心付出不懈努力却遭致惨重失败的严酷现实,不由因"窃疑"而转入深深的反思。于是有"回朕车以复路",有"驰椒丘且焉止息",有"退将复修吾初服",这些都是对反思之举的虚象表述。反思的结果,就像《诗经·卫风·氓》中女主人公申言"女也不爽"一样,是"余情其信芳",是"昭质其犹未亏",而且还"芳菲菲其弥章"。于是最后以"虽体解吾犹未变兮,岂余心之可惩"二句作结,表明自己决不

① 游国恩等主编:《中国文学史》,人民文学出版社,1963年,第96-97页。

② 褚斌杰:《楚辞要论》,北京大学出版社,2003年,第113页。

③ 游国恩主编:《离骚纂义》,中华书局,1980年,第156页。

改变的坚定态度。而这二句,又恰与此前反复申言的“虽九死其犹未悔”等句颇相类似,人们不深加审视,不细加区分,当然也就容易混为一体,从而误将此节连属上一段了。

割裂全诗,王氏亦已开始,其“第一大段结束,而全文已包举。后两大段虽另辟神境,实即第一段之意而反复申言之,所谓言之不足,又嗟叹之也”云云,就“强作解事”地把“后两大段”说成是“第一大段”的“反复”。众所周知,《诗经》中分章诗往往有重叠复沓、一唱三叹之歌唱,然而《离骚》这么一首结构宏伟的非分章诗篇,岂有以近 2/3 的篇幅只作“反复申言”的重复歌唱之理?并且其“反复申言”之说也不符合《离骚》的实际,比如其所分第二大段关于“上下而求索”的描写,就明显是对其第一大段最后一节中“将往观乎四方”的进一步延伸,而其第三大段的情节,也是求索失败结果的必然发展。前后两部分的分法,只是在王氏基础上试图作出新的阐释。游先生认为“前一部分”是“回溯”“已往”,“后一部分”是“探索”“未来”;褚先生认为“前半部分”主要写“与楚国黑暗现实的冲突”,“基本上是诗人现实生活的经历,是写实”,“而后半部分”则主要写“继续求索的精神和所引发起来的内心冲突”,“主要把炽热的感情化为超现实的想象,表现了诗人内心世界的经历,表现了一个苦闷的灵魂上天下地的求索精神,是虚写”。虽似简括明了,但把全诗割裂成“已往”和“未来”,割裂成“写实”和“虚写”,则与诗篇情节结构和写作思路的实际不符。再如马茂元《楚辞选》分全诗为 8 段,而将“悔相道之不察兮”一节单列为第四段,说:“从这段起,所写的都只是一种思想意识的反映,并非事实的叙述。”[①]所存在的也是同样的错误。

二

划分作品的段落层次,首先应该从文本本身出发,紧扣其内容表述的结构。根据《离骚》诗中叙述的情节,笔者认为将全诗分为五大段较为合理,即依次为回顾、反思、求索、徘徊、出游。

第一段自开篇至“固前圣之所厚”,共 104 句,为回顾。

诗篇开头先写家世、生日、名字等与生俱来的“内美”,然后写只争朝夕地“重之以修能”。而这一切都只为担心“美人之迟暮”,因而冀其“抚壮而弃秽”,促其“乘骐骥以驰骋”,自己则愿“道夫先路”。接着以“三后之纯粹”、“尧舜之耿介”及“桀纣之猖披”等正反例子,说明治国须求“众芳之所在”,以图“遵道而得路”,若一味信用“偷乐”之“党人”,必将误入“幽昧以险隘”之路。诗人表明,并非自己害怕遭到灾祸,他时刻担忧的是怕“皇舆之败绩”。于是他前后奔走,为的是“及前王之踵武”。然而,“荃不察余之中情兮,反信

① 马茂元:《楚辞选》,人民文学出版社,1958 年,第 22 页。

谗而齌怒”。遭受“王怒而疏”①的惨重打击,诗人满腔悲愤,只能“指九天”以证明自己“夫唯灵修之故”的耿耿忠心,只能为“灵修之数化”而深感伤心。

遭谗之后,诗人被逐出政局,又想通过培养学生来帮助实现自己的政治理想。于是“滋兰”、“树蕙”,广种各种香花香草,只希望它们能长得枝峻叶茂,一一成材,则“竢时乎吾将刈”。然而众芳芜秽,希望落空,长期努力再遭失败,诗人又陷入悲哀之中。

连自己精心培养、寄予厚望的学生都纷纷褪变,诗人自然而然把目光转向整个楚国上层社会。原来在楚国上层社会,“众皆竞进以贪婪”,“各兴心而嫉妒”,“忽驰骛以追逐”,纷纷扰扰,污浊不堪。诗人与众不同,所急的只是“恐修名之不立”,于是“朝饮木兰之坠露兮,夕餐秋菊之落英,苟余情其信姱以练要兮,长顑颔亦何伤”,坚持独立特行、“法夫前修”。由于与世俗格格不入,故而自己人生多艰,“虽好修姱以鞿羁”,仍不免“朝谇而夕替”。诗人在长期“太息”、“忳郁邑”、“侘傺”的同时,一方面“怨灵修之浩荡兮,终不察乎民心”,恨“众女嫉余之蛾眉兮,谣诼谓余以善淫”,批判“时俗之工巧兮,偭规矩而改错,背绳墨以追曲兮,竞周容以为度”,一方面“既替余以蕙纕兮,又申之以揽茝”,坚持自己的追求和努力,并且反复表明自己“亦余心之所善兮,虽九死其犹未悔”、“宁溘死以流亡兮,余不忍为此态也”、“伏清白以死直兮,固前圣之所厚”的坚定态度。

第一大段,诗人回顾了自己有生以来的努力、追求、奋斗,以及所遭受的失败,满腔悲愤地表述了矢志不渝的精神和九死未悔的态度。

第二段自“悔相道之不察兮”至“沾余襟之浪浪”,共76句,为反思。

诗人虽然具备“独立不迁”②的个性,但毕竟惨遭失败是不争的事实。因此,诗人以“悔相道之不察兮,延伫乎吾将反”二句领起,开始了一番冷静的思考。一次又一次的失败,似乎皆因“相道之不察”而造成,于是诗人停下了脚步,没再继续往前走,而在原地长久伫立,并且打算返回。终于,他拿定主意,决定趁“行迷之未远”之时,转身向后,“回朕车以复路”。既然“进不入以离尤”,那就退身而下,“复修吾初服”吧。可这毕竟是一个十分矛盾和痛苦的过程,于是他一会儿“步余马于兰皋”,一会儿又“驰椒丘且焉止息”。那么如何“修吾初服”呢?原先是“扈江离与辟芷兮,纫秋兰以为佩”,现在则“制芰荷以为衣兮,集芙蓉以为裳”,则“高余冠之岌岌兮,长余佩之陆离”。经过认真的反思,不但确定“余情其信芳”、“昭质其犹未亏”,而且还“佩缤纷其繁饰兮,芳菲菲其弥章”。诗人再也待不下去了,于是“忽反顾以游目兮,将往观乎四方”,亦即准备上下求索,重新作出努力。重新踏上征程,也许会重复以往的失败,但诗人主意已定,义无反顾,“虽体解吾犹未变兮,岂余心之可惩”!

① 《史记·屈原贾生列传》。
② 《楚辞·九章·桔颂》。

就在此时,“女媭”十分关切地“申申其詈予”。她列举“鲧婞直以亡身兮,终然夭乎羽之野”作为反面例子,批评诗人为何“博謇而好修兮,纷独有此姱节,薋绿葹以盈室兮,判独离而不服”,并且设身处地地劝告以“众不可户说”,永远不会有谁能“察余之中情”,从而想说服诗人不要一意孤行,而要听取她的劝说,转变态度,以“不凝滞于物,而能与世推移”①。

就跟《卫风·氓》中“兄弟不知,咥其笑矣”一样,连情谊最亲密、对自己最关心的“女媭”,也如此责骂、劝说,整个世上还有谁能理解自己呢?诗人“依前圣以节中”,却“喟凭心而历兹”,孤独与苦闷可谓已到极点。于是只好“济沅湘以南征兮,就重华而陈词”。他跪在舜帝墓前,诉说舜帝之后,启“康娱以自纵”,羿“淫游以佚畋”,浇“纵欲而不忍”,皆没有好结果,还有“夏桀之常违兮,乃遂焉而逢殃,后辛之菹醢兮,殷宗用而不长”,这些都是“乱流其鲜终”的反面例子。再以“汤禹俨而只敬兮,周论道而莫差,举贤而授能兮,循绳墨而不颇”,正面提出治国之道。并强调“皇天无私阿兮,览民德焉错辅,夫维圣哲以茂行兮,苟得用此下土”。通过“瞻前而顾后兮,相观民之计极”,从而得出“孰非义而可用兮,孰非善而可服”的清晰认识。诗人虽然为“朕时之不当”而不断“歔欷”,心情“郁邑”,“掩涕”不止,但通过这一番痛苦的诉说,他面对“阽余身而危死”的处境,仍然是“览余初其犹未悔”。

第二大段,诗人以“悔”领起,先以“复修吾初服”一般地表现自己的反思,但仅如此则缺乏波澜,且难以深入,故而借“女媭”这个人物从反面来责备、劝说,以逼出“就重华而陈词”一节,既深化了反思,又强化了情感。反思的结果,坚定了自己的理想和信念。

第三段自“跪敷衽以陈辞兮”至“余焉能忍与此终古”,共76句,为求索。

经过反思,尤其是“就重华而陈词”之后,诗人“既得此中正”,心中一片光明,于是重整行装,“溘埃风余上征”。当他“至于县圃”而“欲少留此灵琐”时,却“日忽忽其将暮”,于是他“令羲和弭节”,留住太阳,因为“路漫漫其修远兮,吾将上下而求索”。在咸池饮马、“聊逍遥以相羊”后,经过一番“继之以日夜”的“飞腾”,诗人来到了“云霓”之上。可当他“令帝阍开关”时,帝阍却爱搭不理,傲慢地“倚阊阖而望予”。时光无情,“暧暧其将罢”,诗人无奈,“结幽兰而延伫”。此时,他只能空自怨恨“世溷浊而不分兮,好蔽美而嫉妒”。

叩“帝阍”不成,诗人转而求女。他原想天亮后“济于白水”,“登阆风而緤马”,然而“反顾”四望,却因“高丘之无女”而悲哀“流涕”。于是“游春宫”,“折琼枝以继佩”,要趁“荣华之未落”之机,“相下女之可诒”。他先是“令丰隆乘云”,以“求宓妃之所在”,且“令蹇修以为理”,却因其“忽纬画其难迁”、“虽信美而无礼”,故“违弃而改求”。经过一番观

---

① 《楚辞·渔父》。

察，他“周流乎天”而乃下，又望见“有娀之佚女”，然而合适的媒人难找，“自适”又不可，就在“心犹豫而狐疑”之间，又因“凤凰既受诒兮，恐高辛之先我”而未成。诗人一时不知所止，在“聊浮游以逍遥 ”之后，又想“及少康之未家兮，留有虞之二姚”，但亦终因“理弱而媒拙”、“世溷浊而嫉贤兮，好蔽美而称恶”而落空。三次求女，一一失败，“闺中既已邃远兮，哲王又不寤”，写出其无奈，“怀朕情而不发兮，余焉能忍与此终古”，则写出其苦闷。

第三大段，诗人写自己的“上下而求索”。这是在遭谗遇谤之后的重新努力，但无论叩“帝阍”还是求女，皆以失败而告终。

第四段自“索藑茅以筳篿兮”至“周流观乎上下”共76句，为徘徊。

辛辛苦苦地上下求索又遭失败，诗人陷入极度苦闷与彷徨之中。何去何从？诗人无奈，于是“索藑茅以筳篿兮”，命灵氛为其占之以决疑。依据“思九州之博大兮，岂唯是其有女”的占卜结果，灵氛劝其“勉远逝而无狐疑”，“何怀乎故宇”，因为楚国“世幽昧以昡曜”，党人“户服艾以盈要”，“苏粪壤以充帏”，他们“览察草木其犹未得”，谁能“察余之善恶”，以为你“芳”，以为你“美”？

诗人“欲从灵氛之吉占”，然而仍“心犹豫而狐疑”，于是又“怀椒糈而要”巫咸为其降神。巫咸让百神备降，告之以“吉故”，即“勉升降以上下兮，求矩矱之所同”，且列举挚、咎繇、说、吕望、宁戚等前例，以证明“苟中情其好修兮，又何必用夫行媒”，最后鼓励其“及年岁之未晏”，尽早行动，若延至“鹈鴂之先鸣”，则为时晚矣。

巫咸降神的结果，与灵氛占卜“两美其必合”的结果及“勉远逝而无狐疑兮，孰求美而释女”的劝说一致，于是引起诗人深深的思索。诗人想到，自己虽“琼佩之偃蹇”，可众人却一直“薆然而蔽之”，面对“不谅”之党人，更“恐嫉妒而折之”。现在的楚国，“缤纷其变易”，怎么“可以淹留”呢？“昔日之芳草”，“今直为此萧艾”，就是惨不忍睹的现实！“兰芷变而不芳”，“荃蕙化而为茅”，椒已“专佞以慢慆”，“榝又欲充夫佩帏”，连“椒兰其若兹”，“又况揭车与江蓠”？整个“时俗”皆随波逐流，“又孰能无变化”！如今只有自己“兹佩之可贵”，“芳菲菲而难亏兮，芬至今犹未沬”。于是诗人决定，要“及余饰之方壮兮，周流观乎上下”，即义无反顾地出游。

第四大段，诗人写自己思想上的徘徊。上下求索的重新努力再遭失败，究竟何去何从，诗人陷入思想深处的极度彷徨，经过反复审慎的思索，最终决定“远逝以自疏”，离开楚国。

第五段自“灵氛既告余以吉占兮”至篇末，共41句，为出游。

诗人结束了自己的徘徊，认可了灵氛的“吉占”，于是选择“吉日”，准备出发。“适千里者，三月聚粮”①，他精心准备好“羞”、“粻”，由“飞龙”驾着“瑶象”之车，既然“何离心

① 《庄子·逍遥游》。

之可同",那就只好"远逝以自疏"了。他转道昆仑,"朝发轫于天津",夕"至乎西极","行此流沙","遵赤水而容与","路不周以左转兮,指西海以为期","路修远以周流","路修远以多艰"。"屯余车其千乘兮,齐玉軑而并驰。驾八龙之婉婉兮,载云旗之委蛇。抑志而弭节兮,神高驰之邈邈。奏九歌而舞韶兮,聊假日以偷乐"。眼看就要找到新的希望,诗人从来没有如此心旷神怡。然而,就在"陟升皇之赫戏"之时,他"忽临睨夫旧乡",于是"仆夫悲余马怀兮,蜷局顾而不行"。诗人终究舍弃不了自己的祖国,再也挪动不了自己的脚步。全诗正文到此嘎然而止。

"乱曰"固然是尾声部分,但"已矣哉"这几句却紧接上文,因而应归入此段。诗人已不忍心"远逝以自疏",但"国"已"无人",亦"莫我知","又何怀乎故都"呢! 既然"莫足与为美政",那就只有"将从彭咸之所居"了。以死殉国之志,此时已明。

第五大段,诗人写自己的出游。出游的路途当然"修远以多艰",而出游的前景却无限光明,但在诗人"忽临睨夫旧乡"之际,终究"顾而不行"。抑扬顿挫,情牵魂绕,"虽放流,眷顾楚国"①之情,油然而彰显。

在五大段的基础上,全诗也可以分为分量相当的前后两部分,即第一、二大段共180句为前半部分,写诗人有生以来的不懈追求与奋斗,以及遭致失败之后所引发的检视与思考,第三、四、五大段共193句为后半部分,写诗人矢志不渝地继续努力,以及努力无果之后所产生的矛盾与苦闷。

这样划分,结构清晰,层次分明。无论是从作品本身的情节结构分析,还是从诗人的心理脉络、写作思路考察,或是从作品所反映的现实内容深究,都应该是最为切实合理的。

三

自古及今,研究《离骚》者不可胜数,成果汗牛充栋。虽然在训诂、考证及内涵发掘等方面硕果累累,近臻极致,但于其段落层次和情节结构,却一直难以得其确解,"甚至有人认为'古今文章无首尾者惟庄、骚两家',说它'哀乐之极,笑啼无端;笑啼之极,言语无端'……陷于不可知论"②。这是为什么呢?

笔者以为,要准确把握《离骚》的段落层次和情节结构,还必须明确认识其在体裁形式和表现方式这两方面所表现出来的基本特色。

其一,《离骚》结合叙事以抒情,在体裁形式上通篇都是叙事的结构。

① 《史记·屈原贾生列传》。

② 马茂元:《楚辞选》,人民文学出版社,1958年,第57页。

司马迁说:“屈原放逐,乃赋《离骚》。”①又说:“屈原疾王听之不聪也,谗谄之蔽明也,邪曲之害公也,方正之不容也,故忧愁幽思而作《离骚》。”“屈平正道直行,竭忠尽智以事其君,谗人间之,可谓穷矣!信而见疑,忠而被谤,能无怨乎?屈平之作《离骚》,盖自怨生也。”②不错,《离骚》给予读者的强烈震撼,首先就是它那动人心魄的抒情。因此,从诗歌内容上来看,说它是一首“发愤以抒情”③的长篇抒情诗,也应该是顺理成章的。但是,从体裁结构上来看则不然。如前所述,全诗从家世和出生写起,诗人回顾了有生以来的奋斗及其不幸遭遇,接着面对自己的失败,进行了一番深刻的反思,经过反思,坚定了信念,又积极地重新求索,然而上下求索无所结果,诗人又陷入苦闷与徘徊之中,最后虽然在通过审慎思虑后决定出游,但充满憧憬的出游还是因为“眷顾楚国”而决然放弃。诗歌通篇是第一人称叙事的结构,情节分明,脉络清晰,而它的言志、抒情,则全都融入叙事过程之中,密切结合情节发展的具体阶段来进行,从而达到一种悲愤倾诉的强烈效果。诗人真挚、丰富、怨愤之悲情,激荡胸中,忍而难舍,循着叙事结构的情节进展,“随事感触,辄形于声”④,时时迸发,不避反复,故而前人早就发出“欲反覆之,一篇之中,三致志焉”⑤亦即所谓一唱三叹之感喟了。

因此,《离骚》的段落,必须依照其叙事的情节结构来划分,否则便只能力不从心,捉襟见肘。比如,褚斌杰先生认为:“《离骚》一诗夙称难读,这除了南楚的方言、历史、神话、风物带来的某些理解上的障碍以外,主要由于全诗感情回环激荡,反反复复,脉络不易掌握。”并且主张:“我们读长诗《离骚》,特别应该把握的是它的‘情’,是诗人内心世界活动的起伏,以及由此而展开的丰富内容和贯穿于全诗的艺术特质。”⑥就是只见《离骚》所抒之“情”,而不见其所叙之事,因而无论怎样努力地“具体分析”“它的内在逻辑,亦即诗篇中抒情主人公思想感情的轨迹,以及起伏于全诗中的深微心理”⑦,也还是深陷于“全诗感情回环激荡”的漩涡之中而难以自拔,无法超越。再如,刘永济先生一方面表现得极为自信,他说:“昔人每说《骚》辞颠倒重复,乃由于屈原情思极度冤抑愤懑所致,不知屈情虽极其冤抑愤懑,而《骚》辞则绝不颠倒重复,不但不颠倒重复,且界画分明,层次井井。”⑧而同时,却在其“第一节的第一大段”结尾处亦即“反信谗而齌怒”句之后说:“以下两大段,

① 司马迁:《报任安书》。
② 《史记·屈原贾生列传》。
③ 《楚辞·九章·惜诵》。
④ 朱熹:《楚辞集注·九章题解》。
⑤ 《史记·屈原贾生列传》。
⑥ 褚斌杰:《楚辞要论》,北京大学出版社,2003年,第112页。
⑦ 褚斌杰:《楚辞要论》,北京大学出版社,2003年,第113页。
⑧ 刘永济:《屈赋音注详解》,上海古籍出版社,1983年,第35页。

皆反复申明这个意思。"[1]还是承认"《骚》辞"的"重复"。其所作出的"五大节"之划分及解说,也仍然未能得其肯綮。究其因,也是未能从把握全诗的叙事结构入手所致。

其二,《离骚》借助"虚写"以"写实",在表现方式上通篇都是浪漫的幻想。

屈原写《离骚》,继承并发展了《诗经》的比兴传统。其比兴手法与《诗经》不同,它已不是"以彼物比此物",不是"先言它物而引起所咏之词"[2],而是以彼物"代"此物,是"只"言它物而"未有"所咏之词,因而更具有象征的意义。也就是说,它已不是用一种事物来形容、说明所要歌咏的事物,而是用一种事物来代替、象征所要歌咏的事物。王逸《楚辞章句》说:"《离骚》之文,依诗取义,引类譬喻。故善鸟香草以配忠贞,恶禽臭物以比谗佞,灵修美人以媲于君,宓妃佚女以譬贤臣,虬龙鸾凤以托君子,飘风云霓以为小人。"[3]刘勰也说:"虬龙以喻君子,云霓以譬谗邪,比兴之义也。"[4]二人所言,虽"虬龙"、"云霓"之说未免失之胶着,但强调《离骚》用草木代人、以男女关系代君臣关系等象征手法,却是十分精到的。正是由于使用这种手法,《离骚》才取得"其称文小而其指极大,举类迩而见义远"[5]的特别艺术效果。

而且,屈原在《离骚》中用来比兴象征的事物并不是单个的,也不是片断的,而是成系列地组成一个完整的系统,形成一个超现实的虚拟世界。且不说诗歌一开头,主人公的名字就被虚化成"正则"与"灵均",其接下来对"重之以修能"、"恐美人之迟暮"、"乘骐骥以驰骋"、"三后之纯粹"、"荃"、"初既与余成言"、"滋兰""树蕙"、"恐修名之不立"、"众女嫉余之蛾眉"、"退将复修吾初服"等等叙述描绘,全都是用比兴虚象以作象征的。比如写"重之以修能",则是"扈江离与辟芷兮,纫秋兰以为佩",是"朝搴阰之木兰兮,夕揽洲之宿莽",写"三后之纯粹",则是"固众芳之所在,杂申椒与菌桂兮,岂维纫夫蕙茝"。统观全诗,除少许直接议论、言志及借助人物对话表述的部分内容之外,没有一处不是通过借用比兴虚象以作象征的虚拟手法来作浪漫的叙述描绘以至议论抒情的。如果仅仅以为就重华陈辞、上天庭叩帝阍、下高丘求女、邀巫咸降神、驾飞龙远游等才是浪漫幻想,那显然是远远不够的。诗人现实的经历和真实的思想,在诗中全都是通过浪漫幻想的虚拟叙事表现出来的。因此,从表现方式上来看,《离骚》通篇都是"超现实的想像",即浪漫的幻想,全都是"虚写";而从表达内容上来看,则除最后"出游"部分也许纯属心理活动、没有付诸实际行动之外,从"回顾"、"反思"到"求索"、"徘徊",写的都是"诗人现实生活的经历",即已经发生过的事情,全都是"写实"。把全诗割裂为"已往"和"未来"、"写实"和

---

① 刘永济:《屈赋音注详解》,上海古籍出版社,1983 年,第 3 页。

② 朱熹:《诗集传》。

③ 洪兴祖:《楚辞补注》,中华书局,1983 年,第 2 - 3 页。

④ 《文心雕龙 · 辨骚》。

⑤ 《史记 · 屈原贾生列传》。

“虚写”两个不同部分，当然不符合《离骚》的实际。

总之，《离骚》以叙事为经，以幻想为纬，向读者倾诉了一个反映诗人现实中的生平经历、悲惨遭遇及其真实的心路历程的首尾完整的虚拟故事。全诗五大段，从情节结构上来说，“回顾”是发生，“求索”是发展，“出游”是高潮（其中“乱曰”部分则是结局），而“反思”和“徘徊”则分别是过渡，并且表述出事件往前发展的必然性。就这样，诗人借助于“惊采绝艳”①的浪漫叙事，淋漓尽致地倾诉了回环激荡的满腔悲情，从而熔铸成卓绝古今的壮丽诗篇。

① 《文心雕龙·辨骚》。

浅析《离骚》的叙事视角及功能

陕西师范大学 崔金静

《离骚》是我国古代文学史上最长的一首政治抒情诗。它带有浓厚的自叙成分,但却不能称之为叙事诗,是因为它没有具体的情节来构成完整的故事结构。然而它又不是一般意义上的抒情诗,因其很强的自叙性,所以具有了叙事的因素,这就形成了《离骚》以抒情为主、兼具叙事的特点。正因此,我们对于《离骚》艺术特点的分析就不能局限于传统的古典抒情诗的分析方法。诸如赋比兴手法的运用,它有助于形成文本的多层结构,但是对《离骚》这部在感情上幽愤深广的诗作来说,在分析其抒情主人公感情的一步步发展演变与升华时它就显得捉襟见肘了。所以,本文尝试运用叙事学理论中"叙事视角"这一概念,对《离骚》的抒情方式及其深层结构进行一次重新解读。

叙事视角可以说是承载着作者思想的看世界的特殊眼光和角度,是解读作者心灵密码及其深受影响的文化密码的锁钥,可以展示出作者的审美趣味、人生价值观、人生体验等,拓展一种独特的视境。独特的视角操作,可以产生哲理性的功能,可以进行比较深刻的社会人生反省。①

《离骚》从开篇"帝高阳之苗裔兮,朕皇考曰伯庸"至"虽体解吾犹未变兮,岂与余心之可惩",采用的是第一人称的限知视角,表现为抒情主人公的内心独白。所谓限知视角,又称内焦点叙事或内视角。他的视域是有限的,他的叙述要受到叙述者视域的限制,只能叙述他自己的所见所闻,所感所思,不能叙述他人看到或听到的事情,更不能介入他人的内心世界进行窥视活动。诗中的抒情主人公——灵均,从自己尊贵的家世、不平凡的生日、内蕴深刻的名字说起,夸耀自己既有"内美",又重之以"修能",积极进修,志向高远,唯恐"美人之迟暮",满腔热情地要为君王"道夫先路",但是君王"不察中情,信谗齌怒",众小人竞进贪婪、兴心嫉妒,而且"众芳"亦"芜秽",社会现实非常黑暗混乱,自己试图改变命运和挽救祖国的多次努力都归于失败。然而即使在这样昏暗污浊的环境中,他依然保持着"出淤泥而不染"的高洁品格,虽然不被重用,屡屡受挫,但忠贞依旧,于是一再表达了对现实的愤懑和不被理解的痛苦以及"虽九死其犹未悔"的为美政理想奋斗的坚定志向和决心。这些带有抒情性质的叙事为下文情感的生发、升华奠定了事实基础。

① 杨义:《中国叙事学》,北京人民出版社,1997年,第197页。

第一人称视角毕竟是限知的，所以他的内心独白具有很强的封闭性和个体性，虽能宣泄和抒发出作者的情感，但是有一定的限度，还不具备自我推进和深化发展的功能。如果《离骚》通篇运用这种独白的抒情方式，那么作者的情感就会显得既单调又过度，得不到系统的深度上的提高和厚度上的浓缩，也就无法塑造出典型的抒情主人公形象并使之成为后世文人的精神典范，也就无法形成更加强烈感人的魅力，影响千秋万代的人们，尤其在祖国处于危难的境况下，激发起人们强烈深沉的爱国情感。

从精神分析的角度看，人的思绪奔腾跳跃，既可以遨游上下五千年，又可以驰骋天地四方，甚至可以物我幻化。情感的流动性、跳跃性、延展性，使作者又想象性地假定了和女媭、重华、灵氛、巫咸对话的场景，其实这只是作者内心矛盾冲突的外现，也就是说，这四个人本质上是抒情主人公某一阶段情绪的化身。这就在矛盾的张力中使波涛汹涌的情感得到层次性的螺旋式的抒发，并在解决矛盾冲突的过程中坚定主人公的信念，明确他执著的选择，从而塑造出一个伟大的抒情主人公形象。曾有学者认为，“屈原的作品有不少是‘多声部’的，他总是在设置一种声音的同时，旋即又设置另一种与之相反的声音，从而形成两种声音的冲撞和排斥”。[①] 从形式上看，《离骚》确实有不同的声音存在，但它并不能消解作者的坚贞人格，反而从作者对待每种声音的态度一步步强化全诗的主调，使作者从最初的现实愤懑逐步升华到在历史的视野中寻求精神知己，乃至进入神话的层面，拓展到抽象的人类意识角度。主人公深沉激烈的声音压倒了一切，形成了坚守节操、忠贞爱国、坚持理想、绝不随波逐流的亘古永存的《离骚》精神。

下文从“女媭之婵媛兮”至“耿吾既得此中正”，依次出现了两个对话场景，即抒情主人公分别与女媭和重华的对话，在两次对话中，我们感受到了不同的叙事视角，听到了两种不同的声音。它们是绝对对立的，然而却是从不同的角度强调主人公的坚贞节操。一个现实中的姐姐——女媭规劝“灵均”放弃理想，不要特立独行，应与众人皆醉，对此主人公没有回应。他转而去寻找历史上的圣哲明君，向重华陈述了反对康娱自纵、淫游佚畋、纵欲不忍的悖乱行为，表达了“举贤而授能兮，循绳墨而不颇”的美政理想。实际上，这两次对话“在深层次上它们之间却蕴藏着双峰并峙，互生回响，循环对答的美学机制。”[②]两次对话其实是作者关于应该从俗而随波逐流还是应该独立而坚守信念的内心冲突的艺术表现。视角的流动、变化其实正是作者情感起伏的体现。他也想过从俗随众，但是想到自己高贵的出身，仿佛背负了祖国兴亡的命运，不能轻易舍弃自己的理想和信念。与重华的对话只不过是作者内心做的一次自我肯定，虽然君王不察、小人当道，致使敌手有可乘之机，但主人公仍孜孜不倦地“上下求索”，绝不背弃自己的理想。从“驷玉虬以乘鹥

① 郝志达、王锡三：《东方诗魂》，北京东方出版社，1993年，第216页。
② 杨义：《离骚的心灵史诗形态》[J]，文学遗产，1997(6)。

兮”到“余焉能忍而与此终古”,在宏大的历史视阈中,在奇谲瑰丽的想象中,主人公以内心独白的方式叙述了三次求女及其失败的经历。这段独白与自叙家世、生平的激昂自豪不同,流露出大千世界知音难觅、举国上下同志难得的失落悲凉的情绪以及对污浊社会的愤懑之情,胸中的激愤在涌荡着,如奔腾咆哮的江水,如喷薄欲出的火焰。他不禁问道:“怀朕情而不发兮,余焉能忍与此终古?”看似问苍天,问大地,问前贤,问哲人,但其实是在自问。那股回旋往复如九曲黄河的情感在内心纠缠着,冲击着。在这矛盾冲突中,作者又为自己假想了出路,试图说服自己离开楚国,于是又出现了视角的流动、变化,即从神话的角度,抒情主人公分别与灵氛、巫见对话,对话的主题是关于主人公去与留的问题。灵氛认为只要能遇到使自己理想实现的君主就可以,没有必要执着固守一国。因而勉励主人公“远逝而无狐疑”,批评主人公“何所独无芳草兮,尔何怀乎故宇?”而巫咸以历史上圣君贤臣遇合有其时机的事例,勉励主人公“升降而上下”,即继续上下求索,等待时机。灵氛和巫咸一个劝其“去”,一个劝其“留”,实则是作者和主人公内心思想矛盾的艺术反映。主人公的内心冲突通过叙事视角的变化得以巧妙地表现出来。主人公经过认真思考后,决心“及余饰之方壮兮,周流观乎上下”。这样就把奔涌而出的感情疏导通畅,使作者的情绪逐渐稳定。接下来视角又回到了抒情主人公身上,他饱含希望地想象这次遨游的场景,带着对新生活的希望和憧憬述说遨游场面之壮观,速度之惊人,精神之自由,但根深蒂固的家国观念却使其“仆夫悲余马怀兮,蜷局顾而不行”,刚刚鼓荡起来的热情却因心底难以割舍的乡国情绪被吹得杳无踪影,强烈高昂的激情瞬间跌入了低谷,却荡响着悠长的深厚的回音,绵延不绝出一首“逸响伟辞”。

《离骚》之所以能历经千年而越发深厚,是因为它包蕴着一种精神,这种精神就是在它的深层结构中体现的,也就是在抒情主人公内在的矛盾冲突中体现的。每一次矛盾冲突的解决,都会使主人公的感情深化一层,精神升华一层,从而使主人公的形象更加鲜明,更有感染力。

《离骚》是抒情诗,然而“情缘事而发”,没有凭空捏造的忧愤和伤痛,所以每次感情的抒发都是依托本事的,也都是通过矛盾冲突来表现的。在解决矛盾冲突时,视角的流动性不仅摆脱了时间的局限,既可以上溯到三皇五帝,也可以直指当世;而且摆脱了空间的局限,既可以神游上天,又可以周游四方,所以视角的流动性使文章的视阈广阔,结构宏伟,给人以壮美奇伟之感。如果只局限于作者自己视角的抒情,那么诗篇的结构会变得板滞,缺乏动感。从女媭、重华、灵氛、巫咸视角的流动来看,并从他们提出和解决的矛盾冲突来分析,其中还蕴涵着中华民族潜藏的文化密码,即现实—历史—神话顺序。现实即当下时间,也就是诗人生活的时代,它往往展示的是这个时间段内的各种社会及人际关系,人们一般只关注小范围、具体问题以及眼前的利害、个人的得失。一个真正有理想的人会超越现实的狭隘、短暂和功利,所以主人公对女媭从俗的劝说不置一词。然后陡然把时间拉长,追溯古代明君,站在历史的高度思考问题,希望符合历史发展的规律,超脱眼前的利害得失。而和灵氛、巫咸的对话是从神话角度展开,它应该说是摆脱了个人的、社会的意识,从一种人类共有的精神层面来阐说,作者的视野更为广阔。从现实到历史再到神话,《离骚》中所蕴涵的思想容量和情感浓度才会获得极大的提高,这种思想和情感也更具有普遍性、典型性和震撼人心的艺术魅力。这种视角的流动性,既把诗人自身的政治哀痛与对宇宙人生、社会历史中恒有的悲剧性现象的普遍感叹结合在一起,又从情感上超越了一己而沟通了上下古今,使诗人感情步步推进,得以升华,并且使诗篇的结构紧凑,浑融一体,看似汪洋恣肆,打破时空界限,却是为着一个中心,凝聚出一种精神。

视角的流动性,能使文章结构具有整体感。抒情诗本来是情感的宣泄,情绪的抽象性和随意性可以说是无章可循,难以把握的,但其中也有其一以贯之的东西。《离骚》是主人公愤懑情绪的喷发,亦即刘熙载《艺概》所说:"《离骚》东一句,西一句,天上一句,天下一句,极开阖抑扬之变,而其中自有不变者存。"作者运用了视角的流动来解决现实在心中形成的矛盾,随着视角的转换,将外化的冲突矛盾进行疏通,有效地控制主人公的情绪,从而把看似松散的抒情内容环环相扣地连贯起来,也把文章的结构层层有序地勾连起来,使全诗内容上和情感上的跳跃性有机统一起来,既灵动飞扬、铺张扬厉,又纵横开阖、完整紧凑,于是一首《离骚》,成为一座难以逾越的诗歌高峰,成为一种文化的象征,可与日月争光!

历史在一定程度上是真实的残酷,它毫不留情地"把美的东西撕毁给人看",将代表着"历史的必然要求"的屈原抛入了滚滚混浊的洪流中,任其悲哀地毁灭,引起世人悲愤的慨叹。然而历史在一定程度上又是长远的公正,如果屈原作为个人而成功,那么他只能是时代的骄子,跨越不了千年的冲刷,留不下"与日月齐光"的伟大形象,无法成为穿越时空而越来越厚重的人物!历史酿造了屈原的悲剧,却成就了屈原的不朽,为我们留下了一曲说不尽的《离骚》!

参考文献

[1]杨义:《中国叙事学》[M],人民出版社,1997 年。

[2]郝志达,王锡三:《东方诗魂》[M],东方出版社,1993 年。

[3]杨义:《离骚的心灵史诗形态》[J],文学遗产,1997(6)。

《九歌》研究

七言诗并非源于楚辞体之辨说[①]

——从《相和歌·今有人》与《九歌·山鬼》的比较说起

首都师范大学中国诗歌研究中心 赵敏俐

七言诗源于楚辞体,是现代学术界大多数人的看法。沈约《宋书·乐志》中在《相和》曲的名目下收录《今有人》一首诗歌,与《陌上桑》属于同曲,又署名《楚辞钞》。郭茂倩《乐府诗集》把它收录到第二十八卷《相和歌辞》三之中,属于相和曲,署名相同。这首诗歌从文辞上看完全是从《九歌·山鬼》改编而来(仅比原诗少了11句),因而古今学者多把它视为七言诗从楚辞中演化而来的最重要材料或者直接证据。现代学人中,余冠英先生注意到了二者在吟讽时节奏上的不同,认为二者"并非一类",可惜并没有就此做详细论证。[②] 本人认为,由此入手,应该是探讨七言诗与楚辞文体特征的一个很好个案,故试就两诗略作比较,以期发现一些值得思考的问题。为了方便起见,我们先把两首诗原文引到下面:

《山鬼》	《今有人》
若有人兮山之阿,	若有人,山之阿,
被薜荔兮带女萝。	被服薜荔带女萝。
既含睇兮又宜笑,	既含睇,又宜笑,
子慕予兮善窈窕。	子恋慕予善窈窕。
乘赤豹兮从文狸,	乘赤豹,从文狸,
辛夷车兮结桂旗。	辛夷车驾结桂旗。
被石兰兮带杜衡,	被石兰,带杜衡,
折芳馨兮遗所思。	折芳拔荃遗所思。
余处幽篁兮终不见天,	处幽室,终不见,
路险难兮独后来。	天路险艰独后来。

① 此文是国家社会科学基金重点课题"中国诗歌通史"阶段性成果(专案号04AZW001),北京市属市管高校人才强教计划资助项目成果。

② 余冠英:《七言诗起源新论》,《汉魏六朝诗论丛》,中华书局,1962年2月上海新1版,第132页。

表独立兮山之上，	表独立，山之上，
云容容兮而在下。	云何容容而在下。
杳冥冥兮羌昼晦，	杳冥冥，羌昼晦，
东风飘兮神灵雨。	东风飘摇神灵雨。
……	
风飒飒兮木萧萧，	风瑟瑟，木搜搜，
思公子兮徒离忧。	思念公子徒以忧。

一、两诗间的因袭改写不等于文体的演化

从上面两首诗可以明显地看出，《今有人》的确是从《山鬼》改编而来的，文辞基本相同，这是不争的事实。现在我要提的问题是，根据这两首诗之间的改编关系，就能说明七言诗源于楚辞体吗？从逻辑学上看我以为是讲不通的。因为《今有人》与《山鬼》之间的文辞相同，说到底只是两首诗之间的改编或者因袭关系，并不代表楚辞体与七言诗这两种诗体之间的演化。考察现存的汉魏七言诗与楚辞体诗篇，像《今有人》与《山鬼》这样的情况，仅此一例，可见它是一种个别现象。当然，个别现象也有它的重要参考价值，不能轻易否定。不过我们在考察楚辞体与七言诗在汉代的流传情况时，以下三点不能不特别受到关注。第一，《今有人》一诗见于沈约的《宋书·乐志》，属于相和歌，而相和歌这种艺术形式之盛行，是在东汉以后，而早在此之前的西汉已经有了不少七言诗句，特别是从一些民间谣谚、铜镜铭文乃到《急就章》等字书里的七言诗句来看，找不出脱胎于楚辞的明显痕迹。第二，作为楚辞体的重要体式之一的《九歌》体句式，在汉代的楚歌里继续存在，从项羽的《垓下歌》、刘邦的《大风歌》、汉武帝的《秋风辞》一直到东汉后期少帝刘辩的《悲歌》、唐姬的《起舞歌》等，以一句诗中间有一个"兮"字作为这种文体的基本定式传承下来。在这些诗篇里，每首诗的诗句可能在字数上略有变化，如有的是"○○○兮○○○"的形式，有的是"○○○○兮○○○"的形式，还有的是"○○○○兮○○○○"的形式，但是一句诗中间的这个"兮"一直没有改变，它们并没有演变为七言诗。由此可见，认为楚辞体可以演变为七言诗的观点，在很大程度上可能正是受了《今有人》与《山鬼》这两首诗文辞基本相同这一假象的误导，而把这两首诗之间的文字偶然相同看成了两种诗体相类的力证。

其实，如果不是受这种现象的误道，我们试着把楚辞体中的"兮"字去掉或者略加整理，就会发现楚辞体并不是必然要变成七言诗，还完全可以形成三言、五言、六言等另外几种不同的样式，但是这些诗体是不是都是从楚辞体中演化而来的呢？显然不是。请看

下例:

(1)《九歌》体句式:“若有人兮山之阿”,若把“兮”字去掉,可以变成“若有人,山之阿”两个三言诗句,这本是楚辞的变体在汉代最常见的现象,典型的例证是《史记·乐书》中记录的汉武帝时的《天马歌》是:“天马来兮从西极,经万里兮归有德。承灵威兮降外国,涉流沙兮四夷服。”而到了《汉书·礼乐志》中则变成了“天马徕,从西极,涉流沙,九夷服”。不过,这两个例子只能说明三言诗与楚辞体之间有转化的条件,并不能说明三言诗是从七言中转化而来的,因为三言诗的起源远比七言诗要早。《周易》中早就有三言诗存在,如《周易·讼卦·九二》:“不克讼,归而逋。其邑人,三百户。”《周易·旅卦·六二》:“旅即次,怀其资,得童仆。”

(2)《九歌》体句式:“帝子降兮北渚,目眇眇兮愁予”,若把“兮”去掉,可以变成“帝子降北渚,目眇眇愁予”这样的五言句。但是表面上的字数相同并不能说明五言诗是从这种句式中转化而来的。之所以如此,是因为这两个五言句虽然去掉了“兮”字,可是还保持着《九歌》体的二分节奏,其节奏形式是 3 +2 式,而五言诗却是三分节奏,其节奏形式是 2 +1 +2 或者是 2 +2 +1。所以,五言诗也不是从《九歌》体中流变出来,它同样有着自己独立发展的历史。①

(3)《离骚》体句式:“帝高阳之苗裔兮,朕皇考曰伯庸”两句,若把“兮”字去掉,也可以变成“帝高阳之苗裔,朕皇考曰伯庸”这样的六言句。但是非常有意思的是,因为这样的六言诗句的音乐节奏特征并不明显,所以,作为楚辞体式的另一重要体式的《离骚》体句式,并没有发展成六言诗,却仍然是汉代的骚体赋中的基本句式;而作为这种句式的变体,即去掉“兮”字的形式,则大量存在于散体赋当中。如:

汩乘流而下降兮,或不知其所止。
或纷纭其流折兮,忽缪往而不来。
临朱汜而远逝兮,中虚烦而益怠。
莫离散而发曙兮,内存心而自持。

——枚乘《七发》

轶陵阴之地室,过阳谷之秋城。

---

① 关于五言诗的节奏,有的人认为是二分节奏,其节奏形式是 2 +3。而本人认为是三分节奏。这个问题很复杂,不在这里讨论。读者可以参看拙作《四言诗与五言诗的句法结构与语言功能比较研究》,《中州学刊》1996 年第 3 期。不过,即便是把它看成是二分节奏,因为其基本形式是 2 +3,与《九歌》体改成的 3 +2 式也有极大的不同,照样可以说明五言诗不是从楚辞体转化而来这一观点。

回天门而凤举,蹑黄帝之明庭。
冠高山而为居,乘昆仑而为宫。
按轩辕之旧处,居北辰之闳中。
背共工之幽都,向炎帝之祝融。

——刘歆《甘泉宫赋》

从上述分析中我们发现,虽然楚辞体经过变化,从表面上看可以形成三言、五言或者六言。不过,从文体发展的源渊关系来看,三者当中,楚辞体与骚体赋和散体赋中的六言句的关系最为接近,是一种直接的演化关系,而三言与五言这两种诗体都有自己独立发展的历史,都不是从楚辞体中演化而来的。同样,七言诗与楚辞体也不是一种直接的演化关系。因为七言诗与楚辞体有着不同的诗体特征,这就是本文下面要谈的问题。

二、二分与三分:楚辞体与七言诗在音乐节奏上的巨大差异

中国早期的诗歌是可以歌唱的,歌词的形成本来就与音乐相关联。就文体特征而言,诗是有节奏有韵律的语言的加强形式。所以,要研究中国诗歌体式的发展演变问题,光从文字表面进行简单的比较是不行的,重要的是要把握节奏和韵律这一诗所以成之为诗的根本性特征。从这里出发,我们首先会发现,楚辞体与七言诗在节奏上存在着巨大的不同。为了说明这个问题,让我们还是从比较《山鬼》与《今有人》这两首诗开始。这两首诗表面看起来只是文字上略有变化,其实已经是两首不同的诗歌。从音乐分类角度讲,《山鬼》是楚歌,《今有人》是相和歌,两者属于两个不同音乐系统的歌曲;从声律节奏角度讲,《山鬼》是典型的二分节奏的诗歌,《今有人》则是二分节奏与三分节奏交错为用的诗歌,而七言诗则是三分节奏的诗歌。再从诗句的语言结构角度来看,受二分节奏的制约与影响,《山鬼》一诗每一句的语言以"兮"字为标志,前后各形成一个三字组的结构;而在三分节奏的制约与影响下,《今有人》中的七言句式则形成整齐的前面两个二字组与后面一个三字组的结构。二者的区别正从这两首诗中明显地表现出来。试比较:

被薜荔兮/带女萝。被服/薜荔/带女萝。
辛夷车兮/结桂旗。辛夷/车驾/结桂旗。
折芳馨兮/遗所思。折芳/拔荃/遗所思。
路险难兮/独后来。天路/险艰/独后来。

从上例比较中我们会发现两个重要现象:第一,在楚辞体的《山鬼》中,“兮”字承担着重要的音乐功能,由于有它的存在而使诗歌的二分节奏特点非常明显;而《今有人》中的七言句却明显地形成了三分节奏。在由二分节奏到三分节奏的转换中,把“兮”字去掉是关键的环节。因为只有去掉了这个“兮”字,才能打破楚辞体原诗的二分节奏,才有变成三分节奏的可能。如果不去掉这个“兮”字,即便是在原诗的基础上再增加字数,也没有变成三分节奏的可能,如楚辞《招魂》的末段:

路贯庐江兮/左长薄,
倚沼畦瀛兮/遥望博。
青骊结驷兮/齐千乘,
悬火延起兮/玄颜烝。

不包括“兮”字,每一句都可以看成是七言诗,但是正因为有了这个“兮”字,它无论如何还是一个二分节奏的诗体,这说明《九歌》体的确是一种非常独特的诗体,其特点就在每一个诗句中间这个“兮”字,这个“兮”字从表面上看似乎可以承担着多种虚词的功能,如“于”、“之”、“以”等等,①但是从语言结构上讲却完全可以去掉,并不影响诗句的意思。因此,这里的“兮”字的主要功能是起着强化诗歌音乐节奏的作用。正是因为它的存在而使这一诗体的音乐节奏加强,更便于歌唱,就是读起来也是摇曳生姿而又朗朗上口,同时又使得这一体式的二分节奏形式不可更易,使得“兮”字前后的两个片语各自具有不可分割性,与二分节奏紧密结合。所以,这类诗篇即便是去掉“兮”字,也仍然是非常鲜明的二分节奏的诗歌。例如,像《山鬼》这样的诗篇,如果仅仅把“兮”字去掉而不在诗句的组织形式上进行变换,它只会变成这样的三言诗:

若有人,山之阿;
被薜荔,带女萝。
既含睇,又宜笑;
子慕予,善窈窕。

在这样的三三诗句中,每一句都是一个完整的语言结构,我们是不可能在原来的“兮”字的位置上加入任何一个实词的。第二,由于《九歌》体的二分节奏十分固定,由此而形成了前后两个片语鲜明的独立性,即便是把原诗中的“兮”去掉,它的二分节奏特征

① 郭建勋:《楚辞与中国古代韵文》,湖南师范大学出版社,2001年,第142页。

仍然不会改变。所以,要想把它变成三分节奏的七言诗,除了去掉“兮”字之外,还要通过词语的增加和句式的重组才能打破原诗的二分节奏。这个新增的词语,大多数情况都不会出现在原来“兮”字的位置上,而要更换位置。更换位置的原则就是要把原诗中前面那个三字结构变成两个二字结构,从而达到把原来的二分节奏结构变成三分节奏结构的目的,亦即由二分节奏的“○○○兮○○○”变成三分节奏的“○○/○○/○○○”。如原诗中“被薜荔兮带女罗”这样一个二分节奏诗句,改编后的新诗没有在原来的“兮”字的位置上加字,而是在原诗的第一个字之后加一“服”字,从而使其与原诗中的“被”字组合在一起,变成“被服/薜荔/带女罗”这样的一个新的三分节奏诗句。

由此可见,楚辞体与七言诗在文体方面是存在巨大差异的。这种差异有两个方面。从音乐上来讲主要是二分节奏与三分节奏的差异;从语言结构上来讲,则是句首的一个“三字组”与两个“二字组”的差异。从《山鬼》到《今有人》的改编实践说明,从楚辞体中是不可能自然演变出七言诗来的。

三、楚辞体与七言诗的主要句式结构

下面我们再来看两种诗体不同的句式结构。《九歌》体以“兮”字为标志而把一个诗句分成两个节奏单位,从而使其节奏具有固定性。仔细分析,《九歌》体这种中间带“兮”字的句式,按字数多少主要有以下三种情况:

第一种情况是每句在“兮”字的前后各有两个字,即“○○兮○○”的句式,组成了一个典型以二言为一节奏的二分节奏诗歌形式,如:

成礼兮会鼓,传芭兮代舞(《礼魂》)。
石濑兮浅浅,飞龙兮翩翩(《湘君》)。

第二种情况是每句在“兮”之前三个字,之后两个字,即“○○○兮○○”的句式,组成了一个以三言加二言的二分节奏形式,如:

君不行兮夷犹,蹇谁留兮中洲(《湘君》)。
浴兰汤兮沐芳,华采衣兮若英(《云中君》)。

第三种情况是每句在“兮”字前后各三个字,即“○○○兮○○○”的形式,组成了一个以三言为一节奏的二分节奏形式,如:

操吴戈兮被犀甲,车错毂兮短兵接(《国殇》)。

若有人兮山之阿,被薜荔兮带女萝(《山鬼》)。

《九歌》共有255个单句,其中第一种句式只有30句,占总句数的11.8%;第二种句式有162句,占总句数的63.5%;第三种句式有60句,占总句数的23.5%。以上三种句式占《九歌》总句数的98.8%。这三种句式如果以数量多寡来算的话,那么第二种句式,即前三后二的"〇〇〇兮〇〇"的句式就是最典型的句式,第一和第三种都是它的变体。此外《九歌》、《招魂》中还有前三后五、前四后二、前四后四等少数几种句型,也是同一类型的变体。

下面我们来讨论一下这些句式的关系,也就是正体和变体之间的关系。首先是从文字形式上看,这几种句式虽然有字数多少的不同,但是它的基本结构并没有发生改变,都是把"兮"字置于一句之中,并由此形成了一个明显的前后结构;其次是从阅读与涵咏的角度来体会,我们同样会感觉到,不管这三种句式的字数有多少的不同,它们同样是二分节奏。请看下例:

吉日兮/辰良(《东皇太一》)。

烂昭昭兮/未央(《云中君》)。

若有人兮/山之阿(《山鬼》)。

期不信兮/告余以不闲(《湘君》)。

夫人自有兮/美子(《少司命》)。

余处幽篁兮/终不见天(《山鬼》)。

献岁发春兮/汩吾南征,

绿苹齐叶兮/白芷生(《招魂》)。

仔细体会,这些句子虽然有长有短,但是因为有"兮"字这个标志性的词语,我们都要按照二分节奏来读。这说明,节奏的固定在楚辞体形成的过程中起着重要作用。是它对《九歌》的句式结构和每句字数的多少给了基本的规范,同时又赋予这一诗体以一定的张力,在节奏不变的情况下可以在字数的多少上有一定的调节。但是反过来说,这种句式无论有多大的张力,只要这种二分节奏没变,中间的"兮"字没有去掉,无论字数上有什么变化,它都不可能直接变成七言诗。

在楚辞体中,以《离骚》、《九章》为代表的一些诗篇在句式上与《九歌》表面上有所不同,它们的主要诗体形式是两句一组,在每一组的上句末尾有一"兮"字。这个"兮"字不再像《九歌》体那样起着强调每句诗的二分节奏的特点,可是这些诗篇照样是每句非常鲜

明的二分节奏。之所以如此,是因为在《离骚》体的句式中,每一句的中间几乎都有一个虚词起着强化二分节奏的作用。如:

汨余若将不及兮,恐年岁之不吾与。
朝搴阰之木兰兮,夕揽洲之宿莽。
日月忽其不淹兮,春与秋其代序。
惟草木之零落兮,恐美人之迟暮。

——《离骚》

惜诵以致愍兮,发愤以抒情。
所作忠而言之兮,指苍天以为正。

——《九章·惜诵》

这里的虚词在句中不仅具有语法作用,同时具有节奏分割的作用,通过这两种作用,《离骚》体句式也成为典型的二分节奏,亦即每句诗由两个相对独立的片语组合而成。

《离骚》的句子有五言、六言、七言、八言、九言等不同,据廖序东统计,"上句不计'兮'字,372句中,六言句278句,占总句数的3/4,即每4句中就有三个六言句,七言句55句,次之。五言句又次之,28句。八言句10句,九言句1句"。在这些句子里,"虚字大多数是用在句子的倒数第三个字的位置,这是标准的位置。"[①]廖序东的这个统计非常有意思。他在这里所说的《离骚》体以六言句为主,虚字在倒数第三字的位置上,其实也就说明:在《离骚》体中,有2/3以上的句子的句首都是"三字组"。所不同的是,《九歌》体的句首三字组后面是"兮",其典型句式是"○○○兮○○",而《离骚》体的句首"三字组"后面则是其他的虚词,其典型句式是"○○○▲○○"。在这里,由于《九歌》体中间用的是"兮",所以它的音乐节奏性非常明显;而《离骚》体中用的是其他虚词,不便于歌唱,因而有明显的散体化趋势。我一直怀疑《离骚》可能只是用于吟诵的诗体,就因为它把《九歌》体中的"兮"字变成了其他不便于歌唱的虚词。所以班固在《汉书·艺文志》中说屈原"作赋以讽",是"贤人失志之赋",又说"不歌而诵谓之赋",这也就是为什么《离骚》体句式在汉代继续在骚体赋和散体赋中存在的原因之一。

七言诗的句式结构其实很简单,从我们所能见到的战国后期到汉代的七言诗中,几乎所有的七言诗句都是三分节奏的。而且这种三分节奏的基本形式是前面两个两字组与后面一个三字组。如:

---

① 廖序东:《楚辞语法研究》,语言出版社,1995年,第68-69页。

愚暗/愚暗/堕贤良。
如瞽/无相/何伥伥。

——荀子《成相》

马饮/漳邺/及清河。
云中/定襄/与朔方。
代郡/上谷/右北平。
辽东/演西/上平冈。

——《急就篇》第三十四章

汉有/善铜/出丹阳,
和以/银锡/清且明,
左龙/右虎/主四彭,
朱爵/玄武/顺阴阳,
八子/九孙/治中央。

——西汉镜铭

日月/星辰/和四时。
骖驾/驷马/从梁来。
郡国/士马/羽林材。
总领/天下/诚难治。

——《柏梁台联句》

空桑/琴瑟/结信成,
四兴/递代/八风生。
殷殷/钟石/羽钥鸣。

——《郊祀歌十九章·天门》

天长/地久/岁不留,
俟河/之清/只怀忧。

——张衡《四玄赋系诗》

把七言诗的句式与楚辞体句式相比较,除了三分节奏与二分节奏不同之外,二者的词语组合方式上的不同也就非常明晰了。如我们上文所言,楚辞体的典型句式有两种,一种是《九歌》体的典型句式"○○○兮○○";一是《离骚》体的典型句式"○○○▲○○",都与七言诗相差很远。其实,在谈到楚辞体与七言诗之关系时,学者们所看重的,也不是楚辞体中的这种典型句式,而是看中其中的变体句式,特别是《九歌》、《招魂》中的

“○○○兮○○○”乃至“○○○○兮○○○”句式,往往认为七言诗是从这些楚辞中的变体句式中变化而来。其实这可能是被其表面现象所迷惑,因为变体句式虽然有所变化,并没有从根本上改变楚辞体句式以“兮”字为标志的二分节奏特征。最能说明这一问题的是汉代存在的大量的楚歌,从项羽的《垓下歌》、刘邦的《大风歌》、汉武帝的《秋风辞》一直到东汉末年的汉少帝刘辩的《悲歌》、唐姬的《起舞歌》等,几乎都是《九歌》体典型句式的变体,但是它们在汉代都被人们称之为“歌”,都与当时流行的七言诗没有关系。这同样说明七言诗不会是从楚辞体自然转化而来。

以上,本文从《山鬼》与《今有人》的比较入手,分析了楚辞体与七言诗的关系。旨在说明,二者是两种不同类型的诗体,差别很大。从表面的文字形式上看,楚辞体有接近七言的句式,在汉代还有楚辞体句式与七言句式混用的情况,有个别诗句把“兮”字去掉甚至可以看成是典型的七言句式。这说明楚辞体在七言诗形成的过程中可能发生过一定的影响。在中国文学史上,各种文体在形成过程中受其他文体的影响是很自然的事情。小说与戏曲、诗与词、词与曲之间都有影响关系。但是从本质上讲,楚辞体与七言诗是两种不同的诗体,诗体特征上的差异非常之大。所以,七言诗不可能是从楚辞中脱胎演变而来。在进行文体影响研究的时候,我们不仅要看比较双方在表面形式上的异同,更要关注不同文体之间的本质特征。关于七言诗起源以及其与楚辞体的关系问题比较复杂,本文所写,只是就七言源于楚辞这一说法而进行的一点辨析,不当之处,尚请各位方家指正。

2007 年 9 月 11 日初稿

2007 年 10 月 19 日修改

关于《九歌》的性质问题

安徽师大文学院　潘啸龙
南京师大附中　陈玉洁

一、《九歌》为沅湘民间带有巫风特点的祭歌

在屈原的作品中,《九歌》堪称是一朵奇葩。它情致缥缈,充满奇思妙想。然而关于它的性质,楚辞学界却众说纷纭:古代有以王逸、朱熹为代表的"沅湘民间祭歌"说,汪瑗的"漫写己之意兴"说,戴震之托为事神以写己思的"非祠神所歌"说;现代亦有以闻一多为代表的"楚郊祀歌"说,孙常叙的"我国戏剧史上仅存的一部最古老最完整的歌舞剧本"说,以及凌纯声的古印度尼西安人"猎头歌"说,徐志啸的"祭春神之歌"说,等等。

《九歌》性质的确定,影响到对其各篇人称关系的辨别、内容的把握,以及抒情艺术的探究。鉴于这个问题的重要性,我们有必要对以往的代表性见解作些清理。我们以为,《九歌》决非是屈原"漫写己之意兴"的自我抒情之作,也非楚国朝廷的郊祀歌或娱乐演出的"原始歌舞剧",而是经屈原改作的沅湘民间祭歌。可以证明这一判断的,起码有以下三方面证据:

一是王逸《楚辞章句·九歌序》的记述。王逸指出:"昔楚国南郢之邑,沅湘之间,其俗信鬼而好祠。其祠,必作歌乐鼓舞以乐诸神。屈原放逐,窜伏其域,怀忧苦毒,愁思沸郁,出见俗人祭祀之礼,歌舞之乐,其词鄙陋,因为作《九歌》之曲。上陈事神之敬,下见己之冤结,托之以风谏。故其文意不同,章句杂错,而广异义焉。"细辨王逸《九歌序》,实包含着两个层次的内容:其一是王逸对沅、湘流传的《九歌》性质的记叙,即《序》所言"昔楚国南郢之邑"至"因为作《九歌》之曲"。这部分乃是王逸记述他所了解的传说事实,而非其主观判断。其二是王逸自己对屈原改作的《九歌》思想内容的判断,即"上陈事神之敬,下见己之冤结"至"而广异义焉。"王逸认为《九歌》包含着屈原个人身世遭际的感慨和对楚王的讽谏之意。这部分涉及的就不是传说的事实,而是王逸的个人见解了。这就告诉人们,按战国秦汉以来的传说,《九歌》本就是楚国"沅、湘之间"、"俗人祭祀"鬼神的乐歌。只因屈原放逐到这一带,才有机会接触当地的祭神歌乐,并嫌"其词鄙陋"而为之改作。所谓"改作",只是改动歌辞,并未改变《九歌》的民间祭歌性质。可见,王逸的《九歌序》正提供了《九歌》是"沅湘之间"祭歌的铁证。

二是洪兴祖《楚辞补注》提供的版本学依据。《楚辞补注》注《九歌》目录，有"一本自《东皇太一》至《国殇》上皆有祠字"之语。"祠"就是祭祀。洪兴祖注《楚辞》虽未采用这一版本，但他却亲眼见到过存有"祠东皇太一"、"祠湘君"、"祠山鬼"等的《楚辞·九歌》版本。从"祠《东皇太一》"到"祠《国殇》"，不正是遍祭天神、地只、人鬼的最好证明吗？注本未言《礼魂》前有"祠"字，亦可证明《礼魂》乃《九歌》各篇之"乱"辞或送神之曲，亦即王逸所说"祭祀九神，皆先斋戒，成其礼敬，乃传歌作乐"之卒章，使得对每一位神灵的祭祀在程式上都有一定的完整性。这是《九歌》为祭(祠)歌的难以推翻的版本学依据。

三是《九歌》本文的证据。作为祭祀的歌乐，总离不开迎神、祭神的特定内容。《九歌》各篇正提供了能证明其为祭歌的这种内容上的证据。试以《东皇太一》为例："吉日兮辰良，穆将愉兮上皇"，预示着一场盛大的祭祀即将开始。接下来点出人们为迎接尊贵的"上皇"，准备了种种美味祭品——"蕙肴"、"兰借"、"桂酒"、"椒浆"。随后歌舞升起，在众人"扬枹兮拊鼓，疏缓节兮安歌"中"上皇"降临，愉快地接受人们的祭飨。而"君欣欣兮乐康"一句，正是"上皇"受祭、陶醉安乐的真实写照。又如《云中君》，前八句以浓墨重彩歌咏了"龙驾帝服"的云神，在"华采衣兮若英"的迎神巫者接迎下，"连蜷"飘拂、灿烂而降的景象。云神既降祭坛，在"寿宫"中享过祭品，并"周章"翱游了一番，才"猋远举兮云中"，又迅疾离去，给祭祀的人们留下了"思夫君兮太息，极劳心兮忡忡"的不尽惆怅和叹息。再看《东君》，它同样为我们展示了迎、享、送神的完整内容、仪式。首先是打扮成东君模样的巫师，在"照吾槛兮扶桑"的霞光中，驱马跃天，去接迎日神。接着便是东君升空，"驾龙辀兮乘雷，载云旗兮委蛇"的壮阔景象。"縆瑟兮交鼓"以下八句，则以急管繁弦之音，抒写人们期盼神灵降临的兴奋之情。在美丽巫女的轻歌曼舞中，"灵之来兮蔽日"一句告诉人们，日神此刻已降临了祭坛。日神接受祭礼之后，还"举长矢兮射天狼"，表现了他为楚人报秦除害的豪侠之情。由此可见，《九歌》歌咏的迎、享、送神之辞，正是它作为祭歌特点在程式上的反映。刘熙载《艺概》指出："《楚辞·九歌》，两言以蔽之，曰：'乐以迎来，哀以送往'"①，正抓住了《九歌》祭祀的这一特点。

需要强调的是，《九歌》不仅是祭歌，而且是带有浓厚巫风色彩的祭歌。《汉书·地理志》云："楚人信巫鬼，重淫祀。"熟知楚地民俗的王逸，也在注释《九歌》时，反复指明文中提及的"灵"与巫的关系：《东皇太一》"灵偃蹇兮姣服"，注云"灵，谓巫也"；《云中君》"灵连蜷兮既留"，注云："灵，巫也。……连蜷，巫迎神道引貌也"；《东君》"思灵保兮贤姱"，注云："灵，谓巫也"。而洪兴祖《楚辞补注·东皇太一》注"灵偃蹇兮姣服"亦云："言神降而托于巫也。下文亦曰：灵连蜷兮既留。"朱熹《楚辞集注》也指明："昔楚南郢之邑，沅、湘之间，其俗信鬼而好祀，其祀必使巫觋作乐，歌舞以娱神。""巫觋作乐，歌舞娱神"，不正是

① 刘熙载：《艺概·赋概》，江苏古籍出版社，2000年，第123页。

巫风祭祀的最好说明吗?

那么巫风祭祀又具有什么特点呢?我们以为大抵有三:

其一是巫觋迎神的"装扮性"。我们虽然无法指实先秦时代"巫风"的具体状况,但是作为一种风俗,必有其相当的稳定性和历史延续性,故在《史记》、《汉书》中,我们依然能看到关于巫风交接鬼神状况的记载。《史记·封禅书》云:"齐人少翁以鬼神方见上。上有所幸王夫人,夫人卒,少翁以方盖夜致王夫人及灶鬼之貌云,天子自帷中望见焉。"所谓"鬼神方",就是降鬼神之术,这正与巫觋之交接鬼神相仿。少翁曾对汉武帝说:"上即欲与神通,宫室、被服非象神,神物不至。""象神"即点明了交接神灵时的装扮性特点。《汉书·外戚传》亦载,"上思念李夫人不已,方士齐人少翁言能致其神,乃夜张灯烛,设帏帐,陈酒肉,而令上居他帐,遥望见好女如李夫人之貌,还幄坐而步。又不得就视,上愈益相思悲感"云云。所谓设帏帐,陈酒肉",乃降神所需"宫室"、祭品;而"好女"、"还幄坐而步",则体现了降神时"被服"象神的特点:少翁无疑是让人扮成李夫人模样,在帏后走动,借着夜色和距离的掩护,以造成夫人"降临"的错觉。又据《荊楚岁时记》记载,荊楚民间每月以正月十五之晚,"迎紫姑以卜将来蚕桑并占众事"。书中又引南朝宋刘敬叔《异苑》云:"紫姑本人家妾,为大妇所妒,正月十五感激而死。故世人作其形迎之。"[①]这种"象神"、"作其形"以迎神的装扮性,显然与巫风迎神的古俗是相通的。如此我们便不难理解《东皇太一》之"抚长剑兮玉珥,璆锵鸣兮琳琅",《云中君》之"浴兰汤兮沐芳,华彩衣兮若英",《山鬼》之"被薜荔兮带女罗"、"乘文豹兮从文狸"等这些歌辞的用意所在了:它们表现的正是降神时巫觋所装扮的神灵模样。

其二是神附巫身的"代言性"。古代的人们想象,巫觋所降之神,随即附于巫身,其意志和情感表达均需借助于巫觋代言。《汉书·武五子传》云:"始,昭帝时,胥见上年少无子,有觊欲之心。而楚地巫鬼,胥迎女巫李女须,使下神祝诅。女须泣曰:'孝武帝下我。'左右皆伏。言:'吾必令胥为天子。'"李女须所谓"孝武帝下我",就是告诉人们汉武帝已附在自己身上。故其后所言"吾必令胥为天子"之"吾",已非李女须本人,而是附身于李女须的汉武帝了。这是神灵之言须由巫师代传的绝好证明。《史记·封禅书》中亦有记载:"天子祓然后入,因巫为主人,关饮食。"在这里,汉武帝以天子之尊尚不得与神灵直接交往,而必须"因巫为主人"。可见在巫降神之后,与人对话的神灵仍须由巫觋来扮演,神的意愿、行为、喜怒哀乐,自然都得由巫代为才可。

其三是娱乐诸神的"歌舞性"。《墨子·非乐篇》引"汤之官刑"曰:"其恒舞于宫,是为巫风。"[②]巫风祭祀,当然也少不了歌舞之乐。《九歌》中有大量对歌舞声乐的歌咏,如

---

① 宗懔:《荆楚岁时记》,《文渊阁四库全书》本。

② 《二十二子》,上海古籍出版社,1986年,第251页。

《东皇太一》"扬枹兮拊鼓,疏缓节兮安歌,陈竽瑟兮浩倡",《东君》"緪瑟兮交鼓,萧钟兮瑶簴,鸣篪兮吹竽,思灵保兮贤姱",《礼魂》"成礼兮会鼓,传芭兮代舞"等,正是巫风祭祀这一特点的体现。

《九歌》既然是祭歌,就不可能如汪瑗所说是屈原"漫写己之意兴"之作。因为《九歌》本为沅湘民间百姓的祭祀乐歌,屈原对其歌辞的改写,当然要受到沅湘民间的祭祀程式,交接神灵时的祈福去灾愿望和情感所制约。这种要求,对于祭祀来说是严格而必须遵守的。如果屈原非要夹杂进个人的身世遭际之感,掺人讽谏楚王的政治内容,就会显得不伦不类,又怎能为沅湘百姓所接受?《九歌》不仅是祭歌,而且带有巫风特点,则其祭祀必有巫迎神降的人称变换,并体现巫代神言的对唱形式。这便为解开《九歌》解读中的诸多疑问(如《九歌》独特的人称关系)提供了可能。《九歌》虽然在形式上具有歌舞娱神的扮演特点,但它的性质是巫祭歌舞。正如德国学者耀斯(或译为尧斯)引瑞纳·沃宁所说,"在'教堂院墙内的'礼拜仪式和'教堂院墙外的'宗教剧之间,并不存在类似的逐步世俗化的过程,而只有重新改造的过程。……礼拜'剧'还不是真正的戏剧,而是一种庆祝活动"①。我们同样可以说,《九歌》的巫风歌舞是一种祭祀活动,而绝不是原始歌舞"剧"。

二、辨《九歌》为"楚郊祀歌"及"王室祀典"说

20 世纪 30 年代,闻一多在《什么是九歌》一文中提出《九歌》乃"楚郊祀歌"。当时孙作云等学者均赞同此说,影响颇大。当代又有汤漳平先生的"楚王室祀典"说为之呼应。两说虽在具体提法上略有差异,但就其均否认《九歌》为沅湘民间祭歌看,却又前后相继、见解相通了。

闻一多的"楚郊祀歌"说大抵如下:"东皇太一是上帝,祭东皇太一即郊祀上帝。只有上帝才够得上受主祭者楚王的专诚迎送。其他九神论地位都在王之下,所以典礼中只为他们设享,而无迎送之礼。""根据纯宗教的立场,十一章应改称'楚《郊祀歌》',或更详明点,'楚《郊祀东皇太一乐歌》',而《九歌》这称号只应限于中间的九章插曲。"②孙作云先生在《九歌非民歌说》中也指出,"我以为《九歌》是楚国国家祀典的乐章,与平民无关。"孙氏还参照汉代郊祀大典,将《九歌》与《汉郊祀歌》进行了比较:"我以为[汉]《郊祀歌》十九章原文都有兮字,格调与《九歌》全同。至于内容方面,《郊祀歌》与《九歌》相似的地方,可分三点来说。(一)曰一般辞句的雷同。(二)曰《练时日》与《赤蛟》等于《东皇太一》与《礼魂》。(三)曰祀神的类似。《郊祀歌》有《惟太元》,吴仁杰谓泰元即太一,又有

① 耀斯:《审美经验与文学解释学》,上海译文出版社,1997 年,第 238 页。
② 闻一多:《神话与诗·什么是九歌》,华东师范大学出版社,1997 年,第 127、130 页。

《天地》,篇中云:'合好效欢虞泰一。'这两篇所祀的神当即《九歌》的《东皇太一》。《郊祀歌》又有《日出入》一篇,是祀日的歌,等于《九歌》的《东君》。《郊祀歌》有一篇《五神》……我以为这是祀云神的乐章,与《九歌・云中君》同"①。"《天门》即是祀司命之神,与《九歌》的《大司命》、《少司命》同"②。

这就是闻一多、孙作云提出的《九歌》乃"楚郊祀歌"之说,此说发前人之所未发,在楚辞研究界有很大的影响。

《九歌》究竟是否"楚郊祀歌"? 我们以为不是。所谓"郊祀",乃是祭天的大典,所祀神灵主要是"太一"、"天地"、"四时"、"五神(帝)"、"日神"等,这在《汉郊祀歌》中看得十分清楚。至于《汉郊祀歌》中的"天马"、"景星"、"齐房"、"朝陇首"、"象载瑜"等,乃陆续增入的瑞祥福应之祭,与"郊祀"本无关系。汲黯就曾当汉武帝之面指出:"凡王者作乐,上以承祖宗,下以化兆民。今陛下得马,诗以为歌,协于宗庙,先帝百姓岂能知其音邪?③

将《汉郊祀歌》与《九歌》比较,我们可以发现《九歌》之祭与"郊祀"并不相同。从所祀神灵看,《汉郊祀歌》除"东皇太一"、"日神"外,所录"天地"、"四时"、"五神"均为《九歌》所无;而《九歌》所祭"大司命"、"少司命"、"湘君"、"湘夫人"、"河伯"、"山鬼"、"国殇",亦不见于《汉郊祀歌》。所祀神灵差异如此之大,闻、孙二人何得称二者"类似"呢?这其中令"楚郊祀歌说"最为头痛的是,据《左传》记述,楚昭王曾明确指出"楚不祀河",而《九歌》却有对河伯的祭祀。其他如《国殇》之类,亦不入"郊祀"之礼。就是被汲黯当众批评过的武帝郊祀,亦没有"国殇"的祭祀出现,而《九歌》却祀之。这么多悬而未决的疑问摆在《九歌》与《汉郊祀歌》之间,怎么可以说《九歌》就是"楚郊祀歌"呢?

闻一多、孙作云依据《汉郊祀歌》提出的"《九歌》乃'楚郊祀歌'说",正因为有上述难以解答的可疑之点,故当代楚辞学者中已很少有坚持此说者。但也有学者以为,《九歌》虽非"楚郊祀歌",但其规模、气象毕竟不同于民间祭歌,大抵应是楚"王室祀典"的祭祀之歌,这就是汤漳平先生说。

汤氏于2001年发表题为《再论楚墓祭祀竹简与〈楚辞九歌〉》的重要论文,此文以1984年、1987年江陵天星观一号楚墓、荆门包山二号楚墓出土的多枚卜筮竹简所述的祭祷内容作考察重点,发现它们所祷神灵,与屈原《九歌》以及汉代朝廷颁布的祀典,均有类似之处。汤氏即以此作为比较基础,并参考《史记・封禅书》中的祭神体系,列出了一个比较图表,将《九歌》诸神与楚简记录的神只、《史记・封禅书》列入祭祀物件的有关神灵一一"对号人座",其表如下:

① 清华大学中国文学会编:《语言与文学》,中华书局,1937年。

② 孙作云:《九歌司命神考》,《清华月刊》第1卷第1期,1937年。

③ 司马迁:《史记・乐书》,上海书店,1988年,第830页。

楚墓竹简	《九歌》	《史记·封禅书》
太、蚀太	东皇太一	五 帝
日、月	东 君	东 君
云 君	云中君	云中君
司 命	大司命	司命(晋巫祠)
司 祸	少司命	司命(荊巫祠)
二天子	湘君、湘夫人	湘山祠
大 水	河 伯	河 祠
高丘、下丘	山 鬼	南 山
殇	国 殇	秦中殇

汤氏比较后认为,“这三组神只系统之间具有惊人的完整性与对应性”,进而断言“《九歌》神系是楚王室的祭祀神系,这一点应当是无可置疑的了……所谓沅湘民歌说应是一种望文生义的无根之谈,楚墓竹简的祀神记载也从另一个方面对此作了证实。”①

我们认为,汤氏的这一新说尚有不少疑点。首先,汤氏所说的“楚国王室祀典”的含义较为含糊。它究竟是指楚王朝的国家祭祀典礼,还是楚王室个别成员的私人祭祀?这在汤文的判断中显然是含混不清的。从汤氏所引楚墓竹简资料看,其祭祀主人的身份均为王室后裔中的个别成员:望山一号楚墓墓主邵固为楚悼王曾孙;包山二号楚墓墓主左尹劭力它,大抵亦为楚王室后裔;至于天星观一号楚墓墓主番勅,则为楚之上卿之属。将王族个别成员或台阁重臣的私人祭祀,称为“王室祀典”,这恐怕是不妥当的。

其次,我们还会遇到这样一个问题:楚墓竹简记录的祭祷、《九歌》的祭祀以及汉代颁布的祀典是否属于同一性质的祭祀活动?它们之间有无可比性?通过阅读天星观及包山楚简,我们发现其内容大致是“墓主人贞问吉凶祸福,攘夺鬼神和请求先人赐福的卜筮和祭祷”②。竹简按照祭祷原因可分为三类:

1. 祈求侍王无咎的,如包山楚墓简216~217:

东周之客鄦绁逅(歸)胙于蒧(栽)郢之頣(夏)戢(岁)𡵂之月乙丑之日,苛嘉以长𠞥为左尹舵自(贞),出内時(侍)王自頣(夏)𡵂之月,聿(盡)集(集)戢(岁)躳(躬)身尚毋又(有)咎,占之,𢛳(恒)自吉,少又(有)慐于躳身,叡外又(有)不训,以其故敓之。舉禱楚先老僮、祝䑏(融)、媸酓各一牂,由攻解于不辜。苛嘉占之曰:吉。

① 《文学遗产》,2001年第4期。

② 于成龙:《包山二号楚墓卜筮简中若干问题的探讨》,见中国文物研究所编:《出土文物研究》第三集,科学出版社,1999年,第163页。

天星观卜筮简 26：

侍王，尽夏层之月尚自利训？恒贞吉，少又忧躬身；且又外忧，又祟(祟)，以其故敚之。……

2. 祈求疾病早愈的：如包山楚简 236～238：

大司马悼愲将楚邦之师以救郙之岁，荆层之月乙卯之日，盬吉以保家为左尹𬩽贞，既腹心疾，以上气，旧不甘食，尚速瘥，毋又祟。占之，恒贞吉，疾难瘥，以其故敚之。举祷太一膴，举祷大水一膚，侯土、司命各一牂；二天子各一牂，危山一羖；举祷楚先老僮、祝融、媸畲各两羖，享祭；𫷷之高丘、下丘各一全豢。由左尹𬩽遂迁尻，由攻于戠(岁)。盬吉占之曰：吉。

3. 驱除鬼邪作祟的，如包山楚简 228～229：

大司马悼愲将楚邦之师以救郙之岁，荆层之月乙卯之日，陈乙以共命为左尹𬩽贞，出内侍王，自荆层之月以庚集岁之月，尽集岁躬身尚毋又咎。𣄿，占之，恒贞吉，少又忧於宫室，以其古敚之。举祷宫、行一白犬，酉飤，由攻敘於宫室。五生占之曰：吉。

由上所举可知，包山楚简、天星观楚简中的祭祷是一种私人的特殊禳祭、祷祭，根本不是楚朝廷祀典之祭，也与汉朝廷颁布的祀典性质不同。岂可将楚王室个人的禳、祷之祭，与楚、汉王朝的“祀典”同日而语？

不仅如此，我们还发现，楚简中记录的楚郢都上层贵族的禳祭，其所记神灵如“大”、“大一”、“云君”、“司祸”、“大水”等，对应沅湘民间祭歌《九歌》所祀神灵称谓如“东皇太一”、“云中君”、“大、少司命”、“河伯”，多不相同。如果说《九歌》是楚国的王室祀典，那么它为何不使用楚简中神灵的称谓？我们认为这实际上反映了一个重要事实，即楚之郢都的士大夫与南楚沅湘之地“俗人”的祭祀物件，在称谓上原就有不同。又岂可将二者混为一谈？

至于汤氏对《九歌》、楚墓竹简具体对应神只的分析，亦留下了不少疑点。

其一，“湘君”、“湘夫人”是“二天子”吗？汤氏在论文列表中，以《九歌》二《湘》所祀神灵，就是楚简中的“二天子”，显然不合情理。称“湘君”(舜)为“天子”还勉强可通，称“湘夫人”为“天子”则根本不通。或以“湘君”为“娥皇”，“湘夫人”为“女英”，则二“湘”均为帝尧之女，也只能称为“二帝子”，而决不能称为“二天子”。故汤氏所列“湘君、湘夫人——湘山神——二天子”的对应关系并不成立。

其二，二“司命”的疑问。从楚墓出土的竹简看，郢中贵族所祀“司命”只有一个，更无大、少之别；此外又有“司祸”之名，这与《九歌》显然不同。《史记·封禅书》所述祭神分工，提到晋巫、荆巫均祭祀“司命”。汤文据此认为有两个司命存在，并将大、少司命等同于楚简中的司命与司祸。前文我们已经阐述了二者名称上的差异，显示了楚之王室与沅湘民间祭祀神灵的不同,因此汤氏确定“司祸”就是《九歌》中的“少司命”,同样是牵强的。

其三,“大水”与“河伯”之不同。我们业已证明,《九歌》所祀“河伯”确为黄河之神,[①]故此处不再多说。但有一点需要指出,在楚人心中,“河”与“大水”根本不是一回事。作为黄河之神的专称,“河伯”之称遍见于先秦典籍,如《竹书纪年》、《庄子》、《穆天子传》、《晏子春秋》等;即使在楚之王室,对黄河的祭祀,也只称祀“河”,而不称“祀大水”[②]。“大水”显然是楚境内的水神名而不是黄河之神。依据三代诸侯望祀之礼,“江、汉、睢、漳”为楚之望。这些水流作为楚人生长之地的母亲河,才当得起“大水”之称而被祭。故将楚简“大水”与《九歌》“河伯”对比,也恰证明了楚之王室贵族只祭“大水”而不祭“河伯”的实况。汤氏不辨“大水”与“河伯”的区别,又引《左传·宣公十二年》楚于郑地邲战胜晋师,而在国境之外临时性“祀河”之例,证明楚之王室祀典也祀河,并将“大水”断为与《九歌》“河伯”对应,岂不谬哉!

汤文没有将楚墓竹简的祭祀记录与《九歌》作性质上的区分,只是将楚简、《九歌》、《史记·封禅书》所述祭祀简单地加以对照,不去深入辨别楚简有关神祇与《九歌》所祀神灵的相异之处,就判定《九歌》之祭为“楚王室的祀典”,这结论下得未免匆忙了些。

三、辩戴震之托事神以写己思的“非祠神所歌”说

在反对《九歌》为祭歌说中,戴震的托事神以写己思的“非祠神所歌”说,在清代并无多大影响,但在当代研究者中却逐渐有了回应。例如褚斌杰先生就曾指出:“从《九歌》的作品内容看,它反映的是一次具有相当规模的祀神祈福的典礼,诗中记叙了祀神典礼的仪式和祀神的歌舞场面,以及祭者的感受和祝福。因此,它不是像前人所理解的那样,是在神前供演唱的祭歌,而主要是诗人对祀典的记叙和抒情。”[③]褚氏的这一见解,正是对戴震“非祠神所歌”说的引申和发挥。

戴震对《九歌》性质的看法分散于他的《屈原赋注初稿》和《屈原赋注》中,其见解大抵可归纳为三点:一、《九歌》不是祭歌。原因是《九歌》有些篇章如二《湘》“不陈享神之物及主祭者之辞,以神不来但使巫致之也”;有些篇章如“两《司命》、《河伯》皆屈子自言其往交于神,无祭之一语”。“巫所常歌,不应有通篇言神不来者”,故其“非祠神所歌,于斯可决”。二、《九歌》是屈原抒写“迁于江南”后对君王之“诚敬”(《东皇太一》)、“幽思”(《云中君》)、“怨慕”(二《湘》)及“报秦之心”(《东君》)、“闵战争之不已”(《国殇》)和

① 见陈玉洁:《〈九歌·河伯〉所祀非黄河之神吗》,《陕西师大继续教育学报》2002年第2期。

② 见《左传·哀公六年》楚昭王“弗祭”河伯的记述。

③ 褚斌杰:《楚辞要论》,北京大学出版社,2003年,第313页。

被逐中“与魑魅为群”而自吊(《山鬼》)、自伤(《河伯》)等情怀的抒情之作。三、从形式上看,屈原抒写己之情感,又借用了当时祀典中巫神交接的方式,通过托为与神灵期约、己与神灵相游等内容来表现其与君王的离合、幽思之情。所以在评析有关作品时,分别用“屈原就当时祀典赋之”(《东皇太一》)、“殆战国时有增入祀典者,故屈原得举其事赋之”(《云中君》)、“盖举迎日典礼赋之”(《东君》)的观点解释;而二《司命》、《河伯》、《山鬼》,则判为屈原与神灵的“相游”、“相亲”并自伤、自吊之作。总的看来,戴震的后一观点,与明人汪瑗所称“《九歌》亦惟(屈原)借此题目,漫写己之意兴,如汉魏乐章、乐府之类”①的意见颇为接近。

但我们认为,戴震的《九歌》“非祠神所歌”说多为臆断之辞,很难令人信服。

首先,《九歌》之为“祭歌”,我们已在前文提供三大证据。一是王逸《九歌序》所记事实:它在屈原改作之前即已在沅湘民间流传,并为祭鬼神之歌。屈原改作,只改变了“其词鄙陋”的部分内容,并未改变它之作为祭歌的性质。改作之后,仍交沅湘民间祭神用。戴震要否定王逸所记的这一事实,理应提供其非为沅湘民间祭歌的典籍记述依据。仅凭一二臆测之语,焉能推翻《九歌》为“祭歌”之说?二是洪兴祖《楚辞补注》提供的“一本自《东皇太一》至《国殇》上皆有祠字”的版本学依据。这一“祠”字,正确定无疑地透露了沅湘流传、屈原改作的《九歌》,当初就是作为“祠”神之歌被运用到实际祭祀中去的。故而在流传的“一本”目录中,还保留着这一“祠”祭用语。戴震要否定《九歌》“祭歌”性质,却回避了洪兴祖提供的这一众所周知的版本学依据,这不是避重就轻吗?三是《九歌》本文的证据。我们举了《东皇太一》、《云中君》、《东君》等篇为例,证明它们的内容多有迎神、降神、祭神之语,其为祀神所歌无疑。既然《东皇太一》、《云中君》、《东君》等是祭歌,则作为《九歌》重要组成部分的二《湘》、《河伯》、《山鬼》等,当然也是祭歌。因为《九歌》是一个祀神的整体,我们根本不能设想,在这个整体是沅湘民间的祭歌中,居然会出现某几篇不是祭歌的状况。

其次,戴震之所以断言《九歌》“非祠神所歌”,是因为其中有“通篇言神不来者”(此指二《湘》),以及有通篇“不及祭之一语者”(指二《司命》、《山鬼》)。戴氏的怀疑虽非事出无因,但要以此推翻《九歌》为“祭歌”说,仍然缺乏说服力。在古代的祀神之歌中,一般都有叙及降神、祭神之语,这是常例。如《汉郊祀歌》就有“灵之车,结玄云。驾飞龙,羽旄纷。灵之下,若风马”、“灵之来,神哉沛。先以雨,般裔裔”(《练时日》)之类的歌唱。这与《九歌·大司命》所描述的“纷吾乘兮玄云”、“令飘风兮先驱,使冻雨兮洒尘”正相仿佛。在《汉郊祀歌》有些篇章中,还直接提到了天、地之神的降临。如《帝临》之“帝临中坛,四方承宇”;《五神》之“五神相,包四邻”、“扢嘉坛,椒兰芳”等等。这也与《九歌·东

① 引自杨金鼎主编:《楚辞评论资料选》,湖北人民出版社,1985年,第363页。

皇太一》叙“上皇”之受祭,《云中君》叙“浴兰汤兮沐芳”、“灵连蜷兮既留”情状相近。但这决不等于说,祭歌中的每一篇都必须“言神之来”并有述“祭”之语;若未言神灵之来或未及“祭”之一字,就一定不是祭歌。事实上,就是《汉郊祀歌》也一样有未言神来的篇章。如《青阳》、《朱明》、《西颢》、《玄冥》四章,均只有赞颂、祈祷之语,而无一语言神之来。又如《日出入》一章,应为祭日之歌,歌辞却只有“日出入安穷?时世不与人同”之类的感慨,而无一语提及祭享。我们能否因为这几篇未言神来,或“无祭之一语”,而否定《汉郊祀歌》为汉代祭歌?与此同理,《九歌》之为沅湘民间祭歌,乃自楚至汉相传的事实。从总体看,它有迎神、祭神、送神的歌咏;甚至与《汉郊祀歌》之有“礼乐成,灵将归”的送神曲《赤蛟》一样,亦有《礼魂》一篇作为全歌的送神“乱辞”。故王逸并没有因为二《湘》“通篇言神不来”,或两《司命》“无祭之一语”,而否定《九歌》为祭歌。这正是王逸的谨严之处。但戴震却因《九歌》少数篇章“言神不来”,甚至不去考察《汉郊祀歌》亦有类似之处,就断然否定整个《九歌》之为祀神之乐。这不是太过轻率了吗?

至于《九歌》、二《湘》为何“通篇言神不来”,则大抵由于时代久远,人们已无从考定其真实原因了。潘啸龙曾据古代“望祀”山川之神“遥望而祭”、“致其祭品”的礼俗,推测在祭祀山川之神的活动中,大约存在有“神灵不降临祭坛”的特殊情况①。这不失为一种可供深入探讨的推测。至于戴震断言二《湘》、两《司命》、《河伯》“不陈享神之物”和“无祭之一语”,则显然失于考察。细读二《湘》,其结尾处有“捐余玦(袂)兮江中,遗余佩(褋)兮澧浦”,其实正是“望祀”中的向神灵“遥致祭品”。湘君是男神,故献之以玉玦、玉佩;湘夫人为女神,故献之以袂、褋之衣。又怎能断言二《湘》“不陈享神之物”?又如《河伯》,考虑到民间有为“河伯”娶妇的习俗,而本文又有“送美人兮南浦”、“波滔滔兮来迎,鱼隣隣兮媵予”之语,则其间所反映的正是祭“河伯”中的“娶妇”内容;“美人”,即献给河伯为妇的“祭品”也。又怎能说《河伯》“无祭之一语”?

由此可见,戴震的《九歌》性质研究,既无推翻王逸所记《九歌》为沅湘民间祭歌的事实依据,又未细考二《湘》、《河伯》(两《司命》之例亦同此,为省篇幅,不赘)实有陈“享神之物”和述及祭神之语,便断定《九歌》“非祠神所歌”。其考据并不谨严,而“立论”亦显得粗疏,就一样不能令人信服了。

与此相似的是褚斌杰先生。他也因为《九歌》各篇中多有对祭祀仪式和祭神场面的记叙或描写,如《东皇太一》“只是记叙描述了歌舞场景”,其他如《云中君》、《东君》、《国殇》等也“都明显具有赋事和记写场面的性质”,便断定“《九歌》是诗人屈原所创作的一

① 潘啸龙:《〈九歌〉二〈湘〉“恋爱”说评议》,《屈原与楚辞研究》,安徽大学出版社,1999年,第144页。

组赋咏祭事的诗","理解为向神歌唱的祭歌"是"说不通的"①。但褚氏仅凭内容、写法来推断一组诗作是否"祭歌",其实是不科学的。《诗经·周颂》公认为是西周王朝的庙堂祭歌,其第一篇《清庙》恰正是以"记叙和描写"祭祀"场景"为主的歌诗(如"于穆清庙,肃雝显相!济济多士,秉文之德。对越在天,骏奔走在庙");其他如《执竞》、《雝》、《载见》等,亦多为对祭祀歌乐、车马、旗铃、助祭情景和场面的描写。按褚先生的标准,便都得算在祭歌之外,然而它们却是不折不扣的祭歌!《汉郊祀歌》毫无疑问是祭歌,但其第一章《练时日》,却大事描写"灵之车,结玄云。驾飞龙,羽旄纷。灵之下,若风马。左仓龙,右白虎"的景象;其祭"天地"的第八章,亦"只是记叙描述了歌舞场景":"千童罗舞成八溢,合好效欢虞泰一。九歌毕奏斐然殊,鸣琴竽瑟会轩朱"(《汉书·礼乐志》)。我们能否因此断言,将《汉郊祀歌》定为"向神歌唱的祭歌是说不通的"呢?当然不能。这些都是显而易见的常识,为什么一碰到《九歌》,出现了记叙描写祭祀场景的内容,便怀疑它不是祭歌了呢?

综上所论,在有关《九歌》性质的探讨中,明、清时期提出而在近些年得到回应的"楚郊祀歌"说、"楚王室祀典"说、"非祀神所歌"说和乃"诗人对祀典的记叙和抒情"说,均缺少推翻王逸所述《九歌》乃屈原改作的楚国沅湘民间祭歌的事实根据,而带有相当主观的臆断特点。其所述理由,在新出土的楚墓祭祀竹简和汉代郊祀祭礼中,不仅得不到支援或证明,反而提供了更多的反驳证据。所以,我们以为,在没有确凿证据推翻旧说以前,还是维持王逸所述《九歌》乃屈原改作的沅湘民间祭歌说为妥。

---

① 褚斌杰:《楚辞要论》,北京大学出版社,2003年,第313-317页。

试析"山鬼"的形象及其文化内涵

北京语言大学 刘谦功

《山鬼》是楚辞《九歌》中的一篇,它以浪漫的笔触描绘了"山鬼"这一山中女神风姿绰约的形象及其凄婉动人的爱情故事,主要描述的是女神赴约不遇以致痛苦忧伤的情景。"全诗以抒情为主,兼有一定的情景描写和情节进展,特别是比较细致地刻画了人物的心理,把一个多情女子在追求爱情时的一往情深和自信,以及失恋后的无限痛苦和悲哀,都刻画得淋漓尽致。在写法上,缘情入景,以景托情,十分优美、动人。"①本文便试图解析"山鬼"的形象及其文化内涵,具体说来,即从"山鬼"的形象、"山鬼"是神化的人、"山鬼"是人化的自然这三个方面进行阐释。

一、"山鬼"的形象

"山鬼"即"山神",确切地说,是山中女神。褚斌杰先生在《楚辞要论》一书中曾进行了有理有据的考证:"古代鬼、神二字义通,故亦常常连用,如《论语》:'敬鬼神而远之'(《雍也》)、《礼记》:'临诸侯畛于鬼神'(《曲礼》)、《吕氏春秋》:'使上帝鬼神伤民之命'(《顺民》)等,故'山鬼'也就是'山神',与《九歌》中的云、日、水神一样,均属自然神。"②在楚辞盛行的那个时代,自然神是得到人们发自内心的崇拜的,作为崇拜的对象,自然要被形象化,尽管这种形象往往有些朦胧,有些缥缈。

说到"山鬼"的形象,《山鬼》这一诗篇用优美的文辞给我们勾勒出一幅幅气韵生动的画面,不仅形象动人,而且充分揭示了"山鬼"这位山中女神的内心世界,用一种虽然凄婉,却依然是十分美好的情愫感动着世世代代的人们。"本篇写山鬼即山中女神对其所爱的思慕之情,缠绵悱恻,可知在神话传说中,山神亦有配偶,正像湘水神一样,包含着一桩动人的爱情故事。本诗中所着重描写的,只是其中的片段场面而已。诗以客观描绘女神赴约的情境为主,兼以女主人公独白的口吻,写其心理、愿望和情愫。"③《山鬼》是通过三个主要的场景来描绘"山鬼"的形象的:

---

① 褚斌杰:《楚辞选评》,三秦出版社,2004 年,第 177 页。
② 褚斌杰:《楚辞要论》,北京大学出版社,2003 年,第 378 页。
③ 褚斌杰:《楚辞要论》,北京大学出版社,2003 年,第 379 页。

第一个场景是"山鬼"的盼望:

> "若有人兮山之阿,被薜荔兮带女萝。既含睇兮又宜笑,子慕予兮善窈窕。乘赤豹兮从文狸,辛夷车兮结桂旗。被石兰兮带杜衡,折芳馨兮遗所思。余处幽篁兮终不见天,路险难兮独后来。"①

这一段的描述可以说是情在文中,意在言外:"山鬼"出现了,"乘豹从狸,夷车桂旗,被兰带衡,其词虽在此,而其意则在女萝之下含睇之上,皆山鬼自叙己之被服车乘之乐也。"②"山鬼"此时正信心满怀,柔情满怀:"子慕予兮善窈窕",想到如果心上人这时看到自己,真不知会怎样地爱慕和倾倒,她的威仪如是:火红的赤豹驾车,斑彩的狸兽随后,辛夷木制的香车,桂枝结成的锦旗,威严华美,气势凛然,这正是深山女神所特有的神韵与风采。

第二个场景是"山鬼"的焦虑:"表独立兮山之上,云容容兮而在下。杳冥冥兮羌昼晦,东风飘兮神灵雨。留灵修兮憺忘归,岁既宴兮孰华予!"③这一段描述很精彩,读来也让我们身临其境:

> "此言独立山上者,盖因折芳馨以遗所思,而所思者独来之迟,故登高以望之。而己所处之高,超出世氛之外之意,亦可见矣。容容,云盛貌,云反在下,盖以己立山上而所处之高故也。杳冥昼晦,人立山颠极高之处,而俯视山下,则冥冥而晦,若一气之鸿蒙也。非得登山之趣者,不足以写其妙如此也。"④

然而"山鬼"的信心满怀与柔情满怀却没有得到预期的结果,她梦寐以求的心上人并未出现。

第三个场景是"山鬼"的惆怅:"采三秀兮于山间,石磊磊兮葛蔓蔓。怨公子兮怅忘归,君思我兮不得闲。山中人兮芳杜若,饮石泉兮荫松柏,君思我兮然疑作。"⑤这一段写"山鬼"思君又未见君,惆怅之至,彷徨无助,却仍然洁身自好,"虽在山中无人之处,犹取杜若以为芬芳,饮石泉之水,荫松柏之木,饮食居处,动以香洁自修饰也。"⑥但"山鬼"此

① (宋)朱熹:《楚辞集注》,上海古籍出版社,1979年,第44页。
② (明)汪瑗:董洪利点校,《楚辞集解》,北京古籍出版社,1994年,第138页。
③ (宋)朱熹:《楚辞集注》,上海古籍出版社,1979年,第44-45页。
④ (明)汪瑗:董洪利点校,《楚辞集解》,北京古籍出版社,1994年,第139页。
⑤ (宋)朱熹:《楚辞集注》,上海古籍出版社,1979年,第45页。
⑥ (宋)洪兴祖:《楚辞补注》,中华书局,1983年,第81页。

时已心神不宁，对心上人是否怀有同样忠贞不渝的爱情有所怀疑了，然而这失望之中仍然是抱有希望的。

这三个场景之后，自然是这样一种充盈于天地之间的大情怀：“雷填填兮雨冥冥，猿啾啾兮狖夜鸣。风飒飒兮木萧萧，思公子兮徒离忧。”清人王夫之在《楚辞通释》中说：“狖，似猨。仰鼻长尾。萧萧，木叶落也。空山雷雨。猨鸣木落。思今日之欢而不得。徒离忧而已。曲写山鬼之情。”①“山鬼”之情至深至切，“相思长相思，相思无极限”②，因此化作风雨雷电，以及“猿啾啾”、“木萧萧”，感人至深。

简而言之，《山鬼》是一篇绝佳的言情之作，写的是一个缠绵悱恻、极其动人的爱情故事，“流贯全诗的是一股强烈深厚的恋情，而这故事本身又是悲剧性的，即一个多情女子追求爱情而不得，受到抛弃，从而这一恋情又成为苦恋。从希望到失望，从无限幸福的憧憬到落入痛苦的深渊，这就是贯穿于全诗的主旋律，是诗中所着意表现的全过程。”③全诗以“雷填填兮雨冥冥”这样的句子结尾，将“雷声千嶂落，雨色万峰来”④的景象展示在我们眼前，这大雷雨的气势将“山鬼”的情与爱宣泄的尽致淋漓，此情决不让于“春蚕到死丝方尽，蜡炬成灰泪始干”⑤，正所谓“天涯地角有穷时，只有相思无尽处。”⑥

二、“山鬼”是神化的人

朱光潜先生在《诗论》一书中说：“像一般艺术一样，诗是人生世相的返照。人生世相本来是混沌的，常住永在而又变动不居的。诗并不能把这漠无边际的混沌整体抄袭过来，或是像柏拉图所说的‘模仿’过来。诗对于人生世相必有取舍，有剪裁，有取舍剪裁就必有创造，必有作者的性格和情趣的浸润渗透。”⑦《山鬼》一诗描写的是“山鬼”这位山中女神的爱情故事。然而，“楚国地处大江南北，山川秀丽，在原始宗教的幻化和屈原天才的艺术加工下，这位山中的精灵，既是自然美的化身，又是人间一位多情少女的化身。她空灵缥缈，仪态万方，同时又多情善感，有着贞节的品格和无限丰富的内心世界。”⑧因此从某种意义上可以说，“山鬼”事实上是神化的人，是诗人通过诗对人生世相的展示与再创造。“山鬼”渴望爱情，倾慕心上人，从《山鬼》一诗所写的内容看，这里一定包含着一个

---

① （清）王夫之：《楚辞通释》，上海人民出版社，1975 年，第 42 - 43 页。
② （唐）陈羽：《长相思》。
③ 褚斌杰：《楚辞要论》，北京大学出版社，2003 年，第 382 页。
④ （明）李攀龙：《广阳山道中》。
⑤ （唐）李商隐：《无题》。
⑥ （宋）晏殊：《玉楼春》。
⑦ 朱光潜：《诗论》，安徽教育出版社，1997 年，第 40 页。
⑧ 褚斌杰：《楚辞要论》，北京大学出版社，2003 年，第 381 页。

极其动人的爱情故事,只可惜完整的情节已无从知晓了。“诗中所着重描写的,只是一个感人的片段,即女神赴约不遇,失恋后悲哀的情景。全诗以抒情为主,兼有一定的情景描写和情节进展,特别是比较细致地刻画了人物的心理,把一个多情女子在追求爱情时的那种一往情深和自信,以及在爱情受挫时的那种特有的心理波折和苦恼,都刻画得淋漓尽致、十分感人。”①《山鬼》是按照“山鬼”出场赴约、等待相会和久候不至而陷入失望痛苦这样三个层次来写的,这完全是一个人间少女从热恋到失恋全过程的逼真描写。这三个层次,与上文所述三个主要场景正相对应。

第一个层次写山中女神出场的情景。说到“山鬼”是神化的人,此诗开篇便说“若有人……”明朝汪瑗在《楚辞集解》中说:“若有人,自屈原而谓山鬼也。山鬼非人,而今托人以言之,故曰若有人。”②“山鬼”出现在幽静的山谷里,“她用山中的芳草打扮自己,以薜荔为衣,女萝为带,显得既美丽,又芳洁。而她的面容和仪态更为秀丽可爱,两目含情,笑脸盈盈,体态窈窕,充满着少女的情思和青春的朝气。”③她虽是独处于深山的女神,但却像人世间的女子一样美丽而多情,“被石兰兮带杜衡,折芳馨兮遗所思”,她不停地用鲜花与芳草打扮自己,把自己装扮得华美照人,同时还采撷了一些鲜花和芳草准备送给即将会面的心上人。“山鬼”的心情虽然急切,但她也在慨叹“余处幽篁兮终不见天,路险难兮独后来”。这两句是写她在赴约时急匆匆赶路时的心理活动,她殷切地盼望与朝思暮想的心上人早点会面,但是路险难行,于是她不由得对自己的住处抱怨起来。她居住在深山幽谷,出行便要穿过遮天蔽日的山林,越过坎坷崎岖的峰谷,太不容易了!而更使她忐忑不安的是她的“姗姗来迟”会让对方久等,从而感到愧疚,或许还担心由此会引起对方的不快和误解,这种复杂的心理正是人间一个热恋中的女子所特有的衷情。

第二个层次写女神来到约会地点却未见心上人到来时焦虑的情景。她像凡间女子一样手持打算送给心上人的鲜花,从不见天日的幽谷中赶来,却不见所思,于是她登上山颠,居高远望,急切地盼望心上人的到来。“表独立兮山之上,云容容兮而在下。”她伫立在山颠,脚下翻卷着茫茫云海,这时的天气正如她的心情一样逐渐阴沉起来,浓云遮住天光,东风夹着雨点吹打在她的身上,凄风苦雨更增加了她流年似水的凄惶之感。“留灵修兮憺忘归,岁既宴兮孰华予”,她憧憬着天长地久的相守,决定这次一旦相会决不再分离了,既然是“思君如流水,何有穷已时”④,那他们的幸福就在朝朝暮暮了。

第三个层次写“山鬼”最终仍未能见心上人的惆怅与哀伤,虽然女神的心上人始终没

---

① 褚斌杰:《楚辞要论》,北京大学出版社,2003 年,第 381 – 382 页。

② (明)汪瑗:董洪利点校,《楚辞集解》,北京古籍出版社,1994 年,第 138 页。

③ 褚斌杰:《楚辞要论》,北京大学出版社,2003 年,第 382 页。

④ (三国魏)徐幹:《室思》。

有到来，但女神对幸福的憧憬和对心上人的一片痴情却使她想不到，或者虽然已经想到但又本能地加以抗拒这样一个现实——对方已经忘记了她。她“采三秀兮于山间，石磊磊兮葛蔓蔓”，徘徊于山石磊磊、葛藤蔓蔓的山间，以采仙草——“三秀”即灵芝草——来消磨时光，继续等待。但仍旧是思君不见君，于是她“怨公子兮怅忘归，君思我兮不得闲”。她开始埋怨心上人，感到怅然若失，但她仍旧依依不舍，不愿离开。她相信对方是念她、爱她的，只是由于“不得闲”而未能即刻来相会。正是这样的自我宽慰，使她仍然苦苦地等待。她采芳、饮泉，孤独地栖息于松柏之下。时光在流逝，但心上人始终没有来到。任何开脱的所谓理由都站不住脚了，“君思我兮然疑作”，对于对方的爱情她怀疑了，一种使她难以承担的痛苦顷刻向她袭压过来，使她痛彻心肺。

《山鬼》一诗对于“山鬼”身世遭遇的描写及其丰富内心世界的刻画，“无疑会使我们联想到这正是人世间的一位寂寞忧伤、渴望爱情而又遭遇不幸的少女，正是这样，她又使我们感到亲切动人，令我们产生同情心，从而产生了艺术认识社会的作用和价值。对自然美进行捕捉和深刻揭示，并将其作为象征手段，来雕塑出个性鲜明的人物形象，暗示出人世间的真、善、美，这是包括《山鬼》一诗在内的《九歌》神话诗的艺术特点，也是其具有非凡的艺术魅力和巨大成功的地方。”[①]因此《山鬼》可看作是纯真爱情的赞美诗，爱情由于带有悲剧色彩而更加醇厚。至于结局，爱情虽未开花结果，却不是“凄凄、惨惨、戚戚”的，而给人以一种较之美满爱情更加浓郁的美感——“雷填填”、“雨冥冥”、“猿啾啾”、“狖夜鸣”、“风飒飒”、“木萧萧”，虽有哀伤与忧愤在其中，但仍不失为大气磅礴的爱。对于爱情，“山鬼”是“中心藏之，何日忘之”[②]，还未来得及“衣带渐宽终不悔，为伊消得人憔悴”[③]，便使天地骤变，自然界的大风大雨大气派把“山鬼”的爱情渲染到极致。

三、“山鬼”是人化的自然

朱光潜先生在《诗论》一书中又说：“诗必有所本，本于自然；亦必有所创，创为艺术。自然与艺术媾合，结果乃在实际的人生世相之上，另建立一个宇宙，正犹如织丝缕为锦绣，凿顽石为雕刻非全是空中楼阁，亦非全是依样画葫芦。诗与实际的人生世相之关系，妙处惟在不即不离。惟其‘不离’，所以有真实感；惟其‘不即’，所以新鲜有趣。‘超以象外，得其圜中’，二者缺一不可，像司空图所见到的。”[④]《山鬼》一诗正是将自然与艺术媾合起来，表现实际的人生世相的。“山鬼”是神化的人，而人是自然的精灵，因此更进一步

① 褚斌杰：《楚辞要论》，北京大学出版社，2003 年，第 384 – 385 页。
② 《诗经·小雅·隰桑》。
③ （宋）柳永：《凤栖梧》。
④ 朱光潜：《诗论》，安徽教育出版社，1997 年，第 40 页。

说，“山鬼”可以看作是人化的自然。

《九歌》是神话体裁的作品，所谓日神、云神、山神等自然之神反映着人们对自然界中某些自然物特征的思想认识和艺术概括。“《九歌》中的神已与原始神话中的神有所不同，原始神话中的神，或反映人对自然界的幼稚解释，或表达着人类对于征服自然、支配自然的愿望，他们对于自然界的‘人化’，纯粹产生于对自然界的无知，以至不能正确认识。但屈原《九歌》中的作品，已经不属于这种性质，它是一种借助于神话形式的艺术作品，它的任务是对自然特征做审美的概括，并把自然作为一种象征手段，来反映社会生活，表述某些社会意识。”①在《九歌》中，诗人以丰富的想象力和优美的笔触，美化和升华了“山鬼”的传统形象，把她写成一位美丽多情、令人感到十分亲切的山中女神，然而她虽然秀美，却带着一种野性，满心的情愫放浪于形骸之外，这正是中国南方山林人格化的特征。从这位元山中女神的情感、心理状态和身世遭遇上，我们又可以感受到浓郁的人世间的生活气息，感觉到她似乎是人世间一个纯洁、美丽而多情的女子形象。因此可以说，“山鬼”这一形象具有自然美和社会美的双重特征，是一个具有丰富内涵的浪漫主义艺术形象，是人化的自然。

无论如何，“山鬼”毕竟是以一个山中女神的形象出现的，因此诗中对她的描写始终以大自然中的山林为背景，就连她的衣食居处，甚至寄托和表达感情的方式，也都与山林的风物密切相关。她以薜荔为衣，女萝为带，居住在幽深得不见天日的竹篁之中，饮的是山泉水，出行时以香木为车，乘赤豹而从文狸。她采撷山中的鲜花芳草作为馈赠心上人的礼物，连象征着她因恋爱不遂而产生的痛苦情绪也是“石磊磊”、“葛蔓蔓”，是山中变幻莫测的风雷云雨和凄厉的猿啼林啸。总之，《山鬼》一诗中的描写处处使我们感到“山鬼”山中女神的身份，而且这一身份不仅仅是被人化的神，也是被人化的自然，在她注定是失恋了的时候，霎时间天昏地暗，各种自然景物的变化均成为她内心情感的宣泄，正如所谓“凡言情至者须入景，方得动颜”②，而情景交融，则是将自然人化了。“浪漫主义诗人们往往从刺丛之中摘取玫瑰。对他们说来，忧郁本身已成为快乐的一个源泉。……正如雪莱所说：倾诉最哀伤的思绪的才是我们最甜美的歌。”③屈原正是从刺丛之中摘取了玫瑰，将自然人化——“雷填填”、“雨冥冥”、“猿啾啾”、“狖夜鸣”、“风飒飒”、“木萧萧”，给我们展示出一种奇特而浓郁的忧郁之美，哀伤之美。“我国传统的地理文化中，包含着对自然景物的审美积累，这种积累的结果，一方面是大量颂扬景物的诗歌书画，另一方面则造

---

① 褚斌杰：《楚辞要论》，北京大学出版社，2003 年，第 384 页。

② 陈祚明：《采蔬堂古诗选》，转引自褚斌杰：《楚辞要论》，北京大学出版社，2003 年，第 385 页。

③ 朱光潜：《悲剧心理学》，安徽教育出版社，1997 年，第 211 页。

就了山水林石的文化品格。”①山水亦有人性，林石亦通人情，人的性情一旦灌注到自然中，那是不得了的大真、大善、大美，那种大气派非人化了的自然无可展现。

综上所述可见，“山鬼”的形象是极其优美、极其动人而又令人十分感叹的，她所包蕴的文化内涵更是丰富多彩且多层次的，她既是神化的人，也是人化的自然。朱光潜先生曾经说过：“艺术和宗教都是把宇宙加以生气化和人情化，把人和物的距离以及人和神的距离都缩小。”②具体到“山鬼”，正如褚斌杰先生所说：“山鬼，作为一个山中女神，她犷野而不失秀丽，正反映着我国南方山林的特征，是作者所感受到的自然美的性格化。同时，我们从这位山中女神身上，从她的感情、心理和身世遭遇方面，又可以感受到人世间的浓厚生活气息，感受到她正是人世间一个性格高洁、美丽多情女子的形象。因此诗中的女主人公——山鬼这一形象，正有着自然美和社会美的两重特性，是一个有着丰富内涵的浪漫主义艺术形象。”③我们应从不同的角度看“山鬼”，至少是自然美和社会美这两个角度，这样才能真正明了“山鬼”的现象，理解“山鬼”的文化内涵。

参考文献

[1]（宋）朱熹：《楚辞集注》，上海古籍出版社，1979 年。
[2]（宋）洪兴祖：《楚辞补注》，中华书局，1983 年。
[3]（明）汪瑗：董洪利点校，《楚辞集解》，北京古籍出版社，1994 年。
[4]（清）王夫之：《楚辞通释》，上海人民出版社，1975 年。
[5]褚斌杰：《楚辞要论》，北京大学出版社，2003 年。
[6]褚斌杰：《楚辞选评》，三秦出版社，2004 年。
[7]唐晓峰：《人文地理随笔》，生活·读书·新知三联书店，2005 年。
[8]王德华：《屈骚精神及其文化背景研究》，中华书局，2004。
[9]朱光潜：《诗论》，安徽教育出版社，1997 年。
[10]朱光潜：《悲剧心理学》，安徽教育出版社，1997 年。

① 唐晓峰：《人文地理随笔·含咀山水之英华》，生活·读书·新知三联书店，2005 年，第63 页。
② 朱光潜：《谈美·宇宙的人情化》，《朱光潜全集》第十卷，安徽教育出版社，1993 年，第 225－226 页。
③ 褚斌杰：《楚辞选评》，三秦出版社，2004 年，第 182 页。

《楚辞·九歌》在英语世界的诠释和传播

——以英国汉学巨擘的两部著作为论析中心

(中国香港)香港城市大学 洪 涛

引 言

“在当代楚辞学众多的分支学科中,最为薄弱的当数‘海外楚辞学’。”①这是我国《楚辞》学专家周建忠在1992年《当代楚辞研究论纲》中的判断。15年后,情况依旧。实际上,英语世界的楚辞学,绝非乏善足陈的。相反,有些英译本很受重视,成为另一种语文转译的底本,甚至配上旋律,谱成歌曲。(说详下文。)

1955年,是英语世界《楚辞》研究与翻译的丰收年:这年有 Arthur Waley, David Hawkes 和 Yang Hsien—yi & Gladys Yang(杨宪益、戴乃迭)的英语《楚辞》著作相继面世。这一年,Arther Waley (韦利,1889—1966)出版了 *The Nine Songs*, *A Study of Shamanism in Ancient China*。②同一年,英国年青学者 David Hawkes(霍克思, 1923—)也完成博士论文“《楚辞》的年代与作者”:The Problem of Date and Authorship in Chú Tzú。这是霍克思在牛津大学完成的博士论文。③ 再过4年,即1959年,这篇博士论文以专著的形式出版。此书为《楚辞》全译,自然包含《九歌》在内。

Waley 和 Hawkes 在汉学界声望崇高,享誉已久。④ Waley 的《诗经》英译,评家认为文学价值特高,胜于 James Legge(理雅各,1815—1897)和 Bernand Karlgren (高本汉,1889—1978)的翻译。⑤ Waley 其他译作,大多广受好评。⑥ 至于 Hawkes,他是牛津大学汉学讲座

---

① 周建忠:《当代楚辞研究论纲》,湖北教育出版社,1992年,第467页。

② Arther Waley, The Nine Songs, *A Study of Shamanism in Ancient China* (London: G. Allen and Unwin, 1955)。

③ Hawkes 透露这部著作大部分成于1948—1951年,当时他在北京大学学习汉语。参看1985年版的序言。

④ 两人之中,Arthur Waley 所涉范围不止于“汉学”,可称为“东方学家”,参看 *A Century of British Orientalists*, 1902—2001. Edited by C. Edmund Bosworth (Oxford: Oxford University Press,2001)。

⑤ *The Book of Songs.* Translated by Arthur Waley (New York: Grove Press, 1960). 另,该书有1987年版;1996年版,笔者对此书有所评论。洪涛:《论诗经英译本中的新颖之处——以韦利的《关雎》译文为中心》,载于《诗经研究丛刊》第二辑,学苑出版社,2002年1月,第363-371页。洪涛:《诗经中衣服的政治诠释与创意英译》,载于《诗经研究丛刊(第8辑)》,学苑出版社,2005年1月,第85-97页。

⑥ Wong Siu-kit(黄兆杰) and Li Kar-shu(李家树),“Three English Translation of the Shijing,” IN Renditions(《译丛》), No. 25, pp. 113-139.

教授(1960—1971年),他的《石头记》八十回英译,向来为世所重,不少人以此为硕士论文、博士论文的研究课题。但是,Waley 和 Hawkes 的《楚辞·九歌》研究、诠释和翻译,在《楚辞》学界却甚少人论及,最近十年,在中国楚辞学专著中似乎只有黄震云论及 Hawkes。[①] Waley 则更少人注意。有见及此,本文拟对 Waley 和 Hawkes 其人其书作一番述评,并讨论相关的问题。此前,笔者写了一篇《楚辞英译的问题——以山鬼篇为论析中心》,发表在《中国楚辞学》第三辑,也可以参看。

韦利和霍克思在研究《楚辞》方面的因缘

Waley 和 Hawkes 在《楚辞》研究方面,颇有渊源。他们都从社会宗教与文化的角度研究《九歌》,并曾互相帮助。Waley 在 *The Nine Songs* 序言中向两个人致谢,其中一人就是 David Hawkes,他说:I am deeply grateful to two friends, A. R. Davis of Cambrige and David Hawkes of Oxford, who have read this essay and made many useful suggestions.

Hawkes 在序言把 Waley 视同启蒙恩师,他说:…Arthur Waley, doyen of translators, inspired my first interest in Chinese Literature, and to him I owe a great debt of gratitude for the generous help and encouragement he has given me in these studies. (p. viii)可惜,他们互助帮助的具体情况,未见叙述。从下文的讨论,我们可以略窥他们之间的异同,其间有若干点或可视为一脉相承。

大体上, Hawkes 师承了 Waley 的巫术文化研究的专长。[②] Waley 的《九歌》译文之前,先有长篇导论介绍中国古代的巫术文化。这一视角具体套用到《九歌》诠释上,就是将《九歌》视为巫神交接的记录:有些歌辞由巫者唱出,有些由降临之神灵唱出。另外,"兮"字叹词,Waley 认为也可能是巫者心神恍惚时发出的叹息。Waley 以 shaman 一词来

---

① 黄震云:《楚辞通论》,湖南教育出版社,1997年,第336页做了几句简短的评介:"英国大卫·霍克思的《楚辞——南方的歌》和求《宓妃之所在》,是比较有名的论著。〔……〕他认为东西方学者对屈原创作时间的考证皆徒劳无益。他认为《九歌》是理解全部《楚辞》的一把钥匙。〔……〕他还把《九歌》、《天问》以外的作品分为忧郁和巡游两类。"另外,也有一些讲述国外汉学的书籍论及 Waley 和 Hawkes。关于 Waley 的 *The Nine Songs*,张弘《中国文学在英国》一书有比较长篇的总体评论。具体问题的评析,则有香港大学中文系陈远止老师的《九歌韦利英译与中国传统学术》,此文属"屈原研究国际研讨会"(香港中文大学,中国语言及文学系2000年5月25—27日)的大会论文。另,陈老师尚有《九歌韦里英译商榷》一文,载于《南大语言文化学报》第4卷第2期,1999年,第145-167页。此外,也有学者评论过《天问》的翻译(如刘宓庆《文化翻译论纲》第五章)、《湘君》的翻译(如陈次云)。

② 其后,从巫术文化角度进行研究的,尚有 CHAN Ping-leung(陈炳良,1935—),"Ch'u tz'u and Shamanism in ancient China" (Ann Arbor, Mich.: University Microfilm International, 1981)。到了1980年,另有一篇博士论文,即 Geoffrey R. Waters (1948—) "Three Elegies of Ch'u: an Introduction to the Traditional Interpretation of the Ch'u tz'u". 这篇博士论文在1985年由 University of Wisconsin Press 出版,书名是 *Three Elegies of Ch'u*。

翻译中国的“巫”,Hawkes 的著作也沿用了。除了巫术文化外,Hawkes 也重点讨论了《楚辞》的产生年代、地域、形式特点。其中的焦点之一,就是屈原的问题和作品中有无寄托的问题。(详见下文。)

Arthur Waley 的著作出版在先,看来,他当时也知道 David Hawkes 在从事什么研究,他说:About the authorship of the Songs and about their relation to the other pieces in the 'Ch'u Elegies' I have deliberately said nothing. These are questions which will, I am sure, be one day discussed by two younger scholars who have for some time been studying them. (p. 17)这句话中的 two younger scholars,其中一位应该就是指 David Hawkes,因为 Hawkes 的博士研究课题正是: The Problem of Date and Authorship of Chú tzú (1955). Waley 此举或有我国文人“放他出一头地”之用意。①

另一方面,Hawkes 对 Waley 的《九歌》研究和翻译,评价很高。他认为 Waley 起了一个榜样:后人若不弄清《九歌》的背景和功能,就不可能译好这些诗歌。(1959, p. 217)

韦利和霍克思面对的相同难题

在 Waley 心目中,《九歌》诸篇的典型结构是:首先,巫者看到神灵下降,趋前迎迓;神灵稍一露面随即远逝,巫者顿失所恋。迎神与送神之间,巫者喜极而起舞(p. 14)。Hawkes 的看法也差不多:各篇第一部分,巫者出来招神;第二部分巫者发出怨言,因神灵稍临即逝或未有降临……(1985, p. 9, p. 96)

除了这个相同点外,他们的工作还面对其他相同的难题:许多人一提起《楚辞》,马上想起香草美人。香草,确是《九歌》中的祭祀物品中最常见的,共有 16 种香草之多。这些香草名目,构成了翻译上的难题。Arthur Waley 早已指出翻译《楚辞》植物名称的难处。②他认为:“兰”一般被译成 orchid,但有人指出“兰”应为 thoroughwort。他还是用了 orchid,

① (宋)欧阳修《与梅圣俞书》:“读轼(苏轼)书,不觉汗出。快哉快哉!老夫当避路,放他出一头地也。”

② Waley, *The Nine Songs*, p. 17: “In a translation like mine that aims at giving as far as possible an impression of the literary quality of the original, one must try to use English words, even if they are only makeshifts. Take the case of lan. The term used to be translated ´orchid.´ Then someone discovered that it was really thoroughwort which has nothing to do with the orchid family. But lan is the name that modern Chinese botanists give to the orchidaceae; and I have stuck to orchid as a translation of lan. Thoroughwort´ is awkward to handle metrically and is not a word that would convey anything to most readers. Actually lan in ancient times seems to have been applied to many different kinds of aromatic plant.”

因为用 thoroughwort 的话，在音律上难以处理，同时大多数读者也不知 thoroughwort 是什么。① 此外，Waley 还提及星宿名称的翻译问题。

Hawkes（霍克思）在 1959 年版同样提及翻译《楚辞》中的“植物”的困难：第一，难以确知那些古代的草木是什么。第二，即使知道了，那些植物学上的名称也不适宜在文学作品中使用。②

对于《九歌》各篇的诠释，Waley 和 Hawkes 也有一部分雷同，例如，对《湘君》和《湘夫人》、《大司命》、《少司命》和《河伯》等篇的诠释，Waley 和 Hawkes 的看法十分接近。

Waley 认为“湘夫人”是“湘君”的别名，这两首诗歌所写为同一个神：represent local variants of a hymn addressed to the same deity (p. 35). 至于《大司命》与《少司命》，Waley 认为两篇同祀一神，前者用于大型祭祀仪式(main ceremony)，后者则用于较次等的表演(lesser festival)。

Hawkes 同样认为《湘夫人》是《湘君》的变体，《少司命》是《大司命》的变体（博士论文第566 页；1959，p. 36；1985，p. 105）。因此，他们的二《湘》译文都是叙述者在追寻 my lady；二《司命》译文，都是描写追寻男神“he”的过程。Hawkes 在 1985 年新版第 105 页也曾提及 Waley 的看法。这应该是一种学术传承。此外，两人对《河伯》篇的解释也有相同之处。

《湘君》和《湘夫人》分写“舜之二妃”，自韩愈（768—824）已如是说，其后我国学术界也有人赞成（如洪兴祖、朱熹、林云铭、蒋骥、蒋南华）。③ 至于少司命，有的学者认为是男神（如刘永济、孙作云、钱诵甘），④有的学者认为是女神（如萧兵、汤漳平、金开诚、董洪

① 关于“兰”，可以参看周建忠：《猗猗九畹易消歇奕奕百亩多淹留——兰花栽种历史考述兼释楚辞之“兰”》，载于《东南文化》，2000 年第 9 期，第 56 - 62 页。张崇琛：《楚辞之“兰”辨析》，载其《楚辞文化探微》，北京：新华出版社，1993 年，第 81 - 192 页。

② Chú Tzú: The Songs of the South, p. vii: Chú Tźu abounds in flower - names, and every translator of it is bound to devote a large part of his time to the problem of rendering them into English. The problem is twofold. In the first place many ancient Chinese flower - names are no longer identifiable with any certainty. In the second place, even when they are identifiable, the only available equivalent is often a jaw - cracking botanical name which no translator of any literary pretensions whatever could for a moment consider using.

③ 黄灵庚：《楚辞章句疏证》，北京：中华书局，2007 年，第 794 页指“湘君，即帝舜。《章句》以为水神，非也”。第 836 页又说“湘君，舜也。湘夫人，舜之二妃娥皇、女英也”。林云铭《楚辞灯》，见《四库全书存目丛书》，齐鲁书社，1997 年，集部楚辞类，第 2 册第 180 页，第 182 页。林云铭在《湘君》标题下注“娥皇也”。在《湘夫人》标题下注“女英也”。读者另可参看蒋南华：《重读九歌》，《中国楚辞学》第一辑，第 249 页。林庚指：《湘君湘夫人》本为一篇，演出时可能是两幕。参看林庚：《林庚楚辞研究两种》，清华大学出版社，2006 年，第 147 页。

④ 钱诵甘（1918—）：《九歌析论》，台湾商务印书馆，1994 年，第 144 页。孙作云：《孙作云文集·楚辞研究》，河南大学出版社，2003 年，第 383 页。

利、高路明、潘啸龙等。）①

以上是诠释方面的相同点，在译诗形式方面，两人还有另一个相同点：Waley 和 Hawkes 的翻译都没有押韵。Waley 表示：翻译时，充分考虑了歌辞的文学性。他的译文特别注意到唱诵的韵律节奏，尽量使读者读起来能朗朗上口。Hawkes 在导论中花了大量笔墨向西方读者讲述《楚辞》的音乐性，但翻译时同样以义为先，不以声律害义。

韦利和霍克思的判断

关于《九歌》各篇的作者和叙述主体，Waley 表明：他自己对此问题刻意保持缄默，等待后辈学者来解决。其实，他在 1923 年出版的 *The Temple and Other Poems* 中，已经把《九歌》归于屈原名下。在 *The Nine Songs* 之中，他主要讲述《九歌》的背景，即南方的巫风。然而，Waley 确实没有多谈“屈原”这个问题。

关于作者问题，Hawkes 认为《九歌》是作者在前人原始材料的基础上，经文学加工编辑而成的。这个看法表面上与王逸（约 89—158）相近，其实 Hawkes 并不同意《九歌》寄托了屈原之怨怼。Hawkes 认为屈原不像是《九歌》的作者。他推测：《九歌》的作者是一位楚国诗人，他熟悉屈原的作品，在屈原死后不久写成《九歌》（1955，p. 36；1985，p. 97）。

近年来，汤漳平（1945—）研究出土的楚墓竹简，断定：“《九歌》确实是楚国王室的祀典。”②这个结论，与《九歌》是“湘沅民歌”的说法迥异（详下文）事实上，Hawkes 在 1955 年写道：“My own view is that it was written for a court which enjoyed the performance of religious masques［…］That this would have been a Ch'u court seems，for a number of reasons，beyond doubt.”（p. 36）③可见 Hawkes 也主张《九歌》与宫廷关系密切。与汤漳平不同的是：汤先生主张作者是屈原，而 Hawkes 不相信屈原写了《九歌》。

屈原不是《九歌》作者，这论断至少有两大影响：首先是政治诠释的捐弃。《楚辞》的政治诠释起于王逸。王逸指《九歌》之作，在屈原被流放沅湘之时。在《楚辞章句》中，王逸把《九歌》中的大量词句解释为屈原描写自己和楚怀王之间的关系。诗中的“君”，王逸一律解为楚王；诗中的男女之情，也解释为君臣关系，所谓以男女喻君臣。一言以蔽之，即屈原“上陈事神之敬，下见己之冤结，托之以讽谏”。《湘君》、《湘夫人》、《大司命》中的

① Waley 曾提及日本学者青木正儿（1887—1964）对少司命的看法。青木正儿认为少司命主妇女之命运，Waley 认为此论可存疑。（p. 60）另参，萧兵（1933—）：《楚辞新探》，天津古籍出版社，1988 年，第 292 页。又，金开诚、董洪利、高路明：《屈原集校注》，第 246 页。

② 汤漳平：《出土文献与楚辞·九歌》，中国社会科学出版社，2004 年，第 134 页。

③ 关于《九歌》与宫廷的关系，马其昶、郭沫若、陈子展、闻一多、孙作云、汤漳平等人从不同角度讨论过。

"吾"或"予",王逸认为是"屈原自谓也"。[①]《东君》的"美人"、《山鬼》中"山中人",王逸也认为是"屈原自谓也"。这种解释对后世的影响很大,然而,Waley 和 Hawkes 都不赞成政治诠释(political interpretation)。

"屈原不是《九歌》作者"这个立场的第二个影响是:屈原既然不是作者,那么,《九歌》各篇中与神灵交接的是谁?这个问题,Waley 要面对,Hawkes 也要面对。

Waley 在总论中谈到:Almost always it appears to be the shaman who is speaking in the songs.(p.14)不过,也有例外,他认为《东君》的第9—23行应该是神的话;《少司命》的首六行也是神的话。(p.15)谈到《东皇太一》的翻译时:No personal pronouns are expressed in the original; there is no 'I', 'my', 'us' or the like. In English one has to commit oneself, but must be taken as doing so tentatively, …(p.25)然而,Hawkes 的判断和 Waley 不同,在 Hawkes 译本中,《东皇太一》、《云中君》两篇,Hawkes 采取了叙述者旁述的做法。

Hawkes 在《九歌》译文的导论中说到:First of all, it is clear that Chiu Kowas meant for performance. Most of the difficulties of translation arise from the fact that at any given point in a poem we do not know for sure who was singing and what he was doing while he sang.(1959, p.178)这话中提及表演,到了1985年的新版,Hawkes 索性说《九歌》是宗教剧,只不过演出的指示语已不存,因此,某句到底是独白,是对白,还是合唱,我们都不能肯定(1985, p.95-96)。[②]

"who was singing"的影响,可以细至一句,也可以大至整篇。所谓"细至一句",例如"忽独与余兮目成",有解者指"余"是河伯。[③] 这判断可谓别树一帜。翻译中也有近似的情况:《东君》第七行:"长太息兮将上,心低徊兮顾怀。"这里,"长太息……"是一个无主句。Waley 和 Hawkes 的判断各异:到底"太息"的是谁?Waley 译作 he heaves a great sigh, and when he is about to rise, […]。Hawkes 译为:I heave a long sigh as I start the ascent,/Reluctant to leave, and looking back longingly. 可见,Waley 认为太息者是对方,是神,而 Hawkes 却认为是自己,是迎神者,是迎神者不愿离开。

至于"大至整篇",如郭沫若把《大司命》通篇都译成大司命追求云中君的语气。[④] 英译方面,可举《河伯》为例,Hawkes 通篇看来都是巫者亦即叙述者的旁述。此篇的"送美人兮南浦",Hawkes 因认为是河伯娶妻,所以设为巫者叙述所见:"Bearing your fair bride

---

① 洪兴祖:《楚辞章句补注》,吉林人民出版社,1999年,第59、64、65、68、77、80页。

② 汤漳平指《九歌》不是真正祭祀活动的描写,只是一种演出活动。《出土文献与楚辞·九歌》,第102页。

③ 孙常叙:《楚辞九歌整体系解:孙常叙九歌研究》,吉林教育出版社,1996年,第139页。

④ 学者对此解存疑,例如马茂元就不赞同郭氏此解。

to the southern harbour."(p. 42)此句中的 your 就是指河伯, bride 即新娘。Hawkes 在注释中有"疑似"的口气,但其译文则直接用上 bride。在一九八五年的新版,他重申这一诠释。[①] 但是,不少中国学者认为"美人"是指河伯,例如陈第、蒋骥(约 1674—约 1741)、屈复、黄孝纾、姜亮夫(1902—1995)、汤炳正(1910—1998)等。[②] Hawkes 的见解,并非新创,因 Waley 已讲述"河伯娶妻"的故事(p. 48)。

这种"不知道说话人是谁"的困局,在《湘君》的翻译中表露无遗。《湘君》第 22—23 行, Hawkes 在 1959 年版译为问句: Would you…? 但在 1985 年的新版,却改为 I am gathering…I am looking…. 换言之,由原本的询问对方,变成描述自身(这个问题,下文再作总结)。

韦利和霍克思在诗句诠释方面的分歧

Waley 一针见血地指出翻译、诠释《九歌》的困难: The main difficulty in interpreting the songs lies in the fact that the subject of the sentence is so often left unexpressed. Add to this is the absence of number, gender and tense, and you will readily agree that there is bound to be room for differences of interpretation(p. 16).

正是在 number, gender and tense 这些问题上, Waley 和 Hawkes 表现出诠释上的分歧。

关于 number 问题:《东皇太一》篇, Waley 译文中,迎神者只有一个 I(我),但 Hawkes 却认为是 we(我们)(p. 36)。《云中君》的情况略同:Waley 笔下只有一个 I 在迎神,而 Hawkes 译文的开头,却是 we (p. 37)。再如《东君》:

> 緪瑟兮交鼓,箫钟兮瑶虡。
> 鸣篪兮吹竽,思灵保兮贤姱。
> 翾飞兮翠曾,展诗兮会舞。
> 应律兮合节,灵之来兮蔽日。

那句"思灵保兮贤姱", Waley 认为"灵保"只有一人: A clever and beautiful Spirit –

---

① 游国恩主此说。后来,钱诵甘:《九歌析论》,台北: 台湾商务印书馆,1994 年,也认为《河伯》歌咏的中心是河伯所娶的美人。第 169 页。黄灵庚:《楚辞章句疏证》,第 943 页也同意此说。钱诵甘认为除篇末一句外,通篇省掉的主语都是指河伯。第 166 页。又, 孙作云:《孙作云文集 · 楚辞研究》,河南大学出版社,2003 年,第 276 页认为"送美人"可证河伯为男神。

② 崔富章总主编:《楚辞学文库》第一卷,湖北教育出版社, 2003 年,第 944 –945 页。

guardian…并为 a Spirit - guardian 下了一个注释：the shaman。(p. 45) Hawkes 却断定那“灵保”人数众多：See, the priestesses, how skilled and lovely!(1959, p. 42; 1985, p. 113)。①

综观《九歌》全书，Waley 只在《礼魂》篇用上 we(我们)：Now to the measure of the drums we have finished our rites. (p. 56)此外,《河伯》篇也有 we,却是河伯和叙述者合称 we。比较之下,我们发现：Hawkes 的《九歌》,迎神者往往不止一人。

Hawkes 曾透露,翻译《楚辞》时,他参考过闻一多(1899—1946)的著作。我们查看闻一多的《九歌古歌舞剧悬解》一文,发现按闻氏的判断,迎东皇太一者,是“男女群巫”;迎云中君者,是“一群彩衣的少女”;迎东君者,是“青年男女”。② 总言之,都是人数众多。若说 Hawkes 此等处受闻一多影响,可能性是存在的,但是,对待其他篇章，Hawkes 译文却与闻一多的判断不相同。③

也许有人会说,以上所论,只不过是巫者是一人还是多人,实无关宏旨。但是,有些情况却牵涉到诗义整体。如《东君》“羌声色兮娱人,观者憺兮忘归”。这“观者”,Waley 和 Hawkes 并作 he。闻一多认为“观者,日神自称”。(第 427 页),孙作云(1912 ~ 1978)也同意是日神。④ 但是,按照姜亮夫、马茂元、孙常叙、汤炳正、金开诚、董洪利、高路明、汤漳平、黄灵庚等人的理解,到是指“观礼的众人”。⑤ 此句,汤漳平语译为“满场观众呵流连忘返!”(第 21 页。)

到底,是谁“忘归”？是日神还是“满场观众”？其间的分别就比较大。

在 tense 方面,如《湘夫人》“帝子降兮北渚”,Waley 用的是“现在完成式”has come down to the northern shore,即刚刚降临。Hawkes 用的是现在时。实际上,“帝子”降与未降,见仁见智。笔者认为,这句除了出以 indicative mood(陈述)外,尚可用 imperative mood (祈使)处理,甚至以 interrogative mood (疑问)来处理,似亦可通。

---

① 李大明:《释“灵保”》一文,认为“灵保”乃楚人称“巫”之方语。按,此文为中国屈原学会第四届年会的论文。又,王国维《宋元戏曲史》说“《楚辞》之‘灵’,殆以巫而兼尸之用者也。其词谓巫曰灵,谓神亦为灵。盖群巫之中,必有像神之衣服形貌动作者,而视为神所冯依,故谓之曰灵,或谓之灵保。”请参看李大明:《九歌论笺》，四川大学出版社,1992 年。

② 闻一多:《闻一多全集》第五册，湖北人民出版社,1993 年,第 397 - 421 页。

③ 关于迎神者人数多寡,可以参考金开诚、董洪利、高路明:《屈原集校注》,中华书局,1996 年。他们认为祭祀天神的乐歌都是神与群巫共同出现在祭祀现场。第 256 页。因此《东皇太一》、《云中君》、《东君》等篇迎神者是“群巫”。

④ 孙作云:《孙作云文集·楚辞研究》,河南大学出版社,2003 年,第 303 页。孙作云并指王逸的解释“四方人”不通,嘲笑“天下哪有这样的傻人傻事!”

⑤ 姜亮夫:《重订屈原赋校注》,天津古籍出版社,1987 年,第 234 页。孙常叙:《楚辞九歌整体系解:孙常叙九歌研究》,第 160 页。黄灵庚:《楚辞章句疏证》,第 919 页指为“远近男女”。

如何以 imperative mood 处理呢? 这里可以举一个例子,刘永济已指“篇首写疑神降”。[①] 其后汤漳平再申说:“过去都把这句诗解释为湘夫人已经降临北渚,似不确。应当是湘君在北渚久等湘夫人不至,因而一开头便祈望她快快降临,以便和自己会面。而‘目眇眇兮愁予’正是反映久望不至,望眼欲穿的焦急心情。”[②]从这个方向思考,帝子句似乎也可以理解为向神灵告呼:“帝子,请您降于北渚吧”。另一方面,若以 interrogative mood 处理,则此句也可以读作自问之辞:“湘夫人并未降临,湘君凝望自问之辞,并非实况描叙。”[③]

这些问题,看来好像是小节,但读者想掌握通篇文义,关键正在细节处。试想想:如果帝子已降,下文“登白薠兮骋望”又是望谁? 为何又有“思公子兮未敢言”? 为何又有“闻佳人兮召予”?[④] 看来,“未降”的解读也有合理之处。因此,英译时 tense 的问题(与 mood 有关),表面上看是语文形式上的选择问题,细按却关涉到诗篇的旨趣。

再如《少司命》“与女沐兮咸池,晞女发兮阳之阿。”Waley 译为已发生 I bathed with you in the Pool of Heaven,/I dried your hair for you in a sunny fold of the hill. (p. 41) Hawkes 则视为未发生之事: I will wash my hair with you in the Pool of Heaven; You shall dry your hair on the Bank of Sunlight. (p. 41)

又如,《河伯》的“与汝游兮九河”四行,Waley 理解为已经“游过”(wandered),第五行以下,则描写目前之事。(p. 47) 而 Hawkes 笔下的《河伯》,通篇都使用“现在时”(the present tense)。

在 gender 方面,《九歌》中的“角色”是男是女,学术界聚讼纷纭。极端的如林河(1928—)提出《九歌》中没有女神之说。aley 和 Hawkes 的理解也有重大的差异,《山鬼》篇的翻译就是最佳例子。在 Waley 的译文中,《山鬼》的叙述者表达她对男性山鬼的思慕(山鬼是男性, 第三身), David Hawkes 的译文却是“追求女神”。

在 Waley 笔下,“既含睇兮又宜笑”, 成了 He is gazing at me, his lips parted in a smile。意即男性的山鬼看着叙述者笑。

由《山鬼》第五行开始(乘赤豹), 一直到二十行(君思我兮不得闲), Waley 断为叙述者(自称为我, 即 I)的行为。换言之,“乘赤豹”、“被石兰”、“处幽篁”、“独后来”、“采三

---

① 刘永济校释:《屈赋音注详解》,上海古籍出版社,1983 年,第 91 页。

② 汤漳平:《出土文献与楚辞 · 九歌》,中国社会科学出版社,2004 年,第 45 页。汤炳正早已提出首句是“悬想之词”。

③ 钱诵甘:《九歌析论》,台湾商务印书馆,1994 年,第 77 页。过常宝同样认为祭者之情人未到来。参看过常宝:《楚辞与原始宗教》,东方出版社,1997 年,第 135 页。

④ 潘啸龙也认为神灵终未降临,只好将祭品捐于江中。参看潘啸龙:《屈原与楚辞研究》,安徽大学出版社,1999 年,第 144、162 页。

秀"、"怨公子"的不是山鬼，倒是叙述者了。这一点，和许多评论家的理解不同。

另一方面，"山之阿"、"山中人"、"饮石泉"、"荫松柏"等句却是在描写第三人称的 he。这个 he，似即 the mountain spirit（山鬼）。

其实 Waley 也曾表示，他对山鬼的性别并不确定，他曾经说："…if it were possible in English to be non - committal about genders, I would have left the question open in my translation."①

总之，在 Waley 笔下，《山鬼》篇的一头一尾才是叙述"男性山鬼"的。David Hawkes 也是以"慕山鬼者"为叙述者，但大部分篇幅却是叙述者 I（我）对第三身 my lady（山鬼，女性）表示思慕。

"子慕予兮善窈窕"句中的"子"，在 Hawkes 笔下，是指山鬼，整句霍克思译为"Lady, your allurements show that you desire me."②这句中的"予"，被视为"叙述者"，即 me。这个"予"的身份，诗中无明写，只知他对女性山鬼一往情深。在 Hawkes 的 General Introduction 中，他指出这个叙述者是巫师，一个追求山鬼的巫师（the questing shaman）。其言见于"企鹅经典丛书版"第 49 页。我国学者也有持相同意见者，如王泗原在《楚辞校释》中也认为："予，祭神者自谓。"③

在 Hawkes 的译文中，叙述者"I（予）"描述他自身对 the lady of the mountains 的一片痴心。全篇都是"我"叙述自己和山鬼（第三身，女性）的交往。Hawkes 在一九八五年的新版中指"Waley seems to be alone among modern interpreters in taking it to be a male god, [...]"（p. 115）其实，我国不少学者也都同意山鬼是男性，例如姜亮夫（1902—1995）、黄震云、钱玉趾、林河、罗义群、刘毓庆、包景诚等。④

上文已指出，Waley 和 Hawkes 对《山鬼》的理解殊异，那么，《山鬼》的形成背景是怎样的呢？就这个问题，我们发现 Waley 和 Hawkes 各自做了"背景重建"的工作：Waley 说《山鬼》的山，是安徽天柱山；Hawkes 认为可能是巫山。

---

① Arthur Waley, *The Nine Songs, A Study of Shamanism in Ancient China* (London: G. Allen and Unwin, 1955), p. 55.

② 此行见于初版 Chŭ Tzŭ: *The Songs of the South* (Oxford: Oxford University Press, 1959), p. 43; 新版 *The Songs of the South: an Ancient Chinese Anthology of Poems by Qu Yuan and other Poets*. Translated, annotated and introduced by David Hawkes (Harmondsworth, Middlesex, England: Penguin Books, 1985), p. 115.

③ 王泗原：《楚辞校释》，人民教育出版社，1990 年，第 237 页。

④ 除包景诚（1932—）和刘毓庆（1954—）在论文中提及外，上列各人都有专书行世，可以参看。包氏之文，即《论九歌的思想意义》，载于湖北省社会科学院文学研究所编：《屈原研究论集》，长江文艺出版社，1983 年，第 244 页。另，刘毓庆有：《山鬼考》一文，系"2000 年屈原研究国际研讨会"论文，收《中国楚辞学》第五辑。

Waley 认为 In the second century B. C. a number of mountain spirits were worshipped. The only one whose territory lay in the previous domains of Ch'u was the T'ien – chu (Heavenly Pillar), the highest point in the Ch'ien – shan range in Anhwei. The Spirit of Song IX may very well be the god of the Heavenly Pillar Mountain. (p. 55) 接着, Waley 还提到 A. D. 56 曾有巫者献童男童女给山神。

Hawkes 在企鹅版序言中说: The mountain goddess of the ninth song, addressed by the questing shaman with a title, Ling Xiu, which is used by the Li saopoet of his mistress/king, inspires the same longing, and proves equally elusive, – though in a later poem…she shows less reticence, appearing to the King of Chu in a dream and offer him the "services of pillow and mat." ① 换言之, 诗中的"灵修", Hawkes 认为是指山鬼, 而山鬼, Hawkes 也同意就是"巫山神女"。(有趣的是, 王逸、孙作云却认为"灵修"是男性, 是楚王。) ②当然, 这一层是诠释的问题, 而不是文字翻译上的事, 所以, 在译文中"灵修"没有转换成"楚王"。③

其实,《九歌》各篇主角的性别不好定,汉学家的见解有分歧,我国学者同样各有己见,如上文提及的少司命问题。再如,朱熹、林云铭(1628—1697)、蒋骥、屈复、陈本礼、汪瑗、高亨、马茂元、汤炳正、金开诚、董洪利、高路明、汤漳平认为《湘君》主旨是找寻湘君;《湘夫人》篇主旨是找寻湘夫人。但也有完全相反的看法,如汪瑗(? —1564)、姜亮夫、孙常叙等认为《湘君》描写找寻湘夫人;《湘夫人》描写找寻湘君。④ 金开诚等甚至认为《湘君》全篇都是女词,《湘夫人》全篇都是男词(男巫的独唱)。

韦利和霍克思如何处理版本异文与训诂问题

《九歌》传钞既久,异文纷杂。Waley 在异文和训诂方面引来评论者的非议。如《少司命》"绿叶兮素枝,芳菲菲兮袭予"。此句中的"素枝",别本作"素华",参看黄灵庚

---

① *The Songs of the South: an Ancient Chinese Anthology of Poems by Qu Yuan and Other Poets.* Translated, annotated and introduced by David Hawkes (Harmondsworth, Middlesex, England: Penguin Books, 1985), p. 49.

② 孙作云:《楚辞九歌之结构及其祀神时神、巫之配置》,见中国语文学社编:《楚辞研究论文集》第 3 集,作家出版社,1957 年, 第 108 页。又,龚维英认为灵修是蚩尤。

③ 汤炳正:《楚辞类稿》,巴蜀书社,1988 年,第 258 页指郭氏"于山即巫山"之说"毫无根据"。马少侨指郭沫若的解释不可通,参其《〈九歌 · 山鬼〉祀主考》,载《民间文艺季刊》,1990 年第 1 期,第 181 页。杨钢指郭沫若"视于山为巫山"在音理上不可通。参杨钢:《谈屈原山鬼的旨意》,载于《中国古代近代文学研究》,1992 年第 6 期,第 71 页。潘啸龙(1945—)也不同意巫山神女之说。参其《九歌 · 山鬼研究辨疑》一文(2000 年屈原研究国际研讨会论文。)又见其专著第 152 页。反对者尚有雷庆翼。但汤漳平认为巫山神女之说"有一定道理"。参其书第 68 页。何剑熏也表示同意。

④ 参阅崔富章、李大明主编:《楚辞学文库》第一卷,湖北教育出版社,2003 年,第 768 – 770 页。姜亮夫:《重订屈原赋校注》,天津古籍出版社,1987 年,第 191、203 页。

(1945—)《楚辞异文辨证》,第193页。[①] 论者指“素华”更为合理,而Waley却据“素枝”而译,不甚合于文意云云。

又《山鬼》“猿啾啾兮又夜鸣”。论者又指“又”,别本作“狖”。[②] Waley据“又”译成“again”:The monkeys twitter, again they cry all night.亦为论者所诟病。[③]

以上指摘能否成立,难免见仁见智,然而,论者所判定的“更合理”,在Hawkes译本中逐一体现:“素枝/素华”之句,Hawkes译为:The leaves of green and the pure white flowers/ Assail me with their wafted fragrance.(1959, p.40)可见他是据“素华”来翻译。“又夜鸣/狖夜鸣”问题,Hawkes译为:The monkey chatter; apesscream in the night:…(1959, p.43)可见Hawkes是据“狖”来翻译。凡此种种,可以说明Hawkes的功底不俗。例多不遍举。

另一方面,今存《九歌》文本亦有错简的情况出现。以《少司命》为例,Hawkes的1959年版已删去“与女游兮九河,冲风至兮扬波。”到1985年版,又删去“夫人自有兮美子,荪何以兮愁苦”。整首诗,译文只有二十四行。删除的理由是interpolation(英语“插入”之义,即汉语的错简)。

断定“与女游兮九河,冲风至兮扬波”为错简,Hawkes认为学术界差不多已有共识。查洪兴祖(1090—1155)《楚辞补注》、朱熹(1130—1200)《楚辞集注》、闻一多《楚辞校补》、姜亮夫《重订屈原赋校注》,都认为是误衍。[④] 但是“夫人自有美子,荪何以兮愁苦”断为误入,则属Hawkes一己之见,恐于文献无征。此前,Waley已指此二句含义难定:meaning of lines 5 and 6 is very uncertain.(p.41)

所谓他山之石,可以攻玉,汉学家的推测虽无文献上的凭据,但是,其中或亦有值得深思之处。试想想:在洪兴祖之前,又有多少人认为“与女游兮……”是错简?

Hawkes的著作附有textual notes,即版本异文考证的注释,可见他也在这方面下过工夫,不是信口开河之徒。

汉学家的困境与诠释的空间

从英译本所呈现出来的现象,我们可以看到《九歌》诠释的一些根本问题。我们再举一两个实例,以小见大,作为本文的总结。

---

① 黄灵庚:《楚辞异文辨证》,中州古籍出版社,2000年。

② 参看黄灵庚:《楚辞异文辩证》,第193页。

③ 参看陈远止的:《九歌韦利英译与中国传统学术》,此文属“屈原研究国际研讨会”(香港中文大学、中国语言及文学系,2000年5月25—27日)的大会论文。

④ 姜亮夫:《重订屈原赋校注》,第228页。黄灵庚认为二句是“古本本篇所有。”参其《楚辞异文辨证》,第200页。黄灵庚:《楚辞章句疏证》,中华书局,2007年,第902页。

Waley 曾说：No personal pronouns are expressed in the original; there is no ‘I’, ‘my’, ‘us’ or the like. In English one has to commit oneself, but must be taken as doing so tentatively, …(p. 25)事实上,就算有“予”“余”等字眼,但某句到底是谁说的,有时候不易断定。从翻译家的“前后不一”、“举止失措”,我们可以发现一些《九歌》诠释上的问题。例如,《大司命》“君迴翔兮以下,逾空桑兮从女。纷总总兮九州,何寿夭兮在予!”Hawkes 的前后两种译文是:

In sweeping circles my lord is descending:
‘Let me follow you over the Kong – sang mountain!’
See the teeming peoples of the Nine Lands!
‘What is the span of man’s life to me?’(1955 年版, p. 16)

In sweeping circles my lord is descending:
‘Let me follow you over the Kong – sang mountain!
See, the teeming peoples of the Nine Lands:
The span of their lives is in your hand!’(1985 年版, p. 110)

“何寿夭兮在予”,这句中的“予”字,应为第一身份称谓语,Hawkes 在 1955 年的博士论文、1959 年的牛津大学版,均设为大司命自言。到了 1985 年的企鹅版,末句却变成“在你手”之意。其实 Hawkes 本人曾说过《九歌》诗篇一般是由巫者唱出,但有时候:“[…]in others it is the god or goodess him – or herself who appears to be address us.”(1985, p. 96)准此, Hawkes 在初版应该是将“何寿夭兮在予”视为大司命自述。但后来他又改变了想法。评家若注意到新版的改译,恐怕是要起而诘难于 Hawkes 的。依我们看,“何寿夭兮在予”是大司命自言无疑,但林云铭《楚辞灯》认为“代司命称之曰予,犹俗言我们,连人己俱在内也。”①闻一多断此句为女巫唱辞,并解释:“予字,多数称谓,指她[女巫]和司命两人,下余字同。”②林云铭、闻一多对“予”的看法,可能影响到 Waley,他的译文:“Why think that his task is among us?”(Waley, p. 37) ③

再看稍前的“逾空桑兮从女”, 这句“女”,一众评家多解作“你”you,似乎没什么争

---

① 林云铭:《楚辞灯》,见《四库全书存目丛书》第 2 册,集部楚辞类, 齐鲁书社,1997 年,第 184 页。

② 闻一多:《闻一多全集》第五册,湖北人民出版社,1993 年, 第 445 页。

③ 1923 年,Waley 曾将“在予”译为 on my hand: There is no man among them all/Whose life hangs not on my hand. 读者可以参看 *The Temple: and other Poems*. Translated by Arthur Waley. (London: G. Allen & Unwin, 1923), p. 20.

议。其实不然。那“女”,到底是巫称神为“女”? 还是神称巫为“女”? 无论如何,不是大司命就是迎神的巫者——这是比较多人认同的。① 然而,我国也有些学者指这个“女”,是大司命称少司命为“女”。② 汤漳平解释:《大司命》诗中,向来被视为称谓关系比较纷繁的,其中有“吾”、“君”、“余”、“女”、“予”诸种。其实,五种称谓代表的就是两人,即大司命和少司命。诗中“吾”、“余”、“予”皆指大司命。“君”、“女”皆指少司命,都是第二人称的称谓。③ 按照汤先生的意思,“逾空桑兮从女”中的“女”却是指少司命了,是女神。此外,金开诚也认为少司命是女神。④ 明代黄文焕、近人闻一多却认为大司命与少司命是“父子”。⑤

从以上《大司命》句例,可以想见本文所讨论的好几个问题(subject, number, gender, tense)是何等难以定谳! 正因为汉学家翻译家必须作出选择,无可逃避(one has to commit oneself),所以,《九歌》诠释的难题暴露无遗。从负面角度看,这些问题给人治丝而棼、莫衷一是之感。从正面角度看,这正是《九歌》的诠释空间所在,也是《九歌》的吸引力所在。

简介《九歌》在国外的传播

最后,本文简单介绍《九歌》的传播情况。本文重点讨论的两部著作,都曾转译成其他语文,为《九歌》在世界各地的传播出一分力。

在 Waley 和 Hawkes 著作出版之前,1949 年,有 Yu Min - chuan 把《九歌》翻成英语,译文见于 RobertPayne, *The White Pony, an Anthology of Chinese Poetry from the Earliest Times to the Present Day* (London: Allen and Unwin, 1949), pp. 87 - 99. 这位 Yu Min—chuan,应该是中国人或华裔。(料即俞铭传。)另外,由于本文以英国学者为主要研究对象,故较少提及此书和杨宪益夫妇的翻译。⑥

Waley 的 The Nine Songs, 1955 年面世,1956 年曾重印,1957 年又译为德文在汉堡出版。关于此书,崔富章编著的《楚辞书目五种续编》(上海: 上海古籍出版社, 1993)第

① 金开诚、董洪利、高路明:《屈原集校注》认为那“汝”:“复数,指代表世人的群巫。”第 235 页。

② 持此见解者有吴世尚和孙常叙。见孙常叙:《系解》,第 123 页。

③ 汤漳平:《出土文献与楚辞·九歌》,中国社会科学出版社,2004 年,第 157 页。涛按,萧兵:《楚辞新探》,天津古籍出版社,1988 年,第 312 页提出大司命、少司命为一对恋人。

④ 金开诚、董洪利、高路明:《屈原集校注》,第 246 页。

⑤ 黄文焕:《楚辞听直》,新文丰出版公司,1986 年,第 296 页。闻一多:《闻一多全集》,湖北人民出版社,1993 年,第五册,第 370 页。又《大司命》“吾与君兮斋速”,陈本礼认为“吾”是大司命,“君”是少司命。(《楚辞学文库》第一卷上,第 858 页。)

⑥ *The Li Sao and Other Poems of Ch'ü Yuan.* Translated by Yang Hsien - yi and Gladys Yang (Peking: Foreign Languages Press, 1955). 又,关于 Yu Min - chuan 和杨宪益夫妇,笔者另文评说。

242 页说是“1956 年伦敦出版”。笔者相信,《楚辞书目五种续编》所记录的 1956 年这个年份,可能是重印本的出版年份。德文版的资料如下:Die neun Ges? nge: eine Studieüber Schamanismus im alten China(Hamburg: M. von Schr? der, 1957)。1963 年 3 月 3 日,David Hawkes 在《泰晤士报文学副刊》(Times Literary Supplement)上发表“From the Chinese”一文,对 Waley 的翻译作了评介。在 Ch' u Tz' u: The Songs of the South 一书也对 Waley 推崇备至。①

Waley 此书,还有美国版,由 City Lights Books 出版,时间是 1973 年。附带一提,Waley 的《九歌》译文可能受到日本学者青木正儿的影响。*The Nine Songs* 第 60 页有一个附录:“Aoki Masaru' s Interpretation of the Nine Songs”,说的就是青木正儿。Waley 推许青木正儿的著作为那个时代最为重要的《九歌》研究。②

Hawkes 的 *Ch' u Tz' u: The Songs of the South*, 1959 年由牛津大学出版社(Oxford University Press)出版,列入联合国教科文组织的丛书(UNESCO collection of representative works)。日本学者竹治贞夫注意到这本书,1965 年在《支那学》第 30 期有所评介。到了一九八五年,Hawkes 此书又经修改,成为 *The Songs of the South: an Ancient Chinese Anthology of Poems by Qu Yuan and Other Poets* (Harmondsworth, Middlesex, England; New York, N. Y., U. S. A.: Penguin Books, 1985)。也就是在英国、美国同时出版。一九五九年版原有的导论(General Introduction)共 19 页,新版的导论大增至 52 页。《九歌》部分的总论也由原本的一页半增至六页,各篇也有简明的导读。

到了新千年,Brian Holton 据 *The Songs of the South* 将《九歌》转译成苏格兰文。③ Colin Huehns 据 The Songs of the South 而谱曲。④这在《楚辞 · 九歌》传播史上是比较特殊的一个环节,值得笔者在这里特书一笔。

参考文献

[1]陈远止:《九歌韦里英译商榷》,《南大语言文化学报》第四卷第 2 期(1999 年),第 145 页 - 168 页。
[2]崔富章、李大明主编:《楚辞学文库》,湖北教育出版社,2003 年,第 1 卷。
[3]过常宝:《楚辞与原始宗教》,东方出版社,1997 年。
[4]洪涛:《论诗经英译本中的新颖之处——以韦利的关雎译文为中心》,载于《诗经研究丛刊》第二辑,

① 见于 Madly Singing in the Mountains: an Appreciation and Anthology of Arthur Waley. Edited with a preface by Ivan Morris (Berkeley, Calif.: Creative Arts Book Co., 1981), p. 45 - 51.

② Waley 读到青木正儿《楚辞九歌之舞曲的结构》一文,称为 "the most important modern study", 见 p. 60. 又,徐志啸:《日本楚辞研究论纲》,学苑出版社,2004 年,第 29 页对青木的见解有所介绍。

③ A Birthday Book for Brother Stone: for David Hawkes, at Eighty. Edited by Rachel May and John Minford (Hong Kong: Chinese University Press; Hong Kong Translation Society, 2003), p. 287.

④ A Birthday Book for Brother Stone: for David Hawkes, at Eighty, p. 147 - 159.

学苑出版社,2002年,第363-371页。

[5]洪涛:《诗经中衣服的政治诠释与创意英译》,载于《诗经研究丛刊(第8辑)》,学苑出版社,2005年1月,第85-97页。

[6]洪兴祖:《楚辞章句补注》,吉林人民出版社,1999年。

[7]湖北省社会科学院文学研究所编:《屈原研究论集》,长江文艺出版社,1983年。

[8]黄灵庚:《楚辞异文辨证》,中州古籍出版社,2000年。

[9]黄灵庚:《楚辞章句疏证》,中华书局,2007年。

[10]黄文焕:《楚辞听直》,新文丰出版公司,1986年。

[11]黄震云:《楚辞通论》,湖南教育出版社,1997年。

[12]金开诚、董洪利、高路明:《屈原集校注》,中华书局,1996年。

[13]姜亮夫:《重订屈原赋校注》,天津古籍出版社,1987年。

[14]李大明:《九歌论笺》,四川大学出版社,1992年。

[15]林庚:《林庚楚辞研究两种》,清华大学出版社,2006年。

[16]林云铭:《楚辞灯》,见《四库全书存目丛书》,齐鲁书社,1997年。

[17]刘永济校释:《屈赋音注详解》,上海古籍出版社,1983年。

[18]钱诵甘:《九歌析论》,台湾商务印书馆,1994年。

[19]潘啸龙:《屈原与楚辞研究》,安徽大学出版社,1999年。

[20]孙常叙:《楚辞九歌整体系解:孙常叙九歌研究》,吉林教育出版社,1996年。

[21]孙作云:《孙作云文集·楚辞研究》,河南大学出版社,2003年。

[22]孙作云:《楚辞九歌之结构及其祀神时神、巫之配置》,见中国语文学社编:《楚辞研究论文集》第3辑,作家出版社,1957年。

[23]汤炳正:《楚辞类稿》,巴蜀书社,1988年。

[24]汤漳平:《出土文献与楚辞·九歌》,中国社会科学出版社,2004年。

[25]王泗原:《楚辞校释》,人民教育出版社,1990年。

[26]闻一多:《闻一多全集》,湖北人民出版社,1993年。

[27]萧兵:《楚辞新探》,天津古籍出版社,1988年。

[28]徐志啸:《日本楚辞研究论纲》,学苑出版社,2004年。

[29]张崇琛:《楚辞文化探微》,新华出版社,1993年。

[30]周建忠:《当代楚辞研究论纲》,湖北教育出版社,1992年。

[31]C. Edmund Bosworth(ed.), *A Century of British Orientalists*, 1902—2001(Oxford: Oxford University Press, 2001).

[32]Rachel May and John Minford(ed.), *A Birthday Book for Brother Stone: for David Hawkes, at Eighty.* (Hong Kong: Chinese University Press; Hong Kong Translation Society, 2003).

[33]David Hawkes, Chǔ Tzǔ: *The Songs of the South*(Oxford: Oxford University Press, 1959).

[34]David Hawkes, *The Songs of the South: an Ancient Chinese Anthology of Poems by Qu Yuan and other Po-*

ets(Harmondsworth, Middlesex, England: Penguin Books, 1985).

[35] Ivan Morris (ed.), *Madly Singing in the Mountains: an Appreciation and Anthology of Arthur Waley* (Berkeley, Calif.: Creative Arts Book Co., 1981).

[36] RobertPayne, *The White Pony, an Anthology of Chinese Poetry from the Earliest Times to the Present Day* (London: Allen and Unwin, 1949),

[37] Arthur Waley, *The Temple: and other Poems* (London: G. Allen & Unwin, 1923).

[38] Arther Waley, *The Nine Songs, A Study of Shamanism in Ancient China*(London: G. Allen and Unwin, 1955).

[39] Arthur Waley, *The Book of Songs*(New York: Grove Press, 1960).

[40] Wong Siu—kit 黄兆杰 and Li Kar—shu 李家树, "Three English Translation of the Shijing," IN Renditions(《译丛》), No. 25, pp. 113 - 139.

[41] Yang Hsien - yi and Gladys Yang(tr.), The Li Sao and Other Poems of Ch' u Yuan (Peking: Foreign Languages Press, 1955).

山鬼原型研究述评

湖南科技大学　王　慧

山鬼的传说流传于沅湘间的各个民族。在这些传说中，山鬼都是以丑陋、凶恶的形象出现。屈原的《九歌·山鬼》中所描绘的山鬼千百年来使人们对山鬼的形象充满了无尽的浪漫想象。画家们用他们的画笔勾勒出他们心目中的山鬼。元代的张渥把山鬼描绘成"披薜荔"、"带女罗"、"乘赤豹"的眉清目秀的美少年形象。而在明代的陈洪绶笔下，山鬼则变成了面目丑陋的男性形象。清代的萧云从又恢复了山鬼的美丽形象，只是山鬼由清秀的男性变成了温婉的女性。后来的徐悲鸿、傅抱石等画家纷纷把山鬼描绘成婀娜多姿的女性形象。大多数学者都认为山鬼是女性，如孙作云、郭沫若、陈子展、马茂元、汤炳正、赵逵夫、萧兵、汤漳平等；翟理斯(Giles)、比亚拉斯(F. X. Biallas)等汉学家也持女性说。但也有学者认为山鬼是男性，如黄震云、钱玉趾、林河、罗义群、刘毓庆、包景诚等；有些汉学家也同意山鬼是男性的说法，在他们翻译的《楚辞·山鬼》篇中，他们多用第三人称的"he"来指山鬼。L. Cranmer—Byny 把"折芳馨兮遗所思"译成"Culling the Perfume Of sweet flowers, he leaves In the heart a dream－blossom, Memory haunting."[1]从这句诗的翻译，我们可以看到"折芳馨"之人为"he"，Byny 把山鬼视为男性。还有 Arthur Waley 也认为山鬼是男性，和前两者不同的是，从他的翻译中我们可以看出《九歌·山鬼》篇是叙述者表达她对男性山鬼的思慕，这与一些持"男性说"的中国学者的观点不谋而合。他认为"乘赤豹"、"被石兰"、"处幽篁"、"独后来"、"采三秀"、"怨公子"的是叙述者(I)，而"山中人"、"饮石泉"、"荫松柏"是在描写的"he"，即 the mountain spirit(山鬼)。[2]山鬼究竟是男性还是女性？是神还是人？是鬼还是兽？其原型究竟是什么？这一直是楚辞研究者争论的热点问题。清以前的楚辞家或据东汉王逸的注解，认为山鬼是屈原自喻，如清代蒋骥、屈复、戴震、陈本礼及近人刘永济、蒋天枢、曹大中等；或据《庄子》、《国语》所说，定山鬼为"木石之怪"、"魑魅魍魉"，而视之为山中怪兽，宋代洪兴祖的《楚辞补注》、朱熹的《楚辞集注》、清代王夫之的《楚辞通释》和林云铭的《楚辞灯》都持这一说法。清人顾成天《九歌解》首倡山鬼为"巫山神女"之说，又经孙作云、郭沫若等的阐发，遂被广泛接受，直到现在还有学者不断对这一说法进行补充论证。随着研究的不断深入，山鬼的原型由最初的屈原自喻、山中怪兽、巫山神女较单一的说法发展成为西王母、神武罗、南浦美人、神农架野人、猿猴等多种原型。研究方法也从传统的考据学发展

成为民俗学、宗教学、文化人类学等多种方法。总的说来,关于山鬼的原型,学术界主要有如下二十七种说法:

1. 屈原自喻

东汉王逸《楚辞章句》在注释《九歌·山鬼》中的"山中人兮芳杜若"一句时说:"山中人,屈原自谓也。"又在"留灵修兮憺忘归"一句注释说:"灵修,谓怀王也。""怨公子兮怅忘归"一句,他注释说:"公子,谓公子椒也。"[3]将山鬼视作屈原的自喻,将诗中所描写的内容视作是屈原与楚怀王、公子椒经历的隐喻与象征。后代许多学者赞同并发挥屈原自喻说。宋代朱熹《楚辞集注》对山鬼为屈原自喻说作了细致发挥。朱熹说:"此篇文义最为明白,而说者自汩之。今既章解而句释之矣,又以其托意君臣之间者而言之:则言其被服之芳者,自明其志行之洁也;言其容色之美者,自见其才能之高也;子慕予之善窈窕者,言怀王之始珍己也;折芳馨而遗所思,言持善道而效之君也;处幽篁而不见天、路险艰又昼晦者,言见弃远而遭障蔽也;欲留灵修而卒不至者,言未有以致君之寤而俗之改也;知公子之思我而然疑作者,又知君之初未忘我,而卒困于谗也;至于思公子而徒离忧,则穷极愁怨,而终不能忘君臣之义也。以是读之,则其它之碎义曲说,无足言矣。"[4]清代屈复《楚辞新注》对《山鬼》的解题几乎是完全照抄朱熹的话。[5]明代汪瑗《楚辞集解》认为:"屈子作此,亦借此题以写己之意耳,无关于祀事也。"[6]陈第《屈宋古音义》也说:"此篇以人况君,以鬼喻己,而为鬼媚人之辞。"[7]陈本礼《屈辞精义》也说:"此屈子被放山中,寂寞自写幽怀,岂真为祀鬼设耶?"[8]近人刘永济将《山鬼》篇与《涉江》、《九辩》比较,认为《涉江》和《九辩》中对主人公的描写"与山鬼的处境既同,由境生感之情亦同",所以他断定"此篇的山鬼,竟是屈原自身的影子"。[9]曹大中在《山鬼——屈原的自我写照》一文中,根据王逸在《九歌序》中所说"上陈事神之敬,下见己之冤结",认为"《九歌》存在着双层结构,它的表层结构是敬神,但深层结构却是颂君、思君,包含着表白冤情与讽谏两方面的用意"。他分析了屈原的人生经历及其惯用的写作手法,依据弗洛伊德显梦与隐意的释梦理论,认为屈原存在明显的"恋君情结","常常以妻子对丈夫的依恋,来比喻他作为臣子对君王的依恋","常常以破裂的夫妻关系,来比喻他与怀王之间破裂的君臣关系"。他断定:"《九歌》中所有失恋的女神女鬼,都是屈原的自我写照。"他把屈原自我艺术形象与山鬼作了五个方面的比较,发现这两个形象之间存在同一性,因此,他认为:"山鬼是屈原的自我写照",《九歌·山鬼》是"以山鬼的失恋来象征他政治上的失宠"。[10]就论证的系统、全面、充分来看,曹大中可以说是山鬼为屈原自喻说的集大成者。后来,靳极苍、江中云、周云峰等学者也表述了相同的观点,但在论证的细密充分上,均没有超过曹大中。[11]屈原自喻说是以山鬼和屈原的相似境遇为理据的。诗歌是诗人情感的宣泄。如果说诗人与作品中的主人公境遇相似,那是可以理解的。但如果硬要说山鬼就是屈原自己,就不免有胶柱鼓瑟之嫌,而使诗的韵外之致消失殆尽。

2. 夔嗥阳

宋代洪兴祖在《楚辞补注》中云："《庄子》曰：'山有夔。'《淮南》曰：'山出嗥阳。'楚人所祠，岂类此乎?"[12]疑山鬼为夔嗥阳之类山中精怪。清代林云铭的《楚辞灯》进一步指出山鬼就是山魈："按山鬼即《庄子》所云'山有夔'之类，如俗所谓山魈是也。"[13]此说影响甚巨，至今仍有一些学者表示赞同。黄震云、蒋成德在《"山鬼"漫议》一文中，从文本分析入手，考察了山鬼的形态、服饰、活动时间、畏惧的事物以及性别，认为山鬼不过是"江南山中一种形小、好洁、凶猛的野兽"，"未必有什么性别"。他们又引用了一些古籍中对山鬼的描述，发现其中描述的山鬼同样有形小、好洁、凶猛等特质，进而证实了山鬼为野兽的观点。[14]郭维森也认为："山鬼的原始形态，当是夔、嗥阳、罔两，也就是山魈之类。然《山鬼》中却经艺术加工成为一位美女形象，并且极具人情，称作山鬼，或亦因其接近于人。"[15]他还通过《山鬼》与望夫石传说的横向比较，认为两者之间有许多共同之处，都是对坚贞爱情的歌颂，都表现了一种期待—失望的强烈的悲剧感情，都塑造了独立山头长久眺望的女主人公的抒情形象，都有一些神话传说的成分，因此，他推测屈原创造《山鬼》很可能受了望夫石传说的启发。[16]翻译家孙大雨认为山鬼是夔一类的山中精灵，但她不具有夔的骇人面目，她是一位像仙女般美丽的精灵，所以他把《山鬼》篇的题名译成"Hymn on theMountain Sprite"(山中精灵的赞歌)。[17]这些也都是极富启发性的观点。

3. 人鬼

最早提出此说者是清代的胡文英。他在《屈骚指掌》中说："天曰神，地曰示，人曰鬼。盖有德位之人死而主此山之祀者。"[18]王闿运在《楚辞释》中亦云："鬼谓远祖，山者君象，祀楚先君无庙者也。《易》曰：'载鬼一车。'《礼》曰：'有祷，则索鬼祭之。'《记》曰：'去坛为鬼。'"[19]古代的楚辞研究家对于山鬼是人鬼的观点，往往像胡文英、王闿运一样从文字训诂的角度进行阐发，并无系统深入的论证的过程。现当代的学者则结合了传统的考据学与民俗学、历史学、宗教学等知识，从多角度对这一问题进行了细致的研究。张元勋在《水旱疠疫则傩于郊祀——论〈东君〉、〈河伯〉、〈山鬼〉、〈国殇〉》一文中认为，先秦所葬皆在山，山葬为古俗。人死葬于山，故谓其魂曰"山鬼"。"山鬼"之祭其旨在抚鬼、驱鬼。作者从考释"山鬼"二字出发结合对古葬俗的考察，从而断定《山鬼》祭的是"人鬼"而不是"神"。[20]张元勋在《九歌十辨》一书中也认为"《九歌》的《山鬼》、《国殇》、《礼魂》皆是祭祀人鬼的纪实"，"《九歌》的第九篇《山鬼》乃是祭夭死者，属'人鬼'之祭，正符合了'若乐九变，则人鬼可得而礼矣'的记载。"[21]李炳海则根据东夷族的灵魂归山观念阐释了山鬼的原始宗教文化背景。他认为，在东夷族先民观念中，人死之后灵魂归山，变成山鬼，山岳是灵魂的最终托身之处。由此而来，中国古代文学早期的山鬼形象，大多和东夷文化有直接关系。"《楚辞·九歌》是屈原在沅湘流域改造当地的祭祀歌诗而创作出来的，其中就有《山鬼》一诗。沅水流域居住的是盘瓠后裔，盘瓠出自帝喾高辛氏，属于东夷部族。沅水流域的居民具有东夷族血统,那里形成的是东夷文化生态。《九歌》中的山鬼形象,是融入了楚文化中的东夷文化基因。屈原笔下的山鬼是位女性精灵,这个形象不是以山中动物为原型,而是按照人的样子加以描绘,是人死后所变的鬼。山鬼居住在深山之中,'余处幽篁兮终不见天'、'杳冥冥兮羌昼晦'。那里远离人世,道路艰险,即使白天仍然昏暗如夜。屈原在放逐沅水流域期间,有机会接触到东夷族后裔祭祀山鬼的活动,他所创作的这首歌诗,表现的就是灵魂归山观念,是人死之后变成的女鬼在深山的活动情况。"[22]后来,陈碧仙阐述了与李炳海类似的观点。[23]翻译家杨宪益、戴乃迭夫妇也认为山鬼就是山间的鬼魂,因此他们将《山鬼》篇的名称翻译为"The Spirit of the Mountains"(山间的鬼魂)。[24]孙常叙《楚辞〈九歌〉整体系解》一书认为:"《九歌》就是在丹阳败后蓝田战前,楚怀王为了战胜秦军,祠祭东皇太一命屈原而作的。"《山鬼》中的"采三秀兮于山间"的"'于山'是商于的'于'地之山。它点出山鬼所在之地,也反映了山鬼所代表楚人陷敌的事因和时代。'于山'不同于'巫山'。'于'古音影母,'巫'古音明母。两字虽然同在鱼部而声母不同,不同音。郭沫若以为'于山即巫山',是由于不知'于山'是司马错攻占的'于'地之山,所以才有'以音求之,当即巫山'之说。"[25]孙常叙推测说,楚由于与秦争夺商于之地而失去汉中,《河伯》、《山鬼》两篇中都暗含楚人要收复汉中和商于的意思。《河伯》篇是描述的河伯引湘君与湘夫人团聚,含有湘、汉一家离而复合的意思。《山鬼》篇中"若有人兮山之阿"的意思是,"'尚有人啊'在山之阿,她等我们解救"。说明楚人誓复汉中,不忘商于。因此,他断定山鬼即于山之鬼。[26]孙常叙将祭歌的《九歌》解释为一部战争史诗,将《山鬼》解释为描写收复汉中和商于之地的诗篇,无论如何都是非常牵强的。对于人鬼之说,昌庆志在《楚辞"山鬼"形象探源》一文中,对其进行了进一步阐发。他在赞同山鬼是人鬼、是远祖观点的基础上,结合楚人祭祀女性祖先的习俗和考古材料两方面考察,认为:包山楚简中提到的"危山"与"山鬼"是对应的,"危山"是楚先祖三苗部落的迁居地,屈原时代楚人祭祀的山鬼应是"三苗"原始部落的女性首领。[27]"山鬼"是否即包山楚简中所记载的"危山",这是很难断定的。在此基础上,再进一步推论,似乎更成问题。

4. 巫山神女

清代顾成天在《楚辞九歌解》中另辟蹊径,首倡山鬼为巫山神女说。他说:"《襄阳耆旧传》云:'楚襄王游云梦,梦一妇人,名曰瑶姬。曰:我夏帝之季女也,封于巫山之阳台,精魂为草,媚而服焉,则与梦期。'通篇辞意似指此事。"[28]顾氏以后不断有学者对此说做出补充论证。论证最为详尽的是孙作云。他在《九歌山鬼考》一文中,从古文字学上考证,"鬼"、"神"二字意义本来相通。《说文·鬼部》收有一个"魁"字,字从"鬼",释为"神",因此"山鬼"即"山神"。孙氏又证以原始部落"民神杂糅"的风俗,认为祭九歌诸神的主祭者是楚王,《九歌·山鬼》中的"君神杂糅"的描写与宋玉《高唐赋》中的描写相合。

而且诗中描述的山鬼的姿容、所居住的地点以及所涉及的“云”、“雨”、“三秀”、“幽篁”、“灵修”等事物都与巫山神女的传说相合。加之“人祖”为鬼,“山鬼”和“巫山神女”应同为“楚之先妣”。总结上述论据,孙作云断定“山鬼之山即巫山,山鬼之鬼即巫山神女”。[29]此文对山鬼为巫山神女说,论证最为细密翔实,自此以后,巫山神女说乃成为山鬼原型最有影响的一种观点,并为后来的学者不断阐发。闻一多、马茂元、陈子展、姜亮夫、汤炳正、聂石樵、金开诚、赵逵夫等楚辞学者都赞成此说。郭沫若在《屈原赋今译》中又以《山鬼》“采三秀兮于山间”之“于山”即“巫山”来更进一步证明此说。[30]此说随即在楚辞研究界迅速流行起来。汤炳正虽不同意郭氏的“于山”即“巫山”的说法,认为“于”字为衍文,但他从诗的内容上考察,认为山鬼与《高唐赋》《神女赋》中所描写的巫山神女隐约相似,《山鬼》乃是“巫山神女愿荐枕席于先王的神话缩影”。[31]姜亮夫认为:“山鬼为神女之庄严面,而神女为文士笔底之山鬼浪漫面矣。”[32]罗小华在《从山鬼到杜丽娘——谈性爱女神形象复合和嬗变的文化意义》中除引用上述材料作为论据外,还从宋玉与屈原的关系、女神与山鬼的相似点,认为宋玉将屈原的山鬼演绎成巫山神女是完全可能的。刘心予《〈山鬼〉所祀为云梦女神辨》[33]、刘不朽《三峡探奥之十三——女娲、山鬼、巫山神女、盐水女神——山峡母系时代众生相》[34]、张港《〈山鬼〉的凄美背景》[35]及董芬芬的《巫山神女传说的真相及屈原对怀王的批评》[36]中也有相近的观点。[37]陆天鹤、陆天华立足于文本,对山鬼的艺术形象从外貌服饰到内心独白,从形体动作到心理活动作了具体而深入的分析,认为《九歌·山鬼》篇取材于巫山神女的神话传说,又有所突破,使山鬼成为山林自然之美的化身。[38]对于山鬼为巫山神女说,有学者撰写了专题反驳文章。李延陵在《关于“山鬼”——和郭沫若、姜亮夫、马茂元三位先生商榷》一文中,从《楚辞》、《古文苑》等先秦古籍中找到大量例证,并从诗歌的句式上考察,认为“于”字作“在”解,批驳了郭沫若的“于山”即“巫山”的观点,可备一说。[39]对“巫山神女”说批驳最有力的是潘啸龙。他在《〈九歌·山鬼〉研究辨疑》一文中,从《九歌》中找到大量的内证,认为“兮”字主要是作“泛声”,即音乐上的延长作用使用的,且屈诗中无“于”“巫”假借之例。另外,对于许多楚辞学家举出的“三秀”、“含睇”、“云”、“雨”等例证,潘啸龙认为这只是局部相似,无法证明山鬼和巫山神女实为一人。[40]潘先生的论证严谨,值得借鉴,但是要把巫山神女之说完全推翻,似乎力度还不够。对于巫山神女之说,萧兵的评价甚为中肯。他说:“山鬼为巫山神女之说甚为有力,以灵修当楚王,以‘三秀’(灵芝)为神女化身,俱系内证,颇难推翻,山鬼与巫山神女无论在神格、特性,还是在地望、族属上都有密不可分的联系;但是细审全篇,很难说她们就是一人。”[41]因此,尽管有一些反对意见,但不影响“巫山神女说”成为学界最具影响力的说法。一些学者进一步发展了“巫山神女说”。汤漳平在《出土文献与〈楚辞·九歌〉》一书中,援用江陵望山一号楚墓、天星观一号楚墓和荆门包山楚墓的考古材料,把楚人祭祀的神只与《九歌》的祭神系统进行比较,认为山鬼祭祀的是地只,为楚国的“高丘”或“上丘神”,即“巫山神女”。[42]汤漳平从又一新的角度证明了“巫山神女说”,令人耳目一新。龚维英在《〈九歌·山鬼〉探幽》一文中,综合运用民俗学、地理学、历史学的知识,从多方面考证《九歌》为屈原在原始祭祀的基础上改造的“服务于现实抗秦斗争的战歌”。山鬼为巫山女神,即楚之先妣,是战神蚩尤的配偶神,“灵修”指的就是“蚩尤”。[43]这一说法独树一帜,但确实如作者自己所说,有“拉郎配”之嫌。汉学家霍克思(David Hawkes)根据宋玉《高唐赋》中的描写,也认为山鬼就是向楚王自荐枕席的巫山神女。[44]

5. 臣僚

明代周拱辰《离骚草木史》认为《九歌》诸神,以太一比帝,故曰上皇;以山鬼喻臣,故曰若有人;云中君、湘君亦以喻君,故曰佳人、曰夫君。他既反对王逸的屈原自喻说,也反对洪兴祖的夔喿阳说,认为:“篇中曰‘披石兰兮带杜衡’,曰‘山中人兮芳杜若’,此何如正气,又何如高洁,岂夔罔两能乎?”“山鬼媚君,所以尊君;太一临君以正君,亦以尊君也。”[45]周氏刻意求新,以臣僚与山鬼相比附,明显是穿凿附会之说。

6. 湘西山中精灵

周勋初在《九歌新考》一书的《山鬼是湘西山中的精灵》一文中,批驳了孙作云赞同的“巫山神女”说。他认为“山鬼”与“巫山神女”在服饰用具和神话背景上有很大的不同。他引用了《史记》中的材料以及鲍照、杜甫的诗句,说明山鬼在古人的眼中并不怎么神圣,所以山鬼肯定不是巫山神女。他根据《山鬼》篇与《涉江》篇中的景物描写的相似之处,判断《山鬼》篇的地理背景在湘西的辰、溆一带,由此得出山鬼是辰、溆山中的精灵。[46]周先生对“巫山神女”说的批评有一定的道理,但仅凭景物描写的相似点就得出结论说山鬼是辰、溆山中的精灵,殊难令人信服。

7. 桃江小山娘娘

蒋南华根据《九歌·山鬼》创作年代,认为此诗的创作地点是湖南益阳的桃花江境内。他考察了古代的一些地方志,结合《水经》中与屈原作品描写的相合之处,证明屈原确实来过桃花江。并且桃江地区的山峰与《山鬼》篇中描写的景象甚合。通过研究当地的民俗,他发现“《九歌》中涉及的神祇,至今几乎都可以在桃江地区找到印证”。桃江民间称山神为“小山娘娘”。因此,山鬼的原型就是“小山娘娘”。[47]“小山娘娘”之说有丰富的民俗材料作为证据,但是否古楚地的其他地方祭祀的神也能与《九歌》中的祭神系统相合呢?“小山娘娘”之说还有待进一步论证。

8. 君山女神

持此说的是张国荣。他在《〈山鬼〉最初附丽的是君山女神的神话》一文中,把山鬼与巫山神女作了比较。从服饰、车驾仪式的比较来看,他认为山鬼应比巫山神女出现得更早,她的传说反映了沅湘之间母系氏族社会时期南方初民的生活。他通过对古史书的考察，认为“商周以前的君山，是蛮越初民祭祀的神山，祭歌《山鬼》最初应是蛮越先民祭祀君山之神的祭歌”。山鬼就是君山女神，“所以《山鬼》中女神的生活环境、性爱生活等，与《湘夫人》中的女神有许多相似之处”。[48]

9. 商于山神

持此说的是刘树胜。他不同意郭沫若“于山即巫山”，属古音同训之说，认为“于山”就是指商于之地的山。商于又属楚境，则山鬼为商于之地的山神，或泛指意义上的山神。[49]此说与孙常叙的观点有类似之处，还有待商榷。

10. 女性山神

张中一在《屈原新考》中说：“山鬼即山神。凡有山的地方，必有山神。……山神可以活动在每一座山，不一定是巫山。”他认为巫山在秦国之地，楚人不可能祭祀秦地的巫山之神。[50]郭维森也认为“山鬼实是山林女神”，山鬼与巫山女神的神话故事不甚切合。她们是“同类型的山林女神，也可能是同一种神的演化，而不必过于坐实”[51]。还有学者如刘操南、刘树胜、陶思遥等从分析文本入手，结合地域风俗、文化考察，都认为山鬼是山林女神。叶潇还把山鬼与奥维德诗中的Echo进行比较研究，认为山鬼是失意的山林女神，是寂寞的象征。[52]还有一些翻译家也把山鬼理解为山中女神，如许渊冲、翟理斯(Giles)、比亚拉斯(F. X. Biallas)都将《山鬼》这一篇名译成“The Goddess of the Mountain”[53]，卓振英将《山鬼》的篇名译成“Song to the Goddess of Mountains”[54]，可见在他们看来山鬼就是山林女神。

11. 男性山神

此观点以林河为代表。他在《〈九歌〉与沅湘民俗》的《山鬼》一章中，研究了苗族信鬼好巫的习俗，考察了形形色色的山鬼传说以及民间对付山鬼的方法，再结合文本的分析，认为《山鬼》描写的是绝色女巫媚神，只有异性才能满足性的需求，因此山鬼只能是男性。又因为他是级别最低的“山间精灵”，楚人似乎还没想到给他定级，因此称他为“鬼”。[55]钱玉趾也是从民俗学的研究角度出发，认为山神皆男性神。并且说山鬼即魍魉鬼，是传说中的怪物，不可能是女子，而是一位男精灵。结合文本的分析，他认为《山鬼》中描述的男性公子对爱情由真变假，被女恋人(女巫)所怨，是位负心汉。[56]其后他又在《〈湘夫人〉〈湘君〉〈山鬼〉：古代爱情诗的佳绝之作》一文中对山鬼为“男性山神”说做了补充论证。他分析了《山海经》等古代文献，认为山神都应是男性。在此文中他又提出了新的证据，“薜荔和女罗是藤蔓缠绕性植物，靠寄主生存。它们比喻象征山鬼是缠绕寄主式的奸佞人物。”因此，山鬼应是男性。而石兰和杜衡是香草，象征山鬼女恋人的芬芳、高洁。因此，他说《山鬼》是描写一位人间女子寻觅、恋慕男性山神的爱情诗还尚可理解，但仅凭薜荔和女罗是缠绕性植物就推测出山鬼是奸佞的男性，实难让人信服。[57]刘毓庆对“男性山神”说做了最有力的论证。他在《〈山鬼〉考》一文中，首先引用了大量古文献中的神话传说,对洪兴祖、朱熹、王夫之等人的"山鬼为山魈"的说法进行了重新的审视,认为山鬼既与楚之祖先同列,不可能是人们视为驱逐对象的恶鬼。"山鬼"系"山䰡"之误,山鬼实为山神。他列举了古代文献中山神为男性的实例,说明了山神形象的复杂性。再结合民间盛行的山神娶凡世女子的恋爱故事,以及文本分析,他认为"《山鬼》篇乃是通过女巫对山神相爱、相思、相怨的表演,而达到娱神的目的,以求得神灵护佑的"。[58]他的论证严谨周密,显示出深厚的学术底蕴,是山鬼为男性山神说的集大成者。

12. 降神女巫

饶宗颐认为,"山鬼"的形象应取材于降神、扮神的女巫。他根据长沙陈家大山战国墓出土的《龙凤人物帛画》描绘的图像,认为画中合掌祝祷的妇女是女巫,女巫身旁的夔(按:夔只绘有一足)是"山精"的化身,因此,画中的女巫就是山鬼的人格化。[59]此说独树一帜,但仅凭"夔一足"就断定山鬼就是画中的女巫缺乏说服力。萧兵认为画中的景象并非暗示山鬼就是图中的女巫,而是表现了"由龙凤道游西极太空的'引魂'"[60]萧先生的论断甚为有理。

13. 烛阴

持此说的是张宗铭。他认为"女魃"即"烛阴",即"烛龙","烛龙"居于章山,成了山鬼。[61]萧兵认为女魃虽与山鬼有一定的联系,但未经论证而把这些神祇扯在一起,抹杀了古代神祇相对的独立性。[62]确实女魃、烛阴、烛龙、山鬼四者之间缺乏必需的联系,很难说是同一个神。

14. 西王母

丁山认为山鬼"显然是个宜嗔宜笑惯于迷惑男子的女性,即《山海经》所称西王母了"[63]。对于这一说法,响应的有何新。他在《爱情与英雄——〈离骚·九歌〉心解》一书的《祀山鬼》篇中指出,山鬼是鳄鱼女神,即西王母。[64]山鬼与西王母同为女神,但把山鬼、鳄鱼和西王母三者扯到一起,实难令人想象。并且何新也有女娲为西王母的说法[65],西王母怎么能既是女娲,又是山鬼,还是鳄鱼呢?萧兵也指出,山鬼和西王母在神格的尊卑、特性以及事迹上有较大的分歧[66],说两者同一,难以让人信服。

15. 神武罗

袁珂持这一说法.他认为山鬼的一些特征,如:"宜笑"、"窈窕"、"乘赤豹"、"采三秀"与《山海经·东次三经》中描述的神武罗的特征,如:"宜笑"、"小要(腰)"、"豹文"、"服荀草"很相似。并且山鬼与灵修的关系和神武罗与黄帝的关系极为相似。[67]但袁先生的说法只注意到两者的相似点,而忽略了两者的差异。萧兵就举出了两者不同的地方的其中一例,神武罗"耳穿以镰,其鸣如玉",山鬼就无此特性。[68]

16. 酒神

持这一观点的是苏雪林。她认为,从山鬼的形象塑造来看,山鬼"含睇宜笑,披萝带荔,乘豹从狸,则与希腊酒神狄倭仪苏士(Dionysus)有非常相似之处。'薜荔'和'女萝'就是酒神身上缠绕的葡萄藤和常春藤;'赤豹'既为赤色,当是从域外转来的,应该是酒神所爱之兽"。[69]对于这一说法,萧兵表示反对。他认为山鬼为女性,且山鬼的性情与风流狂放的酒神相去甚远。[70]萧先生的看法颇有见地,但山鬼是否是女性还尚处争论之中,只是大部分楚辞研究者认为山鬼为女性。苏先生只凭形象上的相似点(这些相似点是否经得起考证还未可知),就判断甲神为乙神,很难站住脚。"酒神说"几乎没有追随者。

17. 南浦美人

熊任望在《屈原编织河山恋神话的意图——〈河伯〉〈山鬼〉文意新探》一文中比较了《河伯》篇中描写的"南浦美人"和《山鬼》篇中描写的"山鬼"的性格、语言习惯以及两者的坐骑,认为两者在这些方面有诸多相似点。他又根据孙常叙的"于山"是商于之地的大山的说法,认定山鬼就是"南浦美人"。[71]这种说法仅从山鬼和南浦美人某些相似特征就判断两者同一,缺乏足够证据。且相似点中的个别说法还值得商榷。比如说,熊先生仅凭"乘白鼋,从文鱼"和"乘赤豹,从文狸"两句,未经论证,就说屈原是以赤豹比白鼋,用文狸比文鱼,得出山鬼和南浦美人的坐骑相同的结论。这一看法,实属牵强附会。屈会也是从文本研究出发,力图找到《山鬼》、《河伯》两篇相联系之处。他发现,两篇文章据有人称的一致性,情节上相互交错衔接,语言上相互照应,并且题目中,"河"与"山"体现了男女的阴阳相对,因此,山鬼和河伯是一对夫妇神。[72]这种从文本中找相似点、联系点的方法,只把目光集中到少数的联系点,而忽略大部分的不同点,得出的结论必然有错漏的地方。对于山鬼原型的考察,金伟则认为应从《九歌》的整体布局来看。他认为《九歌》中的东君和云中君、湘君和湘夫人、大司命和少司命都为夫妇神,那么山鬼和河伯应该也是夫妇神。[73]这种说法正如吴广平所说的:"我以为将《九歌》中的诸神分为五对或四对半配偶神、夫妻神,除了湘君与湘夫人为配偶神说得过去外,其馀都有任意'拉郎配'、乱点'鸳鸯谱'的味道。"[74]

18. 涂山氏

王锋在《〈九歌〉命名及"山鬼"原型考略》一文中从神话学、民俗学的研究入手,参考了古代楚地官方祭祀与民间祭祀两种祭祀制度,凭唐人沈亚之《屈原外传》中所载的"玉笥山",认为山鬼就是玉笥山之神,也就是会稽山的山中精灵,而会稽又是祭祀大禹之地,那么山鬼就是禹的恋人涂山氏。[75]众所周知,玉笥山在湖南省汨罗市。玉笥山绝非会稽山。更遑论山鬼是涂山女了。

19. 祈雨女巫

国光红认为《山鬼》为"楚国舞雩歌,所降神为雨神,'山鬼'即祈雨女巫"。他从古文字学上考证,认为古人有以山暗示火的文化心理,鬼的本义为巫觋,山鬼可能就是"火巫",也就是"火"中女"巫",高蹈于烈火以祈雨之女巫。他认为《山鬼》中描述的人物有两个,祈雨女巫和雨师。“乘赤豹,从文狸”的是雨师,因为“赤豹”和“文狸”皆有环形斑点,与云、雷一样亦“回转”,象征雷云。[76]祈雨女巫的观点甚新,但仅以赤豹和文狸的斑点与雷云有相似点为依据就判断《山鬼》中的人物有雨师,似乎证据不足。并且通过文本分析,国光红得出的祈雨女巫祈雨成功,得与雨师团聚的说法也有疑点,既然团聚的话,怎么会出现“怨公子兮怅忘归”的怨艾之情,以及诗歌结尾哀怨阴森的景物描写?另外,他说“山中人”指的是另一位祈雨女巫的说法也让人匪夷所思。

20. 古“归国”始祖夔

高华平在《〈九歌·山鬼〉源于祀夔乐臆说》一文中则认为,山鬼即夔,既非木石之怪,也非野兽之名,而是古“归国”的始祖。他从文字训诂出发,认为“隗”字的本义即“山鬼”,“山鬼”亦即“隗”,“隗”与“归”、“夔”通用,但典籍中常以“夔”代替“隗”,说明山鬼非一般的游魂野鬼,而是某个历史名人的魂魄。作者又考察了史料中关于夔、夔族、夔国的记载,认为《九歌·山鬼》与夔其人及祀夔乐的内容有某种一致性,由此,他断言,作为中国上古音乐文学性质作品的《九歌·山鬼》应源于古夔国的祀夔乐。[77]高华平从考订古人的说法过程中,提出了自己的新见解,使人耳目一新。但此说是否合理,还需进一步证实。

21. 九隆仙女

研究苗族历史文化的学者马少侨亦认为《山鬼》主祀夔。他进而认为夔即魈,亦即《宝庆府志·摭谈》中所谓的“庆娘娘”,苗族称之为“仙娘”,苗族“椎牛祭”中谓之“九隆仙女”。[78]楚文化中确实包含有苗族文化的因素。单凭此说明山鬼就是苗族文化中的九隆仙女,不免牵强。

22. 尸女

黄崇浩在《屈子阳秋》一书的《地理神话》一节中考证了山鬼的原型。他从地理神话学角度,考证了山鬼的由来,认为山鬼是以凤鸟为图腾的盐水神女所在的氏族的一名尸女。[79]此说新颖可喜,但论据似嫌单薄。

23. 野人

清代王夫之《楚辞通释》认为山鬼:“此盖深山所产之物类,亦胎化而生,非鬼也。以其疑有疑无,谓之鬼耳。”最早断定山鬼非鬼,而是“胎化所生”的动物。华东师范大学生物系刘民壮教授曾是1977年鄂西北奇异动物考察队的资料组成员,是1979年由上海师范大学发起的鄂西北野人考察队的队长,又是1980年由中国科学院、湖北省委联合组织的鄂西北野人考察队的副队长,他参加了这三次考察的全过程。他通过科学考察实践认为所谓神农架的野人,实际上是比猩猩高级、比人类低级的直立古猿的后代,由于它形态像人,所以群众叫它野人,这样的野人在神农架里确实存在。他认为屈原的《山鬼》就是描写的神农架野人,并以此作为神农架存在野人的重要文献证据。[80]秋浦、陈人麟、唐师曾、李健等学者亦持相同的观点。[81]神农架野人是否真实存在,仍是生物界的一大谜团,以谜解谜,难以让人信服。

24. 猿猴

持此说的是萧兵。他首先从文字学上考证,将“鬼”的甲骨文与“兄”(巫祝)比较,认为两字的意象差不多。只是“鬼”多了一个十字劙纹。而这个十字劙纹正是我国西北方以猿猴为图腾的鬼戎集团的特有标志。所以他认为山鬼的原型应是山中的猿猴类动物。然后他又引用了大量关于夔噪阳、山魈的古代文史资料和外国关于“林神”的传说,认为山鬼和夔噪阳、山魈、林神外形相似,都是一足;鸣声也相近,都是“枭枭”;习性也类似,都是夜出昼伏,行踪诡秘,变化无穷;而且都“善笑”。进而他又证以古代小说、民间传说中关于山鬼、山神、山精化为女子的传说以及人猿结婚的传说,认为山鬼的“留灵修兮憺忘归”和巫山神女的“自荐枕席”与这些传说的主要情节是一样的。综合这些论据,萧先生认为山鬼的原型就是猿猴,《山鬼》中所描写的山鬼“留灵修兮憺忘归”乃是以“人猿通婚”或“猿猴抢婚”型故事为素材而构思创作的。[82]萧先生视野开阔,论证资料丰富翔实,但将山鬼原型说成是猿猴,似乎很难说得过去。

25. 小鬼

何剑熏根据《史记·秦始皇本纪》的记载:“使者从关东夜过华阴平舒道,有人持璧遮使者曰:‘为吾遗滈池君。’因言曰:‘今年祖龙死。’使者问其故,因忽不见,置其璧去,使者奉璧具以闻,始皇默然良久曰:‘山鬼固不过知一岁事也。’”认为秦始皇如此轻视山鬼,可见山鬼只是一个小鬼。[83]此说包含了较多的主观臆测成分,难以让人采信。

26. 复合型鬼神

张崇琛的《“山鬼”考》一文则是从文本研究入手,结合古代文献和现代报道中关于野人的资料分析,认为山鬼就是野人。由于产生的地域相同,具有共同特性,“野人”的形象与“巫山神女”联系在了一起,屈原在“野人”和“巫山神女”的基础上,创造了山鬼这一多情少女的“复合形象”。[84]持复合形象说法的还有何新。他在《爱情与英雄——〈离骚·九歌〉新解》的《祀山鬼》篇中说‘“山鬼”是楚人的社神,即楚之女祖陨氏,也是山君,也是鳄鱼女神,即西王母,也是北方神,山鬼在天即婺女星,又称夔星、婺女之星,即织女星。[85]但是,对于每一种说法,他都没有论证。

27. 农奴

报告文学家徐迟认为屈原《九歌》是“古代社会各阶级的画廊”。他根据《九歌》诸神地位或神格的高低,一一给他们划分阶级成份。他认为山鬼是“古代下层社会里的最鲜明的一个农奴的形象”,“她受到过主人的强占,因为主人可以任意处理农民的妻女”,“她的相好者也是农奴”。[86]这是二十世纪五六十年代机械地运用阶级斗争的观点和方法来评价中国古代文学作品方法的延续。尚永亮《这是什么样的“唯物史观”——评徐迟〈九歌——古代社会各阶级的画廊〉》[87]一文,对徐迟的观点进行了批评,非常中肯。

通过以上对山鬼原型研究的回顾,我们可以看出:对于山鬼的原型,目前在学术界观点还难归于一致。在我所收集的这二十七种说法中,巫山神女说、夔嗥阳说、人鬼说、屈原自喻说历史较为悠久,兼具内证和外证,影响较大,追随者众多。其他的说法中有些含主观臆断的成分较多,如:臣僚说、降神女巫说、烛阴说、西王母说、酒神说、野人说、小鬼说、农奴说,有些观点不免流于片面,但许多论据仍有值得借鉴的地方。山鬼原型的研究不单纯是一个楚辞学的课题,而且也是神话学、民俗学、原始宗教学的课题。破译它的原型需要多学科学者的共同努力,古今中外的众多学者已为此付出了大量的心血,也取得了许多显著的成果。但要拨开层层迷雾,揭示出山鬼的本来面目,还需要楚辞学家、神话学家、历史学家、原始宗教学家的共同努力!

参考文献

[1]L. Cranmer - Byny, A Lute of Jade(London: Murray,1911),p.35.

[2]Arthur Waley, Chiu Ko - The Nine Songs, A Study of Shamanism in Ancient China(London: G. Allen and Unwin,1955), p.55.

[3](宋)洪兴祖:《楚辞补注》,中华书局,1983年,第80-81页。

[4](宋)朱熹:《楚辞集注》,上海古籍出版社,2001年,第45-46页。

[5](清)屈复:《楚辞新注》,《四库全书存目丛书》影印清乾隆三年(1738)弱水草堂刻本,齐鲁书社,1997年。

[6](明)汪瑗:《楚辞集解》,北京古籍出版社,1994年,第137页。

[7](明)陈第:《屈宋古音义》,新版《丛书集成初编》本,中华书局,1985年影印清嘉庆十年(1805)张海鹏辑刊《学津讨原》本。

[8](清)陈本礼:《屈辞精义》,清嘉庆十七年(1812)裛露轩刻本。

[9]刘永济:《屈赋音注详解》,上海古籍出版社,1983年,第102-103页。

[10]曹大中:《山鬼——屈原的自我写照》,《湖南师大社会科学学报》1989年第3期。

[11]靳极苍:《诗经楚辞汉乐府选详解》,山西古籍出版社,1997年,第156-161页;江中云:《〈九歌·山鬼〉诗意新解》,《信阳师范学院学报》(哲学社会科学版)1997年第3期,又见《华侨大学学报》(哲社版)1999年第3期;周云峰:《〈山鬼〉的恋爱和〈离骚〉的求女》,《零陵学院学报》2003年第6期。

[12](宋)洪兴祖:《楚辞补注》,中华书局,1983年,第82页。

[13](清)林云铭:《楚辞灯》,《四库全书存目丛书》影印清康熙三十六年(1697)挹奎楼刻本,齐鲁书社,1997年。

[14]黄震云、蒋成德:《"山鬼"漫议》,《江海学刊》1996年第6期。

[15][51]郭维森:《屈原评传》,南京大学出版社,1998年,第173页,第174页。

[16]郭维森:《〈九歌·山鬼〉与望夫石的传说》,《南京大学学报》1983年第3期。
[17]孙大雨译:《屈原诗选英译》,上海外语教育出版社,1996年,第452-455页。
[18](清)胡文英:《屈骚指掌》,北京古籍出版社,影印清乾隆五十一年(1768)富芝堂刊《武进胡氏所著书》本。
[19](清)王闿运:《楚辞释》,清光绪二十七年(1901)衡阳刊《湘绮楼全书》本。
[20]张元勋:《水旱疠疫则傩于郊祀——论〈东君〉、〈河伯〉、〈山鬼〉、〈国殇〉》,《齐鲁学刊》1988年第4期。
[21]张元勋:《九歌十辨》,中华书局,2006年,第190页。
[22]李炳海:《东夷族灵魂归山观念及相关文学事象》,《社会科学战线》1994年第3期。
[23]陈碧仙:《从东夷文化的鬼魂归宿观念看〈九歌·山鬼〉》,《黔东南民族师专学报》2001年第1期。
[24]杨宪益、戴乃迭英译:《楚辞选》,外文出版社,2001年,第61页。
[25][26]孙常叙:《楚辞九歌整体系解》,吉林教育出版社,1996年,第193页,第187-188页。
[27]昌庆志:《楚辞"山鬼"形象探源》,《云梦学刊》2005年第4期。
[28](清)顾成天:《楚词九歌解》,《四库全书存目丛书》影印清乾隆六年(1741)刻本,齐鲁书社,1997年。
[29]孙作云:《九歌山鬼考》,《清华大学学报》1936年第4期。
[30]郭沫若:《屈原赋今译》,见《郭沫若全集》(文学编)第五卷,人民文学出版社,1984年,第275页。
[31]汤炳正、李大明、李诚、熊良智:《楚辞今注》,上海古籍出版社,1996年,第72页。
[32]姜亮夫:《重订屈原赋校注》,天津古籍出版社,1987年。
[33]刘心予:《〈山鬼〉所祀为云梦女神辨》,《学术论坛》1982年第1期。
[34]刘不朽:《三峡探奥之十三——女娲、山鬼、巫山神女、盐水女神——山峡母系时代众生相》,《中国三峡建设》1999年第8期。
[35]张港:《〈山鬼〉的凄美背景》,《阅读与写作》2003年第6期。
[36]董芬芬:《巫山神女传说的真相及屈原对怀王的批评》,《西北师大学报》(社会科学版)2004年第3期。
[37]参彭安湘:《从原型研究到综合研究——七十年来高唐神女研究》,《文化中国》(加拿大)2007年第1期。
[38]陆天鹤、陆天华:《屈原〈九歌·山鬼〉之我见》,《杭州大学学报》1995年第4期。
[39]李延陵:《关于"山鬼"——和郭沫若、姜亮夫、马茂元三位先生商榷》,《文史哲》1962年第6期。
[40]潘啸龙:《〈九歌·山鬼〉研究辨疑》,《安徽师范大学学报》(人文社会科学版)2000年第1期。
[41][60][62][63][66][68][70]萧兵:《楚辞新探》,天津古籍出版社,1988年,第405页,第408页,第408页,第408页,第408-409页,第409-410页,第410页。
[42]汤漳平:《出土文献与〈楚辞·九歌〉》,中国社会科学出版社,2004年,第125页。
[43]龚维英:《〈九歌·山鬼〉探幽》,《中州学刊》1987年第3期。
[44]David Hawkes:The Songs of the South:an Ancient Chinese Anthology of Poems by Qu Yuan and Other Po-

ets(Harmondsworth, Middlesex, England: Penguin llks, 1985), p. 115.

[45](明)周拱辰:《离骚草木史》,清初桐乡圣雨堂刻本。

[46]周勋初:《九歌新考》,上海古籍出版社,1986年,第104-108页。

[47]蒋南华:《〈九歌·山鬼〉等篇的写作年代、地点及其它》,《贵州文史从刊》1987年第1期。

[48]张国荣:《〈山鬼〉最初附丽的是君山女神的神话》,巫瑞书、林河、龙海清主编:《巫风与神话》,湖南文艺出版社,1988年,第286-287页。

[49]刘树胜:《九歌浅论》,青海人民出版社,2002年,第120-121页。

[50]张中一:《屈原新考》,中国文史出版社,1995年,第229页。

[52]叶潇:《失意的山林女神:寂寞象征——Echo与山鬼的比较研究》,《江苏社会科学》2000年第6期。

[53]许渊冲英译,杨逢彬编注:《楚辞》,湖南出版社,1994年,第46页。

[54]转引自陈器之、李奕今译,卓振英英译:《楚辞》,湖南人民出版社,第31-32页,第53页。

[55]林河:《〈九歌〉与沅湘民俗》,上海三联书店,1990年,第239-252页。

[56]钱玉趾:《山鬼:〈九歌〉中的负心汉》,《西南民族学院学报》1999年第1期。

[57]钱玉趾:《〈湘夫人〉〈湘君〉〈山鬼〉:古代爱情诗的佳绝之作》,《西南民族学院学报》(增刊)1999年。

[58]刘毓庆:《〈山鬼〉考》,《山西大学学报》2002年第4期。

[59]饶宗颐:《荆楚文化》,台湾省历史语言研究所《集刊》第41本第2分,1969年,台北:下册,第279-280页。

[61]张宗铭:《九歌——古歌舞剧臆说》,《文学遗产增刊》第5辑,第73页。

[64][85]何新:《爱情与英雄——〈离骚·九歌〉新解》,时事出版社,2002年,第146页,第144-147页。

[65]何新:《诸神的起源——中国远古太阳神崇拜》,光明日报出版社,1996年,第74-99页。

[67]袁珂:《中国古代神话》,中华书局,1981年,第105页。

[69]苏雪林:《苏雪林文集》第四卷,安徽文艺出版社,1996年,第332页。

[71]熊任望:《屈原编织河山恋神话的意图——〈河伯〉〈山鬼〉文意新探》,《河北大学学报》1990年第2期。

[72]屈会:《〈河伯〉和〈山鬼〉是一对夫妇神》,《第一师范学报》(湖南长沙)1999年第3期。

[73]金伟:《从诸神关系看〈九歌〉的文化意蕴》,方培元:《楚俗研究》,湖北美术出版社,1999年,第309-315页。

[74]吴广平注译:《楚辞》,岳麓书社,2004年,第51页。

[75]王锋:《〈九歌〉命名及"山鬼"原型考略》,《青海师范大学学报》(社会科学版)1999年第2期。

[76]国光红:《九歌考释·山鬼》,齐鲁书社,1999年,第225-232页。

[77]高华平:《〈九歌·山鬼〉源于祀夔乐臆说》,《江海学刊》2004年第1期。

[78]马少侨:《〈九歌·山鬼〉祀主考》,《邵阳师专学报》1989年第4期,又见《民间文艺季刊》1990年第1期。

[79]黄崇浩:《屈子阳秋》,湖北人民出版社,2003 年,第 344 - 353 页。

[80]刘民壮:《神农架野人之谜正在揭开》,《自然杂志》1981 年第 2 期。

[81]参见秋浦:《一定要揭开千古“野人”之谜》,《社会科学战线》1983 年第 2 期;陈人麟:《神农架“野人”古今谈》,《中国三峡建设》1995 年第 6 期;唐师曾:《寻找“野人”》,《世界博览》1995 年第 7 期;李健:《历史上神农架确有野人》,《发明与创新》(学生版)2006 年第 9 期。

[82]萧兵:《夔喿阳 · 野人 · 巫山神女》,《楚辞新探》,天津古籍出版社,1988 年,第 404 - 437 页;萧兵《楚辞的文化破译》,湖北人民出版社,1991 年,第 565 - 568 页。

[83]何剑熏:《楚辞新诂》,巴蜀书社,1994 年。

[84]张崇琛:《“山鬼”考》,《宁波大学学报》(人文科学版)1998 年第 4 期。

[86]徐迟:《九歌——古代社会各阶级的画廊》,《长江文艺》1982 年第 6 期。

[87]尚永亮:《这是什么样的“唯物史观”——评徐迟〈九歌——古代社会各阶级的画廊〉》,《长江文艺》1983 年第 1 期。

《九歌》时空结构浅议

陕西师范大学　陈秋兰

《九歌》是屈原在楚国南部流传已久的一套民间祭神乐歌基础上加工改写的抒情诗。① 在先秦人们的时空观念从不自觉走向自觉的时代背景下，屈原的作品也体现了时空意识发展的轨迹，张红运先生更是认为中国传统的诗学意识源自屈原。② 无论是其在《离骚》中发出的“日月忽其不淹兮，春与秋其代序。惟草木之零落兮，恐美人之迟暮”的感叹，还是他上叩帝阍下求佚女，向重华陈词求灵氛问卜，在上天下界之间的求索，抑或是《天问》中对历史的追问，都说明了他的创作已经蕴涵着时空意识，他的作品也有时空结构可依循。我们认为，《九歌》也遵循了运用时空意识进行架构的原则，无论是《九歌》这 11 篇的总体结构，还是各篇章的构成，还是每篇里的部分段落，都在实践着这一原则。这种时空结构不像《离骚》那么明显，因为毕竟屈原在改写时要顾虑到祭祀本身的特点，并且这种时空结构指向的是作品内部情感的次序变化，亦即是说，因每篇中结构有所不同，各篇也呈现不同的情感样态。

一

巫风对《九歌》的影响很大，这是自不待言的。王逸在《楚辞章句》里这样说：“《九歌》者，屈原之所作也，昔楚国南郢之邑，沅、湘之间，其俗信鬼而好祠。其祠必作歌乐鼓舞以乐诸神。屈原放逐，窜伏其域，怀忧苦毒，愁思沸郁。出见俗人祭祀之礼，歌舞之乐，其词鄙陋，因为作《九歌》之曲。”③大多数学者也都认为这一组抒情诗有着原始宗教祭祀的成分。祭祀的过程大致可以分成三步：迎神、祭神（降神）、送神。这 11 篇作品大体上都遵循了这一模式。王夫之认为最后的《礼魂》是全 10 篇通用的送神曲；闻一多也认为最后一篇是送神曲，不过他觉得第一篇《东皇太一》是迎神曲。马茂元不同意闻氏的看法，比较认同王氏的观点，他认为《东皇太一》有专祀之神，不能算作迎神曲。④ 姜亮夫先

---

① 马茂元：《楚辞选》，人民文学出版社，1980 年，第 120 页。

② 张红运：《时空诗学》，宁夏人民出版社，2002 年，第 114 页。

③ 洪兴祖：《楚辞补注》，中华书局，2002 年，第 55 页。

④ 马茂元：《楚辞选》，人民文学出版社，1980 年，第 68 页。

生认为,“按全曲所以祀昊天者,即东皇太一,而以群神从祀。东皇者主神,例需迎送,故全篇皆歌礼备迎神之事,此舞中之迎曲,而乐中之金奏也”,[①]也把首篇看作迎神曲。但绝大多数学者都认同最后一篇是送神曲,且不论诸位学者的意见谁对谁错,从总的体制上来说,这11篇基本遵循了“迎神——祭神——送神”的模式,是断不会错的。而根据这11篇祭祀的对象,又可分为天神、地只、人鬼三类。这种“天——地——人”的格局,也是一种空间秩序的反映。葛兆光在《中国思想史》里提到:“人们在对‘天’、‘地’、‘人’的经验、观察、体会中不仅推衍出了一套又一套方技数术,来分别处理‘时间’(预测未来吉凶)、‘空间’(想象未知世界)与‘自身’(感受生命存在),同时也通过想象甚至幻想与比附,创造了一个又一个的神灵与鬼怪,来分别对应‘天界’、‘地下’、‘人间’。以《楚辞·九歌》与近年发现的《包山楚简》、《望山楚简》等互相参证,可以看到,至少在楚人的心目中,就有一个这样的神的谱系。”[②]不难发现,“天——地——人”的格局已经深深印在先秦时人(包括楚人)的头脑里。

巫事活动的仪式自然是根据时间流程往前推进的。同时,神降临祭坛,人求神祈福之意上达于神,这种人神交接的过程中本身就潜藏着空间的变化。当然屈原改写这些作品时,时空意识不自觉地渗透到了他的作品中,物理时空就变成了审美时空,他眼中的祭祀仪式就不仅仅是时间的推移和空间的变换了,而是饱含着深深感情和诗意思考的抒情诗了。

二

关于《九歌》11篇每篇内部的结构,潘啸龙先生在《〈九歌〉“代拟”艺术研究》一文中,认为九歌的迎神、祭神大致来说有三种不同的展开程式:叙赞式结构、对唱式结构和祭祀中的寻觅、纪行结构。[③] 我们认为,潘啸龙先生也是着眼于祭神活动的形式来划分的,其实《九歌》除最后一篇外,都可以归纳成上文提到的“迎神——祭神(降神)——送神”模式。这种结构体现在各篇中,又呈现出许多变式,最主要的是两种:一是迎神——神未至——巫者的反应;二是迎神——神至又走——巫者的反应。也有因神不至故去迎神的,在神至又走的情况下也会出现巫者与神一起游历山河的场面,巫者的反应包括巫者的动作和心理感受两个层面。这种感受可能是失望悲伤,也可能是赞颂祈愿。这11篇作品都遵循了这一模式,只是省略了某一部分或各有所侧重而已,这些变式使得《九歌》五彩斑斓,情感跌宕,各篇都焕发出独特的光芒。

---

① 姜亮夫:《楚辞学论文集》,上海古籍出版社,1984年,第299页。
② 葛兆光:《中国思想史》第一卷,复旦大学出版社,2004年,第132页。
③ 潘啸龙、蒋立甫:《诗骚诗学与艺术》,上海古籍出版社,2004年,第150页。

《东皇太一》略去了迎神的描写,用赋法写神降临祭堂后的情形,然后铺叙了祭品的香洁精美、音乐的和谐肃穆,最后用“君欣欣兮乐康”想象神已得到愉悦。这篇也没有送神的环节,所有的重点都放在神受祭的描写上,空间的视角也只定位在祭堂里,故而此篇给人以庄重、威严、华贵的感觉,感情也不是恣肆奔放的,恰符合祭祀对象东皇太一的身份。

《湘君》、《湘夫人》和《山鬼》都是迎神而神不至的篇章自然也没有送神场面的描写。《湘君》篇是因神未至而去迎神,“驾飞龙兮北征”,扬帆前进而不见,以至于隐思悱恻,继而举棹鼓枻继续前进,不避辛苦,且行且疑恩情甚浅,至“石濑兮浅浅”处,愈加艰难,神灵还是没来,故想象他“告余以不闲”,终于到达目的地“北渚”,只有鸟止飞屋上,水流于堂下,一片荒凉之景。迎神者无奈,只好将祭品沉入水中,发出了“时不可兮再得,聊逍遥兮容与”的慨叹。从“朝骋骛兮江皋,夕弭节兮北渚”的叙述和行程的变化中,我们不难发现时间的流动和空间的变化,迎神者的期盼、疑虑、失望等复杂的心情也在这一路行程中得到了淋漓尽致的展现。《湘夫人》与此情况略有不同,屈原一再地写到迎神者在恍惚中的观望,而不是不畏艰险去亲迎。初始迎神者以为神已降临北渚,四望之下,只有秋风裹挟着落叶纷纷飘落,洞庭湖上波浪层层。屈原在这里创造了萧瑟的富有诗意的秋日景象。迎神者登上白薠岸,游目骋望,追思以前相约的誓言,忧思不敢言,恍惚中只看到流水潺湲,思慕之余,想象神灵相召,共赴水中居室。但这一切也只是想象。这一篇的妙处就在于现实时空和想象时空的反复出现,现实时空越实,则想象时空越显其虚与缥缈无状,相思的愁怨也就更浓,现实时空中的秋意就越是萧瑟。《山鬼》篇也沿用了寻觅的构思,但设计成迎神者因山路险阻而来迟了,由山间攀至山顶复又折回山间,反复寻觅,着急异常,却终不遇。黄昏去了,夜已深了,雷鸣雨骤风冷,迎神者还在山间等候。在时间的流逝和空间的移动中,迎神者在幽篁中急急赶路,在山顶独自等待,在山间折花徘徊的画面都化作了满腔的哀怨与凄苦。

在这三篇里,空间场景的变化昭示着时间的流动。由晨至昏,由昼至夜,难道不是诗人在一路追寻吗?无论是飞龙翩翩、斫冰积雪,还是伫立白薠岸、骋望洞庭水,抑或是采花山间、雨冥冥兮风萧萧,所有这些空间场景的指向的都是候而不来、求而不得的苦闷与忧伤。这不正暗合了“路漫漫其修远兮,吾将上下而求索”的情感吗?

《云中君》、《大司命》、《少司命》、《河伯》和《东君》里的神灵都降临了,却倏而又逝。这五篇中,空间不仅有纵向的展开——神灵的下降与回返,也有横向的展示——神灵在山河间的游历。《云中君》篇严格遵循了“迎神——神至又走——巫者的反应”这一模式,开篇写巫者为迎接神灵的降临,“浴兰汤兮沐芳”,接着写云中君驾龙车,着帝服,遨游来下,继而高飞云中,横绝四海。巫者面对云神的离开,怳然长叹,劳心忡忡。《大司命》和《河伯》篇都省略了迎神的环节,描写了神降临后,巫者与神一起游历的场面。《大司命》

开篇就写了大司命出天门，使飘风暴雨为前道，回翔而下，然后巫者与大司命御气飞翔，遍察九州，而后大司命高驰冲天而去。面对大司命的离去，巫者愁思万般，无奈之下，只好用"固人命兮有当，孰离合兮可为"的议论来安慰自己。《河伯》篇中，巫者与河伯泛游九河，高蹈昆仑，在水中宫殿歇息，最后在南浦分手之时，波涛滚滚来迎，游鱼纷纷往送，依依不舍之情是通过描写空间内的事物来展示的。《少司命》也没有迎神的描写，女神悄无声息地降临了祭堂，独留情于巫者，但美好的时光没有停留多久，女神出入不辞，"倏而来兮忽而逝"，巫者愿与之共游九河，晞发阳阿，望之不来，只好临风浩歌，以舒其郁郁之思。最后巫者赞颂少司命"竦长剑兮拥幼艾"，保善除恶，为万民之正。《东君》开篇就以极宏大的场面铺叙了日神的出场，接着写巫者祭祀时钟鼓齐鸣、歌舞曼妙的盛景，最后写日神潇洒豪迈的退场，并没有涉及巫者对于神灵离去的感受，只有"观者憺兮忘归"隐隐透出巫者希望神灵恒在的心愿。

这几篇中空间场景的变化，纵横洒落，显示出或飘逸轻灵或雄浑阔大的特点，给我们留下了深刻的印象。从表面上看来，这五篇着力刻画的是空间场景，其实内在展示的却是时间的流逝。正是因为把视角定位于神灵的"在"上，定位于人的"得"上，才越能突出神灵离去、得而复失后的怅惘，越能体现美好的时光无法久留的悲哀。真实的人生欢乐少哀情多，幸福停驻在每个人身边的日子尤其短暂。无怪乎屈原会说"及年岁之未晏兮，时亦犹其未央。恐鹈鴂之先鸣兮，使夫百草为之不芳"。所以，神灵的来去，人与神的聚合离散，透露的虽是空间的变动，时间的流逝，但折射出来的更多的却是屈原内心的惆怅。

《国殇》是《九歌》中较为独特的一篇，屈原尽力铺陈将士们为国捐躯的壮烈场面，车毂击驰，流矢交坠，而楚军将士尤奋勇争先，旌旗蔽日敌军如云，然不畏死，拼着被敌人杀戮抛弃原野，也不肯休。① 其实这一部分也可看作是祭祀时巫者模拟人鬼之状。最后一段的"诚既勇兮又以武，终刚强兮不可凌。身既死兮神以灵，魂魄毅兮为鬼雄"，就是巫者对将士们勇武刚强的赞颂和彰扬。这一叙写过程与上文提到的模式并没有什么矛盾之处。这一叙写虽能表明时间的变化，但更震撼我们的却是空间场景的变化。短兵相接、旌旗蔽日、流矢飞袭、车霾马伤、援枹击鼓、尸陈原野，这一幕幕惨烈的场景，总让我们觉得时间在那一刻已经凝固，再也没有鼓声喧天，也没有马嘶风吼，只有一个庞大的物体充塞于天地间，那就是人的精神。最终，本篇的情感因有对战争场面的细致描摹和最后的颂扬而显得异常激昂悲壮。

① （明）汪瑗：《楚辞集解》，北京古籍出版社，1994年，第143页。

三

《九歌》每一篇内部,很多地方都可以看到时间流动的痕迹或者空间变换的轨迹,尤其是想象的大量掺入和对周围环境的诗意描写,使诗作的情感内涵更加丰富多彩。

我们先看时间的流动。《东君》最后四句正是对太阳在一天里的行程的描述,时间的变化通过空间位移得以展现出来。"青云衣兮白霓裳",正是朝阳升起时云蒸霞蔚之景;"举长矢兮射天狼",不就像太阳正烈时发出万道金光之象么?"操余弧兮反沦降",暗合太阳行至西天;"援北斗兮酌桂浆",其时已是晚上,汪瑗认为"浆,酒浆也,指月光而言";[①]"杳冥冥以东行",太阳又要开始新的一天的行程了。汪瑗是这样分析这一段的:"'操余弧兮反沦降','援北斗兮酌桂浆',皆言自昼而夜也。'撰余辔兮高驰翔','杳冥冥以东行',又言自夜而昼也。夜而昼,昼而夜,晦而明,明而晦,往来循环,无有穷已。"[②]他据此得出了人生在世务必及时建立功业,而不能虚掷光阴的结论。由此可见,蕴涵在此篇中的就不仅仅是时间的流动这种表象了,而是时间意识的积淀。《九歌》中的很多段落都有时间进程的影子。比如《东皇太一》里音乐的变化,先是击鼓而节奏起,开始是安歌,而后是大声地齐唱,最后五音繁会,声音错杂,表明已到尾声。还有《湘君》里迎神巫者的行程,《山鬼》里的寻觅,《国殇》里的战斗过程,都能体现时间的变化。

《九歌》里的想象空间非常奇妙,给诗作平添了一些婉曲别致的情思。尤其是《湘夫人》,因迎神巫者思望之切,故一再地想象湘夫人已经降临,甚至产生了幻象。想象愈真,其情思愈显曲折缠绵。屈原还用了约占全文三分之一的篇幅来描写在想象中巫者与湘夫人共筑水中居室,从室内写到庭中写到门口,不厌其烦,巫者的失望之情因此愈显得强烈。《少司命》中,少司命已然离去,可迎神巫者还是希冀能与她一起游戏九河沐发共乐,最后还很无奈地"临风怳兮浩歌"。《河伯》前半部分,也都可以当成想象来读。这些诗作因有想象空间的营造,就如同曲径上的野花,愈显摇曳多姿。

《九歌》所创造的审美空间更是为人所称道。如"嫋嫋兮秋风,洞庭波兮木叶下",就是寓情于景、情景交融的千古名句。诗人哀伤的情感投射于物理空间,使得物理空间具有了情感。洞庭湖水的波浪起伏就如同诗人不平静的心潮,岸边纷纷的落叶,就是诗人凄清的心理感受。不独是《湘夫人》,《大司命》和《东君》里写这两神的降临,也是创造审美空间的体现。玄云、飘风、冻雨不过是自然界的景观,可是当我们读到大司命的出场时,却能感受到一种威严的气势,甚至还能感觉到一个霸气十足的神灵,从而使我们产生惮惧心理。《山鬼》中"幽篁"的暗无天日,山间"石磊磊兮葛蔓蔓"的幽深,山顶"云容容

① (明)汪瑗:《楚辞集解》,北京古籍出版社,1994年,第133页。

② (明)汪瑗:《楚辞集解》,北京古籍出版社,1994年,第133页。

而在下”的迷离,“风飒飒兮木萧萧”的悲伤,无一不是迎神巫者不遇神灵时感情的投射,更是屈原运用时空意识的艺术创造。

总而言之,《九歌》作为祭神乐歌,具备了“迎神——祭神——送神”的程式,因而呈现出一定的时空结构。这 11 篇的总体结构和各篇内部大致遵从了这一模式,并且由于屈原的改写加工,呈现出一定的变式,这些变式所表现出来的时间流动和空间移动,直接指向的是诗作情感的变化。在各篇章的一些具体段落里,屈原也考虑到了时空,时间、想象空间和审美空间的运用使得作品跌宕多姿,极具感染力,也给后世的文学创作提供了艺术借鉴。

中国屈原学会第五届理事会

（含2007年9月中国屈原学会第十二次会员代表大会23日第一次会员代表大会选举及25日第二次会员代表大会增补名单）

（91人，以姓氏笔画顺序排列）：

力　之　于浴贤　方　铭　毛　庆　毛炳汉　牛贵琥　王开元　王长华
王洲明　王晓平　王德华　叶志衡　石川三佐男　刘冬颖　刘生良
刘　刚　刘树胜　刘毓庆　华　锋　吕培成　朴永焕　毕庶春　江林昌
汤漳平　许志刚　冷卫国　吴万钟　吴广义　吴广平　张玉声　张庆利
张宏洪　张学松　张树国　张崇琛　张　强　李大明　李中华　李　诚
李金坤　李金善　李道和　杜道明　邵炳军　陈书良　陈怡良　陈桐生
周建忠　周明初　周秉高　林家骊　金荣权　姚小鸥　赵敏俐　赵逵夫
徐文武　徐志啸　徐耀明　殷光熹　郭　丹　郭全芝　郭建勋　郭　杰
崔富章　常　森　曹庆鸿　梅桐生　章必功　萧东海　黄凤显　黄灵庚
黄金明　黄崇浩　黄震云　傅道彬　曾亚兰　董运庭　蒋　方　蒋南华
韩高年　鲁瑞菁　詹福瑞　廖　群　熊良智　蔡靖泉　潘啸龙　戴锡琦
禹经安（湖南溆浦县屈原学会）　郑之问（湖北秭归县屈原学会）
侯文汉（湖南汉寿县屈原学会）　刘石林（湖南汨罗屈原学会）
程本兴（湖北宜城宋玉研究会）

中国屈原学会第五届理事会常务理事会

（含2007年9月中国屈原学会第五届理事会23日第一次会议选举及24日第二次会议增补名单）

(36人,以姓氏笔画顺序排列)：

方　铭　毛　庆　王德华　石川三佐男　刘　刚　刘毓庆　吕培成
朴永焕　汤漳平　张宏洪　张崇琛　李大明　李　诚　陈书良　陈怡良
周建忠　周秉高　林家骊　姚小鸥　赵敏俐　赵逵夫　徐志啸　殷光熹
郭　丹　郭建勋　郭　杰　崔富章　章必功　黄凤显　黄灵庚　黄崇浩
黄震云　蒋南华　詹福瑞　蔡靖泉　潘啸龙

中国屈原学会第五届理事会会长秘书长

（2007年9月24日中国屈原学会第五届理事会第二次会议表决通过）

顾　　问： 季羡林　饶宗颐　聂石樵　冈村繁　郭维森　夏传才
名誉会长： 崔富章　毛　庆　赵逵夫　章必功　蒋南华　殷光熹
常务副会长： 方　铭
副 会 长： 潘啸龙　周建忠　李　诚　徐志啸　汤漳平　赵敏俐
姚小鸥　郭建勋　郭　杰　黄灵庚　林家骊　周秉高
张崇琛

2009年11月深圳中国屈原学会第十三届年会增补蔡靖泉为副会长

秘 书 长： 方　铭(兼)
副秘书长： 蔡靖泉　黄震云　刘　刚　王德华
法人代表： 方　铭